QAANAAQ

MO
MALØ

Qaanaaq

Éditions
de La Martinière

L'auteur remercie Françoise Samson d'avoir contribué
à la publication de cet ouvrage.

ISBN 978-2-7324-8630-7

GROENLAND

Qaanaaq
Camp Century
Pituffik (Base de Thulé)
Upernavik
Distance
en avion :
1 600 Km
Uummannaq
Ilulissat / Disko
Sisimiut
Kangerlussuaq
Nuuk

Le blanc sonne comme un silence,
un rien avant tout commencement.

Vassily Kandinsky

Première partie

JOUR POLAIRE

Janvier 1975

L'enfant ouvre les yeux sur la nuit polaire.

Sous sa couverture de phoque, ce n'est pas de froid que grelotte la petite créature – elle a l'habitude. Elle vit déjà son troisième hiver interminable. Elle connaît tous les trucs, toutes les règles : les trois couches pour commencer, une en coton, une en laine, puis la peau tannée. Les tonnes de graisse animale à avaler chaque jour, comme une cuirasse calorique. Ça la dégoûte un peu. Mais il faut s'y faire.

Non, c'est autre chose qui l'a saisie. L'a arrachée au repos. Une autre évidence échappée des immensités blanches, bleutées de lune, qui a pris le pas sur son rêve.

Tous les Inuits le savent : rien de bon ne naît dans les songes.

Au-dehors, la violence des rafales cogne contre les pans de cuir tendus comme sur un tambour. Les esprits de la banquise hurlent la colère obstinée de leur vent fou – le *pitaraq* venu du désert de l'inlandsis. Ils n'annoncent que malheur. Ils parlent de peur, de larmes, de désolation. Ils répètent les visions funestes de l'*angakkuq* du village – mais qui écoute encore les élucubrations du chamane, de nos jours ?

Les coups rythment les battements sourds du cœur de l'enfant. Pourtant, sous la tente, tout est paisible. Dans un coin, un minuscule poêle à huile dispense son faible halo. *Sila*, l'âme de la famille, est en parfaite harmonie avec *Nuna*, leur terre nourricière. Sans cela, ils n'auraient pas mangé à leur faim avant le coucher. Sans cela, ils n'auraient jamais tenu jusqu'ici, tous les quatre. Son père n'est peut-être pas le meilleur chasseur de la région, ce n'en est pas moins un fier pisteur de narvals et d'ours. Les sens affûtés et l'instinct clair. S'il y avait un danger quelconque, il serait déjà debout. Le fusil épaulé. Aux aguets. Sa mère et Aka n'ont pas bougé non plus, amas de corps familiers, chaud et rassurant.

Mina perçoit l'odeur de mort qui rôde autour des peaux de rennes. Remparts dérisoires. La veille, une épaisseur de neige fraîche a recouvert la glace. Des bruits de pas ne seraient guère plus audibles que sur un tapis.

Mina écoute.

Le silence profond est parfois plus effrayant que les plus lugubres des plaintes.

– *Anaana ! Anaana !* souffle l'enfant vers sa maman.

C'est peine perdue. Sa mère dort, prisonnière des *qivitoq*, les esprits malins qui accaparent son sommeil.

L'intrusion est fulgurante.

Un jaillissement de la nuit dans l'habitacle nourricier. Une ombre démesurée. La première pensée qui traverse l'enfant est qu'un tel géant n'entrera pas tout entier sous leur *tupeq*. Comme lorsque son père cherche à toute force à faire tenir un phoque dans un coffre déjà plein à craquer de viande congelée.

Le premier coup de patte frappe au hasard, avec la pesanteur d'une hache, dans le parterre de corps assoupis. Un déchirement mat de chair, juste avant les hurlements affolés. Leur bruit est insupportable. Alors plutôt que de fuir, Mina se bouche les oreilles et ferme les yeux. Braille à son tour. Hulule, comme ces renards arctiques qu'ils aiment tant pourchasser sous le regard attendri de leurs parents.

Le mouvement que son père a esquissé en direction de son arme est puni dans l'instant, brève gifle de griffes qui scarifie son visage. Ce qui suit n'est qu'un acharnement atroce. L'ombre blanche plonge sa gueule vers le cou de l'homme et fourrage dans les épaisseurs de fourrure qui le recouvrent jusqu'à trouver un ventre à dévorer. Face à cette rage destructrice, il ne sert à rien d'essayer de se défendre.

Des gouttes de sang volent comme des flammèches. Mina perçoit dans tous ses membres le feu de mort rouge qui s'abat sur les siens. Une odeur de viande s'empare de la tente. Ce n'est qu'un début. La bête n'est pas rassasiée. Après le père agonisant, ses viscères offerts au froid de la nuit, elle convoite la mère. Celle-ci ne peut rien faire d'autre que lui tourner le dos. Baisser la tête. Couvrir sa progéniture et opposer la faible résistance de son échine. La lacération qui court de sa nuque à ses reins est si profonde, si violente que la mère relâche immédiatement son étreinte. Elle tombe sur le flanc, masse inerte et future réserve de chair fraîche. Cette fois, les enfants sont à la merci des crocs qui luisent au-dessus d'eux, rougis de fureur et d'envie. Mina le sait : on ne négocie pas avec la faim d'un animal sauvage. On se soumet – ou on détale.

Son élan est irrépressible. Mina ne pense plus à sa famille, à ses parents. Enfuis à jamais les aurores boréales, les folles poursuites en traîneau, les jeux de corde pour tromper l'ennui. Enfuies à jamais les expéditions près des *agloo*, ces trous percés par les phoques dans l'épaisseur de la glace, où l'entraînaient parfois ses grands cousins. Enfuis à jamais les traditions, les chants lancinants de ses ancêtres au son des *katuaq*. Mina n'est plus qu'une boule de terreur. Inuit sans âge ni mémoire.

Mina est malingre et réussit à se glisser sous les bords du *tupeq* soudé au sol durci. Se faufile en un rien de temps à l'extérieur. Quand la patte gigantesque retombe, l'enfant a déjà disparu dans la pénombre hostile. Le choc est frontal. Durant un instant, ses yeux ne distinguent plus rien. Sur l'iceberg opaque aux contours flous, la nuit est sans étoiles et sans lune. Ses pieds nus foulent la neige rugueuse, par endroits coupante comme une lame. Ses poumons déchirés par les bourrasques, les yeux pleins de larmes aussitôt figées, Mina ne sent plus rien.

C'est à peine si l'on entend, loin derrière, la rumeur des gémissements qui se répondent et bientôt s'éteindront. Toute une vie d'enfant qui se meurt. Le petit être court depuis de longues minutes, sans but ni repères, lorsqu'il réalise qu'il tient encore entre ses mains un jouet, la chouette harfang miniature en peau de phoque que lui a confectionnée sa mère.

Le cadeau de ses trois ans.

Dans la nuit qui l'avale à présent, Mina a au moins un guide. Cet oiseau sera sa boussole, ses yeux. Plus que ça : sa seule famille. Son nouveau monde.

1

[IMG_1777 à IMG_1797 / 24 octobre / Vues d'avion de l'inlandsis, à l'approche de Nuuk, côte sud-ouest du Groenland]

Le petit bimoteur griffait la calotte glaciaire de son profil rouge depuis une bonne heure. À son bord, la poignée de passagers somnolait, bercée par le vrombissement régulier de l'appareil. Rien dans la quiétude de l'habitacle ne laissait supposer l'hostilité polaire qu'ils survolaient.

Le front collé au hublot, Qaanaaq pressait le déclencheur de son appareil à intervalles réguliers – un Blad flambant neuf, hors de prix, qui avait englouti plusieurs années d'économies. Pourquoi les Suédois savent-ils fabriquer des appareils photo convenables, et pas les Danois ? Mystère.

Après trois clichés, il fronça les sourcils. Le mode rafale était activé par défaut. Il avait pris cinq ou six images à chaque déclenchement. Il s'imaginait déjà trier une avalanche de photos uniformément blanches – l'inlandsis dans son infinie monotonie.

– Vous êtes danois ? demanda soudain sa voisine, interrompant ses réflexions.

Elle aussi, à en juger par son accent du nord Jutland bien marqué, râpeux comme une pierre ponce, et par la blondeur de ses cheveux. Mais d'autres attributs, comme ses bottes en peau de phoque retournée, montraient qu'elle avait ses habitudes au Groenland. Ou qu'elle s'efforçait de le faire croire.

– Oui.

– Vous êtes là pour votre travail ?

– Oui.

Il ne fallait généralement pas plus de trois réponses monosyllabiques pour dissuader les importuns.

– Moi aussi, dit-elle, fièrement.

Elle attendit une question qui ne vint pas. Puis se décida à poursuivre :

– J'ai plusieurs rendez-vous. Je vends des souvenirs en gros pour les échoppes touristiques.

D'autorité, elle lui tendit une carte de visite : *Liese Simonsen, gadgets touristiques et publicitaires, gros et demi-gros*. Qaanaaq accueillit l'information avec une moue. Quelque chose comme « tant mieux pour vous » ou « il n'y a pas de sot métier ». En temps normal, il se serait lancé dans une conversation sans arrière-pensée. Mais pas aujourd'hui. Pas après quarante-deux années d'absence. Cette femme n'y pouvait rien, mais elle gâchait son instant de mélancolie.

– Et vous, qu'est-ce que vous venez faire ici ? insista-t-elle.

– Moi... ?

Il hésitait. Il y avait tant de réponses possibles, la plupart impropres ou prématurées. Puis il se lança :

– Je viens coffrer un tueur en série.

Il avait assorti sa réponse d'un sourire gêné, comme pour s'excuser.

– À Nuuk ? s'exclama-t-elle.

– À Nuuk. Mais vous savez ce qu'on dit : « Toute chose a une fin... »

La femme eut une moue dubitative. Elle cligna des yeux et s'abîma sans plus rien ajouter dans un dépliant débordant de kayaks miniatures en similicuir et autres colliers en défense de morse synthétique.

Les parents de Qaanaaq, à sa connaissance, n'étaient jamais venus au Groenland. Pas même au moment de son adoption. Il était le premier de la famille Adriensen à fouler la grande île gelée. Mieux encore, le premier à y *revenir* sans jamais y être réellement allé.

Il se demanda comment son écrivain de père aurait décrit l'arrivée au pays blanc. Cette grosse tache laiteuse, à l'extrême nord des mappemondes et des planisphères. Peut-être aurait-il joué sur le contraste absurde entre la chaleur tropicale qui régnait dans l'avion et le froid extérieur ? Ou bien évoqué le paradoxe de ces étendues immaculées, si lisses et désertiques vues du ciel, et pourtant si riches d'infinies ressources géologiques dans leurs profondeurs ?

Mieux valait laisser Knut Adriensen aux divagations binaires qui avaient fait son succès sous le nom de O.A. Dreyer. De toute façon, son père était un idiot. Il avait passé sa vie à tenter de recréer une réalité vraisemblable, mot après mot, page après page, alors qu'il n'y avait littéralement qu'à se servir. Tout était là, offert, ne demandant qu'à être capturé. La vérité n'était qu'un animal sauvage qui attendait son maître. Elle méritait peut-être d'être domestiquée. Pas qu'on la falsifie !

Une voix d'homme crachota dans les haut-parleurs saturés. Elle annonçait sans doute l'arrivée imminente à Nuuk. Qaanaaq ne parlait pas le kalaallisut, et personne à bord ne semblait se soucier de traduire en danois ou en anglais pour les étrangers présents parmi la quinzaine de passagers. L'hôtesse en livrée rouge hocha la tête d'un air las.

Déjà le Dash-8 De Havilland réduisait sa vitesse et piquait du nez vers sa destination. Il ne restait plus beaucoup de temps à Qaanaaq pour se replonger dans les documents reçus l'avant-veille sur sa boîte mail, q. a@politi.dk. Q & A : les initiales de son patronyme, Qaanaaq Adriensen. Lesquelles correspondaient étrangement à son boulot. En bon anglais : *questions & answers*. Certains de ses collègues y voyaient un signe. Celui du talent singulier que manifestait Qaanaaq pour conduire les interrogatoires. Comme une forme de prédestination. Encore aujourd'hui, après vingt années de service, la coïncidence en amusait plus d'un.

Une main posée sur l'enveloppe beige, Qaanaaq lissa lentement son crâne de l'autre. Un rite rassurant, cette caresse sur la surface glabre. Tant qu'il pourrait s'offrir ce petit plaisir, rien de fâcheux ne lui arriverait. Rien qui justifiât qu'on l'expédie à mille kilomètres de chez lui et de ses crimes familiers pour enquêter sur trois corps en charpie. Ce n'était pas réellement une sanction – Arne Jacobsen, le patron de la Crim, le lui avait assuré. Juste une façon de lui changer les idées. Un flic, surtout un bon, ne se remet jamais facilement d'un échec.

Il avait déjà examiné plusieurs fois la série de clichés scientifiques – mal cadrés hélas ! les couleurs et le relief étaient écrasés par un flash surpuissant. Il ne parvenait toujours pas à trouver le moindre sens à cette boucherie. On eût dit l'un de ces puzzles pousse-pousse qu'affectionnaient ses jumeaux, Jens et Else. Sauf que les fragments à replacer dans le cadre, au lieu de poules, tricycles ou ballons multicolores, étaient des morceaux de ventres ouverts, de faces fendues façon sourire de l'ange ou d'yeux expulsés de leurs orbites. À quelques détails – largeur de la mâchoire fracassée ou barbe naissante –, on pouvait quand même identifier trois individus de sexe masculin : deux Caucasiens et un Asiatique.

Il se sentait moins dans la posture de l'analyste, du professionnel, que dans la peau du photographe même, dans ses yeux. Car malgré leur faiblesse technique, et sans aucune prétention artistique évidemment, ces photos reflétaient une rigueur respectueuse, une compassion évidente, qui lui parlaient un langage connu. Qaanaaq aurait pu le parier : celui qui avait couvert cette scène de crime connaissait ces pauvres hères lacérés en tous sens. Ces clichés laissaient transparaître leur humanité sous le protocole de la photographie criminelle.

Brusquement, le flic refit surface en lui.

Quel instrument ou quelle arme pouvait donc faire de pareilles incisions, à la fois si larges et si profondes ? Une lame de couteau ou de sabre aurait tranché beaucoup plus net. Un pic à glace ou une baïonnette aurait creusé la plaie plus étroitement. Une faux ou une serpe n'aurait pas exploré les chairs avec autant de férocité. Les sillons imprimés sur ces corps emportaient plutôt son intuition du côté de gros engins agricoles – une moissonneuse-batteuse ? Impossible. Et pourtant, c'était ça : ces hommes n'avaient pas été blessés, ils avaient tout bonnement été déchiquetés. Avec rage, et sans autre plan apparent que de les réduire en miettes.

La voix du commandant de bord grésilla de nouveau dans son dialecte inintelligible. Dans tous les avions du monde et dans toutes les langues, se dit Qaanaaq, les pilotes avertissent leur équipage avec le même ton et les mêmes messages laconiques. Pas besoin d'être du cru pour les comprendre.

Remballant ses images – Liese-Simonsen-gadgets-touristiques-et-publicitaires n'osait plus regarder dans sa direction –, il feuilleta quelques pages de *Suluk*, le magazine d'Air Greenland. Il n'y était question que d'attractions touristiques de toute évidence factices : danses traditionnelles à Nuuk ou balades en traîneau à Ilulissat. Une culture folklorique formatée pour les *tour operators* qui n'éveillait en lui qu'un ennui dégoûté. Bien loin en tout cas d'un sentiment de retour aux sources.

Puisque les autres passagers – sans doute des habitués de la navette reliant l'aéroport international de Kangerlussuaq[1] à la capitale – refermaient à présent livres et carnets, Qaanaaq déplia sa haute taille pour enfiler sa parka estampillée « Arctic Proof », achetée pour l'occasion. La main toujours posée sur son appareil photo, il laissa ses yeux kaki errer sur le paysage de moins en moins blanc. La « terre verte », vantée en son temps par le Viking Erik le Rouge, n'était donc pas qu'un argument publicitaire pour colons crédules.

Difficile à cette altitude de distinguer les landes à arbustes des tourbières ou les pentes fraîches luxuriantes des *fell-fields* pierreux. Mais ce qui était certain, c'était qu'il y avait de la végétation, et même à profusion. Elle était ponctuée çà et là de rectangles proprement délimités – quelques fermes céréalières dont se gargarisaient les autorités du pays. Rien à voir évidemment avec les grandes forêts canadiennes ou les exploitations agri-

1. Kangerlussuaq est l'unique aéroport international du Groenland, le seul à être relié au continent européen, en particulier au Danemark (vols quotidiens au départ et à destination de Copenhague).

coles extensives du Midwest américain. Néanmoins, le patchwork était de plus en plus verdoyant à mesure qu'on quittait le centre de l'île pour rejoindre les côtes. Qaanaaq se souvint avoir été sidéré d'apprendre, l'été précédent, que, pendant plusieurs jours, un gigantesque brasier avait ravagé les étendues du sud-est du Groenland. L'ampleur du sinistre rivalisait avec celle des grands feux de forêt californiens, français ou portugais. Un incendie incontrôlable au pays des glaciers éternels ? Ironie tragique, ce phénomène soulignait le désastre climatique en cours dans les régions polaires.

Il n'y avait plus guère que les guides touristiques, ces recueils d'âneries qui braient au vent des préjugés, pour évoquer le Groenland comme un gigantesque monolithe gelé, sans contraste ni histoire.

Une histoire, il y en avait une, puisqu'il y avait des morts.

Des histoires, Qaanaaq en trouverait, puisqu'il y avait eu des crimes.

2

[IMG_1814 / 24 octobre / Façade du poste de police de Nuuk]

Pas vraiment une face lunaire. Plutôt une lune à face humaine.

C'est la toute première impression que lui fit le visage rond, tanné et souriant qui l'attendait au bas de la passerelle de débarquement.

Le secrétariat de la Crim de Copenhague n'avait fourni à Qaanaaq pour tout renseignement qu'un nom, et l'assurance qu'on l'attendrait au pied de son avion. Un petit homme patientait en effet, bedaine en avant, bras croisés dans le dos, sa veste en toile bleu nuit largement ouverte sur un tee-shirt bariolé. Un vrai Esquimau de cinéma, en goguette à Hawaï dans une comédie des frères Farrelly.

Il faudrait s'y faire. Si c'était bien l'individu annoncé, il lui servirait non seulement d'adjoint, mais aussi de guide durant tout son séjour. Séjour que Qaanaaq espérait le plus court possible…

Dès qu'il posa le pied sur la plateforme métallique, le froid l'assomma. Malgré le faible enneigement des alentours – à peine quelques plaques éparses –, le frimas mordait chaque molécule qui s'aventurait dans l'air. Bien qu'habitué aux hivers scandinaves, Qaanaaq ressentit une oppression inédite sur son crâne nu. Comme si un anticyclone ultralocalisé exerçait on ne sait quelle force invisible. Il lui sembla même qu'un mince film de givre se formait sur sa tête. Le type en contrebas, coiffé pour sa part d'un casque de cheveux sombres et hirsutes, lui faisait signe de rabattre sa capuche. *C'est bon, c'est bon, j'ai compris...* siffla pour lui-même le capitaine de la Crim.

– Apputiku Kalakek ? demanda-t-il, butant sur la succession des K.

Le drôle de type se contenta de lui secouer la main avec vigueur, levant très haut une paire de sourcils fournis. Cela devait valoir pour un oui.

– Qaanaaq Adriensen, se présenta-t-il à son tour, les traits plissés par les degrés sous zéro.

– Non.

Comment ça... *non* ? Qaanaaq n'avait pas le visage le plus expressif de la terre, mais, pour une fois, il sentit ses yeux trahir son effarement.

– Pardon ?

– Tu dis Kaanaak, corrigea l'autre, toutes dents dehors. Tu dois dire Hraanaak.

Dans sa bouche, le *q* initial se muait en un chuintement, entre l'expiration et le crachat. Ne demeurait du son coupant qu'un souffle un peu guttural, un feulement de gorge. Ici, le *q* ne provient pas de la bouche, il naît clairement dans les viscères.

Qaanaaq était si surpris qu'il ne se formalisa même pas du tutoiement.

– Hraanaak, répéta-t-il.

– Tu dis bien, cette fois.

Et pour montrer son approbation, l'homme partit d'un petit rire de clochette qui secoua ses épaules en cadence.

Qaanaaq n'en revenait pas. Ses parents, ses amis, ses collègues, ses maîtresses, ses enfants, et jusqu'à sa boulangère ou aux voyous qu'il interrogeait, tous se seraient fourvoyés sur la prononciation de son prénom ? Lui compris ? Il lui fallut plusieurs secondes d'hilarité groenlandaise pour dissiper son malaise. Mais Kaanaak ou Hraanaak, peu lui importait, au fond. Depuis toujours, son nom aboyait en lui comme un chien fou, écorchant ses oreilles, cible de toutes les humiliations dont les enfants sont les experts. Caca. Arnaque. Macaque. Faites votre choix, mes amis, tout est bon dans le juron.

– Tu me suis ?

Là où tout hôte se serait jeté sur son sac de voyage, Apputiku se borna à tourner les talons, indiquant l'aérogare d'un mouvement distrait du menton.

L'homme était plutôt court sur pattes et peu alerte. Chaque enjambée de Qaanaaq lui en coûtait au moins trois. Mais ce désavantage ne paraissait pas le gêner. Il ne faisait rien pour accélérer leur traversée du tarmac vitrifié.

Les installations aéroportuaires de Nuuk ressemblaient à celles d'une ville de province danoise. Piste unique. Bâtiment d'accueil et de transit probablement inauguré dans les années 1980. Maigre flottille de bimoteurs à hélices, tous écarlates et frappés du flocon d'Air Greenland. Au-delà des limites de l'aérodrome, les faubourgs de la ville s'étendaient au petit bonheur, maillage distendu de maisons basses et colorées. On ne devinait ni tour, ni stade, ni pont, ni viaduc ou échangeur, aucun monument notable, rien de ce qui caractérise l'urbanisme des cités du Vieux Continent, *a fortiori* d'une capitale.

Et puis. Tout de même. Quarante-deux ans ! Quarante-deux ans que Qaanaaq n'avait pas foulé le sol ancestral. Il s'était attendu à éprouver de l'émotion, même ténue. Quand Flora, sa mère, avait appris où le conduisait sa mission, elle avait longuement mis en garde son fils. Il risquait d'éprouver un choc. Un afflux de souvenirs désordonnés, certains doux, pourquoi pas, d'autres à coup sûr pénibles ou douloureux. Un retour aux sources n'est jamais anodin.

Or ce qui le frappait, c'était justement que rien ne le frappait dans cette ville aux allures de sous-préfecture paumée. Il se sentait comme au début de n'importe quelle enquête, dans n'importe quel bled. Excité et las à la fois, résolu à coincer l'ordure du moment au plus vite – on n'est jamais assez économe des sous du contribuable danois, l'un des plus ponctionnés au monde. Mais sans plus d'affect, de fragilité ou de hargne que d'ordinaire. Juste un flic consciencieux, juché sur sa double décennie d'expérience. Voilà ce que lui inspirait ce pays qu'il ne connaissait pas – le sien.

L'intérieur de l'aérogare se révéla aussi quelconque et impersonnel qu'il l'avait imaginé. Le seul fait marquant fut de découvrir, dans la vitrine d'une librairie, le dernier titre en date d'O.A. Dreyer parmi les meilleures ventes. Un nouveau tome des aventures du commissaire Loksen. La mort de son père, près de cinq années auparavant, n'y changeait rien, ses ouvrages figuraient toujours en bonne place sur les rayonnages danois. L'éditeur, peu pressé de traire l'ultime goutte de sa vache à lait, parvenait toujours à exhumer un inédit de derrière les fagots. Que Dreyer le poursuive jusqu'ici lui inspirait un étonnement amer. Décidément, il n'était pas facile de se débarrasser d'un parent qui avait œuvré avec tant d'acharnement à sa postérité.

Apputiku se fit un devoir de lui commenter la traversée de Nuuk dès les premiers tours de roues du gros 4 x 4 Toyota. Un véhicule de facture récente et d'une couleur sombre indéterminée, assortie à la veste de l'Inuit. Mais les indications touristiques se bornaient à de sibyllins « Là, tu as golf », « Là, tu as Ilisimatusarfik, université de Nuuk ». Qaanaaq traduisait mentalement le danois approximatif que lui servait Appu en phrases intelligibles, sans même y prêter attention.

Ce que notait surtout Qaanaaq, à mesure qu'ils approchaient du centre-ville, c'était le peu de circulation sur cette route principale qui ne croisait que de simples chemins de terre caillouteux, partiellement enneigés. L'asphalte décrivait d'amples arabesques entre des étendues d'une végétation rase et brunâtre – landes déclassées en terrains vagues – et de petits lacs gelés. La ville semblait surgie de terre sans plan réel, ni aucune concertation. C'était certes le cas de bien des localités sur le continent. Mais s'ajoutait ici la sensation que tous les bâtiments et infrastructures avaient poussé dans le désordre, ou plutôt avaient été montés dans la plus totale précipitation. Tout paraissait bricolé, la majorité des maisons individuelles, des hangars ou des bureaux n'étaient guère plus évolués que des préfabriqués de plain-pied assemblés à la va-vite.

Le plus déstabilisant pour un flic comme Qaanaaq, c'était d'avoir à appréhender un nouveau territoire. Essentiel, pour un flic, son territoire. Il faut l'apprivoiser, le quadriller, le humer jour après jour. Mais aussi y laisser son empreinte, le baliser d'indics et de repères bien à soi. À Copenhague, dans les districts centraux d'Indre By, Østerbro et Nørrebro où il officiait depuis bientôt dix ans, plus un club, une boîte, une ruelle ou une tache de pisse sur les murs n'avaient de secrets pour lui.

Ici, tout était neuf. Vierge, et désespérément anonyme. Comme un dock planté de frigos ou de conteneurs identiques, à perte de vue.

Soudain, comme dans un flash, les images des corps en lambeaux se superposèrent aux bâtisses dispersées de part et d'autre de la route.

– Tu es en service ici depuis longtemps, Apputiku ? finit-il par demander pour chasser sa vision.

– Seulement cinq ans. Tu peux m'appeler Appu, tu sais.

– Hå… Bientôt l'âge de raison.

Question précise, réponse étroite. L'homme paraissait peu enclin à élargir ses confidences au-delà du cadre strict de ce qui lui était demandé. Depuis combien de temps travaillait-il dans la police ? Que faisait-il *avant* ? Quelles affaires marquantes le groupe avait-il à son actif ? Ces informations resteraient prisonnières de ce sourire fixe, à demi édenté. Jusqu'à ce que Qaanaaq en vienne à bout.

Les lacérations sanglantes revinrent à la charge, imprégnant le paysage de leur rouge cramoisi. Alors Qaanaaq conçut ce que l'on pourrait appeler

Sa première intuition

Ces trois types avaient été victimes de quelque chose qui les dépassait très largement. D'une violence qu'on pourrait presque qualifier de grandiose dans sa sauvagerie. En tout cas, sans proportion avec cette bourgade modeste et de guingois. Ici, quand bien même on s'entre-tuait – et les cas étaient rares, à en croire les statistiques –, on devait plutôt se suriner d'un bon coup de poignard dans le ventre, ou d'une décharge de fusil en pleine figure. Rien de commun avec le carnage théâtral dont témoignaient les clichés de constatation.

Grandes villes, grands crimes ; petites villes, petits crimes. Comme toutes les règles, celle-ci ne demandait qu'à être contredite. Et pourtant, Qaanaaq l'avait tant de fois vérifiée. Une pensée coupable le traversa, vite réprimée : d'une certaine manière, un trou paumé tel que Nuuk *ne méritait pas* une si belle affaire...

La plupart de ses confrères criminologues au siège de la police de Copenhague se voulaient des méthodiques laborieux. Le genre à espérer voir jaillir la révélation de l'accumulation patiente de preuves matérielles. Sur cet empilement de données plus ou moins fertiles était censée germer l'infime pousse de la vérité.

Une minorité, généralement les plus anciens, ne se fiaient qu'à leur pur instinct. Son vieil ami Karl Brenner, de douze ans son aîné, était de ceux-là – non sans un certain succès.

Quant à lui, il se voyait à mi-chemin de ces deux écoles. Ses intuitions sourdaient habituellement dès les prémices d'une enquête. Il laissait leur parfum entêtant infuser en lui le temps qu'il fallait, pour leur appliquer par la suite le plus impitoyable des examens, rasant chaque impression initiale à la lame des faits, des documents et des chiffres. Deux flics coexistaient en lui, bon an mal an, et il refusait d'en sacrifier un au détriment de l'autre – quoi qu'en disent la doxa criminalistique et sa hiérarchie.

La balade n'avait pas duré plus de dix minutes. *Petite ville...* ressassait Qaanaaq. Apputiku engagea le 4 x 4 dans un cul-de-sac et stoppa net devant un long bâtiment à un étage, dont la structure de béton et le placage en bois sombre fleuraient bon les années 1970. *Politigarden*, annonçait l'enseigne sur l'auvent turquoise protégeant l'entrée.

Sans faire injure aux forces de police locales, c'est en contemplant leur QG que vint à Qaanaaq

Sa deuxième intuition

Arne Jacobsen, que tous à la Crim surnommaient la Fourmi, lui avait juste demandé d'apporter un peu d'aide et de méthode à ses homologues groenlandais. Mais face à ce commissariat délabré, d'où s'échappaient un fond musical et des éclats de rire gras, Qaanaaq eut le pressentiment qu'il serait seul à mener cette enquête. Le seul à la mener *vraiment*.

– Capitaine Adriensen ?

Une silhouette blonde et longiligne avait surgi hors du poste, chignon bas, tailleur gris perle, une parka de service jetée sur les épaules. Une cigarette tout juste entamée fumait au bout de ses doigts. Elle trottait dans sa direction avec une certaine grâce, roulis de hanches à peine marqué et néanmoins hypnotique.

– Capitaine Adriensen, bienvenue au Groenland !

La créature affichait quinze bons centimètres au-dessus du brave Apputiku, lequel piétinait gauchement sur le perron. Et, au jugé, quinze années de moins. Plus jolie que la moyenne. Mais, à la différence d'une Liese-Simonsen-gadgets-touristiques-et-publicitaires-gros-et-demi-gros à la danoisité ouverte et bienveillante, celle-ci respirait une fierté viking nettement moins accorte. Le sourire de façade n'y changeait pas grand-chose.

– Rikke Engell. Je dirige les forces de police groenlandaises… En l'occurrence, ça se résume à ce modeste commissariat.

La poignée de main réticente que lui tendit la jeune femme offrit à Qaanaaq

Sa troisième intuition

Contrairement à ce qu'elle voulait laisser paraître, Rikke Engell ne concevait aucun plaisir, pas même un peu de soulagement, à recevoir son hôte. Dit autrement, Qaanaaq Adriensen n'était pas le bienvenu sur la terre de ses ancêtres.

Plus sûrement encore, il perçut cette évidence dans quelques signaux furtifs – une contraction de la pupille, une ride à la commissure des lèvres : ils se connaissaient depuis une minute, et cette femme le détestait déjà.

3

[IMG_1823 / 24 octobre / L'équipe d'enquêteurs du Politigarden de Nuuk]

– En danois, messieurs, s'il vous plaît, en danois. Un peu de respect pour notre invité.

D'une voix tranchante, la patronne de la police groenlandaise tançait son équipe hétéroclite. Hormis Qaanaaq et elle, ils n'étaient que quatre dans la petite salle de réunion qui fleurait bon la moisissure. Une chaleur infernale comprimait l'espace. À chaque angle trônait un dispositif de chauffage différent : bain d'huile et céramique au fond, simple convecteur électrique près de l'entrée et poêle à huile sur le pan de mur voisin. Ils devaient tous être allumés, forçant chacun à se dévêtir autant que la décence l'autorisait. Trois des quatre hommes présents, Appu compris, portaient le maillot d'une équipe de foot anglaise de Premier League.

Contrevenant à l'ordre, un type au teint grisâtre et au tee-shirt d'Arsenal lança une boutade incompréhensible pour Qaanaaq. Tous se mirent à rire – sauf Rikke Engell.

– Søren !

Sans trop savoir d'où il tenait cette information, Qaanaaq se rappela que si le kalaallisut était devenu la langue officielle du Groenland avec la loi d'autonomie étendue de 2009, le danois était censé demeurer en vigueur dans les quelques administrations dépendant encore directement de Copenhague, comme la police et la justice. Il se garda pourtant bien de demander la traduction de la blague. Il était venu les mains vides. Les laisser se livrer à leurs *private jokes* serait son élégance à lui.

– Bien, je pense que je n'ai pas besoin de vous présenter Qaanaaq Adriensen…

Ce qu'elle s'empressa donc de faire dans un raclement de gorge.

– … capitaine à la Crim de Copenhague, plusieurs fois cité, fils de Flora Adriensen, la mythique directrice du service dans les années 1990…

Pitié, non, pas ça, maudit Qaanaaq. Et pourquoi pas entonner le *Der er et yndigt land* en son honneur, l'hymne danois, blondeur dénouée sur les épaules et main sur le cœur !

À son habitude, comme pour s'échapper de l'instant, Qaanaaq caressa son crâne de la main. Comme il relevait les yeux sur la petite assistance, il surprit le regard du plaisantin sur sa tête lustrée. Un regard plus curieux qu'hostile. Qaanaaq avait l'habitude : on est toujours l'animal exotique d'un autre. Et lui, avec sa drôle de tronche hybride, plus souvent qu'à son tour.

Son entrée dans le poste ne lui avait pas produit une impression très différente. L'*open space* central tenait plus d'une MJC ou d'un foyer social que d'un commissariat. Aucune effervescence palpable, aucun autre éclat de voix que des rires, aucun crépitement de clavier à PV. Une grosse dizaine de « civils » traînait là, café et biscuits en main. Certains se dandinaient dans les travées au son d'une pop quelconque, échappée d'un ordinateur. D'autres étaient apparemment occupés à informer les agents vautrés sur leurs sièges à roulettes des derniers cancans locaux. Le tout, étonnamment paisible, donnait une bonne indication sur la mission première des forces de police à Nuuk : l'écoute et le partage. Ce petit monde socialisait gentiment sous l'œil d'une reine Margrethe II la tête en bas – un esprit taquin avait trouvé amusant de basculer le portrait officiel.

– Voilà où nous en sommes…

Engell avait fini son laïus et s'était rapprochée du tableau coincé entre la table et deux radiateurs. Attrapant une chemise, elle sortit trois portraits format A5 qu'elle punaisa un à un. Puis, jetant un œil las sur sa brochette de « bras cassés » – Qaanaaq n'imaginait pas qu'elle puisse les considérer autrement –, elle reprit.

– Comme vous le savez déjà, au cours des huit derniers jours, trois ressortissants étrangers – un Chinois, un Canadien et un Islandais –, tous employés de l'exploitation pétrolière de la compagnie Green Oil, au large de l'île de Kangeq…

Sur la carte affichée au mur, elle pointa un endroit situé à vingt kilomètres au sud-ouest de Nuuk.

– … ont été retrouvés morts dans leur logement temporaire en banlieue de Nuuk. Dans le campement préfabriqué de Green Oil, que les gens du coin appellent aussi le Primus – le « réchaud », traduisit-elle à l'attention de Qaanaaq.

Appu approuva d'un haussement de sourcils, les mains croisées sur son ventre floqué du blason de Manchester United.

– Il n'y a aucune habitation sur Kangeq, et les travailleurs détachés font la navette tous les jours en bateau ou en hélico entre le Primus et la plateforme offshore de Green Oil, lui précisa-t-elle.

Un Chinois, un Canadien, un Islandais… Qaanaaq se demanda combien de nationalités étaient représentées sur un chantier aussi mondialisé.

Balayant du regard l'équipe de cadors qui l'entourait, il remarqua qu'elle se partageait nettement entre deux types physiques : d'un côté, l'ovale allongé des faciès résolument danois (Rikke Engell) ; de l'autre, la rondeur satellitaire des figures d'origine inuite (Apputiku). Même les possibles métis, Søren le blagueur par exemple, penchaient sans ambiguïté d'un côté ou de l'autre. Il était le seul à mêler les deux influences à parts égales, visage effilé, nez droit et iris clairs, contredits par ses yeux amandés et ses pommettes hautes et saillantes. Si l'on ajoutait à cela son crâne aussi lisse et blanc qu'un lavabo, cela donnait une drôle de salade anthropologique.

– Quatre-vingt-quinze pour cent des ouvriers de Green Oil à Kangeq sont des travailleurs détachés qui effectuent des missions d'une durée moyenne de six mois. Ils rentrent un mois chez eux et embrayent pour six nouveaux mois. Et ainsi de suite. Enfin, jusqu'à ce qu'ils en aient marre ou que survienne un accident…

Aux portraits des victimes vinrent se joindre les images surexposées de carnage que Qaanaaq connaissait déjà. Il se demanda qui dans l'assistance avait bien pu les prendre. Søren, le rigolo de service ? Le beau gosse à sa gauche ? Ou bien ce jeune Inuit discret qu'on avait convié à la réunion à la dernière minute ?

Pas Apputiku quand même ?

– Dans la nuit du 16 au 17 octobre, autour de trois heures du matin, ont donc été tués Huan Liang, vingt-huit ans, de nationalité chinoise, célibataire, qui travaillait sur le site de Kangeq depuis un an environ en tant que soudeur…

Deux rotations de six mois. *Encore quelques semaines*, spécula Qaanaaq, *peut-être seulement quelques jours, et Huan Liang serait rentré auprès des siens, à Pékin, Shanghai ou ailleurs.* Il aurait dépensé ses dollars canadiens en Smartphones dernier cri pour ses proches, en beuveries avec ses copains d'enfance ou en prostituées occasionnelles à la recherche d'un mari plein aux as. Peut-être aurait-il même trouvé un petit job pépère dans une usine d'assemblage électronique, pour ne jamais remettre les pieds au Groenland. Pour quoi faire ? Perdre sa jeunesse dans un bidonville de luxe ? L'agenda des criminels était vraiment sans pitié.

– … ainsi que Matthew Hawford, trente-trois ans, canadien, marié et père d'un enfant, employé de manière régulière par Green Oil depuis 2012 en qualité de chef d'équipe d'exploitation. Deux jours plus tard, dans la nuit du 18 au 19, vers quatre heures, c'est le tour de Niels Ullianson, vingt-six ans, islandais, célibataire, cuisinier à la cantine du site.

Un soudeur chinois, un contremaître canadien, un cuistot islandais… Drôle d'inventaire. Des hommes appartenant à des sphères en apparence totalement étanches les unes aux autres, sans contacts réguliers dans cette termitière flottante que devait être une plateforme en mer.

– Bon, qu'ils aient embauché un Islandais pour leur faire la popote ne cesse de me surprendre, tenta Rikke Engell dans un demi-sourire. Mais j'imagine qu'il savait mitonner autre chose que du *lifrarpylsa*… On ne l'aurait tout de même pas tué pour ça…

Las, sa plaisanterie vaguement xénophobe sur la saucisse de foie de mouton ne trouva pas d'écho. Gênée, elle se força à tousser et poursuivit :

– Dans les trois cas, et je parle sous le contrôle de Kris Karlsen, notre légiste...

Elle adressa un sourire au fringant jeune homme qui se tenait à la gauche de Qaanaaq. Ce dernier l'avait spontanément rangé dans le camp des « Danois » pur jus. À moins qu'il ne cache son jeu.

– ... les victimes ont été égorgées, zone haute du larynx, puis on leur a lacéré le ventre : le point de jonction entre le gros intestin et l'intestin grêle a été chaque fois touché, causant une importante hémorragie dans toute la partie basse du tronc.

– À chaque fois, la même séquence, confirma Karlsen avec sobriété : la gorge, puis le ventre.

Qaanaaq était impressionné par l'attention presque recueillie que presque tous portaient au compte rendu. En pareilles circonstances, avec un débriefing aussi peu convaincant, une réunion à Niels Brocks Gade, le siège de la préfecture de police à Copenhague, aurait vite tourné à la foire d'empoigne. Chacun se serait engouffré dans les brèches pour faire valoir son objection. Pas ici. Personne ne semblait de taille ni d'humeur à contrer la maîtresse des lieux.

– Or, et je sais que cela n'a échappé à aucun d'entre vous...

Sauf peut-être à Appu qui avait sur les lèvres l'air béat de l'absence.

– ... cette manière spécifique de tuer ressemble furieusement aux attaques d'ours polaire.

– *Imaqa.*

Engell foudroya le gnome Apputiku, brusquement tiré de ses rêveries.

– Comment ça, « peut-être » ?

– Eh bien... on n'a retrouvé l'arme du crime sur aucune des trois scènes.

– Je sais, dit-elle en appuyant chaque mot, comme si elle s'adressait à un gamin déficient. C'est bien pour ça que cette hypothèse nous intéresse, vois-tu ?

– Non… Ce que je voulais dire, c'est que ce n'est pas parce qu'on n'a pas retrouvé d'armes sur place qu'elles ne se trouvent pas *ailleurs*.

Apputiku avait marqué un point. Mais sa chef ne paraissait pas disposée à lui en laisser le bénéfice, même minime.

– On est bien d'accord… Par exemple sur les pattes et dans la gueule d'un ours !

D'expérience, Qaanaaq savait qu'humilier ses subordonnés, même sous couvert d'humour, n'est jamais une bonne option. Appu piqua du nez sur le diable rouge qui ornait son maillot. Il paraissait accepter la sanction. N'empêche, tout ce cirque hiérarchique commençait à lasser le flic danois.

Par les deux étroites fenêtres de la pièce, il contempla l'architecture furieusement contemporaine du Katuaq – le grand centre culturel implanté pile en face du commissariat. L'édifice, longue ondulation de lambris sinuant dans le paysage, était splendide. Presque trop sophistiqué pour le bric-à-brac urbain de la capitale groenlandaise.

– Cela dit, enchaîna Engell comme si l'interruption n'avait jamais eu lieu, la façon dont se sont déroulées les trois intrusions continue à poser question. Et vous pouvez mettre « question » au pluriel. Pour commencer, deux des serrures, celle de Hawford et celle d'Ullianson, ont manifestement été crochetées. Je dis bien crochetées, pas forcées ni défoncées. Si vous connaissez un ours polaire capable de jouer du rossignol, donnez-lui mon numéro, il ferait fureur au cabaret près de chez moi !

Elle parlait d'un chez-elle danois, évidemment.

– S'agissant du verrou de Liang, on monte encore d'un cran dans l'improbable, puisqu'il semble que la victime avait fait remplacer la serrure de son bungalow pour un modèle beaucoup plus solide, et ce peu de temps avant sa mort. Ce qui, dans son cas, implique que notre ours ait pu non seulement se dresser sur ses pattes arrière pour y accéder, mais en plus qu'il ait eu un double des clés de Liang sur lui !

Deux de ses acolytes esquissèrent un sourire. Appu lâcha un bref trille de son rire carillonnant. Il ne s'indignait même pas de l'injustice de la situation : pourquoi Engell l'avait-elle rabroué si c'était pour défendre juste après une thèse identique à la sienne ?

Qaanaaq comprenait mieux pourquoi on l'avait fait venir de Copenhague.

La piste d'une vague d'attaques d'animaux affamés, chassés de la banquise par la fonte des glaces – comme il en avait vu à la télé dans le Grand Nord canadien, même si ces espèces sont moins redoutables que les ours arctiques –, s'était totalement effondrée. Si toutefois elle avait été considérée sérieusement un jour. D'ailleurs, si l'enquête avait dû se résumer à une course à l'ours dans les faubourgs de Nuuk, Appu, Søren et les autres auraient largement fait l'affaire. Ce qui demeurait obscur, c'était pourquoi Rikke Engell avait attendu près d'une semaine avant d'alerter ses supérieurs à la direction générale de la police danoise, et de leur demander du renfort.

Orgueil de flic ?

Peur du ridicule ?

Qaanaaq devait intervenir.

– Øh..., dit-il d'une voix douce, presque éteinte. Le type peut *aussi* avoir omis de boucler son verrou tout neuf ce soir-là.

Au regard que lui envoya Engell, il comprit qu'elle n'était pas habituée à supporter la contradiction.

– Soit. Mais si l'« ours » s'était contenté de pousser une porte déjà ouverte, on aurait retrouvé une trace quelconque sur le vantail ou autour de la serrure : empreinte de patte, poils, ou n'importe quel dépôt, ne serait-ce qu'un peu de terre... N'est-ce pas, Søren ?

L'homme au maillot d'Arsenal, apparemment dévolu aux tâches de police scientifique, approuva.

– C'est exact. Je n'ai rien relevé dans ce sens. Aucun dépôt animal qui corresp...

– Ni humain ? le coupa Qaanaaq.

– Non plus. À part ceux de la victime, cela va de soi.

Rikke Engell s'empressa de récupérer la parole :

– J'ajoute à cela que toutes les attaques ont eu lieu à l'heure la plus sombre et la plus calme de la nuit. Je suis loin d'être une spécialiste de l'espèce, mais il me semble qu'en cette saison un ours attaquerait plus volontiers en plein jour, quand il est sûr de pouvoir coincer sa proie. En tout cas, la « discrétion » ne serait pas l'une de ses préoccupations majeures...

– Les ours polaires voient mal, d'accord, interrompit encore Appu, mais ils pistent surtout leurs proies à l'odeur. Un ours sent sa cible à des kilomètres. La nuit comme le jour.

Cette nouvelle intervention était manifestement la goutte d'eau... Qaanaaq prit l'initiative, pour couper court à tout esclandre :

– Vous avez effectué des battues, non ? Ou une recherche en hélicoptère ?

– Monsieur Adriensen, je sais qu'à Copenhague on jouit d'une flotte conséquente et qu'on peut faire décoller un appareil sur un simple coup de fil, mais voyez-vous, ici, nos moyens sont très légèrement inférieurs. Nous ne disposons d'aucun hélicoptère en propre, et Air Greenland nous loue les siens deux mille cinq cents couronnes l'heure de vol !

Le ton était monté d'un coup dans des aigus courroucés. Søren prit sur lui d'en faire descendre sa supérieure par une petite note zoologique.

– De toute façon, un ours court jusqu'à plus de cinquante kilomètres à l'heure. Y compris sur des reliefs où ni les voitures ni les motoneiges ne peuvent le suivre. Si l'« agresseur » était vraiment un ours, le temps qu'on arrive sur place et qu'on se mette en chasse, il aurait déjà fui très loin...

Pour trouver d'autres proies. Pour produire d'autres plaies, comparables à celles qui paraient déjà le panneau d'affichage.

Mais quelque chose clochait. Après la nuit tragique du 17, celle où Liang et Hawford avaient trouvé la mort, l'« ours » fuyard serait revenu dès le lendemain, le 18, pour régler son compte à Ullianson, l'Islandais mangeur de foie de mouton ? À quelques cabanes seulement de ses premiers forfaits ? Cela ne cadrait pas avec le schéma d'une bête traquée, guidée par ses instincts primitifs. À commencer par celui de sa propre survie. L'animal pouvait-il avoir pris goût à ce point à la viande humaine qu'il ait cédé à un nouvel et irrépressible appel ? C'était douteux, cette histoire d'ogre gastronome.

– Depuis tout à l'heure, on n'évoque qu'un seul agresseur, risqua Qaanaaq. Mais ne pourrait-on avoir affaire à plusieurs individus distincts ?

Comme dans le cas des grizzlis canadiens. Sans réellement se déplacer en meute, ceux-ci fondent parfois sur de petites localités à quatre ou cinq, dévalisant les poubelles, semant la panique parmi la population.

– C'est peu probable, infirma Søren. Les ours polaires adultes sont solitaires par nature. Ils ne se socialisent que pour la reproduction, et encore, pas souvent…

Ça sentait le vécu. Pour un homme célibataire à Nuuk, les occasions de se « socialiser en vue d'une reproduction » ne devaient pas courir les rues non plus.

– … le reste du temps, ils chassent seuls.

– Ou alors, insista Qaanaaq, deux ours sans lien entre eux qui attaqueraient deux nuits de suite… Une pure coïncidence…

– À quinze jours d'intervalle, à la limite. Mais pas du jour au lendemain.

Qaanaaq fronça les sourcils, son crâne plissé lui donnant l'allure d'un sharpeï.

– Là, on parle territoire, reprit Søren. Si deux ours cherchaient leur pitance dans le même coin, vous pouvez être sûr qu'on aurait déjà retrouvé l'un des deux.

– Pourquoi ça ?

– Parce que son congénère l'aurait tué, tout simplement.

– Vraiment ? C'est leur genre de s'étriper en famille ?

– Oui. Deux ours ne partagent pas un territoire de chasse. Il y en a toujours un qui se débarrasse de l'autre. Et rarement par la voie diplomatique.

À l'autre bout de la table, conjurant son exaspération d'un tapotement de doigts cadencé, Rikke Engell allumait sa énième cigarette. Malgré un panneau d'interdiction sans équivoque. Bouffée après bouffée, elle recouvra un semblant d'ascendant sur ses nerfs et fut bientôt capable de reprendre part au débat.

– S'agissant des battues au sol, la réponse est oui. Mais elles n'ont rien donné. Comme vous l'a expliqué Søren, les ours se déplacent très rapidement. Et ils savent aussi profiter du moindre accident du relief pour se cacher. Prétendre traquer un ours polaire à pied, même à plusieurs, ce serait comme envoyer un banc de sardines à la chasse au grand requin blanc… Vous voyez l'idée ?

Mais Qaanaaq ressassait les propos d'Appu : l'ours flaire sa victime. Il n'a pas besoin de la voir. Il la localise par son seul odorat. *A fortiori* si on lui indique *où* renifler.

– Est-il possible… lança-t-il, est-il envisageable qu'un ours polaire soit dressé pour attaquer ?

– Vous voulez dire comme un chien de combat ? Comme une sorte de pitbull ?

C'était Kris, le légiste beau gosse, le seul à ne pas célébrer la gloire du foot anglais sur son torse.

Cette perspective semblait l'écœurer.

– Oui. Quelque chose dans ce goût-là.

Un dresseur qui désigne les cibles et se débrouille pour déverrouiller les portes. Puis un ours qui n'a plus qu'à se régaler, sur ordre de son maître. Ça se tenait presque.

– Pas possible, coupa Apputiku.

– Ah bon. Pourquoi « pas possible » ?

Tous se regardaient, perplexes, quand résonna la voix juvénile du dernier de la bande, le jeune métis, plutôt affilié au Chelsea FC et à sa casaque bleu roi.

– L'ours polaire est le plus grand prédateur terrestre. Il pèse dans les six cents kilos et mesure pas loin de trois mètres quand il se redresse. C'est une machine à tuer tout ce qu'il croise, ajouta-t-il sur un ton presque admiratif. En temps normal, il se nourrit plutôt de phoques ou de morses, mais bon…

– C'est Pitak, souffla Appu à l'oreille de Qaanaaq. Il a déjà mené plusieurs chasses à l'ours avec son père.

– Sur la banquise, il peut jeûner jusqu'à plusieurs semaines. Mais dès qu'il tombe sur de la viande qui bouge, quelle qu'elle soit, il n'hésite pas une seconde. Humains compris. Surtout qu'un humain, comparé aux autres proies, ce n'est ni très résistant ni très rapide… Croyez-moi, capitaine, il est impossible pour l'homme de l'approcher sans danger. Encore moins de le dresser. Alors de là à lui « commanditer » des meurtres, c'est de la pure science-fiction ! Personne ne peut monter un truc pareil.

– C'est faux, s'interposa Kris Karlsen.

Qaanaaq réprima un sourire. Enfin, ce troupeau de zombies réfrigérés reprenait vie. La suite s'annonçait plus distrayante.

– Me regardez pas comme ça, vous n'allez pas me dire que vous ne connaissez pas d'ours dressé ? On l'a déjà tous applaudi au moins une fois…

4

[IMG_1837 / 24 octobre / Corps lacéré sur la table d'observation de médecine légale]

« Mowgli. Enfin, vous vous souvenez pas de lui ? »

Comme on pouvait s'y attendre, Rikke Engell avait repoussé l'hypothèse de Kris, le légiste, d'un haussement d'épaules agacé. La réunion avait tourné court. Mais même une fois hors de l'étuve de la salle, il s'évertuait à convaincre ses collègues. Qaanaaq lui trouvait une vague ressemblance avec Chris Hemsworth, l'acteur australien qui incarnait le demi-dieu Thor dans les blockbusters américains. Enfin, à ce moment précis, il ressemblait surtout à un gamin en demande d'attention.

Engell, castratrice de l'ego de ses hommes. Et de quoi d'autre ?

Qaanaaq, Apputiku et Kris s'étaient repliés dans une pièce à peine plus grande que la précédente, repeinte de vapeurs d'éther et de mort. La directrice s'était dispensée d'un tel pensum.

– OK, montrez-nous les corps, demanda Qaanaaq.

Le légiste ne démordait pas de son idée. Il voulait les convaincre.

– Je vous garantis qu'il n'y a pas un Danois ou un Groenlandais qui ne l'ait vu au moins une fois à la télé.

Compatissant, Qaanaaq lui fit l'aumône d'une question :

– Dans des films ?

– Plutôt des téléfilms et des publicités. Mais c'est l'ours polaire de service dans les productions danoises. Toujours le même. J'ai vu un reportage sur lui, il n'y a pas longtemps. Ils disaient que c'est le seul spécimen qu'un homme ait jamais réussi à dresser, que ce soit pour des numéros de cirque ou pour des tournages.

Maigre, et pour tout dire un peu grotesque. Mais on ne pouvait écarter aucune piste. Surtout pas la première qui s'offrait à eux. Captant un début d'intérêt dans le regard du Danois, Karlsen s'empressa d'ajouter :

– Malheureusement, je ne me souviens ni du nom du dresseur ni de sa méthode.

Bref, tu ne sais rien, disait le rictus d'Apputiku. Kris avait légèrement survendu sa révélation. Pour une raison évidente : ce garçon crevait de ne pas exister aux yeux des autres, et pardessus tout à ceux de sa supérieure. On pouvait donc être beau comme Apollon et passer inaperçu auprès d'une harpie autoritaire. C'était réconfortant.

– J'imagine que, pour en savoir plus, il faudrait interroger un zoologiste, un spécialiste des ours polaires, suggéra le légiste.

Tout en parlant, il accomplissait des gestes mécaniques. Rapides et précis. Étendre un film protecteur sur la table d'examen. Déverrouiller l'ensemble des tiroirs de conservation, macabre damier de cases identiques qui tapissait le mur le plus large, grâce à une commande centralisée. Le tout témoignant d'un professionnalisme en contraste surprenant avec son apparence pusillanime. Il exhuma son rapport d'autopsie, un gribouillage qui couvrait plusieurs pages d'un bloc-notes.

– Vous avez fait vos études de médecine légale… ici ? s'intéressa Qaanaaq.

Il ne connaissait pas un homme qui ne fût flatté de l'intérêt qu'on manifestait pour ses compétences. Cela fonctionnait aussi avec les femmes, même si dans une moindre mesure.

– Non, répondit Karlsen, qui s'employait à tirer le premier casier dans un crissement métallique insupportable. Remarquez que j'aurais bien voulu : je suis né ici. Mais cette filière n'existe pas à Nuuk. Il faut forcément aller à Copenhague.

– Et vous y avez passé combien d'années, au total ?

– Si je compte ma dernière année de lycée et la prépa, pas loin d'une dizaine.

Au moins un endroit où son physique de dieu viking n'avait pas dû déparer. Un scandale très récent avait éclaboussé le département de médecine légale de l'université de Copenhague, où s'était formé Karlsen. L'organisme avait accepté de collaborer avec le service d'immigration danois, le DIS, pour mettre en place un système de détection de faux mineurs parmi les migrants qui frappaient à la porte du « pays le plus heureux au monde », selon l'étude annuelle *World Happiness Report*. Les adolescents bénéficiant de conditions d'asile plus favorables, nombreux étaient les déracinés à se faire passer pour plus jeunes. C'est sur ce point que la médecine légale était intervenue. En passant les postulants aux rayons X, elle prétendait établir leur âge sur leur développement osseux. Près de soixante-quinze pour cent des mineurs s'étaient révélés plus âgés que ce qu'ils avaient déclaré. Pour être efficace, la méthode n'en avait pas moins fait l'unanimité contre elle. On avait dégainé des accusations brûlantes – discrimination, sélection humaine, nazisme. Dans la presse satirique, le médecin-chef de la fac de Copenhague s'était vu caricaturé en Josef Mengele ou Carl Clauberg, les praticiens barbares d'Auschwitz. Le ministre danois de l'Intégration et de l'Immigration, Inger Støjberg, avait tenté d'étouffer l'affaire en arguant que cet examen était un service rendu aux migrants, la plupart ignorant leur date de naissance faute de registre d'état civil à jour dans leur pays d'origine. L'argument avait peu convaincu, mais le souffle de la controverse était peu à peu retombé, alors même que les jeunes émigrés continuaient d'être astreints aux radiographies dans les centres de rétention de Graested ou de Sanholm.

– Vous êtes rentré ici il y a longtemps ?

– Un peu moins de deux ans.

Karlsen n'avait donc pas participé à ladite opération. Il avait fait sienne cette salle miteuse aux carrelages verdâtres disjoints. Siens, ces outils piqués de rouille. En dépit de la vétusté flagrante du lieu et de ses équipements, il semblait pleinement dans son élément. Roi en son royaume, même si le royaume était un placard sinistre.

D'un geste, il demanda son aide à Appu pour déloger le premier corps de son caisson et le transférer sur la table.

La conservation à basse température n'y faisait rien : l'atmosphère s'emplit aussitôt de remugles. L'air lui-même paraissait en voie de putréfaction. Huit jours après le décès, à quoi d'autre s'attendre ?

– Vous avez de la chance, reprit Karlsen sans aucune trace d'ironie, leurs pays respectifs réclament qu'on rapatrie les corps dans des cercueils plombés. Et comme on n'en a pas un seul au Groenland, ça fait au moins trois jours qu'on attend qu'ils se décident à nous les envoyer.

Si la vie n'est qu'une longue succession de tracasseries administratives, la mort aussi, songea Qaanaaq, la paume pressée sur son nez.

– Tenez, ce sera plus supportable comme ça.

Karlsen leur tendit un carré de gaze parfumé à l'essence de menthe poivrée.

– En attendant, conclut-il, mes casiers débordent. L'installation n'est pas vraiment prévue pour jouer les prolongations.

Appu, qui agitait son masque mentholé comme un éventail sans savoir qu'en faire, de toute évidence indifférent à la pestilence ambiante, intervint :

– Au pire, si tu veux, j'ai un grand coffre à viande dans mon jardin. Vu que je ne chasse plus trop, y a toute la place qu'il faut pour eux.

Il ne plaisantait pas, non, en montrant du doigt les deux autres tiroirs que le légiste venait d'ouvrir, étiquetés « Matthew Hawford » et « Niels Ullianson ».

– Bien, embraya le médecin sans répondre à la proposition. Nous avons donc ici Huan Liang, individu de sexe masculin, âgé de vingt-huit ans, de nationalité chinoise…

La minute suivante ne fut qu'une rapide paraphrase des faits déjà exposés par Rikke Engell.

– De ce que je sais des techniques de chasse d'*Ursus maritimus*, les lacérations correspondent bien à la façon dont les ours agressent leur proie pour la neutraliser au plus vite : égorgement puis éviscération. Malgré les évidentes réserves sur le crochetage des serrures, je n'ai pas de doute en l'état.

Pas de doute ? Ils étaient pourtant parvenus à une conclusion radicalement inverse à l'issue de la réunion, disqualifiant presque *de facto* l'hypothèse d'un prédateur polaire. Décidément, cette enquête tirait à hue et à dia, faisant valser les preuves comme autant de vents contraires.

Le légiste ponctuait son propos de gestes techniques, empreints d'une certaine douceur. Pressant les deux bords d'une plaie pour en exalter les contours. Repoussant un membre pour dégager un angle de vue inédit. Le ballet de ses mains sur les chairs tuméfiées était captivant. On eût presque dit que le jeune homme caressait le mort livré à sa merci. Qu'il cherchait à lui prodiguer une dernière tendresse, un ultime signe d'amour pour l'accompagner dans son voyage vers l'au-delà, chamane sans le titre ni le folklore.

– C'est vous qui avez pris les photos de constatation ? demanda soudain Qaanaaq.

– Oui, c'est moi.

Qaanaaq l'aurait juré.

– D'habitude, c'est Søren, mais il était de repos ces deux nuits-là.

– Øh... Je vois.

Parfois, Qaanaaq bénissait intérieurement les interjections, tous ces Øh, ces Hum et autres Åh qui lui donnaient la seconde de réflexion nécessaire ; ce petit temps d'avance sur ses interlocuteurs qui faisait souvent toute la différence. Avec les années, c'était devenu un tic aussi ancré que le lissage de son crâne.

– Dans les trois cas, reprit le légiste, le décès a été occasionné par une hémorragie massive consécutive à des lacérations et morsures diverses. La longueur, la profondeur et l'aspect crénelé des plaies sont caractéristiques d'un déchirement de l'épiderme sous l'action d'un objet pointu, appliqué avec une pression très importante, mais au tranchant peu effilé. Crocs ou griffes. Il est évident qu'on n'a pas affaire à une lame métallique, y compris si celle-ci était mal aiguisée. Même une baïonnette dentée ou crantée entaillerait de manière plus nette que ça.

Qaanaaq était parvenu aux mêmes conclusions. Le garçon était décidément intéressant. Karlsen glissa sur le sol carrelé avec l'élégance d'un patineur pour rejoindre la dépouille du Canadien encore dans son tiroir.

– Constat très similaire sur notre ami à la feuille d'érable...

Il avait bien dit *ami* ?

– Je me demande juste si, cette fois, l'« ours » n'a pas été interrompu dans son assaut.

Voilà qu'à son tour il ajoutait d'invisibles guillemets, nuance infime dans sa voix qui valait pour point d'interrogation.

– Et pourquoi ça ? demanda Qaanaaq, que l'odeur commençait à déranger nettement.

Il réprima un haut-le-cœur.

– Parce que les entailles sont à la fois moins nombreuses et moins profondes sur l'abdomen. Là où en principe il finit son... son « travail ». En revanche...

Il esquissa une nouvelle translation chassée en direction du second casier, qu'il ouvrit cette fois en grand. À la puanteur s'ajouta subitement le spectacle d'un carnage tel que Qaanaaq en avait rarement vu tout au long de ses années de Crim. La plupart du temps, même réduits à l'état de collage dadaïste – tête d'un côté, jambes de l'autre –, les cadavres étaient plutôt propres : des blessures circonscrites et assez nettes, dans tous les cas faciles à refermer après examen. Il était rare qu'ils donnent à voir pareille...

Bouillie ?

Car, outre les blessures identiques à celles des autres victimes, il manquait au corps d'Ullianson une grande partie de son bas-ventre. Le tiroir, situé à environ un mètre cinquante au-dessus du sol, permettait d'apprécier, de profil, la profondeur de l'éviscération. C'était un véritable cratère de chair, et il était hélas ! assez facile de deviner quel genre d'éruption avait scindé son tronc en deux parties distinctes. Il paraissait impensable de le déplacer sans risquer de détacher le haut du bas.

– Je... Désolé..., bredouilla Qaanaaq avant d'aller vomir dans une poubelle voisine.

Les spasmes douloureux n'expulsaient qu'une bile translucide. Depuis combien de temps n'avait-il pas mangé ? Probablement pas depuis les deux heures de transit à Kangerlussuaq, où il avait enfourné sans plaisir deux viennoiseries rassies arrosées d'un café pisseux. De quoi regretter les biscuits Schneider's hors d'âge qu'Appu avait apportés en salle de réunion. Mais il n'y avait pas que ce saccage de chairs qui le révulsait. Il y avait aussi – surtout – ces instants de vie irrémédiablement perdus. Ces avenirs amputés.

– Vous voulez faire une pause ? proposa Karlsen. Avaler quelque chose ?

– Non, non, ça va aller, grogna-t-il, la main gauche arrimée à son crâne. Merci.

– À mon premier phoque, j'ai rendu tout mon *kiviaq* fermenté dans la panse que je venais d'ouvrir avec mon couteau, raconta Apputiku, comme si cela était de nature à soulager son supérieur. Mon père était furieux. On a dû rincer la bête au moins trois fois avant de la mettre au frigo avec les autres.

Qaanaaq gratifia Appu d'un sourire crispé. Puis, à nouveau droit sur ses jambes, de la menthe plein le nez, il revint à l'objet de la discussion.

– Pourrait-on dire de notre ours qu'il s'est enhardi entre la première et la seconde vague d'agressions ?

– J'imagine que oui. En tout cas, il s'en est donné à cœur joie sur le foie du mangeur de foie.

Une remarque comme un signe de complicité avec Rikke Engell.

– Vous pensez qu'il l'a dévoré ?

– Vu qu'on n'a pas retrouvé la moindre trace de l'organe dans le bungalow d'Ullianson ou autour, c'est ce qui paraît le plus probable.

Karlsen semblait à présent cautionner l'hypothèse de l'ours. Quel foutoir !

– Et aucun de ces hommes ne s'est battu ? N'a cherché à fuir ?

– Ce n'est pas l'impression que ça donne, non. Søren vous en parlera mieux que moi, il n'y avait aucune trace sur les scènes qui pourraient laisser penser à un combat, à un déplacement de corps ou à une quelconque tentative pour s'échapper. De toute évidence, ils ont été surpris en plein sommeil et exécutés en quelques coups de patte, là où l'ours les a trouvés. Par ailleurs, à part le foie, je n'ai relevé aucun mouvement interne d'organe. La bonne nouvelle, si vous me passez l'expression, c'est qu'aucun d'eux n'a dû souffrir très longtemps. Tout ça s'est passé incroyablement vite.

La bonne nouvelle...

Réveillés en sursaut par la gueule béante, écrasés par cinq ou six cents kilos abominables, labourés par des griffes longues d'au moins quinze centimètres, comme dix couteaux plantés simultanément.

Crucifiés par la peur.

– Et savez-vous quels dépôts ont été relevés sur les plaies ? Autour des corps ?

– Rien que de l'organique élémentaire, un peu de poussière et de neige, et des traces de l'animal. Essentiellement des poils. Ah ! Et aussi quelques squames de peau noire.

– Noire ? s'étonna Qaanaaq, à présent remis de son malaise. Vous êtes sûr ?

– Je sais que ça surprend, mais sous ses poils, l'ours blanc a la peau aussi noire que du charbon. D'ailleurs, ses poils ne sont pas blancs non plus. En réalité, ils sont translucides. C'est la décomposition de la lumière du soleil qui renvoie cette teinte claire en les traversant. Entre le jaunâtre et le crème.

Une vision magique se dissipait.

– Et de la bave, y en avait ? intervint Appu, l'œil brillant.

– Bonne question. C'est l'un des rares points discordants.

– Comment ça ? demanda Qaanaaq.

– Les ours en produisent beaucoup, surtout quand ils chassent. On peut dire, pour simplifier, qu'ils salivent à l'idée de leur futur festin. Là encore, un zoologiste vous expliquera ça mieux que moi, mais je crois que ça facilite leur digestion, un truc dans ce goût-là.

– Et donc ? le pressa Qaanaaq avec un élan retrouvé, pas de bave sur nos trois corps ?

– Pas une goutte, capitaine.

Kris *Thor* Karlsen avait quelque chose d'exaspérant avec sa déférence réglementaire, mais il venait de soulever un point crucial : il manquait un élément primordial. Celui dont on aurait dû retrouver les victimes barbouillées.

Se tournant vers Appu, figé dans son attitude goguenarde, Qaanaaq demanda :

– Tu t'es déjà fait baver dessus par un ours, toi ?

– Mon Dieu, non ! Heureusement ! Je serais plus là pour parler. Par contre, si tu veux savoir, je me suis fait pisser sur la tête par un narval en le sortant de l'eau.

– Ça a quel goût ?

– Pas terrible, rigola l'autre de bon cœur.

– « Trop boire nuit à l'esprit, trop manger ruine la santé. »

Le légiste, qui n'avait pas l'air d'apprécier leur petit numéro, les ramena à des considérations plus professionnelles.

– Pour info, on n'a pas de labo d'analyse ADN sur l'île. Tous les prélèvements ont été envoyés à Copenhague et on attend encore les résultats.

– Ça prendra longtemps ?

– Trois ou quatre jours, dans le meilleur des cas.

Plus d'une semaine s'était déjà écoulée depuis les faits, et pourtant aucune réponse n'était revenue du Vieux Continent.

– De toute manière, comme je vous l'ai dit, on n'a rien relevé d'humain dans les plaies qui n'appartienne pas aux victimes. Pas d'empreintes, pas de sueur ou de peau... *A priori* tout provient d'un animal.

– Donc que des poils et des squames noirs, c'est bien ça ?

– Eh bien...

Un masque de panique crispa le beau visage régulier. De nouveau le petit garçon acculé.

– Vous avez trouvé autre chose, n'est-ce pas ?

Qaanaaq avait pris le ton suave, presque enjôleur, qu'il cultivait depuis qu'il avait des enfants – avec eux, la négociation était une pratique constante.

– Rassurez-vous, insista-t-il. On *lui* dira que l'oubli vient de moi. Que je vous ai demandé de vérifier ce point après coup, en plus de votre check-list standard.

L'alibi était peu crédible, puisque Qaanaaq venait tout juste d'intégrer le service. Mais Karlsen lui retourna un regard reconnaissant. Il obtempéra.

– Il semblerait qu'Ullianson ait souffert de calculs de la vésicule biliaire.

– À quoi vous voyez ça ?

– Deux choses : elle est très dure et très gonflée, et si résistante qu'elle n'a pas été emportée quand son foie a été arraché.

Par égard pour l'estomac de Qaanaaq, il s'abstint de lui montrer où se situait ledit organe.

– D'accord, d'accord, mais en quoi cela nous…

– Il y avait une dent fichée dedans.

– Pardon ?

– Une canine d'ours. Très certainement la supérieure gauche. Elle est restée plantée dans la vésicule.

– Attendez… c'est possible, ça ?

– Je ne suis pas vétérinaire, mais je suppose que leur implantation dentaire fonctionne à peu près comme celle de tous les mammifères. Notamment comme la nôtre.

– Et donc ?

– Je ne sais pas. Ce n'est pas très cohérent.

Pas plus que tout le reste, pensa Qaanaaq.

– Mais encore ? insista-t-il, sans laisser de répit à son interlocuteur.

– Quand la dent est très gâtée, en partie déchaussée, on peut imaginer en effet qu'elle soit arrachée en mordant dans quelque chose de très résistant. Mais dans notre cas…

D'une petite boîte métallique – le modèle utilisé pour ranger les instruments médicaux, au couvercle orné d'un caducée –, il tira le croc, de la taille d'une grosse pile, parfait croissant d'ivoire jauni.

– Cette canine est on ne peut plus saine. Pas de carie, pas de fragilité de l'émail, pas de fracturation.

Qaanaaq retournait l'objet entre ses mains. Fasciné. Dire qu'un ours adulte compte plusieurs dizaines d'armes telles que celle-ci dans sa gueule. Un frisson le parcourut.

– En effet, approuva-t-il. Elle est également très propre. Vous l'avez nettoyée ?

– Non. C'est l'autre fait troublant. Si j'exclus les lambeaux de tissus humains accrochés à la pointe, il n'y avait rien de *vivant* sur cette dent.

– Comment ça, « rien de vivant » ? Je croyais qu'elle était en pleine santé ?

– Rien de ce qui maintient une dent en vie : ni racine à la base ni pulpe à l'intérieur.

– Vous voulez dire que cette dent était morte quand vous l'avez extraite de la vésicule d'Ullianson ?

– Aussi morte que celui qui l'avait dans le ventre. Et je me permets de vous corriger : je crois qu'elle était morte *avant* de pénétrer cet organe.

Tirer les vers du nez de Karlsen demandait une incommensurable patience. Mais cette maïeutique commençait à se révéler payante. Qaanaaq profita de la brèche qui s'ouvrait pour poser la question qui le taraudait depuis plusieurs minutes – la plus répugnante.

– Je me doute que c'est difficile à établir, je ne vous demande donc que votre sentiment personnel…

Faire appel à l'affect de Karlsen était sans doute le meilleur moyen de l'accoucher.

– … pensez-vous qu'Ullianson était déjà mort quand cette « chose » lui a mangé le foie ?

… *Ou était-il encore en vie ?*

5

[IMG_1854 / 24 octobre / Musée historique – Archives nationales de Nuuk]

Qaanaaq ne pensait plus qu'à sortir de là. De l'air ! Il était peut-être un flic urbain, mais avant tout un flic d'extérieur, le genre à avaler les kilomètres de bitume et de pavés comme d'autres enquillent les pages de déposition.

Lorsque Arne Jacobsen lui avait parlé du Groenland, Qaanaaq ne s'était pas imaginé une seconde qu'il se retrouverait astreint à une succession de réunions dans des locaux sinistrés. Il aurait tout aussi bien pu rester à Copenhague, à tourner dans les couloirs de Niels Brocks Gade.

Il avait hâte de prendre la température des rues de Nuuk, de profiter de ce qu'il restait de lumière du jour. Se confronter aux réalités du pays plutôt qu'à ses chauffages en surrégime.

– Tu n'as pas froid à la tête ? lui demanda Appu une fois dehors.

– Si.

Ils marchaient sur Aqqusinersuaq, l'axe principal du centre de Nuuk. En ce milieu d'après-midi, n'y traînaient guère que des grappes d'écoliers et de collégiens. Avec leurs parkas bariolées, leurs bonnets descendus jusqu'aux sourcils et leurs sacs à dos customisés, ils ressemblaient à n'importe quels enfants occidentaux. Certains chahutaient joyeusement, d'autres déambulaient bras dessus, bras dessous, le long des éclairages publics, hauts et sans caractère.

– Et tu ne portes jamais rien dessus ?

– Non.

Appu approuva d'un hochement de tête. Il avait l'intelligence de ne pas chercher d'explication à tout. Qaanaaq aurait d'autres occasions de s'en rendre compte : Apputiku Kalakek n'était pas l'ami des *pourquoi* ; les *comment* l'occupaient déjà bien assez.

Hormis quelques visages comparables à celui d'Appu et l'omniprésence des motoneiges en cette saison, les rues de Nuuk différaient peu de celles que Qaanaaq avait pu arpenter dans certaines régions reculées du Danemark. Asphalte, passages piétons et lampadaires, comme partout. Mais ni trottoirs ni clôtures entre des bâtiments anormalement espacés.

Un air de ville nouvelle, grandie à la va-comme-je-te-pousse…

L'œil vissé à son viseur, l'index armé, Qaanaaq déclenchait peu, presque déçu de ce manque criant de dépaysement. Sa mère lui avait parlé d'un choc. Pour le moment, c'était loin d'être le cas. Il déplorait cette uniformisation des apparences et des mœurs – il voyageait peu, mais c'était chaque fois la même chose. Il repensa au petit cottage en bordure du fjord Gullmarn, près de Göteborg, en Suède, l'unique bien hérité de son père dont il avait accepté la jouissance. Sa destination la plus lointaine, jusqu'à aujourd'hui.

Soudain, une neige lourde se mit à tomber. Appu expliqua que la météo était la seule chose qui change vite à Nuuk, souvent d'une heure à l'autre. Depuis les meurtres, il était tombé plusieurs couches successives de neige. Certaines avaient déjà eu le temps de fondre, d'autres de se figer en une croûte de glace. Sur le paysage d'il y a huit jours s'était déposé un mille-feuille de boue et de poudreuse figée, en strates imprécises et malpropres. *Cette versatilité climatique a sans doute eu raison des hypothétiques traces de pas autour des scènes de crime*, en conclut Qaanaaq.

– Ça manifeste souvent, ici ? demanda-t-il, changeant totalement de sujet.

– Jamais…

Pourtant, à hauteur du siège gouvernemental, le Naalakkersuisut, sur le parking du grand supermarché Brugsen, des grappes de jeunes gens munis de banderoles et de panonceaux semblaient se préparer à défiler.

– Et toi ? s'intéressa Qaanaaq.

– Et moi quoi ?

– Tu as déjà manifesté ?

– *Imaqa.*

Encore *imaqa*. Satané *imaqa*, suspendu entre le oui et le non, et qui en l'espèce ne voulait rien dire. On ne pouvait pas avoir *peut-être* déjà manifesté : on l'avait fait, ou pas. Qaanaaq, lui, n'avait jamais été militant. Mais certains de ses amis les plus proches, notamment le vieux Karl, revendiquaient leur heure de gloire contestataire dans les années 1990. Ils en parlaient encore comme on évoque ses meilleurs souvenirs de filles, avec pudeur, mais les yeux brillants.

Il était amusant d'imaginer que, avant d'être flic, le jovial Apputiku Kalakek s'était *peut-être* fait rafler par certains de ses futurs confrères...

– Ils veulent quoi ? demanda-t-il en pointant les affiches du doigt.

Pff, c'est compliqué, semblait se désoler le regard d'Appu.

– Dans quelques jours, le Parlement va se prononcer pour ou contre l'organisation d'un référendum d'indépendance après la prochaine élection législative.

– Qui a lieu quand ?

– En mai prochain.

– Et eux, là, ils sont plutôt *pour* ou *contre* le référendum ?

– Eux... ils sont totalement pour l'indépendance. Et ils trouvent que ça ne va pas assez vite. Surtout, ils soupçonnent Kielsen et son gouvernement de tout faire pour ralentir le processus.

– Ils ont raison, tu penses ?

Pour une fois, Appu retint son *imaqa*. Mais sa moue dubitative ne disait pas autre chose.

Sur les pancartes, un slogan revenait sans cesse : *Danske Silami*. *Danske* était limpide : cela signifie « danois », en danois. *Silami*... le doute était faible, et Appu se chargea de le dissiper.

– Ça veut dire « dehors » en kalaallisut : « Les Danois dehors ».

– Oui, oui. J'avais compris.

Tout n'était donc pas si apaisé qu'il y paraissait dans la lointaine province polaire de la bonne reine Margrethe.

Ils poursuivirent leur route et bifurquèrent dans Samuel Kleinschmidtip Aqqutaa, à l'angle d'un magasin Intersport. Qaanaaq avait la sensation que les manifestants les suivaient, et c'était le cas. Mais ils tournèrent bientôt à droite, en direction de bâtiments officiels. Au bout d'une route sinueuse, bordée d'habitations de plus en plus clairsemées, s'élevait un large bâtiment en bois blanc, frappé de cette inscription nébuleuse : *Nunatta Katersugaasivia Allagaateqarfialu.*

– Ce sont les Archives nationales du Groenland, précisa Appu avec fierté. Et aussi notre musée historique.

– OK, magnifique. Et qu'est-ce qu'on vient faire ici ?

Il n'avait rien contre un petit bain de culture locale. Mais on avait déjà perdu suffisamment de temps dans cette enquête, non ?

– On vient rencontrer un contact à moi. Un zoologiste. Il connaît bien les ours.

La double porte vitrée ouvrait sur une médiathèque de construction récente, typique des villes moyennes. Vautré dans le canapé du salon d'accueil, un homme à peine plus grand qu'Appu patientait en lisant un magazine. Barbu et grisonnant, il se dressa d'un bond à leur approche, tendant la main vers Qaanaaq.

– Evart Olsen. Honoré de mettre ma modeste science à votre service.

Qaanaaq fusilla du regard Apputiku, qui de son côté avait retrouvé sa jovialité. Qu'est-ce qui leur valait cette débauche de manières ? Appu lui avait-il parlé de sa mère ?

– Venez, on va s'installer à la cafétéria. Leur café est médiocre, mais c'est de là qu'on a la plus belle vue.

Il ne mentait pas. Le panorama sur la baie de Nuuk, toute proche, où le ciel bas mordait une immensité de mer givrée, valait la peine d'endurer l'exposé pontifiant de leur hôte.

– Je vous le confirme, répondit le spécialiste à la première question de Qaanaaq, très précise. À moins d'être très malade, et dans ce cas je doute qu'il soit en état de s'aventurer sur un terrain de chasse inhabituel, un ours polaire ne peut pas perdre une dent de cette façon – par simple mastication ou même morsure.

– Même s'il rencontre un obstacle plus résistant ? Par exemple un os ?

Il se remémorait les larges os du bassin en forme d'ailes de papillon – les ilions – des planches anatomiques de l'école de police. C'était si vieux…

– Monsieur Adriensen, savez-vous quelle pression la gueule d'un ours polaire peut exercer ?

– Non, admit Qaanaaq à regret, agacé d'avance par la leçon de choses annoncée du zoologiste.

– Huit cents kilogrammes par centimètre carré. C'est la deuxième mâchoire la plus puissante du règne animal terrestre, derrière celle du crocodile. Cinq fois plus forte que celle d'un pitbull. Elle est capable d'arracher n'importe quel membre humain d'un seul coup.

Qaanaaq dévisagea son interlocuteur sans ciller. C'était lui qui menait l'interrogatoire d'ordinaire, pas l'inverse.

– Donc, si je vous comprends bien, il n'y a aucune chance pour que la canine d'un ours polaire, même gâtée, puisse rester fichée dans le corps de sa proie ?

– Aucune, asséna Olsen. Muscles ou organes, les tissus de l'homme sont d'une tendreté d'agneau comparés à ceux des phoques ou des morses. C'est ce qui nous rend si tentants, j'imagine…

Qaanaaq lui jeta un regard froid. Était-ce une tentative d'humour noir groenlandais ? Le visage de l'homme, les yeux abîmés dans la contemplation d'un paysage qu'il devait connaître par cœur, était pourtant d'une remarquable impassibilité.

Qaanaaq repensa à ce que lui avait répondu Kris Karlsen un peu plus tôt. Oui, le légiste envisageait que l'« ours » ait pu s'attaquer au foie d'Ullianson alors que celui-ci était encore vivant. Pas par cruauté, évidemment. Juste parce que cela donnait meilleur goût à la *viande*, encore gorgée d'un sang riche en minéraux.

– OK, OK, temporisa-t-il. Mais les attaques d'humains dans les zones habitées sont rares, non ?

– Vous avez raison. En principe, quand les ours attaquent les hommes, c'est uniquement pour défendre leur territoire. Et on ne peut pas vraiment considérer les alentours de Nuuk comme leur habitat naturel.

– Pour quelle raison ?

– Parce que, en cette saison et sous cette latitude…

Il fit un geste ample qui embrassait toute la baie, camaïeu de teintes délicates, tons neutres, où flamboyaient par endroits la coque vive d'un bateau ou la projection d'un rayon sur la mer bleu pétrole.

– … comme vous pouvez le voir, il n'y a pas de banquise.

– Jamais ?

– Jamais dans le sud-ouest du Groenland. Or c'est sur la banquise que chassent les ours polaires, et c'est sur sa présence que repose leur art de la chasse. Mettez-les dans la savane, ils perdront tous leurs repères. C'est tout juste s'ils seront capables d'attraper un lézard !

D'un hochement de tête, Appu incita Qaanaaq à jeter un œil sur la large baie vitrée. Ou plutôt sur ce qui se passait au-delà, dans le jardin en friche du musée, brève étendue de lande rase courant jusqu'au rivage. Trois individus armés de bâtons et de barres de fer, le visage à demi couvert d'un foulard ou d'un col cheminée remonté jusqu'au nez, les dévisageaient. Immobiles. Plantés à une trentaine de mètres de la paroi vitrée.

Olsen, qui n'avait rien remarqué, reprit :

– Il y aurait bien une possibilité… Un jeune mâle à peine sevré…

– C'est-à-dire ?

– Il pourrait avoir perdu le contact avec sa mère, poursuivit le zoologiste sans avoir l'air d'y croire vraiment. Il serait parti à la dérive sur un bloc de glace détaché de la banquise. On a déjà vu des cas semblables.

– Mais ? anticipa Qaanaaq.

– Mais en l'espèce, je n'y crois pas, répondit Olsen. Sur ce versant de l'île, un morceau d'iceberg qui caboterait le long de la côte serait forcément emporté vers le nord.

– Pourquoi ça ?

– La raison tient en trois lettres : WGC, *West Greenland Current*. C'est le courant qui court tout le long de la façade ouest, jusqu'à Thulé et même au-delà.

Dehors, les hommes avaient été rejoints par de nouveaux arrivants qui portaient dans leurs mains ce qui, à cette distance, ressemblait à des pierres ou des gravats. Un groupe de casseurs issu du cortège ? Pour ce qu'il en savait, la délinquance de rue était quasi inexistante au Groenland. L'île, encore intégrée au Danemark sur la scène internationale, affichait en la matière les meilleures statistiques de toute l'Union européenne. À part peut-être au Vatican, on n'était nulle part plus en sécurité que dans les rues de Nuuk.

Appu se redressait sur les accoudoirs de son fauteuil, prêt à lever le camp. Mais Qaanaaq n'en avait pas fini avec ses questions. Aux aguets mais tenace, les traits contractés et le crâne plus que jamais ridé, il poursuivit :

– On nous a dit qu'il était vain de vouloir apprivoiser un ours polaire.

– C'est juste.

– Mais il y aurait une exception, cet ours dressé pour les plateaux de télé…

– Oui, bien sûr, Mowgli. C'est un spécimen unique.

– Vous le connaissez ?

– Pas *lui* personnellement. Mais je connais bien son dresseur. Timuta Jensen. On a partagé certains cours de biologie, à la fac. Je vous parle de ça…

Qaanaaq coupa court au radotage du barbon d'une pression sur son avant-bras :

– Vous l'avez vu récemment ?

– Pas depuis un bon mois et demi.

Qu'il était bon cet instant où une piste s'entrouvrait, où un semblant de logique s'invitait dans le magma des faits épars. Pas étonnant que la plupart des femmes de flics se plaignent de la relation extraconjugale que leurs maris entretiennent avec leur travail. Un vrai shoot.

Cette jouissance-là, qui ou quoi d'autre pouvait la leur offrir ?

Les agitateurs au-dehors choisirent ce moment pour décocher leur premier projectile. Il frappa le carreau pile à hauteur de leurs visages. Qaanaaq fut le seul à ne pas sursauter au moment de l'impact. Olsen commençait juste à prendre conscience de la situation.

– Et vous avez une idée d'où il se trouve en ce moment ?

– Je ne pourrais pas vous donner l'adresse, se dandina-t-il sur son siège. Ce que je sais, c'est que Mowgli était engagé à Hollywood. Un gros contrat, si j'ai bien compris. Une comédie avec Jim Carrey. La suite du film avec les pingouins. *Monsieur* quelque chose…

M. Popper et ses pingouins, compléta Qaanaaq de lui-même. L'un des films préférés de Jens et Else. Il avait acheté le DVD en double pour en laisser un à demeure chez Flora, leur grand-mère.

« *Silami ! Silami !* » se mirent à hurler les silhouettes hostiles. Leurs rangs avaient grossi. Il était devenu difficile de les dénombrer.

– On pourrait peut-être…, risqua Apputiku.

– Attends !

Rarement Qaanaaq s'était senti aussi purement danois qu'à cet instant-là.

– Vous êtes certain qu'il ne peut exister un autre « Mowgli », un autre ours apprivoisé au Groenland ?

Cette fois, la vitre fut littéralement bombardée de pierres qui étoilèrent toute la surface. Puis ce fut un tronçon d'essieu sectionné qui vola dans leur direction. Toute la baie vibra, gigantesque tambour de verre.

Dressé sur ses jambes courtes, un pied engagé dans le couloir, Olsen jeta sa réponse comme on se débarrasse d'une affaire gênante.

– Totalement certain ! Je vous l'ai dit : Mowgli est le seul ours polaire que l'homme ait jamais réussi à domestiquer.

– Hum. Et ce Jensen, comment s'y est-il pris ?

– Écoutez… Il l'a recueilli quasiment à la naissance. Il lui a donné le biberon lui-même, jusqu'aux deux ans de l'ourson. Cela fait quinze ans qu'il dort avec lui, mange avec lui, chie avec lui… Ça vous va ?

À l'extérieur, les assaillants s'étaient suffisamment rapprochés pour s'en prendre directement au verre renforcé. Alertées par les coups sourds, deux petites dames firent une brève apparition, puis repartirent aussi sec, sans doute pour alerter les camarades d'Appu.

– De toute façon, conclut le zoologiste en quittant pour de bon la pièce, aucun Groenlandais de souche n'aurait l'idée de former un ours pour l'attaque.

– Hå, vraiment ?

– Les Inuits chasseurs d'ours vénèrent la force de Nanook.

– Nanook ? répéta Qaanaaq.

– L'esprit de l'ours. Celui qui habite tous les représentants de l'espèce. Transformer un ours en jouet ou en arme serait un sacrilège.

Qaanaaq avait agrippé la manche du professeur.

– Comme s'ils offensaient un dieu ?

– Plutôt comme s'ils contrariaient l'esprit qui les protège. Les Inuits ne croient pas en un dieu, monsieur Adriensen. Ils croient en l'unité des hommes et de la nature qui les entoure. En leur symbiose.

La détonation claqua aussi sèchement que le fouet d'un musher conduisant son traîneau. Un pan entier de la fenêtre se vaporisa dans l'air. Des cris victorieux traversés de « *Silami !* » rageurs éclatèrent, célébrant la chute de la muraille vitrée. Celle-ci n'était pas que symbolique. Seuls quelques mètres les séparaient maintenant.

Sans plus attendre, Olsen s'était mis à courir en sens opposé, vers les toilettes où il pensait peut-être trouver refuge. Appu et Qaanaaq restèrent seuls dans le réfectoire au sol pailleté d'une poudre de verre scintillante, face à la petite foule qui escaladait le chambranle hérissé de débris.

Tapotant une ceinture et un holster invisibles, le flic chauve interrogea son collègue chevelu du regard. Il avait été obligé de laisser son Heckler & Koch USP 9 mm à la « maison », à Copenhague – pas question d'embarquer avec son arme de service dans l'avion.

Mais Apputiku ne pouvait pas être sorti sans arme, ce n'était pas imaginable.

Les deux yeux ronds et désemparés de son collègue lui confirmèrent qu'en matière de dilettantisme, tout était envisageable dans ce pays. Ils étaient à la merci de leurs agresseurs. C'était presque risible : n'importe quel quidam pouvait se promener avec un fusil, mais les représentants de l'ordre se trouvaient aussi démunis que deux poulets à plumer.

Qaanaaq attrapa le fauteuil le plus proche et le balança sur l'homme de tête. Surpris par l'attaque, le gaillard marqua un temps d'arrêt qui déstabilisa tous ceux qui le suivaient.

Profitant de leur sidération, Qaanaaq se campa devant l'homme en équilibre précaire et tonna, de tout son coffre :

– Oui, je suis danois ! Je *suis* d-a-n-o-i-s ! Je parle danois ! Et je viens geler mon cul de Danois dans votre bled de merde pour m'occuper de *vos* morts !

C'était un demi-mensonge, les trois morts étaient des étrangers. Pas de quoi l'empêcher d'éructer son speech avec toute la conviction voulue.

– Alors oui, rassurez-vous, je foutrai le camp dès que j'aurai fini mon travail. Mais ce travail, je vais le faire. Jusqu'au bout. Je vais coincer les porcs qui transforment votre ville en boucherie. Que ce soit *avec* ou *contre* vous. Et vous pouvez toujours essayer de scalper mon crâne de putain de Danois. Comme vous le voyez... Il n'y a plus rien à couper !

Déjà, deux ou trois attaquants refluaient vers l'extérieur, sous les flocons dont la chute s'était intensifiée.

Sa diatribe avait fait son petit effet, bien sûr. Mais il y avait aussi cette sirène qui hurlait et s'approchait d'eux à toute vitesse. Et plus la stridence leur vrillait les oreilles, plus la bande s'égaillait dans toutes les directions. Qaanaaq crut distinguer le tireur, fusil de chasse en main, coiffé d'un bonnet rouge, qui disparaissait sur l'autre versant de la colline tel un ballon roulant sur la lande pelée.

– J'en ai rien à foutre, de votre indépendance ! cria-t-il au vent. Vous la voulez ? Eh bien, vous l'aurez ! Vous l'aurez, bordel ! Vous resterez entre vous, bien dans votre merde de phoque et toutes vos conneries ! Si c'est pas demain, ce sera le jour d'après. Et croyez-moi, je ne connais pas un Danois du Danemark qui en ait quelque chose à foutre de perdre votre putain d'iceberg à la con !

6

[IMG_1868 / 24 octobre / Hall de la salle de spectacle du Katuaq, juste avant le concert du groupe Nanook]

« Dur avec ceux qui le pensaient trop doux, doux avec ceux qui le croyaient dur. » Si sa devise n'avait pas été si longue, Qaanaaq aurait pu se la faire tatouer quelque part sur le corps, à un endroit bien visible. Histoire d'annoncer la couleur. Comme toute formule, celle-ci avait ses limites et ses ratés. Mais dans l'ensemble, elle lui avait plutôt réussi jusque-là. Y compris quelques instants plus tôt, face à la meute.

– Non, non, non, non ! Désolée, mais on ne peut pas laisser passer ça ! Vous *devez* porter plainte, hurlait Rikke Engell dans le hall du commissariat transformé en camp retranché.

Tout autour du bâtiment, elle avait fait disposer un cordon armé de policiers corsetés dans leurs gilets pare-balles, piochant dans les agents en service quel que fût leur grade. Parmi eux, Qaanaaq reconnut Pitak, le chasseur d'ours, et Kris le légiste. Il se sentait désolé pour eux de ce barnum disproportionné qui les ravalait au rang de vulgaires plantons.

– Sur le principe, je ne peux que vous donner raison, dit Qaanaaq, son calme retrouvé. Mais dès qu'on parle émeutes, croyez-moi, on passe dans l'ordre de l'irrationnel et de l'incontrôlable. Les principes ne valent hélas ! plus grand-chose.

Il pouvait compter sur les doigts d'une main les fois où il s'était fendu d'un coup de gueule comparable à celui qu'il venait de pousser. Mais même des années plus tard, il ne regrettait aucun de ces éclats. Car, contrairement à nombre de ses confrères, il avait cette capacité à redescendre aussitôt. À ne pas rester perché sur les cimes de sa colère. Qaanaaq pouvait s'embraser vite, mais il savait s'éteindre tout aussi rapidement.

– De ce que j'ai compris du contexte, vous ne gagnerez rien à établir des responsabilités. Si vous voulez, on rédigera une petite déclaration ensemble pour la presse locale.

Impossible de déterminer ce qui indisposait le plus la patronne de la police groenlandaise : l'agression caractérisée de deux des siens en plein Nuuk et en pleine journée, ou se faire donner une leçon par son invité danois.

– En tout cas, je ne porterai pas plainte, conclut-il avec fermeté.

Engell se mordit les lèvres, passant ses nerfs sur la clope qui attendait d'être allumée entre son majeur et son index.

– Comme vous voudrez. Je serai tout de même obligée de rapporter l'incident au directeur Arne Jacobsen. Et de lui signifier votre refus d'appliquer la procédure.

Jacobsen, qui devait son surnom autant à la chaise Fourmi de son célèbre homonyme qu'à sa pingrerie, était connu pour son intransigeance. Mais elle pouvait bien lui balancer tout ce qu'elle voulait. Quelle punition pire que cette mission Arne-la-Fourmi pouvait-il infliger à Qaanaaq ?

Il acquiesça d'un hochement de son crâne luisant et changea brusquement de ton, soudain plus enlevé.

– On se fait un petit débriefing ? Appu et moi avons soulevé quelques points pas inintéressants…

Le petit inspecteur approuva d'un sourire plus effrayé qu'enjoué. Visiblement, il ne se remettait pas aussi vite que son binôme d'avoir joué le rôle du phoque dans cette partie de chasse improvisée.

– Si vous pensez que c'est nécessaire, souffla Engell. Oui, très bien, allons-y.

Comme elle prenait la direction de la fournaise à réunions et de ses quatre chauffages simultanés, il la rattrapa et lui indiqua le sens opposé, celui de la porte turquoise. Celui de la sortie.

– Je pensais plutôt faire ça dehors…

– Dehors ?

– Dans un endroit fermé, évidemment, mais hors d'ici. Pourquoi pas en face ?

Il désigna la longue silhouette hérissée de panneaux de bois du Katuaq.

– Vous plaisantez ?

– Ils doivent bien avoir une sorte de bar ou de buvette, non ?

Le visage de Rikke Engell avait perdu sa grâce. Un masque furieux déformait ses traits réguliers.

– On vient de vous tirer dessus dans un lieu public. Je mobilise toute ma brigade pour assurer votre sécurité… et vous, votre premier réflexe, c'est d'aller prendre un verre en ville ? !

– Eh bien… Disons que je surmonte ça « à la française », dit-il dans la langue de Molière.

– Pardon ?

– Oui, je fais comme les Français après leurs attentats, expliqua-t-il. Je fais deux fois plus la fête !

Appu réprima un fou rire et ils prirent tous les trois le chemin du Katuaq, sous l'œil excédé de la flic en chef, et la surveillance rapprochée de leurs collègues en armes.

Comme l'espérait Qaanaaq, le Katuaq disposait d'un café relativement confortable, espace ouvert sur l'atrium principal, le Cafétuaq. À la lumière crue traversant les interminables baies vitrées répondaient les lueurs chaudes et blondes du soleil se reflétant sur les lambris qui les surplombaient. De toute évidence, c'était un lieu encore plus exposé que ne l'était la cafétéria du musée. Mais cent fois plus tolérable que le réduit du commissariat.

Soucieuse, Rikke Engell ne quittait pas des yeux les groupes de jeunes qui convergeaient vers l'élégante structure. Ceux-ci semblaient pourtant plutôt pacifiques, casque sur les oreilles, pour certains enlacés par paires, la plupart joyeux et dénués de la moindre animosité.

Que venaient donc faire ici ces gamins ? Si nombreux ? Apputiku les affranchit :

– Ce soir, c'est le début de l'Akisuanerit.

– Åh, et qu'est-ce que c'est ? demanda Qaanaaq.

– Le plus grand festival musical du pays.

– Je vois… Et ils viennent écouter qui ? Rihanna ? Ed Sheeran ? Radiohead ?

À voir la tête d'Appu, ces noms n'évoquaient rien à son adjoint.

– Ils sont là pour Nanook.

– Nanook ? L'esprit de l'ours ?

– Oui… Enfin non, Nanook, le groupe. Ici, c'est très important. C'est comme les Beatles.

La référence datait, certes, mais Qaanaaq saisissait l'idée.

– Eh bien, ça fait beaucoup d'ours en liberté, plaisanta-t-il, sous l'œil noir de Rikke.

– Si ça ne vous ennuie pas, messieurs, intervint-elle brutalement, tapotant une montre imaginaire à son poignet, j'ai d'autres obligations qui m'attendent…

En quelques phrases concises, polies par son expérience d'inspecteur de la Crim, le capitaine Adriensen résuma leurs récentes découvertes : Mowgli et son dresseur, Jensen ; leur absence supposée depuis plusieurs semaines ; le zoologiste qui réfutait la possibilité qu'un ours polaire se soit égaré ici, sous cette latitude et en cette saison ; la canine qui n'aurait jamais dû tomber…

Attentive, Rikke Engell clignait des yeux à intervalles réguliers – chacun de ses battements de cils semblait valider l'enregistrement d'une nouvelle donnée. Voilà ce à quoi elle lui faisait penser : un ordinateur.

– Bien, soupira-t-elle calmement quand Qaanaaq eut fini, toute colère désormais bue. Appu, tu vas nous vérifier cette histoire de tournage à Hollywood. Contrat, employeur, dates, vols, témoins sur place… Tout ce que tu peux trouver. Et jette aussi un œil à l'alibi d'Olsen.

Apputiku parut scandalisé qu'elle puisse soupçonner son informateur, mais il ne broncha pas, à son habitude.

– Il n'a probablement rien à voir avec tout ça. Mais un type qui connaît aussi bien les ours dans une histoire de meurtres « à l'ours »… Ce serait dommage de passer à côté d'un baobab sans le voir.

– À ce propos, s'immisça Qaanaaq, je peux vous demander ce que vous avez prévu en termes de surveillance ?

– Vous refusez les gardes du corps et maintenant vous me parlez de surveillance ?

La voix d'Engell s'envolait de nouveau dangereusement vers les aigus.

– Je ne parle pas de moi. Je vous parle des ouvriers de Green Oil. Du Primus.

– Tout est déjà prévu, capitaine, rassurez-vous, grinça-t-elle. Une patrouille circule dans le campement depuis la deuxième nuit. Et après l'incident d'aujourd'hui, j'ai pris sur moi de la doubler dès ce soir. Nous n'avons peut-être pas les moyens de Niels Brocks, mais nous connaissons nos protocoles.

La joute se serait poursuivie si un grand type n'était pas apparu, en ombre chinoise dans le contre-jour, frappant trois coups secs à la vitre. Un homme habillé d'un gilet pare-balles et lesté d'un fusil-mitrailleur. *Je peux me joindre à vous ?* quémandait le sourire de Kris Karlsen.

Qaanaaq lui fit signe de faire le tour, et quelques instants plus tard le grand blond tirait une chaise pour se joindre à eux.

– J'imagine que tu as une bonne raison de quitter ta position ? cingla Rikke d'entrée de jeu.

– Oui, enfin... Après notre dernière discussion avec le capitaine Adriensen, tout à l'heure au labo, j'ai eu envie de reprendre mes constatations de zéro.

Chacun ses envies, ironisait le regard bleu d'Engell.

– Et je crois que j'ai bien fait, osa Kris. Car j'ai relevé un détail qui m'avait totalement échappé la première fois.

– Quoi donc ? l'encouragea Qaanaaq.

– Eh bien : c'est leur langue...

– Qu'est-ce qu'elle a ?

– On dirait qu'elle a été lavée *post mortem*.

– Lavée ? !

– Oui... Avec la carotide sectionnée, le sang a aussi reflué dans la gorge et la bouche. Et avec le froid, ça a forcément coagulé assez vite, et formé comme une croûte dans toute la cavité buccale. En particulier sur la langue. Alors que là, il en reste tout juste quelques traces. Comme si on l'avait nettoyée après coup. Juste elle, et pas le reste de la bouche.

– C'est n'importe quoi ! s'écria Rikke.

Karlsen baissa les yeux, semblant s'excuser. Appu agitait la tête de droite et de gauche, comme pour réprouver la barbarie de ces actes.

– Et… Ça ne pourrait pas être notre ours qui aurait léché leur bouche après coup ? demanda Qaanaaq. Pour s'offrir une dernière rasade ?

Il n'y croyait pas lui-même. Après l'ours gastronome, l'ours qui ne laisse pas une miette dans son assiette. Ne manquaient plus que le cigare et le digestif…

La patronne se leva d'un coup, sans préavis.

– Sur ces charmantes considérations, je vais devoir vous fausser compagnie. Mon prochain rendez-vous campe déjà dans mon bureau. Capitaine…

Elle se planta devant Qaanaaq avec un respect teinté d'exaspération.

– Sachez que vous êtes également attendu.

– Vraiment ? Et par qui ?

– Par notre vice-ministre de l'Énergie chargé des Ressources naturelles, Kuupik Enoksen. Il ne vous a pas échappé que notre affaire touche directement l'un des plus gros investisseurs étrangers du secteur.

– Soit. Mais qu'est-ce que…

– Vous devriez aussi rencontrer le haut-commissaire du Groenland, Mikaela Engell.

La représentante de la reine Margrethe, la plus haute autorité danoise sur l'île.

– Avec qui, je m'empresse de le préciser, je n'ai aucun lien de parenté. Bref, je pense qu'il serait apprécié que vous vous rendiez au Bureau gouvernemental maintenant. Ce n'est pas loin. Je compte sur vous.

Ses instructions données, elle tourna les talons, laissant derrière elle une onde aux notes fleuries.

Tandis que les trois policiers quittaient à leur tour le bar où affluaient les teenagers, un homme en parka noire ouverte sur une cravate criarde, un rideau de cheveux gris et filasse encadrant son visage, se jeta sur Qaanaaq.

– Vous êtes le Danois ?

– Oui, c'est moi…

– Je suis Henrik Møller.

– Oui ?

– Je dirige Green Oil au Groenland. Et notamment l'exploitation de Kangeq.

Voilà qui devenait intéressant. Un patron aux abois.

– Je voulais vous dire : si je peux faire quoi que ce soit pour vous aider dans vos investigations…

– Eh bien, merci, répondit Qaanaaq avec prudence.

Quand les principaux concernés se mêlent de l'enquête, ça tourne rarement à leur avantage. Foi de criminologue. Dans environ cinquante pour cent des cas, cet empressement à rendre service trahit même un lien direct avec le coupable, quand il ne s'agit pas du coupable lui-même. Comme dans un bon vieil Agatha Christie.

– Vous savez, on n'a pas mérité ça, geignit le type. On essaie juste de faire du bon boulot dans ce pays.

– Åh, je n'en doute pas.

– Mais avec ces… avec ces horreurs, ça fait près d'une semaine que la plateforme est à l'arrêt. On n'a pas sorti un seul baril de brent en six jours.

Le brent, le brut offshore de la mer du Nord, devenu depuis les années 1970 l'étalon de la production pétrolière en mer. Le loup n'avait pas tardé à sortir du bois des bons sentiments. Tel était donc l'objet véritable de sa visite : les centaines de milliers de dollars que sa compagnie devait perdre chaque jour.

– Hum. Je vois…

Les « horreurs » dont il parlait avaient des patronymes, bon sang : Huan Liang, Matthew Hawford, Niels Ullianson. Ils n'étaient pas que des chiffres dans la colonne débit de son prévisionnel. Ce Møller aurait-il su seulement nommer les trois grains de sable qui venaient d'enrayer sa belle machine à polluer ?

– Il faut que vous trouviez les salopards qui ont fait ça, inspecteur…

– Capitaine, le reprit sèchement Qaanaaq.

– Mes ouvriers ont peur, capitaine. Une vingtaine d'entre eux a jeté l'éponge et est déjà remontée dans l'avion. Les délégués des deux principaux syndicats ont appelé à une grève illimitée tant qu'ils n'auront pas obtenu des garanties sur la sécurité des gars.

Le cours de l'action Green Oil devait avoir sacrément chuté pour qu'il s'abaisse à dévoiler ainsi ses problèmes d'intendance. Qaanaaq imaginait d'ici le savon qu'avait dû lui passer un grand chef d'Ottawa ou de Toronto depuis son bureau d'angle au sommet d'une tour de cinquante étages. Les ouvriers tremblaient peut-être, mais c'était surtout ce Møller qui n'en menait pas large.

Qaanaaq prit sur lui pour ne pas l'envoyer paître :

– Vous vous êtes déjà rendu sur le lieu des meurtres, monsieur Møller ?

– Oui… Oui, bien sûr. C'est le minimum.

Et aussi le maximum qu'il pouvait faire pour ses employés, semblait-il.

– Eh bien, dans ce cas, je propose que vous me serviez de guide.

– Bien, bredouilla l'autre, surpris et résigné. Si vous voulez.

– On y va immédiatement.

Il emboîta le pas au patron accablé dans la poudreuse encore fraîche. Karlsen, Pitak et deux autres agents firent mine de les suivre, mais Qaanaaq les congédia tous les quatre d'un signe de tête sans appel. Seul Appu fut autorisé à les accompagner.

Malgré la distance et la neige qui voilait le regard, Qaanaaq put apprécier l'accueil que Rikke Engell leur réservait derrière les portes vitrées du commissariat. Elle battait l'air d'une main chargée de cigarette et de reproches… *pas protégé le capitaine ! Il était convoqué chez le vice-ministre !* Zéro pointé sur toute la ligne, les gars.

Entre deux rafales, Qaanaaq devina le geste ébauché par le légiste en direction de sa boss, main posée sur le bras en signe d'apaisement. Puis la réaction épidermique de Rikke, comme pour chasser un insecte. Pour qui se prenait-il ?

Qaanaaq appuya sur le déclencheur de son appareil pile à cet instant-là. « L'instant décisif » cher à Henri Cartier-Bresson.

7

[IMG_1875 / 24 octobre / Vue d'ensemble du village ouvrier de Green Oil]

On aurait dit un gigantesque Rubik's Cube.

À présent qu'il contemplait le campement bariolé, Qaanaaq s'en voulait un peu moins de sa diatribe contre les indépendantistes. L'existence même du Primus de Green Oil prouvait que la situation des étrangers dans ce pays était bien plus complexe qu'il n'y paraissait.

Le Groenland n'était pas qu'un eldorado pour colons avides et sans scrupules. Les ouvriers chinois, pakistanais ou russes du groupe pétrolier vivaient dans des conditions plus misérables encore que les autochtones. Leur employeur dépouillait peut-être l'île de ses ressources à vil prix, mais ces hommes étaient tout autant victimes du système que les Groenlandais eux-mêmes. Les vrais responsables vivaient dans des villas ou des *penthouses* à des milliers de kilomètres de ces bungalows préfabriqués. Ici, les cabanes colorées semblaient à peine plus grandes que des abris de jardin.

– Il y a tout le confort à l'intérieur, plaida Møller sans qu'on lui ait demandé son avis. Télé, toilettes, cabine de douche…

Le lotissement s'étendait tout près du quartier résidentiel Quassussuup Tungaa, au nord-ouest de Nuuk. « Mon quartier », avait précisé Apputiku en chemin. La vue sur la baie d'un côté, sur les reliefs montagneux de l'autre, ne parvenait pas à gommer l'impression générale de désolation qui émanait de cet empilement de grosses briques multicolores. Lego lépreux. Au loin, des motoneiges pétaradaient, des chiens jappaient leur concerto pour gamelles. Il était facile de se représenter le vague à l'âme qui devait inévitablement s'emparer des locataires de ce quasi-bidonville.

– Si on ne trouve pas rapidement les responsables, revint à la charge Møller, il ne se passera pas longtemps avant que le Bureau des ressources naturelles ne remette ma licence d'exploitation en cause.

Comment lui signifier l'indécence de sa remarque sans hurler ? Sa grève et ses barils, Qaanaaq avait une furieuse envie de les lui fourrer quelque part.

Les trois hommes dépassèrent une sorte de guérite en bois trouée d'un guichet. Un Indo-Pakistanais transi leur adressa un petit signe. Vu de l'extérieur, le Primus ne paraissait pas si vaste. Mais dès qu'on se retrouvait dans les travées étroites, coincées entre deux alignements de cubes métalliques, il virait au dédale. Un labyrinthe dont la neige fraîchement tombée estompait les reliefs, mais où Møller s'orientait sans peine.

– La licence de Green Oil court jusqu'à quand ? demanda Qaanaaq pour la forme.

– 2025.

– Pourquoi on vous la retirerait, alors ?

– Parce que, pour Enoksen et ses copains, il est capital que ça crache dès maintenant, et sans interruption.

Kuupik Enoksen, le vice-ministre de l'Énergie dont il venait de bouder l'invitation.

– Et je peux vous dire que chez notre concurrent, Arctic Petroleum, Pedersen n'attend que ça.

– N'attend que « quoi » ?

– Eh bien, que *ma* licence soit remise en jeu ! s'emporta l'homme.

– C'est qui, ce Pedersen ?

– Harry Pedersen. Il représente AP dans le pays. Mi-danois, mi-canadien, et cent pour cent enfant de salaud.

– Pourquoi dites-vous que le Bureau des ressources naturelles a intérêt à remplir ses caisses rapidement ?

Depuis qu'il avait eu vent de l'échéance électorale, il avait sa petite idée sur le sujet. Mais c'était toujours plus éloquent de l'entendre de la bouche des personnes concernées.

– Parce que c'est la vérité ! couina Møller. C'est pas très compliqué à comprendre : plus le gouvernement actuel se bourre les poches avec les royalties perçues sur *notre* pétrole...

– Le pétrole des Groenlandais, vous voulez dire.

– Oui, si vous voulez...

– Je veux, je veux.

– Bref, plus le Premier ministre Kim Kielsen et ses copains s'engraissent, plus ils sont crédibles pour mener le pays vers l'indépendance. Avec le vote qui s'annonce au Parlement et les législatives en ligne de mire, ils ont plus que jamais besoin de notre argent.

Apputiku n'avait-il pas laissé entendre que Kim Kielsen et ses ministres étaient au contraire suspectés de retarder volontairement le processus menant à l'indépendance ?

– Et quel rapport avec votre ami Pedersen ? le provoqua Qaanaaq.

– Ce salopard est prêt à tout pour rafler l'exploitation de Kangeq, y compris à concéder à Kuupik Enoksen, le vice-ministre de l'Énergie, un pourcentage qui le ferait quasiment produire à perte.

– Ah bon ? Ils sont à ce point en difficulté chez Arctic Petroleum ?

– Pas au niveau mondial, non. Mais au Groenland, le moins qu'on puisse dire, c'est qu'ils n'ont pas eu le nez creux.

– Comment ça ?

– Ils ont tout misé sur les licences des plus gros gisements. Plus au nord. Notamment à Disko. Or c'est la principale zone de vêlage d'icebergs de toute la côte ouest de l'île. Un paradis pour les croisières touristiques, mais un peu moins pour le forage offshore. Moralité : de novembre à mars, les plateformes sont figées dans la banquise, et d'avril à octobre, elles baignent dans le pire *brash* que vous pouvez imaginer.

Ils se tenaient à présent devant la cabane de Huan Liang, un bungalow rouge. Le vantail rouillé avait été repoussé, et mis à part son entrebâillement et le cordon jaune caractéristique des scènes de crime qui le barrait, rien ne laissait deviner ce qui s'était déroulé à l'intérieur.

Par acquit de conscience, Qaanaaq pressa le déclencheur de son Blad, comme toujours au jugé.

– Vous avez dit... le *brash* ?

– La soupe de blocs de glace qui longe la banquise, intervint Apputiku. Surtout en automne et au printemps. Mais à Disko, avec la proximité du Sermeq Kujalleq, le plus grand glacier de tout le Groenland, les morceaux qui flottent dans le « potage » sont des icebergs entiers. Et pas des petits.

– Donc l'exploitation pétrolière y est rendue très difficile...

– Quasi impossible, vous voulez dire ! dit Møller dans un rictus revanchard. Rien que la mise à distance des plus gros blocs coûte une fortune. Il peut y en avoir jusqu'à cinquante par jour qui viennent heurter les pylônes. Et je ne vous parle pas du transport du brent pompé : c'est hélico ou rien ! Impossible d'acheminer un tanker jusque-là, même avec un brise-glace en éclaireur. Ces stations sont de vrais gouffres ! Pas étonnant qu'ils lorgnent sur les nôtres.

Qaanaaq hocha son crâne nu en signe d'approbation. La vérité, c'est qu'il n'avait plus d'yeux et d'attention que pour la dernière demeure de l'ouvrier chinois. Insignifiant mausolée d'un quidam dont tout le monde se fichait.

Oubliant Møller, il se tourna vers Apputiku. Autant les cadavres déballés par Karlsen avaient laissé celui-ci indifférent, autant l'approche du lieu du crime paraissait avoir entamé sa bonhomie.

– Tu m'as bien dit qu'il avait neigé plusieurs fois depuis le 19 ? l'interrogea Qaanaaq.

– Au moins trois fois, oui. On est entrés dans l'*ukiaq*.

– C'est quoi, l'*ukiaq* ?

– « Le jeune hiver », la première saison réellement froide des dix saisons inuites.

– *Winter is coming*, quoi, sourit le Danois.

Ni Appu ni Møller ne réagirent à son allusion. Il faut croire qu'ils ne regardaient pas les mêmes séries télé.

– J'imagine donc qu'il ne reste plus rien des éventuelles traces de pas autour des bungalows ?

– Non… mais Kris a fait des photos.

Mais pourquoi ne les lui avait-on pas montrées dès le premier débriefing ? Pourquoi chacun, dans l'équipe de Rikke Engell, conservait-il si jalousement *sa* pièce du puzzle ? Qaanaaq fulminait.

Flairant le malaise, le patron de Green Oil s'était éloigné de quelques pas.

– Elles ressemblaient à quoi, ces traces ?

– Pas facile à dire. Elles n'étaient ni très profondes ni très nettes.

Tiens donc…

– Ce qui est sûr, c'est qu'elles n'allaient pas dans le sens du scénario de l'« attaque ».

– Ah ?

– Elles fonçaient tout droit vers la porte. Un ours, il danse d'abord autour de sa proie. Il piétine la neige. Il ne se jette pas directement sur la viande.

– Chez les deux autres victimes non plus ? Pas de valse avec Nanook ?

– Non.

Ce Primus constituait une scène de crime assez atypique. Il était rare, en effet, que le lieu du meurtre ait sa copie conforme reproduite des dizaines de fois juste à côté. Or, il n'y avait pas plus identiques que ces caissons bigarrés. Ni plus proches les uns des autres, d'ailleurs, chaque allée étant juste assez large pour permettre à deux promeneurs de se croiser.

– Et on veut nous faire croire que personne n'a rien entendu des agressions, dit Qaanaaq à voix haute comme pour mieux s'en convaincre.

Appu approuva, l'air désolé, comme s'il se sentait lui-même responsable de cette invraisemblance.

– Si mon souvenir du rapport préliminaire est bon, dans les trois cas, c'est quand même bien un voisin qui a donné l'alerte. C'est bien ça ? Non ?

– Si, répondit Appu. Mais les trois alibis ont été vérifiés et validés. À chaque fois, les types revenaient d'une soirée arrosée et ont trouvé la scène en l'état.

Le bungalow ouvert à tous les vents. Tout comme le ventre des victimes.

– On n'a retrouvé de traces de sang sur aucun d'entre eux, compléta Apputiku. Apparemment, dans les trois cas, les témoins se sont juste assez approchés pour comprendre la situation, puis ils sont partis prévenir les secours ventre à terre. À chaque fois, il s'est écoulé moins de dix minutes entre le moment où on les a vus pour la dernière fois en public et celui où ils ont donné l'alerte.

Qaanaaq n'en revenait pas que son adjoint rigolard puisse produire un compte rendu aussi circonstancié. Quant aux témoins, en effet, point de vue timing, ça faisait un peu court pour réaliser un pareil carnage et en effacer les marques sur soi.

À moins de n'avoir qu'à ouvrir la porte, se mettre à l'abri des éclaboussures et laisser un ours dressé faire « sa petite affaire » à l'intérieur du bungalow. Cet hypothétique ours dressé, pour l'instant aussi crédible que tous les Nessie du monde entier.

De toute façon, *aucun Groenlandais de souche n'aurait l'idée de former un ours pour l'attaque,* avait tranché Olsen, le zoologiste.

Qaanaaq arracha la bandelette de plastique jaune d'une main et tira la porte dans un crissement pénible. *Avant de tenir lieu d'abri pour ouvrier délocalisé, cette cabane a dû servir de conteneur sur un quai du Pirée ou du port de Vladivostok,* pensa-t-il.

L'intérieur était demeuré en l'état. Partout, du sang. Du sol au plafond, du sang. Par flaques. En projections. Sous forme de giclures ou de simples mouchetis. Un vrai feu d'artifice d'hémoglobine. Malgré l'équipement vanté par Møller, le confort paraissait pour le moins rudimentaire : une pièce « principale » de la taille d'un lit double, occupée au fond par une couchette simple ; un minuscule poêle dans l'angle où, derrière une cloison légère, on devinait une cabine de douche étroite et des toilettes crasseuses. À vue de nez, près de moitié moins que les neuf mètres carrés réglementaires en dessous desquels rien ne peut légalement se louer au Danemark. À combien leur refourguait-on ces clapiers ?

Qaanaaq reconnut la maigre décoration des murs aperçue sur les clichés du légiste. Pour l'essentiel, des photos familiales regroupant plusieurs générations. Pas de portrait d'une quelconque fiancée, en revanche. Huan Liang était peut-être un pauvre célibataire sans attaches sentimentales au pays. Ce qui expliquait le choix de l'expatriation. Cet enfant replet sur une image jaunie, si fier de poser place Tiananmen, ce devait être lui, longtemps avant son départ pour sa dernière demeure.

Dans les deux mètres carrés qui faisaient office d'entrée et de salon, le sol, repeint d'une pellicule écarlate et un peu collante, était frappé de plusieurs traces de pas. Par endroits celles-ci étaient distinctes. Ailleurs, elles s'étiraient surtout en de longues traînées aux contours imprécis, comme si l'agresseur avait glissé dans le sang de sa victime.

– Et ça ? dit Qaanaaq en les montrant à Appu. Ça a été pris en photo ?

– Oui, oui…

– Quand tu auras vérifié son alibi, envoie ces images à ton ami Olsen pour expertise… s'il te plaît, se reprit-il après un silence.

– On dirait plutôt des traces de bottes en peau, nota son subordonné.

– Je vois… Mais j'aimerais quand même savoir ce que notre spécialiste des ours en pense.

Le reste du logis était d'une sobriété presque monacale. Le petit écran plat fixé sur la paroi latérale constituait le seul semblant de modernité – et encore, on pouvait s'étonner que des moniteurs aussi riquiqui puissent encore être produits. Les soirées en solo devaient être affreusement longues au Primus de Nuuk.

Qaanaaq n'avait jamais prétendu se mettre dans la peau des tueurs qu'il pourchassait – encore moins dans celle d'un animal –, tout ce cirque de *profilers* mystiques pour soirées télévisées. Les intuitions, passe encore, mais il ne croyait pas aux visions. Il ne se fiait qu'à la mémoire. Celle des individus comme celle des objets ou des lieux.

– Monsieur Møller ? apostropha-t-il le patron de Green Oil, resté en retrait.

– Oui ?

– Est-ce que je me trompe… Je crois n'avoir vu aucune caméra de surveillance sur le site ?

– Ici ? dit l'homme en parka noire, manifestement dérouté par la question.

– Eh bien oui, ici. Je n'en ai même pas vu à l'entrée.

– Non.

« Pour quoi faire ? » semblait dire sa prudente dénégation.

– Il n'y en a nulle part dans le village ?

« Village », c'était faire beaucoup d'honneur à ces alignements de taudis.

– Non. Mais sur la plateforme, ça oui, il y en a partout. C'est imposé par les assurances, à cause des risques d'accidents. Dans les quartiers d'habitation, *a priori*, ça n'est d'aucune utilité. En tout cas, on ne nous a jamais demandé d'en installer.

Dépense superflue pour ces Untermensch[1], interpréta Qaanaaq. Ravalant sa colère, il posa un premier pied sur le seuil, là où le plancher disjoint était demeuré vierge de toute projection.

– L'inventaire n'a rien révélé de particulier ? demanda-t-il à Appu.

– Non, rien. Des fringues sales. De la paperasse sans intérêt. Des bouquins de poche en mandarin. Quelques bouteilles. Un portable et une tablette.

– OK, parfait. J'y jetterai un œil au poste. Appelle… Quel est le prénom de ton assistant, déjà ?

– Pitak.

– C'est ça, Pitak. Demande-lui de fouiller la tablette et le mobile de Huan, voir s'il trouve quelque chose de significatif. Idem pour ceux de Hawford et Ullianson.

– Que doit-il chercher ?

– Øh, je ne sais pas. N'importe quoi. Un mail étrange, une photo d'eux avec leurs collègues… Ah, et demande-lui aussi d'éplucher leurs comptes, s'il parvient à y accéder via une application quelconque. Qu'il repère n'importe quel achat ou transaction sortant de l'ordinaire.

1. « Sous-hommes », terme inventé par l'idéologie nazie.

Comme Appu s'éloignait pour passer son coup de fil, Qaanaaq s'abîma de nouveau dans la contemplation de cette boîte à vivre. Quels rêves pouvait-on faire dans un endroit pareil ? Que pouvait-on y espérer ?

Sur une table de chevet lilliputienne, à la tête du lit, des lambeaux de viscères étaient encore visibles. L'un d'entre eux pendait telle une guirlande sur une statuette, un animal dressé sur ses pattes arrière.

Un ours polaire.

Ironie du sort et de la déco standardisée.

– C'est un *tupilak*, précisa Appu quand il revint.

– Qu'est-ce que c'est ? Une sorte de statuette votive ?

– Oui. Mais là, c'est une copie pour les touristes. De la résine *Made in China*. Les vrais *tupilak* sont taillés dans des défenses de morse. Ils permettent aux âmes de voler.

La figure de Liese Simonsen, la vendeuse de colifichets folkloriques, s'invita un instant dans la cabane puis disparut.

– Et... tu crois à ça, toi ?

– Autrefois, poursuivit Appu sans lui répondre, ils avaient un grand pouvoir. Tout le monde avait peur des *tupilak*.

– C'étaient des sortes de poupées vaudoues ?

– Oui. Mais le *tupilak* n'est qu'un outil. Si tu veux faire le mal, il fait le mal. Si tu veux faire le bien...

Qaanaaq n'attendit pas la fin pour interpeller de nouveau Henrik Møller.

– Vous avez eu des échos concernant d'éventuelles tensions entre vos ouvriers ?

– Non, pas vraiment... Enfin rien de plus que les chicanes ordinaires. Du genre qui m'a volé ma gnôle ou qui ne m'a pas rendu mon tire-bouchon. Rien qui puisse justifier...

– Liang, Hawford, Ullianson : ils se connaissaient ?

– Possible. Mais pas obligatoire. Ils bossaient tous les trois dans des services très différents.

Ce patron geignard était décidément de peu d'utilité. Un berger aurait mieux su parler des bêtes de son troupeau.

– Ce Liang, il avait des amis ici ?

– Au Primus ?

– Oui… Des voisins de bungalows avec qui taper le carton…

– Je suis leur employeur, pas leur maman. Pour ce genre de questions, il faudrait voir avec Vikaj.

Le gardien de la guérite qu'ils avaient aperçu en arrivant était ravi d'avoir un peu de compagnie. Vikaj était en réalité un Srilankais originaire de Jaffna. Fluet et presque aussi exagérément souriant qu'Appu, il pouvait avoir cinquante ans aussi bien que quinze.

– *Yes, he has… I mean, he had a friend :* Rong, répondit-il sans se faire prier, dans un anglais sommaire.

– Rong ?

– Rong Deng. *Best friend* Huan. *Always together. Very close.*

– C'est lui qui a retrouvé le corps de Huan, glissa Appu à l'oreille de Qaanaaq.

– Et il se trouve où, ce Rong ?

– Sur la plateforme, indiqua Møller.

– À Kangeq ? Mais je croyais qu'elle était à l'arrêt ?

– Une plateforme n'est pas une motoneige qu'on allume et qu'on éteint d'une pression sur un bouton, capitaine. Même quand on ne pompe pas, il y a des procédures de maintenance à effectuer jour et nuit. Rong Deng fait partie de l'équipe de jour. D'ailleurs, il ne devrait plus tarder à rentrer.

– Mais là, tout de suite, il y est encore ?

– Oui, dit le patron, pendant une petite heure.

– Merveilleux. On y va.

– On va où ?

– Sur votre plateforme.

– Maintenant ? !

– Tu n'étais pas attendu au siège du gouvernement ? se permit Appu.

Toujours ce sacro-saint respect de la hiérarchie, au sommet de laquelle l'œil implacable de Rikke Engell les scrutait.

– Le gouvernement…, grommela Qaanaaq.

– Tu avais oublié ?

– Non. C'est parfait : ils attendront.

8

[IMG_1889 / 24 octobre / Vue du ciel de la plateforme offshore Green Oil de Kangeq]

Comme tout Scandinave, il en avait déjà aperçu au moins une, mais jamais d'aussi près. Ni jamais d'aussi belle.

Le soleil s'était couché quand l'hélico vert de Green Oil, un petit Sikorsky S-52-2 juste assez grand pour eux trois et le pilote, avait quitté la piste aménagée à la sortie du Primus. Dans les lueurs naissantes qui embrasaient l'horizon, l'envol fut majestueux. Ce n'était rien, pourtant, comparé au festival lumineux qui les attendait au-dessus de la baie de Nuuk. Dragon de couleurs ondulant sur l'océan, l'aurore boréale s'élevait, prête à engloutir le ciel. De longs filaments verts, bleus et roses déchiraient la nuée. Ils ondoyaient jusqu'à s'abattre sur le paysage, pour renaître l'instant d'après, encore plus flamboyants, encore plus triomphants. Même ce pisse-froid de Møller paraissait happé par le spectacle. C'était le pouvoir de cet incroyable phénomène : chacun y trouvait sa propre résonance, son tour de magie intime.

– Tu sais ce que dit mon peuple à propos de *ça* ? brailla Appu dans son micro.

Avec son gros casque sur les oreilles d'où s'échappaient des mèches folles, il ressemblait à un des Télétubbies, tanné par les vents polaires.

– Ton peuple... ?

– Les Inuits.

– Non, ils disent quoi ?

– Que ce sont des âmes qui n'ont pas encore trouvé la paix. Et si elles s'agitent comme ça, c'est qu'elles cherchent leur chemin vers le lieu de leur repos éternel.

– Tu penses qu'elles finissent par le trouver ? demanda Qaanaaq, sans sarcasme.

– *Imaqa.*

Pour une fois, c'était bien la seule réponse possible. Qaanaaq approuva d'un sourire respectueux. Il se demandait juste où erraient les esprits des trois pauvres types qu'on avait charcutés dans leurs gourbis. On s'était si mal soucié de leur vie sur terre, et si peu de leur salut.

Comme nourries par ses pensées, les lueurs enflammèrent de plus belle l'horizon. Elles donnaient à présent le sentiment d'envelopper le firmament et tout ce qui s'y déplaçait, leur hélico compris. Les couleurs dansaient presque à portée de main, comme s'il était possible de tendre le bras et de piocher dedans. Il aurait aimé que Jens et Else, ses jumeaux, soient là pour voir ça. Ils n'avaient que trois ans, mais il n'est jamais trop tôt pour apprendre l'émerveillement.

– Merde, merde, merde, jura-t-il à voix basse sous le vrombissement de l'hélico.

Dix-huit heures quarante-sept… Il avait dépassé de deux bonnes heures le rendez-vous téléphonique avec sa mère et les jumeaux. Le créneau où il était certain de trouver ses enfants encore levés, à Copenhague. Il les voyait d'ici, dans leurs pyjamas propres repassés par Mamiflo, espérant l'appel qui n'était pas venu. Tristes et sages.

À part Flora, sa mère, les gens de son entourage ne s'étaient pas gênés pour partager leur trouble de voir un homme célibataire, ayant atteint la quarantaine, adopter deux petits. De les adopter *seul.* Lui-même ne pouvait leur opposer aucun argument. Un beau jour, il lui avait simplement semblé qu'*il le fallait.* Qu'il était temps. Alors, il l'avait fait.

Dégainant son Smartphone de ses doigts gourds, il ouvrit l'application de rappel et en programma un pour toute la semaine à venir, à seize heures heure locale.

La plateforme était encore réduite à un petit essaim de points clignotants sur la mer obscure, mais son approche n'en était pas moins impressionnante. Le nez piqué vers l'onde invisible, l'appareil amorçait déjà sa descente.

– PolarisOne est la plus grosse plateforme en activité en milieu polaire, commenta Møller non sans fierté. En soi, c'est une prouesse technique, car en principe les plateformes fixes de type *jacket-deck* ne sont installées que dans des eaux peu profondes.

– Et pourquoi pas une plateforme flottante alors ? Ça existe, non ?

– Ça existe. Mais avec le WGC, c'est impossible aussi près des côtes groenlandaises. Trop de dérive. À peine installées, une FPU ou une FPSO se retrouveraient plusieurs milles au nord en un rien de temps.

– Et la vôtre, elle est en service depuis longtemps ?

– Elle a été implantée il y a cinq ans. Mais elle ne produit que depuis deux petites années.

Les dernières dizaines de mètres se révélèrent aussi splendides qu'effrayantes. L'index de Qaanaaq ne décollait plus du déclencheur de son appareil photo. Aux gyrophares entourant l'aire d'atterrissage – minuscule plaque circulaire accrochée sur le flanc de la structure et suspendue au-dessus du vide – s'ajoutaient les torchères qui brûlaient dans la nuit noire.

– Impressionnant, hein ? lança le maître des lieux.

Qaanaaq acquiesça d'un clignement d'yeux. Les patins de l'hélicoptère venaient tout juste d'effleurer le sol. Atterrissage impeccable malgré les ténèbres.

– Ces bestioles sont fantastiques, poursuivit Møller dans le hurlement du rotor, mais il faut s'en méfier comme d'un chien qui a déjà mordu. On ne sait jamais quand elles reviennent à leur état sauvage.

Il parlait de la plateforme.

– Il y a souvent des accidents ? demanda Qaanaaq.

– Pas souvent. Mais quand il y en a, ça fait des dégâts.

Joli euphémisme pour les désastres écologiques qu'avaient provoqués certaines d'entre elles. L'explosion de la plateforme Deepwater Horizon, en avril 2010, n'avait certes fait « que » onze victimes. Mais c'était sans compter les cinq millions de barils de brut alors déversés dans le golfe du Mexique, lesquels avaient durablement affecté tout un écosystème. À ce jour, la plus grande marée noire de l'histoire. Quatre cents espèces devaient leur disparition à l'une de ces « bestioles », comme Møller les nommait affectueusement.

Le pied à peine posé sur la piste, Møller leur fit signe de le suivre vers un petit escalier métallique, loin du souffle glacé brassé par les pales. En bas de la volée de marches, sur une sorte de ponton étroit, deux hommes vêtus et casqués d'orange les attendaient. Sans un mot, ils leur tendirent leurs protections, casque rouge pour Qaanaaq, jaune pour Appu. Contrevenant à ses propres règles et négligeant de faire les présentations, le boss, cravaté et tête nue, ordonna à l'un des deux ouvriers en combinaison :

– Va me chercher Rong !

– Lequel, patron ?

Il y avait sans doute plus d'un Chinois sur PolarisOne. Et plus d'un Rong.

– Rong Deng, le p'tit gars de la maintenance.

– OK.

– On va au mess. Amène-le-moi là-bas.

Le vocabulaire et le ton militaires n'étonnaient pas Qaanaaq. Il se doutait qu'un tel lieu, véritable forteresse assaillie par les éléments, ne pouvait fonctionner qu'à cette condition.

Après deux minutes d'un trajet sinueux, succession de coursives et de passerelles, ils parvinrent à une pièce vitrée qui dominait l'ensemble du « monstre ». L'image était facile, mais d'où ils se situaient, il n'en voyait pas de plus juste. Outre les flammes qui léchaient l'obscurité par intermittence, toute la construction, hallucinant enchevêtrement de colonnes, de poutres, de grues et de tuyaux, paraissait secouée par les ronflements venus du ventre de la bête. C'est alors seulement que Qaanaaq perçut le roulis presque imperceptible qui les berçait.

Déclinant la bière danoise que Møller leur proposait, il entreprit d'en savoir plus sur le lieu et ses occupants :

– Dites-moi, vous avez combien d'hommes à bord ?

– Deux cent dix-huit. Enfin, deux cent dix-neuf avec moi.

– Des femmes ?

– Juste une infirmière et une hôtesse de bord pour le mess.

– Et jamais une embrouille ou une bagarre ?

– Ce qui se passe au Primus est une chose, capitaine. Mais ici... Ici, les gars n'ont pas le luxe de se prendre la tête. C'est comme un porte-avions ou un sous-marin : si tout le monde ne bosse pas dans le même sens, on va droit au casse-pipe. Alors, vous excuserez l'expression, mais les cacas nerveux, on se les garde pour après.

Et pour ailleurs, pensa Qaanaaq. Des bungalows de cinq mètres carrés, empilés sur un no man's land gelé.

– Ça ne les a pas empêchés de faire grève, nota-t-il à voix haute, avec un soupçon de perfidie.

– C'est vrai... Mais vous pouvez me faire confiance, dans notre milieu, ce genre de chose ne dure jamais très longtemps.

Lui qui, une heure plus tôt, pleurait ses pertes comme on pleure un ami cher, paraissait tout à coup très sûr de son fait. Et nettement plus optimiste quant à l'issue du mouvement social déclenché par les trois meurtres.

– Hå... Pourquoi ça ?

– Vous savez combien gagne un technicien de base, chez nous ?

– Non, admit Qaanaaq.

– Cinq mille dollars US par mois. Plus de huit mille pour les soudeurs expérimentés. Et jusqu'à près de dix mille pour les chefs d'équipe – douze mille avec les primes de risque. Chez eux, la plupart de mes ouvriers ne gagneraient pas ça en un an. Ils en renvoient plus des trois quarts au pays. Avec leur salaire de Green Oil, certains font vivre jusqu'à deux ou trois familles complètes. Alors chaque jour de paie qui ne tombe pas, c'est du riz en moins dans une gamelle à Islamabad ou à Dacca. C'est aussi simple que ça.

L'ouvrier auquel Møller avait confié la mission d'aller chercher son collègue reparut soudain, hors d'haleine.

– Rong Deng a disparu de l'équipe de maintenance B, patron.

– Quoi ? aboya Møller. Comment ça, il a disparu ?

– Je sais pas... Ça fait plus d'une demi-heure que Makschik ne l'a pas vu.

– Et c'est maintenant qu'il le dit ? !

– Ils l'ont cherché partout. Mais comme vous n'étiez pas sur l'Éléphant, on n'a pas voulu vous déranger pour rien...

– L'Éléphant ? demanda Qaanaaq.

– C'est comme ça qu'on appelle les plateformes qui crachent de gros tonnages, évacua Møller, à nouveau fébrile. Suivez-moi.

Dans une pièce attenante, un dispositif de contrôle vidéo dernier cri occupait une vingtaine d'écrans couleurs. Le pétrolier n'avait pas menti, sa « bestiole » ne manquait pas de caméras. Assis devant le mur de moniteurs, un agent galonné esquissa un garde-à-vous que Møller contint d'une pression paternaliste sur l'épaule.

– Elle bosse où, la B ?

– Au puits numéro un.

– Montre-nous les *topsides* autour du numéro un.

En quelques clics sur son clavier, l'agent afficha sous tous les angles possibles les abords d'une tour de forage rouge. Au pied du colosse métallique, outre une poignée de techniciens désœuvrés, on distinguait l'énorme machinerie du treuil. La partie vivante du puits.

– Ça couvre tout ? demanda Qaanaaq.

– Tous les endroits auxquels le personnel peut avoir accès.

Pourtant, sur les écrans, on ne devinait qu'une poignée de silhouettes humaines, et aucune qui ressemblât à celle d'un ouvrier chinois.

– OK. Et les endroits inaccessibles, c'est quoi ?

– À part ce bureau... La structure porteuse elle-même. Les pylônes, si vous préférez. Je vous l'ai dit : ces caméras, c'est surtout pour les assurances. Là où il n'y a pas d'ouvriers, en principe, pas besoin de surveillance.

Sous l'œil noir de son grand chef, l'opérateur vidéo s'autorisa une intervention :

– Y a quand même la caméra sur la fenêtre d'entretien du trépan...

– Qu'est-ce que c'est ?

– De temps en temps, on remonte la tête foreuse, le trépan, pour le nettoyer, concéda Møller. Mais ce serait trop compliqué de l'extraire jusqu'à l'ouverture du puits...

Trop compliqué signifie trop cher, traduisit l'enquêteur.

– ... Alors on a aménagé une lucarne dans la colonne. Et on a installé une petite caméra en plus.

Quant à « en plus », cela signifiait sans doute officieuse.

– Ça vous sert à quoi ?

– À vérifier que le trépan n'est pas trop encrassé. Si c'est le cas, on envoie deux gars pour le nettoyer.

– Si je comprends bien, cette fenêtre, elle se situe dans la « porteuse » ?

– C'est ça.

Qaanaaq supposa que le procédé ne devait pas être très orthodoxe. Møller préférait sans doute rester discret. Chaque patron a ses petites magouilles.

– Donc il y a au moins *une* vue sur cette zone-là ?

– Oui, oui, soupira Møller. Luis, tu nous l'affiches ?

Bingo !

Parmi l'incroyable méli-mélo de tubulures métalliques à peine éclairé, on discernait une silhouette. Ou plutôt, une ombre – une ombre humaine, qui semblait bouger. En dépit des conditions extérieures, elle vivait encore.

La main du directeur s'élança vers un gros bouton rouge en même temps qu'il criait dans un micro sur pied.

– Sam ! Sam, envoie-moi tout de suite des secours au pilier...

D'autorité, Qaanaaq avait coupé la chique du speaker.

– On peut savoir ce que vous faites ? ! s'indigna Møller.

– Eh bien... Si c'est bien ce Rong et s'il est allé se nicher dans un endroit pareil, ce n'est certainement pas par plaisir.

– Et alors ? On attend qu'il tombe comme un fruit mûr ?

– Non. Mais on ne peut exclure que l'idée de sauter le traverse. J'aimerais être le premier à lui parler.

– Capitaine...

– Écoutez, je sais ce que vous allez me dire, répondit Qaanaaq sans lui laisser le temps de continuer. Qu'ici, c'est comme un bateau. Et que sur un bateau, il n'y a qu'un seul commandant... Mais dès qu'on sera sortis de votre rafiot, vous redeviendrez un justiciable comme les autres, monsieur Møller. Et en l'occurrence, un patron qui bricole son installation en dépit des règles de procédure...

Il employait toujours le bluff avec prudence et parcimonie. Mais il était à peu près certain de son coup cette fois-ci.

– Voilà, reprit-il après un court silence. Maintenant, si vous voulez ajouter une petite enquête disciplinaire à votre grève... libre à vous.

Dans son coin, Apputiku réprimait un fou rire. Ni lui ni Qaanaaq n'avaient la moindre idée de l'instance à saisir en pareil cas, mais la perspective parut effrayer assez Møller pour qu'il s'éloigne du micro. Furieux, mais docile.

– OK, OK..., grogna-t-il. Je vais vous conduire au pilier ouest. Vous allez voir, dans le genre terrasse au soleil, on fait mieux.

C'était peu dire.

Tournée vers le large, la façade ouest de la plateforme était logiquement la plus exposée aux vents. Tenir debout sur le pont inférieur, le plus bas des étages accessibles, relevait du défi aux éléments. Les aurores boréales étaient reparties depuis belle lurette au paradis des âmes inuites. Une nuit d'encre nimbait à présent tout l'édifice, percée çà et là par les fanaux de sécurité.

Les trois hommes, accompagnés d'un « casque orange » muni de cordes, de mousquetons et de baudriers, s'agrippaient tant bien que mal au bastingage métallique. C'était pourtant là qu'il fallait s'aventurer : à trois pas devant eux apparaissait le rectangle d'une trappe. L'ouvrier ouvrit le lourd couvercle d'acier à chevrons et un courant d'air d'une force prodigieuse surgit des tréfonds de PolarisOne. Un souffle des abysses, plus glacé encore que tout ce qu'il avait enduré jusque-là.

– Toujours tenté ? ironisa Møller.

Qaanaaq ne répondit pas. Une main sur son crâne en guise d'encouragement, il enfila l'équipement qu'on lui tendait. Une fois le mousqueton solidement accroché au garde-corps le plus proche, il se glissa dans le trou.

S'engouffrer dans les entrailles de la cathédrale de fer et de feu était une épreuve dont il se serait volontiers passé. Il n'était pas particulièrement sujet au vertige… mais tout de même.

Dès les premiers mètres de la descente, il prit ses repères, s'accrochant à des appuis qui lui paraissaient solides sur les poutrelles principales ainsi que sur les croisillons qui comblaient l'espace entre elles, jaillissant à l'oblique.

D'après les indications de Møller, le point à atteindre devait se situer à une grosse dizaine de mètres sous le pont inférieur. Dix mètres, c'est peu. Mais sur trois étages de noir absolu, de métal hostile et de vent polaire… Il cria quand le sommet de son crâne rencontra le coin d'un chevron inattendu.

– Tout va bien, capitaine ? lui parvint une voix plus moqueuse que soucieuse.

Aux bourrasques violentes succédaient des rafales tourbillonnantes, chacune plus décidée que la précédente à l'arracher à son support et à le jeter dans l'immensité pétrifiée. Il demeura sans bouger quelques instants, puis reprit sa course. Un mouvement, même périlleux, valait mieux qu'être crucifié de froid sur ces poutres de métal.

Enfin il l'aperçut, à quatre ou cinq mètres en dessous de lui, et néanmoins à peine visible. Recroquevillé sur une traverse. Désormais incapable du moindre mouvement.

– Rong ? Rong Deng ? ! s'époumona-t-il.

Aucune réponse.

– Rong ! Vous ne pouvez pas rester là ! On va vous remonter !

L'homme l'entendait-il seulement ? Fouillant une poche extérieure de sa parka, Qaanaaq parvint à en extraire son téléphone avec d'infinies précautions. D'un seul doigt tremblant, il déverrouilla les fonctions essentielles de l'appareil – l'ingénieur qui avait conçu ça était un génie – et actionna la torche.

Dans le faisceau blanchâtre, il découvrit un visage aux yeux clos, déjà bleui, mais conscient, semblait-il.

– Putain ! Rong ! Je viens vous ch…

Un nouveau coup de vent les balaya tous deux. Plus tranchant encore que les autres. Obligeant le flic à rabattre ses paupières.

Quand il les rouvrit, la silhouette de l'ouvrier se décrochait de son perchoir, au ralenti, avec la pesanteur fascinante qu'ont les icebergs vêlés par la banquise. Aucun craquement, aucun bruit, juste une ombre vivante qui chutait en silence et se fondait à la nuit.

Un homme qui tombe et s'abandonne.

9

[IMG_1904 / 24 octobre / Torchères de la plateforme PolarisOne, nuit]

Enveloppé dans deux couvertures de survie dorées, les yeux plissés, la mâchoire contractée par le froid, Rong Deng avait des airs de momie disco.

– Rong… Rong ! Regardez-moi. Est-ce vous qui avez retrouvé le corps de Huan ?

L'infirmière du PolarisOne, une Danoise bien carrossée pour repousser les importuns, fit signe à Qaanaaq qu'il était encore trop tôt.

Quinze minutes, avait dit Appu. L'espérance de vie d'un homme tombé dans l'eau glacée est en moyenne de quinze minutes. Rong Deng avait été repêché à la treizième, peut-être un clin d'œil du destin.

Il avait fallu pas loin de cinq minutes pour descendre le canot de secours à l'eau, à la verticale du pilier ouest. Puis au moins autant à Marek Makschik, le chef de l'équipe B, pour diriger ses deux rameurs vers l'endroit où l'on avait vu disparaître le corps. Par chance, pas de *brash* ici en cette saison. Juste une eau à 2 °C, assez tourmentée pour engloutir un bon nageur en moins de deux. Entre les quatre pylônes, les vagues se livraient à une sorte de partie de flipper qui ballottait l'embarcation en tous sens. Rester à un point fixe relevait de l'impossible. Mais le contremaître polonais avait fini par trouver la solution : fixer un filin en acier à chacun des deux piliers opposés, puis amarrer ceux-ci de part et d'autre du zodiac. À la douzième minute, l'esquif s'était plus ou moins stabilisé. À la treizième, après d'angoissantes secondes passées à fouiller l'onde, on sortait le Chinois congelé.

Ils embarquèrent tous dans l'hélico, entassés dans l'espace exigu, tous sauf Møller, laissé en son royaume. On chargea aussi à bord du Sikorsky tout ce qui pouvait contribuer à relever la température corporelle de Rong : vêtements secs, Thermos de café chaud, vodka danoise… L'infirmière avait insisté pour qu'on rapatrie l'homme au Dronning Ingrids, l'hôpital de la reine Ingrid, le seul du Groenland à offrir des prestations dignes du XXIe siècle. Une nuit d'observation ne serait pas du luxe.

– C'est moi…

C'était un filet de voix à peine audible. Rong émergeait.

Apputiku se hâta de coiffer le rescapé d'un casque de communication. L'homme réussit à répéter dans un anglais chaotique, à peine plus distinctement.

– C'est moi qui ai trouvé Huan dans son bungalow…

Qaanaaq demanda au pilote qu'ils soient branchés sur un canal privé, Appu, Rong et lui. Pour poursuivre l'entretien en toute confidentialité. C'était étrange, cette bulle d'intimité dans la nuit opaque et le vacarme du propulseur. Un confessionnal volant.

Rong Deng claquait des dents, la respiration saccadée. Huan Liang et lui avaient passé la soirée du 16 octobre ensemble, à jouer aux cartes dans un bar. Huan s'était fait dépouiller d'une bonne somme et était parti se coucher une heure avant lui. Vers trois heures quarante, Rong était rentré bien éméché dans son cabanon, voisin de celui de Huan.

– Et vous avez joué où ?

– Au *Nuuk Zoo*.

– À cette heure-là, c'est le seul bar du centre-ville encore ouvert, précisa Appu.

Rong détailla la scène : la porte battante de la cabane de Huan ; le brusque sentiment d'alarme en lui qui, malgré son état d'ébriété, le pousse à aller voir ; la vision fugace de l'intérieur ravagé ; puis la course éperdue, avec dans la tête un cri effroyable qu'il ne parvient pas à lancer.

Soudain, quoique sans brusquerie aucune, Qaanaaq se rapprocha du Chinois emmailloté. À travers la couverture de survie scintillante, il attrapa une de ses mains transies. L'homme eut un léger réflexe de recul, mais ne fit rien pour se dégager. La voix de Qaanaaq baissa en intensité, s'approchant du murmure, avec des inflexions caressantes.

– Rong, pourquoi aimez-vous tellement perdre ?

C'était la marque de fabrique de ses interrogatoires.

Le contact physique qui saisit.

La voix qui anesthésie.

La question qui prend de court.

Ça ne fonctionnait pas à tous les coups, mais il avait parfois vu de vrais durs laisser tomber l'armure et se confier subitement.

Et ce Rong n'avait rien d'une brute.

– Je... Je n'aime pas perdre, j'aime jouer, se défendit-il sans conviction.

– Pourtant, ce soir-là, Huan et vous, vous avez perdu, n'est-ce pas ? Ce n'était pas la première fois. Et vous avez continué à jouer, encore et encore et enc...

– Oui, peut-être, bredouilla le Chinois, la voix de nouveau altérée. Mais ça n'a rien à voir avec...

– Qui cherchiez-vous à fuir ?

– Quoi... ?

– Sur la porteuse de PolarisOne... Vous ne vous êtes pas planqué là pour rien. Qui vouliez-vous éviter ?

L'infirmière danoise, Karen si l'on se fiait à son badge, fit signe qu'il était temps d'une pause. Elle versa une grande rasade de Fisk, une vodka à la réglisse et à l'eucalyptus, dans un gobelet en plastique. Rong ne se fit pas prier et avala les 30° cul sec. Sur l'étiquette de la bouteille, le marin en vareuse rouge semblait approuver.

– Quand un hélico repart du Primus, reprit-il avec une voix plus claire, le pilote avertit le Polaris. Et généralement, l'info fait aussitôt le tour de l'Éléphant. Euh, de la plateforme. Alors la porteuse, c'est bien le seul endroit où échapper aux regards. *Only place for me hide*, dans son anglais de bazar.

– OK, mais de qui redoutiez-vous la venue au point de vous fourrer dans cet enfer ?

Les yeux du Chinois fouillèrent un instant l'obscurité piquée par le clignotement écarlate du *beacon* à l'arrière de l'hélico, puis se fixèrent de nouveau sur son interlocuteur. Il semblait hypnotisé par son crâne. *Comment peut-on rester tête nue dans un froid pareil ?*

– Sergueï...

– Sergueï..., l'encouragea Qaanaaq. Sergueï qui ?

– Sergueï Czernov. C'est l'un des plus vieux chefs d'équipe de Green Oil au Groenland. Il bossait pour eux avant même l'ouverture de PolarisOne.

D'un geste, Qaanaaq demanda au pilote d'ouvrir le canal de communication à l'infirmière, qu'il interrogea sans préambule :

– Vous connaissez Sergueï Czernov ?

– Oui, bien sûr. C'est l'un des « piliers » de l'Éléphant.

– Pourquoi ?

– Parce que c'est l'un des quatre chefs d'exploitation de PolarisOne. Sans Czernov et ses trois acolytes, la boutique de Møller ne tournerait tout simplement pas.

Elle ne paraissait pas porter le *big boss* dans son cœur. Un instant, Qaanaaq se demanda ce qui pouvait motiver une femme comme elle, déjà plus si jeune, à venir s'isoler ici. Après tout, des infirmières expérimentées, il en manque dans tous les hôpitaux du monde. Mais, dans la mesure du possible, il essayait de préserver les petits secrets de chacun. Tout ce qui ne lui était pas immédiatement utile. Pas question d'être l'agent de cette nouvelle et suprême barbarie : le dogme de la transparence.

– Avec la grève, poursuivit-elle, il est au chômage technique depuis plusieurs jours. Il n'est plus sur la plateforme.

Il la remercia d'un hochement de tête et indiqua au pilote qu'il pouvait la sortir de leur échange.

– Bon, reprit Qaanaaq à l'intention de Rong. Ce Czernov... pourquoi avez-vous peur de lui à ce point ?

– On lui devait beaucoup, Huan et moi...

– Depuis la partie du 16 au 17 ?

– Avant aussi.

Qaanaaq songea aux échelles de salaires mentionnées par Møller. Le plus mal payé des ouvriers de Green Oil percevait une fois et demie son salaire de flic. Alors qu'ils fassent chauffer leur compte Western Union plus souvent qu'à leur tour, rapatriant leurs devises occidentales dans leur pays d'origine, il voulait bien le croire. Mais de là à ne plus pouvoir s'acquitter d'une dette de jeu ?

– À peu près combien ?

– Douze mille.

– Douze mille couronnes ?

– Non… dollars.

Soit pas loin de soixante-cinq mille couronnes danoises. Une sacrée somme.

– Et Huan ?

– Un peu plus. Dans les quinze.

Pouvait-on tuer pour vingt-sept mille dollars ?

Oui. L'expérience lui avait appris qu'on tue parfois pour un seul et misérable *cent*. Ou même pour rien. Sauf que tuer ses débiteurs n'a jamais enrichi le moindre créancier.

En tout cas, Rong semblait redouter un sort identique à celui de son ami. Et, visiblement, il tenait pour responsable le cadre russe.

– Et vous n'avez pas pu le convaincre d'échelonner vos remboursements ? Je ne sais pas, quelques billets pour le faire patienter ?

– Depuis quelques mois, grimaça Rong, l'Éléphant ne pompe pas terrible. Alors les primes, c'est pas ça…

– Je comprends. Il y a autre chose que je devrais savoir sur ce Czernov ?

Cette fois, l'homme se contenta de fermer les yeux et s'affaissa sur lui-même. Il était inutile d'insister pour le moment. Au fond d'une poche de sa parka, Qaanaaq retrouva la carte de visite de Møller. Le patron de Green Oil décrocha dès la première sonnerie.

– Oui, capitaine, c'est à propos de Rong ? Il s'en sort ?

– Pas de commentaire. Juste une question : Sergueï Czernov… Où est-ce que je peux le trouver ?

– J'ai accepté sa mise en dispo pas plus tard qu'hier soir. Huit jours. Il a dû en profiter pour rentrer chez lui.

– Åh… Et c'est où, chez lui ?

– Pff, Dieu sait quelle banlieue merdique dans l'oblast de Moscou… Croyez-le ou non, je suis rarement invité aux baptêmes de leurs gosses.

– Il est déjà parti ?

– Oui, ce matin même.

Qaanaaq raccrocha sans un au revoir ni un merci, comme dans les films – petit privilège de flic.

– Tu as un contact fiable chez Air Greenland ?

Apputiku approuva d'un sourire réjoui. Finalement, il aimait se rendre utile.

– Splendide. Alors demande-lui si un certain Sergueï Czernov figurait sur leurs listes des passagers au départ de Nuuk aujourd'hui.

– Quel vol ?

– N'importe quel vol international passant par Kangerlussuaq.

Zélé, Apputiku sortit aussitôt son téléphone dernier cri de son blouson.

– Eh, Appu ! l'interpella Qaanaaq. Dans le doute, demande-lui aussi de vérifier sur la journée d'hier.

Un peu requinqué par les soins de Karen, Rong s'était redressé dans son coin. Il paraissait reprendre couleur et forme humaines. Cela tombait bien, on n'était plus très loin de Nuuk.

– Huan, c'était qui pour vous ? réattaqua le flic danois, avec cette même douceur. Un collègue ? Un simple partenaire de jeu ? Un ami ?

– Mon ami, répondit l'autre sans hésitation.

Un ami offensé devient souvent notre plus grand ennemi. Qaanaaq garda pour lui son dicton.

– Et vous en avez beaucoup, au Primus, des amis ?

– Non. Huan et moi, on était de la même région, le Gansu. On se comprenait. Ici, même entre Chinois, c'est pas toujours facile. Y a des jalousies. Du racisme.

– Et les gens d'ici ? Vous les fréquentez un peu ?

– Non, admit-il, jetant un regard oblique à Appu. Les gens du coin, ils ne sont pas vraiment enchantés qu'on soit chez eux.

Not happy happy, avait-il dit dans son anglais toujours hésitant.

– Vous pourriez quand même avoir sympathisé avec certains. Ne serait-ce qu'à votre bar, là, le *Zoo*.

– On joue entre nous. Et de toute façon...

– Quoi ?

– M. Møller nous déconseille de nouer des liens avec les locaux. Il dit que ça ne peut déboucher que sur des « emmerdes ».

Sacré Møller, ami des Groenlandais et apôtre de la concorde entre les peuples.

– Et avec Huan, ça vous arrivait de vous inviter dans vos bungalows ?

Rong le regarda comme si le flic se payait sa tête.

– Ils sont trop petits... On se voit au *Nuuk Zoo*, ou alors chez Tony.

– C'est qui Tony ?

– Le vendeur de hot-dogs, de l'autre côté du Primus. Y a que les ouvriers de Green Oil qui y vont.

Dans le vacarme pulsé du rotor, le portable d'Appu retentit faiblement. Il décrocha, alternant les instants d'écoute et les chuintements du kalaallisut.

– J'ai demandé à Pitak de vérifier l'alibi de Pedersen, le patron d'Arctic Petroleum, annonça-t-il à Qaanaaq après avoir raccroché.

Qaanaaq commençait à croire qu'Apputiku Kalakek était capable d'efficacité, et même d'initiative.

– Magnifique. Et alors ?

– Alors, ça fait quinze jours que Pedersen n'a pas bougé du siège, à Toronto. Pitak s'est fait envoyer son planning par la secrétaire de direction. Sa présence a été confirmée par les participants de plusieurs réunions.

– Et les traces de notre ours ? Tu as un retour de ton zoologiste, Olsen ?

– Non. On lui a envoyé les clichés, mais pour l'instant, silence radio.

On pouvait comprendre Olsen. L'attaque dont il avait été lui aussi la cible aux Archives nationales avait de quoi refroidir la plus ardente des envies de coopérer.

– À ce propos, son emploi du temps les nuits des meurtres, ça donnait quoi ?

– En ce moment, il travaille comme bénévole à l'Akisuanerit.

– Au festival ?

– Oui. Il aide à l'installation des décors de scène. Des machins avec des ours polaires.

– Et c'est censé lui donner un alibi solide, ça ?

– Oui. Pitak a vérifié. Evart Olsen dort au Katuaq toutes les nuits depuis plus d'une semaine. Plusieurs membres de l'organisation ont confirmé. Il n'a pas bougé de son lit de camp.

L'atterrissage sur la piste du Primus se révéla nettement moins enchanteur que leur arrivée sur PolarisOne. Malgré la lueur diffuse, le patchwork bariolé des bungalows offrait un spectacle plutôt déprimant.

À peine débarqué, Appu attrapa le bras de Qaanaaq avec une subite familiarité, et le tira à part.

– Toi, tu sais où tu vas dormir ?

– Non, avoua-t-il, pris de court. Mais je vais me dégoter un hôtel en ville.

– Tu ne peux pas aller à l'hôtel. À Nuuk, ils sont beaucoup trop chers.

– D'accord, mais…

– Tu viens chez moi.

– Appu, c'est vraiment gentil…

– Tu viens chez moi, insista l'autre. J'habite juste à côté.

Une nouvelle sonnerie les interrompit. Comme Appu s'éloignait de quelques pas pour réceptionner l'appel, Rong s'approcha de Qaanaaq. Quelque chose lui brûlait manifestement la langue.

– Czernov…

– Oui ?

– Czernov, il est très fort.

– Fort… aux cartes ?

Gonflant sa poitrine, le frêle Chinois, toujours grelottant sous sa cape mordorée, mima un autre type de puissance. Plus physique.

– Il y a six mois, il a battu un Bangladeshi pas très costaud.

Comme moi, disait son regard. *He almost have him dead.*

– C'était un gars du Primus ?

– Oui.

– Et il est passé où, ce pauvre type ?

– Rentré au pays dès qu'il a été en état. Il en avait marre d'être le souffre-douleur de la plateforme.

Marre de servir de sac de sable aux *big guys* aussi déracinés et désœuvrés que lui.

– Je sais pas si c'est vrai, mais des gars m'ont dit que Nesti a été voir les flics pour cette histoire.

– Nesti ? demanda Qaanaaq.

– C'est le surnom que les autres Russes donnent à Czernov.

– Nestea, comme la boisson ?

– Non, le corrigea Rong, N.E.S.T.I.

– Ça veut dire quoi ?

– L'ours… Je crois que ça veut dire l'« ours » en russe.

À quelques enjambées, Karen l'infirmière trépignait dans le vent tourbillonnant. Elle avait accepté d'accompagner Rong à l'hôpital, mais l'heure tournait, et sa journée de travail était finie depuis longtemps.

– Il est toujours ici ! s'exclama Appu en rangeant son mobile.

Un air de triomphe aux lèvres, il trotta en direction des deux hommes. On aurait dit l'un de ces vieux paysans pansus qui semblent piétiner quand bien même ils marchent.

Qaanaaq s'arracha à ses ours russes.

– Quoi ? *Qui* est encore ici ?

– Eh bien, Czernov ! Mon contact à Air Greenland est formel. Il n'a pris aucun vol, ni hier ni aujourd'hui.

10

[IMG_1911 / 24 octobre / Kayak en construction devant une petite maison verte]

Les quelques centaines de mètres qui séparaient l'héliport de la maison d'Apputiku rappelèrent à Qaanaaq l'évidence qu'il avait repoussée toute la journée. Il était fourbu. Et affamé. Il était temps pour lui de se poser. Un voyage, une enquête, un attentat et un sauvetage en mer, pas mal pour une première journée.

Quassussuup Tungaa était un quartier périphérique sans plus de caractère que le reste de la ville. Alternance de résidences modestes de deux ou trois étages, aux teintes grisâtres, et de bâtisses individuelles aux tons plus soutenus. Celle d'Appu, un préfabriqué vert pomme d'assez bonne facture, occupait un angle, à côté d'un jardin d'enfants et pile en face d'un supermarché de la chaîne Natalies Lektøb. Son hôte le désigna d'un haussement de sourcils, et Qaanaaq comprit : *C'est très pratique d'être aussi près du magasin.*

Le préfab était précédé d'un jardin dépourvu de clôture, éclairé par un immense lampadaire. Un jardin, ou plutôt… une décharge à ciel ouvert, vu l'amoncellement de planches, de bidons et de débris mécaniques divers. Le tout saupoudré de neige, glacée par endroits. Dans un coin, à distance, un immense coffre fait de pierres collées à l'aide d'un mortier sommaire et fermé à son sommet par une porte en bois amputée de sa poignée. Qaanaaq gagea qu'il s'agissait du « frigo » dont Appu avait parlé plus tôt. Même avec ce froid, et même d'aussi loin, des effluves nauséabonds s'en dégageaient.

– Dis donc ! C'est toi qui bricoles ça ? siffla Qaanaaq, admiratif, en montrant du doigt un gigantesque kayak en cours de fabrication.

L'ouvrage en bois d'au moins quatre ou cinq mètres de long, dont on devinait la précision et la finesse d'exécution sous la couche de givre, trônait au milieu des déchets. Le squelette était achevé : ne manquait plus que la pose de la peau vernie. C'était un modèle typiquement groenlandais, long et effilé. Très élégant.

– Oui, admit Appu, ravi.

Qaanaaq fit le tour de l'embarcation.

– Tu sais que j'ai fait beaucoup d'aviron, quand j'étais gamin… J'ai même failli intégrer l'équipe nationale quand j'étais au club d'Islands Brygge. Tu bosses dessus depuis longtemps ?

Quelques flocons planèrent dans la lueur de l'éclairage public avant que l'intéressé ne se décide à répondre.

– Trois ans.

– Hein ! Trois ans ! s'écria spontanément le Danois. Personne ne t'aide ?

Pour la première fois de la journée, Qaanaaq vit le sourire d'Appu s'évaporer. Puis, sans un mot, son adjoint s'engouffra chez lui comme si le sujet n'avait jamais été abordé.

L'avait-il vexé ?

L'intérieur était tel que Qaanaaq se l'était imaginé : bordélique, sans style défini – meubles en bois blond déparcillés –, et distillant néanmoins une atmosphère douillette. Jamais il n'aurait arrangé son appartement ainsi, et pourtant il se sentit immédiatement chez lui. La chaleur de l'accueil de Bébiane, la femme d'Appu, n'y fut pas pour rien. Son sourire était franc et large, comme son visage et ses hanches. Ses manières très directes. À peine l'eut-elle salué qu'elle s'empara de sa parka et la jeta sur une pile de manteaux qui recouvrait un fauteuil, avant de retourner à ses fourneaux. La cuisine, ouverte sur le salon, faisait aussi office d'entrée, de penderie et de débarras. La pièce à vivre occupait tout le rez-de-chaussée. L'odeur qui y flottait, indéfinissable pour un nez danois, annonçait un plat épicé, sans doute une sorte de ragoût.

Sur le canapé recouvert d'un grand plaid écossais, deux garçonnets en pyjama Spiderman, manettes en main, gardaient les yeux rivés à l'écran. Ils piaillaient d'excitation à chaque accident du kart virtuel qu'ils pilotaient. On aurait dit deux mini-Apputiku, insouciants et réjouis.

Leur père se vautra entre eux, une main plongée dans chaque tignasse, sans exiger de ses fils qu'ils se fendent d'un bonjour pour leur visiteur.

Qaanaaq en fut plus surpris que choqué. L'image de Jens et Else le submergea un instant. Chaque pays a ses principes de politesse. L'amour d'Appu pour ses rejetons et pour sa femme était évident ; pourtant aucun d'entre eux n'avait échangé le moindre mot depuis leur arrivée.

En attendant que Bébiane les appelle à table, Qaanaaq s'installa sur l'unique chaise encore disponible, devant un petit bureau encombré où reposait un ordinateur portable dernière génération.

– Comment tu appelles ça, en kalaallisut ?

– Ça ? *Qaritaujaq*.

– Et littéralement, ça veut dire quoi ?

– « Comme le cerveau ».

– C'est très imagé, dis donc.

– Quand une chose moderne apparaît, le kalaallisut fabrique un nouveau mot avec des choses que l'on connaît déjà. Généralement, des choses de la nature.

– Je vois ça. Tu as d'autres exemples ?

– Oui, le papier : *sikusajaq*.

– Traduction ?

– « Mince couche de glace qui ne supporte pas le poids d'un chasseur ».

Tout ça en neuf lettres !

Enfin, dans un concert de vaisselle et de casseroles, Bébiane donna le signal du dîner. Appu se leva aussitôt et lança de tout son coffre :

– Bodil ! Bodil ! *Nerrivumaarpoq, qaa qaaa !*

« Allez, vite, on se met à table ! », supposa Qaanaaq.

Une cavalcade dans l'escalier répondit à l'appel. Surgit alors dans le salon une jeune femme brune, la vingtaine, outrageusement maquillée et vêtue. Sous son anorak, une robe moirée lui descendait à mi-cuisses.

Appu la considéra un instant, bouche bée, puis partit dans une violente diatribe inintelligible. La fille encaissait les reproches, indifférente. Quand elle se tourna vers lui, Qaanaaq nota sur son œil gauche l'auréole bleutée d'un coquard que les couches de fond de teint ne réussissaient pas à masquer tout à fait. Après quelques minutes de dispute, « Bodil » enfila ses bottes fourrées sur son collant résille et quitta la maison en claquant ostensiblement la porte. Fin de la scène familiale.

Comme ils s'installaient autour de la table ronde, Appu adressa à son supérieur un regard mi-contrit, mi-contrarié. Il était évident qu'il aurait préféré éviter de se donner ainsi en spectacle. Qaanaaq hésita : valait-il mieux crever l'abcès ou glisser sur le sujet ?

– C'est ta fille ? finit-il par demander.

Avant qu'Appu ne réponde, Bébiane eut le temps de lui servir trois grosses louchées du plat en sauce. L'odeur était plus prenante encore une fois dans l'assiette.

– Non. C'est Bodil. Ma petite sœur.

– Qu'est-ce qui lui arrive ?

– Bodil fréquente les mauvaises personnes. Les mauvais garçons.

Qaanaaq n'insista pas et choisit de faire honneur au plat de Bébiane. Dieu ! Il n'avait jamais mangé quelque chose d'aussi gras. Chaque bouchée tapissait son palais – et sans doute son estomac – d'une couche aussi visqueuse qu'un hydrocarbure. Le goût ? La plus faisandée des venaisons ne rivalisait pas avec ces parfums avariés, tout juste couverts par les épices.

– Ragoût de phoque, précisa Appu, l'œil allumé par la gourmandise. Il est particulièrement réussi, parce que Bébiane rajoute sa petite touche : du sang frais dans la sauce. Ça donne plus de goût !

Les deux gamins dévisageaient Qaanaaq en coin, avec des grimaces rieuses empruntées à leur père. Eux aussi semblaient se régaler. Le repas se déroula dans un silence recueilli, entrecoupé de bruits de bouche qui n'incommodaient personne. Quelques minutes seulement après la dernière cuillerée, à une heure où tous les enfants danois ont depuis longtemps filé au lit, Appu reprit place sur le canapé entre ses fils et cala la télé sur un match de foot anglais déjà bien entamé. Le choix du programme parut agir comme un signal. Moins d'une minute plus tard, déboulèrent dans la maison une dizaine de proches et de voisins de tous âges, marmots compris, les bras chargés de flacons d'*imiak*, la bière artisanale, et d'assiettes de pain poêlé. Comme un apéro improvisé après le dîner. Le plus surprenant était l'attitude des convives qui, sans s'annoncer ni saluer leurs hôtes, s'installaient d'emblée autour de la table basse familiale, leurs parkas retournées en guise de poufs, exactement comme ils l'auraient fait dans leur propre salon. Un brouhaha joyeux et chuintant ne tarda pas à remplir l'espace, traversé par les éclats du commentateur anglais.

Apputiku paraissait heureux au milieu de sa petite troupe. Certains édentés. D'autres secoués par des rires sans fin. Tous décidés, semblait-il, à passer ici une partie de la nuit.

Qaanaaq eut peur de comprendre : le canapé devait être l'endroit où il allait dormir. Ce qui n'arriverait pas tant que les invités n'auraient pas leur compte. Il se sentait bien parmi eux, et en même temps, si loin de tout ça. Tellement danois, une fois de plus. Tellement Adriensen, et si peu Qaanaaq.

Ce qui le touchait le plus chez Appu, c'était l'impression qu'il partageait ce déchirement, cette fracture. Lui, entre deux cultures. Apputiku, entre tradition et modernité. Entre ce ragoût de phoque immangeable et son ordinateur au top de la technologie. Chacun à leur manière, ils pratiquaient le grand écart entre deux mondes. Des univers indispensables à leur équilibre mais qu'ils savaient impossibles à concilier.

Plus tard dans la soirée, Appu reçut un appel. Lui que ni le bruit ni la promiscuité ne semblaient déranger d'ordinaire alla prendre sa communication dehors, vêtu de son seul tee-shirt Man'U. Les convives avaient éclusé plusieurs bouteilles, et déjà le volume sonore s'était amorti. Par une fenêtre entrouverte, l'oreille aux aguets, Qaanaaq fut certain d'entendre Appu prononcer plusieurs fois ce feulement si particulier, Hraanaak, au milieu de la conversation en kalaallisut. Son collègue groenlandais parlait de lui.

Mais à qui ?

L'échange fut bref, puis Appu consulta fébrilement ses SMS. Il passa ensuite un dernier coup de fil, lui aussi plutôt rapide, avant de rentrer enfin au chaud.

– J'ai des nouvelles d'Olsen ! claironna-t-il.

Personne dans l'assistance ne prêta attention à l'annonce en danois, qui de toute évidence ne leur était pas destinée.

– Øh… À cette heure-ci ?

– Apparemment, ils ne chôment pas au Kupiaq.

Le centre culturel de Nuuk, se remémora Qaanaaq dans les brumes de l'épuisement.

– Et alors, il dit quoi ?

– D'abord, les empreintes dans la neige autour des bungalows. D'après lui, ce sont bien des empreintes de plantigrade…

Retour à la case départ.

– … mais pas celles d'un ours adulte, encore moins d'un adulte en chasse.

– Hå… Et qu'est-ce qui lui permet d'être aussi catégorique ?

Appu tendit son téléphone à Qaanaaq pour qu'il lise lui-même le long message du zoologiste.

> Les pas ne sont pas assez profonds pour correspondre à un animal de poids et de taille adultes. En l'occurrence, si on tient compte aussi du diamètre réduit de ces traces, on dirait plutôt celles d'un ourson de quelques mois.
>
> Par ailleurs, ces empreintes sont anormalement marquées sur le talon, ce qui révèle une station debout et pas à quatre pattes. Or l'ours polaire ne se dresse sur ses pattes postérieures qu'au moment de charger, ou bien quand il défend son territoire ou ses petits. Certainement pas durant la phase d'approche d'une proie.

Ça avait le mérite d'être clair. Soit il était question d'un ours polaire très jeune, sans doute à peine sevré, auquel cas il était peu probable qu'il soit l'auteur d'attaques aussi violentes. Soit ces agressions étaient le fait d'un homme... qui cherchait à les faire passer pour celles d'un animal.

L'hypothèse laissa Qaanaaq pensif. Il se ressaisit :

– Tu m'as dit « D'abord, les empreintes dans la neige... ». Il t'a parlé aussi des traces retrouvées dans le sang ?

– Oui, dit Apputiku. Il confirme notre impression : ce sont des traces de bottes en peau.

– Pas des empreintes d'ours ?

– Non, mais il pense qu'il a pu y en avoir et qu'elles auraient été en partie effacées quand Huan s'est débattu.

– Tu veux dire...

– Que les bottes sont celles de la victime, oui. J'ai appelé Søren juste après avoir reçu les messages d'Olsen. D'après lui, ce dernier a vu juste : le sens et la physionomie des traînées indiquent clairement un mouvement de l'intérieur de la cabane vers l'extérieur. Une glissade défensive de la proie face à son prédateur.

– Et elles sont devenues quoi, les bottes de Huan ?

– Elles doivent être quelque part aux scellés.

Qaanaaq n'en pouvait plus. Il rêvait d'un lit, d'une couette, de douze heures de sommeil sans interruption. Il rêvait de rêver. Pas de baigner encore dans des hectolitres d'hémoglobine.

Polissant son crâne de deux paumes lasses, il soupira :

– Et dans les cabanes d'Hawford et d'Ullianson ?

– À peu près la même chose : sang partout sur le sol, bottes qui patinent, traces qui rippent vers l'extérieur...

– C'est quand même bizarre, ce bébé ours qui laisse Dieu sait combien d'empreintes dans la neige... Et aucune une fois qu'il est à l'intérieur.

Qaanaaq trouvait encore la force d'ironiser.

– C'est vrai, grogna Appu. Comme s'il retirait ses chaussures avant d'entrer.

Comme un enfant bien éduqué. La remarque pouvait paraître absurde, mais de toute façon, ils n'entrevoyaient aucune logique à tout ça.

– Mais attends… Olsen m'a envoyé un autre message. Regarde.

Le spécialiste avait lu dans leurs pensées. Et il était parvenu aux mêmes idées farfelues.

> Je ne sais pas si votre tueur s'amuse à se « déguiser » en ours, mais je connais la personne qui pourrait vous éclairer à ce sujet. C'est un Français, Étienne Massot. C'est lui qui a créé les décors de scène de Nanook pour leur concert au Kupiaq. Si ça vous intéresse, je peux lui demander de venir faire un tour chez vous. On s'entend bien, lui et moi. Les nuits de camping à la dure, ça rapproche ! ;-)

– Tu lui as répondu quoi ?

– Pour l'instant, rien du tout.

– Parfait, opina Qaanaaq en lui rendant son portable. Dis-lui qu'on attend son *Fransk* au poste dès demain.

La petite bande dut se lasser de leurs échanges en danois, car l'un après l'autre ils s'éclipsèrent, sans plus de cérémonie qu'à leur entrée. D'un regard tendre, Appu expédia sa marmaille à l'étage, aussitôt suivie de Bébiane. Qaanaaq et lui restèrent seuls au salon.

Alors, avec des airs de conspirateur, le maître des lieux fit coulisser la porte d'un placard discret, dévoilant de pleins rayonnages de livres aux dos uniformément noirs. Des romans policiers. Des dizaines, des centaines de polars, au milieu desquels l'œuvre complète d'O.A. Dreyer figurait en bonne place.

Qaanaaq se demanda ce que savait Appu. Mais il se garda d'évoquer sa parenté avec le créateur du commissaire Loksen.

– Waouh… Et tu lis tout ça en danois ?

– J'essaie, répondit modestement Appu.

– Tu l'as appris à l'école ?

– Non, quand j'étais en primaire, le kalaallisut était déjà devenu la langue officielle dans l'enseignement.

Cela datait de 1979, se souvint Qaanaaq. Juste après que le Groenland eut obtenu son autonomie. Quel âge avait donc Apputiku Kalakek ? Manifestement, il était plus jeune que ce qu'on pouvait croire au premier coup d'œil. Plus jeune que lui, en tout cas.

– Et toi ? lui demanda Appu. Tu es parti d'ici à quel âge ?

La fatigue aidant, leurs échanges de la journée se brouillaient. À quel moment s'était-il confié à son adjoint ? Ou bien était-ce Engell qui en avait trop dit ?

– À trois ans, finit-il par lâcher. Mais j'ai tout oublié. À commencer par la langue.

– Alors tu es comme Minik, souffla Appu avec mélancolie.

– Minik... ?

– Tu ne connais pas l'histoire de Peary et de Minik Wallace ?

– Peary... comme Robert Peary, l'explorateur ?

– Oui, celui-là ! Au XIXe siècle, il a fait le tour du Groenland avec son bateau, le *Hope*, juste pour prouver que c'était bien une île.

– Quel rapport avec moi ? le pressa Qaanaaq qui somnolait déjà.

– Attends ! s'écria un Appu jaloux de ses effets. On est en 1897, Peary est *le* grand explorateur des régions polaires, mais aux États-Unis, personne ou presque ne s'intéresse à ses découvertes.

– C'est pas lui qui a été le premier à atteindre le pôle Nord ?

– Si, mais ça, ce sera en 1909, douze ans plus tard. À l'époque dont je te parle, Peary manque de reconnaissance et donc de finances. Il n'est pas loin de renoncer quand, grâce à des chasseurs inuits, il met la main sur trois météorites exceptionnelles. La plus grosse pèse près d'une quarantaine de tonnes !

– Je ne vois toujours pas...

– Eh bien, le chef des chasseurs qui l'ont aidé à extraire ces trésors de la banquise permanente est le papa d'un petit garçon de sept ans : Minik, un gamin adorable. Et c'est là que Peary a l'idée géniale qui va faire sa renommée et sa fortune. Il ne va pas rentrer en Amérique juste avec ces trois cailloux venus de l'espace. Pour faire la promotion de sa trouvaille, il va rentrer à New York avec des Inuits.

– Avec Minik, donc.

– Avec Minik, confirma Appu. Au début, tout se passe bien. Les cinq Inuits sont des stars. Ils font la une des journaux. On les parque à bord du *Hope* et les New-Yorkais paient pour venir voir les bons sauvages du Grand Nord. Comme au zoo. Mais Qisuk, le père de Minik, tombe malade. Il meurt au début de 1898, cinq mois seulement après leur arrivée.

– Et ton Minik, ils en ont fait quoi ?

– William Wallace, l'un des administrateurs du Muséum d'histoire naturelle, qui a acheté les météorites de Peary à prix d'or, décide de l'adopter. Il lui promet une vie confortable, de bonnes études. Mais deux ans plus tard, tout bascule encore. Wallace est accusé de fraude, il perd son job, sa femme meurt... Il est ruiné et plus personne ne se sent concerné par son fils adoptif – ni Peary ni Jesup, le conservateur du Muséum. Wallace et Minik vivent dans la misère.

– *Pis*[1] ! Elle est horrible, ton histoire, bâilla Qaanaaq.

– C'est pas le pire. En 1907, dix ans après son arrivée en Amérique, Minik découvre que, contrairement à ce qu'on lui a toujours dit, son vrai père n'a pas été enterré au cimetière, mais que ses ossements sont exposés dans les collections du Muséum.

– Non ? !

– Si. Qisuk repose dans une vitrine, avec son fusil et son kayak. Minik fait tout ce qu'il peut pour récupérer la dépouille de son père, mais à chaque fois, il est débouté. En 1909, pile au moment où Peary triomphe au pôle Nord, Minik rentre au Groenland. Comme toi, il a complètement oublié ses origines : les visages, les coutumes, la langue... Un de ses oncles, Soqqaq, lui réapprend tout. La langue, mais aussi la pêche, la chasse. Minik redevient un Inuit presque convenable. Mais en fin de compte, il se sent encore moins chez lui ici qu'aux États-Unis. Après tout, il faut le comprendre : il a plus vécu en Amérique qu'au Groenland. En 1916, il rentre à New York, puis s'installe comme bûcheron dans le New Hampshire. Il meurt deux ans plus tard de la grippe espagnole. Voilà, tu sais tout.

Alors qu'il finissait son récit, Apputiku constata que Qaanaaq s'était endormi à ses côtés. Géant chauve retombé en enfance. Avec délicatesse, il le recouvrit d'un pan de plaid, puis il l'abandonna à ses songes, le ronron du poêle à bois pour seule compagnie.

1. Juron danois.

11

[IMG_1932 / 25 octobre / Tête de la victime en partie arrachée du tronc, reposant sur son épaule gauche]

Parfois, songea Qaanaaq alors qu'il ouvrait les yeux, *certains instants de vie n'offrent pas plus de logique et de consistance que les rêves*. Ils ressemblent à un film mal monté, un scénario aux scènes étrangement titrées. Ces instants de vie donnent clairement l'envie de se rendormir.

Aussi vite que possible.

3 h 02. Le réveil importun.

– Hraanaak… Hraanaak… ! Hraanaak !!!

Il voit d'abord la bedaine d'Appu dansant à hauteur de canapé. Les bras courtauds de son hôte qui le secouent. La tête de Qaanaaq cogne à tout rompre. Combien de temps a-t-il dormi ? Vingt minutes ? Une demi-heure max ?

Son regard fouille en vain le salon surchauffé. Aucune horloge aux murs. Le micro-ondes dans la cuisine affiche une heure fantaisiste.

– Merde, Appu, grogne-t-il. Qu'est-ce qui se passe ?

Un groupe de quatre ou cinq hommes en armes fait irruption dans la pièce, couvert d'un voile de flocons frais. Ils ont les traits tirés. Le doigt sur la détente de leur fusil. La tension qui les anime est palpable. Elle s'est plantée dans la douceur du foyer des Kalakek avec la brutalité d'une lame. Du café chauffe sur la gazinière. Bébiane nettoie des Thermos en prévision d'on ne sait quelle virée. Et les deux fistons en pyjama gambadent gaiement au milieu de ce chaos nocturne. Qaanaaq se concentre sur la bouche d'Appu. Et il comprend enfin ce que son adjoint essaie de lui dire.

– L'ours a encore tué.

– Quoi... Ici ?

– Non. Aux bungalows. Un autre ouvrier.

Pourquoi n'est-il pas surpris ? Pas *réellement* surpris...

3 h 07. Le Primus prime.

Se préparer pour affronter la nuit glacée ne lui prend pas plus d'une minute, il a dormi tout habillé. Au-dehors, la même effervescence délétère s'est emparée de tout le quartier. Lumières aux fenêtres. Odeurs de petits-déjeuners précoces. Murmures d'un jour qui commence avant l'heure.

Qaanaaq suit ses guides jusqu'à l'entrée du campement. Non loin de là, pour faire diversion sans doute, on a enflammé un tas de palettes. Des riverains s'efforcent d'éteindre le feu sous des pelletées de neige. Mais malgré les *pschitts* vaporeux, les flammes résistent. L'image des grands incendies de l'été 2017 lui revient, absurde. Il emboîte le pas d'Appu vers l'intérieur du Primus.

3 h 11. Nesti ou puli ?

Le bungalow touché, anciennement jaune citron, est situé en plein cœur du village ouvrier. Les gars des alentours ont tous enfilé une parka sur leur pyjama et se tiennent là, pétrifiés et silencieux. Comme on pouvait le craindre, les abords immédiats du logement ont été foulés par une armée de godillots. Søren ne tirera rien de significatif de cette soupe d'empreintes.

Qaanaaq ne peut s'empêcher de scruter les visages défaits. Sergueï « Nesti » Czernov est-il parmi eux ? Poser la question serait le meilleur moyen de le faire fuir. Il s'en veut de ne pas avoir exigé d'Engell qu'elle lance un mandat de recherche à son encontre dès la veille au soir. Mais il était si fatigué. Il n'est pas là depuis vingt-quatre heures que ce pays l'épuise déjà.

Que restera-t-il de ses automatismes de flic après quelques jours ?

Emmitouflé dans plusieurs épaisseurs de couvertures, un petit homme se poste à ses côtés. Il tremble. Il débite d'étranges mantras bourrés de « a » qui rebondissent comme des ricochets sur l'eau. C'est Vikaj, le concierge du camp. Avisant Qaanaaq dans sa détresse, il tente quelques mots à peine intelligibles.

– Dans mon village, c'est *puli* qui tue les hommes.

– *Puli ?*

– *Tiger, very big tiger !*

Nul n'est à l'abri des innombrables *puli* de la Terre.

3 h 17. La filière russe.

Deux agents en uniforme – Qaanaaq se souvient vaguement les avoir aperçus dans l'*open space* du commissariat – déboulent à leur tour. Le regard perdu dans leurs visages lunaires. Rikke Engell peut se féliciter de son dispositif de factionnaires : un beau succès...

– Hé, vous ! les houspille-t-il pour la forme. Vous avez patrouillé ici toute la nuit, mais vous n'avez rien vu ni entendu ?

– Non, capitaine, bredouille le premier.

Son collègue enchaîne, vexé.

– Bah si, on a capté des cris, mais le temps d'arriver...

Cette fois, les forces de l'ordre sont les premiers sur place. À ceci près qu'un certain Igor Zerdeiev y a déjà fait la rencontre de l'ourson qui enlève ses bottes avant de vous massacrer.

Tiens, Zerdeiev. *Encore un Russe*, note Qaanaaq.

À quelques pas de là, Appu fait reculer les curieux pour préserver un semblant d'intégrité sur la scène de crime. C'est peine perdue, bien sûr. Nos yeux sont avides, l'horreur nous aimante.

Ses efforts sont vains. Il décide alors de partir en quête des voisins immédiats de Zerdeiev, et ne tarde pas à remonter dans son filet deux Chinois tétanisés et un Rwandais flegmatique.

3 h 23. Tout pareil.

– Bien, bien, bien. Si je résume, vous avez entendu un premier hurlement perçant, puis une série de cris plus étouffés. Et pour finir, le bruit assourdi d'une cavalcade dans la neige ?

– C'est ça, approuve l'Africain.

– Mais vous n'avez rien vu ? Même pas une ombre ?

– Non… Vous savez, quand j'entends que ça bastonne dans les parages, désolé, mais mon premier réflexe, c'est pas d'aller voir s'il en reste un peu pour moi. Quand je suis sorti de mon bungalow, ça faisait un moment que votre « ours » s'était fait la malle.

Qaanaaq est tenté de lui parler de non-assistance à personne en danger, mais à quoi bon ? Tout dans le scénario corrobore le déroulé des trois précédentes agressions : la « bête » qui fonce droit sur la porte et crochète on ne sait comment la serrure ; l'entrée dans le cabanon qui ne laisse après coup que des traces indistinctes, voire confuses ; la victime dont on tranche la gorge, puis qu'on éviscère. Les mêmes traces de bottes laissées par celui qu'on surprend dans son sommeil et qui se débat en vain. Patinage paniqué en direction d'une issue qu'il n'atteindra jamais.

Deux, trois minutes chrono tout emballé ?

3 h 32. Foi de foie.

Même scénario. À un détail près, un pas de plus vers l'innommable. La tête du Russe, un barbu au faciès en lame de couteau, a presque été totalement tranchée. Reposant sur l'épaule droite de l'homme, lui-même toujours adossé au fond du conteneur, elle n'est plus retenue au tronc que par un mince lambeau de peau et de chair effrangé. Une pichenette suffirait probablement à la faire rouler sur le sol.

Plus bas, l'abdomen a été une nouvelle fois ouvert et exploré, mais contrairement à ceux de l'Islandais, les viscères du Russe n'ont pas été mangés : ils ont été amputés, tout au moins partiellement. Un organe entier semble manquer dans ce réseau complexe de ligaments, veines et autres tuyauteries.

– C'est le foie, murmure Appu, de retour à ses côtés.

– Le foie... Pourquoi toujours le foie ?

Apputiku prend une longue inspiration et souffle un nuage blanc dans le contre-jour des lampadaires en lui répondant.

– Le foie est l'organe où se concentrent les vitamines. Les chasseurs pensent que c'est là que résident toutes les facultés physiques et spirituelles d'un animal, du moins d'un point de vue symbolique. C'est pour ça que la première chose qu'ils mangent, quand ils viennent de tuer un phoque...

– ... c'est son foie, OK, le coupe Qaanaaq.

– Oui, ils n'attendent même pas d'avoir débité le reste de la viande. Ils commencent par prendre le foie et le mangent tout de suite, de préférence quand il est encore chaud. En priant pour qu'il ait gardé toutes les qualités du phoque.

– Attends... Ils pensent qu'ils vont se les approprier ?

– Bien sûr ! rit Appu.

– Et le foie des ours alors, ils le mangent aussi ?

– Non, surtout pas ! C'est le seul auquel on ne doit pas toucher.

– Pourquoi ?

– Il est trop chargé en vitamine A. Un homme pourrait faire une overdose. En mourir.

Bon à savoir ?

Mais pourquoi diable Appu ne lui a-t-il pas raconté ça plus tôt – devant le ventre éclaté d'Ullianson, par exemple ? Pourquoi retient-il ainsi ce qu'il sait ?

3 h 39. Vous avez un message.

Lors de l'autopsie du cuisinier islandais, Kris Karlsen avait conclu que l'ours s'était enhardi d'une fois sur l'autre. Mais plus encore, Qaanaaq en est à présent convaincu, on veut leur délivrer un message. Le tout est de parvenir à le déchiffrer.

– Tu as prévenu Søren pour les constats ?

– Il est en route.

– OK, super, approuve-t-il en couvrant l'étendue du Primus d'un geste ample. C'est sans doute déjà un peu tard pour une battue en règle, mais ce ne serait pas du luxe de faire venir tes autres camarades du poste. Qui sait : Puli l'ourson a peut-être laissé quelque chose derrière lui.

Il n'y croit pas lui-même, mais être flic revient très souvent à appliquer des procédures qu'on pense inutiles… jusqu'à ce qu'elles le deviennent – utiles.

– D'accord, je les appelle.

– Åh, ajoute-t-il avec un sourire en coin, j'ai bien peur qu'il ne faille aussi réveiller ta chère patronne et l'inviter à notre petit *after*…

– Rikke ? s'écrie Appu, comme s'il était question de sortir un dragon du lit.

– Pourquoi, tu en as une autre en magasin ?

3 h 44. Un ours sous la neige.

Comme dans les trois meurtres précédents, le sol est recouvert d'une couche coagulée par le froid dont la viscosité interdit toute manœuvre avant la fin des constats scientifiques.

Søren a enfilé une combinaison blanche taille XXL par-dessus son épaisse parka bleu nuit. Il prépare encore son attirail, poudres, sprays, sachets et éclairages divers, quand Qaanaaq risque sa tête à l'intérieur, laissant le reste du corps dehors.

L'odeur de sang frais est très perceptible. Une fragrance acérée, métallique, qui plombe l'air glacé. Qaanaaq aimerait tellement faire parler ces panneaux de tôle. Ou ces draps chiffonnés et rougis.

– Capitaine, grince Søren, partagé entre agacement et déférence. Sans vous commander… Je préférerais que vous sortiez complètement de la scène.

Qaanaaq obtempère et réalise qu'il tient son appareil photo dans la main droite. C'est drôle, il l'a embarqué sans même s'en rendre compte. Le Blad suédois fait partie de lui, désormais.

Conservant la distance exigée par son collègue, il se met à mitrailler le bungalow. Zoomant sur tous les recoins, tous les détails. Revenant sur les zones qu'il estime avoir survolées.

Dans chaque cabane, on retrouve le même mobilier spartiate. Comme cette table de chevet, juste assez large pour un livre de poche et une paire de lunettes. Sur celle de Zerdeiev, la minuscule silhouette d'un ours stylisé. Un *tupilak*. Comme chez Huan Liang, Matthew Hawford et Niels Ullianson. Et ce qui frappe Qaanaaq, à mesure qu'il agrandit l'image sur son écran numérique, c'est cette imperceptible couche de givre en train de fondre sur la statuette. Une statuette mouillée, sans aucune trace de sang.

Un objet qui, quelques instants seulement avant le drame, se trouvait encore dehors. Un nouvel ours, dont les yeux de résine le défient à présent.

12

[IMG_1951 / 25 octobre / Une voiture officielle et son chauffeur]

La longue berline noire guettait Qaanaaq depuis une bonne demi-heure lorsque celui-ci émergea enfin du préfabriqué vert. Le moteur de la limousine japonaise tournait au ralenti. À son volant, un chauffeur en costume sombre écoutait la radio en sirotant un café.

Toquant au carreau, le flic hébété de sommeil se surprit à jalouser le gobelet fumant. Ce devait être autre chose que le jus servi par Bébiane. Au moins, il ne neigeait plus. Un beau soleil illuminait le paysage. Certains reliefs paraissaient comme éclairés de l'intérieur, notamment les collines qui se profilaient au nord, au-delà du Primus.

La vitre avant droite s'entrouvrit.

– J'imagine que c'est moi que vous venez chercher, dit Qaanaaq, une main posée sur le crâne. Capitaine Adriensen.

Il se présentait toujours ainsi, son nom, rien d'autre. D'autant plus depuis qu'il savait qu'il écorchait son propre prénom.

– Je vous en prie, monsieur, montez. Le ministre Enoksen vous attend.

Vice-ministre, pensa Qaanaaq.

Il s'engouffrait dans la voiture au confort ouaté quand surgit Apputiku, uniquement vêtu d'un bas de jogging grisâtre, manifestement tombé de son lit. Leurs quelques heures de sommeil, après le retour du Primus, avaient été fort courtes.

– Tu n'as pas besoin de moi ?

Qaanaaq leva sur lui un regard hésitant, puis il déclina l'offre avec un sourire. Des images confuses lui revinrent des heures précédentes. L'arrivée d'une Rikke Engell furieuse au bungalow jaune. Ce chignon défait qui l'humanisait, aussitôt contredit par ses remarques acerbes. Et son refus, surtout, d'émettre un avis de recherche au nom de Czernov.

– Désolée, capitaine, mais en l'état, tout ce que vous avancez sur cet homme n'est que pure spéculation. On ne sait même pas si ce Russe a menacé Liang et les autres.

– Huan et Rong lui doivent un sacré paquet, avait-il insisté.

– Et les trois autres ? Encore l'œuvre de votre Czernov ? Vous pensez sérieusement que ce type s'amuserait à zigouiller tous ceux qu'il a dépouillés aux cartes ? Ça ne tient pas debout une minute.

– Le type a tout de même un comportement étrange : il annonce qu'il part rejoindre sa famille à son patron, puis au dernier moment, il renonce à son projet et disparaît dans la nature… Sans compter ce type, le Bangladeshi qu'il a passé à tabac il y a quelques mois.

– Au mieux…, avait-elle soupiré, au mieux, je peux demander à une patrouille de rester en faction à l'aéroport. Mais je ne vais pas mobiliser tous mes effectifs sur une piste aussi maigre.

Torse nu, les bourrelets et le poitrail défiant le frimas matinal, Appu attendait docilement sa réponse.

– Si, finit par concéder Qaanaaq. Tu vas prendre Pitak et Kris avec toi, et vous allez me chercher ce satané Ruskoff au Primus. Et pas un mot à Engell, évidemment.

Apputiku approuva.

– Si vous ne le trouvez pas au campement, fouillez tous les endroits où il a ses habitudes à Nuuk. Les bars, les magasins, que sais-je : le bureau de poste et son agence bancaire… tout !

– OK, boss.

C'était la première fois qu'il l'appelait comme ça. Une marque d'affection plus que de déférence, semblait-il. Qaanaaq sourit.

– Åh ! Et Appu…, lança-t-il tandis que la berline s'éloignait déjà.

– Oui ?

– Discrets, hein. Discrets !

Discrets, confirma Apputiku d'un pouce levé.

Rouler dans Nuuk était un vrai plaisir. C'est à peine si quelques dizaines de véhicules circulaient dans toute la ville. Aucun bouchon, aucun obstacle sinon les écarts de quelques écoliers sur les trottoirs sans rebord. En moins de cinq minutes – et aucun feu tricolore –, ils arrivèrent au « palais » gouvernemental, le Naalakkersuisut, un immeuble moderne et terne de sept ou huit étages. Hormis la large façade vitrée – une hérésie thermique sous ces latitudes –, le seul détail un peu marquant était ce blason qui frappait la double porte d'entrée. L'ours groenlandais.

Le trajet fut presque trop rapide pour Qaanaaq qui n'eut pas le temps de préparer son petit laïus. Qu'allait-il raconter, au juste ? Qu'un *nanook* incontrôlable décimait les ouvriers étrangers ?

Tandis qu'il attendait le signal de l'hôtesse qui l'avait invité à patienter sur une banquette en bois lustré, lui revint tout à coup une affaire qu'il avait résolue l'année précédente. L'une des rares pour lesquelles ce flic plutôt urbain avait dû faire appel à sa connaissance des animaux. Ou plutôt à celle de Flora, sa mère, qui avait une nouvelle fois largement contribué à sa propre réussite. C'est elle, la première, qui avait compris que l'éleveur avait « programmé » ses chiens pour tuer. Il leur avait assigné des cibles précises : les bêtes ne s'attaquaient pas à des personnes au hasard. Tout cela sur un fond de querelle d'héritage et de vengeance…

Mais Flora n'était pas là. Et il avait oublié de l'appeler, la veille au soir.

– Capitaine Adriensen ?

L'hôtesse lui indiqua enfin l'ascenseur.

– Septième étage. Vous serez accueilli par l'assistant du ministre Enoksen, Pavia Larsen.

– Merci, mademoiselle, répondit-il avec un sourire à la jeune femme au blond diaphane, ravissante, mais sans éclat à ses yeux.

En apercevant la caméra dans la cabine vitrée, il songea qu'il n'avait pas vu le moindre dispositif de surveillance vidéo dans Nuuk jusqu'à présent. Peut-être au-dessus des rares distributeurs de billets, et encore, il n'en était pas sûr. Là-dessus aussi, le Groenland retardait d'un siècle. Jusqu'à quand ? Un jour, à coup sûr, le pays serait contaminé à son tour par la fièvre de Big Brother.

Pavia Larsen, le très jeune assistant d'Enoksen, l'attendait devant l'ascenseur. Il paraissait avoir à peine vingt ans, malgré l'impeccable austérité de son costume anthracite. Presque trop beau et bien peigné pour un simple employé de cabinet ministériel.

– Bonjour, capitaine, dit-il, leur épargnant les formules de politesse. Le ministre va vous recevoir dans son bureau.

Le mobilier scandinave, aux chaudes teintes de bois verni, soulignait l'aspect trop récent de la pièce et du bâtiment dans son ensemble. Quant à la dégaine de Kuupik Enoksen, elle jurait avec le décor comme avec l'élégance standardisée de son assistant. Jean, chaussures de marche souillées et, par-dessus tout, un gros pull jacquard rouge, très certainement tricoté main.

Le vice-ministre de l'Énergie, un quadra au sourire large et franc dans sa barbe de *hipster*, tendit une main de bûcheron.

– Capitaine, merci à vous d'avoir pris sur votre temps d'enquête. Je mesure à quel point il peut être précieux.

L'apparence était « cool », mais le discours, celui d'un politique. Qaanaaq repensa à la photo de Kim Kielsen, le Premier ministre, qu'il avait aperçue dans le magazine *Suluk*. La même attitude décontractée, un sweat à capuche et cet air de « on ne se prend pas au sérieux mais on sait y faire quand même » qui semblait prévaloir dans la vie publique groenlandaise.

– Le haut-commissaire Engell est désolée… Elle n'a pas pu se libérer.

– *Les miettes sont encore du pain*, répondit Qaanaaq.

Quoique légèrement surpris, Enoksen acquiesça au proverbe danois. Personne n'osait réfuter les adages. Même absurdes, ils imposaient le silence à tous, en toutes circonstances. La vérité, c'est qu'il n'y a rien de mieux pour anesthésier le jugement des autres que de leur donner un petit os rhétorique à ronger.

L'été de ses dix-huit ans, un été d'ennui mortel au chalet de Gullmarn, Qaanaaq était tombé sur un vieux dictionnaire de proverbes. Une édition datée de 1761. Il en avait appris des dizaines par cœur.

Il faut croire que sa mémoire était bonne.

– À propos de miettes…, reprit Enoksen, qui s'était assis dans son fauteuil en cuir. J'ai appris que vous aviez rendu visite à notre ami Møller, à Kangeq.

Dix-sept mille habitants à Nuuk. Cinquante-sept mille dans tout le Groenland. Les informations circulaient vite, inévitablement. Le ministre était entré aussitôt dans le vif du sujet. À choisir, Qaanaaq aurait préféré qu'il lui parle de l'agression dont il avait été la cible, et qu'il ait la courtoisie de s'en excuser au nom du gouvernement groenlandais. Mais Enoksen se souciait peu de diplomatie, semblait-il. Ou bien Qaanaaq ne justifiait pas un tel effort à ses yeux.

– En effet, répondit le flic danois.

Le laisser venir. Après tout, c'était le ministre qui avait voulu le rencontrer, pas l'inverse. Contrairement à Appu, Qaanaaq s'était toujours senti mal à l'aise avec toutes les formes d'autorité. Il admettait volontiers qu'une structure sociale exige organisation et hiérarchie. Mais à titre personnel, et par principe, il y était rétif, comme aux autres formes d'aliénation. Il se méfiait de l'appétit de pouvoir qui conduit telle ou tel à dominer ses semblables. Un chef lui apparaissait toujours, par essence, comme un individu dysfonctionnel. Et il ne voyait pas en vertu de quoi il aurait dû se soumettre à sa volonté. En tout cas, pas sans discuter. Les hommes politiques incarnaient pour lui le sommet de ce panthéon suspect.

– Je ne vous apprends rien si je vous dis que l'arrêt de l'exploitation de PolarisOne est non seulement un désastre économique pour le Groenland, mais aussi un drame politique.

La logique à l'œuvre était on ne peut plus claire. Même discours que Møller : l'indépendance au bout du pipeline. Privé de la manne pétrolière de Green Oil, même temporairement, le gouvernement Kielsen voyait s'effondrer ses chances de mener le processus d'indépendance à son terme.

– En effet.

– À l'heure où nous parlons, l'État groenlandais dépend encore à cinquante pour cent des dotations financières annuelles du Danemark. Chaque année, près de trois milliards six cent mille couronnes nous sont versées par Copenhague. Et quel est l'unique moyen de nous émanciper de cette tutelle financière, je vous le demande ?

– Le pétrole.

– Je dirais plutôt les ressources naturelles dans leur ensemble. Le fer, l'uranium, le plomb, le zinc, l'or, les diamants, les terres rares… mais aussi le pétrole, vous avez raison. À votre avis, quelle part des réserves mondiales de brut recèle notre sous-sol ?

– Je ne sais pas.

– Dites un chiffre.

Encore un de ces politiques pontifiants qui vous expliquent la vie. En l'occurrence, Qaanaaq devrait supporter sans broncher.

– Eh bien, je dirais quelque chose comme dix pour cent, lâcha-t-il.

– Vingt-deux pour cent ! Près du quart du stock mondial.

– Impressionnant.

– Bien, approuva Enoksen, sûr de sa démonstration. Ce que l'on ne vous a peut-être pas assez fait comprendre, c'est l'urgence dans laquelle nous nous trouvons. Le scrutin des parlementaires a lieu dans six jours exactement, le 31 octobre. Le soir d'Halloween.

Qaanaaq espérait bien être rentré pour applaudir Else en Reine des Neiges et Jens en Dracula – à cet âge-là, l'originalité n'est pas vraiment de mise. Il avait posé une demi-journée de congé pour aller acheter les costumes avec eux. C'était leur premier Halloween – le plus important.

– Vous avez des enfants, capitaine ? demanda Enoksen.

– Oui, deux.

– Quel âge ont-ils ?

– Trois ans. Ce sont des jumeaux.

– Bravo ! s'exclama Enoksen, surjouant son enthousiasme. Les jumeaux, c'est extraordinaire. Les miens sont d'âges assez rapprochés, eux aussi : ils ont sept, trois et un an.

Il indiqua le cadre photo où il posait, entouré de gosses en polaire et d'une femme brune au visage rond et aux yeux légèrement bridés.

– Vous voyez, je suis comme tous les papas du monde. Comme vous aussi, j'imagine. J'aimerais leur laisser un pays prospère, un pays juste… Et surtout, un pays indépendant. Et même si ça déplaît à certains, il ne peut pas y avoir de Groenland indépendant sans le pétrole de Green Oil.

Et pas de pétrole estampillé Møller tant qu'il y aurait un « ours » tueur en liberté. Qaanaaq avait bien compris le message. C'est alors qu'il nota un détail, le genre de choses qu'il était entraîné à observer. Enoksen n'était pas marié. Ou, pour être précis, *plus* marié. Une infime différence de pigmentation sur la première phalange de l'annulaire gauche. Une alliance qu'on avait récemment ôtée.

– Résoudre une affaire de ce type en six jours, dit Qaanaaq, ce serait comme vouloir pomper toutes vos réserves d'hydrocarbures en six mois. Vous savez comme moi que c'est impossible.

– Certes. Mais pourquoi croyez-vous que nous avons demandé le renfort d'un expert en criminologie de Copenhague ?

Le flatteur est comme l'hirondelle : il est avec nous l'été et nous quitte en hiver. Sous la flagornerie, la menace était palpable. Qaanaaq rêvait de lui mettre sous le nez les huit jours si bêtement gaspillés entre le premier meurtre et le moment de son arrivée.

Le ministre embraya :

– Je ne vous parle même pas des pressions exercées par Pékin, Reykjavík et Ottawa. Si nous ne leur donnons pas des réponses très rapides, nous serons le seul État au monde à avoir déclenché une crise diplomatique *avant* son existence officielle !

Le visage juvénile de Pavia Larsen parut dans l'entrebâillement de la porte.

– Oui ? aboya Enoksen.

– Tu as reçu un paquet…

En dépit de leur relation hiérarchique, ces deux-là se tutoyaient, autre signe de la *coolitude* des institutions groenlandaises.

– Un paquet ? De quoi tu me parles ? Ce n'est pas le moment !

Mais son assistant glissa le colis dans l'ouverture, forçant le ministre en pull jacquard à s'en emparer.

– Le déminage l'a passé aux rayons ?

– Oui, oui, il est « clair ».

Il parlait comme un agent du FBI dans une série américaine. Ce Larsen n'avait probablement pas grandi ici. Comme la plupart des cadres administratifs dits « supérieurs », c'était un transfuge danois. L'un de ceux qui, rapidement, devraient trancher : redevenir un agent de second ordre à Copenhague… ou devenir pétro-nabab à Nuuk ?

Kuupik Enoksen retourna vers son bureau, l'air contrarié. S'excusant auprès de Qaanaaq, il défit le paquet bardé d'adhésif marron. Il en extirpa une boîte en plastique partiellement opaque, fermée par un couvercle violet. À l'intérieur, le contenu semblait mou et informe. L'homme ouvrit la boîte et porta aussitôt une main à sa bouche.

– *Pis !* jura-t-il en danois.

Qaanaaq s'était redressé sur sa chaise. Dans la boîte, un organe oblong, de la taille d'un petit ballon de rugby, ceux qu'on donne aux juniors pour s'entraîner. Encore frais, à en juger par sa couleur d'un beau carmin. Et trempant dans un jus brun.

Un foie.

Celui d'Igor Zerdeiev ?

13

– Mesdames, messieurs les parlementaires, mes chers collègues…

Le timbre était clair, mais la posture de l'orateur trahissait l'émotion qui l'agitait. Mains arrimées aux barres métalliques du pupitre, regard porté vers le sol de l'hémicycle – un bien grand mot pour désigner ce qui ressemblait à une salle de classe arrondie dont la forme s'apparentait plutôt à une part de tarte tronquée aux deux extrémités qu'à un demi-cercle.

– Comme vous le savez, j'ai demandé que cette séance extraordinaire se tienne à huis clos. Pour une fois, nos amis les médias n'assisteront pas aux débats.

De fait, la petite mezzanine blanche qui surplombait le fond de la salle était vide.

– Vous avez tous été informés du « cadeau » qui m'a été adressé il y a moins d'une heure…

Un frisson parcourut l'assemblée des trente et un parlementaires – dont plus de la moitié de femmes. Suivant le modèle danois, la parité n'était pas ici un vain projet. Pull-overs et vestes de trappeurs contre seulement une poignée d'hommes portant costumes, et à peu près autant de femmes vêtues de robes simples.

Le vice-ministre de l'Énergie leva les bras pour enfiler une paire de gants en latex. Ainsi équipé, il sortit la boîte en plastique de sous le pupitre. Obtenir du flic danois de conserver cette pièce à conviction le temps de son discours n'avait pas été simple. Mais il avait eu gain de cause – à condition de la manipuler les mains couvertes et de restituer le foie par coursier express dès la séance finie.

– Voilà..., souffla-t-il en retirant le couvercle, présentant le contenu flasque et rouge à ses pairs.

– Arrête ça, bon sang, c'est répugnant !

– *Pis !* On n'est pas au cirque ! Dégage-nous cette horreur !

Plusieurs voix indignées s'étaient élevées. Mais Kuupik Enoksen avait obtenu l'effet escompté. Le dégoût. Et presque aussitôt après, la colère, grondant partout dans la salle.

Par-dessus tout, il avait gagné l'unanimité de ses collègues, ce qui n'était pas la moindre des gageures dans un Parlement chroniquement morcelé. Avec onze sièges, le parti social-démocrate Siumut – auquel appartenait Enoksen – demeurait la première force politique du Groenland. Il avait pourtant dû, une nouvelle fois, concéder une alliance avec les socialistes indépendantistes de l'Inuit Ataqatigiit pour parvenir à la majorité absolue des seize voix.

Avachi au premier rang, cheveux ras, barbe de trois jours, habillé de son éternel *hoodie* gris, Kim Kielsen, le Premier ministre, en profita pour rabrouer son subordonné.

– Kuupik, abrège ton petit numéro gore. Viens-en aux faits, s'il te plaît...

– Les faits, reprit Enoksen après avoir déposé le trophée macabre sur l'estrade, c'est que l'on cherche à nous intimider. Et de la plus sinistre des manières. Les faits, c'est que les ennemis de l'indépendance sont prêts à tout pour nous empêcher d'accomplir notre destin !

Un murmure approbateur parcourut les travées. Pourtant, on ne parlait que d'un foie amputé au fond d'une boîte en plastique. Le cadeau aurait pu relever davantage du folklore que de réelles menaces adressées à l'exécutif. Enoksen s'était bien gardé de préciser ce que lui avait révélé Qaanaaq Adriensen, à savoir la provenance probable de cet organe : le ventre de la quatrième victime. Faute d'informations plus spécifiques, les parlementaires présents devaient croire à un canular concocté avec un banal foie de phoque ou de narval, des denrées ordinaires dans le pays.

– Tu sais très bien que nous aurons la majorité le 31, intervint Kielsen, rassurant.

Arithmétiquement, c'était exact. Avec vingt-deux sièges sur trente et un, la coalition gouvernementale n'aurait en principe aucun mal à valider l'organisation du futur référendum d'indépendance. Mais ce n'était pas ce qui agitait Enoksen.

– Très bien, soyons optimistes. Imaginons que dans une semaine, cette assemblée vote la tenue d'un référendum. Mais qu'en sera-t-il de nos électeurs quand nous leur poserons *la* question ? Dis-moi un peu de quel côté ira leur bulletin de vote le moment venu... si nous perdons la manne pétrolière ?

Il était là, l'épouvantail. Il était là, le péril. Pour beaucoup de Groenlandais de souche, y compris d'origine inuite, mieux valait demeurer une province où les subventions et les avantages affluaient chaque année, insuffisants mais réguliers, que s'aventurer dans le grand *white out* – le brouillard polaire : une indépendance exaltante, mais dépourvue de moyens.

Ainsi, le coche de l'Histoire serait loupé. Sans doute pour longtemps.

– Il a raison ! tonna un député, catogan gris et poncho en cuir retourné. Sans Green Oil, nous ne rallierons jamais l'opinion. Pas de pétrole, pas d'indépendance ! La voilà, la seule vérité !

– L'action GO a déjà perdu cinq points en huit jours, lança en écho une collègue aux faux airs de Joan Baez.

Un brouhaha inquiet s'éleva quelques instants, jusqu'à ce qu'un parlementaire d'allure plus austère, en veste et cravate, se lève pour prendre la parole :

– Green Oil... Vous n'avez que ce nom-là à la bouche !

– Peut-être parce que ce sont les seuls à savoir exploiter notre pétrole, s'exclama l'homme au catogan.

– Avec quel succès ! répliqua l'autre. Deux ans de retard sur l'exploitation, arrêt total de la plateforme au moindre incident. Et maintenant, comme si ça ne suffisait pas... une grève !

– Y a quand même eu quatre morts...

– Peu importe ! Møller est un incapable !

Du plat de la main, Enoksen frappa le pupitre pour rétablir un calme relatif.

– Qu'est-ce que tu voudrais, Poul ? Que nous rompions la licence de Green Oil pour la remettre en jeu, c'est ça ?

– Et pourquoi pas ?

– Tu sais aussi bien que moi qu'elle court jusqu'en 2025...

– Une licence, ça se dénonce !

– Et les pénalités de résiliation ? C'est inconcevable à l'échelle de notre budget : on parle de milliards de couronnes !

À son corps défendant, Kuupik Enoksen était ce que certains appelaient un « Groenlandanois ». Groenlandais de père en fils depuis des générations, et de ce fait farouchement indépendantiste. Mais également fasciné par le modèle démocratique danois, qu'il rêvait de transposer à l'identique dans son pays. Un État de droit donc, où l'on respecte les engagements et les règles avec rigueur.

– Pas si nous prouvons que Møller n'est plus en mesure de remplir sa part du contrat, répondit son contradicteur en se rasseyant.

– C'est-à-dire ?

– Tu le fais exprès ? C'est-à-dire : plus en mesure de faire cracher du pétrole à ses maudites plateformes par tankers entiers !

Nouveaux lazzis. Nouveaux coups sur la tablette en bois blond.

– OK, mais notre contrat ne peut être résilié qu'à une seule condition : il faut que l'interruption de l'exploitation ait duré au moins six mois. Et on en est à peine à une semaine !

– Dans ce cas, c'est très simple... Trouvons un repreneur qui accepte de couvrir les pénalités de sortie.

La séance vira au chaos. Les parlementaires semblaient ravis de briser ce qui, il y a peu encore, relevait du tabou. *Exit* Møller ! À bas Green Oil ! N'importe quel repreneur ferait mieux l'affaire que ces « escrocs ».

Même les deux représentants du parti légitimiste Atassut, pourtant fidèle à la Couronne danoise, hurlaient avec les loups.

C'est alors que le Premier ministre Kim Kielsen se décida à prendre la parole. Il traîna sa grande carcasse jusqu'à la tribune. À ses côtés, Enoksen paraissait presque fluet. Ainsi allaient les débats au sein de l'Inatsisartut : chacun pouvait faire entendre sa voix librement, à condition de respecter une certaine forme de courtoisie et le temps de parole des autres. Le président Johansen, assis à droite du pupitre, valida son intervention d'un hochement de tête.

Grave et pleine d'autorité, la voix de Kielsen souffla dans le micro.

– Je pense que nous pouvons nous dispenser de pénalités.

Silence stupéfait. Le Premier ministre laissa passer un temps avant de reprendre :

– Si l'assureur de Green Oil établit que la production est arrêtée parce que la sécurité des ouvriers est en cause, la faute incombera à l'entreprise seule. Et nous n'aurons aucun dédommagement à leur devoir. Tous les frais de démantèlement seront à leur charge.

– Exact, approuva Enoksen. Mais pour cela, il faudrait d'une part, que leur responsabilité soit établie...

– Si j'ai bien compris, c'est en cours. L'absence de caméras de surveillance et de patrouilles dans le campement ouvrier va forcément ressortir dans les conclusions de l'enquête. Manifestement, Møller n'est pas en capacité de garantir la sécurité de ses employés.

– ... et surtout, d'autre part, que leur assureur prenne le risque de les épingler.

– Il le fera, lâcha le Premier ministre Kielsen d'une voix atone. Prospectin le fera.

– Ah bon ? Personnellement, je ne vois pas bien comment on pourrait tordre le bras d'un organisme complètement indépendant.

Kielsen esquissa un demi-sourire.

– Justement... pas totalement indépendant.

– Comment ça ?

– Le capital de Prospectin est détenu à quinze pour cent par une filiale d'Artic Petroleum.

D'abord décontenancé, Enoksen sembla entrevoir ce qu'il avait à gagner dans ce scénario et afficha à son tour un large sourire. Si Kielsen disait juste, c'était inespéré. Artic Petroleum devenant à la fois juge et partie, le sort de son concurrent au Groenland, Green Oil, était scellé.

– Depuis quand ?

– Plus ou moins une semaine.

– Green Oil le sait ?

– Non, dit Kielsen. Pas d'après mes sources. Mais ce genre de confidentialité, tu sais ce que c'est… Ça ne tient jamais très longtemps.

La remarque était pertinente. Preuve qu'on ne devenait pas par hasard Premier ministre d'un pays promis à un si riche avenir.

– Dans ce cas, que fait-on ? demanda une parlementaire après une pause.

– Je propose que Kuupik Enoksen prenne contact avec les représentants d'Arctic Petroleum dès aujourd'hui. Qu'il voie quelles conditions ils accepteraient si nous venions à leur céder la licence de Kangeq un peu plus tôt que prévu…

Regonflé à bloc, à des années-lumière de la sinistre mise en garde gisant à ses pieds, le vice-ministre acquiesça avec zèle.

– Évidemment, poursuivit Kielsen, personne en dehors de cette salle ne doit être informé de ces négociations. J'ai bien dit personne, pas même votre mari, votre femme, vos enfants ou votre chien. Ces négociations n'existent pas. Et jusqu'à preuve du contraire, Green Oil exploite le gisement de Kangeq à travers PolarisOne. Point barre. Nous sommes bien d'accord ?

Tous acquiescèrent, et le président de l'Assemblée, l'honorable Lars Emil Johansen, un Inuit pur jus qui avait été Premier ministre en son temps, leva la séance.

Tandis que les députés s'égaillaient dans le couloir attenant – la plupart exerçaient par ailleurs un « vrai » métier qui les réclamait –, Kuupik Enoksen disparut dans un renfoncement. Il devait absolument passer ce coup de fil. Dans son répertoire, le numéro qu'il cherchait apparaissait sous le simple nom *Arnaq*. « Femme », en kalaallisut.

– C'est moi, murmura-t-il, dos au corridor. Je sais, je sais, moi aussi… C'est pas humain ce que tu me manques… Si tu savais, j'ai tellement besoin de te sentir contre moi… De te toucher…

– Kuupik !

À l'autre bout du couloir, Pavia Larsen se rappelait au bon souvenir de son boss. Le ministre manifesta son agacement. « J'arrive ! J'arrive ! » articula-t-il silencieusement.

– Je dois te laisser. Il se passe des trucs dingues. On m'attend. Oui, bien sûr, ce soir. Au même endroit. Je t'expliquerai… À tout à l'heure, je t'embrasse. Je t'aime.

14

[[IMG_1969 / 25 octobre / Photo dédicacée de Jim Carrey enlaçant l'ours Mowgli]]

– Putain… Mais vous vous foutez du monde, Adriensen !

Une fine cigarette King's à liseré doré tremblant entre ses doigts, la directrice de la police groenlandaise fulminait. Non content de contrevenir à ses ordres, Qaanaaq s'était cru autorisé à en donner à *son* équipe.

– Vous allez me la faire à l'envers combien de fois ? Hein, dites-moi, ça m'intéresse ! poursuivit Engell.

Qui l'avait balancé ? Qaanaaq revoyait la tête d'Apputiku sur le perron de sa cambuse, pouce levé. *Discrets…* Était-ce lui ? Ou bien Kris, le légiste, le bon élève du poste qui voulait se faire valoir auprès de sa directrice ? De toute évidence, l'engueulade visait plus à resserrer les boulons de son staff qu'à le sermonner, lui. *Sinon, elle n'aurait pas laissé la porte ouverte…*

Déjà, en début de matinée, elle avait secoué l'ensemble du personnel, en particulier les deux agents affectés au Primus qui n'avaient rien-vu-rien-entendu. « Vous vous démerdez entre vous pour vos heures, mais la nuit prochaine, je ne veux pas une équipe sur le terrain, j'en veux *trois* ! C'est compris ? »

– Dois-je vous rappeler qui dirige ce service, capitaine ?

Le regard absent, son crâne plissé de part en part, un sourire de Bouddha aux lèvres, Qaanaaq attendait patiemment la fin de la dégelée. La colère, c'est comme un grain : ça pleut fort et puis ça passe. Il faut surtout veiller à ne rien dire qui puisse relancer la machine.

Son esprit vagabonda. Il songea à Rong, qu'il était passé voir aux urgences du Dronning Ingrids Hospital en sortant du palais gouvernemental. Rien de bien neuf, mais le pauvre garçon avait apprécié que les autorités s'enquièrent de son état de santé. C'était rare qu'on se soucie d'un type comme lui. Les vociférations d'Engell le tirèrent de ses pensées.

– Et c'est quoi cette histoire de foie, vous pouvez me le dire ? Depuis quand on laisse des pièces à conviction entre les mains des victimes potentielles ? Non mais expliquez-moi, que je ne meure pas idiote !

Pendant près d'une heure, Qaanaaq avait écouté le Chinois lui expliquer les différences subtiles qui existaient entre le jeu fermé qu'il pratiquait avec ses copains et les Studs semi-fermés, tels que le Razz ou le Canadian, qui se pratiquaient dans les casinos de Vegas ou d'Atlantic City. Si ça ne l'avait pas convaincu de se mettre au poker, il compatissait plus encore à la condition de ces ouvriers – à la vacuité, à leur ennui. Un point positif : les chambres du centre hospitalier étaient plus que confortables comparées aux bungalows du Primus. Le bâtiment paraissait quasi neuf, le matériel encore impeccable.

– Oh, Qaanaaq ! Je vous parle ! finit par exploser Engell.

– Mais je vous écoute, je vous écoute…

– Vous savez, Arne Jacobsen m'a paru passablement agacé d'apprendre que vous aviez déjà fait des vôtres ici.

Bluffait-elle ? Avait-elle réellement appelé la Fourmi pour se plaindre de lui ? *Imaqa.*

– Patronne ? Vous nous avez demandés ?

Søren, Appu et Kris patientaient sur le seuil, chaise à la main et dossiers sous le bras, comme trois collégiens.

– Oui, dit-elle, irritée. Entrez et fermez-moi cette putain de porte.

Le bureau de Rikke Engell n'était guère plus grand que la salle de réunion, mais au moins la température y était-elle supportable.

– Kris, dit-elle dès qu'ils furent tous assis, à toi l'honneur.

Le légiste se lança aussitôt.

– Eh bien malheureusement, le corps d'Igor Zerdeiev ne nous apporte guère plus d'infos que les trois précédents. Les plaies, l'absence de dépôt ADN, notamment de bave… cela correspond à ce qu'on a déjà. La mutilation du foie a bien été effectuée avec une dentition d'ours, comme sur Ullianson. On y revient toujours.

– Et la langue ? intervint Qaanaaq. Elle a aussi été nettoyée ?

– Non. En revanche, il y avait de la neige écrasée sur la bouche et le menton de la victime. Peut-être a-t-on voulu la lui laver, en effet. Mais le tueur a dû être arrêté dans son geste.

À gauche de Karlsen, Søren, le scientifique de l'équipe, s'agitait sur sa chaise, brûlant visiblement d'intervenir. Qaanaaq nota qu'il portait le même maillot que la veille, celui d'Arsenal. Cela sentait le célibataire qui se néglige à plein nez.

– À ce propos…, réussit-il enfin à placer. Le labo de Copenhague nous a renvoyé les résultats d'analyses de la semaine dernière.

– *Gudskelov*[1] *!* s'exclama Engell avec un accent du nord-est. Il était temps ! Et alors, ça donne quoi ?

– Justement, pas grand-chose, dit Søren. Comme on le pensait, il n'y avait aucune trace d'ADN humain, ni sur les trois corps ni dans leurs bungalows.

Et c'est pour ça que tu m'as interrompu ? lui renvoyaient les yeux délavés du légiste.

– C'est tout ? demanda leur chef.

– Non. Je n'ai pas fini de tout lire. Par contre, j'ai jeté un œil au foie qu'a reçu Enoksen. Et le sang retrouvé dans l'organe est d'un groupe très rare.

– AB négatif ? demanda Qaanaaq.

– Non, encore moins fréquent. On se cantonne en général à citer les huit groupes des systèmes Rhésus et ABO parce qu'ils couvrent quatre-vingt-dix-neuf pour cent de la population. Mais il en existe de beaucoup plus rares, qui sont dépourvus de certains marqueurs spécifiques sur les globules rouges.

Kris se renfrogna un peu plus. Søren lui avait confisqué une part de ses attributions.

1. Dieu merci !

– Ouh là, à part Kris, tu vas perdre tout le monde ! soupira Rikke Engell.

– Pour faire simple, j'ai observé que le sang de Zerdeiev et celui du foie envoyé au palais gouvernemental étaient tous les deux privés du marqueur VEL. Avec l'équipement qu'on a ici, je ne peux pas aller plus loin. Mais ça, je peux l'affirmer.

– Et c'est exceptionnel à quel point, ce VEL manquant ?

– Il n'y a qu'un individu sur trois mille environ qui soit « VEL négatif ». C'est plutôt rare ! Quant à la probabilité d'avoir deux VEL négatifs en même temps, *a fortiori* dans une ville de la taille de Nuuk, elle est presque nulle.

– En fait, c'est un sur deux mille cinq cents, le corrigea Kris Karlsen d'un ton sec. Pas sur trois mille.

La directrice leva les yeux au ciel. Qu'ils aillent au diable avec leurs chamailleries d'experts ! Elle résuma :

– Bien, on peut donc en conclure d'une façon quasi certaine que notre ours a prélevé le foie de Zerdeiev cette nuit, et que lui ou un autre a ensuite fait parvenir ce même foie à Kuupik Enoksen ce matin. On est d'accord là-dessus ?

Tous opinèrent sagement. Tous sauf Qaanaaq, qui peinait à contenir son exaspération.

– On pourrait peut-être arrêter de parler de l'ours.

– Et pour quelle raison, je vous prie ?

– Parce que jusqu'ici, on avait un *ours* capable d'ouvrir ou de crochcter une serrure, un *ours* six fois moins lourd que ses congénères, un *ours* assez agile pour foncer droit sur ses pattes arrière, un *ours* qui perd ses dents au premier morceau de viande un peu résistant... Et voilà qu'on aurait maintenant un *ours* capable de faire livrer un colis ! Désolé, mais moi, un ours comme ça... j'appelle ça un homme.

Le silence se fit. Prudent, Appu tenta d'aborder un autre sujet.

– Avec Pitak, on est allés voir les gardes du palais.

Waouh, deuxième initiative en moins de vingt-quatre heures ! *Appu va peut-être se révéler un flic potable*, songea Qaanaaq avec un brin de sarcasme. Il adoucit son ton.

– Et ça a donné quoi ?

– Eh bien, le paquet a été déposé directement au guichet du Naalakkersuisut par un type à motoneige.

– Quel type ? Les gardes ont su le décrire ?

– Non, le gars portait une cagoule et une parka lambda. On n'a pas grand-chose non plus sur la motoneige. Sans doute un vieux modèle d'Arctic Cat ZR, noir ou gris foncé. Mais ça s'est passé très vite. Le mec s'est contenté de poser le colis devant la guérite et est reparti aussitôt.

– Ils ont pu apercevoir la plaque ?

– Non, ils ne sont pas même certains que la bécane en avait une…

– Des motoneiges dans ce goût-là, à Nuuk, y en a combien ?

– Des centaines, peut-être même des milliers. En tout cas, plus que de voitures, c'est certain.

Autant chercher un flocon sur la banquise.

– Bon… Et pour notre camarade Mowgli, tu as du neuf ?

– Oui, j'allais oublier…

Il fouilla dans sa chemise en carton.

– *Tada !* annonça-t-il fièrement, brandissant un cliché.

Une photo de plateau de cinéma. L'acteur américain Jim Carrey enlaçant un gigantesque ours polaire qui avait l'air aussi inoffensif qu'un modèle en peluche. À droite de l'animal, un homme en chemisette, cheveux grisonnants, veillait sur la scène. Sans nul doute Timuta Jensen, le dresseur.

– Et vous avez vu ? Il nous l'a dédicacée !

Une signature barrait en effet la photo. Un gribouillis qui aurait tout aussi bien pu être griffonné par n'importe quel assistant préposé aux cafés.

– Incroyable, siffla Qaanaaq avec une ironie bonhomme. Je ne savais pas qu'on pouvait faire écrire un ours.

– Bon, ça suffit ! dit Rikke. Je me fous de Jim Carrey ! Le dresseur, il est toujours à Los Angeles, oui ou non ?

– Oui, dit Appu. On a un courrier à en-tête de la Fox, signé des deux producteurs du film.

Il tendit le document à sa chef qui le regarda à peine.

– Ils certifient tous les deux que Timuta Jensen et son ours ont été engagés pour une période de trois mois.

– C'est bien gentil, mais ça ne prouve pas qu'ils soient restés là-bas tout ce temps. Ils pourraient très bien avoir fait des allers et retours entre la Californie et le Groenland.

Apputiku avait dû prévoir l'argument. Il dégaina une nouvelle feuille.

– C'est le planning de tournage, émargé par Jensen, le dresseur, et Mark Waters, le réalisateur. Jusqu'à hier inclus, Mowgli était présent sur le plateau. Tous les jours, sans exception.

– Horaires ?

– Environ douze heures d'affilée. De huit heures à vingt heures.

– C'est légal, ça ?

– À Hollywood, oui, j'imagine...

Fin de la piste. Impasse et perd.

Qaanaaq se tourna vers Pitak.

– Ton exploration des portables, ça a donné quelque chose ?

– Oui et non. Je n'ai trouvé aucun SMS lié aux histoires de dettes de jeu. Mais ils peuvent avoir été effacés. Il faudrait demander aux opérateurs pour creuser plus. Ils étaient tous abonnés à des services étrangers. Ça voudrait dire une commission rogatoire dans chacun des pays.

– Mais tu es certain qu'il n'y avait aucun message un tant soit peu tendu ? Rien de menaçant ?

– Si, mais pas à propos du poker. On a trouvé au moins une dizaine de textos anonymes qui leur ordonnent de ne plus travailler pour Green Oil et de rentrer chez eux.

Le visage de Rikke Engell se crispa. S'intéressait-elle enfin à cette enquête ? Ou bien, en tant que Danoise, se sentait-elle visée par ce rejet des locaux ?

– Sur quels portables ?

– Ceux des trois premières victimes.

– Pas celui de Zerdeiev ?

– Non, pas Zerdeiev. J'ai vérifié : les messages proviennent de deux lignes différentes qui correspondent à des cartes prépayées. Elles n'ont plus été utilisées par la suite.

– Tu nous les ferais voir, ces messages ?

Le jeune Inuit fit tourner une liasse de feuilles imprimées. Les textes, lapidaires, étaient rédigés dans un anglais approximatif. Tous sur le même thème :

Go home ! Leave jobs to greenlandic workers !
Go home or we will  U

Une fois encore, Engell ne leur accorda qu'un regard distrait avant de rendre l'ensemble à Pitak. Après une double friction de son crâne, Qaanaaq se leva d'un bond. Sans préavis, il enfila sa parka et redressa son col.

– Capitaine ? s'étonna Engell.

– *Qui a peur de poser des questions a honte d'apprendre.*

Qaanaaq attrapa ses notes et fit mine de quitter la pièce.

– Vous faites quoi, là ?

– Eh bien, ça me semble assez clair : je pars.

– Vous partez... de la réunion ?

– Non, je pars, *pars.* Je rentre chez moi, si vous préférez : 22 Stægers Alle, commune de Frederiksberg, Copenhague, Danemark, Union européenne. Monde.

– Non mais vous êtes sérieux ? Vous nous balancez un de vos dictons à la con, et *pfft*, vous nous plantez ?!

Les trois autres policiers hésitaient entre hilarité et prudence.

– Écoutez, mademoiselle Engell... Petit un : ces proverbes ne sont jamais « cons ». Pénibles, peut-être, mais pas cons. Les insulter, c'est insulter plusieurs siècles de sagesse danoise. Petit deux : vous m'interdisez de recourir aux seules ressources réellement utiles de ce commissariat. Petit trois : vous refusez de me laisser enquêter sur l'unique piste sérieuse dont nous disposons. Et petit quatre...

Le visage d'ordinaire si régulier de la jeune femme se décomposait.

– ... Eh bien, petit quatre, vous m'avez explicitement menacé de sanctions si je persistais à mener ces investigations comme je le juge utile. J'ai tout bon, je n'oublie rien ?

– Non, mais vous délirez ! Que pensez-vous qu'il va se passer si vous débarquez demain à Niels Brocks Gade sans mon autorisation ? On va vous mettre à pied, mon vieux ! Voilà ce qui va vous arriver.

– *Imaqa*, dit-il en haussant les épaules, fataliste.

– Vous pensiez que c'était quoi ici, pour vous ? Les vacances de l'inspecteur Clouseau ?

La référence à *La Panthère rose* fit sourire Appu, lequel remballa aussitôt son rictus sous l'œil assassin de sa patronne. Comme plus personne n'osait proférer le moindre mot, Engell inspira largement et reprit, soudain plus posée :

– Bon, on va tous se calmer. Et puisque vous y tenez absolument, je vais vous dire pourquoi je ne crois pas à la culpabilité de Sergueï Czernov. C'est bien ce que vous vouliez, non ?

– Eh bien, disons que ça me semble un début...

Il se rassit. Dans le regard qu'il posa sur la directrice, il s'efforça de mettre toute la pression voulue.

– Si je ne crois pas à son implication, c'est parce que je l'ai déjà eu comme « client ».

– Åh, tiens...

– C'est moi qui l'ai auditionné quand il a eu ce petit différend avec le Bangladeshi de Green Oil. Zawad... Zawad je ne sais plus quoi.

– C'était quand ?

– Il y a environ six mois. En mai, je crois.

– D'après ce que j'ai entendu, ça allait au-delà du petit accrochage. Il a quand même envoyé le gars à l'hosto.

Les infirmières de Rong n'avaient pas été très difficiles à faire parler. Elles lui avaient confirmé l'admission, six mois plus tôt, d'un gars « de type indien », un ouvrier de la Green Oil, défiguré par les coups. Il était resté près d'un mois avant de reprendre l'avion pour Dacca, pour y achever sa convalescence. Elles n'en avaient plus jamais entendu parler.

– Alors d'accord, Czernov est une brute, je ne dis pas le contraire. Mais pour avoir passé quatre heures avec lui dans ce bureau, je peux aussi vous affirmer qu'il est assez malin pour passer entre les gouttes, en mettant les bonnes personnes dans sa poche.

– Qu'est-ce qui vous fait dire ça ?

– Il a su se rendre indispensable sur le PolarisOne. Même quand il n'y est pas physiquement, c'est lui qui fait tourner la boutique.

Karen, l'infirmière de la plateforme de Kangeq, n'avait pas dit autre chose.

– Henrik Møller ne jure que par lui. Il lui a obtenu toutes les primes possibles, et même un bon paquet d'actions Green Oil en bonus. Et ce n'est pas tout : c'est Møller qui a payé sa caution et qui lui a offert un ténor du barreau de Copenhague pour lui éviter de purger une peine à Vestre. Sans ça, avec une tentative d'homicide volontaire, il aurait écopé d'au moins cinq ans.

Vestre, la principale maison d'arrêt de la capitale danoise.

– Moralité, capitaine : je vois mal un type qui a déjà été à deux doigts de la taule se mettre à massacrer les employés de son sauveur et tuer dans le même temps la poule aux œufs d'or ! Ça n'a absolument aucun sens.

Elle continua :

– Combien vous m'avez dit que lui devaient les deux Chinois ?

– Vingt-sept mille dollars.

– En comptant les bonus, ça doit correspondre à peine à un mois de son salaire ordinaire. Et je ne vous parle même pas de ses dividendes annuels…

La démonstration parut convaincre le reste de l'auditoire, mais Qaanaaq, lui, ne se départissait pas de sa moue dubitative. *Pourquoi n'en avait-elle rien dit la nuit précédente, au Primus ?*

– Et puis, revint-elle à la charge, vous croyez vraiment que si Czernov avait quelque chose à voir avec tout ça, il aurait choisi de rester ici ? Vous ne pensez pas qu'il aurait plutôt sauté dans le premier Imaqa venu, de préférence juste après la première vague de meurtres ?

– Le premier Imaqa ?

– Ah, oui… C'est comme ça qu'on surnomme les vols d'Air Greenland ici.

– Øh ?

– Oui. Parce qu'ils seront *peut-être* assurés… ou pas.

Les trois flics groenlandais échangèrent des sourires.

– En attendant, enchaîna Qaanaaq, affichant son scepticisme, impossible de lui mettre la main dessus…

Appu sortit de sa réserve :

– Je confirme : rien au Primus, rien en ville. Même au *Zoo* : personne ne l'a vu depuis des jours.

– Et les hôtels ?

D'un regard ennuyé, Appu lui fit comprendre qu'ils n'avaient pas poussé leurs recherches jusque-là. Qu'*on* leur avait demandé d'abandonner la traque du Russe.

– Bon, balaya Rikke avec une autorité retrouvée. Je suggère donc de creuser la piste de notre livreur de foie. Et si vous n'y voyez pas d'inconvénient, messieurs, je vous libère pour le déjeuner.

En définitive, elle leur demandait de suivre la piste la plus vague. Ils pataugeaient lamentablement et, loin de s'en agacer, elle leur conseillait le chemin le plus embourbé. Elle se relevait déjà, visiblement satisfaite du compromis trouvé, quand Apputiku s'exclama :

– Au fait, et les *tup*…

– Le Tupperware ! le coupa aussitôt Qaanaaq, lui intimant le silence d'un regard oblique.

– Eh bien quoi, le Tupperware ? demanda Søren.

– Aucune empreinte dessus ?

– Non, non… rien. Sinon je vous l'aurais dit.

– Åh oui, bien sûr…

– Dans ce cas, déclara Engell… Tout le monde à table !

15

[IMG_1974 / 25 octobre / Salle de restaurant donnant sur la baie de Nuuk]

« Tout le monde », en l'espèce, ce n'étaient qu'eux deux. Qaanaaq Adriensen et Rikke Engell. Eux qui, quelques minutes plus tôt, avaient failli s'écharper devant toute l'équipe de la *politi* de Nuuk réunie.

– Ça vous va ? demanda-t-elle en montrant une table.

Situé sur Aqqusinersuaq, *Sarfalik* était le restaurant de l'hôtel *Hans Egede*, l'un des rares « quatre étoiles » de la ville. Il aurait fallu être difficile pour ne pas apprécier, depuis leur table collée aux fenêtres, la vue dégagée que le dernier étage offrait sur tout le flanc ouest de la baie. Le beau temps semblait s'accrocher.

– Très, très bien, approuva Qaanaaq.

Avec un peu de chance, on leur servirait autre chose que du ragoût de phoque au sang. *Et puis, à cette hauteur*, songea-t-il, *difficile de leur balancer des essieux rouillés à travers les vitres.*

Rikke lui avait sauté dessus au sortir de leur réunion houleuse, après avoir repoussé une nouvelle invitation à déjeuner du beau Kris. Elle avait proposé à Qaanaaq de « grignoter un bout tous les deux », une offre qui sonnait comme un armistice. Chacun camperait probablement sur ses positions ; mais leurs divergences ne devaient pas entraver le travail du service. C'était l'esprit.

Alors qu'ils passaient devant l'accueil du commissariat, la réceptionniste, une grosse Inuite rougeaude, avait informé la directrice en danois mâtiné de kalaallisut que sa « livraison de la semaine » était arrivée. D'un geste expéditif, Rikke avait demandé que le carton soit porté dans son bureau. Sans un « s'il vous plaît » ni un « merci ».

Qaanaaq avait beau savoir que le pire et le meilleur cohabitent chez la plupart des gens, que quelqu'un puisse passer aussi brusquement d'une facette à l'autre le sidérait. À vrai dire, ce soudain assaut de charme déployé par Engell le mettait plutôt mal à l'aise. Cela lui rappelait son histoire désastreuse avec Mikki, la traductrice bipolaire qui avait tenté de se suicider chez lui, dans *sa* baignoire. Sa dernière relation un peu *stable*. Comme toujours lorsqu'il se trouvait en terrain délicat, Qaanaaq ne put s'empêcher de chercher des réponses. L'autre, quel qu'il fût, demeurait une fascinante énigme.

– Rikke ? Je peux vous poser une question, disons... personnelle ?

Un serveur très jeune et assez fébrile, sans doute un apprenti, leur apporta deux flûtes de Dons-Orion 2011, l'un des rares mousseux danois.

– Eh bien, je suppose que oui, dit-elle après deux gorgées nerveuses. Feu !

– Åh, rien de très intime, je vous rassure. Je me demandais juste ce qui avait pu pousser une fille comme vous à venir s'enterrer ici ?

– Hum. La qualité du chauffage, j'imagine. Je suis très frileuse.

Après cette réponse expéditive, elle lui décocha un sourire éclatant qui enfonçait le clou. Mais il ne lâchait pas prise si facilement.

– Sérieusement... Vous êtes jeune, belle, brillante, j'imagine que vous avez de meilleurs états de service que tous vos zigotos réunis... Bref, sur le papier, vous n'aviez aucune raison valable de postuler à Nuuk.

– Je suppose...

Un trouble traversa le regard azur de la jeune femme. Il devait bien lui arriver de baisser les armes. De se montrer telle qu'elle était *vraiment*.

– ... Je suppose que la vie ne se joue pas uniquement « sur le papier », comme vous dites. Ce serait trop simple.

L'apparition du serveur lui donna un prétexte commode pour en rester là. Étrangement, la carte ne comportait aucun plat de poisson. Pas même un crustacé ou un assortiment de coquillages. Dans un pays qui vivait encore à près de soixante pour cent de la pêche… Elle choisit du cerf rouge à la compotée d'oignons et au cœur de renne séché ; lui, du bacon danois au persil. Pas de vin, ils resteraient sur leur apéritif et arroseraient leurs plats d'une grande bouteille d'Iceberg groenlandaise, l'eau minérale la plus pure au monde. Une eau de glacier, venue des âges préhistoriques.

– Vous ne m'avez pas raconté votre entrevue avec le ministre Enoksen… À part cette histoire de foie, bien sûr.

– C'est vrai. Eh bien… Je pense que sous ses airs cool, Kuupik Enoksen ne manque pas d'ambition. Je veux dire, pour son pays.

– En même temps, c'est ce qu'on lui demande, non ?

– C'est certain.

Elle le dévisagea avec un sourire inquisiteur ; elle paraissait sincèrement surprise qu'il ne fût pas plus bavard sur le sujet.

– C'est tout ? Ça ne vous a rien inspiré de plus ?

– Qu'est-ce que vous voulez que je vous dise ?

– Je ne sais pas… Ce que vous pensez de ses projets pour le Groenland, par exemple ?

– Ah, ça… Comment dire… Je pense que faire passer une île de moins de soixante mille habitants d'une culture traditionnelle de chasseurs-pêcheurs à un modèle de développement proche de celui du Qatar, et ça en une décennie… Enfin, je ne vois pas trop où est le rêve là-dedans. Ni pour les Groenlandais ni pour la planète. Indépendance ou pas indépendance.

À nouveau, le visage de poupée danoise se ferma. La main droite de Rikke se crispa sur son paquet de King's.

– Vous caricaturez les choses.

– Peut-être, dit-il en haussant les épaules.

– Et surtout, vos considérations sont d'un autre temps. Vous parlez d'une mutation qui a commencé depuis belle lurette. Croyez-moi, plus un seul jeune Groenlandais un tant soit peu éduqué n'envisage de travailler pour Royal Greenland.

La compagnie nationale de pêche et de transformation des produits de la mer, traduisit Qaanaaq.

– Ceux qui en ont les moyens se tirent d'ici dès la fin du collège et ne reviennent jamais. Et les autres, sans noircir le tableau, on sait comment ils finissent : chômage, survie aux crochets de la famille, alcool ou drogue, suicide...

– Et c'est moi qui force le trait ? rit-il doucement, ses yeux kaki plantés dans les yeux bleus d'Engell.

– D'accord, certains s'en sortent. Mais ils seront de moins en moins nombreux si le pays refuse de faire sa mue industrielle. Et il se videra exactement comme à la fin de l'occupation viking. Je ne dis pas que Kielsen et Enoksen sont exempts de reproches... Mais ce ne sont pas des politicards ripoux à la Aleqa Hammond[1] non plus. Je sais que ce scandale a traumatisé plus d'un Groenlandais. Mais ils ont un projet sérieux, réfléchi, et ils s'y tiennent. Alors non, je ne sais pas si transformer le pays en un eldorado énergétique est mauvais pour la planète, poursuivit-elle avec flamme. Ce dont je suis certaine, en revanche, c'est que c'est bon pour les Groenlandais qui veulent continuer à y vivre. Et c'est tout ce qui m'importe dans l'immédiat.

***

Il y avait des jours comme ça où Apputiku appréciait son métier de flic. Son hot dog à la main, dépoitraillé et le nez au vent frais, il sillonnait les rues de Nuuk pour passer en revue toutes les boutiques de souvenirs.

– *Toutes ?!* T'es pas sérieux, boss ?

– J'ai dit toutes.

– Mais elles vendent tous les mêmes babioles !

– Super, alors prouve-le-moi.

1. Première femme élue Premier ministre du Groenland, elle a dû démissionner de son poste en 2014 suite à un scandale révélant qu'elle avait utilisé l'argent public – plus de cent mille couronnes – pour sa famille.

L'ordre de Qaanaaq était sans appel. Appu devait écumer chaque échoppe afin d'y dénicher la copie conforme des *tupilak* retrouvés dans les quatre bungalows. Il avait obtenu de son copain Søren qu'il sorte l'une des statuettes des scellés à l'insu de leur directrice bien-aimée. *A priori* rébarbative, la mission se révélait en définitive plutôt plaisante. Il suffisait de se prendre pour un touriste et de flâner dans les rues.

Comme il le redoutait, la réponse était toutefois toujours la même.

– Désolé. On ne vend pas ça.

– C'est pas des Nanook que vous avez là-bas ?

– Si ! Mais si on devait se fournir auprès d'artisans locaux, on ferait pas assez de marge pour s'en sortir.

– Vous vous fournissez où, alors ?

– Chine, Vietnam... ça dépend.

– En direct ?

– Non. Via des grossistes danois.

– Si je comprends bien, le mien est un produit fait à la main ici ?

– Ça m'en a tout l'air, oui.

Il s'était donc fourvoyé en disant à Qaanaaq qu'il s'agissait d'une vulgaire contrefaçon asiatique. Sans doute avait-il observé l'objet trop vite.

– À quoi vous voyez ça ?

– Aux imperfections, analysa le marchand moustachu en retournant le *tupilak* d'ours entre ses mains pataudes. Aux marques de coupes. Regardez, on aperçoit encore le point d'attaque de l'*ulu* sur l'ivoire.

– Mmmh, grommela Appu.

– Et à l'odeur aussi. On voit bien que c'est de la défense authentique. Ça sent encore le musc. Belle ouvrage, d'ailleurs, votre truc.

– Mais les vôtres, ils sont en quoi ?

– En résine, en plastique, peu importe. Vous croyez vraiment que je les ferais à quarante couronnes si c'était du morse ?

La tournée continua. À chaque nouvelle échoppe ou presque, on l'invitait dans l'arrière-boutique pour un petit *kaffemik* improvisé. Là pour célébrer la naissance d'un bébé, ici pour fêter le retour d'un bachelier exilé au Danemark le temps de ses études. Tous les prétextes étaient bons, et les gâteaux secs aussi. Il refusa une fois, deux fois, trois fois, puis se laissa finalement tenter par les parfums mêlés de café fraîchement moulu et de pâtisserie maison.

Dans un petit salon sous-éclairé, une brochette de vieux recouverts de plaids se bâfrait en échangeant les dernières nouvelles. C'est ainsi qu'Appu apprit que Nanook, le groupe, avait annulé ses deux derniers concerts programmés dans le cadre du festival afin d'éviter tout amalgame avec la récente série de meurtres.

– Quel rapport ? demanda Appu, une tasse fumante entre les mains.

– Tu demandes quel est le rapport ? Mais le rapport, c'est Nanook ! C'est l'esprit de l'ours ! C'est lui qui tue les *allanertat* !

Les étrangers.

Derrière son sourire de bonze alcoolisé, le vieillard semblait intimement convaincu de ce qu'il avançait.

– Et pourquoi ?

– Parce que Nanook est là pour protéger *Nuna*, notre terre, répondit le vieux comme s'il s'adressait à un non-Inuit. Il ne veut pas qu'on la perce comme une passoire ! Qu'est-ce qui nous restera comme force, à nous, s'ils la creusent dans tous les sens ?

Il parlait de ce lien viscéral qui lie les Inuits à leur sol glacé. De cette énergie tellurique qui se dilapidait, selon lui, en même temps que les flots de gaz et d'hydrocarbures. Les Inuits, ceux qui croyaient encore à tout cela, allaient y perdre leur âme.

Les vrais *Inuits*, pensa Appu, troublé.

Alors que, le pas plus lourd qu'avant sa dernière halte, il remontait vers le centre par Fjeldvej, une ruelle déserte, il eut l'impression désagréable d'être suivi. Dans ce coin où le salage dépendait des riverains, la couche de neige s'était épaissie après les dernières précipitations. Une motoneige gravissait la pente au ralenti, *teuf-teuf* caractéristique, quelques dizaines de mètres seulement derrière lui. Regarder par-dessus son épaule aurait été un aveu de faiblesse. Il allongea juste sa foulée de petit homme, le souffle de plus en plus court.

L'accélération de l'engin fut brusque. Si brusque qu'il eut à peine le temps d'identifier le modèle. Mais c'était bien elle. Une Arctic Cat ZR noire. Sans plaque. En quelques secondes seulement, il se retrouva pile dans la trajectoire des deux patins profilés du bolide. Banderilles glacées.

Il plongea dans le talus poudreux. Le nez dans les flocons durcis par le gel, aussi piquants que des punaises, il se réjouit d'avoir échappé à la charge. Mais déjà la motoneige faisait demi-tour, le moteur deux-temps grondant d'envie d'en finir. D'un mouvement sec du guidon, le conducteur cagoulé lui fonça de nouveau dessus.

***

La viande était tendre et l'alliance des saveurs pour le moins subtile. Rikke avait bon goût. La cuisine du *Sarfalik* méritait les innombrables macarons de guides qui frappaient sa porte d'entrée.

Dégustant son plat en silence, Qaanaaq se souvint du dernier repas qu'il avait partagé avec Knut Adriensen, alias O.A. Dreyer – son père. C'était pour ses quarante ans. Il s'était laissé traîner chez *Noma*, l'établissement copenhaguois du chef René Redzepi, distingué par le titre de meilleure table du monde à quatre reprises. Il avait détesté. Adoré la nourriture, bien sûr, ces accords étonnants de baies, poissons crus et plantes sauvages. Mais détesté la tyrannie de l'excellence qui se lisait dans chaque sourire, chaque geste, chaque goutte au bord d'un verre. Au fond, Qaanaaq ne tolérait que l'imperfection. La sienne comme celle des autres.

Tout le contraire de Knut l'intransigeant.

– Vous aussi, vous pensez qu'en mangeant d'un animal on récupère sa force ? lança-t-il à Engell entre deux bouchées.

Rikke, qui s'était attaquée à son steak de cerf avec une voracité surprenante, suspendit son couteau. Elle piqua un fard aussi rouge que sa viande.

– Non… Peut-être. Pourquoi vous me demandez ça ?

– Hum, pour rien.

– Qaanaaq…, insista-t-elle.

– Je repensais juste à Czernov.

– *Pis*, non ! Vous n'allez pas remettre ça !

Czernov, il est très fort. He allmost killed him.

– Quand on a repêché Rong hier, il a insisté sur la puissance physique de Czernov. Rong était quasi mort de froid, et pourtant il est revenu à la charge exprès pour m'en parler.

– Vous ne lâchez jamais, hein !

Le regard de Qaanaaq se perdit au-delà de la fenêtre, loin vers Kangeq, alors qu'il répondait à Rikke.

– Vous êtes certaine que, le soir où vous avez auditionné Czernov à propos de Zawad, il n'a rien dit qui pourrait se rapporter à la situation présente ?

– Non. Il faut que je vous le répète en quelle langue ?

Elle avait élevé la voix au-dessus du seuil de courtoisie. Depuis une table voisine, quelques regards courroucés les fusillèrent.

– Essayez la vôtre.

– Pour la dernière fois, Czernov est le bras droit, le gorille et l'âme damnée de Møller. Alors, oui, il trempe certainement dans des magouilles pas très nettes pour son patron. Il file une dérouillée ici ou là pour remettre de l'ordre dans leur petit bidonville. Mais ni Czernov ni Møller ne sont des tueurs. Ils ont autant besoin de leurs ouvriers qualifiés que ces pauvres types ont besoin d'eux. S'ils étaient interchangeables et qu'il suffisait de siffler pour dénicher des techniciens offshore compétents, Møller ne serait pas dans un tel état de panique. Green Oil, Arctic Petroleum, BP, Total… Ils se battent tous pour attirer les meilleurs. Et vous pouvez me croire, même à dix mille dollars par mois, ça ne se bouscule pas au portillon pour venir se peler ici.

C'était sans doute ce qu'elle avait dit de plus sensé depuis leur rencontre. Qaanaaq acquiesça silencieusement. Puis il reprit :

– Quand même… Vous pourrez me montrer son PV d'audition ?

Elle éclata d'un rire cristallin.

– Un dingue ! dit-elle comme pour elle-même. Ils m'ont envoyé un dingue !

– Ça veut dire oui ?

– Évidemment, ça veut dire oui !

Puis, se penchant par-dessus la table, elle pressa l'avant-bras de son invité, le fixant de ses yeux limpides.

– Je sais qu'on n'est pas partis d'un très bon pied, tous les deux. Mais finalement... je suis contente de vous avoir à bord, capitaine Qaanaaq Adriensen. Vraiment très contente.

Elle le draguait, ou quoi ?

Non, le regard, le ton, cette main fine qui s'éternisait sur sa manche de pull en polaire... il reconnaissait ses propres techniques de manipulation. Le cours de PNL n'était qu'une option à l'Académie nationale de police, et la plupart des élèves officiers prenaient ça à la rigolade. Mais ceux qui s'en servaient, surtout avec si peu de subtilité, Qaanaaq les repérait à des kilomètres. Et il les trouvait... pathétiques. Un peu dangereux aussi, peut-être.

Il dissipa l'instant de gêne en réclamant l'addition. Rikke lutta pour la forme... et se retrouva à régler la totalité. Elle y ajouta un généreux pourboire et quelques mots de remerciement dans un groenlandais impeccable.

– Vous parlez kalaallisut ?

– Oui... J'ai appris en arrivant ici l'année dernière. Formation intensive.

– Hå, pourtant...

– Je refuse que mon équipe le parle, je sais. C'est différent. Dans ce pays, police et justice sont encore danoises, ne leur en déplaise. Et tant que ce sera le cas, on continuera à exercer leur autorité en danois.

***

Était-ce le ragoût de Bébiane, la veille ? Ou plutôt tous les ragoûts de Bébiane ces dix dernières années ? Appu sentit un poids le plaquer au sol congelé. À genoux dans la neige compacte, il était incapable de se redresser et de détaler comme il aurait dû. Ses semelles patinaient. Ses mains frigorifiées semblaient soudées à la terre. Il se sentait gros, lourd... impuissant.

La motoneige n'était plus qu'à quelques mètres. Emportée par la pente, elle gagnait en vitesse. Alors, réflexe étrange, il s'affala sur le côté droit, comme il l'avait vu faire certains caribous blessés dans les toundras du Sud. Ce n'était pas une reddition, juste un moyen d'éviter les coups. Moins de surface visible, c'était moins de viande offerte au prédateur.

Quand la bécane parvint à sa hauteur, la lame métallique frôla sa grosse tête dans un crissement sec. Sous l'effet du dérapage, des gerbes de glace giclèrent dans ses yeux. Voilà, c'était fini. À présent il fallait dégager de là. Mais il ne s'était pas relevé que la botte du pilote heurta de plein fouet sa joue rebondie. Talon en avant.

16

[[IMG_1981 / 25 octobre / Stand de hot dogs]]

Il prétexta une digestion un peu lourde ainsi qu'un rendez-vous avec Appu dans Nuuk pour faire quelques pas seul. Le soleil persistant rendait la balade assez plaisante, même dans ces rues sans cachet.

Qaanaaq s'était renseigné auprès des Nuukiens de souche, au poste de police. À cette heure-ci, le *Zoo* était fermé. Restait le stand de hot dogs qu'avait mentionné Rong : *Tony's*. En moins d'un quart d'heure, il parvint au sommet du gros remblai enneigé qui dominait le Primus. *Tony's* n'était rien d'autre qu'un *food truck* ordinaire, installé dans un antique combi Volkswagen repeint aux couleurs du drapeau italien. Même si l'heure du déjeuner était loin derrière eux, une file d'affamés, des hommes exclusivement – probablement des ouvriers du campement voisin –, s'étirait entre les papiers gras abandonnés et deux gros bidons débordant de déchets. Lorsque Qaanaaq les doubla pour se présenter directement au comptoir, quelques voix grondèrent.

– Hé ! grogna le tenancier moustachu, coiffé d'une casquette rouge à la Super Mario. Vous voulez mes lunettes ?

Il n'en portait pas.

– Capitaine Adriensen, répondit sèchement Qaanaaq. Police criminelle.

– Ah… C'est vous, le superflic de Copenhague ! J'étais sûr que vous me rendriez une petite visite.

Qaanaaq croyait peu aux vertus du *small talk*. Tenter d'amadouer un témoin en lui débitant des banalités ne menait à rien. Le plus souvent, c'était l'enquêteur qui se faisait endormir. Même informel, même amorcé en douceur, un interrogatoire devait être un choc.

Une porte qu'on force pour se servir à l'intérieur.

– Vous êtes Tony ?

– Non, moi, c'est Mike, répondit le type en tartinant un pain coupé en deux de *relish*. Mais Tony, ça sonne mieux.

– Pourtant, vous ne vendez pas de pizzas ?

Le type ne parut pas saisir l'allusion et arqua une paire de sourcils broussailleux.

– Ben non, répliqua-t-il enfin, en désignant l'enseigne miteuse au-dessus de sa tête.

Famous Tony's Hot-Dogs, best in Nuuk since 2007. De toute évidence, un bricolage maison.

– Vous êtes installé au Groenland depuis longtemps ?

– Installé, je ne sais pas si c'est le mot juste…

– Je suppose que vous n'avez pas toujours vendu des hot dogs ici ?

– Non. J'ai bossé comme mécanicien à la base de Thulé. Pendant cinq ans.

Un Américain, donc. Cela surprit Qaanaaq. Les GI's expatriés dans les bases des antipodes demeuraient rarement sur place une fois leur mission effectuée. Ils rentraient généralement tout de suite au pays.

– Je vous sers quelque chose, capitaine ?

– Merci, ça ira…

Dans l'alignement des visages métissés, il crut reconnaître certains badauds croisés au Primus. Plutôt que de les prendre de front, il s'éloigna de quelques pas et s'assit sur l'un des bancs métalliques disposés çà et là par le patron. Les mangeurs de hot dogs essayèrent d'abord de l'éviter. Puis, faute de places, deux gars se résolurent à partager leur siège avec lui.

– Bon appétit, lança-t-il à un Indo-Pakistanais bien en chair.

– Merci…

– Vous travaillez pour Green Oil depuis combien de temps ?

L'homme, qui engloutissait son troisième dog, parut un peu désarçonné par la brutalité de l'approche. Mais après quelques bouchées, il répondit :

– Un an.

– Vous avez déjà reçu ce genre de textos ?

Qaanaaq tendit l'écran de son Blad, avec lequel il avait photographié les impressions des SMS reçus par Huan Liang et les autres : *Go home ! Leave jobs to greenlandic workers !*

– Sûr. On en a tous reçu des comme ça.

– Souvent ?

– Plus ou moins. Ce genre de choses, ça va, ça vient... De toute manière, dès qu'on bosse dans le pétrole, c'est partout pareil.

– Partout... dans le monde ?

– Ouais. On est rarement accueillis avec des colliers de fleurs, si vous voyez ce que je veux dire.

– Et ici, d'après vous ? Qui vous adresse ce type de mots doux ?

L'homme haussa les épaules en attaquant son quatrième sandwich, avec un appétit qui sonnait comme un reproche : « Tony, tu les fais vraiment trop petits ! »

– Aucune idée ?

– J'sais pas, moi. Des fois, c'est les chômeurs du coin qui ont les nerfs. D'autres fois, c'est les militants écolo-machin...

– Et les concurrents ?

– Les concurrents ?

L'homme fit mine de ne pas comprendre.

– Oui, pour tenter de vous débaucher, poursuivit Qaanaaq.

– Oh non ! Ils ne s'amusent pas à ça. Quand ils veulent vraiment nous forcer la main, ils proposent quelques dollars de plus par heure. Ça suffit à convaincre les gars qui ont besoin de sous. Et y en a toujours.

– Ils pourraient vous promettre d'autres choses que du fric. De meilleures conditions de vie par exemple ?

D'un geste, il enveloppa les taudis bigarrés qui s'étalaient en contrebas.

Le « Paki » pinça ses lèvres badigeonnées de sauces diverses. Mais son regard était éloquent : manifestement, il ne pensait pas que l'herbe était plus verte ailleurs. Il semblait croire que le Primus de Green Oil n'était pas le pire, dans son genre.

– C'est vrai que le gars de Greenpeace, il est pas clair clair.

Leur voisin de banc, un grand type efflanqué avec un fort accent nord-scandinave – un Finlandais peut-être –, s'était invité dans la conversation. Qaanaaq se pencha vers lui par-delà le hot dog dégoulinant.

– Pas clair comment ?

– *Pff*, un abruti. Le genre à venir taguer les navettes avec ses slogans à la con, à saboter l'hélico…

– Il ne l'a pas vraiment saboté, corrigea l'autre. Il a juste chouré les casques et il a pissé à l'intérieur.

– C'est du sabotage quand même !

– Mais arrête ton char, c'est un guignol…

– Et on peut le trouver où, ce guignol ? demanda Qaanaaq.

– Sa permanence est au rez-de-chaussée d'une des barres au bout de Samuel Kleinschmidtip Aqqutaa.

– Hå… C'est où ?

– Au sud-est de la ville, après le bureau de poste central. Vous verrez, ici, à côté, c'est le *Plazza*.

Qaanaaq les quitta sans rien ajouter. Il revint au comptoir et lança à Mike-Tony :

– Finalement j'en veux bien deux, patron. Avec supplément *relish*, s'il vous plaît.

– Ah ben voilà ! s'écria l'autre. Ça fait plaisir ! J'ai tout de suite vu que vous étiez un homme de goût.

Mais, une fois les mains chargées de ses dogs fumants, il fonça droit sur ses deux comparses, à qui il tendit son butin sous le regard furibard du patron : « Avec les compliments du chef. »

Sous le jour gris déjà déclinant, dans la cité plantée au bout de Samuel Kleinschmidtip Aqqutaa, on se serait cru dans n'importe quelle banlieue sinistrée en Europe. Chômage, précarité, alcool, violence et drogue… les scénarios de vie étaient assez faciles à établir. Les bâtiments, en revanche, n'étaient pas si laids. Hauts de deux étages, coiffés de toits en pente : sans respirer la joie de vivre, ils semblaient moins anxiogènes que les tours des quartiers sensibles de Copenhague. Pas non plus de comité d'accueil dissuasif à l'entrée, gros bras et molosses dressés. Faute d'indications, Qaanaaq demanda son chemin à un gosse à vélo qui passait par là et finit par dénicher le local de Greenpeace dans un minuscule appartement en entresol. Sur la porte, un sticker du célèbre logo vert pomme. Il frappa quelques coups brefs.

– *Hej ?* Allô ?

Aucune réponse. Dans le doute, il pressa la poignée qui n'opposa aucune résistance. Mais à peine eut-il entrouvert la porte qu'elle lui fut renvoyée brutalement dans le nez.

– Fous le camp, putain !

– Une minute...

– Barre-toi, je t'ai dit ! tonna la voix apeurée. Ou j'appelle les flics !

C'est moi, les flics, pensa-t-il. Mais son intuition lui souffla que le bonhomme, avec son « palmarès », serait peu sensible à cet argument. Sans doute craignait-il autant la police que... *que qui, d'ailleurs ?*

Il sentait la respiration fébrile de l'homme pressé contre le vantail.

– Je me fous totalement que vous pissiez dans les hélicos, dit-il calmement. Maintenant, si vous préférez que je vous inculpe pour un quadruple homicide, c'est votre choix.

– Vous êtes qui ?

Un type à la dégaine quelconque avait brusquement ouvert la porte. Trentenaire, chevelu et barbu, moins hippie altermondialiste que Qaanaaq se l'était représenté. Dans sa main droite, une batte de base-ball qui n'avait probablement jamais vu un match de sa vie.

Quand Qaanaaq eut décliné son identité, l'hostilité et l'angoisse du type parurent redescendre de plusieurs crans. Il lui fit signe d'entrer dans son gourbi, une pièce unique encombrée de paperasses, d'ordinateurs désossés et de cartons pleins de prospectus. Une odeur de tabac froid et de café stagnant soulevait le cœur.

À la lumière du plafonnier, Qaanaaq découvrit la figure amochée de son hôte. Un hématome bleu, tirant sur le jaunâtre, qui partait de l'œil et marbrait toute la partie gauche de son visage.

– Je vois que les rapports avec le voisinage sont bons.

– Très drôle.

Sans inviter son visiteur à s'asseoir, l'homme s'écroula dans un fauteuil de bureau aussi épuisé que lui.

– Qu'est-ce qui vous est arrivé ?

– Ah, ça… Ce sont les œuvres de mes grands amis du NNK. D'ailleurs, je croyais que c'étaient eux…

– Le NNK ?

– Nanuk Nuna Kalaallit, cracha-t-il. Littéralement : « Groenland le pays de Nanuk ».

– Mais encore ? C'est quoi ? Une association, un gang ?

Un club de boxe aussi, à voir la tête du militant danois – trahi par son accent.

– Ouais, une sorte de parti ultranationaliste inuit. Ils défendent un modèle de société traditionnelle de chasseurs-pêcheurs… Vous voyez le genre.

– Je ne comprends pas : eux et vous, vous devriez pourtant avoir les mêmes ennemis, non ? Les Green Oil et autres Arctic Petroleum…

– Vous avez raison, approuva l'autre, mais en partie seulement. La différence, c'est que moi, je m'oppose *aussi* à la chasse aux espèces menacées dont ils font leurs méchouis.

– Lesquelles ?

– C'est pas ça qui manque : les mergules, les sanderlings, les bruants de neiges, pour ne parler que des oiseaux. Et les ours polaires, évidemment.

Qaanaaq se retint de dire que des ours polaires, à son goût, il y en avait peut-être un peu trop dans les parages…

– Donc, pour eux, je suis autant leur ennemi que les pétroliers qui embauchent les Inuits pour une misère et qui polluent leurs eaux.

– Et vous, bien sûr, les actions coups de poing, c'est pas votre truc ?

– Je croyais qu'on ne parlerait pas de l'hélico ! J'ai déjà dit tout ce qu'il y avait à dire sur le sujet à vos collègues. Foutez-moi la paix avec cette hist…

– Je ne pensais pas à vos blagues de potache.

Il avait posé sa main sur l'épaule du chevelu. Ferme. Lourde. Impérieuse sans être pour autant menaçante. Il se félicita d'être resté debout. Dominer son sujet était la clé.

– Attendez, je ne m'en prends pas aux gens, moi. Il m'est arrivé de déconner avec leurs installations, ça d'accord. Mais c'est jamais allé plus loin que mon truc dans leur coucou. Je fais toujours gaffe à ne mettre personne en danger.

– *Qui vole un veau volera bien une vache.*

– Quoi ? fit-il, interloqué. Non mais mon but, c'est pas de les envoyer à l'hosto, hein. Mon but, c'est juste de gêner leur production. Y a une sacrée nuance, quand même !

Cela se tenait. Ce n'est pas en barbotant des casques de communication et en tapissant le cockpit de pisse qu'on fait s'écraser un Sikorsky. En revanche, Qaanaaq ne put s'empêcher de penser que le tueur et ce garçon avaient sans doute les mêmes motivations : faire arrêter le pompage sur PolarisOne.

– Vous passerez quand même au poste pour une petite déposition, n'est-ce pas ?

– OK.

– Et je vous conseille d'avoir un sacré alibi pour les trois nuits concernées.

Le type allait lui demander de quelles nuits il s'agissait quand le portable de Qaanaaq sonna. Les deux premières mesures de la *Marche funèbre* de Chopin ; effet de sidération garanti.

– Flora !

Il ne l'appelait que rarement « maman ». Sur la photo qui était apparue sur l'écran, elle posait dans son grand uniforme de la police danoise, devant Niels Brocks Gade. Le cliché avait été pris quelques semaines avant son départ à la retraite, trois ans plus tôt. Il prit congé du militant et demanda quelques minutes à sa mère, le temps de sortir de l'immeuble.

– Tu me passes les jumeaux ?

Elle détestait qu'il les appelle ainsi, de cette façon indifférenciée : « les jumeaux ».

– Jens ? Else ? l'entendit-il crier à dessein à travers sa maison. Venez vite, mes chéris, c'est papa au téléphone.

Le bruit d'une cavalcade s'ensuivit, puis des rires et des chamailleries derrière le combiné, à qui se l'accaparerait le premier, avant que les deux petites voix ne lancent en chœur : « Bonsoir, papa ! »

Il échangea quelques mots tendres avec chacun, leur promettant de rattraper à son retour toutes les histoires qu'il ne leur aurait pas lues durant son absence. Puis il demanda à reparler à sa mère.

– Ça a l'air d'aller ?

– Magnifiquement bien, qu'est-ce que tu crois ? Aujourd'hui on a retouché leurs déguisements. Je t'enverrai des photos, tu verras un peu ces splendeurs !

– Flora...

– Demain, on ira prendre le goûter...

– Flora !

– ... chez Mme Simonsen, et puis...

– Maman !!

Le bavardage stoppa net. Alors seulement il lui relata l'essentiel de ce qu'il avait appris depuis son arrivée à Nuuk. Sur le principe, évidemment, c'était une rupture manifeste du secret professionnel. Mais Flora Adriensen n'était-elle pas la « mère » de tous les flics de la Crim de Copenhague ?

Elle l'écouta patiemment, soudain aussi concentrée qu'elle s'était montrée volubile quelques instants auparavant. Puis elle inspira bruyamment.

– Les meurtres ritualisés, je ne t'apprends rien, ça pue forcément. C'est soit le fait de givrés, soit un écran de fumée pour te balader. Dans les deux cas, tu ne dois pas te fier à tes impressions premières. Ne pense pas routine policière. Ne pense pas preuves matérielles. Pense folie. Ne te demande pas qui aurait intérêt à faire de telles atrocités... Demande-toi plutôt qui ne voit pas d'autre issue que cette mise en scène pour exister.

Les yeux égarés sur la baie à présent enveloppée d'un voile crépusculaire, il se répéta à voix basse les toutes dernières paroles de sa mère. « Bref, trouve celui ou celle qui joue sa peau dans cette mascarade… »

17

[IMG_1993 / 25 octobre / Ecchymose sur le visage d'Apputiku]

– Qu'est-ce qu'on fête ? s'étonna Qaanaaq en pénétrant dans l'*open space*.

Une fois de plus, la vaste salle commune était envahie de visiteurs parasites. Tous lestés d'un mug de café fumant, ils chuintaient, riaient et chantaient à tout rompre. Une sorte de country music en kalaallisut planait dans tout le commissariat. *Un nouveau* kaffemik *spontané*, spécula-t-il. La façon dont ces réjouissances naissaient demeurait pour lui un mystère. Il n'y avait personne et *pfft*, d'un coup affluaient des dizaines d'oisifs qui paraissaient n'attendre que ce moment. Boissons chaudes et biscuits fraîchement cuits toujours prêts à être sortis.

– Le fait que je suis encore en vie, répondit Appu.

Son danois était malmené par ses émotions. Il tourna la tête et présenta le côté droit de son visage à Qaanaaq, mais celui-ci ne remarqua rien de très notable. Tout juste une rougeur diffuse piquée d'impacts légers.

– Øh, tu m'expliques ?

En quelques mots bredouillés, Apputiku expédia son récit de l'incident : une rue déserte et verglacée, une motoneige qui perd le contrôle et fonce sur lui… Le coup de botte involontaire.

– Involontaire ! Tu plaisantes ? s'exclama Qaanaaq.

De toute évidence, celui qui l'avait pris pour cible cherchait à lui faire peur. Probablement pas à le tuer, mais au moins à lui donner un bon avertissement.

– Il a fui, hein ?

– Oui, soupira Appu.

Kris Karlsen, qui passait par là et avait capté la fin de leur échange, se pencha d'autorité sur la blessure de son collègue.

– Tu l'as nettoyée, hein ? demanda-t-il au blessé. Tu t'es passé de la neige ?

– Hum, hum…

– C'est pas grand-chose, conclut le médecin à l'intention de Qaanaaq. Mais je ne pourrai faire aucune constatation fiable. S'il n'avait touché à rien, j'aurais peut-être réussi à relever une vague empreinte de semelle. Mais là…

Appu grimaça un sourire contrit. Le légiste les abandonna pour regagner son labo. Une minute plus tôt, Qaanaaq avait été surpris de le trouver sur le seuil du commissariat en compagnie de Pavia Larsen, le bras droit du ministre Enoksen. Mal à l'aise, Karlsen s'était lancé dans une longue explication, comme pour se justifier : Larsen et lui se connaissaient depuis la fac, à Copenhague. Ils s'étaient retrouvés ici par le plus grand des hasards. Depuis, ils déjeunaient ou prenaient des verres ensemble de temps en temps, afin de partager leur « mal du pays » – bien que Karlsen fût groenlandais de souche.

– Bon…, dit Qaanaaq à l'intention du blessé. J'imagine que tu n'as pas vu la tête de ton agresseur ?

– Non.

– Et la motoneige ? Encore un modèle fantôme ?

– Une Arctic Cat, ça, j'en suis à peu près sûr. Mais c'est tout.

Ce pouvait donc être n'importe qui, à bord de cet engin, dans une rue déserte et sans témoins. Qaanaaq n'insista pas. Il fit signe à son subordonné de le suivre dans l'infernale petite salle de réunion. Par chance, une âme charitable avait coupé deux chauffages sur les quatre.

– Alors, tu as pu retrouver d'où venaient les *tupilak* ?

Appu allait répondre, mais Qaanaaq l'interrompit aussi sec, plus joueur que comminatoire, une main amicale posée sur son bras.

– … Et je te jure que si tu me réponds « *imaqa* », c'est moi qui t'en colle une.

– J'ai fait presque toutes les boutiques, dit Appu en sortant de sa poche la statuette confiée par Søren. Et tous les marchands sont raccord : ça ne vient pas de chez eux.

– Et d'où, alors ?

– Aucune idée. Mais ils m'ont confirmé que c'était du travail d'artisan inuit. Ils ont dû acheter ça en visitant un village...

– Franchement, tu vois les gars du Primus faire de l'ethnotourisme en bande ?

Ça ne cadrait absolument pas avec leur mode de vie en vase clos, sans contact avec les autochtones, où chaque dollar économisé sauvait une vie à l'autre bout du monde. Ou alors, c'est qu'on les leur avait offerts ? Mais qui ? Et quand ?

– Tu te sens en état de reprendre le boulot ?

– Ça va.

– OK. Dans ce cas, tu vas me vérifier les éventuels déplacements de nos quatre gus depuis leur arrivée au Groenland. Je veux savoir si à part leurs allers et retours au pays, ils se sont baladés dans le coin. Je veux dire, en dehors de Nuuk.

– OK, boss.

Ça devenait une habitude.

– Et renseigne-toi aussi sur leur emploi du temps de la journée précédant leur mort. Où ils sont allés, qui ils ont vu... tout ça.

Une main entrouvrit la porte puis la referma aussitôt.

– Aucun rapport : c'est quoi la parade de paon qu'il nous fait, l'ami Kris ?

– « Parade de paon » ?

– Karlsen, il tourne clairement autour de Rikke. Et tout aussi clairement, elle n'en a rien à foutre de lui.

– Ah ça, sourit Appu de toute sa bouche édentée. Kris, il est un peu maso.

– Pourquoi maso ?

– Il n'a aucune chance. Il est cent pour cent groenlandais. Jamais elle ne sortira avec un pur *kalaallisoorneq*.

– Et pourquoi il s'accroche comme ça, alors ?

– Maso, je te dis !

Cette fois, la porte s'ouvrit en grand. Un maillot rayé rouge et bleu du Crystal Palace s'invita dans l'embrasure.

– Appu ? lança Pitak. Tu te souviens que ton Français t'attend depuis une plombe ?

– Oh, *pis* !

– Il commence à être *très* furibard.

C'était donc ça, l'élégant étranger qui rongeait son frein dans le minuscule salon d'attente à côté du comptoir d'accueil.

Pitak s'effaça pour laisser entrer l'homme. Il portait beau, en effet. La cinquantaine grisonnante, il était sans doute le seul visiteur de Nuuk à arborer un long manteau de laine ajusté.

– Je préfère vous le dire tout de suite, commença-t-il dans un anglais qui fleurait bon Paris, si ça n'avait pas été par amitié pour Evart Olsen, je n'aurais jamais attendu aussi longtemps !

– Je préfère vous le dire tout de suite… je n'aime pas du tout votre ton, *monsieur*.

La réplique de Qaanaaq fit descendre d'un coup le type de ses hauteurs.

– Jusqu'à quand résidez-vous à Nuuk ? poursuivit Qaanaaq sans laisser de répit à son interlocuteur.

– Je devais rester encore quatre ou cinq jours, mais avec l'annulation des deux derniers concerts de Nanook, je n'ai plus rien à faire ici. J'ai avancé mon billet retour à après-demain.

– Ça, ça reste à confirmer. Pouvez-vous nous expliquer en quoi consiste exactement votre activité, monsieur…

– Massot. Étienne Massot. Je suis concepteur d'« animaux mécaniques ».

– Øh… Vous pouvez être plus précis ?

Le Français sortit son Smartphone.

– Eh bien, j'imagine et je réalise ce genre de choses.

Qaanaaq et Appu se penchèrent de conserve. L'homme faisait défiler des photos de gigantesques sculptures de bois et de métal représentant de manière plus ou moins réaliste diverses bestioles : chenille, araignée, fourmi ou héron géants, et même un gigantesque dragon et un éléphant colossal. Il lança une vidéo. Les flics, ébahis, purent constater que ces « machines » étaient capables de se déplacer et de reproduire la plupart des mouvements des animaux représentés. La trompe de l'éléphant crachait même un spectaculaire nuage d'eau vaporisée, à la plus grande joie des enfants qui couraient tout autour.

– Impressionnant, admit Qaanaaq. Et vous faites ça pour qui ?

– C'est la société des Machines de l'île de Nantes qui a initié ce grand bestiaire. Si vous passez dans la région, je vous conseille de venir voir la grande galerie. Et depuis quelques années, on cherche aussi à exporter notre savoir-faire : des événements sportifs, des animations de rue, des défilés...

– Des spectacles ?

– Aussi, oui. On réalise assez souvent des « machines » à la demande. Cette semaine, c'était pour Nanook.

– Vous avez fabriqué quoi, pour eux ?

– Un loup, un phoque et un renard. Ils voulaient que je...

– Pas d'ours polaire ? le coupa-t-il.

– Non. Les gars du groupe trouvaient ça un peu trop *tarte à la crème,* dit-il en français. Un peu trop « évident », si vous voulez.

Une autre évidence traversa Qaanaaq : les Français tels que Massot étaient aux Danois ce que les Danois étaient aux Groenlandais. Des bobos arrogants. Le genre de personne qu'on adore détester. Le genre de connard comme feu son père...

– Vous n'en avez jamais construit ? le pressa-t-il.

– Quoi, des ours mécaniques ? Non, jamais. Dans la série des gros prédateurs, on a déjà produit un lynx, un tigre... mais pas d'ours.

Le visage de Vikaj, le gardien srilankais terrorisé par le tigre *puli,* revint à l'esprit de Qaanaaq.

– Si on interroge votre employeur, on ne trouvera même pas un vieux croquis d'ours polaire dans vos archives ?

– Non ! s'exaspéra l'autre. D'ailleurs, si ça vous chante, j'ai mon Notebook dans ma chambre d'hôtel. La plupart de mes schémas de montage sont dessus.

– Mais vous pourriez en construire un, non ?

– Évidemment que je pourrais. Pas tout seul, bien sûr. Pour un animal complet, il me faut une équipe d'au moins trois ou quatre techniciens.

– Ils sont ici avec vous, à Nuuk ?

– Non. Cette fois-ci, les animaux ont été montés en France et expédiés jusqu'ici par conteneurs. J'étais juste là pour m'assurer que rien ne s'était détérioré durant le voyage. Et, le cas échéant, pour effectuer les derniers réglages.

– Et pour une mâchoire ?

L'autre le regardait sans comprendre.

– Une mâchoire d'ours polaire. Qui se referme comme une vraie, avec la même pression...

« Huit cents kilogrammes par centimètre carré », avait spécifié Olsen.

– ... Vous sauriez bricoler ça tout seul ?

– Oui, je suppose que ça serait dans mes cordes. Tout est envisageable quand on se donne le temps et les moyens.

Jusque-là mutique, une main sur sa joue meurtrie et son éternel sourire aux lèvres, Appu intervint contre toute attente :

– Et cette gueule d'ours, est-ce que quelqu'un pourrait la porter ?

– La porter ?

– Oui, comme un masque.

L'œil absent, l'ingénieur semblait esquisser un rapide croquis intérieur.

– Ça me semble compliqué... Le gros de la mécanique qui actionne nos créations est généralement situé à l'intérieur de leurs corps. Il arrive qu'on en déporte une partie à l'extérieur, mais ce n'est ni le dispositif le plus léger, ni le plus esthétique. En tout cas, ce n'est jamais la solution qu'on préconise à nos clients.

– Donc, c'est compliqué... mais pas impossible ? renchérit Qaanaaq.

– Pas impossible, non.

Qaanaaq avait tout de même du mal à se représenter un type ainsi déguisé déambulant incognito dans les rues de Nuuk. À voir les photos du Français, ses créations passaient rarement inaperçues. Quoique la nuit, les rues de Nuuk n'étaient pas celles de Hong Kong, Rio ou Paris. Quant aux allées du Primus...

D'un bond, il se leva, plantant là leur entretien. Il disparut une minute, et lorsqu'il revint, le regard allumé d'une nouvelle lueur, il tenait dans ses mains une liasse de photos qu'il jeta négligemment sur la table.

Massot ne put réprimer une moue épouvantée.

– Pourquoi vous me montrez ces horreurs ?!

– Le dispositif dont vous me parlez, vous le croyez capable de provoquer *ça* ?

– J'imagine, oui... Mais je suis concepteur d'objets mécaniques, pas boucher !

– Une mâchoire factice pourrait-elle arracher un organe complet ?

Furieux, le Français se leva, puis se dirigea vers la porte.

– Je crois que je vous ai dit tout ce que j'avais à vous dire, lâcha-t-il en quittant la pièce.

– Vous seriez très aimable de rester à disposition dans les jours qui viennent, monsieur Massot. Je pense que nous aurons d'autres questions à vous poser.

Entrecoupée par le claquement sec des talons, la voix du témoin s'éloignait déjà dans le couloir.

– Et moi, je vous rappelle que mon vol est après-demain. Et que j'ai bien l'intention de le prendre !

18

[IMG_2007 / 25 octobre / Intérieur du bungalow de Huan Liang]

Cela crevait les yeux : les agents chargés de la surveillance du Primus étaient loin d'être des flèches. Ou alors, très émoussées. Rikke avait tenu sa promesse de doubler les patrouilles. Mais deux fois plus de nonchalance et d'amateurisme ne donnait guère plus de résultats.

Les deux flics en uniforme empruntaient le même chemin à chacune de leurs rondes à travers les rangées de bungalows. Si bien qu'il était facile de prévoir où ils se trouveraient dans le camp et à quel moment. Efficacité zéro. Dissuasion, nulle.

La nuit était tombée d'un coup, comme si quelqu'un avait actionné un interrupteur invisible. Les ouvriers s'apprêtaient à passer une soirée dans les cabanes en tôle, claquemurés dans leur angoisse inconfortable. En passant à côté, on devinait la lueur des ampoules nues et la rumeur de leurs radios. C'était l'un des derniers endroits au monde où l'on se servait encore de bons vieux transistors à piles, comme Qaanaaq avait pu le constater dans les cabanes déjà visitées.

Il avait décidé d'accompagner les gardes dans leurs rotations. Il avait déposé Appu chez lui – celui-ci méritait bien un peu de repos en famille, d'autant que leur fin de journée n'avait pas été un long fleuve tranquille. En chemin, ils s'étaient d'abord arrêtés au Katuaq, où tout le personnel interrogé avait confirmé les dires de Massot : aucun ours mécanique n'avait été commandé à l'ingénieur français, qui n'avait d'ailleurs pas posé le pied à

Nuuk avant le 19 octobre au matin, soit le lendemain du troisième meurtre. Cela suffisait *a priori* à le mettre hors de cause.

Ils avaient ensuite fait halte au *Seamen's Home*. L'hôtel, un grand corps de bâtiment rouge perché sur un monticule rocheux, avec vue imprenable sur le terminal des ferries, était l'un des hébergements les plus modernes et les plus onéreux de tout Nuuk. Massot refusant de les recevoir, ils avaient fait irruption chambre n° 17, improvisant une perquisition sous ses hauts cris. Cette initiative musclée n'avait rien donné de probant. Comme l'avait annoncé le Français, son MacBook flambant neuf ne contenait aucun schéma ressemblant de près ou de loin à celui d'un ours polaire. Massot, excédé, leur avait promis de ne pas en rester là ; il allait saisir l'ambassade de France.

En dépit des bruits rassurants du quotidien, l'ambiance dans le Primus était sinistre. Pour conjurer l'effroi qui planait sur les cabanons, les deux factionnaires se mirent à lui raconter leur vie de simples flics groenlandais. Des affaires comme celle-ci, ils n'en avaient jamais vu auparavant. En temps normal, l'essentiel de leur travail consistait à reconduire des ivrognes chez eux ou à décrocher des ados qui s'étaient pendus aux immenses réverbères.

– J'ai entendu je sais plus où qu'on détient le record mondial des suicides, dit l'un.

– Et encore, renchérit l'autre, ici, c'est rien. Faut voir au nord ! Les gamins sont complètement désespérés. C'est simple, j'ai trois neveux qui habitent là-haut… Ils ont tous fait au moins une TS.

– Ça, c'est parce qu'ils ont la même tronche que toi. C'est pas la dépression, mon gars, c'est l'hérédité !

Leur ronde les avait ramenés à la guérite de Vikaj, le gardien. Qaanaaq fut pris d'une soudaine intuition.

– Vikaj, vous pourriez me montrer le bungalow de Sergueï Czernov ?

– Oui, si vous voulez…, dit l'autre sans entrain.

– Y a un problème ?

– Non, c'est juste qu'il n'y a rien à voir, là-bas.

– C'est-à-dire ?

– Eh bien, il n'y a pas dormi une seule fois.

Not one time.

– Et pour quelle raison ?

– Nesti, c'est le roi des animaux : il ne dort pas dans la même tanière que les autres.

– Et il habite où, alors ?

– *I don't know. I think... nobody really knows.*

***

La silhouette attendait depuis déjà dix bonnes minutes, le visage dissimulé sous sa capuche, dans le halo du lampadaire. Comme espéré, la petite artère en périphérie était déserte à cette heure-ci. L'individu n'avait pas particulièrement peur – les rues de Nuuk étaient sûres, surtout pour lui. Il était juste agacé d'avoir à poireauter une nouvelle fois. Il n'en pouvait plus de se faire dicter les conditions de leurs rencontres. Et puis ce froid... Quelle andouille d'avoir oublié son écharpe en partant.

Il ressassait ses regrets dérisoires quand la masse du colosse se profila dans son dos.

– Bonsoir, dit le nouveau venu dans un danois coupé d'accent russe.

La voix sépulcrale fit sursauter l'inconnu. Il n'était pas particulièrement petit, mais à côté de l'autre monstre, il paraissait aussi vulnérable qu'un enfant.

– Putain, Sergueï, plus jamais vous me faites ce coup-là ! Et ça suffit de me faire lanterner, c'est compris ?

– Désolé, reprit le Russe en anglais. Vu la situation, je ne peux pas me promener en plein jour comme si de rien n'était. J'ai déjà renoncé à prendre l'avion, comme vous me l'avez demandé.

– Oui, grogna l'autre. Ça, ça va. Mais vous allez me faire le plaisir de tenir vos petits copains ! Je vous avais donné des objectifs précis.

– *Da.*

– Il n'a jamais été question de ce carnaval ! Ils se croient où ?

– Je vais leur dire d'y aller plus doucement, répondit le géant russe en lissant son collier de barbe.

– Non ! Vous allez surtout leur dire que ça suffit comme ça. Ils arrêtent leurs conneries folkloriques, point barre ! Plus de carnage, plus d'ours, plus de statuette… plus rien !

L'individu entrouvrit sa parka pour en sortir deux enveloppes.

– Vous leur donnez leur part, et maintenant, ils font profil bas. Vraiment très bas, le profil.

– Vous pouvez compter sur moi. Il n'y aura plus de débordements.

Tirant sur le col de son pull pour se protéger du froid, l'ombre en parka prit brusquement congé, s'éloignant dans l'alignement de lueurs fantomatiques.

– Quant à vous, lança-t-il sans se retourner, vous savez ce qu'il vous reste à faire, n'est-ce pas ?

***

Vikaj n'avait pas menti. Non seulement la cabane de Czernov était vide, mais elle ne portait aucune trace d'occupation récente. Qaanaaq prit quelques clichés rapides et rejoignit la patrouille. L'examen du plan du Primus fourni par le gardien n'avait rien révélé non plus. Le bungalow de Czernov se trouvait très excentré par rapport aux logements des quatre victimes.

– Tiens, s'écria l'une des deux sentinelles, nous revoilà chez le Chinetoque.

Leurs pas les avaient ramenés devant chez Huan Liang. Les clés du nouveau verrou ayant disparu, la porte était demeurée entrouverte.

– Dites-moi, demanda Qaanaaq, vous savez si le « ménage » a été fait ?

– Oui, ce matin. Dans le genre *gore*, c'était un vrai bonheur. On a tous mis la main à la pâte.

– Ah bon, vous ne sous-traitez pas ça au privé ?

– Comme je vous le disais, ces trucs-là n'arrivent jamais chez nous. On a aucun contrat prévu pour ça.

– OK. Si ça ne vous ennuie pas, je vais rester là un petit moment.

– Si ça vous fait plaisir, capitaine, ironisa un des gardiens.

Le ruban jaune interdisant l'accès avait été retiré. Ne restait plus qu'un mince scellé que Qaanaaq fit sauter de deux doigts. À tâtons, il trouva l'interrupteur du plafonnier, mais celui-ci ne marchait pas. Bien. Il s'immergerait donc dans le noir. Après tout, vu l'heure de l'agression, c'était probablement dans cette atmosphère que Huan avait été surpris. Quand ses yeux s'acclimatèrent à la pénombre, le Danois constata que le matelas imbibé de sang avait été purement et simplement enlevé. Il s'assit donc à même le sommier constitué de lattes disjointes, dos au mur métallique, face à la porte. Personne n'avait pris le soin de maintenir le minuscule poêle à huile en marche – plus besoin. Le froid à l'intérieur du cube de tôle lui sembla plus sévère encore qu'à l'extérieur. Et comme il avait fermé la porte avant de s'installer, une obscurité presque totale baignait à présent le réduit. Sans flash intégré, difficile de prendre des photos dans ces conditions. Il ne déclencha que quelques fois, au jugé, et sans illusion sur le résultat. Il choisit plutôt de se concentrer sur les sons environnants. Les parois du bungalow étaient si minces qu'il pouvait capter tous les bruits de la nuit : des chiens qui hurlaient, le soupir régulier de l'océan tout proche, les piaillements d'autres animaux qui rôdaient dans les allées étroites, renards ou lemmings peut-être. Plus loin, on devinait les rumeurs du centre-ville, comme ces échos assourdis d'un bar de nuit.

Le *Zoo* ?

Qaanaaq ferma les yeux. Il essaya de se représenter la sidération de Huan lorsque, au milieu de cette paix relative, il avait entendu la « bête » charger dans sa direction. À cet instant, et même après sans doute, il n'avait rien dû comprendre. Le monstre, s'il s'agissait d'un animal factice, avait dû lui sembler bien réel quand il avait surgi d'un bond dans les quatre ou cinq mètres carrés de son habitat. Et plus encore quand il s'était jeté sur lui, tous crocs dehors.

Qu'aurait-il pu faire ?

Si Huan avait pensé qu'un homme, un vulgaire humain, se cachait sous ce déguisement, alors il se serait probablement débattu. Mais, tétanisé, l'homme désarmé avait perdu toute combativité. Cette perspective infusa un moment sous le crâne glabre de Qaanaaq : c'est autant la peur que la férocité de l'assaillant qui l'avait tué.

Au-dehors, la torpeur ouatée d'une nouvelle chute de neige s'abattait à présent sur le campement. Les lucarnes des bungalows alentour s'éteignaient les unes après les autres. Il n'était pas tard. Et pourtant, en dépit du confort spartiate et de la faim qui le tenaillait, Qaanaaq ne tarda pas à s'assoupir. Pas un vrai sommeil, plutôt une somnolence percluse de songes cotonneux et de… *toc-toc* ?

Non, il ne rêvait pas. On frappait à la porte. Pétrifié, il songea que s'il s'agissait des gardiens maraudeurs, ils l'auraient sans doute hélé depuis l'extérieur. Il s'interdit tout mouvement jusqu'à ce que la porte grince sur ses gonds rouillés. Une ombre gommée par le contre-jour se glissa dans l'entrebâillement. À voir sa taille, ce devait être un adolescent. Ou un adulte de très petite stature. L'inconnu fouillait le noir des yeux, et pourtant il ne paraissait ni le voir ni percevoir son souffle court.

– Faites comme chez vous…, murmura Qaanaaq depuis les ténèbres.

Le spectre dut frôler l'arrêt cardiaque. Passé la stupéfaction, il tourna les talons et se rua sur la sortie. Mais Qaanaaq était plus rapide. D'une main, pesant de tout son poids sur le vantail, il condamnait la porte. De l'autre, il saisit la gorge de l'individu qui, c'était évident, ne ferait pas le poids dans un corps-à-corps avec lui. Son cou était si fin. Presque délicat. Une pression à peine plus forte et il étoufferait l'intrus. Ce n'était pas ce qu'il voulait, mais cela restait une option.

Le genou qu'il reçut dans l'entrejambe mit à bas ses certitudes. La douleur irradia dans tout son bas-ventre. D'abord un éclair qui brouilla un instant sa vue et faillit lui faire lâcher prise. Puis une grenade fragmenta chacun des organes voisins de la zone sensible. Bien qu'il écrasât toujours son agresseur contre la porte, il redoutait une autre attaque. Pas le baiser que deux lèvres, charnues et fraîches, déposèrent soudain sur les siennes. Il eut un mouvement de recul instinctif mais la « chose » revint à la charge. Cette fois, elle ne se contentait plus d'un baiser furtif. La bouche s'entrouvrait. La langue cherchait son chemin jusqu'à celle de Qaanaaq. Dans le même élan, une main se plaqua sur son sexe endolori.

– Putain… Mais t'es qui, toi ?! beugla-t-il en repoussant ses assauts.

Mais l'inconnue – ces lèvres étaient celles d'une femme, il l'aurait juré – ne se découragea pas pour autant. Voilà qu'elle saisissait le visage de Qaanaaq à pleines mains et qu'elle tentait de lui voler de nouvelles tendresses.

Alors il se laissa faire. Emporté par la surprise et ce désir irrépressible qui laminait tout jugement. Quand l'avait-on embrassé ainsi pour la dernière fois ? Depuis quand n'avait-il pas connu une telle déflagration ? Le plus affolant, c'est qu'elle n'y mettait pas que de la douceur. Par instants, elle le mordait, elle croquait à pleines dents ses lèvres sèches, empoignant ses fesses sous l'épaisseur de la parka.

Tous les flics du monde savent cela : les professionnelles n'embrassent pas. Et pourtant, il était certain de viser juste. Il revoyait le Chinois grassouillet sur ses photos de famille. Qui d'autre qu'une pute pouvait avoir envie de se faire culbuter dans un taudis par un ouvrier minable ? Il lui rendit ses effusions. Des baisers intrusifs, goulus, un peu sauvages. Des baisers de Qaanaaq, pas des baisers de service. Prise à son propre piège, elle recula d'un pas. Elle cherchait de nouveau à lui échapper.

Il saisit son poignet, étroit roseau :

– Huan… Tu l'embrassais comme ça ?

Silence.

– Mieux que ça ?

Silence toujours.

– Oui ou non ?

– …

– OUI ou NON ?! la défia-t-il. Montre-moi comment !

Il la devinait à peine et pourtant il sut que la fille haussait les sourcils. Le « oui » muet des Inuits.

– Tu sais quand même qu'il est mort, ton « chéri » ?

– Oui…, susurra un filet de voix.

Elle devait être très jeune. Était-elle seulement majeure ? Qaanaaq pria pour ce ne fût pas la sœur d'Appu – Bosil ? Bromil ? Il n'était plus sûr de son nom.

– Alors pourquoi es-tu revenue ici ?

– …

– Réponds-moi !

– …

– Tu t'appelles comment, d'abord ?

19

[IMG_2019 / 25 octobre / Jeune femme inuite dans un bar de nuit]

– Taqqiq, répondit la fille tout en sirotant son cocktail à base de Gammel Dansk.

Jouait-elle à dessein avec l'équivoque de sa paille, ou était-elle à ce point ingénue ?

– Taqqiq ? J'imagine que ça a un sens particulier en kalaallisut ?

– Ouais. Ça veut dire « lune ».

– Lune..., répéta-t-il, songeur.

Voilà un petit astre qu'il aurait bien contemplé toute la nuit. Elle avait une bonne génération de moins que lui, mais arborait cet air un peu bravache qui met les hommes de tout âge au défi de s'y frotter. L'arrondi typiquement inuit de son visage était fendu de deux yeux de chat fascinants. Elle n'était pas jolie à la manière des grandes blondes lyophilisées de Frederiksberg, son ordinaire. Aucune sophistication dans son visage hâlé ni dans ses attitudes. Rien d'apprêté ou de fardé. Rien qu'une animalité trouble. Brute.

– Normalement, c'est un prénom d'homme. Mon arrière-grand-père s'appelait comme ça. Il est mort pas longtemps avant ma naissance, et du coup on m'a donné son nom. On fait comme ça chez nous.

Il n'avait pas été très difficile de la convaincre d'aller prendre un verre. Ils s'étaient rendus au *Nuuk Zoo*, l'un des rares bars ouverts la nuit en ville, le QG de Rong et de feu Huan. Le lieu ne ressemblait à aucun des rades qu'il fréquentait à Copenhague, ni dans le cadre du travail ni à titre personnel. Cube de béton planté au milieu d'un terrain en friche, le « night-club » – c'est ce qu'annonçait son enseigne lumineuse – ressemblait plus à une salle des fêtes de village. Faux plafond, éclairage blafard, mobilier de bric et de broc, déco minimaliste composée de trophées de foot ou de chasse. On n'y venait pas pour le plaisir des yeux.

Quoique... Dès son entrée, Qaanaaq avait été frappé de constater que toutes les jolies filles présentes, qui partageaient un vague air de famille avec sa « cavalière », étaient plus ou moins à son goût. Le sentiment était déplacé, mais néanmoins d'une puissance qui le sonna quelques minutes durant.

– Vous prenez rien de plus fort ? le provoqua-t-elle.

Il s'était contenté d'une Vesterbro en bouteille, une bière blanche aux parfums d'agrume, peu chargée. « Un truc de filles », semblait se moquer Taqqiq. Mais pour Qaanaaq, l'alcool n'était rien d'autre qu'un passage obligé, un rite social : pas une fin en soi.

Autour d'eux, en revanche, les verres se vidaient et se remplissaient à belle vitesse. C'était l'heure de pointe. L'assistance se scindait en deux groupes distincts : d'un côté, les joueurs de cartes, par grappes de quatre à six ; de l'autre, les « couples » éphémères, des filles de l'âge de Taqqiq qui se frottaient à des étrangers tels que Rong. Beaucoup de Chinois, d'ailleurs. *À Copenhague*, songea-t-il, *un tripot fréquenté par les putains du coin aurait empesté l'esclavage et la misère*. Pas ici. Il y régnait une atmosphère presque bon enfant – comme tout ce qu'il avait vu de Nuuk jusqu'à présent.

Qaanaaq n'était pas dupe : les baisers dans le bungalow, ce verre, cette docilité piquée de provocation sensuelle... tout cela n'avait qu'un seul but : « l'endormir ».

– Vous êtes flic, hein ? demanda-t-elle dans un danois correct.

Il s'essaya à l'acquiescement inuit, sans succès. Il préféra se taire. Les gens détestent le silence. Surtout celui d'un policier. « Un bon silence de cinq ou dix minutes est plus productif que toutes les paires de baffes », aimait répéter son ami Karl, un fervent partisan du mutisme, lui aussi, lors des interrogatoires.

Il attendit encore et attrapa l'une des mains graciles de la jeune femme. Elle essaya de la retirer, mais demeura prisonnière du battoir de Qaanaaq. Il la fixait avec cette compassion neutre, dénuée de jugement, qui le caractérisait. Il finit par lui demander, dans un murmure tranquille, presque chaleureux :

– Pourquoi tu détestes ton corps comme ça ?

– N'importe quoi ! s'insurgea-t-elle après un instant de stupéfaction. Je ne déteste pas mon corps !

– On ne salit pas ce qu'on aime. Tu salis ton corps en le vendant à ces types. J'en déduis donc que tu as peu de considération pour lui.

Le syllogisme était pauvre, soit. Mais à voir la colère qui s'emparait de la jeune femme, il remplissait parfaitement son rôle d'aiguillon.

– Ils vous font faire de la philo, maintenant, chez les flics ?

Elle n'était pas prête à capituler si facilement. Pour se donner une contenance, elle siffla la moitié de son verre en une seule lampée. Volontairement très bruyante.

– C'est pas *mon* corps qui me dégoûte, reprit-elle enfin, un ton plus bas.

Sans les désigner nommément, elle embrassa du regard la partie de la salle où les ouvriers frayaient avec les filles. Il fallait admettre que la plupart étaient de pauvres types assez miteux. Même dans leurs pays d'origine, ils devaient plus souvent s'éclater avec des professionnelles qu'avec des conquêtes croisées sur Tinder.

– Dans ce cas, pourquoi es-tu revenue chez Huan ?

Voilà, on y était. Comme en photo : l'instant décisif. Celui où le déclenchement capture ou non un fragment de vérité.

– Ce n'est pas parce que je détestais sa face de porc que je le méprisais. Les mecs comme lui me font gerber, mais ça reste des êtres humains, non ?

Pas si stupide, la gamine.

– Tu veux me faire croire que tu es retournée à son bungalow, en pleine nuit, juste pour te recueillir en sa mémoire ?

– Ben ouais, faut pas croire… J'ai carrément été choquée quand j'ai appris ce qui lui était arrivé.

Malgré le ton désinvolte, elle semblait à moitié sincère.

– Tu le voyais souvent, Huan ?

– Ça dépend... Minimum une fois par semaine. Parfois plus.

– Un régulier, donc.

– Mouais... Enfin je passe pas mes journées à ça non plus, hein. De toute façon, je vais bientôt arrêter.

Comme toutes les occasionnelles, étudiantes, chômeuses ou femmes au foyer fauchées, elle se persuadait que sa descente aux enfers n'était que temporaire. Juste le temps d'empocher quelques billets. Refusant d'admettre que ce n'est jamais le damné qui décide de sa rédemption.

– Et ça ne te gênait pas de venir au campement ? Tu n'avais pas peur ?

– Si, un peu... Mais c'est plus discret qu'à l'hôtel.

– Pourquoi, tu as eu des problèmes là-bas ?

– Non, c'est pas ça... Mais c'est petit ici, vous savez. Si une fille « va » avec un *allanertaq*, ça se sait vite.

– Un étranger, hein... Tu ne fréquentes jamais de Groenlandais ?

– Les Groenlandais que je connais n'ont pas les moyens de s'offrir mes services.

– Pourquoi ? Tu prends si cher que ça ?

– Putain, j'hallucine... Vous voulez tout le tarif ou juste pour ce qu'on a fait tout à l'heure ?

– Hå, mais moi, j'ai cru que c'était un échantillon gratuit, répliqua-t-il, soudain plus jovial. J'ai eu tort ?

La remarque tira un sourire enfantin à la jeune fille. Une minuscule faille s'était ouverte.

– C'est si mal vu que ça, votre petit business avec les ouvriers *allanertaq* ?

– *Allanertat*, le corrigea-t-elle. Au pluriel, c'est *allanertat*.

– OK. Merci pour la leçon. Et donc ?

– À votre avis ? soupira-t-elle en aspirant les dernières gouttes de son cocktail. Y a toujours des connards que ça défrise. Généralement des mecs, hein. Du genre *nos* femmes ne doivent pas être souillées par des types venus d'ailleurs. Déshonneur sur toute la famille, tout ça. Comme si on était leur propriété...

– Et toi, tu as déjà été « mise en garde » ?
– Hum, plus ou moins...
– Plus ou moins par qui ?
– Mon frère et ses potes.

Les visages masqués de ses agresseurs des Archives nationales surgirent brusquement dans les souvenirs de Qaanaaq. Leurs *silami* haineux. Cela n'avait peut-être aucun rapport, mais quelque chose lui disait...

La mine abattue de Taqqiq trahissait le regret de s'être ainsi confiée. Mais il était trop tard. L'alcool et la douceur de Qaanaaq aidant, difficile de faire marche arrière.

– Et qu'est-ce qu'il fait dans la vie, ton frère ?

– Oh, pas grand-chose, il bricole. Il répare des motoneiges au black, des camions, des trucs comme ça.

– Il t'a juste menacée ? Ou c'est déjà allé plus loin ?

Cette fois, c'est la figure tuméfiée de la petite sœur d'Appu qui lui revenait.

Se pouvait-il qu'elle aussi... ?

– Pas avec moi. Mais des filles que je connais se sont fait cogner par les hommes de leur famille. D'après eux, c'était le seul moyen de les dissuader définitivement.

– De se prostituer ?

– Oui. Et plus encore, d'aller avec des étrangers.

– Charmant.

Il n'y croyait pas. Il n'imaginait pas le doux flic inuit dans le rôle du grand frère qui tabasse sa sœur. Bien sûr, son organisation familiale n'était pas un modèle de progressisme et de parité homme-femme. Bébiane à la tambouille et aux gosses ; Apputiku au turbin et à la chasse. On était loin du système égalitariste à la danoise. Mais de là à prévenir les écarts de conduite à coups de ceinturon... Ça ne lui ressemblait vraiment pas.

– Et tu sais si certains des « grands frères » en question s'en sont déjà pris aux clients ?

– Non ! s'écria-t-elle du tac au tac, un peu trop fort et un peu trop vite.

Son beau regard évitait celui de Qaanaaq. Rien dans ce décor pathétique ne pouvait l'aider. Surtout pas les deux « couples » qui faisaient mine de danser au ralenti, prétexte à d'interminables pelotages.

– Non… C'est pas des barbares. Ils cherchent pas les emmerdes. À la base, ils veulent juste nous protéger.

– Hum, si tu le dis.

– Vous savez, de toute façon, quoi qu'ils fassent, y aura toujours des filles qui préféreront faire la tournée des bungalows que torcher une chiée de gosses dès quinze ou seize ans.

« Pute pour pute… », clamaient ses yeux frondeurs et tristes. Le rire forcé de l'une de ses consœurs, assise sur les genoux d'un Chinois hideux, vint accréditer son propos. Mais Qaanaaq avait du mal à se résoudre à une alternative aussi sordide. Il devait forcément exister une troisième voie pour ces filles.

– Enfin moi, je m'en fous, lança-t-elle comme si elle lisait dans ses pensées. L'an prochain, j'irai à la fac.

– Bravo. À Copenhague ?

– Non, ici, à Nuuk. L'Ilisimatusarfik propose une bonne formation en journalisme. Ils sont assez sélectifs, mais j'ai des notes correctes. Ne le prenez pas mal, hein… mais moi, ce que j'aimerais raconter, c'est ce qui se passe ici, dans la langue d'ici. Je ne me vois pas écrire des articles en danois toute ma vie !

Son intégrité à elle, en somme. Au signe qu'adressa Qaanaaq à travers le brouhaha musical, le barman lui fit comprendre qu'il fallait régler directement en caisse.

– Tu veux que je te raccompagne chez toi ? proposa-t-il à Taqqiq.

– Non, merci, ça va aller. Ça craint pas.

Mais comme il approchait du comptoir, une ombre titanesque se profila à la limite de son champ de vision. Une masse floue qui bouchait la perspective côté entrée.

– Vous êtes Qaanaaq Adriensen ?

Son anglais était coloré d'un fort accent des pays de l'Est. Le géant barbu le dépassait d'une bonne demi-tête. Il semblait conscient de l'effet qu'il produisait, car il faisait des efforts visibles pour afficher un sourire crédible. Et paraître moins redoutable qu'il n'était.

– Øh… oui. Et vous êtes ?

Qaanaaq connaissait la réponse. Elle était inscrite dans cette voix, ce gabarit et ce faciès, ainsi que cette façon de surgir de nulle part. Il n'y avait qu'un homme comparable à cette description dans tout Nuuk.

Il connaissait la réponse, mais il voulait l'entendre de sa bouche.

20

[IMG_2022 / 25 octobre / Sergueï Czernov de dos, gros plan sur son cou de taureau]

– Je vous écoute : nom, prénom, date de naissance et profession.

De mémoire de flic, jamais Qaanaaq n'avait eu autant de facilité à convaincre un pareil « bestiau » de le suivre au poste. La docilité du colosse était inversement proportionnelle à l'animalité qui émanait de son quintal. Musculeux et compact. C'est Czernov lui-même qui avait suggéré de mener leur entrevue au Politigarden de Nuuk plutôt qu'au *Zoo*. D'officieuse, leur discussion devenait donc officielle, et cela ne paraissait pas déranger l'ogre russe – au contraire.

– Je m'appelle Sergueï Boris Ivan Czernov, je suis né le 5 janvier 1975 à Moscou. Je suis chef d'exploitation sur la plateforme PolarisOne, pour le compte de la compagnie pétrolière Green Oil de Toronto.

Le tout énoncé avec un calme olympien. Son zèle confinait à la provocation. Il avait répété au préalable, c'était l'évidence même.

– Nationalité ?

– Russe, mais ma mère est d'origine kazakhe.

À regarder le cou taurin de « Nesti » se gonfler à chaque inspiration, Qaanaaq se dit que rien n'aurait pu empêcher l'homme de l'aplatir d'un revers de main s'il l'avait voulu. À cette heure-ci, l'ambiance festive des *kaffemik* avait cédé la place à une torpeur désolée. Il ne restait plus dans l'*open space* que deux agents de permanence, occupés à surfer d'une vidéo YouTube à l'autre.

À leur entrée dans la vaste salle commune, Karlsen avait sorti une tête de son antre, adressant à Qaanaaq un petit hochement pour signifier sa disponibilité en cas de besoin. Le légiste trompait ses soirées de solitude comme il le pouvait. Encore une nuit loin des bras de l'inaccessible directrice.

Krel, l'un des deux plantons de service, déverrouilla un des ordinateurs à l'intention de son collègue danois. L'un des bons côtés de la tutelle judiciaire exercée par le Danemark, c'était que les outils informatiques étaient les mêmes à Nuuk et à Copenhague. Qaanaaq se sentait comme chez lui sur les écrans successifs du système de recherche. Pourtant, il ne trouva trace nulle part d'un quelconque PV d'audition au nom de Sergueï Boris Ivan Czernov dans les archives du commissariat. C'était comme si les quatre heures que Rikke prétendait avoir passées avec le Russe six mois plus tôt n'avaient jamais existé…

– Je peux être franc avec vous, monsieur Czernov ?

Dur avec ceux qui le pensaient trop doux ; doux avec ceux qui le croyaient dur.

– Je vous en prie.

– Il y a deux choses qui me chagrinent chez vous.

– Deux choses ?

– Enfin, chagriner n'est pas le mot juste. Disons plutôt qui me posent question.

– Je vous écoute.

Qaanaaq hésitait à tenter une approche physique, virile et sans ambiguïté. Comme une marque de respect entre hommes. Une tape sur l'épaule ? Avec un « client » dans ce genre, c'était quitte ou double. Czernov devait être si peu habitué aux approches tactiles qu'il pouvait en perdre une partie de ses moyens. Il risquait de réagir à chaud et de l'emplafonner sur les vieux posters, entre Cristiano Ronaldo (période Manchester United) et Thierry Henry (à la glorieuse époque d'Arsenal).

– Pourquoi vous ne résidez pas au Primus, comme tous vos camarades ?

– Vous y êtes déjà allé, capitaine ?

Tiens, il connaissait son grade. Et quoi d'autre ?

– Oui, figurez-vous que j'y ai même dormi un moment, en début de soirée.

– Alors je pense que vous avez votre réponse.

– Je comprends. Et où résidez-vous, si ça n'est pas à votre bungalow ?

– Ça n'a rien de secret. Je loue une chambre à l'hôtel *Vandrehuset*. C'est modeste, mais ça reste abordable. À Nuuk, c'est pas évident de trouver un logement à un prix correct.

Qaanaaq se souvint qu'Appu lui avait tenu le même discours au moment de lui offrir le gîte.

– Et ça se situe où, cette merveille ?

– Au sud-est du centre-ville. C'est un peu excentré, mais il y a une jolie vue sur le port.

Czernov n'avait pas vraiment le profil à fixer sa mélancolie sur les bateaux qui entraient et sortaient de la rade, mais pourquoi pas, après tout… On sous-estime toujours la sensibilité de ses congénères.

– Vous dites que vous n'en faites pas mystère, mais Vikaj, le gardien du Primus, semble ignorer où vous logez… C'est quand même étonnant, non ?

– Je suppose qu'il fait mal son travail, répondit froidement Czernov.

Ça n'allait pas être facile de le déstabiliser.

Une image assaillit Qaanaaq, celle de ces statues de Lénine et Staline que le nouveau régime russe avait déboulonnées par dizaines à travers l'ex-Empire soviétique, dans les mois qui avaient suivi la chute du mur de Berlin. Combien de filins et de treuils lui faudrait-il pour faire vaciller Sergueï Czernov ? Il soupira.

– Vos camarades cherchent à économiser le moindre dollar pour l'envoyer au pays. Mais vous, vous vous offrez une chambre d'hôtel.

– Et alors ?

– Même s'il n'est pas cher, ça doit bien vous coûter dans les… quoi, deux mille dollars par mois ? Un peu plus ?

– Mille cinq cents. Les clients à l'année bénéficient d'une ristourne.

– Quand même… Il faut pouvoir se le permettre.

– Je peux, dit-il sans sourciller. Ça fait quinze ans que je travaille sur les plateformes. À la longue, j'ai mis pas mal de côté. Je crois que j'ai gagné le droit à un minimum de confort.

Cramait-il ses économies dans les draps propres et les savonnettes ? Ou bien avait-il revendu certaines des actions si généreusement octroyées par Møller ? Bref, ce n'était pas le sujet.

– Et puis, on ne rajeunit pas, ajouta Czernov.

C'était une tentative pour établir entre eux une forme de complicité – ou Qaanaaq n'y connaissait rien.

– L'autre chose qui m'intrigue vous concernant, c'est pourquoi vous avez renoncé à retourner voir votre famille. Vous n'aviez pourtant pas de raison professionnelle de rester ici. Avec la grève du PolarisOne, Henrik Møller m'a dit qu'il vous avait relevé de vos obligations.

– C'est exact. Mais vous savez… l'Éléphant, c'est un peu mon bébé.

« Plus que vos propres enfants ? » se retint-il de demander.

– Møller et moi, continua Czernov, on s'est battus comme des chiens pour que cette plateforme voie le jour. Donc quand il y a un problème, je ne peux pas juste m'en laver les mains et partir en vacances en attendant que ça passe.

– En l'occurrence, le « problème » qui paralyse PolarisOne est humain, il n'est pas technique… Je ne vois pas bien en quoi votre présence peut résoudre quoi que ce soit.

À moins que l'ours Nesti ne soit lui-même le problème, évidemment…

– Vous avez raison, acquiesça-t-il avec humilité. Mais vous savez ce que c'est : quand on se sent responsable de son équipe, c'est pas facile de la lâcher comme ça.

Qaanaaq repensa aux arguments avancés par Rikke. D'après elle, Czernov n'avait aucun intérêt personnel, et surtout pas financier, à rendre la plateforme de Green Oil impropre à la production. À moins (*bis*)… À moins qu'il n'ait cédé à des pulsions plus primordiales ? Une vengeance ? Un règlement de comptes ? Mais le rituel et la mise en scène autour de ces meurtres plaidaient pour une action préparée, peut-être même concertée. Ce n'était pas le fait d'un homme pris d'un accès de folie.

Fini les circonlocutions. Il était temps d'attaquer la bête de front.

– Huan Liang... Il vous devait de l'argent, n'est-ce pas ?

– C'est exact.

– Une jolie somme, hein : vingt-sept mille dollars...

Il y avait volontairement agrégé la dette de Rong.

– Non, Huan me devait quinze mille dollars, corrigea l'autre sans se départir de son calme.

– OK. Enfin, ça reste un sacré paquet.

– Oui, mais j'ai déjà récupéré cet argent.

– Hå... et quand ça ?

– L'avant-veille du décès de Huan, je crois. Quelque chose comme le 14.

Si cela était avéré, son mobile potentiel disparaîtrait comme par enchantement.

– Vous avez la preuve matérielle de ce remboursement ?

– Non, il me l'a versé en cash. Je suis venu chez lui, au Primus. Il m'a rendu ce qu'il me devait. Un point c'est tout. Ça a duré cinq minutes, montre en main.

– Évidemment ! ironisa Qaanaaq. Suis-je bête : en cash. Et j'imagine que personne n'a été témoin de cette transaction ?

Le flic nota pour lui-même de relancer Pitak sur l'analyse du compte bancaire des victimes, en particulier celui du Chinois. Si Huan avait prélevé une aussi grosse somme en liquide, ses relevés devaient forcément en conserver une trace, même partielle. Quinze secondes passèrent, puis trente, bientôt une longue minute qu'il étira à dessein jusqu'à ce que Czernov, n'en pouvant plus, reprenne la parole.

– Non, dit-il. Mais vous pouvez vérifier les dépôts sur mon compte. J'ai tout versé en banque le jour même.

– On vérifiera, approuva-t-il. Même si ça ne nous dira pas *comment* vous avez extorqué ce remboursement à ce malheureux Liang.

– Je n'ai rien extorqué du tout ! gronda le Russe. C'est lui qui est revenu vers moi. Soi-disant il avait réussi à réunir le montant plus vite que prévu.

Rong avait pourtant souligné les difficultés pécuniaires des ouvriers de base tels que Huan et lui.

Nouveau silence tactique. Que Czernov rompit à nouveau.

– Maintenant, si vous me croyez assez con pour massacrer un partenaire de jeu…

« Je ne peux rien pour vous », semblait suggérer sa phrase laissée en plan.

– C'est pourtant bien ce que vous avez fait il y a six mois, si mes informations sont bonnes. Au mois de mai dernier. Vous avez passé la soirée ici, dans ce même poste, pour des faits de ce type.

Son ultime espoir résidait dans l'éventuelle copie papier que Rikke avait peut-être conservée du PV. Lors de leur déjeuner, ne s'était-elle pas engagée à la lui fournir ?

– J'ai un peu bousculé un type qui me devait aussi de l'argent, c'est vrai. Et je le regrette.

– Décidément, vous êtes un as au poker. Vous gagnez tout le temps.

– J'ai de la chance, c'est tout.

– On ne peut pas en dire autant de Zawad.

– Écoutez, il n'a pas porté plainte…

– Ben voyons, il était tellement content de votre tête-à-tête qu'il a fui le pays aussitôt sur pieds !

Czernov ne répondit pas.

– Monsieur Czernov, enchaîna Qaanaaq, où étiez-vous durant la nuit du 16 au 17 octobre, autour de trois heures du matin, puis dans celle du 18 au 19, vers quatre heures ?

– Là d'où nous venons.

– Le *Zoo* ?

– Le *Zoo*. J'y joue presque toutes les nuits. Surtout quand je suis en dispo, comme en ce moment.

– Ça ferme si tard que ça ?

– Pour ce que j'en sais, tant qu'il y a de la clientèle, ça reste ouvert.

– Et je suppose que vous avez tout un tas de témoins pour corroborer votre présence là-bas ces deux nuits ?

– Oui, mes partenaires de jeu. Mais pas seulement…

Sortant un portefeuille en cuir râpé de sa poche, il extirpa une liasse de facturettes qu'il tria avec une minutie de comptable. L'un après l'autre, il déposa sur le bureau huit tickets de carte bancaire. Chacun mentionnait la date et l'heure de l'achat, ainsi que le nom du porteur de la carte. Le 17 octobre au matin, d'une heure trente-sept à trois heures quarante-deux, puis le 19 octobre de minuit cinquante-cinq à quatre heures dix-huit, le Russe avait ainsi consommé au *Nuuk Zoo* divers alcools pour des montants allant de soixante à six cents couronnes.

C'était trop beau, trop parfait, pour être le fruit du hasard. Personne ne conserve ses tickets de carte pour de simples consos de bar. Surtout pas quelqu'un qui boit autant.

– Dites-moi, là non plus, vous ne vous refusez rien.

– J'ai offert des coups à des amis. Que voulez-vous, capitaine, on ne se refait pas : je suis un garçon généreux.

Son numéro si bien préparé virait à l'arrogance. Czernov perdait son calme.

– Vous pourriez aussi avoir confié votre carte à n'importe qui.

Sans un mot, le Russe dégaina son iPhone dernière génération pour lui montrer une série de photos. À l'instar des facturettes, toutes étaient horodatées de manière à couvrir les créneaux horaires correspondant aux crimes. On pouvait y voir Czernov paradant avec ses souffre-douleur du tapis vert, ou au bras de certaines habituées du *Zoo*. De jolies Inuites, comme Taqqiq.

– Ces filles, vous les fréquentez souvent ? embraya Qaanaaq.

– À peu près comme tous les ouvriers étrangers. Enfin… sauf les religieux, bien sûr.

– Les « religieux » ?

– Les musulmans vraiment pratiquants n'y touchent pas. Et à une époque, on a eu deux témoins de Jéhovah canadiens, des frères jumeaux, qui s'interdisaient les « distractions », comme ils disaient. Mais tous les autres ou presque finissent par en croquer.

– Et celle avec qui j'étais tout à l'heure, Taqqiq, vous êtes déjà sorti avec elle ?

– Non, pas elle.

– Elle est mignonne, pourtant…

– Je l'ai déjà croisée, mais je ne la connais pas intimement.

De fait, ils ne s'étaient pas salués quand Czernov avait abordé Qaanaaq à la caisse du *Zoo*. C'était drôle, de la part d'une telle brute, de parler d'intimité pour une relation tarifée. Qaanaaq entrevit une brèche.

– Ces filles, vous pensez qu'elles vous aiment bien ?

– Je ne pense pas qu'elles se posent la question en ces termes… Elles aiment surtout nos dollars.

– Je ne parlais pas de leurs clients en général, je parlais de *vous*. Nesti. L'Ours. C'est bien comme ça qu'on vous surnomme, non ?

– Je ne comprends pas, se raidit l'autre sur son tabouret.

– Eh bien, dans le genre, vous en imposez. Vous faites quelle taille ?

– Deux mètres trois.

– Joli. Et vous pesez combien ? Dans les cent dix, cent vingt kilos ?

– Cent vingt-deux.

– Waouh ! J'imagine que ça doit effrayer certaines d'entre elles, vous ne pensez pas ?

– Non, dit-il, de plus en plus nerveux.

L'angle était le bon. Ne restait plus qu'à presser la plaie narcissique là où elle faisait le plus mal.

– Moi, si j'étais une gamine de cinquante kilos tout habillée, franchement, j'aurais un peu les jetons… Je ne dis pas que dans l'absolu vous êtes un monstre. Mais mettez-vous deux minutes à leur place. Comparé à elle, vous êtes une *sorte* de monstre.

– Peut-être. Mais ce n'est pas l'image qu'elles me renvoient. Elles ont toujours été très… très attentionnées avec moi.

Sa voix grave avait flageolé malgré lui.

– Aucune n'a jamais refusé de coucher avec vous ?

– Non, aucune.

– Et avec celles qui acceptaient, vous n'avez jamais eu la caresse un peu pressante ?

– Comment ça ?

– Je ne sais pas, moi… Le geste un peu leste ? Ou une fessée coquine qui dérape ?

– NON !

Czernov parut produire un effort surhumain pour ne pas empoigner Qaanaaq par le col. Ce dernier le laissa mijoter quelques instants, puis reprit souplement :

– Vous les retrouvez où, en temps normal ? Directement dans votre chambre ?

– Non, généralement on les retrouve au *Zoo*. Comme ça on peut voir qui est disponible, qui nous plaît le plus ce soir-là…

– Il n'y a pas plus discret que ce genre d'endroit pour les lever ?

– Il n'y a pas de bordel à Nuuk. En fait, il n'y en a même aucun au Groenland. Officiellement, ici, la prostitution organisée n'existe tout simplement pas. Il n'y a que des « occasionnelles ». Et je pense que vous comprendrez de vous-même pourquoi elles ne font pas le trottoir. Donc ni elles ni nous n'avons réellement le choix. Si on veut se rencontrer, c'est là ou nulle part.

– Et personne ne tombe jamais amoureux ?

– De ces filles ?

– Oui, non, de filles en général… De Groenlandaises lambda.

– Peut-être. Mais je peux vous garantir qu'aucune « locale » ne prendrait le risque de se mettre à la colle avec un étranger. Surtout pas un gars du pétrole.

– Pourquoi ?

– Parce qu'elles seraient définitivement exclues de leur famille. Et ça, vous pouvez me croire, il n'y a pas une Groenlandaise qui le supporterait.

La tension retombait. Qaanaaq eut l'impression rageante d'avoir loupé le coche.

– Je vois ça… Ils ne rigolent pas avec les couples mixtes, ici. Ça vous est déjà arrivé d'être en contact avec la famille des filles que vous voyiez ?

– C'est pas vraiment le genre de rendez-vous où l'on se présente ses parents.

– D'accord… Mais vous êtes connu, à Nuuk. Vous auriez pu recevoir des petites visites de courtoisie après coup…

– Des visites de courtoisie ?

– Oui, par exemple de leur père, ou de leurs frères…

– Non, rien de tout ça.

– Il est vrai que vous n'êtes pas le genre de personne qu'on vient embêter sans une bonne raison.

« Trouve celui ou celle qui joue sa peau dans cette mascarade… » Czernov jouait-il autre chose que sa fierté d'ogre, la fragilité de mâle qui affleurait sous la carapace ?

– Parlez-moi un peu d'Igor Zerdeiev.

– Quoi ? Qu'est-ce que vous voulez que je vous dise ?

– Vous avez eu des contentieux, avec lui aussi ?

– Pourquoi vous me demandez ça ?

– Déjà parce qu'il est russe, comme vous… Vous n'êtes pas nombreux à bord du PolarisOne. J'imagine que si loin de la « mère patrie », ça crée des liens.

– On est une petite dizaine.

– Alors, ce Zerdeiev ?

– Igor est… Igor était un ami. Un ami très proche.

– Du genre qui vous doit de l'argent ?

– Non.

Il ne fallait pas se tromper. Il fallait piquer d'un coup sec, planter sa banderille là où ses attaques précédentes avaient dénudé un morceau de chair sensible.

– Alors quoi ? cligna-t-il d'un œil salace. Du genre avec qui on partage les « petites », peut-être ?

Cette fois, la main disproportionnée se jeta sur la gorge de Qaanaaq. Le poing du Russe se referma sur lui comme la gueule d'un animal. Quelle pression pouvait-il exercer ? Plus ou moins qu'un ours polaire ?

Ils étaient seuls dans la pièce désertée. Les deux agents en uniforme avaient disparu.

21

[IMG_2027 / 26 octobre / Barre d'immeuble grise, identique à celle du local de Greenpeace]

Sur le plan de la ville, Samuel Kleinschmidtip Aqqutaa, prolongée à son extrémité sud-ouest par la voie Lyngby-Tårbæksvej, rebiquait vers le nord pour former une vaste boucle. Le grand O ainsi dessiné enfermait un ensemble architectural beaucoup plus dense qu'il n'apparaissait depuis la chaussée.

Plus dense et nettement plus délabré que ce que Qaanaaq avait pu apercevoir à sa première visite, quand il était venu rencontrer le représentant de Greenpeace. La commune avait dû vaguement rafraîchir les immeubles les plus visibles, en périphérie, laissant à l'abandon les zones enclavées. Ici, murs lépreux, tags délavés et débris divers. Une succession de bidons où brûlait Dieu sait quoi guidait leurs pas. L'impression d'entrer dans une arène. C'était oppressant. Personne dans les rues. Tout juste si l'on entendait, au loin, aboyer un chien excédé.

– Tu es conscient qu'on a le mot « Flic » gravé sur le front ? s'inquiéta Appu.

– Faut savoir, je croyais qu'il n'y avait pas d'insécurité à Nuuk.

– Non, y en a pas...

Sauf ici... semblait dire sa phrase suspendue. D'ordinaire si confiant, le petit Inuit balayait les alentours d'un regard méfiant. À l'affût du moindre mouvement suspect.

– Et puis vu ton état, je ne suis pas sûr que venir ici était l'idée du siècle...

Qaanaaq ne répondit pas. Comme par réflexe, il porta une main à son cou zébré par les marques de strangulation. Les doigts s'étaient enfoncés avec tant de puissance que, sur l'instant, il avait cru le géant capable de percer la chair avec ses ongles. De le broyer comme le cou du plus fragile des volatiles. Czernov n'avait lâché prise qu'au troisième coup d'extincteur sur son crâne granitique.

Karlsen, le sauveur providentiel, avait insisté auprès de Qaanaaq pour qu'il porte plainte. Et qu'on incarcère le Russe dans l'une des trois cellules du poste, séance tenante. Mais Qaanaaq s'était contenté d'un rappel à l'ordre au colosse groggy, lequel était reparti dans la nuit sans demander son reste.

Après une aire de jeux pour enfants en grande partie saccagée s'élevait un gros monticule, lequel paraissait dominer tous les bâtiments environnants. La cité n'offrait pas le gigantisme des grands ensembles européens ou américains. Ici, les architectes avaient souhaité conserver une « taille humaine ». Mais la misère ambiante n'en était que plus incongrue. On ne s'attendait pas à une telle verrue dans le paysage groenlandais.

Qaanaaq se demanda si de tels endroits existaient plus au nord du Groenland – là où il était né. Avait-il vécu lui-même dans un de ces « pièges à espoir » avant de partir pour Copenhague ? Il n'en savait rien. Tout ce qu'il connaissait de son passé groenlandais tenait en un seul mot : Qaanaaq, son prénom, qui se trouvait être aussi le nom de la petite localité dont il était originaire.

– Bon, et maintenant ? soupira Appu. On le trouve comment, ton gars ?

En se basant sur les renseignements fournis par Taqqiq, il n'avait pas été très difficile d'identifier et de localiser son frère aîné si possessif, un certain Anuraaqtuq – « le vent qui souffle ». Faute de temps, ils n'avaient pas épluché son casier avant de quitter le poste. Mais un vieil agent avait confirmé que l'homme était connu de leurs services. Il avait déjà été appréhendé à plusieurs reprises, le plus souvent pour des délits mineurs. Principalement des bagarres de rue, ainsi que divers larcins.

Qaanaaq se rapprocha d'un brasier métallique. À l'intérieur du bidon tremblait la flamme bleutée caractéristique d'une combustion de plastiques. À l'aide d'un bâton, il exhuma un bloc fondu de la taille d'une grosse prune. Coque, circuits imprimés, carte SIM... tout s'était amalgamé sous l'effet de la chaleur. N'était guère plus reconnaissable que l'empreinte chiffrée du clavier.

Un vieux portable...

Moins faciles à identifier, d'autres détritus calcinés, en particulier des fragments textiles gisaient dans le bidon. Mais rien qui ressemblait de près ou de loin à un masque d'ours.

Lorsque le premier écho pétaradant leur parvint, il était déjà trop tard. Une noria de motoneiges remontait à présent la petite pente dans leur direction.

– Je crois qu'on a la réponse à ta question, souffla Qaanaaq. C'est plutôt lui qui nous a trouvés.

En quelques secondes seulement, la dizaine d'engins les avait encerclés. À chaque tour, les grosses mécaniques se rapprochaient un peu plus d'eux. La sérénité coutumière d'Appu s'était envolée. Hypnotisé par le ballet entêtant des bécanes, il pirouettait sur lui-même, paniqué. Qaanaaq tenta bien de capter son regard – son chauffard de la veille était-il parmi eux ? L'Inuit avait perdu contact avec lui.

Soudain, le cercle vrombissant se rompit, et le pilote de tête fit signe aux deux flics de les suivre vers le versant opposé de la petite colline. Ce n'était pas une invitation ; c'était un ordre. De toute façon, ils n'avaient pas le choix.

Qaanaaq songea au bonnet rouge du manifestant au fusil. Celui qui avait failli le plomber aux Archives nationales. Puis l'image se volatilisa : le spectacle auquel on les conviait le cloua sur place.

À quelques dizaines de mètres, dans une sorte de cuvette creusée par le relief, coincée entre deux immeubles, un attroupement composait une autre ronde. Au milieu d'un groupe d'hommes d'où fusaient cris et invectives, deux individus se battaient à mains nues. Si ce n'étaient que les mains : les pieds aussi, nus, à même la neige. Simplement vêtus d'un short de sport.

Le motard qui les avait conduits sur place, un moustachu plus large que sa motoneige, leur fit signe de se joindre au public. Puis il se pencha à l'oreille de Qaanaaq.

– Anuraaqtuq est celui de droite.

– Comment sais-tu que je le cherche ?

– Tu es flic, non ?

– Oui.

– Alors si tu viens dans le coin, c'est que tu veux voir Anuraaqtuq. Sinon, tu ne serais pas là. Crois-moi.

Qaanaaq tourna son attention vers le combat. Mais en dehors de l'endurance qu'exigeait le froid, il n'y vit qu'une sorte de pugilat désordonné, sans règles ni noblesse. Le but du jeu, pour ce qu'il en comprenait, consistait à plaquer les deux épaules de son adversaire sur le sol. Une sorte de judo sur glace.

– Ils s'entraînent, commenta le moustachu.

– Ils s'entraînent pour quoi ?

– Pour les Jeux arctiques, répliqua-t-il sur un ton d'évidence. L'épreuve de lutte inuite est l'une des plus populaires.

Un peu revenu de son hébétude, Apputiku expliqua. Les « Jeux » se déroulaient tous les quatre ans dans l'un des pays de la zone arctique. Par chance, le Groenland avait été désigné deux fois de suite comme leur organisateur. Après Nuuk en 2014, ce serait au tour d'Ilulissat de les accueillir en 2018. Ces attributions successives, qui avaient valu au gouvernement Kielsen jalousies et rumeurs de corruption, réjouissaient les « vrais » Inuits.

– Certains rêvent même qu'on sera indépendants au moment des Jeux.

– Et toi, tu y crois ?

Appu étouffa son *imaqa* dans un sourire prudent.

Sur le ring, bien que le plus fluet des deux, Anuraaqtuq, cheveux ras et visage émacié, venait à bout de son adversaire, un type ventru, trop peu mobile. Déjà il se relevait, les bras dressés en signe de victoire. Comme pour Appu, il était difficile de lui attribuer un âge précis. Entre vingt-cinq et quarante-cinq ans.

– Tu voulais me parler ?

Le vainqueur se planta devant lui, trempé et néanmoins peu pressé de se couvrir. Vu d'aussi près, on comprenait pourquoi il avait pris le dessus. C'était un concentré de muscles et d'énergie. Et d'une hargne palpable, sans doute exaltée par son succès de l'instant. On le sentait capable de dominer des gabarits deux fois supérieurs au sien. Qaanaaq aurait été curieux d'assister à une confrontation avec « Nesti » Czernov, l'ours russe qui avait bien failli l'étrangler d'une seule de ses pattes.

– En effet.

– Tu sais ce qu'on dit ici : le meilleur moyen de délier les langues, c'est de faire d'abord parler les corps.

– C'est un proverbe inuit ?

– Ah, ah, non ! s'esclaffa l'autre. C'est juste le mien.

Qaanaaq eut peur de comprendre.

– Alors, on se la taille, cette petite « bavette » à mains nues ?

Cette fois, c'est le regard d'Appu qui cherchait le sien. Des yeux qui l'imploraient de refuser l'affrontement. Qaanaaq n'avait jamais été trop porté sur le combat. Quand il était gamin et qu'on le chambrait à cause de son prénom, il se faisait rosser sans riposter. Endurant les coups comme les insultes. Et puis, à son entrée à Niels Brocks Gade, on lui avait inculqué des rudiments de *self défense*. De quoi tenir tête à des « clients » coriaces. Ça n'avait pas fait de lui un gladiateur, ça non. Mais à présent, il savait se débrouiller quand l'occasion se présentait.

Il hésita une poignée de secondes, puis approuva d'un hochement solennel.

Appu récupéra ses vêtements et ses bottes, un rictus affolé figé sur son visage. Le reste du public, lui, exprimait bruyamment son excitation. Voir leur chef humilier un flic, voilà qui ferait sortir cette journée de l'ordinaire. Aux chuintements habituels du kalaallisut se substituaient des grondements et autres cris martiaux. Qaanaaq supposa que ces exhortations guerrières imitaient des cris d'animaux sauvages – probablement des ours.

Vêtu en tout et pour tout de son caleçon long, la plante des pieds soudée à la glace, il se trouvait grotesque. Pourquoi avait-il accepté ce combat de coqs ? Il aurait suffi de revenir en nombre et de ramener le petit caïd inuit au poste *manu militari*. Mais déjà Anuraaqtuq dansait devant lui, d'une jambe sur l'autre, à la manière d'un boxeur, à l'aise dans la neige comme d'autres sur le sable d'une plage tropicale.

L'issue était biaisée, évidemment. Si Qaanaaq l'emportait, le voyou, humilié, ne répondrait pas plus à ses questions. Et il risquait de se faire aussitôt châtier par ses sbires en motoneiges. Qaanaaq n'avait pas d'autre choix que de perdre. Encore fallait-il y mettre la manière, s'il voulait gagner un peu de respect.

Très solide et surtout très bas sur ses appuis, l'autre se rua sur les longues jambes de Qaanaaq. Prêt à le culbuter d'entrée de jeu. Mais le flic se dégagea, par une sorte de pas chassé peu orthodoxe. Assez vif pour se mettre momentanément hors de portée.

Sourire aux lèvres, attendant le moment opportun, Anuraaqtuq lança une blague en groenlandais. Tous éclatèrent de rire – sauf Appu, évidemment. La raillerie était tactique. L'Inuit profita de cet instant de flottement. Il se jeta en avant pour décocher un direct au ventre, aussitôt suivi d'un coup de coude sur la tempe. À genoux, un peu sonné, Qaanaaq usa de sa seule arme valide dans cette posture : son crâne. Le projetant comme un bélier dans le sternum de son rival, il parvint à le faire basculer sur son arrière-train. De nouveaux rires fusèrent, qu'Anuraaqtuq étouffa d'un regard assassin. Galvanisé, il se jeta sur Qaanaaq qui se relevait. En un bond, il le renversa sur le dos. Les épaules du flic ne touchaient pas encore la neige. Mais à présent, Anuraaqtuq l'écrasait de toute sa force. Dans les râles et les grognements. Les regards des deux adversaires fixés l'un à l'autre.

Tenir… Tenir encore un moment. Tenir pour donner du prix à la victoire de l'autre abruti.

Contractant ses abdominaux jusqu'au point de rupture, il résista. Puis, quand il lut dans les yeux d'Anuraaqtuq que celui-ci n'en pouvait plus non plus, il capitula d'un coup. La morsure du givre tétanisa brusquement ses mouvements aussi bien que ses pensées. Il ne sentait plus la douleur ni la honte de la défaite. Il ne sentait plus que la brûlure de son dos.

Il comprenait mieux en quoi cette épreuve constituait un exploit. Il fallait non seulement se battre contre son concurrent, mais aussi et surtout lutter contre l'hostilité du milieu où on livrait bataille. L'enjeu était double et le péril constant. Y compris pour celui qui pensait avoir triomphé. La lutte inuite n'était pas un sport de combat, Qaanaaq le comprenait à présent. C'était une leçon d'humilité. Car à la fin, le vrai vainqueur était cette nature impitoyable. La seule loi : celle de *Nuna*, leur berceau originel.

Mais comme si cette démonstration ne suffisait pas, l'Inuit, allongé sur lui, se mit alors à ahaner comme une bête, agitant son bassin en de rapides mouvements de va-et-vient – simulant un viol. Les rires édentés redoublèrent autour d'eux. Mais heureusement, ce ne fut que de courte durée.

– Allez, je t'offre un *kaffi*, lança Anuraaqtuq en se redressant, une main tendue. Tu l'as mérité. Et ta « fiancée » aussi.

L'appartement d'Anuraaqtuq était à peu près aussi crasseux et déprimant que ce à quoi s'attendait Qaanaaq. Les reliefs de nourriture moisis traînaient au milieu de pièces détachées et de vêtements sales. Les deux étroites fenêtres du salon donnaient sur la butte où ils s'étaient fait harponner par la cohorte à moteurs. Quant au jus qu'il leur servit, c'était une infâme eau chaude brunâtre de la veille.

Leur hôte lui tendit une serviette douteuse. Et c'est alors, en voyant l'homme s'essuyer, que Qaanaaq nota ce détail. Ce qui lui avait échappé lors de leur opposition : un unique tatouage frappait l'omoplate droite de l'Inuit. Une masse noire informe, vaguement ronde, surmontée de cinq petits boudins griffus. Comme une empreinte.

Aucun des trois hommes ne se décidait à rompre le silence. Mais une porte donnant sur la pièce s'ouvrit d'un coup. Et Taqqiq surgit d'une chambre. Manifestement habillée pour l'un de ses « rendez-vous » au *Zoo*. En reconnaissant Qaanaaq assis sur le canapé, elle se figea. Le visiteur lui adressa un regard rassurant. Il ne trahirait pas sa confiance. Baissant les yeux, la jeune femme repartit aussitôt en direction du corridor.

De toute évidence, terrorisée.

« C'est pas des barbares », lui avait-elle dit la nuit précédente. Ça restait à prouver.

– *Arnaaneq !* hurla Anuraaqtuq.

Pas besoin de parler le kalaallisut pour comprendre l'esprit de l'injure.

– C'est votre sœur ? demanda Qaanaaq quand la porte eut claqué.

– Tu n'as pas compris ce qui s'est passé ? Tu as perdu le droit de me poser des questions.

Si seulement il avait eu son H & K sur lui, cette tête de lard aurait moins fait le malin. Qaanaaq exécrait la manière forte, mais avec certains individus... Anuraaqtuq enfilait une chemise à carreaux rouge, content de sa repartie. Il fallait changer de ton et de méthode.

– Vous avez vos chances, vous croyez ?

– Pour les Jeux ?

– Oui, à la lutte inuite, dit Qaanaaq, affichant un sourire aussi amène que possible.

– Je fais en sorte. Mais c'est une épreuve totalement ouverte. Sans catégories de poids. On n'est jamais à l'abri de tomber sur un colosse impossible à bouger.

– Vous n'avez pas tenté votre chance dans un autre sport ?

– Si, le kayak.

Sur ces mots, il adressa un regard étrange à Appu. Depuis leur arrivée, le nez dans son café dégueulasse, ce dernier n'avait pipé mot.

– Et alors, vous avez laissé tomber ?

Anuraaqtuq se leva sans répondre et alla glisser une cassette dans un antique magnétoscope VHS. L'écran s'alluma immédiatement sur les images d'une compétition de kayakistes. Sur l'eau d'un lagon polaire, un des concurrents filait à toute allure, sous les vivats d'un public clairsemé. Ses pagaies effleuraient à peine la surface. Sans produire le moindre son ni la plus petite éclaboussure. Il semblait voler plus qu'il ne voguait. Un ange parmi les glaces.

– C'est vous ?

La ressemblance était vague.

– Ah non, mais j'aimerais beaucoup ! C'est Maligiaq Padilla dans son parcours libre des derniers Arctic Games.

– Hum, pardon, mais je ne connais pas.

– Tout simplement le meilleur kayakiste de tous les temps.

Les mains agrippées à sa tasse, Apputiku approuvait d'un plissement d'yeux entendu.

– À côté d'un bonhomme pareil, poursuivit-il, radouci, je n'avais juste aucune chance. Y a des générations comme ça, en sport, où c'est même pas la peine d'essayer. Un type s'impose tellement naturellement qu'il n'y a rien à espérer pour les autres. Tu vois, embraya-t-il, les Groenlandais auront peut-être un président rien qu'à eux, un jour ou l'autre. Mais pour moi, il n'y aura jamais qu'un seul roi inuit : Maligiaq Padilla. C'est un mec comme ça qui devrait nous gouverner. Et pas les autres gugusses du Naalakkersuisut.

– Qu'est-ce que vous leur reprochez ?

Mais déjà, Anuraaqtuq avait coupé le vieux téléviseur cathodique et, d'un geste sans appel, leur désignait la sortie.

– Pas de questions, j'ai dit.

– Bien… Dans ce cas, à bientôt. J'imagine qu'on sera amenés à se revoir.

– *Imaqa*, éluda leur hôte.

Au moment de franchir le seuil, l'Inuit se tourna vers Appu et lui adressa quelques phrases dans un groenlandais saccadé et très rapide. Impossible à décrypter. Le regard fuyant, le sourire crispé, Apputiku ne parvenait pas à dissimuler sa gêne face à cette soudaine familiarité. Plus encore quand l'autre lui frappa l'épaule d'un geste amical.

– Vous vous connaissez ? lui demanda Qaanaaq lorsqu'ils furent sortis.

– Comme ça…

– J'imagine que tu vas me dire que Nuuk est une petite ville et que tout le monde se connaît plus ou moins de vue.

– Oui, c'est vrai.

– Et ma sœur, c'est la reine Margrethe.

– T'as une sœur ?

Comme les yeux de Qaanaaq ne le lâchaient pas, il finit par avouer :

– OK, je l'ai gardé à vue une fois ou deux.

– Pour quel genre de motifs ?

– Essentiellement des rixes à la sortie des bars.

L'adverbe n'était pas innocent. S'il l'avait *essentiellement* serré pour de simples bagarres, il y avait aussi eu d'autres motifs. Et certainement plus d'un.

– Seul, ou avec ses copains à motoneiges ?

– Avec. Tu as vu son tatouage dans le dos ?

– L'empreinte d'ours ?

– Oui. C'est l'emblème du NNK. Le Nanuk Nuna…

Les brutes qui avaient tabassé le militant de Greenpeace.

– Je sais, le coupa Qaanaaq. Les pro-tradition inuite.

– C'est ça. Mais ce qui est ridicule, c'est que le « vrai » NNK a été dissous il y a au moins trente ans.

– Tu es sûr ?

– Oui. Tous les gens d'ici savent ça.

Le frère de Taqqiq « jouait » donc au nationaliste inuit, comme certains décérébrés s'amusent à singer le nazisme près d'un siècle après *Mein Kampf*.

– Ils m'ont semblé bien fringants, pour des « dissous », remarqua Qaanaaq. Tu ne trouves pas ?

– Si…

– À part peut-être Anuraaqtuq, reprit-il, attrapant au passage le bras ballant de son confrère. Mais les autres, ils avaient tous plutôt dans la vingtaine, non ?

– Peut-être bien.

– Jeunes, violents, gentiment xénophobes sur les bords… Pile le profil de nos caillasseurs de l'autre jour, dis donc !

Mais pas un seul bonnet rouge…

22

[[IMG_2030 / 26 octobre / PV d'audition d'Anuraaqtuq]]

– Non mais vous avez quoi, avec les perquisitions ? hurla Rikke. Vous êtes un agent immobilier frustré ou quoi ? On ratisse au hasard et on voit ce qu'il en sort : c'est ça, votre méthode ?

Dans son bureau du poste, porte close, Rikke cracha sa colère sur lui durant de longues minutes.

Certains jours, Qaanaaq avait le sentiment de n'être qu'un déversoir sans fond. Écouter était bien sûr l'essence même de son métier. Mais certains avaient une fâcheuse tendance à confondre son oreille avec un comptoir ouvert à toute heure. Un tonneau des danaïdes voué à être éternellement rempli.

– Je crois juste qu'on a assez d'éléments solides et convergents pour justifier une petite visite à l'hôtel de Czernov, répondit-il le plus calmement qu'il put. Ainsi qu'au gourbi de cet Anoraktruc.

– « Solides et convergents », rien que ça ? rugit-elle. Un vague soupçon et un délit de sale gueule, vous appelez ça des éléments « convergents », vous ?

Engell avait dû sacrément se faire savonner par sa hiérarchie, pour se retourner contre lui de cette façon. En quelques phrases posées, Qaanaaq résuma ses arguments : les « grands frères » des prostituées nourris de ressentiment, la résurgence du NNK, la violence xénophobe dont il avait lui-même été la cible… Et le portable calciné dans les bidons de la cité.

– Donc si je vous suis bien, en l'état, votre seule preuve matérielle, c'est un téléphone dont on ne pourra rien tirer ? En admettant qu'on le retrouve – puisque vous l'avez abandonné sur place.

Engell semblait oublier qu'ils avaient été légèrement interrompus dans leurs recherches par une horde de barbares en motoneiges.

– Oui... enfin non. C'est bien pour ça qu'une perquisition me paraît indispensable.

– Vous ne l'obtiendrez pas.

– Et pourquoi ça ?

– Vous avez une idée des courbettes que j'ai dû faire pour sauver vos fesses dans cette affaire ? Étienne Massot, ça vous dit quelque chose ? Pape Poulsen est intervenu en personne pour éviter une crise diplomatique avec la France.

Ah. Le ministre de la Justice danois. Tout ça parce qu'il avait vaguement chahuté un fabricant de marionnettes géantes ? C'était totalement hors de proportions. Mais il fit le dos rond. Lui qui, à son arrivée, aurait payé cher pour remonter dans le premier avion, il n'envisageait plus de quitter son pays sans avoir résolu cette enquête.

Avait-il vraiment pensé... *son* pays ?

Kris et Pitak, le jeune Inuit, l'avaient intercepté dès sa sortie du bureau d'Engell. Ils semblaient s'être donné le mot pour le bombarder d'informations.

– J'ai enfin réussi à éplucher les comptes de Huan, lança Pitak.

– Åh, génial ! Ça donne quoi ?

– Je suis remonté le plus loin possible dans l'historique.

– Et donc ?

– Eh bien, Huan a effectivement payé un serrurier du coin pour la pose d'un verrou neuf à la place de sa vieille serrure. Pour un montant de 457,32 couronnes, taxes comprises.

– Quelle date ?

– Le 10 octobre, à douze heures trente et une.

Soit une petite semaine avant sa mort.

– Hum, autre chose ?

– Oui, vous aviez raison à propos du remboursement de sa dette. À la même période, il a effectué quinze retraits en liquide en dix jours, pour un montant total de onze mille cinq cents dollars américains. Soit soixante-trois mille couronnes danoises.

– Pas quinze mille, tu es sûr ?

– Non. Juste onze mille cinq cents. Je suppose qu'il avait le complément en cash chez lui.

– Possible, grommela Qaanaaq.

Évidemment, rien ne disait que Huan n'avait pas utilisé cet argent pour autre chose que le remboursement de Sergueï Czernov. Ou qu'il ne s'était pas fait dépouiller avant de régler sa dette, provoquant la colère sauvage de l'ours russe... Mais le plus probable – une perquisition et une analyse des comptes de Czernov l'attesteraient –, c'était que le Russe avait récupéré son dû, comme il l'affirmait, ce qui l'exonérait de tout mobile.

Restait le cas d'Anuraaqtuq Nemenitsoq, le sympathique lutteur inuit...

Le serveur centralisé était heureusement plus bavard à son sujet que l'intéressé lui-même. Après une rapide recherche, le système informatique cracha pas moins de six PV d'audition. Mais le plus frappant, ce n'était ni le nombre des interpellations, ni les motifs, mineurs en effet. C'était l'identité du flic qui avait à chaque fois reçu Anoraktruc.

Apputiku Kalakek.

« Je l'ai gardé à vue une fois ou deux », avait tout juste admis Appu une heure plus tôt, tandis qu'ils quittaient le repaire du militant NNK. Les PV en question étaient un modèle d'approximation et de dilettantisme policier. Les faits ? Résumés dans les termes les plus flous et les plus propres à disculper leur auteur. D'ailleurs, chaque garde à vue s'était soldée par une relaxe immédiate, sans la moindre suite judiciaire. Aucune des victimes de la violence d'Anuraaqtuq n'avait porté plainte. Le type s'en était toujours sorti blanc comme neige.

Merci qui ?

Qaanaaq s'apprêtait à demander quelques explications à Appu quand Kris le légiste le happa à son tour.

– Ton cou, ça va ? Ça ne te fait pas trop mal ?

– Oui, ça va nettement mieux. Merci encore.

Depuis qu'il l'avait arraché des griffes de Nesti la nuit précédente, Karlsen se montrait beaucoup plus amical. Il s'était mis à le tutoyer.

– Tant mieux. Sinon je m'en voudrais de ne pas l'avoir cogné plus fort…

– Je te rassure, je pense qu'il a eu sa dose !

Thor s'éloignait déjà quand Qaanaaq le rappela.

– Hå, Kris !

– Oui ?

– Tu y connais quelque chose en boursicotage ?

C'était peut-être un a priori stupide, mais Kris Karlsen avait le profil type de ces célibataires économes qui placent le peu qu'ils ont en actions. Sérieux, appliqué, analytique…

– Un peu, oui.

Qaanaaq faisait montre quant à lui d'une véritable aversion pour le système financier globalisé. La spéculation et l'enrichissement facile, les entreprises bénéficiaires qui licenciaient à tour de bras, la crise des subprimes qui avait chassé des millions de propriétaires de chez eux… Tout cela lui filait la nausée. Il n'allait pas jusqu'à se dire anticapitaliste, mais un tantinet plus de régulation ne lui eût pas semblé du luxe face à cette sauvagerie décomplexée.

– Grandiose. Et est-ce que tu saurais comment consulter le portefeuille boursier d'un tiers ?

– Sans son accord ?

– Évidemment, sans son accord, sourit-il.

– Impossible. Un portefeuille est aussi confidentiel qu'un historique bancaire ou un dossier médical. Tu penses à qui ?

– À ton ami qui avait bien besoin d'un extincteur.

– Czernov ?

– J'aimerais savoir ce qu'il a fabriqué de son stock d'actions offert par Møller.

– Je suppose que les titres en question sont des parts de Green Oil ?

– J'imagine. Mais ça change quoi ?

– Eh bien, si on ne peut pas passer par Czernov, on peut peut-être passer directement par Green Oil.

– Møller ?

– Non, pas Møller. Si on interroge n'importe qui chez Green Oil, ça leur reviendra aux oreilles dans la minute.

– Alors qui ?

– J'ai un cousin qui bosse dans un gros cabinet de courtage à Stockholm. C'est lui qui me conseille pour placer mes billes.

Qaanaaq ne s'était pas trompé.

– C'est la filiale d'une société américaine. Ils ont aussi des bureaux au Canada. Et comme Green Oil est coté à Toronto…

– Tu crois qu'il peut se renseigner ?

– Franchement, j'en sais rien. Mais on ne perd rien à essayer.

– Splendide !

– Attends, tempéra Kris. C'est tout sauf garanti. Et quand bien même, ça risque d'être long.

Pour finir, Rikke l'avait cueilli au passage, magnifiquement corsetée dans un tailleur noir qui faisait loucher Kris. Ils étaient attendus à l'aéroport, pour une cérémonie particulière.

Dans le 4 x 4 Toyota, chacun contemplait le paysage en silence. Qaanaaq ne prononça pas un mot de tout le trajet. À part sans doute celles du légiste, Qaanaaq nc savait plus à quelles oreilles se fier. Peut-être à aucune, en définitive…

***

Perpendiculaire à l'unique piste de l'aérodrome, la zone de roulage et de parking des avions offrait un espace tout juste suffisant pour recevoir les officiels. Outre le Parlement et le gouvernement au grand complet, il y avait là des représentants des quatre États concernés par la petite cérémonie : Chine, Canada, Russie et Islande. Signe que les autorités groenlandaises ne prenaient pas la chose à la légère, Kim Kielsen avait troqué son éternel *hoodie* gris pour un costume et une cravate noirs.

Dressés sur des tréteaux, chacun recouvert de son drapeau national, les cercueils des victimes attendaient la fin des discours pour être chargés dans l'A330-200 d'Air Greenland en partance pour Reykjavík.

Tandis que le Premier ministre débitait les solennités d'usage devant une assistance pétrifiée par le froid, une main se posa sur l'épaule de Qaanaaq.

– Capitaine, je peux vous dire un mot en privé ?

Enoksen avait lui aussi fourni un effort vestimentaire – un costume sombre avait remplacé son pull jacquard –, quoique sa cravate fantaisie parsemée de rennes ne fût pas du meilleur goût. Sans commune mesure avec l'élégance urbaine de Larsen, son subordonné, qui se tenait quelques pas en retrait.

– Oui, bien sûr...

Les deux hommes se dirigèrent vers un hangar où trois mécaniciens auscultaient les entrailles d'un DHC-8 écarlate. Le vice-ministre de l'Énergie entra directement dans le vif du sujet.

– Je vois bien que ce n'est pas une enquête ordinaire. Et je me doute que toutes les portes ne s'ouvrent pas en grand pour vous faciliter la tâche.

– *Celui qui dit la vérité trouve les portes closes.*

– J'imagine, approuva l'autre d'une grimace. Ma question est donc simple : en quoi puis-je vous aider pour faire avancer les choses ?

Comment répondre sans accabler Engell et son attitude dilatoire ?

– Eh bien... Disons que certains « outils » me manquent.

– Vous voulez parler de véhicules, des choses comme ça ?

– Non, je pensais plutôt à des outils procéduraux. J'aimerais notamment effectuer deux perquisitions. L'une est essentielle à ce stade de l'enquête. Pour cela, il faudrait que la demande émane de la direction de la police d'ici, pour être validée par une commission rogatoire à Copenhague...

– Ah ! Bonne nouvelle, c'est donc que vous avez une piste ?

– Hum, oui, oui, éluda Qaanaaq. Mais, comme je viens de le dire, sans demande officielle de la directrice...

Un clignement des yeux, une lueur de contrariété : son interlocuteur accusait enfin réception du message. Le problème avait un nom : Rikke Engell.

– Bien… je vais voir ce que je peux faire pour débloquer votre situation.

– Merci.

– Comme vous le savez, la police et la justice ne dépendent pas du gouvernement, enfin de nous. Mais bon, disons que Kim… Kim Kielsen a plus d'un levier dans sa capuche.

L'allusion leur tira à tous deux un sourire.

– Et à part ce « frein », pas d'autres soucis ?

Qaanaaq jeta un œil vers Apputiku. Le blouson ouvert sur son gros ventre, l'Inuit paraissait peu préoccupé de sa contenance, loin de la pompe du présent cérémonial. Devait-il faire part de ses réserves concernant son déroutant acolyte ?

– Non, finit-il par dire. Rien de particulier.

Enoksen était reparti à ses poignées de main protocolaires et Qaanaaq avait profité de ce petit moment seul pour appeler Flora, trouvant refuge à l'entrée d'un hangar d'Air Greenland. Il était en avance de plusieurs heures, mais dans la grande maison de Frederiksberg, ce devrait plus ou moins être le moment du goûter. Un temps calme et propice.

Jens et Else ne lui épargnèrent aucun détail sur les décorations d'Halloween confectionnées par Mamiflo. Quand ce fut le tour de Flora, elle en vint vite au sujet. Depuis la veille, elle ne cessait de penser à son affaire groenlandaise, soupesant chaque détail. Les nouveaux éléments du jour, Anuraaqtuq et la piste du NNK, ne firent qu'attiser son intérêt. Son ton était aussi posé qu'à l'accoutumée, mais à son débit légèrement accéléré, on devinait la passion froide qui l'animait. Le « Computeur » – comme on l'appelait en son temps à la Crim – était en marche.

– Je n'y crois pas une seconde, dit-elle après un long temps de réflexion. C'est trop simple.

– Je t'accorde que c'est un peu énorme. Mais la solution n'a pas forcément besoin d'être complexe.

Non loin de là, l'Airbus mortuaire s'engageait sur la piste partiellement déneigée. Depuis le ciel, les quatre cercueils plombés adresseraient bientôt leur ultime salut au pays blanc.

Le grondement des réacteurs rendait la communication compliquée. Qaanaaq haussa le ton, tout en s'éloignant.

– Je dis, tu sais aussi bien que moi que dans neuf cas sur dix, le coupable est le « candidat » le plus évident.

Il trouva un renfoncement plus calme à l'intérieur du vaste édifice de tôles.

– Hum, temporisa-t-elle, forçant à son tour la voix à l'autre bout de la ligne, si ce n'était vraiment qu'une question de tradition et d'honneur bafoués, ta petite copine, là…

Elle devait parler de Taqqiq.

– Eh bien ?

– Tu crois vraiment que son frère la laisserait encore se vendre sans rien dire ?

Un instant, le sifflement de l'avion au décollage couvrit totalement leur échange.

– Maman ? Maman ? s'exclama-t-il, convaincu d'avoir perdu le contact.

C'est alors que Qaanaaq sentit la présence dans son dos. Paisible et immobile. Celle d'un homme qui avait capté les moindres détails de son échange.

23

[[IMG_2033 / 26 octobre / Pile de livres sur une table de bibliothèque, plusieurs volumes ouverts]]

Deux ouvriers en bleu et gants de travail portaient l'immense baie vitrée neuve, d'au moins cinq ou six mètres de large, jusqu'à son logement. Leurs gestes étaient précis, presque délicats. Le chambranle avait été totalement nettoyé de ses éclats de verre.

– Parfait ! s'exclama la femme qui supervisait l'opération quand la vitre fut posée.

Lorsqu'elle aperçut Qaanaaq dans le hall, son sourire se pinça. Assez peu ravie de revoir dans ces lieux le responsable indirect du désastre. Il lui adressa un bref hochement de crâne et grimpa la volée de marches en colimaçon jusqu'à la grande salle de lecture. Un parterre de vieux habitués, le nez chaussé de demilunes, somnolait sur d'épais volumes. La torpeur digestive de quatorze heures imposait un silence plus sûr que ne pouvaient le garantir toutes les bibliothécaires du monde.

Avant de fureter dans les rayonnages, Qaanaaq s'installa à l'une des tables. La vue sur le panorama extérieur était magnifique, il laissa ses yeux balayer le paysage. D'accord, Rikke n'avait pas totalement tort. Ce qui le poussait à suspecter Anoraktruc ne tenait pas à grand-chose. Et pourtant, s'imposait à lui ce qu'il pouvait considérer comme…

Sa quatrième intuition

Une heure plus tôt, le militant de Greenpeace était passé comme promis pour sa déposition. Ses alibis pour les trois nuits semblaient solides. Ce qu'il n'avait pas eu le loisir de dire au flic lors de leur rencontre écourtée, c'était que toute cette semaine-là, il se trouvait à Ilulissat, à une heure trente en avion au nord de Nuuk. Il y avait retrouvé le délégué régional de l'organisation pour passer en revue les actions marquant le dixième anniversaire de la conférence sur le climat de l'océan Arctique. L'homme avait non seulement confirmé la présence ininterrompue de son subordonné, mais l'hôtel où ils étaient tous deux descendus avait adressé au Politigarden une copie de leurs vidéos de surveillance. Le 16, le 18, puis le 25 octobre, après le dîner, autour de vingt-deux heures trente, on voyait clairement les deux hommes entrer dans le hall puis se diriger vers leurs chambres respectives pour n'en ressortir qu'au matin.

Si lui aussi était hors de cause, ne restait plus alors que…

Dans la base de données de la bibliothèque, Qaanaaq ne trouva rien répondant aux recherches portant sur « NNK » ou « Nanuk Nuna Kalaalit ». Quand il tapa « nationalisme inuit », par contre, l'index lui proposa une demi-douzaine d'ouvrages consacrés à l'histoire et à la politique du Groenland. Il en élimina deux, écrits en kalaallisut, et partit à la recherche des quatre volumes en danois ou en anglais.

On ne pouvait pas dire que leurs auteurs se passionnaient pour le groupuscule en question. Les quelques paragraphes qu'ils lui consacraient le dépeignaient comme un mouvement nationaliste assez mineur, né au début des années 1970. À la différence des partis sécessionnistes comme en Irlande par exemple, le NNK était connu comme une organisation exclusivement clandestine. Il ne possédait pas de versant politique « fréquentable », comme l'était autrefois le Sinn Féin pour l'IRA. Ni le nom ni le visage de ses fondateurs n'étaient officiellement connus. Prudents, les auteurs se gardaient d'ailleurs de spéculer sur leur identité. Ils parlaient juste de « chasseurs traditionnels » désireux de voir éclore une nation inuite indépendante du pouvoir central danois.

Le livre le plus complet sur le sujet, *Identité inuite et nationalisme groenlandais*, ne reproduisait que quelques images prises au tout début des années 1950, à l'extrême nord-ouest du Groenland, dans la région de Thulé. On y voyait une colonne de traîneaux chargés de montagnes de paquets que des familles complètes, visiblement harassées, escortaient. La légende mentionnait : « Exode des familles inuites de Thulé en janvier 1953 ». Quelques pages plus loin, l'un des trois historiens cités en couverture laissait entendre que la création du NNK, et plus généralement la naissance du mouvement identitaire inuit, découlait directement de ce déplacement de population. En effet, dans le cadre des accords de coopération stratégique de l'OTAN entre le Danemark et les États-Unis, près de cent cinquante familles inuites avaient été chassées du site de Thulé, dans le district septentrional d'Uummannaq, pour y permettre l'installation de l'une des plus importantes bases aériennes US construites hors du sol américain. C'était à cette époque qu'une fraction des modestes chasseurs inuits s'était, semble-t-il, radicalisée.

Qaanaaq se demanda pourquoi Flora ne croyait pas à cette piste. Certes, la tolérance d'Anuraaqtuq pour les activités de sa sœur n'était pas très cohérente. Mais leurs activités respectives n'étaient peut-être pas si incompatibles. Peut-être même Taqqiq jouait-elle les appâts pour son frère, avant que celui-ci ne massacre l'un après l'autre les ouvriers de Green Oil – symboles pour lui de l'oppression du peuple inuit par des forces étrangères.

Ça méritait d'être creusé…

Il avait beau révérer l'intelligence de sa mère, il fallait bien admettre qu'elle avait perdu une partie de ses extraordinaires capacités analytiques. Très récemment encore, elle avait induit Qaanaaq en erreur dans une enquête sur une série de meurtres. Le tueur recrutait ses victimes parmi les hackers du Dark Web. Flora, étrangère à ces nouvelles technologies, avait récusé cette piste. Qaanaaq avait longtemps hésité, puis avait suivi l'avis maternel. À tort.

Flora vieillissait. Malgré toute sa bonne volonté, elle n'apportait pas toujours l'aide providentielle espérée.

C'était ce fiasco relatif qui avait valu à son fils la mesure de disgrâce décidée par Jacobsen et les pontes de Niels Brocks

Gade. D'une certaine façon, l'envoi temporaire de Qaanaaq au Groenland constituait une forme d'exil.

À son tour, il se sentait gagné par une léthargie proche de la somnolence. Il tournait les pages moins vite. Son regard flottait sur les lignes avec moins d'acuité.

– Je peux vous aider ?

La voix était chaude et l'offre amicale. Un vieux monsieur à casquette, au bouc taillé avec soin, se tenait devant la table, les mains croisées dans le dos. Qaanaaq lustra son crâne et leva sur lui son regard las.

– Pourquoi pas... Vous travaillez ici ?

– Non, mais je suis l'un des auteurs du livre que vous lisez.

Niels Skyfte, Akiaq Kilimoni ou Sandra Chemnitz ? Il avait plutôt une tête de Niels, décida-t-il.

– Ne cherchez pas, sourit l'homme, de toute façon j'écris sous pseudonyme. Je suis surpris. Agréablement surpris, je veux dire. Il est plutôt rare que des visiteurs s'intéressent au nationalisme groenlandais.

– J'ai cru comprendre que ça revenait à la mode, dit Qaanaaq.

– En effet. Vous écrivez vous-même sur le sujet ?

– Hum, oui et non. Disons que mes écrits restent généralement assez confidentiels. Je suis flic.

– Ah, vous êtes le fameux flic danois !

– C'est moi.

– Et vous pensez que les meurtres de ces ouvriers ont un rapport avec...

Il pointait son ouvrage avec un rictus horrifié.

– *Imaqa*, répondit Qaanaaq.

Sans lui demander son avis, le bonhomme prit la chaise d'en face et s'y installa. Il exhalait une odeur de tabac à pipe, un parfum chaud et rassurant. À la Crim, ses collègues appelaient ce type de personnage un Riviera, en référence à la Côte d'Azur française. Le genre de vieux monsieur oisif qui se découvre sur le tard une passion historique ou généalogique, et fatigue son entourage avec ses précieuses « recherches ».

– Pourtant, vous savez, le NNK, ça n'est pas non plus l'IRA ou les Brigades rouges.

– Vous voulez dire qu'ils n'ont jamais engagé d'actions violentes ?

– À l'époque, si, concéda-t-il. Il y a bien eu quelques petites choses. Mais on est très loin des rapts de P-DG ou des attentats à la bombe que vous avez connus en Europe.

– Et pourquoi ?

– Manque de structure. Manque de moyens. Et puis, vous savez, dans l'animisme inuit, le corps humain est sacré. Avec les éléments et la nature, il fait partie d'un tout. Tuer un autre homme, ce n'est pas juste effacer un être vivant de la surface de la Terre, c'est s'en prendre directement à *Sila*.

– *Sila ?*

– L'esprit le plus puissant de tous. Celui qui organise notre univers. L'intelligence du monde, si vous préférez.

Une lueur d'aurore boréale crépita sous les yeux de Qaanaaq. Comment ne pas croire à l'omniprésence des esprits dans un lieu qui abrite de pareilles manifestations ?

– Donc, se reprit-il, il n'y a jamais eu aucun meurtre lié de près ou de loin aux activités du NNK, même à l'époque ?

Jusque-là débonnaire, le vieil homme s'assombrit. Il croisa les mains.

– Je n'ai pas dit ça non plus, murmura-t-il.

– Alors... Que dites-vous ?

– À ma connaissance, il n'y a eu que quelques violences qu'on a pu attribuer après coup au NNK.

– Quel genre de violences ?

Le regard de l'historien s'échappa une seconde, puis il demanda, la voix soudain basse :

– Vous vous prénommez Qaanaaq, n'est-ce pas ?

Que venait faire cette considération dans l'exposé du vieil homme ?

– Savez-vous que ce nom désigne aussi un lieu-dit, là où les Inuits chassés de Thulé ont été regroupés par les Américains ? Il se situe à environ une centaine de kilomètres au nord de la base. Les Yankees l'ont baptisé la Nouvelle Thulé.

– Ce sont les Américains qui ont choisi l'emplacement ? esquiva-t-il, peu désireux de s'appesantir sur l'origine de son prénom.

– Oui, et croyez-moi, ce n'est pas l'endroit le plus hospitalier du Groenland. Mais les Inuits, à qui il ne restait plus rien, ont estimé que ça leur convenait. À cette époque, la banquise y était quasi permanente. C'était idéal pour la chasse à l'ours ou au narval.

– Je vois… Et dans ce cas, qu'est-ce qui a cloché ? Tout le monde aurait dû être content, non ?

– Dans le détail, personne ne sait. Mais apparemment, au fil du temps, il y a eu des divisions très fortes dans la communauté entre ceux qui acceptaient les conditions de vie imposées par les Américains et ceux qui les refusaient. Entre ce qu'on pourrait appeler des progressistes… et les traditionalistes.

– Le NNK ?

– Exactement. Moralité, au bout de vingt ans les tensions ont fini par se régler dans le sang.

– C'est-à-dire ?

– Une famille entière a été massacrée.

L'empathie du vieil homme paraissait sincère. Il semblait véritablement affecté par ce meurtre qui avait pourtant eu lieu si longtemps auparavant.

– À Qaanaaq ?

– À Qaanaaq.

– C'était en quelle année ?

– 1974 ou 1975, dans ces eaux-là.

– Et les victimes… ce n'étaient pas des étrangers ?

– Non, je viens de vous le dire, de vrais Inuits.

Un frisson inexplicable parcourut l'échine de Qaanaaq. Comme si un souffle ancestral, un souffle plus glaçant que tous les froids polaires, s'était immiscé en lui.

– J'imagine que les auteurs du crime n'ont pas été retrouvés ?

– Je ne sais plus trop. Mais j'en doute. On parle d'un temps où cette région était presque totalement enclavée. C'est tout juste s'il y avait un vol d'hélico par semaine. Alors de là à mener une enquête comme on le ferait aujourd'hui…

– OK, soupira Qaanaaq. Le trou du cul du monde.

– En quelque sorte, oui.

L'homme à la casquette allait repartir quand Qaanaaq le harponna d'une ultime question.

– Les types du NNK, ceux de Qaanaaq…

– Oui ?

– Est-ce qu'ils portaient un signe de reconnaissance ?

– Vous pensez à quoi ?

– Par exemple un tatouage…

Il revit celui frappant l'omoplate d'Anuraaqtuq. L'empreinte d'ours.

– Ah ! s'exclama l'inconnu. Ne me dites pas que vous prenez cet abruti d'Anuraaqtuq au sérieux ?

– Vous le connaissez ?

– Lui et sa bande de débiles, tout le monde les connaît, à Nuuk. Mais leur patte d'ours, leurs rodéos en motoneiges, leur lutte à poil… Croyez-moi, c'est du cinéma, tout ça !

– Ah bon ?

– Évidemment. Les *vrais* nationalistes inuits occupaient plutôt leurs journées à chasser sur la glace qu'accoudés au bar, si vous voyez ce que je veux dire. Et leurs soirées, ils les passaient sous la tente de leur *angakkuq*. En tout cas, ils ne s'encombraient pas de tous ces… de tous ces gadgets grotesques ! L'habit fait peut-être parfois le moine, mais les simagrées n'ont jamais fait le singe.

Un autre amateur de proverbes.

– Merci à vous, salua Qaanaaq avec gratitude.

– Tenez. N'hésitez pas, si vous avez d'autres questions.

La main ridée glissa une carte de visite sur la table. Étonnamment, le rectangle de papier ne comportait qu'un numéro de téléphone mobile et une adresse mail : inuitandco@gmail.com. Aucun nom, pas même son pseudonyme.

Captant son regard interrogateur, l'homme ajouta :

– L'histoire n'a pas de nom, jeune homme. Elle n'est jamais que la somme de ce que nous accomplissons tous. Elle appartient à tout le monde.

24

[IMG_2039 / 26 octobre / La devanture du café EsmeraldA, à Nuuk]

Le petit homme pendu au bras de Taqqiq pouvait être thaïlandais. Ou chinois, ou coréen ?

L'étonnant, c'était que la jeune fille accepte de s'afficher en telle compagnie en plein jour. Certes les abords du *Zoo* n'étaient pas les plus courus de Nuuk. Il n'empêche, n'importe quel client du bar ou l'un des parents des gamins qui jouaient sur les balançoires voisines aurait pu les apercevoir. Vêtue d'une jupe à volants peu propice au climat, sûre de son charme, elle semblait s'en ficher totalement. Elle souriait à son client comme à un Apollon tombé du ciel, et c'est tout ce que l'autre demandait.

Après quelques pas le long du corps de bâtiment bétonné, ils s'engouffrèrent dans le couloir éphémère que composait une congère presque aussi haute qu'un homme. C'était tout le problème du déneigement mécanique : il ne faisait que *déplacer* les masses gelées. La muraille verglacée projetait sur eux une lumière diffuse. On se serait cru dans un tube de surf. Le genre d'éclairage qui rend beau n'importe qui. Enfin, presque.

Comme ils débouchaient de l'étroit corridor enneigé, une masse surgit devant eux.

– Mademoiselle Taqqiq ! Toujours en bonne compagnie, dis-moi.

Le géant barbu bouchait le passage. Il fixa l'ouvrier étranger avec dédain et aboya :

– Barre-toi d'ici !

L'Asiatique interrogea sa cavalière d'un œil apeuré. Comme celle-ci ne semblait pas l'implorer de rester, il s'éclipsa sans demander son reste, visiblement soulagé de s'en sortir sans égratignures. Il repasserait pour sa petite après-midi récréative.

– Tu fais chier, Czernov, lança-t-elle crânement. J'ai fait ce que j'avais à faire. On n'a plus rien à voir ensemble.

– Tu crois ça, toi ?

– Fous-moi la paix !

Elle n'eut pas le temps de faire une enjambée qu'il était déjà sur elle. La vélocité de ce mastodonte la surprenait à chaque fois. Il y avait plus de muscles que de graisse dans cette bête-là. La plaquant contre le mur, il tordit son poignet frêle d'une main, et plaqua son autre avant-bras sur sa gorge. Le coup de genou qu'elle lui décocha dans les parties parvint tout juste à le faire ciller.

– Tu m'étrangles… merde !

– C'est bien l'idée.

– Qu'est-ce que tu veux, bordel ? suffoquait-elle. J'ai rempli ma part de contrat.

– Parlons-en, justement. Pourquoi as-tu ciblé des mecs avec qui tu couchais ?

– On était d'accord : je pouvais choisir qui je voulais !

– Pas des gars qui me devaient du fric, pauvre conne ! hurla-t-il en sourdine. J'avais été clair, pourtant : qui tu voulais, sauf ceux avec qui toi ou moi, on était en affaires. C'était pas compliqué à imprimer !

D'une pression accrue sur la glotte de Taqqiq, il réprima sa tentative de rébellion.

– C'est pas de ma faute si tu joues trop bien au poker, parvint-elle tout juste à dire.

– Ne te paie pas ma tête ! Et que je sache, je n'ai jamais dépouillé Igor aux cartes. C'était mon ami. MON AMI, tu m'entends ?!

– Eh bien, je ne sais pas, moi, toussota-t-elle. T'as qu'à mieux les choisir.

La claque partit si vite et si fort qu'elle fit valser le joli visage contre le béton brut. La joue gauche était rouge, la droite constellée de poussière grise.

– Il n'a jamais été question d'un quatrième, et tu le sais très bien.

– Pas ma faute..., parvint-elle à expulser, entre deux gémissements.

– Donc, pour commencer, tu vas fermer ta grande bouche. Et tu vas arrêter de baver à ce connard de flic danois. C'est compris ?

Elle ne réagit pas, défiant la brute du regard.

– C'est compris ?! insista-t-il.

En guise de réponse, elle sortit avec sa main laissée libre une clé d'apparence neuve, accrochée à un idéogramme chinois en métal verni.

– Tiens, murmura-t-elle, soudain soumise. Je t'ai rapporté ce que tu m'as demandé.

– Tu l'as gardée sur toi tout ce temps ?

– Ben ouais... C'est encore là qu'on risquait le moins de venir la chercher.

Aussitôt dit, elle esquissa un mouvement de fuite.

Et comme il tendait la main pour la retenir, elle planta de toutes ses forces la pointe effilée de la clé là où le Russe paraissait le moins bien protégé. Dans l'épaisseur du pantalon de toile qui couvrait sa cuisse droite.

Nesti rugit.

Une neige molle avait recommencé à tomber. La clé était restée fichée dans la cuisse. D'un mouvement brusque, Czernov l'arracha.

Par chance pour lui, elle avait dû rater la fémorale, la plaie saignait raisonnablement. Attrapant Taqqiq par le col de sa parka, il appliqua sa paume avec force sur la figure de la fille, étalant le jus rouge comme une peinture de guerre. Elle avait beau se débattre, il prenait tout son temps pour la maquiller de son sang.

– Je te jure... Je te jure que si j'avais une solution immédiate pour me débarrasser de ton corps...

Empoignant les épaules de la fille à deux mains, il la projeta si violemment contre la paroi qu'elle en eut le souffle coupé.

– De toute façon, tu es morte. Tu m'entends ? Même si ce n'est pas maintenant, tu es morte !

Il la saisit de nouveau, la jeta sur le sol et la roua de coups de pied. Tête, seins, ventre, il n'épargnait rien de ce qu'il avait dû pourtant désirer il n'y a pas si longtemps. Ses bottes, un modèle en cuir rigide renforcé d'un contrefort métallique à l'avant, étaient des armes impitoyables.

Quand il en eut assez, il cracha sur le corps inerte, couché sur le côté. Puis, comme si cela ne suffisait pas, ouvrit sa braguette de ses doigts gourds, sortit son sexe recroquevillé par le froid et se soulagea sur elle dans un nuage de vapeur. Dans les effluves d'urine âcre, Taqqiq ne bougeait pas.

Alors, de sa poche intérieure, il tira une enveloppe et en sortit des billets verts qu'il fit neiger sur elle.

Il allait partir et lui tournait déjà le dos. Mais, pris de regrets, il se retourna pour envoyer à sa victime un ultime shoot à l'abdomen, souligné d'un « sale petite pute de merde ». Enfin, il s'éloigna en jetant un rapide coup d'œil autour de lui.

Quelques instants plus tard, le corps de Taqqiq fut brusquement saisi de hoquets. Elle vomit longuement puis s'immobilisa, respiration difficile, yeux clos. Elle se revoyait ces nuits-là, au Primus. Glissant entre les bungalows tel un spectre. Approchant chaque seuil avec la discrétion d'un renard arctique. Y plaçant à chaque fois l'un des *tupilak* que Czernov lui avait fournis.

Elle ne regrettait rien. Ces porcs méritaient leur sort. Avec leurs dollars et leurs caresses immondes, ils avaient saccagé sa jeunesse. Flétri ses rêves. Taqqiq ne faisait pas de politique, elle ne croyait qu'en une seule justice : celle qu'on applique soi-même.

Et puis, au regard de tout ce qu'elle avait enduré dans sa vie, sa part de travail n'avait pas été si terrible : désigner des cibles, en prenant soin de choisir les plus faibles et les plus esseulées. D'autres avaient en charge de les tuer. Un moment, elle s'était prise pour *Arnapkapfaaluk*. Comme la déesse des animaux de mer, elle pouvait décider qui allait survivre et qui allait mourir. C'était excitant.

Aussitôt les balises déposées, elle était repartie dans la nuit aussi furtivement qu'elle était venue. Elle en était certaine : personne n'avait remarqué sa présence. Ce n'est pas elle qui avait merdé.

Rien de tout cela n'était de sa faute.

Un filet de bave sanglante coulant de ses lèvres, elle parvint à murmurer :

– Fallait pas m'en donner quatre, p'tite bite...

Si tu ne voulais pas en sacrifier autant.

L'idée la traversa qu'elle aurait dû mettre la dernière statuette devant sa porte à lui. Mais son bourreau était déjà loin.

***

– Capitaine ! Capitaine !

Rong Deng lui avait sauté dessus dès sa sortie des Archives. Dieu sait qui l'avait informé de sa présence en ce lieu.

– Rong ! Ça a l'air d'aller mieux, dites-moi.

– Oui, approuva le Chinois. J'ai encore trois jours d'arrêt. Mais après, je pourrai retourner à l'Éléphant.

– Merveilleux. J'imagine que vous êtes impatient.

– C'est surtout *my wallet* qui est impatient, sourit-il tristement en désignant la poche de sa parka.

Attrapant Qaanaaq de manière cavalière, Rong l'attira à l'écart.

– Je peux vous parler un petit instant ?

Une poignée de minutes plus tard, ils étaient attablés à l'*EsmeraldA*, l'un des cafés plutôt corrects du centre-ville. À cette heure de l'après-midi, hormis un cercle de vieilles dames et un couple seul au monde, la salle au décor cosy était aux trois quarts vide. Enfoncé dans son fauteuil en similicuir brun, Rong semblait pourtant trouver que cela faisait encore trop. Pour l'encourager, Qaanaaq posa brièvement sa grosse patte sur l'une de ses mains d'enfant. Il était si frêle. Comment pouvait-il endurer de telles conditions de vie ?

– Qu'est-ce qu'il y avait de si urgent ? Vous avez reçu d'autres menaces ?

– Non, c'est pas ça...

Ses yeux cherchèrent ce qui lui restait de vaillance au fond de sa tasse de chocolat chaud. Puis il se lança :

– À l'hôpital, j'ai eu du temps pour réfléchir. Et je me suis souvenu d'un truc que j'avais oublié de vous dire.

Oublié... ou redouté ?

– Je vous écoute.

– Vous me promettez de n'en parler à personne ?

– À part à cette tueuse à gages tchétchène assise là-bas...

Il désigna l'une des mamies inuites en chapka et pull bariolé.

– ... à personne.

Rong sourit faiblement et se décida.

– Deux jours avant... Deux jours avant la fameuse nuit, Huan était paniqué.

– Pourquoi ?

– Il avait perdu sa clé.

– La clé de sa porte ?

Un flash d'adrénaline électrisa Qaanaaq.

Il se reprocha aussitôt d'avoir négligé cctte histoire de serrure de sûreté, ouverte comme par enchantement. Voilà qui était concret, voilà qui aurait plu à Rikke Engell.

– Oui. Celle-là.

– Racontez.

– Eh bien, ce jour-là, je crois que c'était le 14, Igor est venu nous « secouer » à propos des sous qu'on devait à Nesti.

– Igor Zerdeiev ?

– Oui, Czernov et lui, ils étaient comme...

Il entremêla les doigts de ses mains pour imager son propos.

– D'accord. Igor Zerdeiev est venu vous mettre un coup de pression pour que vous régliez vos dettes, et ensuite ?

– Huan s'est énervé, il a crié qu'il avait déjà remboursé le plus gros de la somme et qu'il ne pouvait pas retirer plus de cash en aussi peu de temps. Que ce n'était pas lui qui faisait les règles des distributeurs de billets. Alors Igor s'est mis à le cogner.

– Où ça ?

– Un peu partout : le nez, le ventre...

– Non, pardon, le coupa Qaanaaq, je voulais dire : à quel endroit du Primus ?

– Devant le bungalow de Huan. Très vite, Huan s'est retrouvé par terre.

– Et Igor lui a pris sa clé ?

– Non. Ça ne s'est pas passé comme ça. Igor est reparti. Et quand Huan s'est relevé, il s'est rendu compte que sa clé n'était plus dans sa poche.

– Vous l'avez cherchée, j'imagine ?

– Oui, partout dans la neige. On a passé une heure à fouiller. Mais on n'a rien retrouvé.

– *On ne moissonne pas du bon blé d'un mauvais champ.*

– ... ?

– Non, rien. Donc vous pensez qu'Igor l'a volée pendant la bagarre, c'est bien ça ?

– En tout cas, c'est ce que croyait Huan. Et moi, je me dis que si cette clé n'avait pas disparu ce jour-là, jamais l'Ours n'aurait réussi à crocheter un verrou aussi solide. Je me dis...

... Que Huan serait probablement encore vivant.

– Après ça, Huan n'a pas voulu changer sa serrure une nouvelle fois ?

– Il allait le faire. C'était prévu le lendemain de...

– Le 17.

– Oui, le 17, approuva-t-il, le regard perdu. Ça le rendait hypernerveux de savoir sa clé dans la nature. Hyperparano.

Il n'avait pas tort.

Qaanaaq croyait en avoir fini avec elle, et voilà que l'ombre gigantesque de Sergueï Czernov se projetait à nouveau sur cette affaire. Assez large pour plonger tous les ouvriers de Green Oil dans l'effroi, et l'ensemble de cette histoire dans les ténèbres. C'était à n'y plus rien comprendre.

Les sanglots de Rong vinrent troubler sa réflexion. Mais l'ouvrir chinois n'était pas le seul à perdre pied.

25

[IMG_2045 / 26 octobre / Une motoneige dans la toundra enneigée]

Chignonnée de frais, un pic à cheveux planté dans sa belle masse blonde, Rikke Engell ne décolérait pas. Installée à l'avant du gros 4 × 4 de service, elle marmonnait quelques expressions fleuries…

Dès son retour au poste, Qaanaaq l'avait vue fondre sur lui, avec une allure de walkyrie.

– Jacobsen vient de m'appeler…

– Øh… OK.

– Bordel, ne faites pas l'étonné, Adriensen. Vous savez pertinemment ce qui m'a valu ce coup de fil.

Bien sûr qu'il le savait, mais c'était tellement plus jouissif de la fixer sans ciller – il pouvait tenir ainsi plus d'une minute – et de l'entendre le dire elle-même :

– Kielsen est intervenu auprès du procureur, à Copenhague.

– Åh…

– Et celui-ci a émis un ordre de perquisition que j'ai reçu à l'instant.

Elle brandissait la page tamponnée de multiples cachets officiels.

– Mmmh, avait-il marmonné, faisant mine de le découvrir.

– Merde, vous savez ce qui va se passer, avec vos conneries ? Ces abrutis du NNK vont nous coller des jours et des jours d'émeute, voilà ce qui va se passer ! En plein vote au Parlement !

– Pas forcément.

– Bien sûr que si ! Ça faisait deux mois qu'ils nous foutaient la paix avec leur ânerie de Jeux arctiques… Et vous, vous me les chauffez comme des Cocottes-Minute. Ça, c'est du travail d'équipe. Bravo !

Qaanaaq n'avait pas eu le temps de lui demander pourquoi elle ne lui avait pas parlé du groupuscule identitaire inuit plus tôt, ni si elle avait remis la main sur ce fameux PV fantôme de Czernov. Déjà, elle enfilait sa parka et lançait des ordres.

Ils partirent à deux voitures – six hommes en plus de Qaanaaq : quatre agents en uniforme, Apputiku et Søren. Dispensé en dernier ressort, Pitak avait semblé soulagé. Anticipait-il les ennuis au-devant desquels se jetaient ses collègues ?

À l'intérieur des véhicules tout-terrain, chacun ajustait son gilet pare-balles dans un silence morose. Fidèle à sa phobie des couvre-chefs, Qaanaaq refusa le casque en Kevlar qu'un policier lui tendit. Mais dès leur sortie du véhicule, aux confins de Samuel Kleinschmidtip Aqqutaa, juste devant l'aire de jeux pour enfants dévastée, il regretta son choix.

La première boule de neige frôla son crâne. Puis une autre frappa de plein fouet le torse d'un agent, qui grimaça de douleur. Qaanaaq trouvait la réaction exagérée mais il comprit dès la deuxième salve. Ce n'étaient pas d'inoffensives boules de poudreuse qu'on leur jetait depuis les fenêtres et les toits environnants : chacune contenait une pièce métallique – clou, vis ou boulon de gros diamètre. Chaque boule de neige était une arme.

Plus ils progressaient à l'intérieur de la cité, plus le déluge de fer s'intensifiait. Les gilets protégeaient certes leur torse, mais tout le reste de leur corps était exposé. Certains opposaient leurs gants renforcés pour minimiser les impacts. Heureusement, les tirs les plus précis n'étaient pas toujours les plus puissants. Ni ceux qui renfermaient les projectiles les plus contondants. Et la petite troupe bleu nuit parvint aux portes du bâtiment au prix de quelques éraflures ou hématomes seulement.

Partiellement abrités par une marquise en bois vert, ils reprirent leur souffle. La mitraille avait cessé. Mais tout autour d'eux, ils percevaient les échos d'une agitation invisible. On sifflait, on courait, on s'interpellait en langage codé. Quelque part derrière les immeubles, plusieurs moteurs de motoneiges démarrèrent dans un vacarme reconnaissable.

– Ils savaient qu'on arrivait, grogna Qaanaaq à l'attention d'Appu, livide.

Quelqu'un avait prévenu les tireurs anonymes, c'était évident.

Et il était tentant de penser que ce quelqu'un n'était autre que le voleur du PV de Czernov. Qu'une taupe avait fait son trou au Politigarden de Nuuk.

La porte de l'appartement G28, celui d'Anuraaqtuq Nemenitsoq, était évidemment close. Et même verrouillée à double tour, comme ils le constatèrent après plusieurs pressions sur la poignée.

– Putain ! siffla Rikke.

Elle fit un signe. Le flic muni du lourd bélier métallique se plaça face au vantail blindé. Il saisit les deux poignées de son engin, le balança d'avant en arrière pour prendre son élan. Le premier coup fit trembler les murs et résonna dans tout le bâtiment. Quelques visages ronds et effarés se risquèrent dans l'entrebâillement des portes adjacentes puis disparurent aussi sec. Apeurés. Difficile de savoir si les habitants redoutaient les forces de l'ordre ou leur affable voisin. Il fallut une bonne dizaine d'impacts avant que la porte ne cède dans un fracas assourdissant. Le silence revenait tout juste quand la radio d'Engell crépita.

– Chef !

– Peter ?

L'appel provenait de l'un des deux agents restés à l'extérieur.

– Chef, y a trois motoneiges qui se font la malle !

– Quelle direction ? demanda la directrice.

– Eh bien… trois directions différentes, en fait.

La technique de diversion était classique, mais efficace. Les fuyards savaient les effectifs policiers limités. En multipliant les cibles, ils rendaient la traque presque impossible.

La directrice fixa un instant ses hommes comme s'ils étaient personnellement responsables de ce fiasco, puis elle reprit son échange.

– Prenez une voiture et filez-moi celui qui se dirige vers le nord.

Elle ne manquait ni de jugeote ni de sang-froid. Nuuk était située sur une petite péninsule allongée orientée nord-sud, et ils se trouvaient actuellement au bout de sa pointe méridionale. Seul un fugitif se dirigeant vers le nord avait une chance de ne pas s'enferrer dans ce cul-de-sac. Seule cette motoneige-là pouvait réussir à s'échapper de la ville.

Le récit que leur fit un peu plus tard l'agent Peter confirma l'intuition de Qaanaaq : Anuraaqtuq avait disposé d'un laps de temps suffisant pour préparer sa fuite avant qu'ils ne débarquent en force. C'était bien lui qui fonçait en direction du nord. Dès sa sortie de la cité, il avait quitté la chaussée pour slalomer entre les barres d'immeubles et le patchwork de hangars et de grosses maisons individuelles qui parsemaient le versant ouest de la capitale. La neige avait recouvert le paysage d'un tapis suffisamment épais pour permettre de rouler hors des routes balisées. Par moments, l'agent Peter au volant de son 4 × 4 perdait l'engin de vue, dissimulé par un bâtiment ou un monticule neigeux. Par moments, il semblait au contraire être en mesure de lui barrer la route. Mais chaque fois, le pilote aguerri parvenait à se glisser de nouveau entre deux bâtisses, sur un sentier trop meuble pour que le Toyota s'y engage, lui, sans risque d'enlisement.

– Tu l'as perdu où, exactement ? le coupa net Rikke.

– Au nord de Sermersooq.

– Là où la route en construction s'arrête, commenta Appu à l'oreille de Qaanaaq. Au-dessus de l'aéroport.

Précisément : à la toute fin du réseau routier de la capitale groenlandaise. Un échec presque comique : c'était le sous-développement des infrastructures locales qui avait permis à l'opposant au progrès de disparaître. C'était *Nuna* dans son état primitif qui l'avait sauvé.

Quittant le chemin de terre bordé d'engins de chantier et de conteneurs, Anuraaqtuq avait poussé les gaz de sa motoneige pour gravir les contreforts d'une grosse colline blanche. Son moteur toussait, mais il n'avait pas tardé à atteindre le sommet pour s'effacer dans la brume immaculée. Au-delà, ce n'était plus la ville et déjà la toundra. Au-delà s'étendaient les deux mille kilomètres d'une île-continent quasi inhabitée.

La plus vaste et la plus impénétrable des planques.

Peter avait pilé juste avant de percuter une grosse congère. Furieux et impuissant. Il avait rebroussé chemin pour essuyer les remontrances de la directrice Engell.

Rikke triomphait. Elle l'avait prédit : l'appartement ne contenait rien de probant. Cartons pleins de tracts militants, monceaux de pièces détachées, désordre de fringues sales et de résidus alimentaires. Dans la trappe de visite de la baignoire, ils trouvèrent bien une poignée d'armes blanches. Søren confirma aussitôt que les couteaux ne correspondaient pas aux plaies relevées ; on ne consigna lesdites pièces à conviction que pour la forme.

Mais ni mâchoire d'ours, ni restes humains, ni *tupilak,* ni bottes tachées de sang… Rien qui corresponde de près ou de loin aux scènes de crime du Primus.

Qaanaaq s'étonna qu'Anuraaqtuq ait laissé derrière lui son ordinateur portable. Il avait dû être prévenu au dernier moment et s'être débarrassé des éléments les plus compromettants. Søren le fourra dans un sac plastique à glissière.

Rikke promenait un air distrait sur l'intérieur que son équipe retournait de fond en comble. Elle ne cachait pas son dégoût.

– Je suppose qu'il n'est toujours pas question de mobiliser un hélicoptère ? lui demanda Qaanaaq.

– Vous supposez bien. À moins que vous n'ayez personnellement les moyens de le financer ?

Le plus rageant, c'est qu'il aurait pu. S'il n'avait pas mis un point d'honneur à ne jamais toucher au compte où, comme une pluie inexorable, tombaient chaque mois d'avril cinquante pour cent des droits d'auteur de son père. S'il n'avait pas pris pour règle de vivre avec sa modeste solde de flic, en refusant le sale fric paternel. Alors oui, il en aurait eu les moyens. Flora, sa mère, et Sofie, la petite arriviste qui avait accompagné les dernières années de Knut, éprouvaient moins de scrupules à jouir de leur part du pactole.

– Cheffe ! Cheffe ! On a chopé celui-là !

Deux agents plastronnés et casqués déboulèrent dans le salon en tenant l'obèse moustachu, revêtu d'une parka enfilée à la va-vite, qui avait guidé Qaanaaq et Appu vers le combat dans la neige.

– Bon, félicita-t-elle du bout des lèvres. On ne rentrera pas totalement bredouilles à la maison. Vous l'avez trouvé où ?

– Dans son appart. À cheval sur son balcon. Sa motoneige était au pied de la fenêtre. Une « bonne âme » l'avait déjà démarrée pour lui.

– Ah ! La solidarité des cités, c'est touchant.

Laissant Rikke à son ironie, Qaanaaq s'approcha de l'homme.

– Je réalise qu'on ne s'est même pas présentés. Je pense que tu connais mon nom. Mais toi, tu t'appelles comment ?

Se tournant d'un coup vers Appu, l'individu débita quelques phrases expéditives en kalaallisut. L'air buté.

– Il dit qu'il s'appelle Nupaki, mais qu'il ne parle pas danois.

Rien n'était plus faux, bien sûr. Et il avait manifesté très clairement son refus d'être interrogé par Qaanaaq. Son audition promettait d'être une partie de plaisir.

Juste avant de quitter l'appartement, Qaanaaq souleva une dernière pile de vêtements peu ragoûtants quand son geste s'arrêta. En soi, ce bonnet rouge ne prouvait rien. Mais il le revoyait encore s'éloigner des Archives nationales, fusil en main. Ce maudit bonnet rouge avait voulu sa mort…

De son côté, visiblement pressée de quitter les lieux, Rikke hurlait dans sa radio ce qui ressemblait à un avis de recherche national. Dans tous les postes de police du pays, le visage d'Anuraaqtuq Nemenitsoq serait désormais placardé. La chasse à l'homme était engagée.

– Satisfait, capitaine ? lança-t-elle à Qaanaaq au moment de franchir la porte éventrée.

***

Le géant sauta à bas du Sikorsky avec une agilité surprenante pour sa corpulence. La nuit tombait sur l'étroite piste circulaire du PolarisOne, balayée par le clignotement intermittent du *beacon* rouge à la queue de l'appareil.

Czernov n'était pas un ouvrier comme les autres, et Henrik Møller l'attendait sur la passerelle contiguë. Un honneur qu'il n'accordait à aucun autre de ses employés. Il serra la main du Russe avec chaleur.

– Merci de t'être rendu disponible, Sergueï, cria-t-il pour couvrir le bruit du rotor. À part toi, je ne vois pas qui pourrait relancer notre « beauté ».

Il désigna l'une des torchères qui consumaient le filet de gaz encore expulsé par la plateforme. Tel un dragon sous somnifères, l'Éléphant tournait au ralenti.

– Je ne vous promets rien, patron. Les gars sont encore bien remués par tout ce qui s'est passé depuis dix jours.

– Je sais, je sais… Tout ce que je te demande, c'est d'essayer.

– Je vais faire de mon mieux, vous me connaissez… Mais ça va être coton avec les Chinois. Ils se sentent particulièrement visés.

– Je compte sur toi. La direction me hurle dessus. T'as vérifié l'état de ton portefeuille, récemment ?

– Pas vraiment…

– L'action n'en finit plus de dévisser, se lamenta Møller. Un vrai désastre !

Nesti opposa une moue indifférente, comme si ces considérations passaient au-dessus de ses larges épaules.

– Enfin bon, tu es là…, reprit Møller avec confiance. Allez, je te laisse reprendre ton équipe en main. Ils t'attendent avec impatience.

Vu la tête que tirèrent les ouvriers casqués en apercevant la silhouette de Nesti, on pouvait en douter. Mais, à leur grand soulagement, leur contremaître les ignora royalement. Évitant la terrasse où ils s'étaient agglutinés pour observer les retrouvailles des « chefs », il emprunta une succession d'escaliers et de coursives. Après cinq minutes d'un parcours tortueux, il déboucha enfin sur un petit belvédère carré surplombant l'océan. Un recoin perdu de PolarisOne.

Appuyé à la rambarde, il huma l'air glacé. Il n'aimait pas cette humidité. Il préférait le froid sibérien, plus tranchant, plus sec. Après quelques grandes inspirations, il tira de sa poche le porte-clés chinois, verni d'une pellicule de sang séché. Son sang. Sa cuisse le tirait encore un peu, par instants.

La bonne nouvelle, c'est que cette histoire touchait pour lui à sa fin. Dans une seconde, plus rien ne le relierait aux victimes du Primus. Dans une seconde, ses ultimes scrupules sombreraient à jamais dans l'eau de Kangeq. Alors, dans un geste pareil à celui d'un lanceur de base-ball, il propulsa la clé dans la nuit, le plus loin possible.

***

L'avalanche de boules plombées reprit dès qu'ils franchirent la porte. La présence de l'un des leurs, le moustachu emmené par les flics, aurait dû calmer l'ardeur des voyous. Mais rien n'y faisait. Il semblait même à Qaanaaq que, dans chaque projectile, le cœur métallique était plus volumineux. Il n'eut d'autre choix cette fois que de protéger son crâne de ses deux mains gantées.

Parvenus au-delà de la crête, à cinquante bons mètres de la barre la plus proche, ils furent hors de portée des tirs. C'était un petit miracle qu'aucun d'entre eux n'en soit ressorti avec des contusions plus sérieuses. Ces jouets auraient pu tuer un homme. Malgré les rayures qui griffaient les carrosseries et quelques vitres brisées, ils soupirèrent de soulagement en rejoignant leurs véhicules.

En repassant devant le bidon au téléphone fondu, Qaanaaq avait jeté un œil à l'intérieur du baril. Comme il s'y attendait, le portable calciné avait disparu. Mais il avait remarqué un pan de textile synthétique blanc auquel était attaché un bout de fermeture à glissière bleu électrique. Après avoir vérifié que ses camarades poursuivaient leur chemin sans se soucier de lui, il l'avait glissé discrètement dans sa poche.

Les deux conducteurs choisirent de repartir par Samuel Kleinschmidtip Aqqutaa pour échapper à de nouveaux projectiles. Sur cette portion, les bâtiments étaient implantés plus loin de la chaussée. Mais comme ils approchaient d'un pylône électrique, Qaanaaq remarqua une forme suspecte accrochée au lampadaire voisin.

– Appu, arrête-toi ! ordonna-t-il.

Il bondit du véhicule et courut dans sa direction : plus de doute, c'était une silhouette humaine. Chaque foulée lui permettait d'identifier un peu mieux ce qui se balançait au bout d'une corde de fortune. Un corps aux yeux exorbités et qui ne respirait plus.

Un corps qu'il reconnaissait à présent.

26

[IMG_2053 / 26 octobre / Corps mutilés identiques à ceux de Nuuk]

Taqqiq s'était-elle suicidée… Ou l'avait-on aidée ?

La question tourmentait Qaanaaq alors que son propre corps était secoué par les dos-d'âne et les nids-de-poule. Cette gamine, il la connaissait à peine. Il avait bavardé avec elle moins d'une demi-heure ce soir-là, au *Zoo*. Au fond, il ignorait tout d'elle. Il n'avait retenu que ce qui lui avait paru utile à son enquête. Il avait déroulé son petit numéro de flic pour lui arracher un début de confession. Mais une question demeurait entière, et résonnait à présent de manière sourde en lui. Qui était vraiment Taqqiq Nemenitsoq ? Qui s'était jamais soucié de ce que pouvaient bien cacher ses oripeaux de petite putain des glaces ? Sans doute pas ses clients du Primus. Certainement pas son crétin de frère. Alors qui, qui à part Qaanaaq, à cet instant et dans cette voiture bringuebalante, pleurerait jamais cette pauvre fille ?

Il ne fit rien pour dissimuler sa tristesse, deux larmes muettes qu'Appu saisit d'un coup d'œil rapide arraché à la route.

Le corps sans vie de la môme, déjà bleui par la strangulation et le froid, avait été jeté dans le coffre du 4 × 4 à la demande de Rikke Engell. Comme un vulgaire sac. Deux des flics en uniforme avaient aidé Qaanaaq à décrocher ce pauvre pantin en jupe. Rikke n'avait rien voulu entendre : hors de question pour elle de voyager en compagnie d'une morte. Qaanaaq l'observait dans le rétroviseur intérieur. Pendue au téléphone, elle paraissait scandaleusement indifférente au drame qu'ils venaient de découvrir. À deux reprises, elle poussa même un petit rire de gorge, comme une adolescente. Elle murmurait dans son portable. Comme des mots doux ? À qui donc ?

Dès leur arrivée, Nupaki le moustachu fut placé dans l'une des trois cellules. Et le corps de Taqqiq confié aux bons soins de Kris Karlsen. Celui-ci parut plus remué à la vue de ce corps qu'il ne l'avait été par les quatre cadavres précédents. Avait-il lui aussi connu la jolie Inuite ?

Le légiste s'enferma dans son labo, ses secrets avec lui. Il s'était abstenu de tout commentaire devant la mine déconfite de Qaanaaq. Une heure et divers examens plus tard, il confirma l'hypothèse du suicide. Asphyxie par strangulation, nuque partiellement brisée. Le corps portait bien divers hématomes sur le torse et au ventre, de « sacrées marques, même », mais aucune trace biologique étrangère. Si ce n'était, sur sa joue gauche, la marque rougie d'une gifle appuyée. Une baffe qu'aurait pu lui donner n'importe laquelle des brutes alcoolisées qu'elle fréquentait.

La corde employée était un trait de traîneau, ce fin câble tressé qui relie le harnais des chiens à leur attelage. Taqqiq avait dû monter sur le pylône électrique et fixer le trait au lampadaire tout proche, puis elle n'avait eu qu'à se jeter dans le vide. L'enquête de voisinage le confirmerait certainement, si toutefois une équipe se risquait de nouveau dans la cité.

– Ce qui est quand même troublant, dit Karlsen, c'est qu'elle a choisi son trait avec… compétence.

– Qu'est-ce que tu entends par là ?

– Il faudrait faire un test de résistance plus précis. Mais d'après ce que j'observe, le filin était juste assez solide pour supporter son poids. Si elle avait pesé ne serait-ce que quatre ou cinq kilos de plus, le trait aurait probablement cédé.

À quelques kilos près, elle était sauvée. C'était tellement absurde.

Avant de quitter Kris, Qaanaaq lui montra le pan de textile blanc.

– Tu crois que tu pourrais m'analyser ça ?

– Bien sûr, je peux. Mais ça relève plutôt des attributions de Søren…

– Peut-être, mais c'est à toi que je le demande, coupa Qaanaaq à mi-voix. Comme je te demande aussi de ne donner le résultat qu'à moi.

– Entendu… Tu veux savoir quoi ?

– D'abord, ce que c'est. Et si possible qui a été en contact avec ça.

– Un truc qui sort du feu, ça ne va pas être facile. Surtout avec les moyens d'ici.

– Mais non, je suis certain que ce sera parfait.

Il se fourvoyait peut-être, mais Kris Thor Karlsen lui semblait le seul îlot de fiabilité dans ce *brash* d'incompétence et d'étrangeté.

Renversée dans son fauteuil, les jambes croisées sur son bureau, la directrice de la police groenlandaise ne se départait pas de sa bonne humeur. Le principal suspect en fuite, la sœur de ce dernier raide morte, une absence quasi totale de preuves matérielles et un caillassage en règle de son équipe… Et pourtant, ce large sourire.

– Capitaine, je vous en prie, installez-vous !

C'était bien la première fois qu'elle se montrait aussi avenante dans le cadre du travail. Qaanaaq remarqua qu'elle avait procédé à quelques raccords de coiffure et de maquillage. Dans le genre glaçon, elle n'avait pas oublié d'être attirante. Il en aurait presque excusé la petite faiblesse de Kris pour sa supérieure.

– Ce coup-ci, vous ne me reprocherez pas de vous mettre des bâtons dans les roues. J'ai du neuf pour vous. Je dirais même, du consistant.

Cela faisait moins de deux heures que l'avis de recherche d'Anuraaqtuq avait été diffusé. Un délai très court, mais qui sait ? Le pilote de motoneige s'était peut-être retrouvé en rade de carburant. Ou enlisé quelque part dans un creux du relief.

– Figurez-vous, poursuivit-elle, que je viens de recevoir un appel de mes confrères du district de Thulé.

Les images d'exode inuit s'invitèrent fugacement, puis s'envolèrent comme elles étaient venues, chassées par le vent du Grand Nord.

– Øh, quel rapport avec notre affaire ?

– Ça !

De quelques clics sur son ordinateur portable, elle fit apparaître plusieurs documents. À peu de chose près, on eût dit les clichés des trois premiers meurtres du Primus, tels que Qaanaaq les avait étudiés dans l'avion. Les mêmes gorges tranchées, les mêmes ventres déchiquetés. La même débauche de furie sanglante.

Il entendait presque les images hurler.

– Deux corps ont été retrouvés, portant des blessures très similaires à celles des ouvriers de Green Oil. Comme chez nous : littéralement dévorés par un « ours » furtif, qui n'a laissé ni traces ni empreintes. Les équipes ne disposent pas des mêmes compétences techniques que nous là-haut…

Cela dit avec un certain dédain.

– … mais ce qu'ils ont constaté ressemble furieusement à des détails que nous connaissons déjà : absence de bave sur les plaies des victimes, la langue lavée *post mortem*, l'ablation partielle du foie…

Il fallut quelques instants à Qaanaaq pour surmonter sa sidération. Et détacher ses yeux des photos écœurantes.

– C'est arrivé quand ?

– La nuit dernière.

– Les deux ?

– Oui, les deux dans la nuit du 25 au 26 octobre.

Soit le lendemain du dernier meurtre à Nuuk, celui de Zerdeiev. Mais aussi la veille du jour présent, et de leur rencontre avec Anuraaqtuq Nemenitsoq. On pouvait toujours imaginer que le chefaillon du NNK ait effectué un aller-retour express dans le Grand Nord. Mais l'hypothèse était fragile, compte tenu du délai et de la distance. Qaanaaq nota mentalement de consulter une nouvelle fois Air Greenland à propos de ses listes de passagers. Les déplacements d'Anuraaqtuq sur la période allant du 19 au 25 demandaient à être vérifiés – idem pour Czernov. S'agissant de Massot, les doutes s'évanouissaient d'eux-mêmes, puisque plusieurs témoignages attestaient de sa présence dans la capitale au moment des faits rapportés.

– La nouveauté, c'est le profil des victimes.

– Ah bon ? Pourquoi ?

– Ce n'est guère plus brillant que les esclaves de Møller... mais au moins, ceux-là sont de vrais Groenlandais bien de chez nous.

Dans la bouche d'une Danoise qui méprisait ouvertement la culture et la population locales, c'était plutôt déplacé. Elle continua :

– On a affaire à deux chasseurs d'ours et de phoques. Des gars qui ont toujours vécu là, connus dans la région, intégrés à leur communauté, le genre bons pères de famille sans embrouilles... Rien à voir avec nos étrangers libidineux.

La différence était notable, en effet, et pour le moins déconcertante. Si les crimes de Thulé entretenaient le moindre rapport avec ceux de Nuuk, alors la piste identitaire suivie par Qaanaaq s'effondrait. Ou pas... Il se remémora les propos de l'historien : en 1974 ou 1975, une famille entière de chasseurs inuits avait été décimée par le NNK. Le parti clandestin n'hésitait donc pas à sacrifier les siens à sa cause. Se pouvait-il que là-bas aussi, la résurgence actuelle d'un nationalisme de combat ait fait des victimes ? Anuraaqtuq disposait-il de complices à l'autre bout du pays ?

Rikke le dévisageait, un sourire malicieux aux lèvres.

– Quoi que vous imaginiez, j'ai le plaisir de vous annoncer que vous allez pouvoir le vérifier par vous-même.

– Pardon ?

Elle lui tendit un imprimé, sûre de son fait.

– Votre nouvel ordre de mission. Signé Arne Jacobsen.

La lettre lapidaire, d'une forme purement administrative, lui intimait de se rendre immédiatement dans le district de Thulé, municipalité de Qaasuitsup.

– C'est une plaisanterie ?!

– Attendez, je n'y suis pour rien, se défendit-elle sans intention de convaincre. C'est votre patron qui vous envoie là-bas, pas moi.

– Ben voyons ! Foutez-vous de ma gueule !

– Oh ! On baisse d'un ton, capitaine.

Un esclandre ne mènerait à rien, et certainement pas à servir sa cause, il le savait.

– On tenait enfin une piste sérieuse avec Anuraaqtuq et le NNK.

– Eh bien, disons que cela vous en fait une deuxième.

Oui, bien sûr, des cas similaires, c'était troublant. Mais de là à tout planter...

Rikke reprit, décidément très sûre de son fait :

– Comment dites-vous déjà ? *Il n'y a pas de route impraticable pour la vérité, elle trouve toujours son chemin.* C'est bien ça ?

L'amour, c'était *l'amour* qui trouvait toujours son chemin dans le dicton original, pas la vérité. Il n'essaya même pas de la corriger. Si Rikke s'amusait à le prendre à ses propres pièges, c'est qu'elle avait déjà gagné la partie.

Il partirait, un point c'est tout.

Pourtant, dans une ultime bravade, il saisit son Smartphone et fit apparaître le contact de la Fourmi, montrant ostensiblement son écran à Engell. « Vous perdez votre temps », semblait lui signifier son regard froid. Elle n'avait pas tort : chacune des trois tentatives d'appel fut instantanément aiguillée vers la messagerie impersonnelle de Jacobsen. La Fourmi le filtrait.

De guerre lasse, il relut la missive de son chef :

> Ordre vous est donné de vous rendre séance tenante dans le district de Thulé, municipalité de Qaasuitsup, pour mener toutes les investigations nécessaires sur les faits exposés en annexe.

– Ça se trouve où ? finit par demander un Qaanaaq vaincu.

– À mille six cents kilomètres d'ici. Une vraie promenade de santé.

Elle n'était pas du genre à avoir le triomphe modeste. Maintenant qu'elle s'était officiellement débarrassée de lui, elle ne lui épargnerait rien.

– Qaasuitsup, c'est le nom du village ?

– Non, c'est le nom de la communauté de communes qui gère les postes de police du coin.

– Alors je vais où, exactement ?

Il s'en doutait déjà. Depuis qu'il avait parlé avec le vieil homme à la casquette, aux Archives, il s'y attendait sans se l'avouer. Tout conspirait à ces retrouvailles.

Tout le conduisait là.

Au nord absolu de ses origines.

Avant même que Rikke ne le prononce, le nom cognait dans sa tête, comme il avait déchiré autrefois ses oreilles d'enfant.

– À Qaanaaq… Vous ne devriez pas être trop dépaysé, non ?

27

[IMG_2062 / 27 octobre / Lever de soleil sur Nuuk, vu d'hélicoptère]

Qaanaaq n'en revenait toujours pas.

Décidément, l'amateurisme qui prévalait dans ce pays le stupéfiait. Engell pouvait bien se la jouer procédure-procédure, son équipe paraissait plutôt se livrer un combat de bras cassés.

La scène s'était déroulée très tôt ce matin-là, avant que l'hélicoptère d'Air Greenland ne décolle pour le Nord.

La veille, Nupaki, le lieutenant moustachu d'Anuraaqtuq, n'avait quasiment rien lâché au cours de l'audition. Indifférent aux techniques de manipulation de Qaanaaq. Pour couvrir son chef, il avait sorti un alibi manifestement appris par cœur et surtout invérifiable : les trois soirs des meurtres s'étaient tenus des entraînements en vue des Arctic Games. Des dizaines de témoins pouvaient soi-disant attester de la présence du leader nationaliste.

– Des entraînements à trois heures du matin ?! s'était emporté Qaanaaq.

Le moustachu avait haussé les épaules, puis s'était muré dans le silence.

Agacé par cet échec, Qaanaaq avait voulu réinterroger Nupaki tôt le matin, avant son vol. Mi-surpris, mi-gêné, Apputiku avait répondu, protégé par son inimitable sourire :

– Ben, il est parti.

– Comment ça « parti » ?

– Il a été libéré ce matin.

– Øh, c'est une blague ? Tu me fais marcher, c'est ça ?

– Ah non, non… Ce matin, à six heures trente, c'est l'habitude.

Ça n'avait rien d'une plaisanterie, non. Au Groenland, aucun prévenu ne restait plus de douze heures consécutives en cellule. Pour ce peuple de chasseurs nomades, la privation de liberté s'apparente à la mort. Par le passé, un nombre important de détenus s'étaient suicidés, d'autres s'étaient simplement laissés mourir de faim ou avaient dépéri de tristesse. C'est pourquoi on n'astreignait désormais les gardés à vue, comme les condamnés, à ne passer que leurs nuits en prison. Le jour, ils étaient libres de circuler comme bon leur semblait, avant de pointer de nouveau le soir suivant, au plus tard à vingt et une heures trente. Certains d'entre eux poursuivaient même une activité professionnelle et une vie familiale parfaitement normales ; rien ne les distinguait en apparence des citoyens ordinaires.

Autant dire que Nupaki devait être loin, à l'heure qu'il était…

Le Bell 212 qui survolait Nuuk était au moins deux fois plus gros que le petit Sikorsky de Green Oil. Outre Appu et lui, sept passagers occupaient les sièges de l'appareil. Cinq heures de vol et deux haltes – à Ilulissat puis Upernavik – étaient prévues. Cinq heures d'un bruit assourdissant. Cinq heures à se tirer la tronche, dos tournés, chacun à une extrémité de l'habitacle pourtant exigu.

Côté Qaanaaq, la libération de Nupaki ne passait pas, décidément. D'accord, il y avait cette « tradition », absurde. Mais il ne pouvait s'ôter de la tête que l'Inuit avait quelque chose à gagner dans cette étonnante relaxe. La veille au soir, de retour chez Bébiane et ses bons petits plats en sauce, il avait une nouvelle fois surpris Appu en train de passer un appel en kalaallisut. Mais ce dernier n'avait pas eu le temps de s'éloigner suffisamment. Qaanaaq avait entendu son nom, *Hraanaaq*, à plusieurs reprises, assorti de coups d'œil obliques dans sa direction. Digérant ces divers éléments aussi péniblement que le ragoût de la veille, il ressassait cette hypothèse : se pouvait-il qu'Apputiku Kalakek fût complice des forcenés du NNK ?

C'était d'autant plus difficile à avaler que l'analyse de l'ordinateur portable d'Anuraaqtuq – merci, Søren – avait finalement révélé des pièces accablantes. En particulier une sorte de schéma de montage de ce qu'il fallait bien qualifier comme suit : une mâchoire d'ours mécanisée. La gueule, les crocs, tout y était. Le dispositif ressemblait de très loin aux créations d'Étienne Massot, sans leur vernis esthétique. L'ingénieur français veillait à dissimuler le gros du mécanisme à l'intérieur de « l'animal », alors que cette « chose » visait plutôt l'efficacité pure. Les rouages en étaient plus grossiers, les croquis bien moins fins et précis que ceux du *Fransk*. Relevant plutôt d'un bricolage astucieux que d'un savoir-faire technique. D'ailleurs, à bien y regarder, il s'agissait moins d'un plan de fabrication que d'une méthode d'assemblage. Comme le mode d'emploi d'un meuble en kit.

Une arme du crime version IKEA.

Pour tout dire, Qaanaaq voyait mal ce simplet d'Anuraaqtuq mettre au point un engin pareil. Même si celui-ci était indigne du génie d'un Massot, il témoignait malgré tout de compétences largement supérieures à celles d'un apprenti mécano.

Hélas ! la messagerie du chef du NNK n'avait rien livré contenant lesdits schémas. Le fournisseur d'accès Tele Greenland n'avait rien pu apporter de plus probant sur ses serveurs. Il fallait donc croire que ces planches comme sans doute le matériel nécessaire lui avaient été remis de la main à la main, au moyen d'une clé USB ou autre. Mais on n'avait rien trouvé de la sorte dans son capharnaüm.

L'hélicoptère rouge longeait désormais la côte. Dès les premiers kilomètres au nord de Nuuk, celle-ci apparaissait nettement plus accidentée, alternance de criques escarpées et de falaises. Abstraction faite du manteau neigeux, on aurait pu se croire quelque part en Irlande ou en Écosse. Qaanaaq constata que, contrairement à l'avion qui l'avait conduit ici, l'appareil se gardait bien de piquer vers l'intérieur des terres, où des vents glacés d'une force dévastatrice soufflaient à basse altitude.

Il jeta un œil à la synthèse que lui avait transmise Rikke Engell. Le document, à peine plus étoffé qu'une note de service, ne lui apprit pas grand-chose. À Qaanaaq comme à Nuuk, les corps déchiquetés avaient été découverts à l'intérieur des habitations. Et, là-bas comme ici, aucune trace humaine étrangère, aucune trace significative s'entend, n'avait été relevée. Quels qu'ils fussent, les éventuels complices d'Anuraaqtuq s'étaient montrés aussi habiles et précautionneux que leur « collègue » du Sud.

Très vite, il décrocha de sa lecture stérile et se laissa absorber par le paysage. Vue du ciel, la banquise en formation offrait un spectacle fascinant. Gigantesque puzzle de glace aux pièces identiques. Leur assemblage paraissait s'organiser selon une logique propre, laquelle échappait à toute tentative de l'œil humain.

Deux ou trois fois, il surprit une tache jaunâtre, se prélassant sur un bloc détaché de la masse immense ou sautant d'une plaque à l'autre : des ours polaires. Des vrais. Il ne put s'empêcher de penser que toute cette affaire aurait été tellement plus simple s'il ne s'était agi que de traquer l'un d'entre eux.

Soudain, de violentes rafales de fœhn, le vent des côtes, secouèrent l'hélico. Cela n'émut aucun des passagers – la plupart assoupis, deux d'entre eux occupés à un drôle de jeu, liant leurs doigts par une cordelette. C'était sans doute normal – en tout cas habituel.

Placé à droite du Bell, Qaanaaq profitait pleinement du paysage. La manière dont la lumière du levant révélait les accrocs du relief était prodigieuse. Et dire que certains pensaient cette île aussi plate et aussi uniforme qu'une patinoire. Même d'aussi haut, rien n'était plus faux.

Puis la bande de toundra végétalisée, large de quelques dizaines de kilomètres et partiellement enneigée en cette saison, céda la place à des montagnes et à des vallées plus ou moins encaissées. Sur certains de leurs versants s'étendaient de petites forêts, des résineux sans doute, difficile à dire à cette distance. Au-delà débutait l'univers infini de l'inlandsis, fine pellicule blanche saupoudrée sur l'horizon.

Qaanaaq se sentait en osmose avec la lumière projetée sur son visage. Il avait toujours été frappé, à l'inverse, de voir à quel point les justiciables qu'il traquait étaient en lutte avec leur milieu. Faute d'y trouver leur place, ces malheureux ne connaissaient bien souvent d'autre issue que la destruction des choses et des êtres qui les entouraient. La traduction d'une vraie souffrance… Au fond, songea-t-il, ce qu'il recherchait en prenant ses photos, ces lambeaux de vérité arrachés au réel, ce n'était rien d'autre qu'un signe, la confirmation qu'il était attaché au monde. Que le lien n'était pas rompu. En cela, et bien qu'il l'ignorât encore, il ne faisait que perpétuer les croyances de ses origines. Il bricolait son petit animisme à lui.

Alors, il mitrailla à tout-va à travers le hublot embué. Avec ce voile de brume immaculé qui enveloppait tout, ça ne donnait pas de très bonnes images. Mais peu lui importait. Il était son œil, il était son index, il était cet infini glacé qu'il capturait clic après clac. C'était ce qui comptait.

Après quelques minutes de cette communion, il entreprit ce qu'il n'avait pas pris le temps de faire une seule fois depuis son arrivée : dérusher ses photos. D'habitude, il s'y employait au moins une fois par jour. Généralement le soir, quand il avait couché les jumeaux. Mais le cours des événements ici, au Groenland, ne lui en avait pas laissé le loisir.

Il passa tout en revue, y compris les vues en rafale qu'il avait prises malgré lui au tout début de son voyage. Parmi la flopée d'images identiques – des panoramas uniformes de la calotte glaciaire –, une en particulier le troublait. Au milieu du blanc absolu, on devinait un liseré tout juste perceptible : plusieurs cercles noirs. Des ronds réguliers, parfaitement alignés. Il y en avait trois, et même quatre si l'on comptait celui que le cadre avait tronqué.

Que venaient faire de telles formes géométriques là, au beau milieu du pire nulle part de la Terre ?

Il se pencha vers son voisin de siège pour lui poser la question, et se souvint *in extremis* que ce n'était pas Appu. Le vieillard édenté lui offrit néanmoins le même sourire béat. Tous les Inuits ne détestaient pas les étrangers, la preuve.

Un SMS s'invita sur son téléphone. Il ne pouvait donc jamais avoir la paix… En deux pressions fébriles, il afficha le message signé Kris Karlsen :

Bonne nouvelle, mon cousin a réussi à consulter le portefeuille de Sergueï Czernov : le Russe a revendu l'intégralité de ses actions Green Oil le 15 octobre, au prix unitaire de 74,35 dollars le titre. Il n'en a pas gardé une seule. Montant total de la transaction : 1,48 million de dollars US. Jolie prime de fin d'année, non ? ;-) Mon cousin dit que ça sent le délit d'initié à plein nez.

Le 15 octobre.

La veille du premier meurtre au Primus.

Un jour seulement avant que le cours de la compagnie pétrolière ne commence à s'effondrer à la Bourse de Toronto.

Deuxième partie

NUIT POLAIRE

Seuls le temps et la glace sont maîtres.

Proverbe inuit

Avril 1975

L'enfant a les cheveux longs – longs et incroyablement emmêlés. À croire qu'on ne la coiffait jamais, cette petite, là d'où elle vient. Des dents et une peau dans un état pitoyable, aussi.

Une vraie sauvageonne.

La seule chose qui la distingue de l'état animal, c'est cette peluche en forme de chouette qu'elle ne lâche jamais. Elle crie et griffe quand on fait mine de la lui prendre.

Le personnel de l'orphelinat Josephine Schneiders Børnehjem a rarement vu un tel phénomène. Les gosses brisés, parfois un peu dingos, ils en ont pourtant l'habitude. La gamine ne parle pas un mot de danois. Dieu sait où elle a été ramassée. Ah, au Groenland ? Un coin paumé dans le Grand Nord, tu dis ? Pourquoi pas, ça expliquerait bien des choses. Quand on lui tend un calendrier, elle ne sait même pas indiquer sa date de naissance exacte. Elle doit être peu éduquée. Ou peut-être est-elle juste en état de choc. Elle ne comprend même pas ce qu'on lui demande quand on la désigne du doigt – son prénom, quelque chose. Elle regarde ailleurs. Elle fait comme s'il était question de quelqu'un d'autre.

Elle n'est pas réellement là.

Les premiers jours, elle refuse de se laver ou de se changer. Rien à faire. Quand on cherche à la déshabiller de force, elle grogne comme une bête. Elle mord l'une des soignantes, pourtant l'une des plus douces et des plus expérimentées.

Sa première réaction « normale » arrive alors qu'on lui coupe les cheveux. Là, d'un coup, elle pleure. De longs sanglots silencieux. Elle se vide entièrement de larmes. Des hoquets secouent de la tête aux pieds son petit corps décharné. Il fallait faire quelque chose, quand même. Sa tignasse était infestée de parasites. On aurait dit le pelage d'un chien sans maître.

La voilà presque chauve. Mais ses traits sont gracieux. Elle mange comme quatre. Elle se méfie d'abord de tout ce qui est sucré, puis, très vite, engloutit avec des murmures de plaisir les portions de tarte ou de riz au lait qu'on lui sert.

C'est Lone, une jeune soignante d'origine suédoise, qui la première a noté ces petits signes de retour à la vie. Lone est seule à Copenhague. Ça ne la gêne pas de prendre des nuits en plus, ou de remplacer ses collègues qui ont des petits copains. Tous les soirs, elle veille sur la petite. Elle la berce d'histoires que la fillette ne comprend pas. Une relation muette s'établit entre elles deux. L'enfant ne veut plus avoir de contacts avec personne d'autre. Elle sourit quand elle voit la jolie Suédoise apparaître ; elle gronde quand ses collègues se profilent au bout du dortoir. Avec les autres mômes, elle n'est guère plus sociable. Il n'y en a que pour Lone.

La jeune femme en vient à se demander si elle pourrait l'adopter. Elle se renseigne, mais il n'y a rien à faire. Une célibataire étrangère de vingt-cinq ans n'a aucune chance d'obtenir l'agrément. Et quand bien même, le temps que son dossier passe en commission, la fillette aura été attribuée depuis longtemps. Enfin, si quelqu'un veut d'elle... Ce qui n'est guère vraisemblable. Huit jours déjà et elle n'a toujours pas pris la moindre douche. Alors, au propre comme au figuré, Lone se mouille. Elle fait ce que tous les règlements interdisent : un soir, dans la salle de bains, quand tous les autres sont déjà séchés et en pyjama, elle se dénude devant la fillette. Elle se place sous le jet chaud et bienfaisant. D'un sourire, elle l'invite à la rejoindre.

– Viens, viens... Ça fait du bien, tu sais.

Et le miracle se produit. La gamine abandonne ses hardes. Elle traverse le nuage de vapeur et rejoint Lone sous l'eau. Quand enfin elle s'agrippe aux jambes de sa protectrice, celle-ci a un bref mouvement de recul. Et pour cause.

La sauvageonne est un garçon.

Elle s'attendait à tout, sauf à « ça ».

L'erreur administrative corrigée, l'enfant se retrouve officiellement sur le marché de l'adoption. À défaut de pouvoir le prendre elle-même en charge, Lone espère que son protégé tapera dans l'œil de bons parents. Des gens chics, de Frederiksberg ou d'ailleurs. Elle consulte le dossier du petit. Tout du moins, le peu que celui-ci contient. L'enfant est issu d'une tribu inuite et il semblerait que tout le reste de sa famille ait été massacré sous ses yeux – aucune autre précision sur les circonstances du drame. Le garçon n'a plus rien ni personne. Il est désormais seul au monde. Sans cela, jamais il n'aurait été expédié au Danemark. Au Groenland, les orphelins sont toujours recueillis par des proches. D'ailleurs, ici, on n'en reçoit presque jamais, des enfants issus de la grande île blanche.

Entre deux formulaires, Lone trouve un petit bracelet en papier, comme ceux qu'on enfile au poignet des nouveau-nés. Une écriture maladroite y a indiqué : « Qaanaaq, district de Thulé ». C'est donc de là qu'il vient ?

« Qaanaaq », répéteront plus tard cette dame et ce monsieur si gentils, si bien habillés, lorsqu'ils lui rendront visite une première fois. Puis à de nombreuses reprises au cours des semaines suivantes.

Jusqu'à ce jour où la femme demandera à son mari :

– Qaanaaq... Ça ferait un joli prénom pour un garçon, non ? Qu'en dis-tu ?

Un bien joli prénom.

28

[IMG_2110 / 27 octobre / Un terrain de foot aménagé sur la glace, nuit bleutée]

– Mais… Il est quelle heure, là ?

Qaanaaq tournait autour de l'hélicoptère comme un fauve en cage, enfermé dans cette nuit qui enveloppait le paysage gelé. Il y avait bien une lune presque pleine et quelques étoiles parsemées autour de l'astre blanc, mais on ne pouvait pas décemment qualifier de « jour » ce halo, faible et bleuté, qui nimbait tout.

– Quatorze heures et des poussières. Pourquoi ?

– Il y a un décalage horaire entre Nuuk et ici ?

– Ah non. Aucun…

Alors que s'était-il passé ? Quel doigt avait pressé cet interrupteur géant, plongeant subitement dans le noir l'*Avannersuaq* – le Grand Nord du pays ?

Déjà le Bell repartait, de nouveaux passagers à son bord, tous lestés de paquets ficelés à la va-comme-je-te-pousse.

– Mais on a franchi le 66e parallèle y a déjà un bon moment.

– Tu veux dire… qu'on a versé dans la nuit polaire ?

– Pas la nuit polaire complète. J'imagine qu'il leur reste encore une petite heure de jour par vingt-quatre heures.

De toute évidence, cette heure était déjà passée.

La petite piste, espace de neige déblayé et sommairement balisé par un cercle de bidons multicolores, se situait en périphérie du village. À quelques centaines de mètres seulement, on apercevait les premières habitations accrochées à une pente douce. Plus loin s'ouvrait la baie de Qaanaaq, où l'on ne devinait pour l'instant que les masses sombres de quelques icebergs nomades.

Quoique plus petites, les maisons qu'on imaginait de couleurs vives ne paraissaient pas très différentes de ce qu'il avait pu voir dans la capitale. Et pourtant, il se sentait dans un tout autre monde. La fracture Nord-Sud dont on lui avait parlé à Nuuk revêtait une brusque réalité.

Il n'y avait qu'à regarder, juste à côté de l'héliport, se dérouler ce match de foot endiablé, sur un terrain aux limites approximatives et aux airs de patinoire. Vingt-deux gaillards emmitouflés, chaussés pour la plupart de bottes en peau, couraient en tous sens dans la pénombre. À se demander comment chacun d'eux faisait pour voir ses partenaires. Le jeu ressemblait plus à une partie de hockey sans crosse. Les chutes étaient fréquentes. Et tous les coups et toutes les bousculades semblaient permis. À force d'observer, Qaanaaq parvint à distinguer ce public enthousiaste qu'il avait d'abord perçu à l'oreille. Des familles entières se tenaient là, plantées sur tout le pourtour. Certains étaient avachis sur leurs traîneaux, mais la plupart s'agitaient pour conjurer le froid brutal qui vitrifiait tout sujet inerte. Ils criaient, sautaient sur place, ils échangeaient thermos de café chaud et biscuits – quelques-uns dansaient.

– Ça arrive souvent, ce genre de réjouissances ?

– Tout le temps, dit Appu avec fierté. Le foot est notre sport national.

Qaanaaq songea aux posters et aux maillots du Politigarden.

– Mais… Il y a une équipe nationale ici ?

Il n'était que moyennement amateur de foot, mais il n'avait aucun souvenir d'un quelconque Brésil-Groenland retransmis à la télé.

– Oui. Malheureusement, le Groenland n'est pas membre de la FIFA, déplora son adjoint avec un grand sérieux. Une vieille embrouille entre notre fédération et Sepp Blatter.

Du temps où le Suisse controversé présidait encore le foot mondial.

Soudain, le ballon fatigué vint rouler aux pieds du flic danois. Il fouilla le crépuscule azuré à la recherche du joueur le plus proche et arma son pied droit pour le lui renvoyer. Comme n'importe quel spectateur l'eût fait aux abords de n'importe quel terrain de foot du monde.

Mais l'homme qui courait dans sa direction se figea, laissant la balle filer derrière lui. Il fixait Qaanaaq dans une posture qu'on comprenait hostile, en dépit de la distance. Tous les joueurs s'étaient également arrêtés.

– Qu'est-ce que j'ai fait ? demanda Qaanaaq.

– Tu l'as aidé.

– Et alors… Il ne fallait pas ?

– Pas si on ne te le demande pas. C'est considéré comme une insulte.

– Une insulte ?

– Pour lui, ça veut dire qu'il n'est pas capable de se débrouiller tout seul. Qu'il est un homme impropre à la survie dans un tel milieu.

L'apparition d'un vieil Inuit au faciès aussi rond et jovial que celui d'Appu dissipa le malaise. Après quelques mots énigmatiques adressés au joueur offensé, qui permirent de relancer la partie, il tendit à Qaanaaq une main accueillante.

– Je suis Ujjuk, se présenta-t-il dans un danois à l'accent inuit prononcé. Je coache l'équipe de Qaanaaq.

– Enchanté. Capitaine Adriensen. Police criminelle de Copenhague.

L'homme ne broncha pas à cette annonce, mais il plissa un peu plus encore les deux fentes ourlées de givre qui lui servaient d'yeux.

– Vous allez peut-être pouvoir nous aider : on cherche le chef du poste de police du village.

– C'est moi.

Les deux policiers se regardèrent, laissant filer un silence surpris.

– Hå… C'est vous aussi ?

– Oui.

– D'accord. Je dois également voir le représentant du syndicat des chasseurs pour la région.

– Toujours moi.

Il se payait leur tête, ou quoi ?

– Mais vous avez beaucoup de casquettes, comme ça ?

– Non, une seule, répondit-il avec le plus grand sérieux, saisissant la visière de celle qu'il portait sous sa capuche fourrée, ornée du logo de la Royal Greenland.

Son soudain éclat de rire acheva d'établir le contact. Pas mécontent de sa blague, il expliqua alors qu'il occupait aussi les fonctions, dans le désordre, de facteur à temps partiel, d'animateur des soirées du *klubi* local, de chasseur de phoques… et de père de quatre grands enfants.

Rien que ça.

Sur le terrain voisin, la partie s'achevait tout juste. Très naturellement, Ujjuk le facétieux les invita à se joindre au *kaffemik* d'après-match, à la salle communale.

La joyeuse sarabande qui les entoura tout le long du chemin contrastait avec l'atmosphère fantomatique. Qaanaaq, le village, se composait pour l'essentiel d'une grosse centaine de maisons, réparties de part et d'autre d'une rue principale boueuse qui coulait jusqu'à la mer. Tout ici hésitait entre modernité – les lampadaires – et tradition, à commencer par ces chiens aux hurlements omniprésents, dont il comprit vite qu'ils dépassaient en nombre les humains. Ici ou là, la dépouille d'un phoque éventré avait été laissée en plan, tout juste hissée suffisamment haut pour la mettre hors de portée des autres bêtes.

Son impression se vérifia dès qu'ils eurent franchi le seuil du *qaggiq* préfabriqué : ici, rien ne paraissait réellement important ou grave. Tout se passait dans une atmosphère bonhomme, les adultes et les gosses s'amusaient des mêmes petites choses. Rien à voir avec les « Groenlandanois » de Nuuk.

Face à la porte d'entrée, une vieille affiche de Brigitte Bardot était piquée d'une dizaine de fléchettes. Devant le regard perplexe de Qaanaaq, Appu expliqua que depuis sa croisade contre la chasse au phoque dans les années 1980, l'actrice n'était plus vraiment en odeur de sainteté dans le pays. Sa campagne avait hélas ! mis dans le même sac les braconniers canadiens et les Inuits du Groenland – lesquels ne chassent jamais les « bébés », précisa-t-il. À la suite de ce combat médiatique, les chasseurs traditionnels s'étaient vus imposer les premiers quotas. Des mesures injustes à leurs yeux, car tout *piniartoq* digne de ce nom respecte par principe l'équilibre entre ce que *Nuna* offre et ce qu'on peut lui prendre. Plus prosaïquement, les cheptels de phoques annelés et de phoques du Groenland, les deux espèces les plus répandues, n'avaient jamais été aussi abondants. On était très loin de l'extinction, bien au contraire. Ces quotas, ça n'était qu'une connerie de bureaucrates bruxellois qui n'y connaissaient rien.

En quelques minutes, la pièce se remplit et il ne tarda pas à y faire aussi chaud que dans cette maudite salle de réunion du poste de Nuuk. Héros du match, enfants, parents et vieillards, tout le village semblait présent. Les quelques chaises disposées tout autour furent prises d'assaut par les plus âgés, et les autres s'agglutinèrent dans l'espace central, à proximité d'un buffet garni de café fumant et de *paniqtilaq*, le pain poêlé. L'absence manifeste d'alcool – officiellement, sa vente était prohibée au nord d'Upernavik – n'entamait en rien la bonne humeur ambiante. Dans un coin, des enfants jouaient au bilboquet. D'autres échangeaient des vignettes de footballeurs célèbres. On riait fort et à tout propos.

L'un des derniers entrants fut cet homme trapu que Qaanaaq avait vexé un peu plus tôt. Le sillage déférent qui s'ouvrit sur son passage ne laissait aucun doute ; l'ombrageux footballeur n'était pas n'importe qui.

– Qui est-ce ? demanda Qaanaaq à un vieux monsieur sans dents ni cheveux.

– Oh, lui, c'est Ole. Le fils aîné d'Ujjuk.

Ceci expliquait en partie cela.

– Mais ici, tout le monde l'appelle Uqsualuk.

– Ça veut dire « pétrole », précisa Appu.

– Pourquoi « pétrole » ?

– Parce que le gazole qu'il nous revend est deux fois moins cher que le carburant de la pompe du supermarché.

– Hum... Et il s'approvisionne où, votre ami Pétrole, pour être si compétitif ?

Ça, mon brave monsieur, ça n'est ni mon problème ni le vôtre, signifia le patriarche d'une flexion de ses sourcils.

– En tout cas, certainement pas dans le coin, dit Appu. D'après ce que j'ai compris, les risques générés par les icebergs ont été sous-évalués, et toutes les plateformes de la région sont à l'arrêt depuis des lustres. Comme dans la baie de Disko. Les gens du coin avaient mis beaucoup d'espoir dans ces nouvelles ressources, et puis tout est retombé d'un coup.

– Et ici, qui détient la licence ?

– Arctic Petroleum.

Les gens d'ici s'asseyaient donc sur les pétrodollars espérés. Il se passerait sans doute encore longtemps avant que l'or noir sous la banquise ne soit pompé.

Mais était-ce une si mauvaise nouvelle ?

Après avoir fait le tour du *kaffemik* et s'être fait congratuler pour ses exploits du jour, Uqsualuk fut l'un des premiers à quitter la petite fête, manifestement aussi indifférent à la musique qui s'élevait d'une chaîne hi-fi hors d'âge qu'aux quelques beautés qui le dévoraient du regard. À travers un carreau embué, Qaanaaq vit l'homme enfourcher une motoneige d'apparence neuve. L'engin démarra au quart de tour, et son feu arrière disparut aussitôt dans la brume sépulcrale de la « saison sombre ».

– Capitaine, venez un peu que je vous présente...

Ujjuk lui avait saisi le bras et l'attirait déjà loin du vieillard, manifestement désireux de l'introduire auprès des membres les plus fréquentables de la petite communauté. Après quelques mots échangés avec le pasteur luthérien, un barbon presque aussi décati que l'était Hans Egede[1] lui-même, Qaanaaq fut présenté à une blondinette aux joues rebondies. Inge, Danoise d'origine

1. Pasteur d'obédience luthérienne, à l'origine de la colonisation danoise du Groenland, en 1721.

islandaise maîtrisant à la perfection les chuintements du kalaallisut, dirigeait l'école primaire locale. Dès qu'elle apprit *qui* était son interlocuteur, elle s'empressa de proposer :

– Si vous voulez, passez me voir un soir après la classe.

– Euh... pourquoi pas ?

– Pour votre enquête, rosit-elle, brusquement consciente du caractère équivoque de son offre.

– Bien sûr, bien sûr.

– J'ai côtoyé Juansé d'assez près, vous savez.

– Juansé ?

– L'un des deux chasseurs qui...

– Ah, tout à fait, Juansé, se reprit-il. Et sans indiscrétion, quelle était la nature de vos rapports ?

– Il servait d'homme à tout faire à l'école. En particulier pour l'entretien du local et du mobilier. Mon budget est limité, mais je lui donnais un billet dès que je pouvais. C'était quelqu'un de très serviable, de très gentil. C'est une grande perte pour nous tous.

– Je n'en doute pas, dit-il, compatissant.

– Et vous ?

– Moi... quoi ?

– Vous ne m'avez pas dit votre nom...

– Åh... Adriensen.

– D'accord, s'enhardit-elle, mais votre prénom ?

Appu avait déjà eu maintes occasions de souligner ce point : au Groenland, seul le prénom comptait vraiment. Le patronyme n'était qu'une invention contemporaine dépourvue de sens. Seul l'*ateq* d'un individu était porteur de son âme.

– Qaanaaq, murmura-t-il aussi bas que possible.

– Pardon ?

– Qaanaaq.

Il pensait l'avoir prononcé convenablement, avec ce Q initial qui hésitait entre la *jota* espagnole et le H aspiré. Pourtant, à la faveur d'une pause musicale, son annonce surgit au milieu des conversations et sidéra l'assemblée. Tous ou presque se turent, d'un seul coup. Il s'attendait à des rires, peut-être même à quelques exclamations réjouies, mais il ne reçut, pour tout écho, qu'un silence effaré. Il eût volé à lui seul tout l'esprit du village qu'il n'aurait pas été considéré avec plus de défiance.

Revenir sur sa terre d'origine et, moins que partout au monde, se sentir *chez soi*.

29

[[IMG_2125 / 27 octobre / Poste de police de Qaanaaq]]

Le poste de police avait beau être l'une des rares constructions en dur du village, il paraissait plus délabré que la plupart des habitations. Le gris de son crépi, arraché par l'hiver permanent, tranchait sur les couleurs environnantes. L'intérieur n'était guère plus riant. Murs lépreux, mobilier sommaire. Et un froid qui semblait presque aussi vif qu'à l'extérieur – au moins Ujjuk était-il économe des deniers du contribuable groenlandais. L'idée ne vint à personne d'ôter sa parka.

Mais surtout, la première chose que Qaanaaq remarqua fut la photo officielle de la reine Margrethe qui avait été fixée la tête en bas, comme dans le commissariat de Nuuk. Un portrait de la souveraine en noir et blanc, datant d'il y a quelques décennies, et que personne n'avait pris la peine d'actualiser.

La tête à l'envers, Qaanaaq l'avait eue pendant quelques minutes après cet étrange silence, lors du *kaffemik* d'après-match. D'un coup, il s'était trouvé dans la position désagréable de l'intrus. Si bien qu'il n'avait pas osé dévoiler à Inge sa véritable origine.

L'arrivée d'un SMS sur son portable l'arracha un instant à la misère du décor environnant. Le message provenait d'un numéro masqué.

> `Négociations secrètes engagées par le ministre Kuupik Enoksen, au nom du gouvernement`

groenlandais, avec Arctic Petroleum. Pour lui réattribuer de manière anticipée la licence actuelle de Green Oil.

« Qui êtes-vous ? » répondit-il. Mais son mystérieux interlocuteur ne daigna pas lui répondre. De nouveau Kris Karlsen ? Ça n'avait pas de sens. Deux heures plus tôt, le légiste lui avait livré une information cruciale sans prendre de telles précautions. Pour quelle raison aurait-il cette fois masqué son appel ?

Mais surtout : qui était suffisamment proche d'Enoksen pour bénéficier de telles informations ? Le visage de Pavia Larsen, l'assistant d'Enoksen et ami de fac de Kris, lui revint en mémoire. *Pourquoi pas...* Le fonctionnaire pouvait désapprouver à titre personnel les méthodes de son patron, sans vouloir pour autant compromettre sa carrière.

« Quelles preuves avez-vous ? » insista Qaanaaq.

Renseignez-vous : Harry Pedersen, le patron d'Arctic Petroleum, a pris l'avion pour Nuuk ce matin. Jetez aussi un œil sur le cours de l'action AP. Des fuites ont été orchestrées par la direction de la compagnie, et l'action a pris près de 5 points en une seule séance.

Green Oil s'effondrait ; son concurrent, Arctic Petroleum, s'envolait. Il fallait avouer que ce jeu de vases communicants était pour le moins troublant.

« Merci Pavia », tenta-t-il pour finir. Mais une nouvelle fois, l'informateur s'abstint de répondre.

Ujjuk leur proposa un nouveau *kaffi* qu'Apputiku fut seul à accepter. Désignant le portrait royal d'un mouvement de menton, Qaanaaq commenta, avec un sourire :

– Hé, ça ne date pas d'hier...

– Presque quarante ans que je tiens ce poste, dit le vieux flic avec un soupir.

– Bientôt la retraite, alors ?

– Si tout va bien, l'année prochaine. J'ai déjà soixante-six ans. Il était temps !

Avec ses innombrables attributions, pas étonnant que l'homme ait commencé à ressentir une certaine usure.

Qaanaaq avait du mal à se concentrer sur leur échange. Les SMS reçus flottaient dans son esprit comme les flocons d'une boule à neige. À dire vrai, il était un peu vexé, aussi, de cette leçon élémentaire que lui infligeait l'inconnu – une leçon que Flora aurait pu lui donner également : à qui donc profitait le crime ? Tandis qu'Ujjuk plaçait une casserole sur un minuscule réchaud à gaz, il lança l'application boursière de son Smartphone – une première pour lui – et vérifia l'évolution de l'action AP au *stock exchange* de Toronto au cours des vingt-quatre dernières heures. Elle avait bondi de 5,57 % en une seule séance ! Il referma l'application et revint vers leur hôte, en essayant de ramener son attention sur le moment présent. Il laissa courir son regard tout autour de lui.

– Tiens, vous n'avez pas affiché l'avis de recherche envoyé par Nuuk ? demanda-t-il à Ujjuk.

Rikke Engell l'avait promis : le portrait d'Anuraaqtuq Nemenitsoq serait placardé séance tenante dans tous les commissariats des localités de plus de cent habitants que comptait le pays. Soit environ quarante-cinq.

– Ah, l'avis, oui..., répondit Ujjuk, dos tourné, le nez plongé dans sa mixture odorante. Ils m'ont envoyé un mail pour me l'annoncer, mais je n'ai encore rien reçu.

L'antique PC qui sommeillait dans un coin, écran éteint, ne paraissait pas en état de recevoir quoi que ce soit.

– Vous savez, se justifia-t-il, avec cette distance il y a souvent des ratés de communication, entre *eux* et nous. En même temps, pour Nuuk, on n'a pas plus d'importance qu'une espèce d'amicale paroissiale.

– Pourquoi vous dites ça ?

– Vous avez vu l'état de ce cagibi ?

Le délabrement ambiant ne lui donnait pas tort.

– Devinez un peu à quand remonte la dernière visite de la direction centrale.

– Øh... Quelques années ?

– 2009, dit-il avec aigreur. Août 2009 : faut pas charrier, ils ne viendraient quand même pas geler leur cul ici en hiver.

Près de huit ans auparavant. Et pas loin de sept ans avant que la directrice Engell ne reprenne les rênes de la police groenlandaise.

Le 66e parallèle semblait plus que jamais une frontière infranchissable entre le Sud et le Nord.

– Cela dit, le testa Qaanaaq, j'imagine que des crimes de sang, dans le coin, il n'y en a pas tous les jours non plus ?

– Non, vous avez raison… C'est même la première fois depuis que j'ai la charge de ce poste.

Pour ce que Qaanaaq en savait, c'était exact. Mais si Ujjuk tenait ce gourbi depuis quarante ans, cela signifiait qu'il était arrivé à ce poste deux ans seulement après le massacre familial dont lui avait parlé l'historien. Il serait étonnant qu'il n'en ait pas entendu parler.

S'approchant de lui, Qaanaaq lui posa une main amicale sur l'épaule.

– Parlez-moi un peu des deux victimes.

Le vieil homme sursauta et manqua renverser sa casserole ; une partie du jus brun déborda sur les flammes bleutées. Un frisson parcourut son échine, mais il se reprit.

– Vous avez vu : tout le monde se connaît, ici. Mais entre chasseurs, c'est encore autre chose. C'est plus qu'un banal voisinage de village. On est comme des frères.

Sa voix avait des accents sincères.

– Juansé et Tikile. Je cours la banquise avec eux depuis au moins vingt ans.

– L'institutrice m'a dit que Juansé lui donnait des coups de main à l'école.

– C'est vrai. Y avait pas plus arrangeant que ce gars-là. En prime, c'était le meilleur chasseur de phoques et d'ours qu'on ait jamais eu dans la région. Il était capable de toucher sa cible à près d'un demi-mile.

– Justement, autant de dévouement et de talent réunis, ça n'aurait pas pu déclencher des jalousies ?

– Jaloux de Juansé ? s'écria-t-il comme si c'était le comble de l'incongruité. Non… Il n'y avait pas plus *pitsaasoq* que lui. Tout le monde l'aimait.

Qaanaaq se retint de dire que la plupart des victimes de meurtre étaient des chics types très *pitsaasoq* que leur entourage imaginait rarement pouvoir être la cible de la moindre animosité.

– Hum, je vois ça. Et l'autre ?

– Tikile, répondit Ujjuk en se raclant la gorge. Tikile était le gérant du dépôt de carburant Pilersuisoq.

Le concurrent direct de son propre fils, Ole, le dealer d'essence de contrebande. Ujjuk se garda bien de le préciser. Pourtant, si l'un des deux avait eu des raisons de tuer son rival, cela aurait plutôt dû être ce Tikile…

– Un gars formidable et que tout le monde appréciait, lui aussi ?

– Oui, oui, dit-il du bout de ses lèvres gercées, relevant l'ironie de la question. Évidemment.

Il résuma ensuite pour Qaanaaq les circonstances dans lesquelles les corps avaient été découverts. Dans les deux cas, les victimes avaient été surprises par leur agresseur au petit matin, dans leur salon, en pleins préparatifs de chasse. Une coutume était de toujours laisser la porte d'entrée déverrouillée, en prévision d'éventuels visiteurs ou d'appels à l'aide inopinés. Cela avait facilité les intrusions fatales.

Le flic danois demanda à voir les dépouilles qui, faute de spécialiste sur place – il n'y avait qu'un seul Kris Karlsen dans tout le pays –, n'avaient fait l'objet d'aucun examen sérieux. Ujjuk les invita à le suivre hors du poste, à l'arrière de l'édifice. Là, dans la nuit bleue, il s'arrêta devant un large congélateur béant, vaguement recouvert d'une vieille porte dégondée. Il souleva le vantail : deux corps égorgés et éventrés étaient empilés à même les cadavres de phoques.

Qaanaaq n'en revenait pas.

Appu lui adressa une grimace désolée, comme s'il se sentait tenu de s'excuser pour ses semblables.

La sonnerie de rappel résonna sur le portable de Qaanaaq : seize heures, le moment d'appeler Flora et les jumeaux. Appu le regarda d'un air entendu, sachant désormais à quoi correspondait ce trille joyeux. Qaanaaq désactiva la sonnerie.

– J'aimerais jeter un œil aux lieux, exigea-t-il d'un ton sec qui lui ressemblait peu.

– Chez Juansé et Tikile ?

– Oui.

– Si vous voulez. Mais y a plus grand-chose à voir.

– Comment ça ?

– Tout ce sang, ça risquait d'attirer des animaux errants. On a pas mal de loups arctiques, dans les parages. Sans compter les renards.

– Et ?

– Eh bien… J'ai demandé à ma fille de tout nettoyer.

– Pardon ?

Qu'on ne fût pas dans les *Experts* ni même dans les polars d'O.A. Dreyer, soit. Mais de là à passer entièrement à la Javel deux scènes de crime ?!

– Ce n'est pas qu'une question d'hygiène, s'interposa Appu, volant au secours de son compatriote. Dans la culture inuite, on ne peut pas laisser du sang humain s'écouler ou stagner sans rien faire. Si on ne le lave pas très vite, l'âme du mort risque d'errer sans fin.

Le vieux policier-facteur-coach sportif confirma d'un regard affligé.

Qaanaaq empoigna son crâne nu à deux mains et ferma les yeux. S'emporter ne servait à rien. Le souvenir des aurores boréales de Kangeq défila derrière ses paupières. Le cri qu'il contint résonna dans sa tête, assourdissant.

Toute cette histoire n'était qu'un non-sens – et cette enquête, une farce. Qu'allait-on encore lui annoncer ? Que la femme de ménage avait pris son congé annuel ? Qu'il y avait du ragoût de chasseur prévu pour le dîner ?

– Votre fille… Je peux lui parler ?

30

S'il n'avait pas été obsédé par Rikke, Kris Karlsen aurait pu séduire à peu près n'importe qui – non seulement au poste, mais dans tout Nuuk. Les hommes aussi attrayants ne couraient pas les rues de la capitale. Mais rien n'y faisait ; il déclinait toutes les avances, dissuadait toutes les tentatives. Certaines sœurs ou amies de ses collègues s'y étaient cassé les dents. Le plus surprenant chez Thor, c'est qu'il paraissait s'en offusquer. Comme si ce déballage de désir était déplacé, au-delà du convenable.

Alors, plutôt que de se soumettre à de vaines tentations qui auraient été aussitôt regrettées, il préférait passer ses soirées – et parfois ses nuits – seul dans son labo. Au moins, avec les morts, était-il à l'abri de toute équivoque.

Ce soir-là, il venait de finir d'expertiser le pan d'étoffe confié par Qaanaaq. Comme tous les jours ou presque, il prévoyait de dîner d'une soupe en sachet et d'un demi-paquet de Schneider's au chocolat. Mais il était encore un peu tôt. En attendant, un bon thé bien brûlant suffirait.

Il comprenait désormais pourquoi le Danois lui avait confié ce bout de tissu. La trame, l'épaisseur, sans oublier la couleur et le modèle de la glissière… Tout concordait avec les combinaisons que revêtait Søren pour se promener sur les scènes de crime sans les souiller de son ADN.

Qaanaaq soupçonnait-il le scientifique de la bande ?

Remisant sagement ses spéculations, il acheva de rédiger son bref rapport puis captura les conclusions sur son portable avant d'enfermer le document dans le caisson métallique où il réservait les informations plus confidentielles.

Son mug de oolong bio à la main, il profita de ces instants de calme. Par sa porte entrebâillée, il devinait que l'*open space* s'était déjà en partie vidé de ses occupants. Il balaya ses SMS du jour d'un index distrait. Dans son dernier message, Qaanaaq le remerciait pour les informations concernant Czernov le Russe. Kris les avait glanées grâce à son cousin Sven, le broker. Il sourit. Pour une fois que quelqu'un le prenait au sérieux... C'était l'inconvénient de ce physique que les naïfs croyaient idéal : tout ce qu'il pouvait dire ou faire perdait au moins cinquante pour cent de son crédit ; sa gueule d'ange invalidait tout.

Un texto surgit sur l'écran bleuté. Pavia Larsen lui proposait de prendre un verre le soir même, au *Godthåb Bryghus* ou au *Mutten*. Pour la forme, il se fit un peu prier, mais l'adjoint du vice-ministre Enoksen insistait.

> Les choses sont en train de bouger sérieusement ici, faut que je te raconte.

OK, OK, Kris accepta le rendez-vous. Après tout, ce n'était pas comme si sa soirée en solo s'annonçait trépidante.

Soudain, un éclat de voix déchira le silence de la grande salle commune voisine. Il avança jusqu'au seuil de l'*open space* et comprit. Derrière la porte et les stores fermés du bureau de Rikke, on l'apercevait, gesticulant, son téléphone à la main. Il se figea, l'oreille aux aguets. Mais avant qu'il ait pu distinguer une phrase complète, la porte s'ouvrit d'un coup. La directrice jaillit de sa boîte, diablesse blonde et survoltée. Elle ne parut pas même noter sa présence à l'autre bout de la pièce, qu'elle traversa d'un pas martial, droit vers la sortie. À l'accueil, la réceptionniste tenta bien de l'intercepter, lui tendant un gros carton. Mais Rikke poursuivit sa course, sans un mot pour la fille. Déjà aspirée par la nuit tombante.

Karlsen hésita un instant : réceptionner le colis de Rikke à sa place... ou la suivre ? Il attrapa sa parka accrochée à la porte de son labo et se rua dans le soir polaire.

Dans une ville aussi peu dévolue aux automobiles que Nuuk, le meilleur moyen de passer inaperçu était encore de circuler à pied. Kris n'était jamais allé chez Rikke, hélas ! mais il savait dans quel quartier elle habitait : la zone résidentielle du Vieux Nuuk, près de la cathédrale. Pourtant, avec quelques enjambées d'avance sur lui, elle fonçait dans le sens opposé, en direction du sud-est de la péninsule. Elle descendit ainsi tout le tronçon commerçant d'Aqqusinersuaq, sans un regard pour les vitrines. Après avoir dépassé l'église Hans Egede et la stèle en l'honneur du pasteur fondateur, elle poursuivit sur l'axe principal sans ralentir la cadence.

En doublant à son tour l'enseigne rouge du *Chili*, Kris sentit son ventre gargouiller. Mais il fit taire sa fringale et se concentra sur la cible blonde qui filait devant lui. Tiens, elle avait lâché ses cheveux, pour une fois...

Jusqu'au rond-point suivant, il n'y avait plus de part et d'autre de la route que des immeubles et des entrepôts. Ce n'était pas la partie la plus attrayante de Nuuk. D'ailleurs, Kris n'y traînait presque jamais. Au carrefour, Rikke bifurqua à droite, là où Aqqusinersuaq coulait en pente douce vers le port. Il comprit où elle se rendait. Ce ne pouvait être que ça, ces corps de bâtiment bleus étagés en terrasse, au sommet d'un raidillon : l'hôtel *Vandrehuset.*

Kris retint son souffle.

Le *Vandrehuset* : c'était là que Czernov logeait à l'année.

Rikke Engell s'engouffra dans le hall de l'établissement sans marquer le pas. En habituée, elle fit un signe discret à la silhouette dépassant derrière le comptoir de l'accueil, puis disparut aussitôt dans un couloir adjacent. Kris demeura interdit une longue minute au pied de l'hôtel. Devait-il continuer ? Que ferait Qaanaaq à sa place ? Probablement ça, conclut-il en grimpant la volée de marches et en poussant la porte.

– Bonjour ! lança joyeusement la réceptionniste, une petite femme ronde plutôt jolie et affectée d'un fort accent islandais.

– Bonjour.

– Je peux vous aider, monsieur ?

– Oui... Une femme vient d'entrer.

Le sourire commercial disparut d'un coup.

– Peut-être, oui..., dit-elle avec prudence.

– Non, c'est sûr. Je l'ai vue entrer il n'y a pas deux minutes.

– En quoi puis-je...

– Cette femme est *ma* femme.

À la réserve de l'employée succéda un air renfrogné, presque contrarié. L'histoire du bel inconnu paraissait la toucher personnellement.

– Hum, je vois... J'ai connu le même genre de « mésaventure » il y a quelques mois.

– Dans ce cas, j'imagine que vous savez déjà ce que je vais vous demander ?

– Chambre 5, soupira-t-elle. Au fond du couloir à gauche.

Puisque la réceptionniste n'avait rien précisé, il en déduisit que la numéro 5 se trouvait au rez-de-chaussée. Il se donna quelques secondes de réflexion avant de ressortir et de contourner la bâtisse par la droite. La chambre était la seule à posséder une terrasse. Depuis le léger promontoire, la vue sur le port était splendide. Au loin, on devinait les lumières des navires marchands qui chargeaient et déchargeaient des conteneurs jour et nuit. L'endroit, discret, distillait un je-ne-sais-quoi de triste et de romantique à la fois. Kris connaissait mal la littérature groenlandaise classique, mais il l'imaginait pleine de descriptions mélancoliques conformes à ce paysage.

Protégé par l'obscurité à présent plus dense, il se posta derrière un rebond rocheux, à une quinzaine de mètres de l'hôtel. De ce qu'il devinait à travers les rideaux, la chambre numéro 5 se présentait comme une sorte de suite – chambre, salon et cuisine – dotée de trois fenêtres et d'une petite terrasse en bois. Par chance, la lumière y était allumée et les stores relevés. Seule la gaze des voilages altérait légèrement la vue dont il jouissait sur l'intérieur.

Quand les deux silhouettes s'approchèrent l'une de l'autre, il n'eut cependant aucun mal à les identifier : l'une était Rikke, bien sûr ; la seconde n'était autre que le bouillonnant vice-ministre à l'Énergie, Kuupik Enoksen.

Le Kuupik Enoksen sur lequel reposait tout l'enjeu des scrutins à venir.

Kris resta sans voix, et sans la moindre réaction physique. Pas même un frisson. Il ne ressentait ni jalousie, ni injustice, ni colère. Juste cette vague ivresse qu'il y avait à voir sans être vu.

À surprendre ce qui n'aurait jamais dû être surpris.

Selon toute évidence, le duo poursuivait la discussion pour le moins animée qui avait débuté plus tôt au téléphone. Rikke paraissait nerveuse, de cette tension particulière qui nous électrise quand on nous accable de reproches. Toute son attitude la montrait sur la défensive. Menton relevé. Mâchoire contractée. Épaules renversées vers l'arrière.

De son côté, Enoksen parlait avec gravité. Avec les mains. Gonflé de la solennité familière des orateurs à la tribune. Quand il eut fini ses remontrances, il tendit une main vers elle en signe d'apaisement. Elle la bouda d'abord, avant de s'en saisir et de la porter à sa joue. L'instant suivant, ils s'enlaçaient, s'embrassaient à pleine bouche. Celui d'après, elle l'entraînait vers la chambre.

Alors seulement Kris sortit de sa torpeur fascinée. Vite, il fouilla ses poches à la recherche de son portable. Vite, il fallait graver cet instant dans une mémoire moins contestable que la sienne. Vite, prendre une photo.

Mais quand le volet roulant s'abattit d'un coup sur les amants, il se souvint alors où se trouvait son Smartphone.

Dans son labo. Où il l'avait oublié à cause de son départ précipité.

Pis ! Quel con !

La pensée qui lui vint ensuite fut pour Pavia. Pavia que, faute de téléphone, il ne pourrait prévenir de son retard inévitable. Il repartit en courant dans le noir, plein d'une nouvelle certitude.

La soirée ne faisait que commencer.

31

[IMG_2134 / 27 octobre / Une jeune femme assise dans un intérieur de maison traditionnelle]

Qaanaaq aurait pu photographier un tel visage pendant des heures. Mais sur le moment, il n'en fit rien, bien sûr. Il se contenta d'abîmer son regard dans les yeux de chat extraordinaires de…

– Massaq.

… telle que s'était présentée la fille cadette d'Ujjuk, sur le pas de sa porte.

La lumière diffuse qui baignait la pièce, halo de nuit polaire, donnait à ses traits une douceur surnaturelle. Il ne savait pas si les Inuits croyaient aux anges ; mais si tel était le cas, cette fille était certainement l'un d'entre eux. Appu parti en repérages dans le village à la recherche d'un toit pour la nuit, ils se retrouvaient seuls dans la petite maison bleu ciel.

En quelques gestes gracieux, la jeune femme improvisa pour lui un *kaffemik* sur le pouce – café chaud, gâteaux secs, ainsi que de fines lanières qui devaient être de la viande de phoque séchée.

Massaq était une version adulte et apaisée de l'infortunée Taqqiq. Il s'agissait moins d'une ressemblance que d'une appartenance commune à cette féminité groenlandaise qui le subjuguait depuis sa première soirée au *Zoo*. Le hâle délicat de la peau. L'arrondi harmonieux des joues. Et ces yeux, nom de Dieu, ces yeux…

– Alors… comme ça, vous avez tout nettoyé chez Juansé et Tikile ?

– Oui.

– C'est votre père qui vous l'a demandé ?

– Oui.

– Et ça n'aurait pas dû être plutôt le rôle de leur femme ?

– Non.

Décidément, elle était aussi envoûtante que peu loquace.

– Øh… Et pourquoi ?

– Tikile vivait seul.

Chaque mot semblait lui coûter.

– Et Juansé ?

– Sa femme est partie.

– Récemment ?

– Non. Il y a deux ans.

À peine eut-il avalé une gorgée du jus âcre qu'elle le resservit aussitôt, parfaite hôtesse.

– Et pendant votre ménage, vous n'avez rien remarqué de particulier ? Je veux dire : à part les corps eux-mêmes ?

– Non.

Il n'en tirerait rien avec ses méthodes habituelles, il le voyait bien. Massaq était un bloc impénétrable. Un masque de sérénité minérale que rien ne semblait pouvoir entamer. Quant à entrer en contact physique avec elle, encore eût-il fallu qu'elle le permît – elle lui avait imposé une distance prudente, assise à l'autre bout de la table.

Qaanaaq sortit son Blad, et fit défiler rapidement les clichés qu'il avait pris. Il brandit l'écran vers elle.

– Vous n'auriez pas vu une chose comme ça, par hasard ?

C'était le *tupilak* retrouvé chez Huan Liang. Cette statuette d'ours taillée dans une défense de morse dont Appu avait vainement cherché le double dans les échoppes touristiques de Nuuk.

– Non.

– Vous en êtes certaine ?

Un trouble infime, à peine perceptible, vint altérer son visage de statue.

– Peut-être, bredouilla-t-elle. Je ne sais plus trop. Tout était tellement… confus. Et sale.

– Hum… C'est sûr. Mais si un tel objet avait été présent chez eux, que serait-il devenu, à votre avis ?

– S'il était souillé par le sang, on a dû le brûler.

Cette maudite superstition, pesta-t-il intérieurement.

– Et qui aurait pu faire ça ?

– Mon père ou mon frère, j'imagine. Mais de toute façon...

– Oui ?

– ... Personne n'a de *tupilak* de ce genre-là chez lui, ici.

– Vous entendez quoi par « de ce genre-là » ?

– Il ressemble à ceux que ma mère vend à Ultima Thulé. Ce sont des gadgets pour les touristes. Pas de vraies amulettes anciennes.

– Ultima Thulé, c'est quoi ? Une boutique de souvenirs ?

– Oui. La seule de Qaa...

Elle stoppa net, le fixa de ses grands yeux effilés puis reprit, un friselis espiègle aux lèvres :

– La seule du village.

– De toute façon, j'imagine que même ici, plus personne ne croit à ces choses-là ?

– Je n'ai pas dit ça.

– Qu'est-ce que vous dites, alors ?

Son beau regard d'un gris-vert profond se fit fuyant.

– Eh bien... Ceux qui écoutent encore les histoires de Kunnunguaq fabriquent plutôt leurs propres *tupilak*. Dans les défenses d'un morse qu'ils ont pêché eux-mêmes.

– Kunnunguaq, c'est qui ?

– Notre chamane.

Une alerte retentit sur le portable de la jeune fille, posé à même la table. Elle s'en empara sans gêne et se mit à sourire.

– Qu'est-ce qui vous amuse ?

Elle hésita une seconde, puis lui montra l'application qu'elle venait d'ouvrir.

– Facebookimut, répondit-elle avec un enthousiasme sincère.

Sur la page du réseau social, on pouvait voir un homme, le visage à demi dissimulé par un passe-montagne, à cheval sur sa motoneige, la dépouille d'un phoque dans les bras. Il tirait la langue en signe de triomphe.

– C'est votre frère ?

– Oui, c'est Ole.

– Il poste chacune de ses prises ?

– Plus ou moins. Mais ils font tous ça, ici, dit-elle comme pour se justifier.

– Je peux jeter un œil ?

Il tendit la main en direction du téléphone. Cette fois, toute sa réserve était revenue. Elle murmura une sorte d'excuse en kalaallisut pour se dérober. Mais comme son interlocuteur n'abaissait ni sa main ni ses yeux, elle finit par céder.

Le « mur » d'Ole, alias Uqsualuk, se composait pour l'essentiel de semblables trophées. Remontant le fil, Qaanaaq put constater en particulier que le 26 octobre au petit matin, environ une heure après l'heure supposée des crimes, l'homme traquait le phoque, loin sur la banquise. La géolocalisation du cliché situait en effet sa partie de chasse plus au nord, à environ deux ou trois heures de motoneige du village.

Voilà qui disculpait le mystérieux fils d'Ujjuk.

***

Le trouble suscité par Massaq le poursuivit tout au long de sa promenade. L'avantage de la nuit polaire, c'était que les rues étaient aussi peu éclairées le soir qu'en pleine journée. De fait, elles grouillaient toujours plus ou moins de la même activité. Des grappes d'enfants jouaient ici ou là, luge ou batailles de neige, veillant toutefois à rester à distance des meutes de chiens enchaînés. Au détour d'un imposant silo au dégradé de peinture bleue surgit le seul spécimen aperçu jusque-là en liberté. Comme Qaanaaq s'apprêtait à rebrousser chemin, une vieille dame lui fit signe qu'il pouvait passer sans crainte. Elle ne parlait pas danois. Plus loin, deux ados avachis sur un perron, qui s'amusaient de le voir ainsi suivi comme son ombre, lui expliquèrent que cette bête était l'unique chien domestiqué de la petite localité.

– Il appartient à qui ?

– À Ujjuk.

– Et il a un nom, ce chien ?

– CR7.

– Comme le footballeur ?

Oui, comme la star du Real Madrid. Celui-ci aurait sans doute apprécié l'analogie.

Qaanaaq, le village, lui laissait une impression mitigée. À l'ambiance détendue de la petite fête se superposait à présent une atmosphère moins idyllique. Ce culte de la chasse, cette omniprésence des chiens à demi sauvages, les phoques éventrés et sanglants qui débordaient des « frigos » à chaque coin de rue... Ici, la mort ne paraissait jamais très éloignée de la vie. Elle était comme chez elle partout. Cette pensée le traversa, tandis qu'il gravissait une pente plutôt raide. En haut du petit promontoire, un bâtiment rouge vermillon, d'aspect récent, dominait le flanc sud du village et toute une partie de la baie. Avec cet éclairage tamisé – on eût dit qu'une grand-voile bleutée avait été tendue sur le ciel –, il ne devinait qu'à peine le paysage. Mais tout de même, ici ou là, la lune faisait luire le dos d'un iceberg, comme un gros chat assoupi dans les eaux glacées.

– C'est beau, non ?

La voix claire le surprit. Il se retourna d'un coup. Inge, l'institutrice, se tenait à ses côtés. L'édifice rouge était l'école de Qaanaaq. Elle caressa le chien.

– Je n'attendais pas votre visite aussi tôt, enchaîna-t-elle.

Il s'empourpra légèrement. Dans une autre vie, il aurait pu succomber aux charmes d'une jolie blonde dans son genre, une fille qu'on devinait saine et sincère. Ses premières petites amies, du temps du lycée, n'étaient pas très différentes.

– Vous ne m'aviez pas dit que Juansé avait été quitté par sa femme, attaqua-t-il abruptement, pour se défaire de sa gêne.

– Je ne vous ai pas encore dit grand-chose à son sujet.

– C'était une telle énigme, ce Juansé ?

– Non. C'était un garçon facile et doux. Quelqu'un d'assez malheureux, aussi.

– Vous connaissez les raisons de leur séparation ?

– Sa femme, Bille… Elle en avait marre de la vie ici. Elle le tannait pour qu'ils partent tous ensemble à la ville. À Upernavik. Ou mieux, à Ilulissat.

– Tous ensemble ?

– Eux et leurs deux garçons.

– Mais Juansé ne voulait pas ?

– La chasse, c'était toute sa vie… Essayez donc d'enlever la chasse à un vrai Inuit, il meurt.

Elle ne comprit l'incongruité de ses propos qu'après coup, piquant aussitôt du nez.

– Il n'a pas refait sa vie ? Pas de petite amie pour se consoler ?

– Ici ? s'écria-t-elle, comme si c'était au tour du flic de proférer des inepties.

– Je ne sais pas. Il aurait pu tenter sa chance avec vous, par exemple, la provoqua-t-il.

– Il l'a fait, rougit-elle à son tour. Il m'a vaguement draguée un moment – à la mode inuite, sans insister. Un jour, j'ai mis les choses au clair et il n'a plus jamais essayé. C'est à partir de là qu'il s'est mis à parler de son projet.

– Ah ? Quel projet ?

– Il voulait récupérer Bille. Il s'était mis en tête d'aller s'installer à Ilulissat, pour travailler dans le tourisme.

– Comme guide ?

– Non. Plutôt comme faux chasseur pour des animations. Des sorties en traîneau autour de la ville pour les visiteurs étrangers. Ce genre de chose.

Pour l'amour de Bille, Juansé aurait été prêt à abandonner ce qui comptait le plus au monde pour lui, son âme de chasseur, et à faire le pitre dans un simulacre de son ancienne vie.

C'était beau et tragique à la fois.

– Il l'aimait sacrément, sa femme, dit Qaanaaq avec respect.

– Oui. Bille et lui étaient destinés l'un à l'autre depuis plusieurs générations.

– Pardon ?

– Leurs *ateq* respectifs venaient d'aïeuls qui s'étaient déjà aimés par le passé. Ce n'était pas qu'une affaire de passion, mais aussi un devoir vis-à-vis de leurs ancêtres.

Quelle folie ! Mais quelle magnifique folie…

Qaanaaq allait prendre congé d'elle et se lancer à la recherche d'Apputiku quand il avisa un panneau planté à gauche de la porte d'entrée, protégé par la large marquise de l'école. Sur toute sa longueur s'étendait une galerie de portraits plus ou moins récents – des femmes en majorité.

– Qui est-ce ?

– Toutes les institutrices du village depuis 1953. Enfin, il y a eu aussi quelques messieurs.

– Vous n'y êtes pas ? constata Qaanaaq.

– Pas avant longtemps, j'espère. C'est une sorte de mémorial. On n'y figure que quand on est parti.

Elle avait mis dans ce dernier mot ce qu'il fallait d'ambiguïté. Parlait-elle de mutation, ou d'un départ plus « définitif » ?

Qaanaaq balaya de nouveau les visages et les noms. La plupart étaient des femmes blanches, assez jeunes, au milieu desquelles Inge ne jurerait pas quand son heure viendrait. Mais tout de même : pourquoi n'y avait-il aucune Inuite parmi ces gentilles dames blondes bien coiffées ? Pourquoi aucune Massaq parmi ces bataillons d'Inge ? La jeune femme dut lire sa surprise, car elle prit la peine de se lancer dans une explication.

– Oui, c'est que… Malgré la réforme de 1979 qui a fait du kalaallisut la langue d'apprentissage, les enseignants des villages restent pour la plupart des Danois expatriés ici, au Groenland. Il n'y a aucune règle écrite qui le stipule, mais disons que c'est resté dans l'usage.

– Je vois ça…

– Et aussi…, ajouta-t-elle les yeux dans le vague, au Danemark, il y a toujours des professeurs qu'un peu de dépaysement n'effraie pas.

Inge avait-elle fui son pays natal ?

Qaanaaq avisa soudain un visage qui sortait du lot. Dans la période 1970-1975, à une époque où le danois faisait encore loi. Aussi blonde que les autres, et tout aussi inconnue de lui. Sandra Skovgaard. C'était la première fois qu'il lisait ce nom, pour autant qu'il puisse se le rappeler. Alors comment expliquer que cette femme lui fût familière ?

Avait-elle été mêlée à une affaire sur laquelle il aurait travaillé à Copenhague ? Peut-être l'un de ces innombrables témoins à qui il n'avait posé qu'une question ou deux, et qu'il n'avait plus jamais revu.

Non, vraiment, ça ne lui disait rien. Rien que ces yeux bleus et ce sourire tout simple qui l'hypnotisaient.

32

[IMG_2141 / 27 octobre / Une chambre d'enfant sans jouets]

– Il y a plus de cinquante mots inuits pour décrire la neige, lui avait expliqué Appu, en chemin.

Cinquante nuances de neige, hum, amusant.

– Et Massaq alors, ça veut dire quoi ?

– Neige fondue dans l'eau.

Ça lui allait bien. C'était beau et un peu triste à la fois, ce nom qui traduisait la fin d'un état. La fin d'un monde.

Après avoir essuyé plusieurs refus – toutes les maisons affichaient soi-disant complet –, Apputiku s'en était remis à Ujjuk, qui avait parlé d'une chambre libre chez sa fille. Celle-ci ne parut pas surprise en voyant revenir Qaanaaq, flanqué de son adjoint. Elle les accueillit avec cette même expression de Joconde polaire qui l'avait fasciné un peu plus tôt.

Auparavant, les deux flics s'étaient retrouvés devant la porte close d'Ultima Thulé. *Inuit crafts Greenland*, annonçait une pancarte ornée du dessin naïf d'un iceberg. Manifestement, la petite boutique venait de fermer. Une jeune fille aux tempes rasées, qui sortait à cet instant par une issue latérale, le leur confirma. Elle-même ne se souvenait pas avoir vendu de *tupilak* à des habitants du coin ces derniers temps. Mais elle ne travaillait là qu'à temps partiel. Sa patronne pourrait sans doute leur en dire plus le lendemain.

Naja.

La femme d'Ujjuk.

Forcément.

Toujours aussi taciturne, Massaq les conduisit à l'étage de sa petite maison. Il n'y avait que deux chambres : la sienne, qu'ils entrevirent, spartiate et propre ; une seconde à la décoration typique, posters de footballeurs ou de super-héros, stickers inspirés de mangas, etc. Tout y était parfaitement rangé et les draps pliés en pile sur les matelas. Aucun jouet ne traînait.

Une chambre d'enfant. Mais sans enfant.

Comme aucun des deux hommes n'osait entrer, elle leur montra du doigt les lits superposés. Qaanaaq opta pour la couchette inférieure. Appu se rabattit sur celle du haut. Massaq redescendit pour préparer le dîner.

Appu attendit qu'elle fût hors de portée.

– C'était un garçon et il est mort…

Voilà qu'il se livrait de nouveau à sa distraction favorite : les devinettes.

– Il a dû trouver la mort dans un accident de chasse. Et son père, se sentant coupable, s'est probablement suicidé.

– Hå oui… Et à quoi tu vois ça ? demanda Qaanaaq.

L'œil de l'Inuit s'alluma d'une lueur joueuse. Lui, le grand lecteur de polars, ça devait l'amuser de se livrer à ce genre de spéculations à la Hercule Poirot.

– Il n'y a aucun trophée ni aucun matériel de chasse dans la maison.

Cela indiquait en effet avec une quasi-certitude qu'aucun homme ne vivait plus ici. Mais de là à en tirer des conclusions plus poussées ? Appu renifla ostensiblement.

– Et… elle ne mange que du poisson. Je ne sens aucune odeur de phoque cuisiné. Dans toutes les maisons inuites, ça sent le phoque mijoté.

– OK, dit Qaanaaq, qui se prit au jeu à son tour. Tu marques un point. Admettons que ce soit une maison anti-chasse au pays des chasseurs. Mais ça ne nous dit pas ce qu'il est advenu du papa.

Appu plissa les yeux à la recherche d'un indice décisif.

– Dans le salon, je n'ai pas repéré la moindre photo du père avec son fils.

– Oui… Les parents peuvent être seulement séparés.

– Et les photos du garçon datent pas mal. Sur la plus récente, il porte un tee-shirt des derniers Arctic Games. Nuuk 2014.

Il y avait déjà près de quatre ans. *Bien observé*, songea Qaanaaq. Et pourtant…

– Tout le monde ne mitraille pas ses gosses à longueur d'année. Ça ne prouve toujours rien. À part peut-être que son fils est mort.

– Non, tu ne comprends pas : s'ils étaient simplement divorcés, elle aurait gardé les photos de son ex avec son fils. Il n'y a qu'un cas de figure dans lequel les Inuits rangent définitivement les portraits d'une personne sortie de leur vie.

Le suicide.

Appu avait ménagé son effet. Il aurait tout aussi bien pu commencer par là. Mais son triomphe eût été moins grand.

Le tintement du portable de Qaanaaq dissipa leur complicité retrouvée. Un SMS de Kris Karlsen. Le résultat de ses analyses sur le bout de tissu calciné.

> Le numéro de série ne figure pas sur cet échantillon, mais je suis formel : c'est une combinaison de la police scientifique danoise.

La police danoise n'utilisait qu'un seul modèle de ces combinaisons dites « anti-ADN », fabriqué spécifiquement pour elle par un unique fournisseur et introuvable autrement. Chaque commissariat en tenait un inventaire précis ; il était en principe impossible d'en barboter un exemplaire pour jouer aux *Experts* avec ses amis.

Dans son message suivant, Kris parvenait à la même conclusion.

> Je ne vois qu'une seule explication possible : ceux qui ont brûlé cette combinaison l'ont volée chez nous. Au Politigarden de Nuuk.

Qaanaaq répondit.

Søren ? Je n'y crois pas. C'est lui qui tient l'état du stock. S'il fauchait une anti-ADN pour un usage « personnel », ça se verrait tout de suite. Il serait le premier suspecté.

Mais qui d'autre, alors ? Qui, dans l'équipe de Rikke Engell, pouvait trahir ses collègues au profit d'Anuraaqtuq et de sa bande de tarés ? La possibilité qu'une taupe ait pu les infiltrer gagnait en vraisemblance.

Le dernier SMS du légiste vint clore provisoirement leurs arguties.

J'ai bien une autre idée en tête, mais je ne suis pas sûr pour l'instant. Je te confirme ça dès que j'ai des éléments plus solides.

Le plat préparé par Massaq se révéla délicieux. Au marché de Frederiksberg, Qaanaaq avait plutôt tendance à éviter les étals de « flétan du Groenland » aux effluves rebutants. Mais il lui fallut admettre que le mélange d'épices et de piment de Massaq donnait à la chair d'ordinaire si fade un tout autre relief. Appu semblait lui aussi se régaler ; il ne put se retenir de laper le reliquat de sauce au fond de son assiette. Plus discrète, la cuisinière souriait en coin, apparemment heureuse d'être ainsi honorée.

– Ce n'est pas trop difficile de vivre seule ici ? demanda finalement Qaanaaq.

– Non, ça va.

– Vous avez des voisins qui vous donnent un coup de main ?

– Pas vraiment. Quand j'ai besoin d'aide, je fais plutôt appel à mon père ou à mon frère.

– Pourquoi ? Vous ne vous entendez pas avec vos voisins ?

– Si, si… Mais ils sont presque tous partis.

En jetant un œil par la fenêtre, on constatait en effet qu'aucune lumière ne brillait dans les bicoques alentour. Les lueurs qui trouaient la nuit polaire étaient distantes d'au moins deux ou trois parcelles. Maisons mortes, village bientôt fantôme. Faute de la manne pétrolière attendue, la désertification des petites communes septentrionales était en marche. Inexorable.

Il repensa à Bille qui avait abandonné Juansé, son homme d'un autre âge et d'une culture dépassée.

– Et Juansé ? Et Tikile ? insista Qaanaaq. Ils en avaient encore, des voisins ?

– Plus trop non plus.

Cela expliquait en partie que le vacarme de leurs agressions n'ait réveillé personne. Et que leurs corps suppliciés n'aient été découverts qu'au matin suivant.

– *La route qui mène chez un ami n'est jamais longue.*

Elle approuva d'un léger hochement de tête. Puis parut soudain s'animer et sortir de sa réserve.

– Mon père dit que si ça continue comme ça, le gouvernement risque de fermer purement et simplement le village.

– Ils ne peuvent pas vous chasser, quand même ?

– Non, mais ils peuvent supprimer certains des services publics : la liaison d'Air Greenland, l'acheminement du carburant, la poste, l'école...

– Vous y croyez ?

– Je ne sais pas, dit-elle en haussant les épaules. On a déjà connu un exode. Pourquoi pas un deuxième ?

– Ça vous fait peur ?

– Pas vraiment. De toute façon, ici ou ailleurs...

Ici ou ailleurs... Rien ni personne ne lui rendrait son enfant.

– C'est surtout à mon père que ça crée du souci.

– Hå..., s'étonna-t-il. Pourquoi à lui en particulier ?

– Parce qu'il est responsable de nous.

– De vous ? Vous voulez dire, de vous et d'Ole ?

– Non, de nous tous. C'est notre *isumataq*.

– Le chef du clan inuit, expliqua Appu entre deux bouchées. C'était sa mission de préserver l'unité de la communauté.

– Ce n'est pas le rôle de Kunnu... ?

– Kunnunguaq ? Non, le chamane veille sur nos âmes. C'est l'*isumataq* qui est en charge de nos vies terrestres.

La suite tombait sous le sens. Si le village de Qaanaaq disparaissait, c'était l'honneur d'Ujjuk qui s'évanouissait avec lui.

Il comprenait mieux pourquoi le vieux flic local cumulait autant de fonctions. Sans doute espérait-il conjurer l'inéluctable en se démultipliant ainsi.

C'est alors, face à ces grands yeux résignés, qu'il eut
sa cinquième intuition
Ou plutôt était-ce un espoir.

Cette femme serait la clé de toute cette affaire. Lui, en tout cas, n'en voulait pas d'autres.

33

[IMG_2149 / 27 octobre / Appu pendu à son portable, de nuit, les pieds plantés dans la neige]

Tout avait commencé chez Massaq, dans la chambre d'enfant sans enfant. Leur hôte leur avait clairement donné congé pour le reste de la soirée. Ils s'étaient rapatriés sans broncher sur les lits superposés. Chacun s'occupait à sa manière. Qaanaaq passait ses photos du jour en revue, sempiternel diaporama. Quant à Appu, rivé à son portable, il jouait avec l'une de ces applications addictives, traversées d'ananas dorés et de sonneries suraiguës. Il reçut un appel. Quelques mots en kalaallisut, qui le firent descendre de son perchoir pour enfiler pull et chaussettes. « Bébiane », articula-t-il à l'attention de Qaanaaq. Sa femme.

– Tu sais que je ne comprends rien à ce que vous vous racontez ? Vous pourriez aussi bien vous susurrer des mots cochons, ce serait pareil...

Mais déjà Apputiku dévalait l'escalier pour aller enfiler ses bottes et poursuivre son échange conjugal à l'extérieur. Pourquoi une telle pudeur ? Sous l'œil distrait de Massaq absorbée par la vaisselle, Qaanaaq se chaussa à son tour. Puis, sans se couvrir davantage, il emboîta le pas de son adjoint. Dehors, le froid lui infligea une morsure immédiate – pourtant guère plus vive qu'en pleine journée : il n'y avait pas de différence réelle entre jour et nuit en cette saison.

Il contempla Appu, en pleine conversation. Ce dernier, qui n'avait pas perçu sa présence, semblait soucieux. Pas une de ces préoccupations conjugales ou familiales qui conduisaient tant de couples à la dispute. Il paraissait plutôt écrasé par le poids de problèmes trop lourds, qui lui tiraient des grognements soumis. À plusieurs reprises, comme il l'avait déjà fait à Nuuk, il mentionna son nom : *Hraanaak*. Mais cette fois, le doute était permis. Apputiku parlait-il de lui, ou du village ?

Qaanaaq se rua sur Appu et tenta en vain de lui prendre son combiné. Sous ses airs gauches, l'homme était vif. D'un doigt agile, il parvint à presser le bouton rouge mettant fin à l'appel.

– À qui parlais-tu ?

– Mais à ma femme !

– Tu mens.

– Non !

Les Inuits mentaient mal, et dans l'ensemble peu, lui avait dit Appu. « Chez nous, on déteste les conflits. Pas par peur, mais une embrouille qui dégénère, c'est autant d'énergie qu'on ne consacre pas à sa survie ou à celle des siens. Et mentir, c'est le meilleur moyen de se disputer. »

– Merde, Appu ! Arrête de te foutre de moi ! À chaque fois que tu t'isoles pour passer un coup de fil, tu tires une tronche de six pieds de long et tu parles de moi, je t'entends. C'est quoi, la raison ?

Comme l'Inuit demeurait mutique, Qaanaaq se jeta sur lui, bien décidé à le plaquer au sol. Mais même totalement écrasé par son assaillant, Appu faisait preuve de ressources inattendues. Peut-être avait-il pratiqué le judo dans son enfance. En une esquive étonnamment souple et rapide, il parvint à se dégager, le poing toujours crispé sur son mobile. Le Danois l'avait surpris, mais il réussit à s'écarter.

Puis aussitôt vint le second assaut, ce bond où Qaanaaq engagea toute sa masse et prit l'ascendant sur son adversaire.

Pour de bon.

Il saisit les poignets d'Appu et les planta dans le sol verglacé. Sans brutalité inutile, mais fermement, il prit le dessus. Il se demanda depuis combien de temps il ne s'était pas battu comme ça – exception faite de son combat pipé avec Anuraaqtuq.

Cette fois, il n'était pas torse nu, certes, mais à peine plus couvert dans son ensemble de pyjama en coton peigné. La neige s'infiltrait partout, une neige glacée et coupante. Chaque mouvement le griffait. L'autre grognait d'impuissance, les deux épaules collées au tapis gelé. Le Danois n'était peut-être pas le plus lourd des deux, mais son envergure lui permettait d'envelopper le corps replet qui gisait sous lui, boudiné dans un jogging.

Même à terre, la taille demeurait un avantage décisif.

– Ça va ? Tu as ton compte ou on continue ?

Le vaincu n'avait toujours pas lâché son téléphone, enjeu du pugilat.

– Tu vas me le montrer, maintenant ?

Comme Appu refusait de répondre, Qaanaaq libéra un de ses poignets et lui asséna une gifle. On pouvait abhorrer la violence et lui reconnaître ponctuellement quelques mérites. En l'espèce, il ne voyait pas d'autre moyen de crever l'abcès entre eux. Mais le flic inuit ne réagit pas plus à la frappe sonore qui vint marbrer sa joue qu'aux semonces qui l'avaient précédée. Désespérément muet.

– Bordel, Appu... À qui parlais-tu ?

La baffe suivante fut moins appuyée. Et ainsi de suite, decrescendo, jusqu'à n'être plus qu'une succession de petites tapes à peine plus dures que des caresses. Plus il insistait, et plus cet interrogatoire lui semblait vain. Qu'est-ce qu'Apputiku craignait à ce point ? Pourquoi ce silence obstiné ?

Finalement, comme l'autre ne capitulait toujours pas, Qaanaaq se redressa d'un coup, une moue de dépit aux lèvres, prêt à l'abandonner à ses secrets. Il se sentait plus déçu que furieux. Profondément trahi. Comme on peut l'être par un ami.

Après un dernier regard lourd de reproches, il fit mine de tourner les talons.

Qui sait ? Quand la pression ne fonctionnait pas, le lâcher-prise suscitait parfois de miraculeuses confidences.

De fait, il n'avait pas fait trois pas en direction du porche qu'Appu le retenait d'un cri bref.

– Attends !

– Quoi ? aboya Qaanaaq par-dessus son épaule.

– Mon appel de tout à l'heure...

– Eh bien ?

Le regard d'Appu fouilla la nuit polaire à la recherche d'un prétexte qui ne viendrait plus. Comme à bout de souffle et de ressources, il bafouilla :

– Je parlais avec Rikke.

C'était le moment critique. Il fallait faire montre de prudence. Et de délicatesse.

– Tiens donc... La délicieuse Mlle Engell. Et je peux savoir pourquoi tu te caches quand tu lui parles de moi ?

Visiblement, ces aveux coûtaient à l'Inuit. Était-ce juste l'humiliation du flagrant délit ou cachait-il quelque chose de plus honteux encore ?

– Elle... Elle m'a demandé de te surveiller, avoua-t-il, sa grosse tête alourdie par la culpabilité. De lui rapporter tout ce que tu fais... Ou ce que tu ne fais pas, d'ailleurs.

Appu lui montra l'écran de son téléphone pour preuve. *Rikke Engell* apparaissait comme le nom le plus récent sur sa liste d'appels.

Qaanaaq accusa le coup. Sur le principe, que la directrice de la police groenlandaise lui colle un mouchard aux basques n'avait rien de si choquant. Sans doute n'aurait-il pas agi autrement si ses chefs lui avaient imposé un auxiliaire dans l'une de ses enquêtes.

Mais un détail ne cessait pourtant de le chagriner.

– Soit, grogna-t-il finalement. Mais ça n'explique pas toutes tes manières de comploteur. Tu parles déjà une langue dont je ne comprends pas le moindre mot. Tu aurais très bien pu lui faire ton rapport devant moi, sans que je ne capte rien. Pourquoi avais-tu besoin *en plus* d'aller te cacher comme ça ?

À moins que les échanges avec Rikke n'aient constitué que la face émergée de l'iceberg Apputiku Kalakek.

Ce coup-ci, Qaanaaq fut le plus prompt des deux. Il subtilisa le combiné avant qu'Appu n'ait eu le temps de réagir. L'Inuit fit mine de récupérer son bien, mais il battit en retraite devant le battoir qui se dressait une nouvelle fois devant lui.

La dissuasion, l'arme de ceux qui ont renoncé à s'en servir.

En quelques gestes impatients, Qaanaaq explora le contenu du portable. Son subordonné devait faire le « ménage » régulièrement, car il ne nota d'abord rien de suspect, ni dans le journal d'appels, ni dans les textos ou les contacts. Il allait renoncer quand il avisa le picto correspondant à l'album photos. Les photos… Elles révélaient souvent bien plus que les mots. Ce n'était pas lui qui dirait le contraire.

La frise chronologique en vignettes offrait un résumé saisissant de toute la vie du propriétaire. Souvenirs de parties de chasse, de sorties en traîneau ou d'anniversaires, *kaffemik* divers… Puis soudain.

– Et *ça* ? demanda Qaanaaq. Tu peux m'expliquer ? C'est quoi, ton club de kayak, peut-être ? Une réunion de travail ?!

– Non… de famille, avoua Appu, résigné.

La photo avait été prise un jour de beau temps, sur fond de paysage enneigé, une dizaine de mois auparavant.

Sur le cliché mal exposé, en partie gommés par un contre-jour, les visages réjouis des quatre protagonistes : Appu et son épouse Bébiane sur la droite de l'image ; et sur leur gauche, Bodil, la petite sœur fugueuse, blottie dans les bras d'Anuraaqtuq Nemenitsoq.

Le tueur présumé de Nuuk.

Le meurtrier en fuite.

– Rikke sait que l'homme qu'on recherche dans tout le pays, notre principal suspect, est… ton « beau-frère » ?

– Non, admit-il, penaud.

– C'est toi qui l'as prévenu de notre perquisition dans la cité, n'est-ce pas ?

– Non, non…

Il se souvint de l'accolade amicale, presque affectueuse, qu'Anuraaqtuq avait adressée à Appu lors de leur première visite. Et pour cause : les deux hommes partageaient le même ragoût de phoque le dimanche.

– Mais bien sûr que si ! Tout est clair maintenant : c'est *toi* qui lui as fourni nos combinaisons anti-ADN.

– Non ! hurla presque Appu. C'est faux, ce n'est pas moi !

Et pourtant, à bien y réfléchir, tout concordait. Le peu d'empressement d'Apputiku à les mettre sur la piste de chasseurs inuits ; sa rétention manifeste d'informations ; sa fébrilité lorsqu'ils s'étaient pointés sans préavis chez le fiancé de sa sœur ; et pour finir cette agression à motoneige dont il avait soi-disant été la victime, probablement une mise en scène destinée à détourner les soupçons…

– OK, admettons que je te croie. Mais tu ne trouves pas ennuyeux d'avoir auditionné, *puis* relâché, ton charmant beau-frère sans retenir aucune charge contre lui, à chacune de ses interpellations ?

Appu gardait la tête baissée.

– Et pas une ou deux, hein, *six* ! Six auditions, six relaxes immédiates ! Même pas une petite amende pour trouble à l'ordre public. *Rien* !

– Je…, bredouilla Appu.

– *Pis* ! TU quoi ?!

L'Inuit paraissait K-O debout. Le mensonge n'appartenait pas à sa culture, la honte d'être pris en flagrant délit n'en était que plus douloureuse. Elle le submergeait.

– Je voulais juste protéger Bodil. À chaque fois qu'il a des problèmes, il la frappe. Ça me rend malade, il la frappe chaque fois plus fort.

Il revit le coquard de la jeune femme, sa jupe trop courte, son air de bête traquée. Bodil ne se prostituait peut-être pas, mais elle était tombée sous la coupe d'un prédateur pire que les pauvres types désœuvrés du Primus. Qaanaaq adoucit son ton.

– Et toi, tout ce que tu as trouvé pour protéger ta petite sœur, c'est de laisser ce connard jouer tranquillement au caïd ? Tu ne pouvais pas le coller un moment au trou, histoire de le recadrer ?

– Ben non, tu sais bien…

Ah oui, se souvint alors le Danois, cette fichue règle absurde qui les obligeait à relâcher les délinquants au lever du soleil. Et quand bien même elle n'aurait pas existé, Qaanaaq pouvait le lire sur ce visage décomposé où affleuraient la culpabilité et la peur : Appu n'était pas de cette trempe-là. Il était du genre qui détourne les yeux et arrondit les angles. Il était du genre qu'on intimide à coups de charges en motoneige, lui imposant le silence.

Pour sa chère Bodil, il avait été prêt à couvrir ce salaud du NNK et la relation toxique qui l'unissait à sa sœur.

– Si j'avais compris, reprit Appu, la voix abrasée par le remords. Si j'avais pu deviner qu'il ferait des choses aussi atroces, jamais je n'aurais fermé les yeux. Je te le promets. Je… Je suis un bon flic, tu sais !

Qaanaaq plongea son regard kaki dans les yeux qui l'imploraient.

– *Hraanaak !* insista Appu, l'interpellant pour la première fois par son prénom. Je suis un putain de bon flic…

Sur le perron, Massaq les considérait tous deux, aussi belle et immobile qu'une divinité déchue parmi les humains.

34

[[IMG_2155 / 28 octobre / Le sourire de la Joconde polaire]]

Enquêter sur une affaire criminelle consistait bien souvent à attendre que la bonne info vous tombe dans le bec – comme un fruit mûr échappé de l'arbre des faits. Il fallait juste faire preuve de patience. C'était aussi la philosophie de Flora. Et ce fruit, on devait l'accepter tel qu'il était. En boire tout le suc, sans chercher à l'allonger à l'eau trouble de ses déductions. Un fait était un fait. Restait à le croquer à pleines dents.

Le contact d'Appu à Air Greenland lui avait envoyé le résultat de ses recherches aux premières heures du jour sur son portable. Ses conclusions étaient sans appel : aucun des suspects – ni Anuraaqtuq, ni Czernov, ni Massot – n'avait été enregistré sur les vols entre Nuuk et Qaanaaq aux jours dits, entre le 19 et le 25 octobre.

Assis sur la couchette du dessus, les pieds ballants et les traits encore mâchés par le sommeil – éreintés, ils avaient tous deux dormi plus de dix heures –, le flic inuit ressemblait plus que jamais à un gosse.

– Ils ne sont pas venus ici, conclut-il, comme si cela le soulageait personnellement. Ils ne figurent sur aucun des trois vols allers de la période. Ni sur les deux retours Qaanaaq-Nuuk, d'ailleurs.

Qaanaaq, moins convaincu, souriait en observant la coupe de cheveux explosée de son confrère. L'avantage d'être chauve, c'était de n'être jamais décoiffé.

– Ils ont pu voyager sous une fausse identité.

– Tobias dit que c'est peu probable.

– Pourquoi ça ?

– Parce que depuis les derniers attentats en Europe, Air Greenland a renforcé ses mesures de sécurité à l'embarquement. Désormais, l'identité des passagers est contrôlée directement auprès du fichier central de Copenhague, pour tous les vols.

– Vraiment tous ? Même pour les vols intérieurs ?

– Peut-être pas des sauts de puce. Mais pour des trajets aussi longs, en particulier avec une correspondance, oui, Tobias est formel.

Admettons. Les meurtres de Juansé et Tikile avaient été perpétrés par un autre que l'un de ces trois-là. Pourquoi pas ? L'effarante hypothèse d'une complicité à distance, entre deux tueurs chacun à une extrémité du pays, lui revenait tel un boomerang.

Il fit quelques pas jusqu'à la fenêtre. Dans l'obscurité bleutée, la neige continuait à tomber, régulière et dense, gros flocons rabattus sur la vitre par de violentes rafales. Un fumet de café fraîchement percolé planait dans la maison.

Massaq avait dû se lever bien avant eux.

– Et pour rallier le sud et le nord, il n'y a aucun autre coucou que ceux d'Air Greenland ? Pas d'autre compagnie ou de particulier qui louerait son engin pour rentrer dans ses frais ?

– Attends, tu sais combien coûte un hélico ?

– Non, mais ça pourrait aussi être un petit avion de tourisme…

Le bateau était inenvisageable. Un aller-retour de plus de trois mille kilomètres par la mer dans ce laps de temps était impossible. *A fortiori* à travers le *brash* hivernal.

– OK, abdiqua Appu. Je vais interroger la tour de contrôle de Nuuk sur les vols privés.

C'était le moment ou jamais de prouver qu'il était un « putain de bon flic ».

***

Quand ils sortirent de la maison, l'estomac lesté de *paniqtilaq* et de café chaud, les intempéries avaient redoublé. On ne parlait pas dans ces régions de « blizzard », mais cela y ressemblait furieusement. Chaque pas dans cette bouillie blanche était une épreuve. La neige tourbillonnante malaxait tout – les quelques courageux qui s'étaient aventurés au-dehors comme les éléments du paysage. Tout le village s'apparentait à un milkshake vanille passé au blender.

Ils arrivèrent au petit préfabriqué d'Ultima Thulé et se ruèrent à l'intérieur comme deux naufragés. Derrière son comptoir, la patronne les fixa d'un œil farouche, sans un bonjour pour eux.

– Vous êtes Naja ? lança Qaanaaq.

– Oui.

– Vous êtes bien la femme d'Ujjuk ?

– Mmmh.

– On est ses collègues du Politigarden de Nuuk. Adriensen et Kalakek.

Grand bien vous fasse, pouvait-on lire dans son regard. Manifestement peu impressionnée par leur statut de flics de la capitale, elle était aussi revêche que son fils. Comme il l'avait fait la veille avec Massaq, Qaanaaq sortit le cliché du *tupilak* de Nuuk.

– Cet objet vous dit quelque chose ?

D'un bref coup d'œil circulaire, il avait déjà constaté qu'aucun bibelot de ce type n'était en vente dans la petite échoppe.

– *Imaqa*.

– Plutôt *imaqa* oui ? Ou *imaqa* non ?

La question de Qaanaaq glissa sur la femme. Elle dévisageait Appu avec un air de reproche. Probablement trahissait-il ses origines en frayant avec un tel *allanertaq*. Apputiku lui sortit quelques mots en kalaallisut, visiblement suffisamment convaincants pour qu'elle finisse par répondre.

– Ça m'arrive d'en vendre des comme ça, oui. Mais je ne peux pas vous dire avec certitude que celui-là vient de chez moi.

– Est-ce que vous vous souvenez d'en avoir vendu plusieurs à une seule personne ? Il y a, disons, une quinzaine de jours ?

– Plusieurs *tupilak* ?

– Quatre... peut-être même six.

– Je ne sais pas. Il y a beaucoup de touristes qui passent ici. Je ne peux pas me souvenir de tous.

« Beaucoup de touristes ? » Elle se payait leur tête. Ils n'en avaient pas croisé un seul depuis leur arrivée dans le village. Et son magasin était désert.

– Je comprends, dit-il avec un sourire entendu. Mais vous avez bien une trace comptable de vos ventes quelque part, non ?

– Pas pour ce genre de choses.

– Pour quelle raison ?

Elle grommela ce qui, dans son dialecte, devait être un juron. Mais Appu la pressa d'un plissement des yeux insistant.

– Les *tupilak* sont en dépôt-vente. Ça se fait de la main à la main, entre l'artisan et moi. De toute façon, je n'en ai jamais autant en stock ici. Ce sont des pièces rares.

Sa fille, Massaq, les avait décrits au contraire comme du pur artisanat pour vacanciers.

– Et si j'en voulais six d'un coup ?

– Il faudrait lui commander directement.

– Je vois. Et c'est qui, cet artisan ?

– Une vieille *pilli*.

– Une vieille folle, traduisit Appu.

– Pourquoi vous dites ça ?

– Je ne sais pas. C'est ce qui circule dans le village.

Merveilleux pouvoir des rumeurs.

– Je ne comprends pas. Vous la connaissez, non ? Puisque vous vendez ses *tupilak* ?

– Moi, je traite avec Kunnunguaq.

Cette fois, Qaanaaq avait retenu le nom – celui du chamane local.

– Pourquoi avec lui ?

– Ben pardi, parce que c'est là qu'elle habite, la *pilli* ! s'écria-t-elle, pressée d'en finir. Au campement de Kunnunguaq. Elle ne sort jamais de sa tente. Une folle, je vous dis.

– Très bien… Et c'est loin d'ici ?

***

Kunnunguaq avait toujours vécu à bonne distance du village et de ses habitants. D'après Appu, c'était une tradition. Parce qu'il manipulait des esprits et des forces aux effets imprévisibles, le chamane inuit veillait généralement à préserver ses ouailles de possibles déchaînements cosmiques. D'aucuns prétendaient qu'il se prémunissait ainsi lui-même contre les tentations de la vie en communauté, pour conserver une relation pure à *Sila*. D'autres encore, moins complaisants, y voyaient un moyen de mener une vie d'alcool et de débauche sans avoir à subir les jugements des villageois.

Dès la sortie de la boutique, Appu refréna l'élan de son supérieur.

– N'y pense même pas.

La tempête avait gagné en intensité. Tenir debout dans cette tourmente relevait du défi. Ils n'y voyaient qu'à quelques pas, les lumières des maisons environnantes leur parvenant comme de lointains fanaux. Le campement de tentes se situait à près d'une heure en traîneau de Qaanaaq-ville.

– Même pas en motoneige ? cria Qaanaaq contre le vent.

– Surtout pas. On n'a jamais vu une motoneige traîner son maître inanimé jusque chez lui. De toute façon, il n'y a pas un chasseur sérieux qui prendra le risque de t'embarquer par un temps pareil.

Comme pour lui donner raison, un violent coup de *pitarok*, le vent polaire, manqua les plaquer tous deux au sol. S'abriter au plus vite demeurait la seule option. Hélas ! ils mirent deux fois plus de temps à rentrer chez Massaq qu'il ne leur en avait fallu à l'aller. Qaanaaq entrevoyait enfin ce que voulait dire les rigueurs de l'hiver dans l'Avannersuaq.

Dans la pièce unique de la petite maison bleu ciel, biscuits et café chaud les attendaient. S'il appréciait la compagnie de leur hôtesse, Qaanaaq ne pouvait s'empêcher de ruminer sa frustration. Il n'était pas habitué à se voir dicter son agenda par les éléments. À Copenhague, le vent renversait tout au plus une poubelle ; la neige était cette pluie blanche qui se réduisait en boue dès qu'elle touchait le sol.

Ici, la nature prenait une toute autre réalité. Ici, elle palpitait partout autour d'eux, dictant sa loi – les bonnes comme les mauvaises nouvelles, l'espoir et le désespoir, la vie, mais aussi la mort.

Le nez collé au carreau, absorbé par le spectacle dantesque au-dehors, il écoutait d'une oreille absente le chuintement léger d'un Appu pendu au téléphone. Cette fois, il ne se cachait pas.

Son propre portable sonna. Sur l'écran : *Karl Brenner*.

– Brenner ! s'exclama-t-il à voix basse. *Lille thug !*

Petit voyou, sale truand, cannibale… La palette des petits noms qu'ils s'attribuaient était vaste, mais le registre toujours le même.

– Que me vaut un appel de Niels Brocks Gade ? La Fourmi veut te bannir, toi aussi ?

Si Qaanaaq devait à sa mère sa vocation de flic et certains de ses plus beaux succès, Karl Brenner était pour lui une sorte de « parrain » dans la profession. Très attaché à son ancienne patronne, Karl avait reporté son affection sur le fils. Depuis une bonne quinzaine d'années qu'ils collaboraient, il avait toujours protégé et soutenu le rejeton Adriensen. Avec le temps, les deux hommes s'étaient trouvé des passions communes. La plus puissante, celle qui avait tissé entre eux un lien indéfectible, était la religion de l'image. C'était Brenner qui avait transmis à Qaanaaq sa culture photographique. Et puis, avec Karl, il n'y avait jamais ni rivalité ni jalousie, ces maux si fréquents des relations masculines. L'entraide était leur seul langage ; le ciment de leur amitié.

Karl lui confirma que son différend avec Rikke Engell était parvenu jusqu'à Copenhague.

– Tu vois, même à cette distance, « radio Potins » fonctionne à merveille !

– Au fait, tu la connais, toi ? demanda Qaanaaq.

– Engell ?

– Oui. Avant d'atterrir ici, elle a bien bossé un peu à Niels Brocks, non ?

Qaanaaq s'était lui-même étonné de ne l'avoir jamais aperçue dans les couloirs du siège. Mais peut-être l'avait-il croisée et ne s'en souvenait-il plus. Les blondes et lui… Et puis, plusieurs centaines de personnes travaillaient au Pentagone de la police danoise. Il était impossible de connaître tout le monde.

– Exact, confirma Karl. D'abord aux Mœurs, et ensuite à la direction de la PJ.

Appu les interrompit pour faire part à Qaanaaq des résultats de son appel à l'aéroport de Nuuk. Son pouce tourné vers le sol : aucun vol privé au départ de la capitale n'avait été consigné au cours de la période qui les intéressait.

Aucun de leurs suspects n'avait mis les pieds ici.

– Et alors, tu l'as croisée ou tu ne l'as pas croisée ?

– Eh bien, qu'est-ce que tu veux que je te dise ? Il faut croire que Brenner le Flamboyant n'est plus aussi performant…

– Non ?! Qaanaaq éclata de rire. Tu as essayé de te taper Engell et tu t'es fait jeter ?

– Oh, ça va !

– Petit cachottier, tu t'étais bien gardé de me raconter ça ! C'était quand, cette histoire ?

– Deux ou trois ans. Mais bon, pas la peine de le crier sur les toits non plus…

– Bon. Et est-ce que tu saurais par hasard quelle connerie elle a faite pour se faire expédier ici ?

– Aucune.

– Comment ça, « aucune » ? Elle a bien merdé quelque part ?

– Je t'arrête tout de suite. Elle n'a fait l'objet d'aucune mesure disciplinaire. Et je me souviens très bien de ce qu'elle m'avait sorti quand elle m'a dégagé : elle voulait quitter le Danemark, elle ne voulait pas s'engager, elle avait demandé sa mutation.

– Tu veux dire… ?

– Que c'est elle qui a demandé à aller là-bas, Qaanaaq. D'après ce qu'on m'a dit, elle a même fait des pieds et des mains pour obtenir ce job à Nuuk.

35

– Cher Harry ! Quelle joie de vous voir de retour chez nous !

– Plaisir partagé, cher Kuupik, répondit le barbu en parka fourrée.

Les deux hommes échangèrent une poignée de main chaleureuse et pénétrèrent dans la petite salle vitrée mise à leur disposition par l'autorité aéroportuaire. Les salons privés de l'aérodrome de Nuuk n'offraient pas le luxe feutré des grands *hubs* occidentaux ou asiatiques, mais dans le genre, c'était ce qui se faisait de mieux au Groenland. Le lieu était surtout le gage d'une relative discrétion, à distance des bâtiments officiels. À peine étaient-ils entrés qu'une hôtesse en tailleur rouge éclatant tira les stores, réglant l'orientation des lamelles afin de préserver un minimum d'éclairage naturel.

Cantonné à l'extérieur, transi malgré son anorak Arctic Proof, Pavia Larsen, l'assistant de Kuupik Enoksen, le vice-ministre à l'Énergie, pianotait sur son Smartphone pour tuer le temps.

– J'avoue que votre appel m'a un peu surpris, embraya Harry Pedersen.

Toute l'attitude du représentant d'Arctic Petroleum disait néanmoins sa satisfaction, bras étendus sur le dossier du divan, sûr de lui. Seul le jeu de ses doigts avec la fourrure de sa capuche trahissait une forme de nervosité.

– Une bonne surprise, Harry. Je vous rassure, ça ne peut être qu'une bonne surprise.

Écourtant les jeux protocolaires, Kuupik Enoksen entra dans le vif du sujet. En quelques mots choisis, il résuma la mission que lui avait confiée leur Premier ministre Kim Kielsen, au nom de l'Inatsisartut, le Parlement groenlandais.

Un sourire accroché sous sa barbe rousse, Harry Pedersen buvait du petit-lait. Après les fiascos de Disko et de Thulé – l'exploitation des plateformes y avait été empêchée par la concentration d'icebergs –, revenir ainsi sur la scène pétrolière groenlandaise constituait une superbe revanche pour Arctic Petroleum. Et à titre personnel, un succès qu'il ferait fructifier auprès de son *board,* sous forme de stock-options juteuses.

– Évidemment, fit Enoksen, ménageant son effet, cela suppose que vous réussissiez à faire pression sur vos amis de Prospectin.

Prospectin, l'assureur de leur concurrent, Green Oil.

– Vous me comprenez. Tout notre scénario repose sur ce prérequis : que Prospectin mette en cause les lacunes du dispositif de sécurité de Green Oil. Cela leur permettra de dénoncer la police d'assurance qui couvre l'exploitation de Kangeq, et rendra la licence d'exploitation caduque.

Pedersen acquiesça silencieusement. Il piocha une cacahuète dans une coupelle, avala une gorgée du thé mis à leur disposition, attisant à dessein l'impatience du politicien.

– Ça ne devrait pas poser de problème particulier, lâcha-t-il enfin. Prospectin nous doit quelques retours d'ascenseur. Et sans Arctic Petroleum au capital, ils boiraient vite le bouillon.

Un rayon transperça la persienne et vint trahir le sentiment de triomphe qui affleurait sur son visage.

– Parfait ! s'enflamma Enoksen. Dans ce cas, je pense que nous pouvons commencer à évoquer les conditions d'une nouvelle licence pour le site de Kangeq. Qu'en dites-vous ?

Ce jeu-là aussi était pipé. Chacun des deux protagonistes le savait. Depuis le début de la crise affectant son concurrent, l'action Arctic Petroleum avait gagné près de vingt pour cent sur sa valeur initiale au marché TSX. En outre, AP et les Canadiens de Green Oil étaient les seuls à posséder la technologie et l'expérience nécessaires aux implantations offshore en milieu polaire. Une fois Green Oil et Møller hors jeu, Pedersen demeurait l'unique intervenant possible. En d'autres termes : il avait tous les atouts en main.

La négociation qui s'ouvrait dans ce petit salon austère s'annonçait à sens unique.

– Mais avant que nous parlions chiffres, tempéra le ministre d'un air grave, je voudrais soulever un point qui a son importance.

– Je vous écoute...

– Eh bien, il ne vous a sûrement pas échappé qu'avec Disko, Thulé et Kangeq, vous disposerez de la totalité des licences pétrolières actuellement concédées par mon gouvernement.

– Je ne l'ignore pas.

– Très bien, poursuivit Enoksen avec un raclement de gorge. Et vous n'ignorez pas non plus qu'une telle situation de monopole va à l'encontre de notre législation concernant l'exploitation des ressources.

– J'entends. Mais c'est davantage votre problème que le mien, non ?

– Si l'un de nos amis du Parlement porte l'affaire devant la justice, cela peut vite devenir le vôtre, croyez-moi.

Décidément, sous ses airs de ne pas y toucher, cet Enoksen pouvait se révéler un adversaire plus coriace que prévu. Que cherchait-il à obtenir ?

– Je vois, concéda Pedersen. Que proposez-vous ?

– C'est très simple. Je propose qu'en plus des royalties dont nous allons convenir maintenant, un petit pourcentage supplémentaire soit affecté chaque année à un « fonds prévisionnel ».

– Un fonds prévisionnel ?

– Voyez ça comme une enveloppe qui vous serait rétrocédée en cas de problème. Une sorte de garantie qui vous couvrirait si la production était suspendue, comme c'est le cas actuellement à Kangeq. Et ce pendant tout le temps de l'interruption.

– Ce fonds, j'imagine que c'est vous qui le géreriez ?

– Bien sûr. Enfin, ce serait l'État autonome groenlandais.

– Et... à quel pourcentage pensez-vous ?

– Quelque chose comme deux pour cent.

Deux pour cent en plus de la redevance que toucherait déjà l'État groenlandais. Pas mal. Personne ici n'était dupe. Cette histoire de procédure anti-trust n'était destinée qu'à lui extorquer une rallonge.

Aussi, plutôt que de s'enferrer dans une guerre de tranchées, Pedersen attrapa le petit bloc-notes Air Greenland posé sur la table basse devant lui. Arrachant une page, il y griffonna un chiffre, la plia en deux et la tendit à son vis-à-vis.

– Non négociable, trancha-t-il d'une voix grave. Votre enveloppe comprise.

Un peu décontenancé, Kuupik Enoksen se saisit du papier et le lut. Puis, avec un sourire contenu, il lâcha :

– Je crois qu'on peut parler d'un accord raisonnable. Et sans m'engager trop vite, je pense pouvoir affirmer que le Parlement ne trouvera rien à y redire.

– Magnifique.

Ils se serrèrent la main de nouveau, Pedersen broyant consciencieusement celle qui venait de lui imposer sa loi.

– Si Prospectin dénonce sans trop tarder la police de Green Oil, mon gouvernement devrait être en mesure d'annuler la licence avant la fin de l'année. J'ajouterai cependant une condition, comment dire… personnelle.

– *Fuck*, Kuupik ! Avec ce que je vous donne, vous vous offrez un kayak et une pioche et vous allez forer la banquise vous-même !

Au-dehors, Pavia Larsen dansait d'un pied sur l'autre devant la baie vitrée, manifestement frigorifié, son portable toujours en main.

– Non, attendez, ce n'est pas une question d'argent. Je vous demande une chose toute simple. Lorsque l'accord sera en bonne voie et que vous l'annoncerez publiquement… vous mentionnerez mon nom.

– C'est-à-dire ?

– Vous parlerez d'une négociation fructueuse menée avec le vice-ministre à l'Énergie Kuupik Enoksen – pas avec le gouvernement Kielsen. Bref, vous comprenez.

De quoi, évidemment, lui faire obtenir l'investiture du Siumut pour les prochaines législatives.

D'abord hésitant, le sourire de Pedersen s'élargit de nouveau.

– Mon vieux, je comprends pourquoi j'ai choisi les affaires plutôt que la politique.

Enoksen accueillit le compliment d'un air entendu.

Quand il fut sorti, et après quelques pas sur le tarmac givré, le représentant d'Arctic Petroleum dégaina son portable. Il composa de mémoire le numéro de son correspondant. Puis, sans même s'assurer de qui était au bout du fil, il balança :

– Tout s'est déroulé comme prévu. À partir de maintenant, c'est quand vous voulez. Je suis prêt pour la suite. Je ne dirais pas que je m'en réjouis… mais je suis prêt.

***

Enfermé dans son labo, Kris Karlsen transféra le mail que venait de lui adresser son ami Pavia Larsen sur son téléphone portable. Il enregistra le PDF en prenant soin de le protéger par un mot de passe.

L'information contenue dans le volumineux fichier était sensible : la composition du futur gouvernement Enoksen, en cas de victoire aux prochaines élections. Pavia conservait son poste de chef de cabinet auprès de son actuel patron. Mais le nom du possible ministre de l'Intérieur pouvait faire l'effet d'une bombe.

Rikke Engell, ou l'histoire d'une ascension météorique. Du Politigarden de Nuuk au palais gouvernemental. À vol d'oiseau, quelques centaines de mètres. Et pourtant, quel parcours…

La gorge du légiste se noua. Il reprit une lampée de thé chaud pour se détendre. Que la politique soit encore et toujours le jouet d'ambitions personnelles, voire de promotions canapé, cela le dégoûtait. Il ne savait dire lequel des deux méritait le plus son mépris. Celle qui couchait par ambition ? Ou celui qui acceptait ses avances en connaissance de cause ?

Quittant son repaire, il fit un tour par l'accueil du poste. La réceptionniste potelée le reçut avec son habituel sourire « Quand tu veux, où tu veux ».

– Hier soir, tu avais bien un colis pour Rikke ?

– Oui.

– Et elle l'a pris ? Ou bien tu l'as toujours avec toi ?

– Je l'ai.

– Tu me le donnes ? Je vais le déposer en passant.

L'hôtesse lui tendit le paquet, rose de contentement. Elle avait pourtant bien vu la patronne sortir en hâte du commissariat une heure plus tôt.

Il faut bien, songea Kris, *que mon physique me serve de temps en temps à quelque chose.*

Le carton n'était ni très encombrant ni très lourd. Il l'emporta jusqu'au bureau de Rikke, que par chance elle n'avait pas bouclé en partant. Abaissant les stores et refermant la porte, il ouvrit le colis en prenant soin de le faire le plus proprement possible.

– *Pis !* jura-t-il entre ses dents.

Aux deux tiers vide, l'emballage ne contenait que quelques boîtes de conserve importées du Danemark, légumes et fruits introuvables à l'état frais au Groenland. Ainsi qu'une cartouche des cigarettes fétiches de sa cheffe.

Rien d'autre.

Après avoir refermé le carton à l'aide d'un ruban adhésif neuf, Kris tourna en rond dans la petite pièce.

Il trépignait.

Déjà le soir précédent, à l'hôtel *Vandrehuset*, il avait loupé le coche – par la faute de ce portable connement oublié.

Un œil rivé à la porte, il décida de retourner le contenu des tiroirs du secrétaire métallique. Étonné qu'aucun ne fût sous clé. Mais la fouille se révéla décevante. De la paperasse, des PV, des imprimés divers en pagaille, et quelques accessoires – tube de crème hydratante et lingettes pour la peau. Mais aucune trace de ce qu'il cherchait.

Le miracle se produisit lorsqu'il s'attaqua – sans y croire – à l'armoire contenant les archives du commissariat. Derrière de lourds classeurs, plaquées contre le fond du meuble, deux combinaisons anti-ADN neuves, encore emballées dans leur emballage stérile.

La cerise sur le gâteau, ce qu'il n'espérait pas dénicher, c'était ce bon de commande signé de la main même de Rikke. Un bon de commande officieux, qui attestait d'un approvisionnement effectué en dehors de l'inventaire de Søren. Faute d'enregistrement dans les tablettes du poste, ces combinaisons pouvaient entrer et sortir librement, sans éveiller le moindre soupçon.

Il sortit son portable et immortalisa la scène, bon de commande compris.

– Alors, ça bosse un peu là-dedans ?

La voix claire de la directrice Engell avait résonné dans l'*open space* voisin.

Déjà de retour.

Son ton semblait enjoué. Venait-elle de célébrer sa future promotion avec son amant ? Au son que produisaient ses bottes, il put dire avec certitude qu'elle fonçait vers lui. Dans quelques instants, elle allait surgir. Et le surprendre fouillant son bureau. Il n'osait imaginer les conséquences. Elle avait de quoi le mettre à pied ou le faire muter, non sans l'avoir cuisiné sans relâche pour connaître la raison de son intrusion, ou son commanditaire.

Kris eut juste le temps de remettre les classeurs en place et de refermer le placard. Les pas de Rikke venaient de s'arrêter devant la porte. Dans une seconde, celle-ci s'ouvrirait en grand. Sa patronne avait sans doute déjà posé la main sur la poignée.

Que trouverait-il à dire pour sa défense ? Quel prétexte bidon ?

– Cheffe ? Cheffe !

La voix stridente de la réceptionniste stoppa Rikke dans son élan. Elle ne bougea pas immédiatement. Puis Kris l'entendit repartir en sens inverse, libérant momentanément le passage.

36

[IMG_2218 / 28 octobre 2017 / Vue d'ensemble du village de Qaanaaq depuis les hauteurs, balayé par la neige]

La tempête venue du nord semblait partie pour s'installer. Ajoutés à la nuit polaire, le vent et la neige avaient recouvert la petite localité d'une chape impénétrable. La maison de Massaq avait beau se situer dans les hauteurs du village, le panorama sur la baie et ses icebergs disparaissait dans le magma blanc.

Les communications téléphoniques passaient encore. Bien que d'un fonctionnement poussif, internet demeurait accessible. Mais excepté ces liens fragiles, Qaanaaq se trouvait presque coupé du reste du monde. Aucun hélico ou aucun avion ne prendrait le risque d'y atterrir ou d'en décoller avant des heures, peut-être même des jours. Et comme Appu l'avait supposé, les attelages de traîneaux renonçaient eux aussi à braver les éléments furieux. C'était comme essuyer un ouragan sur un navire immobile. Il fallait rentrer les épaules, et attendre.

Un sourire passa sur le visage du Danois, contraint à une inactivité forcée, l'œil collé au viseur de son Blad.

Qaanaaq prisonnier de Qaanaaq.

Captif de cette identité qu'il subissait depuis si longtemps. Cela ne finirait donc jamais ?

Juste après l'appel de Karl, un nouveau message anonyme lui était parvenu sur son téléphone. Cette fois, l'inconnu n'avait pas pris la peine de lui écrire grand-chose. Trois photos seulement, qui donnaient toutes à voir la même chose : à travers les lames entrouvertes d'un store, on devinait Kuupik Enoksen en grande conversation avec un grand roux barbu, vêtu d'un épais costume de tweed et d'un col roulé. Et une légende : *Aéroport de Nuuk, Enoksen & Pedersen négociant la licence de Kangeq.*

L'échéance annoncée dans le premier SMS était donc tombée. Sous peu, la licence de Green Oil serait attribuée à Arctic Petroleum.

Il avait aussitôt rappelé Brenner.

– Tu ne peux plus te passer de moi, dis donc.

– J'ai besoin de toi pour identifier l'émetteur d'un SMS anonyme.

– Un seul message ?

– Deux, en fait. Le second avec des photos.

– OK, je vais demander à un de nos petits génies au siège qui devraient pouvoir nous bidouiller ça. J'imagine que c'est urgent *et* confidentiel ?

– Hå, Karl, je crois que c'est pour ça que je t'aime !

Parler avec Karl Brenner, c'était comme se faire un bon gros shoot de Copenhague. Vivifiant rappel de tout ce qu'était sa *vraie* vie de flic. D'un coup, tout lui revenait : le capharnaüm de leurs bureaux jumeaux au dernier étage de Niels Brocks Gade ; la vétusté familière des locaux ; l'adrénaline qui circulait entre eux comme un fix, quand ils menaient des enquêtes conjointes. Tout lui manquait, jusqu'à l'odeur des pavés autour du siège ou l'acrimonie légendaire des plantons devant le « bunker ».

Ici, il se sentait amolli. Toute combativité éteinte. Comme lorsqu'il lui arrivait de passer un peu de temps chez sa mère. Encore quelques jours comme ça et il n'aurait plus d'autre ambition que de siroter le café de Massaq en vaguant devant le paysage. Gagné par l'indolence ambiante.

Il fallait qu'il se secoue. Ou qu'il secoue cette population amorphe.

Il rassembla ses affaires et lança à Apputiku :

– Prends ta parka. On va rendre quelques petites visites.

– Non mais t'as vu ce qu'il…

– J'ai dit on y va ! C'est ça ou je fais un puzzle dix mille pièces avec ce qui me tombe sous la main.

Dehors, les précipitations s'étaient comme transformées en un phénomène solide. Il leur semblait devoir creuser l'air saturé de flocons pour franchir chaque mètre. Heureusement, la couverture neigeuse ne dépassait pas une hauteur de trente ou quarante centimètres. Pour l'instant. À ce rythme, ça ne durerait pas.

Ujjuk les regarda entrer dans sa cambuse officielle comme s'il s'agissait de deux fous.

– Capitaine…, souffla-t-il en guise de salut.

– Bonjour, Ujjuk. Juste une petite question : combien y a-t-il de maisons dans votre village ?

L'entrée en matière était si abrupte que l'homme en resta bouche bée.

– Alors, combien ? Cent cinquante ? Deux cents ?

– Deux cent quarante-quatre, finit-il par répondre.

– Hum… Ça nous en fait environ quatre-vingts chacun. En comptant dix minutes minimum par maison, on atteint, disons… les douze bonnes heures. On n'a pas de temps à perdre.

– Hein ? Quoi ?

Le sourire emprunté d'Appu indiquait qu'il avait très bien compris où voulait en venir son confrère danois.

– Changement de méthode ! claironna Qaanaaq avec un entrain exagéré. On va fouiller chaque bicoque de ce village.

– Vous ne pouvez pas faire ça !

– Ah si, si, je peux tout à fait. Dans un bled où on nettoie les scènes de crime au détergent et où on brûle les pièces à conviction, je ne vais vraiment pas me soucier d'un problème d'autorisation pour pousser les portes. À moins bien sûr que vous ne vouliez que je rapporte vos petites bévues à Nuuk ?

– Vous allez vous mettre tout le village à dos !

– J'habite ici ? Non ! Alors c'est pas mon problème.

– Vous n'obtiendrez rien des gens d'ici de cette façon.

– Ça, si vous permettez, c'est à moi d'en juger.

– Mais on ne sait même pas ce qu'on cherche ! s'insurgea Ujjuk.

Qaanaaq le fixa, un éclat de défi dans le regard, plus joueur qu'agressif.

– Åh pardon. Moi, je crois qu'on sait très exactement ce qu'on cherche, au contraire. Une mâchoire d'ours mécanisée. Des bottes souillées de sang. Et pourquoi pas, une peau d'ours, tant qu'on y est, si le meurtrier a poussé le vice jusqu'à revêtir la panoplie complète !

Il disait cela, et pourtant pas plus à Nuuk qu'ici les enquêteurs n'avaient trouvé de tels éléments matériels. Jamais encore Ujjuk et lui n'avaient évoqué directement la troublante similitude entre les meurtres de Qaanaaq et ceux de la capitale. Mais cela semblait clair, désormais, pour le vieux flic inuit.

Il planta son regard dans celui de Qaanaaq.

– Un village inuit, c'est comme un organisme vivant. Tout le monde se connaît. Tout le monde se fait confiance. C'est un corps unique. Un bloc solidaire. Si vous braquez les soupçons sur certains, tout ce que vous allez gagner, c'est de monter les cellules les unes contre les autres. Ce que vous voulez faire là, capitaine, c'est leur filer une saloperie de cancer !

Qaanaaq dévisagea les deux Inuits tour à tour, puis lâcha froidement :

– Va pour le cancer.

***

Qaanaaq transigea tout de même sur un point : il laissa au policier du cru le soin de décider de la répartition des « visites » dans le village. Il fut aussi convenu qu'Ujjuk se chargerait des personnes les plus âgées et/ou les plus vulnérables.

Alors débuta leur étrange tournée. Par chance, la tempête avait faibli. Les déplacements, sans être faciles, réclamaient une énergie moindre. Mais dans ces rues aux tracés gommés par la neige, aux maisons plus ou moins identiques, il fallait être vigilant pour ne pas s'égarer, ou pour ne pas frapper deux fois à la même porte.

Dans l'ensemble, et contrairement à ce qu'avait présagé Ujjuk, l'accueil fut plutôt amène. Chaleureux, même. La plupart baragouinaient assez de danois pour que Qaanaaq se fasse comprendre. Il était traité comme tous les *pulaaqti* – ces visiteurs impromptus que, par tradition, on se devait de recevoir dignement. À chaque étape ou presque, il devait ruser pour ne pas être embarqué dans un nouveau *kaffemik* sur le pouce. Et chaque fois, il ressortait ce bon vieux proverbe en guise d'excuse : *L'abstinence et le jeûne guérissent la plupart des plaintes.*

Son intrusion ne durait en moyenne qu'une poignée de minutes, mais il n'en sortait jamais tout à fait indemne. Entrer dans l'intimité de ces gens froissait son âme d'une étrange mélancolie. Bien qu'il n'abordât pas une seule fois le sujet – il n'était pas là pour ça –, il ne pouvait s'empêcher de penser que certains d'entre eux avaient pu connaître ses parents biologiques. Peut-être même ceux-ci les avaient-ils côtoyés ?

Après une dizaine de haltes aussi cordiales qu'infructueuses, Qaanaaq perçut la présence familière de CR7 à ses côtés. Depuis quand le chien le suivait-il ? Dans une région où les autres animaux aboyaient sans cesse, cette bête-là était d'un mutisme étonnant. Il se contentait de l'escorter, comme s'il s'était donné pour mission de veiller sur ce drôle d'étranger chauve qui parcourait le village en tous sens.

L'inspection des maisons d'Ujjuk et d'Ole, bâties selon le même plan standard, avait échu à Qaanaaq. Le père et le fils étaient absents de leurs domiciles respectifs – et pour cause, s'agissant du premier –, mais, selon la coutume, leur porte était restée ouverte. Hélas ! cela ne donna rien de très probant. Chez Ole, il remarqua bien ces montagnes de jerricans vides qui traînaient un peu partout, dedans comme dehors, ainsi qu'un établi assez complet installé sous un abri attenant à la maison. Des voisins confirmèrent qu'Uqsualuk – « pétrole », comme on le surnommait donc – était un bricoleur hors pair et qu'il ne rechignait jamais à donner un petit coup de main. Il se débrouillait toujours pour dénicher les pièces détachées qui leur manquaient. Comme pour le carburant, qui lui valait son sobriquet et qu'il revendait sous le manteau : allez savoir où il se fournissait lui-même. Mais aucun des objets trouvés dans l'atelier d'Ole ne parut suspect au capitaine. Il n'y avait là qu'un bric-à-brac assez ordinaire de vis et de boulons, de planches et de pièces détachées en tout genre.

Même quand rien de particulier n'attirait son attention, Qaanaaq immortalisait le lieu visité de quelques clichés machinaux. Les photos reposeraient sans doute dans la mémoire de son appareil sans qu'il n'ait le loisir de les dépouiller après coup. C'était bien le souci, avec cette obsession qu'il nourrissait pour les images. Au clic de l'instantané, fraction de seconde parfaite, succédait un travail d'archiviste fastidieux, auquel il ne consacrait pas le temps qu'il aurait voulu. Derrière son immédiateté trompeuse, la photo était un monstre dévoreur de temps.

Après quelques bicoques inintéressantes, dont un bon quart désertées par leurs anciens propriétaires, vint le moment d'inspecter les morceaux de choix : les logements des deux victimes, Juansé et Tikile. CR7 resta sagement à l'attendre devant le perron, comme pour les visites précédentes.

Massaq avait bien travaillé. Plus une seule trace de lutte ou de sang n'était visible. Un détail le frappa, cependant : la jeune femme s'était gardée de laver ou de ranger ce qui relevait de la vie courante de l'occupant. Elle s'était contentée d'effacer les traces des crimes. Ainsi chez Tikile, dans l'évier de la cuisine, restait-il le dernier mug de café avalé par le chasseur, probablement peu de temps avant sa mort. Un désordre banal de célibataire envahissait le reste des lieux. Sur la table du salon, Qaanaaq feuilleta les liasses de paperasses et de factures en retard. Au premier coup d'œil on comprenait que les affaires du vendeur de carburant marchaient mal. D'un mois sur l'autre, ses bons de commande à la raffinerie de Kalundborg indiquaient des volumes en chute libre. Il faut croire que la concurrence déloyale d'Ole lui faisait vraiment du mal.

Dans une enveloppe neuve déjà libellée et qui n'attendait plus que son timbre, il trouva un courrier à l'en-tête de la Green Oil. Un formulaire émanant du service des ressources humaines de la compagnie pétrolière. Dans les cases et les rubriques formatées, une écriture maladroite s'était employée à répondre du mieux possible.

Une candidature.

Juste avant sa tragique rencontre avec l'Ours de Qaanaaq, Tikile avait donc envisagé de quitter la région. Comme Juansé, l'amoureux prêt à tout pour suivre sa femme. L'imprimé précisait en effet que l'emploi était basé à Nuuk, au siège groenlandais de la société. Peut-être espérait-il rompre enfin avec la solitude ? Les quelques photos encadrées ici ou là le montraient avec des partenaires de chasse. Mais aucune trace de la moindre femme. Cela dit, ce pauvre Tikile était... très laid. La belle solidarité dont se gargarisait Ujjuk avait ses limites. Ici comme ailleurs, un mec moche restait un mec moche.

Comme la maison était déserte et calme, il en profita pour appeler Flora.

Qaanaaq esquiva en quelques monosyllabes les interrogations de sa mère sur son ressenti. Ce que cela lui faisait de revenir sur la terre de ses origines ? À dire vrai, et pour l'instant, il n'en savait rien. Puis, après quelques questions plus générales sur le village et ses habitants, elle demeura un moment sans voix.

Pour la première fois depuis qu'il partageait avec elle ses enquêtes, sa mère parut démunie à l'écoute des nouveaux éléments. Du bout des lèvres, elle admit son impuissance. Peut-être, finit-elle par reconnaître, y avait-il dans cette affaire une essence spécifiquement groenlandaise qui lui échappait. Après tout, les innombrables énigmes qu'elle avait résolues au cours de sa carrière se situaient toutes à Copenhague. Son jardin des folies et des crimes. Son « territoire de flic » : on en revenait toujours à cette idée.

Échanger ensuite quelques mots avec Else et Jens fut pour Qaanaaq un bonheur contrasté, aussi doux que déchirant. Les enfants s'amusaient avec Mamiflo. Le doux frisson d'Halloween qui approchait les électrisait.

– Flora ? demanda-t-il d'une voix soudain plaintive.

– Oui ?

Il voulait lui dire qu'ils lui manquaient, tous les trois. Que ce pays sauvage et fruste n'était décidément pas le sien. Qu'il lui tardait tant de rentrer *à la maison*. Puis d'un coup, le visage de Massaq s'imposa. Si délicat. Si apaisant. C'était lui qui était chargé de lui rendre visite. Cela le gênait. Mais il n'aurait cédé ce privilège sous aucun prétexte.

– Qaanaaq, tu es là ? Ça ne va pas ?

– Oui, oui, excuse-moi, maman. Je pensais juste à un truc. À quelqu'un.

***

Les investigations d'Appu ne s'étaient guère révélées plus fructueuses. Sa liste à lui se composait d'une majorité de maisons abandonnées. Cela rendait certes la tâche plus facile, mais il n'aurait pas craché sur un biscuit et une boisson chaude de temps en temps.

Certains logis paraissaient avoir été quittés depuis des années. Peut-être même des décennies, comme en témoignaient d'épaisses couches de poussière, les carreaux brisés et les déjections d'animaux sauvages qui jonchaient les parquets disjoints. Portes, lambris, rambardes d'escaliers… Des pans entiers avaient été prélevés au fil du temps, dévalisés par les « courageux » qui étaient restés dans la région. Ainsi le voulait la législation groenlandaise : cent pour cent du sol appartenait à l'État. Un propriétaire ne possédait que la jouissance de son logis, jamais le sol sur lequel il l'avait fait édifier. De fait, lorsque quelqu'un quittait sa maison et qu'il ne trouvait pas repreneur, il perdait tout. Et n'avait d'autre choix que de livrer son ancien toit aux pillards.

Dans l'une de ces bâtisses fantômes, au fond d'un placard vide, Apputiku découvrit une boîte à biscuits en métal rouillé remplie de photos. De vieux clichés en noir et blanc ou aux couleurs fanées. Il en fit défiler quelques-unes entre ses mains transies pour se distraire. Une figure revenait de façon récurrente. Il lui sembla la reconnaître. Ce fier chasseur inuit, revêtu de son habit de peau traditionnel, le visage encore lisse et les yeux emplis des espoirs de la jeunesse… C'était Ujjuk ! Appu en était certain. Le regard droit, le sourire facétieux, le port de tête altier, certaines caractéristiques traversaient le temps sans s'altérer.

En revanche, la femme qui se tenait à ses côtés sur la plupart des images n'avait rien à voir avec Naja. De toute évidence, cette dernière devait être sa deuxième épouse. Dans cette autre maison, à une autre époque, Ujjuk avait connu une autre vie, voilà ce que racontaient ces photos d'antan.

Sur le dernier cliché, Ujjuk et sa première femme posaient en compagnie d'un autre jeune chasseur. Ce dernier ne lui disait rien. L'homme tenait par la taille une jeune femme ravissante. Blonde, européenne. Entre leurs jambes, deux jeunes enfants aux longs cheveux de jais peinaient à tenir la pose.

D'un geste respectueux, il remit la boîte à sa place. Qaanaaq exigeait de lui qu'il fouille le présent. Mais ce passé-là ne leur appartenait pas. Il avait gagné le droit à l'oubli.

37

[REC_003 / 28 octobre / Échange téléphonique avec Kris Karlsen]

– Allô, Kris ? Kris, c'est bien toi ? Je capte super mal. C'est la tempête, ici !

– Oui, moi, je t'entends correctement !

– OK, on va devoir faire avec… Je ne te réveille pas au moins ?

– Non, pas de souci. Je ne dors pas beaucoup, tu sais. Tu as reçu ce que je viens de t'envoyer ?

– Tu parles de l'organigramme d'Enoksen ou des documents sur les combinaisons ? J'ai tout reçu, oui, merci. Mais il faut que je te dise… On m'a adressé autre chose.

– Comment ça ?

– Un autre SMS. Avec des photos d'Enoksen en pleine négo avec Harry Pedersen, à l'aéroport de Nuuk. Le genre tête-à-tête discret.

– Pedersen… Le Pedersen d'Arctic Petroleum ?

– Lui-même.

– Ah bon, mais quand ça ?

– Si j'en crois l'horodatage, ce matin.

– Mais qui te les a envoyées ?

– Aucune idée. Expéditeur masqué.

– Bizarre… Et en même temps, ça serait cohérent avec tout ce qu'on sait sur Enoksen et ses projets.

– Qu'est-ce que tu veux dire ?

– Que c'est bien le genre à aller vers le plus offrant. Surtout si ça lui profite au passage.

– Mouais… j'avoue que j'ai encore du mal à faire le lien entre tous ces éléments. Pour l'instant, de mon point de vue, ça ressemble plus à de la peinture abstraite tendance Pollock qu'à une toile figurative.

– Pas pour moi. Enfin…

– Enfin quoi ?

– Qaanaaq ?

– Oui, oui ! Je t'entends.

– Eh bien, moi aussi j'ai découvert quelque chose… Quelque chose dont je ne t'ai pas encore parlé.

– Je t'écoute.

– Enoksen a une maîtresse.

– Quel rapport avec notre…

– C'est Rikke. Sa maîtresse, c'est Rikke.

– *Ta* Rikke ?

– Oui, Rikke Engell. Notre directrice. *La* Rikke, quoi.

– Tu es sûr de toi ?

– Aussi sûr qu'une certaine chambre numéro 5 à l'hôtel *Vandrehuset*. Je les ai vus de mes yeux.

– Tu les as suivis ? *Pis !* Je suis désolé, Kris…

– Oh, pas de quoi être désolé. C'est pas comme si j'avais eu mes chances.

– Tu es dur…

– Non, il s'agit pas de ça. Avec mon profil de petit légiste groenlandais, je ne cadrais pas vraiment avec son plan de carrière.

– Tu penses qu'elle a couché avec Enoksen uniquement pour s'assurer une place dans le futur gouvernement ?

– Je ne sais pas, mais disons que ça arrange bien ses affaires. Et puis elle se tape pas Enoksen juste par amour des pulls tricotés main, non ?

– Oui, je ne sais pas…

– Attends, c'est limpide : Rikke séduit Kuupik Enoksen car il est *la* clé pour forcer le verrou de l'indépendance au Parlement.

– Hum, tu vas loin, là…

– Laisse-moi dérouler mon scénario : Enoksen se laisse convaincre de mettre Green Oil et Møller au tapis par des moyens… disons « limite ».

– Ce serait elle qui aurait tout manigancé ?!

– Peut-être pas, j'en sais rien. Peut-être qu'Enoksen et elle ignorent les détails et qu'ils ne font que profiter d'une situation que le ou les tueurs leur ont offerte sur un plateau. Peut-être qu'elle n'est qu'une opportuniste doublée d'une fille plutôt douée pour mener les hommes par le bout du nez.

– À la limite, je pencherais plus pour ça… Mais continue, va jusqu'au bout de ton « film ».

– Eh bien… Green Oil hors jeu à cause de la série de meurtres, notre vaillant vice-ministre à l'Énergie se charge de la négo avec Arctic Petroleum et devient le sauveur de la cause indépendantiste. Puis l'Inatsisartut entérine le projet de référendum lors de la session extraordinaire du 31…

– Dans trois jours… Et ensuite ?

– Ensuite, j'imagine que, reconnaissant de ce succès, le parti du Siumut l'investit pour les législatives dans la foulée. Dernier acte : Enoksen devenu Premier ministre, sa très chère Rikke obtient un poste de ministre de l'Intérieur, que même dans ses rêves les plus fous elle n'aurait jamais imaginé décrocher. CQFD.

– Putain… Mon ami Karl Brenner m'a dit que Rikke n'avait pas été mutée ici contre son gré. C'est elle qui a réclamé ce poste.

– Tu vois ! C'est pas à Copenhague qu'elle aurait eu une promotion pareille. Je pense qu'elle savait exactement ce qu'elle faisait en demandant à venir ici. Et qu'elle avait jeté son dévolu sur Enoksen avant même de le rencontrer.

– OK… Si je suis ton scénario à la *House of Cards,* c'est Rikke qui refile les combinaisons anti-ADN aux excités du NNK pour commettre des meurtres sur commande sans laisser de traces.

– Exactement.

– Et les mâchoires mécaniques ? Et les bottes en peau d'ours ? Elle ne les a pas sorties de son chignon ?

– Sur les mâchoires, j'avoue que je sèche.

– Tu te rends compte que c'est la chaîne de preuves matérielles la plus faiblarde de la terre ? Un morceau de combi brûlée retrouvé dans un bidon, un bon de commande dans un placard… On est à des années-lumière d'un ensemble concluant. Même en admettant que la combinaison en question ait bien été fournie en douce par Rikke, on n'a aucune preuve qu'elle ait été portée par Anuraaqtuq ou ses sbires lors des agressions. Et si on part sur l'idée que Rikke est bien la taupe, il reste un sacré nombre de trous dans cette histoire. Comment tu replaces Czernov et son délit d'initié là-dedans ? Et Zerdeiev, le quatrième mort du Primus, et la clé qu'il a volée à Huan Liang ? Et Taqqiq ? Je ne te parle même pas d'Anuraaqtuq et du NNK… Explique-moi un peu la raison qu'aurait ce parti anti-progrès à tremper dans une combine qui aurait pour but de faire grimper l'exploitation pétrolière en flèche ? C'est l'inverse exact de ce qu'ils prônent. Anuraaqtuq est peut-être un abruti, mais pas au point de s'allier à son pire ennemi. Ça ne tient pas debout une minute.

– Je… Avoue quand même qu'on a des éléments troublants ?

– Dis-moi surtout comment tu relies concrètement Anuraaqtuq à Rikke ? C'est Appu qui s'est chargé de toutes les auditions de son beau-frère.

– Son beau-frère ?

– Euh, oublie ça, c'est un autre sujet… Bref, pour ce qu'on en sait, Rikke n'a eu aucun contact direct avec ce type. Comment aurait-elle pu avoir l'idée de le recruter ? Autant, pour Enoksen, ça s'explique, c'est un personnage public. Mais le NNK, même à Nuuk, c'est pas le genre de gars qu'on rencontre en allant au boulot le matin. Franchement, t'en avais déjà croisé, toi, avant toute cette histoire ?

– Non…

– Tu vois !

– Hum, vu sous cet angle…

– Et puis… ça ne nous explique pas le lien avec ce qui est arrivé ici. Si les carnages du Primus avaient pour but de foutre le bordel chez Green Oil et de favoriser la réattribution de la licence de Kangeq à AP… quel intérêt y avait-il à assassiner deux pauvres chasseurs *ici*, dans un trou paumé à l'autre bout du pays ? Ça ne rime à rien.

– Ça, c'est à toi de nous l'apprendre, répondit Kris sur un ton qu'on sentait vexé. C'est toi qui es sur place.

– Tu devrais voir ça, c'est n'importe quoi, ici. Tu n'y croirais pas : zéro procédure, zéro indice… On travaille comme en 1918[1]. Totalement à l'aveugle, sans aucun moyen. On a passé la journée à écumer les maisons du coin, avec Appu. Une à une. Deux cent quarante-quatre foutues bicoques perquisitionnées dans un blizzard de malade.

– Et alors ?

– Rien. Enfin si, presque autant d'invitations à prendre le café. Mais pas le début d'une queue de preuve matérielle.

– C'est peut-être une coïncidence. Les deux séries de meurtres peuvent n'avoir aucun rapport.

– Tu rigoles ? On tiendrait les deux premiers cas de meurtres en série du pays, au même moment, avec les mêmes modes opératoires. Un peu gros pour une coïncidence, non ? En tout cas, ce qui est sûr, c'est que ça n'a pas servi à rien.

– De quoi tu parles ?

– Me faire prendre l'air ailleurs au moment où je commençais à gratter des trucs intéressants à Nuuk.

– Remarque… Ça expliquerait pourquoi Rikke semblait si contente de te voir partir. En même temps, avec ses galipettes, elle n'avait pas trop la tête à…

– Attends, attends… À quel hôtel tu m'as dit que nos tourtereaux se retrouvaient pour leurs cinq à sept, déjà ?

– Rikke et Enoksen ?

– Oui.

– Au *Vandrehuset*, pourquoi ?

– Åh, la vache…

– Quoi ?

– C'est l'hôtel où Sergueï Czernov réside à l'année.

1. L'année précédant la création officielle de la police danoise, en 1919.

38

[IMG_2253 / 29 octobre / Les lumières de la salle communale de Qaanaaq vues de l'extérieur]

Sur ce point, Ujjuk n'avait pas menti : ralentis par les intempéries, il leur avait fallu une pleine journée pour venir à bout de leur fouille à travers le village. Les recherches s'étaient achevées tard dans la soirée. Leur tête était lourde et leur estomac creusé. Le seul d'entre eux à ne pas montrer de lassitude était ce bon CR7, qui persistait à bondir joyeusement au-devant du flic danois chaque fois qu'il le voyait ressortir bredouille.

Peu après minuit, Appu, Ujjuk et lui s'étaient retrouvés presque par hasard, au cœur de la bourgade, pile devant l'entrée du *qaggiq*, la salle communale. Celle-ci était éclairée et, en dépit de l'heure avancée, elle résonnait des accords enlevés d'un son pop rock *live*. À travers les fenêtres, on devinait un petit groupe de jeunes musiciens à bonnets et un nombre conséquent de danseurs qui tournoyaient.

– Vous faites tout le temps la fête ici, ma parole ?

– C'est juste un petit *dansemik* improvisé.

– Un motif particulier ?

– D'ici une grosse demi-heure, on va donner une compétition chantée.

– Øh, qu'est-ce que c'est ?

– Chez vous, on appellerait ça une *battle*. Une sorte de duel entre chanteurs. Chez nous, ça existe depuis des millénaires.

– On s'en sert pour régler les litiges, intervint Appu. Chacun chante les arguments en faveur de sa défense. Quand les deux concurrents ont fini, le public applaudit celui qu'il a trouvé le plus convaincant. Et le vainqueur obtient gain de cause.

– Je vois. Et ce soir, quel est l'objet du différend ?

– Une brouille entre voisins. Une histoire de phoque soi-disant disparu d'un « frigo » extérieur.

– Eh bien… Si nos juges pouvaient aussi régler les affaires courantes de cette façon, ça soulagerait drôlement les tribunaux !

Ils n'avaient pas encore eu le temps de débriefer leurs recherches, mais Ujjuk les entraîna à l'intérieur. Qaanaaq reconnut une bonne partie des villageois présents. Certains de ceux qu'il avait croisés dans la journée lui adressèrent un bref salut amical. À peine furent-ils installés sur des chaises en bordure de piste que la jeune employée de Naja se précipita vers eux, verres à la main. Ujjuk était manifestement traité comme un roi.

– Vous préférez de l'*imiak* ou de la *paarnaq* ?

– Bière ou tisane de camarine noire, traduisit Appu.

L'un des deux gobelets fumait en effet d'une façon engageante.

– La camarine, ça a quelles vertus ?

– C'est un puissant remède contre l'hypothermie. On en donne aux chasseurs qui sont tombés sous la banquise. Enfin, dans ces cas-là, on y ajoute volontiers de l'aquavit ou de la vodka.

– Celle-là est sans alcool, précisa la jeune femme.

– Merveilleux. Va pour la camarine !

De nouveaux convives ne cessaient d'arriver. Décidément, Qaanaaq n'avait rien à envier à New York : ici non plus, on ne semblait jamais dormir.

Appu lui expliqua alors que les Inuits répugnaient à s'abandonner au sommeil, qui leur apparaissait toujours comme une perte de temps ou un aveu de faiblesse. Toutes ces heures qu'on perdait à se reposer, on ne les consacrait pas à sa survie – c'était un luxe inutile. Ou alors, c'est qu'on s'écroulait d'un coup, n'importe où de préférence. L'idée de se mettre au lit de son plein gré était pour eux presque incongrue.

Réconforté par le breuvage brûlant, Qaanaaq laissa son regard vagabonder sur les danseurs de tous âges. Jeunes et moins jeunes, tous s'amusaient sans complexe. Même Massaq, qui devait pourtant être peu encline aux festivités, était là, accaparée par les bavardages de deux jeunes femmes nettement moins jolies qu'elle. Dans la hiérarchie du clan, elle était la beauté dont les filles ordinaires recherchent la présence. Pourtant, elle écoutait ses amies plus qu'elle n'accaparait la parole, discrète et souriante.

Après quelques reprises *mainstream* (Muse, U2, les Stones), le groupe se lança dans une série de compositions originales dont tous les ados du village paraissaient connaître les paroles par cœur. Leur notoriété ne dépasserait sans doute jamais la région, mais pour l'heure, ils étaient les vedettes.

Qaanaaq n'avait pas la tête aux réjouissances. L'échange téléphonique avec Kris Karlsen, quelques minutes auparavant, l'avait sacrément ébranlé. Et s'il visait juste ? Le jeune légiste avait déjà prouvé qu'on pouvait se fier à ses capacités d'analyse et de synthèse. Ce qui déconcertait aussi Qaanaaq, c'était l'attitude supposée de l'ami de Thor, Pavia Larsen. Pourquoi le chef de cabinet d'Enoksen aurait-il trahi la confiance de son patron, orchestrant la fuite d'un document ô combien compromettant ? Était-il déçu de sa place dans le futur organigramme ? S'attendait-il à mieux que son éternel rôle d'homme de l'ombre ? Peut-être briguait-il un portefeuille quelconque.

Sa pensée ricocha et Qaanaaq se souvint des propos de Rikke Engell lors de leur unique tête-à-tête. La flamme avec laquelle elle avait défendu le projet pétrolier d'Enoksen pour le Groenland – mais aussi tous les arguments qu'elle avait déployés pour disculper le contremaître russe. « Ni Czernov ni Møller ne sont des tueurs », avait-elle argué à la fin de son plaidoyer qui, avec le recul et à la lumière des nouveaux éléments, sonnait plutôt comme une défense *pro domo*.

La voix enrouée d'Ujjuk creva sa réflexion comme une bulle de savon.

– Alors, de votre côté, ça a donné quoi ?

– Pas grand-chose, admirent Appu et lui d'une seule voix. Et vous ?

– Pas mieux.

– Mais encore ? insista Qaanaaq. Rien qui ressemble de près ou de loin à une mâchoire d'ours ?

– Chez des chasseurs inuits, vous trouverez toujours un crâne ici ou là. Tous ont déjà tué au moins un ours dans leur vie. Mais je n'ai pas vu d'objet conçu pour tuer tel que vous le cherchez, ça non.

Qu'Ujjuk ait participé aux investigations était une aberration. Comment croire à l'impartialité d'un homme dont la vie dépendait de la sauvegarde du village et de sa réputation ? Mais ils n'avaient pas eu le choix. S'ils ne l'avaient pas impliqué, jamais ils n'auraient pu pousser les portes de Qaanaaq-ville.

– Et ces crânes, je pourrais les voir ?

– Oui, si vous voulez. Plutôt demain matin, si ça ne vous ennuie pas. Ce soir, tout le monde va assister à la compétition. Et les gens d'ici n'apprécieraient pas trop qu'on fouille de nouveau chez eux en leur absence.

– Je comprends.

Au point où ils en étaient, quelques heures de plus ou de moins…

Ce fut le moment que choisit Ole pour faire son apparition. Qaanaaq n'avait pas vraiment eu le loisir de l'observer avant, mais c'était un bel homme, aux traits nets et réguliers. Chez lui, la rondeur des visages inuits laissait place à une architecture plus élaborée et plus sèche. Il devait être l'équivalent local d'un Kris Karlsen, une sorte de fantasme universel pour la gent féminine. Les regards qui se posaient sur lui ne trompaient pas, d'ailleurs. Mais il paraissait ne pas les voir.

À peine entré, il fonça droit sur son père, débitant à la va-vite quelques phrases qui, visiblement, n'attendaient pas de réponse particulière puisqu'il tourna les talons et ressortit aussitôt après. Le regard sombre, Ujjuk s'excusa et disparut à son tour aux confins de la salle à présent bondée.

– Qu'est-ce qu'il lui a dit ? demanda Qaanaaq à l'oreille d'Appu.

– Aucune idée.

– Il ne parlait pas kalaallisut ?

– Non. Je pense que c'était de l'avanersuarmiutut.

– Du quoi ?

– Le patois traditionnel des Inughuits du Grand Nord.

– Et ça ne ressemble pas un peu à ta langue ?

– Autant que l'espagnol ressemble au danois, répondit Appu dans un sourire.

– Hum... Et ils sont combien à le pratiquer, ton ava-machin ?

– Je crois que cela doit faire plus ou moins sept cents personnes dans tout le pays.

Autant dire une poignée de locuteurs dans le monde entier.

– Tu penses qu'ils sont nombreux ici ?

– Tu veux dire, dans cette pièce ?

– Oui.

– Vu l'âge moyen...

Apputiku balaya du regard la population locale, dans l'ensemble plutôt jeune, qui se déhanchait avec ferveur sur un rockabilly à la sauce inuite.

– ... Je dirais que non. Les anciens ne le transmettent plus vraiment. Et ceux qui l'ont appris dans leur enfance l'ont en grande partie oublié.

Tout un pan de la culture groenlandaise disparaissait donc. Un drame qui ne devait pas laisser indifférent le NNK. Qaanaaq songea surtout qu'un pareil idiome, aussi hermétique, rendait les échanges incroyablement confidentiels. Aussi efficace qu'un langage crypté.

– Je sors cinq minutes, dit-il en bondissant de sa chaise. Je vais passer un coup de fil.

Le vacarme justifiait cette absence inopinée. Appu ne broncha pas, l'œil rivé aux hanches d'une danseuse qui lui jetait une œillade friponne à chaque nouveau mouvement.

Au-dehors, le vent et la neige avaient de nouveau perdu en intensité. À cet obstacle insaisissable succédaient les murs palpables des congères qui se dressaient un peu partout. Par endroits, les riverains avaient creusé des tranchées à la pelle pour pouvoir passer.

Par chance, il repéra tout de suite la silhouette qui s'éloignait vers les hauteurs du village. Facebook avait beau fournir à Ole un alibi solide pour la nuit des meurtres, celui-ci continuait de lui paraître suspect. Son ascendant sur les autres habitants semblait trop absolu pour être honnête.

Pressant le pas, Qaanaaq ne tarda pas à se rapprocher, veillant toutefois à ne pas se faire repérer. Le bip entêtant de son portable manqua le trahir, mais les sons durent être étouffés par l'épaisseur neigeuse car l'homme sembla ne rien remarquer. *Maudite Rikke !* songea Qaanaaq. Toute la journée, elle l'avait harcelé de ses appels. Mais qu'aurait-il bien pu lui raconter ? Qu'elle occupait désormais une place de choix sur sa liste de suspects ? Il se voyait mal lui faire un banal rapport d'enquête sur les voyages qu'Anuraaqtuq, Massot et Czernov n'avaient *pas* effectués. Elle lui en demanderait plus ; elle le forcerait à se découvrir.

Son combiné éteint, il gravit à son tour la butte où se profilait la haute stature d'Ole et se cacha derrière une remise en tôle. Ce qu'il découvrit alors lui parut un secret dérisoire. L'escapade nocturne du fils d'Ujjuk s'arrêtait au perron de l'école. La silhouette d'Inge, l'institutrice, se jeta sur lui et l'embrassa avec fougue. Modérant la passion de la jeune femme, Ole l'attira d'un bras ferme à l'intérieur. Il faut croire que les deux amants redoutaient le jugement du village pour prendre de telles précautions. Comment la jeune femme, qui lui avait paru plutôt sensée, avait-elle pu succomber à une liaison clandestine avec le play-boy local ?

Sur la scène du *qaggiq*, où il était retourné aussitôt après, le groupe avait cédé la place aux stars du jour, les deux chanteurs belligérants. Debout au centre de la pièce, face à face, les deux adversaires scandaient tour à tour leur argumentaire en une sorte de *slam* pittoresque. Un fond musical préenregistré, composé d'un accordéon et d'un tambourin, les accompagnait.

Qaanaaq n'y comprenait rien, mais il appréciait l'énergie qui se dégageait des compétiteurs. Il n'était pas le seul. Selon le tour que prenait le duel, certains membres de l'assistance applaudissaient, d'autres criaient, hululaient ou sifflaient. Ujjuk dut intervenir plusieurs fois, en sa qualité d'*isumataq* et d'arbitre, pour calmer les plus enthousiastes.

– À propos de *ça*, lui glissa Appu en sourdine, désignant les deux bretteurs d'un haussement de sourcils, j'ai appris un truc intéressant. Quelques jours avant les meurtres…

– Eh bien ?

– Il y a eu une autre compétition chantée. Ici même.

– Ne me dis rien, dit Qaanaaq. L'un des deux était Ole.

– Bingo, *boss*. Et l'autre, tu devines aussi ?

– Juansé ? Non, attends, Tikile ! Ole et Tikile face à face, pour régler leur histoire de carburant.

– Double bingo !

– Je ne te demande pas qui a gagné…

La réponse tombait un peu d'elle-même.

Qaanaaq eût volontiers cuisiné Ujjuk sur le mystérieux trafic d'essence de son fils. Mais dans l'immédiat, il ne pouvait arracher le policier-coach-postier à son rôle de médiateur.

– Bon, moi, j'ai ma dose, je vais me coucher, conclut-il.

Captivé par le match, Appu lui répondit du bout des lèvres.

En dépit des kilomètres déjà parcourus au cours de leur journée d'inspection, cette ultime balade s'avéra plutôt plaisante. Autour de lui, les maisons reposaient dans la nuit bleue, sans bruit ni lumière, aussi énigmatiques que les icebergs qui gisaient à l'horizon. Il lui semblait que tout le village lui appartenait. Pour un peu, il aurait pu reprendre sa tournée de zéro, cette fois sans l'œil inquisiteur des occupants par-dessus son épaule. Mais à quoi bon ? D'ici une heure ou deux tout au plus, tous rentreraient chez eux. Et puis, surtout, il était si fatigué.

Tout de même, en passant devant chez feu Tikile, la tentation piqua son orgueil de flic. CR7, qui avait retrouvé sa trace dans le dédale givré, s'arrêta lui aussi au niveau de la bicoque désertée.

– Alors, t'en penses quoi, toi ? questionna-t-il l'animal. Ça vaut la peine ou pas ?

Les grands yeux bleus du chien l'interrogeaient en retour.

Lui confiant la mission de monter la garde en bas de la volée de marches, Qaanaaq grimpa le court escalier et poussa la porte entrouverte. Rien n'avait bougé depuis sa précédente visite. Le passé de Tikile demeurait là, intact, amas de paperasses désordonnées et de vêtements épars, comme au jour de sa mort. Personne n'avait pris la peine de clôturer son abonnement électrique. Qaanaaq se fit chauffer une tasse d'eau pour un thé avant de se mettre à l'ouvrage.

Un tour à l'étage lui permit de repérer un matelas dans un état acceptable. Il le transbahuta non sans mal au rez-de-chaussée et l'installa en plein centre de la pièce principale, plus ou moins là où la dépouille sanglante de Tikile avait été retrouvée. Corps pour corps. Vivant pour mort.

Elles avaient dû être si longues et si maussades, dans cette masure, les nuits d'hiver du pompiste célibataire.

Un rapide coup d'œil à la cheminée lui permit de voir qu'elle pouvait fonctionner. Mais il n'y avait aucune bûche à proximité. Pas non plus de radiateur électrique dans les parages. La nuit d'immersion qui s'ouvrait serait aussi glaciale que celle qu'il avait passée dans le bungalow de Huan. Il rassembla tous les draps et toutes les couvertures qu'il put trouver et s'en couvrit, épais linceul de tissus disparates. Il se faisait l'effet d'un gros nem polaire. *Appu aurait sans doute apprécié le ridicule de mon apparence*, se surprit-il à penser.

Mais c'est surtout à Massaq qu'il songea au moment de s'assoupir. Massaq à qui il n'avait pas dit qu'il découchait. S'inquiéterait-elle pour lui ? Massaq dont le visage, traversant l'un de ses premiers rêves à la lisière de l'éveil, se confondit peu à peu avec ceux de Flora et d'Else, les deux femmes de sa vie.

Alors seulement il sombra, apaisé.

39

[IMG_2258 / 29 octobre / Une gueule d'ours grande ouverte et floue]

De longues minutes durant, il se demanda comment *cela* ne l'avait pas réveillé plus tôt. Comment *cela* avait pu pénétrer dans la maisonnette et s'approcher de lui sans qu'aucun bruit ne fût perceptible. Pas même un grincement de porte ou le craquement d'une latte de parquet sous son poids. Combien avait dit Olsen, déjà ? Cinq cents ou six cents kilos ?

Et CR7. Pourquoi le chien n'avait-il pas donné l'alarme ? C'était bien sa veine, il avait écopé du seul clébard muet.

La bête avançait dans la pénombre transie. À quatre pattes. À pas prudents. Bientôt, elle serait sur lui. Il pouvait déjà voir la gueule grande ouverte, immense, sur deux rangées de crocs aussi longs et aussi tranchants que des couteaux. Des dents dont l'émail impeccable luisait dans l'obscurité. Qaanaaq ne bougeait pas. Bouger, c'était devenir une proie, c'était s'exposer encore plus vite.

Malgré sa peur, un détail l'interpella : pourquoi l'animal ne produisait-il aucun son ? Un ours aurait dû grogner, sortir l'un de ces cris primaux, comme en produisent les grands prédateurs. Feulement de lion. Rugissement de tigre. Comment appelle-t-on le cri de l'ours ?

Mais c'est tout juste si le souffle qu'exhalait l'ours projetait un nuage dans le froid ambiant. Aucune odeur, non plus, aucun de ces effluves auxquels on aurait pu s'attendre. C'était un ours propre, léger et silencieux.

Lorsqu'il tendit la main vers son appareil, posé sur le sol, la masse marqua un bref temps d'arrêt. Puis se jeta sur lui. Puissante et vive. Il n'eut que le temps d'appuyer sur le déclencheur. Sans flash. Au jugé, à bout portant.

À présent, la bête l'écrasait de tout son poids. Mais elle n'était pas si lourde. Plus ou moins le poids d'un humain de bon gabarit. De l'ordre du quintal. Comparée à sa masse et aux dimensions de son corps, la gueule lui parut disproportionnée. Comme un ours hydrocéphale. Mais déjà la mâchoire se ruait sur sa gorge. Fouillant les épaisseurs de draps à la recherche d'une viande disponible. Le museau heurta plusieurs fois le menton de sa victime. *Un museau de bois*, songea le flic du fond de sa panique. Ce contact dur, sec, et surtout froid, ce n'était pas celui d'une truffe animale.

De ses pattes gigantesques, l'ours tentait d'arracher les couvertures qui protégeaient sa proie tant bien que mal. Qaanaaq se débattait comme il pouvait. Confus. Médusé. Il aurait aimé hurler, appeler un hypothétique secours, mais rien ne sortait de sa gorge. Soudain, entre deux ripostes maladroites, il se souvint de la présence du Blad dans sa main droite. Malgré le désordre de son combat, il n'avait pas lâché le gros boîtier métallique. Il en donna de grands coups sur la gueule avide. Des coups lourds et désespérés, une dégelée de pure survie. Le choc parut surprendre son agresseur plutôt que réellement le blesser. L'impact émettait à chaque fois un son mat. Le son de deux objets qui se heurtent. Et dont le plus fragile ne tarderait pas à céder. Mais Qaanaaq ne pensait plus à son précieux appareil. Il cognait encore et encore, il cognait aussi fort que possible. Il aurait donné cher pour figer cet instant comme le fait la photo. Mais la violence n'est pas une image, elle n'est ni maîtrisée ni sage, on ne peut pas l'arrêter pour la contempler à loisir. Alors il frappa tant et plus.

Surpris par la riposte, l'ours recula d'un petit mètre. Puis fouetta l'espace en tous sens, de ses pattes énormes, sans autre but que celui de repousser les attaques. Les draps avaient fini par voler. Entre les pans de la parka entrouverte, la gorge et le torse de Qaanaaq étaient à sa merci. À trois reprises au moins, les griffes lardèrent sa peau.

Enfin, il réussit à hurler, sans retenue. Il poussa les aboiements que CR7 n'avait pas poussés. La douleur était si vive qu'elle agit sur lui tel un fouet. Redoublant les coups de Blad, il parvint à repousser suffisamment son assaillant pour se relever. Il recula d'un pas. À son tour, le monstre prit appui sur ses pattes arrière. Il n'était pas si grand – non plus. Et pourtant, un nouveau détail effraya Qaanaaq : l'ours ne chancelait pas comme les plantigrades qui se dressent. Il se tenait droit, parfaitement stable. Bien campé sur ses appuis de bipède. Il se tenait comme un homme, et semblait prêt à en finir avec lui.

Comment ce tisonnier parvint-il dans la main de Qaanaaq ? Encore un mystère qu'il n'éluciderait jamais. Il était là, voilà tout, brandi dans ce poing englué de sang. Dans l'obscurité, au travers de son effroi, il n'eut qu'un instant pour détailler son adversaire. Le costume semblait un peu grotesque, mais le masque d'ours était effrayant de réalisme. Plus abominable – si c'était possible – que l'original. Massot n'aurait pas renié un tel ouvrage.

Quand le meurtrier revint à la charge, Qaanaaq se contenta d'opposer la tige acérée, pointe en avant. La main ferme et assoiffée de vie. Il ne serait pas Huan, Matthew, Niels ou Igor. Il ne serait ni Juansé ni Tikile. Il dominerait cette chose. Il aurait raison de sa folie.

En pénétrant la cuisse de son adversaire, la pointe produisit un froissement de chairs glaçant. L'individu beugla, partagé entre la souffrance et le souci de ne pas se trahir. Le tisonnier n'avait fait qu'un bref aller-retour dans son membre. Mais la pelisse d'ours se teinta d'un carmin luisant.

Après un dernier mugissement muet derrière son masque, l'inconnu s'élança hors de la maison. Il fallut de longues secondes à Qaanaaq pour émerger de sa sidération. Dehors, l'homme-ours s'enfuyait, il devait se mettre à sa poursuite ! Lorsqu'il finit par sortir lui aussi dans la rue, ses bottes chaussées à la hâte, il se mit à courir dans la seule direction possible, cette pente naturelle qui déversait le village dans la mer. Mais le fuyard était invisible. Malgré la lueur complice des lampadaires – allumés jour et nuit, puisque la nuit occupait tout le jour –, il restait introuvable. Pas une trace. Pas une ombre. Pour s'évanouir ainsi, l'homme devait connaître la bourgade comme sa poche.

Le flic danois enrageait. Le territoire, toujours cette histoire de territoire… Pendant un bref moment, il l'avait eu à sa portée. Un seul coup de tisonnier, et il aurait bouclé toute cette affaire. Si seulement il avait mieux visé. S'il avait ciblé la plus vulnérable des zones, le ventre…

Soudain un cri perça le village assoupi, dissipant ses regrets. Étrange mélange de « ou » et de « i », où la stridence le disputait aux claquements de langue. Il se précipita vers le bruit. À deux cents ou trois cents mètres, un traîneau s'échappait hors de la petite agglomération, vers le nord. Vers la banquise. La détonation sèche d'un fouet excitait les chiens qui jappaient à tout rompre. Ils filaient déjà ventre à terre, ivres des grands espaces qui s'ouvraient devant eux à perte de vue.

– Putain de putain de putain de putain de merde ! MERDE !!!

Qaanaaq shoota dans la congère la plus proche, jusqu'à n'en plus pouvoir.

Dans une minute tout au plus, l'homme-ours ne serait plus qu'un point minuscule dans la vastitude blanche. Alors quoi ? Ameuter tout le village ? Il faudrait au moins un quart d'heure pour mobiliser les plus vaillants, ceux qui seraient capables de surmonter la beuverie de la nuit. Emprunter une motoneige ? À part celle d'Ole, il n'en avait pas vu beaucoup par ici. Et le fils d'Ujjuk habitait à l'autre bout de la petite commune. Si tant est qu'il fût rentré chez lui. Pas le temps de vérifier ; pas le temps pour Qaanaaq de faire le tour de Qaanaaq.

Il repartit en trottinant en direction du *qaggiq*. De la salle communale n'émanaient plus qu'un fond musical assourdi et une lumière tamisée. Le *dansemik* touchait à sa fin. Une poignée de silhouettes seulement se mouvait derrière les vitres embuées. Mais devant le perron stationnait un attelage complet, prêt à partir. Parmi la meute impatiente, en tête de groupe, Qaanaaq reconnut…

– CR7 !

De toute évidence, c'était le chien d'Ujjuk, qui avait dû récupérer son bien pendant qu'il dormait. Le silence de son vigile s'expliquait mieux. Approchant des chiens harnachés, il grimpa à l'arrière du traîneau comme il avait vu certains autochtones le faire, le jour de son arrivée, à proximité du terrain de foot. Mais cela ne suffisait pas à lui donner l'expérience d'un musher. Prendre les rênes en main, très bien. Tirer sur les traits, d'accord. *Et ensuite ?*

Les bêtes hululantes demeuraient immobiles. Il se sentait comme un type sans permis au volant d'une Formule 1.

– Ah, ah ! Pour qu'ils partent, tu dois pousser un cri comme ça, *kaa kaa* ! Comme celui d'un corbeau !

Titubant et hilare, le vieil homme avec qui il avait échangé lors de la première petite fête se tenait à trois pas de là, une bière à la main.

– Tu vois, c'est simple, insista-t-il. *Kaa kaa !*

À son ordre, les chiens firent mine de bondir en avant et Qaanaaq manqua être renversé de l'attelage. Mais l'équipage dut comprendre qu'il s'agissait d'un faux départ, car il s'immobilisa aussi vite qu'il s'était élancé.

– Eh, eh, eh ! ricana l'ancêtre.

La situation paraissait le réjouir au plus haut point.

– Et pour les arrêter ?

– *Tassa.*

– C'est tout ?

– Presque… À droite, c'est *ili ili.* Et à gauche, c'est *iuu iuu.*

Le flic répéta pour lui-même, afin de s'en imprégner : *tassa, ili ili, iuu iuu…* Puis, aussi peu assuré qu'un gamin à son premier tour de manège, il lança :

– *Kaa kaa !*

De son œil limpide, CR7 l'interrogea : *On part pour de bon ?* Et comme Qaanaaq renouvelait son croassement, cette fois plus fermement, le chien donna le signal du départ. Manifestement, il était celui qui entraînait la meute, lui imprimait son tempo.

Une nouvelle fois, l'accélération fut si brusque que le flic dut s'agripper pour ne pas chuter. Ils étaient partis ! Dès les premières foulées, la sensation de vitesse le grisa. Malgré les soubresauts et les cahots, il se sentait flotter au-dessus du tapis glacé. Surfer sur la banquise. Maître de cette immensité stérile.

Combien de temps s'était-il écoulé depuis le démarrage en trombe du fuyard ? Difficile à dire. Peut-être quatre ou cinq minutes, pas plus. Qaanaaq ne savait pas où se diriger ni quoi viser. Dès la sortie de la rue principale, au-delà du grand silo bleu qui marquait les confins de la petite localité, la toundra pétrifiée n'était plus qu'une seule étendue plate et uniforme. Du moins, en apparence. Comment se repérer, dans cette éternelle répétition du blanc virginal ? À quoi accrocher ses yeux et sa mémoire ?

Le meurtrier était pourtant bien là, quelque part, soumis aux mêmes conditions, à ce même vent de face qui vitrifiait chaque millimètre carré de peau. Il ne pouvait pas lâcher. Pas maintenant. Il zébra l'air polaire d'un coup de fouet, comme pour cravacher l'adversité. À bout de forces et résolu. Fonçant droit dans la nuit.

40

Après une grosse demi-heure de course à bride abattue, l'ivresse de la vitesse avait décru. Foncer dans la nuit bleutée sans but, et avec si peu de visibilité, perdait de son charme à mesure que le brouillard poudreux s'épaississait. Le vent rasait de près le sol et pulvérisait de gros nuages opaques. Brûlants ou glacés, les déserts n'étaient au fond pas si différents. Les chiens, eux, ne semblaient pas faiblir. Increvables. Combien de kilomètres pouvaient-ils avaler à ce rythme ? Au fil de leur folle cavalcade, Qaanaaq avait eu le temps de se familiariser avec les douze bêtes de son attelage. Il n'était pas expert en chiens de traîneau, mais il avait tout de même cru reconnaître trois espèces différentes, parmi les cinq les plus connues. Les groenlandais bruns, trapus et rustiques. Les malamutes à tête de loup, à la robe bicolore. Et enfin deux élégants samoyèdes, dont le pelage immaculé se confondait presque avec le décor. Chaque bête paraissait occuper un poste précis dans la meute. Un ordre rassurant s'en dégageait. Outre CR7, leur chef silencieux, il y avait notamment cet animal à gauche de l'attelage – une femelle, déduisit-il au vu de sa taille plus réduite. Contrairement à ses congénères, elle ne courait pas le nez au vent. Toutes les huit ou dix foulées, elle abaissait sa truffe vers l'épaisseur de glace, comme si elle suivait une piste.

Avait-elle repéré la trace du traîneau fugitif ?

Qaanaaq ne nourrit pas cette illusion bien longtemps. D'un coup, la chienne marqua un arrêt brusque qui provoqua un mouvement de désordre et des jappements contrariés. Les chiens se retrouvèrent bientôt amassés en un seul paquet hurlant.

Le brouillard les enserrait. Mais il n'était mû cette fois par aucun souffle. Il semblait plutôt s'élever du sol – omniprésent et immobile. On ne distinguait plus rien au-delà de quelques mètres, ni lune, ni nuages, ni horizon. Les rares repères étaient gommés. Dès qu'un chien s'éloignait du groupe à la limite extrême de son trait, la nuit blanche l'avalait lui aussi.

– Le *white-out*, souffla Qaanaaq pour lui-même.

Le blanc total, qui efface tout.

Il avait déjà entendu parler du phénomène mais ne l'avait pas imaginé si absolu. Les quelques sons s'évanouissaient eux aussi, comme des jouets pour enfant dont les piles sont épuisées. Hormis les gémissements nerveux des chiens, rien ne lui parvenait plus. Il n'y avait qu'eux, lui, et la banquise. Car c'était bien elle, si proche. Lentement, ils avaient dérivé vers l'ouest. Qaanaaq croyait les diriger, mais les chiens étaient allés exactement à l'endroit où ils voulaient aller. Sur leur terrain de chasse habituel ; là où nageaient les phoques et rôdaient les ours. Leur territoire.

Le bilan n'était pas brillant : non seulement il avait perdu toute trace du fuyard, mais il était désormais incapable de retrouver son chemin vers le village. Pire que tout, il avait laissé son téléphone là-bas, dans le foutoir de Tikile. Il était à présent intraçable.

Quand une nappe immaculée enveloppa leur petite troupe, Qaanaaq se sentit s'estomper à son tour, devenir brume lui-même. Pour la première fois depuis son départ, il ressentit la brûlure du froid. Il frémit de tout son long, accrochant son regard et ce qu'il lui restait d'espoir aux yeux bleus de CR7.

– Tu connais le chemin, toi ? Hein, mon beau ? Tu me montres où c'est ?

Mais l'animal demeurait impassible.

Dans un sursaut de désespoir, Qaanaaq fouilla l'intérieur du traîneau. C'était un modèle dédié à la chasse, court et étroit, conçu pour la vitesse. L'espace était compté : il n'y avait de place que pour transporter les éventuelles prises, ainsi que le matériel indispensable à la traque du gibier polaire. Des cordes, des fixations et des crochets divers, une sorte d'épuisette attachée à une longue perche métallique, et cet étrange panneau de toile blanche sur un cadre en bois léger, sorte de petit paravent. Sous l'attirail, il dénicha un vieux pull en matière synthétique. Mais quand il le fit sentir aux chiens, ceux-ci se contentèrent de hurler. Sans bouger.

Était-il possible qu'ils se soient égarés, eux aussi ?

Un grondement sourd leur répondit. Ronflement de géant sous l'épaisseur de glace. Suivi d'un étrange phénomène de houle, comme si toute la surface gelée se soulevait d'un coup, avant de retomber mollement. C'était donc ça. La banquise menaçait de rompre. Elle se morcellerait bientôt en une infinité de plaques qui dériveraient sans fin. Et eux resteraient prisonniers de l'une d'entre elles. Voilà le péril qu'avait flairé la femelle, obligeant aussitôt les autres à s'arrêter.

Ils n'étaient pas seulement perdus.

Ils seraient bientôt coupés du monde.

Une boule de panique grossit dans sa gorge. Mais pourquoi diable était-il parti sans Apputiku ? Que lui avait-il pris de se lancer seul dans une pareille équipée ? Il n'avait pas la moindre expérience d'un tel environnement. Il ne connaissait rien aux traîneaux, rien à la banquise – rien à rien. Il n'appartenait pas à *Nuna*, mais à un monde où l'on ne survit pas sans gadgets ni technologie.

Sans secours, sans téléphone, sans GPS et surtout sans vivres ou équipement adapté, la seule chose qui l'attendait était une mort certaine. Une mort pour rien. Celui qu'il pourchassait devait le savoir. Peut-être même l'avait-il attiré dans cette poursuite avec ce dessein précis en tête. Cette chevauchée était un traquenard. Il se sentait comme ces naufragés en mer, qui meurent de soif et de faim à quelques kilomètres seulement des côtes. Si près du salut, et pourtant si loin.

Il poussa un cri de rage sans éprouver le moindre soulagement. Il descendit du traîneau et, sans se soucier de la réaction de l'animal, enlaça CR7 à pleins bras. Le chien se laissait faire.

Il avait bien d'autres soucis que son orgueil de chef de meute. Lui non plus ne voulait pas mourir.

Quelques larmes se figèrent sur les joues tannées du flic. Ses joues rebondies d'Inuit dans ce visage ovale d'Européen. Il pleurait de froid et d'impuissance. Il pleurait de cette ironie qu'il y a à finir sa vie sur la terre de ses ancêtres – justement parce qu'il ne faisait plus partie de ce monde. Péché d'orgueil. N'importe quel chasseur du coin aurait su quoi faire à sa place. Mais lui n'était pas d'ici.

Il pensa à ses enfants. Au moins avait-il pu leur parler la veille.

Quand survint le premier claquement. Net. Sec. Un éclat sonore inquiétant et pourtant presque bienvenu dans cet univers hostile.

Un coup de feu ! songea-t-il en se plaquant instinctivement au fond du véhicule.

La première détonation fut suivie d'une deuxième. Le tireur était mauvais, ou bien il se tenait loin, car Qaanaaq ne perçut aucune balle siffler dans l'air ou blesser le givre alentour. Il croyait être le chasseur et voilà qu'il était chassé. Par qui, sinon l'ours qu'il avait affronté une heure plus tôt chez Tikile ? Le troisième tir fut hélas ! plus précis. Dans un long gémissement, l'un des chiens s'affala. Tous les autres hurlèrent de concert, effrayés – ou inconsolables.

Le soir précédent, dans leur chambrette d'enfant, Appu lui avait raconté cette relation particulière que les habitants de l'Avanersuaq entretenaient avec leurs bêtes. De fait, même au plus fort de l'hiver, les chiens n'étaient jamais admis dans les habitations humaines. Quelle que soit la météo, ils demeuraient dehors, où certains d'entre eux, enchaînés et insuffisamment alimentés, ne résistaient pas aux températures les plus terribles. Les enfants ne les caressaient pas. On ne les nourrissait que des restes de la chasse. Malade, ou devenu violent, un groenlandais pure race pouvait être abattu sans aucun état d'âme par son maître. Ils étaient des bêtes de somme interchangeables, soumis à l'exigeant destin de ces contrées.

Le coup suivant parut provenir d'un autre angle. Soit ils étaient plusieurs, soit le tueur s'était déplacé. Tirait-on au hasard ? Progressivement, les sifflements se rapprochèrent toutefois. L'une des munitions ricocha sur le patin droit du traîneau, pour se ficher dans la patte d'un chien. L'animal gémit ; il n'était que blessé. Mais une blessure dans ces conditions était pire que d'être tué sur le coup, c'était le gage d'une agonie lente.

Qaanaaq ne pouvait pas rester là. À une vingtaine de mètres seulement, il avisa un hummock, l'un de ces monticules gelés façonnés par les tensions telluriques de la banquise ou par le vent. Faisant face aux tirs, le relief s'élevait sur une petite hauteur de deux mètres. Cela constituerait un abri valable, le temps de trouver une solution.

Sa course était moins vive qu'il ne l'aurait voulu. Le *white-out* rendait chaque mouvement poisseux, lourd. Un projectile le frôla, du moins le pensa-t-il. Puis une dernière idée cohérente le traversa. La dernière avant qu'il ne soit happé par une eau aussi sombre et aussi dense qu'un métal lourd. Il était tombé dans un *agloo*, un trou de respiration creusé par les phoques. Les mammifères marins devaient patrouiller non loin de là, sous la banquise, quelque part dans les profondeurs noires. Qaanaaq avait beau se débattre, il lui était impossible de remonter sur la glace. Ses plaies au cou, jusque-là peu sensibles, se mirent à le brûler comme autant de fers rouges. À chaque seconde qui passait, l'eau gelée l'ankylosait un peu plus. Bientôt, il ne serait plus capable du moindre mouvement.

Lorsqu'il leva les yeux vers le ciel nocturne, voile bleu chiné de blanc, la silhouette de l'ours se tenait au bord du trou. Son masque toujours en place. La tache de sang sur la cuisse gauche. L'inconnu le dominait de sa hauteur, impassible, son fusil à la main.

Tout en Qaanaaq s'éteignait peu à peu. Ses réflexes. Ses sens. Ses pensées. Jusqu'à son instinct de survie. Ce qui l'occupait surtout, à cet instant, c'était le non-sens de la situation. Il allait disparaître et il n'aurait pas le fin mot de l'histoire – pas même un nom ou un visage. Tout cela n'aurait donc servi à rien ?

Il se sentait si las, si inutile. Il s'attendait que l'homme l'achève d'une balle dans la tête ou dans le cœur. Abattu comme on se débarrasse des chiens invalides. Peut-être ne méritait-il que ça, après tout. À quoi donc servait un flic, quand il échouait aussi lamentablement ?

S'il en avait eu encore la ressource, il se serait laissé couler.

Mais l'autre empoigna son arme par le canon et, d'un coup de crosse maîtrisé sur le crâne – un coup de chasseur –, il l'assomma.

White-out ?

Black-out.

41

– Non mais tu te rends un peu compte ? C'est complètement inespéré : ils n'ont même pas attendu le vote du 31 !

Allongée sur le couvre-lit en patchwork, les pieds nus et les cheveux détachés, Rikke n'en revenait pas plus que son amant. Dès que la direction du Siumut avait eu vent de la négociation avec Harry Pedersen, elle avait décidé de ne pas attendre la consultation du Parlement et d'investir aussitôt le vice-ministre Enoksen comme tête de liste du parti pour les prochaines législatives. Si tout se déroulait comme prévu, d'ici à six mois il serait le prochain Premier ministre groenlandais. Et pourquoi pas : le premier dirigeant d'un Groenland enfin indépendant.

En acceptant de se livrer à ce type de tractations secrètes, Kuupik Enoksen avait pris l'actuel Premier ministre, Kim Kielsen, à son propre jeu. La stratégie avait fonctionné au-delà de ses espérances.

– C'est génial, dit-elle, une main tendue vers Enoksen, survolté, son autre main tapotant le lit. Mais maintenant, tu ne veux pas… venir fêter ça ?

Son regard était sans équivoque, et son corsage suffisamment béant pour laisser entrevoir la naissance de ses seins. L'indisponibilité de leur chambre habituelle, la numéro 5, était une déconvenue bien mineure au regard des nouvelles du jour.

– Si, bien sûr. Mais je te jure que si je tenais les types qui ont foutu ce bordel au Primus, c'est eux que j'embrasserais !

Rikke avait retiré ses épais collants de laine, esquissant un geste pour dégrafer la jupe de son éternel tailleur. Certes, quantité de petites assistantes longilignes ne manqueraient pas de tourner autour de lui quand il dirigerait le pays. Mais son corps de trentenaire avait encore des arguments. Et à force de fréquenter le *Vandrehuset*, elle avait appris ce qui pouvait lui plaire. Une expérience dont elle ne comptait pas laisser le bénéfice à d'autres.

– Au fait, ton enquête, c'en est où ? lui demanda-t-il sans prévenir.

La question doucha l'élan de la jolie blonde. Contrariée, elle s'assit au bord du lit, sa jupe déposée sur ses cuisses grenelées de froid.

– Hum, ça patauge plutôt, admit-elle, visiblement frustrée par le tour que prenaient leurs retrouvailles. Notre principal suspect, le chefaillon du NNK, s'est volatilisé vers le nord.

– Tu avais lancé un avis de recherche, pourtant ?

– Oui, mais pour l'instant, ça n'a rien donné.

– Aucune autre piste ?

– Non... En tout cas, rien de bien consistant.

– C'est ennuyeux, grinça-t-il. J'espère que ça ne va pas peser sur le vote d'après-demain.

Ce couplet anxiogène, c'était elle-même qui le lui avait soufflé. Elle était donc bien placée pour savoir qu'Enoksen n'y croyait pas vraiment, qu'il était certain de l'adoption du référendum.

Ils échangèrent un regard gêné. *Décidément, dans le genre tue-l'amour*, songea Rikke, *mon partenaire se pose là.* Il était tellement obsédé par lui-même qu'elle aurait pu prendre les poses les plus lascives sans parvenir à le distraire. Ça promettait, quand il serait réellement au pouvoir...

– Des nouvelles de ton flic danois ?

– Adriensen ? éluda-t-elle d'un battement de cils. Parti prendre l'air dans le Grand Nord.

– Ah bon ? Mais il n'était pas censé t'aider sur l'affaire ?

– Si, si... Mais il passait son temps à traîner dans mes pattes. Alors j'ai trouvé de quoi l'occuper.

– Et tu l'as envoyé où ?

– À Qaanaaq.

– Qaanaaq ? Énorme tempête, là-bas. J'ai entendu que tous les vols au-delà d'Ilulissat avaient été annulés.

– Ça expliquerait pourquoi son mobile ne répond pas.

– Bon, au moins, tu as la paix.

– Lui aussi, si tu veux mon avis. En ce moment, il doit se la couler douce devant un bon feu de cheminée.

Était-ce l'évocation de la chaleur ? Le politique s'effaça enfin, laissant place à l'homme. Il s'approcha d'elle et la renversa sur le matelas à la fermeté douteuse. Empoignant sa jupe, il l'envoya promener à l'autre bout de la pièce avant d'écarter les fines jambes dénudées. Elle portait une culotte ordinaire, gonflée sur le devant par une abondante toison cuivrée. C'est lui qui exigeait qu'elle reste en l'état. Écartant d'un doigt la mince bande de coton, il apprécia la vision des boucles sur les plis de chair rosée. Après un temps de contemplation muette, il se rua enfin sur l'objet de sa fascination, la tête la première, sa langue prête à en révéler les secrets.

***

Quelle bonne idée il avait eue de venir en voiture ! Car les amants du *Vandrehuset* occupaient cette fois une chambre sur rue, là où aucun abri ne permettait de se planquer. Surtout, Kris n'avait pas commis l'erreur de sa précédente filature. Ce coup-ci, il avait pensé à prendre son appareil photo, un solide reflex numérique doté d'un zoom à longue focale.

La chance était réellement de son côté puisque, dans sa hâte, le couple avait omis de fermer complètement les stores. En s'abaissant le plus possible, jusqu'au bas de la vitre avant gauche de sa citadine, il parvenait à cibler l'intérieur de la pièce. Malgré les reflets, les images qui s'affichaient sur l'écran LCD du Canon étaient parfaitement lisibles. Les amants étaient aisément identifiables, et leurs gestes ne laissaient aucune place au doute.

Kuupik Enoksen et Rikke Engell baisaient ensemble.

Le ministre ne semblait pas très doué, et Kris voulait croire que sa chère patronne simulait. Mais ceux à qui il destinait les clichés ne s'encombreraient pas de telles considérations. Qaanaaq, au premier chef. Si on ajoutait ces preuves à l'organigramme accablant fourni par Pavia, au bon de commande des combinaisons, aux photos prises de la négociation Enoksen-Pedersen et à quelques autres broutilles, les réserves du Danois seraient définitivement balayées. Rikke Engell et Kuupik avaient couvert – si ce n'est commandité – les meurtres des ouvriers de Green Oil pour servir leurs ambitions.

Avec ces galipettes, la démonstration devenait accablante.

Le légiste regrettait juste de ne pas avoir chipé à Søren de quoi voler quelques bribes de leur conversation. Cela aurait probablement apporté un peu d'eau à son moulin. Mais les photos, c'était déjà pas mal. Les photos, cela frappait l'opinion publique bien plus que toutes les transcriptions du monde. Kris se prit à rêver de justice. Engell et Enoksen allaient enfin être hors d'état de nuire.

***

Outre son restaurant gastronomique, le *Sarfalik*, l'hôtel *Hans Egede* disposait au cinquième étage d'un élégant bar américain, le *Skyline*. Ouvert vingt-quatre heures sur vingt-quatre. Cependant, à une heure aussi matinale, alors que la salle du petit déjeuner voisine ouvrait tout juste, les clients préférant les cocktails aux céréales étaient rares, et les fauteuils clubs totalement vides. Aucun pianiste non plus derrière le clavier de l'étonnant trois quarts de queue vitré et éclairé de l'intérieur. Derrière son comptoir en marbre noir, le barman semblait se morfondre à peu près autant que son confrère dans *The Shining*.

Harry Pedersen s'installa près des fenêtres en damier, signifiant d'un geste vague qu'il attendait l'arrivée de son rendez-vous pour passer commande.

Pour l'heure, il jouissait du panorama. Jubiler seul et en silence était toujours un peu frustrant, mais jamais de sa vie il ne s'était senti à ce point en position d'exaucer ses rêves. Certes, il y aurait quelques petits désagréments en chemin, mais il s'y était préparé. On n'obtenait pas ce à quoi il aspirait sans de grands sacrifices. Certes, quand il repensait à toutes ces années passées chez Arctic Petroleum, à la chance que lui avaient offerte ses patrons successifs, il s'en voulait un peu.

Mais il n'y avait pas de place pour les sentiments dans le monde du pétrole. Tant que la dernière goutte du dernier puits n'aurait pas été extraite, sur terre comme en mer, ce serait la guerre. Une guerre totale, de plus en plus âpre à mesure que l'or noir se raréfiait. Une guerre dont il était bien décidé à tirer tout le bénéfice possible. Sous peu, il ne serait plus un vulgaire cadre sup de compagnie pétrolière. Sous peu, il serait une compagnie pétrolière à lui tout seul. Et sans doute l'une des plus profitables au monde.

Franchement, ça ne méritait pas de prendre quelques coups au passage ?

– Monsieur Pedersen ?

La voix d'outre-tombe le fit sursauter.

– Ah... bonjour. Vous êtes Czernov ?

– C'est moi.

– Asseyez-vous, je vous en prie. J'espère que l'horaire de notre rendez-vous ne vous a pas tiré du lit.

– Je dors très peu.

– Le rythme des plateformes, hein ?

– Oui. Et l'âge aussi.

– Bien sûr, bien sûr... Vous prenez quoi ?

– Café, s'il vous plaît.

Pedersen mima la dégustation de deux expressos au barman, qui s'affaira derrière son zinc avec une cadence nonchalante toute groenlandaise.

– Alors, demanda-t-il aussitôt, rassurez-moi : Green Oil, pour vous, c'est bien du passé ?

– Totalement du passé. J'ai donné ma démission à Møller hier soir, comme convenu.

– Parfait. Il n'a pas semblé trop surpris ?

– Plus emmerdé que surpris. Il a peur qu'avec mon départ, l'exploitation ne s'arrête aussitôt après avoir repris. Je n'ai même pas eu droit à un pot d'adieu.

– Ah, ah ! Encore mieux.

Leurs cafés apparurent bientôt sur la petite table ronde. Le Russe se jeta sur le sien comme si sa vie en dépendait. Après deux gorgées, il reprit, avec des intonations d'enfant timide qui lui ressemblaient peu.

– Sinon, pour mon contrat ?

– Je vous demande encore une petite quinzaine de patience. Mais croyez-moi, vous ne serez pas déçu.

– Quel est le problème ? s'inquiéta Czernov. Ça coince à la direction d'AP ?

Le sourire du barbu roux s'élargit.

– Ça ne coince pas chez AP, pour la bonne raison qu'il n'y a plus d'AP...

– Pardon ?

– Ce n'est pas Arctic Petroleum qui vous embauche, Sergueï. C'est moi en personne. Enfin, la compagnie que je crée avec mon frère.

– Votre frère ?

Il pensait s'engager avec une multinationale, et voilà que son interlocuteur sortait une vulgaire PME familiale de sa manche.

– Oui, c'est un peu compliqué à vous expliquer. Mais pour tout un tas de raisons, il est préférable pour l'instant qu'il soit le seul à apparaître sur les statuts.

À ces mots, Pedersen sortit son téléphone, chercha parmi ses photos et montra ce qui ressemblait à un logo : un ours polaire de couleur noire sur fond de baril blanc, surligné du nom *Polar Black*. La ressemblance avec le blason groenlandais était frappante, sans doute à dessein – manière pour lui de légitimer la main basse qu'il s'apprêtait à opérer sur les ressources du pays.

– C'est une plaisanterie ? se raidit Czernov.

– J'ai l'air de plaisanter ? Et mes soutiens, vous pensez que ce sont des rigolos ? Vous avez vu ce qu'ils ont fait pour qu'on en arrive là, vous et moi ?

– Je suppose, grogna le Russe, que Sandford et la direction générale d'AP ignorent tout de cela ?

Si Jimmy Sandford, l'implacable P.-D.G. d'Arctic Petroleum depuis plus de trente ans, avait eu vent d'une pareille trahison, nul doute en effet que Pedersen aurait déjà été broyé.

– Respirez un peu, mon ami. Sous deux semaines, la licence m'aura été attribuée et vous serez le directeur général chargé de l'exploitation de toutes les plateformes Polar Black au Groenland.

– Ouais. De Kangeq, pour résumer.

– Kangeq, oui, pour commencer. Mais vous vous doutez bien que mes amis et moi n'avons pas l'intention de nous arrêter en si bon chemin.

– Vous pensez à quoi ? À Disko ?

– Par exemple. Et sans parler de vos conditions… Fini le salariat misérable. Vous serez mon associé à part entière !

– Associé ?!

Le colosse russe paraissait ébranlé par la promesse.

– Cinq pour cent des actions fermes dès la signature de votre contrat. Sans compter les paquets de stock-options prioritaires que vous pourrez acquérir à l'ancienneté. Si on pompe comme on l'espère vous et moi, vous serez multimillionnaire en dollars dès la première année. Juste avec le site de Kangeq. Alors imaginez avec deux ou trois *Éléphants* qui tournent à plein régime !

Cette fois, Czernov sembla se détendre. Les arguments avaient fait mouche. Pedersen triomphait.

– Qu'est-ce que vous dites de ça ? C'est quand même un peu plus bandant que les clopinettes de Møller ou de ces enfoirés d'AP, non ?

Czernov s'imaginait déjà rentrant à Moscou en oligarque. À lui les voitures de sport, les datchas immenses, et dans ses innombrables lits des mannequins ukrainiennes qui, il y a peu encore, ne lui auraient même pas adressé la parole. Quelle revanche pour Nesti, l'ours mal-aimé, le demi-Kazakh !

Igor aurait été si fier de lui.

– OK, finit-il par concéder entre deux sourires réprimés. Si vous me connaissez un minimum, vous devez savoir que je ne suis pas du genre qu'on entourloupe facilement. *Ils* ont dû vous le dire...

Harry Pedersen soupira, fixant son interlocuteur avec la gravité requise – il n'avait pas touché à son café.

– Vous n'avez pas l'air de bien comprendre : tout mon projet repose sur vous. Sans votre compétence, sans votre expérience et votre autorité, mes plateformes ne sont que des carcasses vides. De la ferraille fantôme. L'unique valeur ajoutée de Polar Black, ce n'est pas moi, ni même nos amis politiciens. C'est vous, Sergueï ! Vous !

42

Pour un village où l'alcool était en principe prohibé, Qaanaaq-ville s'était réveillé avec une gueule de bois plutôt sévère. La bière de contrebande qui avait coulé à flots au *qaggiq* jusque tard dans la nuit devait largement dépasser le taux autorisé, car Appu s'était écroulé d'un coup. Dans la chambre, il n'avait même pas remarqué l'absence de son confrère sur la couchette inférieure. Lorsqu'il émergea enfin, le crâne endolori jusqu'aux pointes de sa tignasse, les draps du capitaine étaient intacts, aussi sagement bordés que la veille, après que Massaq eut fait leur chambre.

– Vous... Tu l'as vu se lever ?

Attablée devant un café fumant, la belle Inuite ne semblait pas s'alarmer de la disparition de son invité.

– Non.

– Et tu l'as entendu rentrer ?

– Non plus.

– *Pis*...

– C'est un grand garçon, non ? dit-elle avec un sourire tendre.

Il approuva d'un haussement de sourcils, à moitié rassuré seulement. À travers le bow-window du salon, principale source lumineuse du rez-de-chaussée, il pouvait apprécier l'état des rues après une pleine journée de tempête. On eût dit ces villages de glace éphémères, comme il en avait vu aux infos nationales, sur KNR1. Le paysage était désormais comme conceptuel, avec ses congères aussi hautes que des palissades et ses stalactites de glace coulant des toits en longs fils translucides.

La météo offrant un répit, il tenta malgré tout de sortir, pour une fois dûment couvert. Le froid grippa un instant ses pensées, puis, à l'inverse, agit comme un stimulant. Arrivé au niveau du supermarché Pilersuisoq, devant le panneau d'annonces publiques, il cessa de passer en revue les points de chute possibles de Qaanaaq – la salle communale ? L'église ? L'école ? Pas la cahute d'Ujjuk, quand même ? – et se souvint de cette autre nuit où son *boss* lui avait faussé compagnie. Cette nuit à Nuuk, qu'il avait voulu passer seul dans le bungalow de Huan Liang.

L'idée d'immersion n'était pas étrangère à Appu. Le chasseur de phoques n'agissait pas autrement lorsqu'il se fondait dans la banquise, qu'il faisait corps avec les éléments, vent avec le vent, brume dans la brume, glace parmi la glace, pour s'approcher de ces animaux si craintifs.

Hélas ! la maison de Juansé était vide. Quant aux quelques courageux qu'il croisa dans les rues, aucun d'entre eux n'avait vu le *danskit pinerluttaalisitsisoq*, « le flic danois », depuis qu'il s'était éclipsé la veille au soir de la compétition chantée.

Le vantail qui battait librement le seuil de chez Tikile n'annonçait, lui, rien de bon. Certes, la tradition inuite voulait qu'on ne boucle jamais sa porte. Mais pas qu'on la laisse grande ouverte. Surtout pas au plus fort de l'hiver et aussi haut au-dessus du cercle polaire. La chaleur de l'habitat était un bien précieux qu'il s'agissait de préserver.

Apputiku entra comme dans un sanctuaire, sur la pointe des pieds. Le désordre et les traces de lutte lui sautèrent au visage. En particulier ce tisonnier à la pointe enduite d'un liquide visqueux. Mais ce qui achevait de signer le passage récent de son collègue, c'était bien sûr ses objets personnels, éparpillés sur le sol perlé de sang. Appu remarqua d'abord le Smartphone, déchargé avec le froid ambiant, et dont il ignorait le mot de passe. À quelques pas de là, cabossé et pourtant encore disponible, l'appareil photo de Qaanaaq gisait lui aussi.

– Le Blad, murmura Appu avec crainte et respect.

Jamais Qaanaaq ne se séparait de son précieux outil. Jamais il ne l'aurait abandonné derrière lui.

Le policier inuit ignorait tout du mode d'emploi d'un tel engin, mais le bouton marqué d'une flèche, semblable à la touche lecture de son lecteur de DVD, lui apparut l'option logique. L'écran LCD endommagé crachota un brouillard numérique avant que ne s'affiche la toute dernière prise de vue.

Floue et sous-exposée, la gueule d'un ours polaire photographiée à bout portant, une gueule artificielle qui n'en était pas moins effrayante. *Nanook* en personne, réincarné en un cauchemar mécanique et dont l'esprit malfaisant avait été capturé par le boîtier. Appu éteignit l'appareil d'un doigt tremblant. La chose le terrorisait, mais il devait la montrer à Ujjuk. Qaanaaq disparu, le vieux flic du coin devenait son unique référent.

– Hum, marmonna un Ujjuk encore imbibé jusqu'aux sourcils.

Il n'avait guère apprécié être tiré de son sommeil. La perquisition du village lui restait déjà en travers de la gorge. Alors tout ce tintouin pour rien commençait à l'échauffer. Il avait dû s'écrouler d'un coup la nuit précédente, car il portait encore sur lui son *wader* de la veille – l'ensemble bottes et salopette étanches que tous ici revêtaient en hiver.

– Il est peut-être juste parti se promener, avança-t-il de mauvaise grâce.

– Se promener ? s'agaça Appu – lui qui ne s'agaçait jamais.

Sur le terrain de la mauvaise foi, il venait de trouver son maître.

– Oui, regarde... Il fait beau, aujourd'hui.

– Qaanaaq ne partirait jamais « se promener » sans son portable ni son appareil photo. Je crois qu'il...

– Qu'est-ce que tu en sais ? se moqua l'autre. Tu es sa nounou ?

Un villageois avec qui Appu avait sympathisé lors du *dansemik* fit irruption dans la maisonnette. C'était Kavajaq, le frère cadet de Tikile.

– Ujjuk ! Ujjuk ! Faut que tu viennes voir. Tes chiens ont foutu le camp !

– Hein ? Lesquels ?

– Tous !

– Quoi ? Mais c'est pas possible ! Je les ai vus juste avant de... avant de me coucher.

– Ben ils sont plus là, s'écria le type. Et ton traîneau s'est fait la malle avec eux !

Une meute aurait pu accepter une randonnée suicidaire au cœur de l'inlandsis. Elle aurait pu s'entredévorer plutôt que de mourir de faim. On rapportait même des cas rares de noyade volontaire, à la queue leu leu, à l'instar de ces crétins de lemmings. Mais en aucun cas un attelage ne prendrait l'initiative de partir sans en avoir reçu l'ordre de son maître. Depuis des siècles, les chiens groenlandais étaient programmés pour obéir à leurs mushers. Un départ spontané, et qui plus est à vide, constituait une aberration que même le plus saoul des chasseurs inuits ne pouvait concevoir.

– Qu'est-ce que tu me racontes, bordel ?!

Ujjuk sortit de chez lui comme un fou. Après un rapide coup d'œil dans la ruelle, il parut se souvenir où il avait rangé son traîneau la veille au soir. Le *qaggiq* était proche et en quelques foulées, il fut sur place. Mais là, en dépit des traces de pattes et de patins encore visibles, il n'y avait pas plus de traîneau que de meute.

– Putain de CR7 ! jura-t-il. J'ai toujours su que ce clébard n'était pas normal !

– Euh... En fait, je pense qu'il s'est contenté d'obéir.

Appu l'avait rejoint au petit trot, suivi de Kavajaq.

– D'obéir à qui ?

– À Qaanaaq.

– À Qaanaaq ? rugit-il. Ton patron m'a volé mon traîneau ? C'est ça que tu me dis ?

– Pas *volé*. Je me demande s'il n'a pas pris en chasse quelqu'un ou quelque chose.

Alors, ses images de l'ours à l'appui, Apputiku put enfin exposer son hypothèse : l'immersion dans les lieux du crime, l'agression par le monstre et enfin la poursuite. CR7 avait

Qaanaaq à la bonne, et ce dernier avait peut-être trouvé le moyen de lancer l'attelage.

– C'est n'importe quoi ! Il connaît rien à la banquise, ton Danois ! Il va finir écrabouillé entre deux *growlers* !

Les *growlers*, ces petits icebergs de moins de cent tonnes, mobiles, aux dérives si rapides qu'on a vite fait de se retrouver pris en sandwich entre deux d'entre eux. Les pires ennemis du chasseur après les ours.

– S'il ne se noie pas avant, ajouta Kavajaq.

– Moi, je sais *driver* un attelage. Je peux aller le chercher.

« Toi ? » semblaient renvoyer les regards perplexes des deux hommes.

– J'ai chassé mon premier phoque à douze ans, soutint Appu.

– On n'est pas à Ilulissat, ici. C'est pas de la banquise pour touristes. De toute façon, je veux pas être pessimiste, mais s'il est parti cette nuit et qu'on n'a pas de ses nouvelles…

Ils le savaient tous : en plein cœur de l'hiver polaire, sans expérience ni équipement adapté, les espoirs de survie étaient quasiment nuls. D'ailleurs, aucun des chasseurs du cru, pourtant aguerris, n'envisagerait sérieusement de se lancer au secours du flic. Après deux jours de tempête, hélas ! la conscience des risques encourus l'emporterait sur le devoir d'assistance. Sous ces latitudes, mettre la vie de plusieurs hommes en péril pour tenter d'en sauver une n'avait aucun sens.

Un silence résigné s'installait quand Kavajaq intervint :

– Je peux te prêter le mien.

– Ton traîneau ?

– Et mon GPS. Il est récent.

– *Tupinara !* s'étrangla Appu. C'est génial !

La perspective sembla contrarier le chef du village. Mais il ne trouva pas les mots pour dissuader son collègue de s'embarquer à son tour dans une telle équipée. Appu en grimaçait d'excitation et d'impatience.

– Tu sais où il est possible de cacher un attelage sur la banquise ? demanda-t-il à son bienfaiteur.

– Cacher ?

– Oui, de le planquer un petit moment. Le temps que celui qui te course perde ta trace, tu vois.

– À part derrière des hummocks, je ne vois pas... Mais dans le coin, avec ce *pitaraq* qui souffle en permanence, ils poussent rarement plus haut que ça.

Kavajaq plaça une main au niveau de sa ceinture.

– D'accord... Mais toi, *toi*, tu irais où, si tu fuyais avec tes chiens ?

Voilà qu'il soupirait d'impatience comme Qaanaaq ; il n'avait fallu qu'une poignée de jours au Danois pour déteindre sur lui.

– J'imagine que j'irais là où la banquise est le plus instable, répondit l'autre.

– Pourquoi ?

– Parce que mon poursuivant hésiterait à m'y suivre. Ça me donnerait un petit avantage.

– Et c'est où ?

– Sur le territoire des ours.

– C'est loin ?

– À une bonne heure d'ici.

Kavajaq passa les minutes suivantes à renseigner les coordonnées géographiques nécessaires sur le petit cadran du GPS, puis à familiariser Appu avec son traîneau et sa meute. Les animaux semblaient aussi pressés que lui d'en découdre avec l'immensité gelée. Ils hurlaient d'impatience, dans une agitation digne d'un vestiaire un jour de finale, les uns grimpant sur les autres.

Autour d'eux, une poignée de curieux s'était attroupée. La plupart s'amusaient de voir ce « faux Inuit » se préparer pour un sauvetage selon eux perdu d'avance. Si le fuyard était bien du coin, ce que semblait croire le flic, alors ce dernier n'avait aucune chance.

– Tu as deux jours de nourriture sous la bâche, précisa son nouvel ami. Et je t'ai glissé un fusil, aussi.

Il n'en fallut pas plus : Appu comprit le message, et la raison de cette soudaine générosité. Ce que Kavajaq attendait de lui, s'il mettait la main sur le tueur de Tikile et de Juansé, c'est qu'il fit justice, sans autre forme de procès. Ce qui l'étonnait plus en revanche, c'est que l'homme n'insistât pas pour l'accompagner.

Que craignait-il ? La colère d'Ujjuk, qui le fusillait à présent de ses yeux plissés ? Ou bien redoutait-il de fâcher *Sila* en sacrifiant une vie humaine sur son terrain de chasse ?

Mais peu importaient les vaines querelles du village. Il fallait partir sans tarder ; chaque minute comptait. Appu sauta sur les patins arrière, colla son ventre au rebord du traîneau pour ne pas être désarçonné par la secousse initiale, comme le lui avait appris son père, puis fit claquer son ordre en même temps que son fouet :

– *Kaa kaa ! Kaa kaa !*

43

[[IMG_2263 / 29 octobre / Portrait à la jambe piégée]]

L'ours n'avait pas voulu le tuer. Il avait voulu le punir.

Dès qu'il ouvrit les yeux, les deux douleurs se mêlèrent, presque indissociables. Celle qui irradiait dans son crâne, depuis le point d'impact de la crosse jusqu'à ses dents. Mais aussi ce mal étrange qui paralysait tout le bas de son corps et colonisait peu à peu le reste.

Il fallut à Qaanaaq une longue minute pour comprendre dans quelle situation son agresseur l'avait volontairement laissé. Sa jambe droite, probablement lestée avec un poids quelconque, avait été plongée dans l'*agloo* dans lequel il était tombé. Déjà, la glace se reformait autour de sa cuisse. Le froid était si intense que, du pied jusqu'à l'aine, il ne sentait plus aucun de ses muscles. Comparé à ça, c'est à peine s'il percevait le gel qui étreignait sa tête nue.

Sous peu, il serait définitivement prisonnier de la banquise. Et sa chair nécrosée par la glace. Il avait beau prendre appui sur le bord du trou et pousser de toutes ses forces, il ne parvenait guère à extraire que quelques misérables millimètres de lui-même à chaque nouvelle tentative. Toujours les mêmes millimètres que le trou avalait de nouveau dès qu'il relâchait son effort. Il aurait sans doute fallu plusieurs personnes munies de cordes pour le tirer de là. Et encore, pas sûr que la mâchoire gelée aurait défait si facilement son emprise.

Cette pensée tournait en boucle, encore plus effrayante que la souffrance elle-même : l'homme n'avait pas souhaité assister à son calvaire. Il avait préféré l'abandonner à cette lente torture.

Le punir.

Ou plutôt : confier à *Nuna* le soin de le châtier.

Cette fois, il n'appela pas à l'aide. À quoi bon ? La brume épaisse ne lui renvoyait qu'un silence obstiné, traversé de temps à autre par le mugissement des rafales blanches. Qaanaaq allait mourir seul – de froid ou de douleur. Il était presque curieux de découvrir lequel de ces tourments aurait raison de lui.

Un état de somnolence s'emparait peu à peu de lui. Il savait la mort imminente. Étrangement, des éclairs traversaient son hébétude. Il voulait encore comprendre. Avec la fouille entreprise dans le village, le meurtrier, acculé, avait préféré passer à l'offensive. Signe qu'ils touchaient sans doute au but. Alors, qui ?

Ujjuk ? Un policier proche de la retraite hypothéquant son repos chèrement acquis pour des lubies ? Sa vision du monde et sa défense du village n'étaient pas très éloignées des idées du NNK. Mais de là à tuer ? Le monstre qui avait fondu sur lui, chez Tikile, était plus léger qu'un ours, mais bien plus robuste qu'un sexagénaire.

Ole ? Un arnaqueur de première, arrogant, qui profitait de manière éhontée du statut de son père. Mais il avait un alibi solide.

Un picotement lancinant s'empara de sa jambe captive. Était-il possible que le froid finisse par arrêter son cœur d'un coup ? Était-ce ainsi que fonctionnait le choc hypothermique ? Qaanaaq revit la silhouette transie du pauvre Rong, quand il avait été repêché dans les eaux du PolarisOne.

Qui d'autre ?

Restait bien Anuraaqtuq, le chef du NNK. Mais ce dernier ne s'était pas offert de parenthèse mortelle les 25 et 26 octobre. Grâce à l'ami Tobias d'Air Greenland, le fait était désormais établi. Et il semblait plus improbable encore qu'il ait parcouru mille six cents kilomètres depuis Nuuk en motoneige, et en deux jours seulement.

Les questions sans réponse se télescopaient, confuses et désordonnées. Depuis combien de temps trempait-il dans cette nasse ? Quand une partie seulement du corps était immergée, l'espérance de vie dépassait-elle le quart d'heure de survie théorique ?

Le visage de Massaq se rappela à lui un instant – il chassa cette image aussi vite qu'elle était venue. Pas Massaq, non, c'était impossible. Massaq était la douceur même.

Dans un sursaut désespéré, il frappa la glace en train de se figer autour de son membre. Mais aussi lourds que fussent ces poings, ils se révélaient impuissants. L'épaisseur translucide était déjà trop dense.

Au milieu des larmes gelées et des pensées discontinues, un proverbe se mit à tourner en boucle en lui : *La même bouche souffle le chaud et le froid.* C'était une métaphore, bien sûr. Mais à cet instant, il aurait voulu que ce soit littéral. Qu'une chaleur salvatrice jaillisse soudain de la gueule glacée. Que la banquise le recrache.

La même bouche souffle le chaud et le froid. La même bouche souffle le chaud et le froid. La même bouche souffle le chaud et le froid.

Il fermait les yeux. Rien d'autre que ce mantra dérisoire. N'importe quoi plutôt que de perdre conscience. Quelle heure était-il ? Peut-être avait-on atteint le milieu de matinée ? Avec cette maudite nuit polaire, on ne pouvait même pas compter sur quelques rayons de soleil pour alanguir la glace.

Plusieurs mois auparavant, il était tombé en zappant sur un reportage consacré à un certain Wim Hof, dit aussi Iceman. Un quinquagénaire néerlandais spécialiste des records d'immersion dans le froid extrême. Grâce à ses techniques de respiration inspirées des yogis indiens, il tenait entièrement nu plus d'une heure dans des bains de glace.

Mais Qaanaaq n'avait jamais médité plus de cinq minutes d'affilée. Il contrôlait encore moins son corps que ses sautes d'humeur. Il était un peu tard pour espérer trouver le salut de ce côté-là.

La même bouche souffle le chaud et le froid ? Alors, enfin, il hurla. Longtemps, et à tout rompre. Juste pour ressentir la brûlure dans sa gorge. Ce feu minuscule qui rougeoyait comme une braise à l'intérieur de lui. C'était vain, éphémère, et surtout douloureux. Mais réconfortant. Après la troisième ou quatrième salve de cris, il attrapa un peu de glace avec son gant et l'avala pour soulager ses cordes vocales.

Il pensa aux victimes du Primus – à leur langue lavée à la neige. Avait-on cherché à apaiser leur souffrance ?

Qu'avait dit Appu à propos des chasseurs inuits ? Que jamais ils ne souffraient de solitude lors de leurs équipées sur la banquise ? Les âmes de leurs prédécesseurs leur tenaient compagnie. Mais lui ne voyait rien d'autre que le vide, n'entendait que sa propre plainte. Rien qui ne lui soufflât un peu d'espoir.

Il se sentait lentement partir. Non sans un ultime cadeau que lui offrit la banquise : de l'immensité immaculée s'éleva un mirage glacé. Une hallucination, il le savait. Entre ses paupières mi-closes, il vit apparaître la forme anormalement haute de l'hummock le plus proche, évoluant un ou deux mètres au-dessus de la surface. Comme une bulle gelée flottant dans la nuit. Lui qui n'avait jamais cru à rien, il pria pour Jens et Else. Il pria pour Flora qui veillerait sur eux. Il s'en voulait d'être venu jusqu'ici et de ne rien leur rapporter – en souvenir. Pas même une peluche de chouette harfang. Quel père était-il, pour si peu se soucier d'eux ? « Papa ? Papa ! » braillaient en lui les deux petites voix. Puis, tandis que sa tête roulait sur sa poitrine, si lourde, tendue vers la fin, les cris se firent plus présents. Plus proches.

C'est pas vrai…

Les jappements convergeaient vers lui. Il ne distinguait qu'un peu de poudre pulvérisée dans la pénombre, et pourtant les sons qui émanaient de ce nuage étaient bien réels.

Des chiens.

– CR7 ! aboya-t-il à son tour. CR7 ! Ici !

Mais même à cette distance, même du fond de son hébétude, il sut que la meute en question n'était pas celle d'Ujjuk. Le chien de tête hululait comme un dément – ce n'était pas CR7.

Par-dessus tout : un homme se tenait sur les patins arrière, une arme à la main. L'ours avait-il eu pitié de lui ? Venait-il l'achever ? Coup de crosse ou coup de fusil, n'importe quoi plutôt que cette agonie.

Mais le musher se mit à crier, à son tour :

– *Hraanaak ! Hraanaak !*

À chaque avancée de l'attelage, la voix se faisait un peu plus distincte. Plus familière, aussi.

– Apputiku ? bafouilla-t-il entre ses lèvres inanimées. APPU !

L'Inuit se jeta à bas de son traîneau et se rua vers lui. C'était bien la première fois que Qaanaaq le voyait courir. Mais arrivé à sa hauteur, il s'immobilisa, contempla la statue de glace soudée à la banquise. Puis secoua la tête. Abattu.

– Sors-moi de là, implora Qaanaaq.

– Je n'ai pas de chalumeau… Même pas de quoi faire du feu. Tout ce que j'ai comme outil, c'est une pioche.

Kavajaq avait pensé aux rations, au fusil, il lui avait même confié son GPS flambant neuf. Mais pas de quoi extraire un corps humain de l'épaisseur solidifiée…

– Eh bien, prends ta pioche et pète-moi cette putain de glace !

– Si je frappe autour de ta jambe… elle risque de partir avec, souffla Appu.

– Tant pis ! Je ne sens plus rien !

– Tu comprends ? Si je fais ça… je vais t'amputer.

Qaanaaq comprit. Sa jambe gauche, fossilisée par le froid, serait emportée par l'outil. Elle sombrerait dans les profondeurs, futur festin des squales du Groenland. Les plus endurants atteignaient soi-disant les quatre cents ans. De combien de jambes de chasseurs se composait donc leur miraculeux régime ?

– Je m'en fous ! Vas-y ! C'est ça ou je meurs dans ce trou, tu m'entends ? Je ne veux pas mourir comme tes saletés de phoques ! Je ne suis pas un phoque !

Qaanaaq fixa les yeux de son ami où perlaient deux larmes, aussitôt pétrifiées.

– ARRACHE-MOI CETTE JAMBE !

44

– Allume KNR !

– Quoi ?

Pavia Larsen avait déboulé sans préavis dans le grand bureau vitré de son patron, le souffle court :

– Tout de suite ! Allume la télé !

La situation devait être grave pour justifier une telle intrusion. Kuupik Enoksen fouilla la jungle de ses dossiers à la recherche de la télécommande et mit en marche le moniteur plat sur le mur opposé.

Le bandeau jaune en bas d'écran mentionnait un flash spécial. Enoksen identifia immédiatement le barbu roux à gauche de l'écran, menotté et encadré par deux flics du Politigarden. On l'entendait mal, mais le speaker incrusté sur l'image à droite s'appliquait à restituer les propos qu'Harry Pedersen avait tenus quelques minutes plus tôt, lors d'une conférence de presse improvisée sur le perron bleu ciel du poste de Nuuk : « … Pedersen, l'actuel directeur d'Arctic Petroleum au Groenland, a annoncé sa reddition et ses prochains aveux dans l'affaire des meurtres d'ouvriers de son concurrent Green Oil… »

En marge du cadre, on devinait la silhouette de Rikke Engell, corsetée dans l'un de ses éternels tailleurs sombres. Elle paraissait très tendue.

– Qu'est-ce que c'est que cette merde ? dit Enoksen, la respiration bloquée, comme si on venait de frapper un grand coup sur sa poitrine.

– Je ne sais pas, ça vient de tomber. Ça tourne en boucle partout. Y compris sur CNN.

« Harry Pedersen a déclaré être l'unique commanditaire des quatre meurtres perpétrés ces derniers jours, au campement ouvrier de son concurrent Green Oil. Toujours selon lui, il aurait cherché à ravir la licence d'exploitation du site pétrolifère de Kangeq. »

Comment l'homme avec qui il avait conclu un accord historique, crucial pour l'avenir du pays, pouvait-il se rendre à la police le lendemain ?

« … aurait recruté à cet effet deux militants du groupuscule nationaliste NNK, Anuraaqtuq Nemenitsoq et Nupaki Nikallunganeq, actuellement en fuite et activement recherchés par tous les services… »

C'était complètement dingue. Leur négociation avait certes été un peu musclée, mais Harry Pedersen avait de quoi se féliciter du résultat ! Qu'est-ce qui pouvait lui avoir fait ainsi perdre les pédales, quelques heures à peine avant l'envoi prévu du communiqué officiel ? L'annonce de la reprise de la licence de Kangeq par AP était prête à partir. Enoksen avait lui-même validé le texte le matin même. En prenant bien soin que tout le mérite politique de l'opération lui revienne, et à lui seul. Le gouvernement Kielsen n'était pas cité une seule fois.

Et voilà que tout volait en éclats.

Livide, Enoksen se reprit et ordonna :

– Appelle-moi la direction générale d'Arctic Petroleum à Toronto. Jimmy Sandford.

– Sandford, le *big boss* ?

– Oui. Lui et personne d'autre, c'est clair ?

Pavia Larsen disparut dans le bureau adjacent. Une minute plus tard, la sonnerie du gros combiné filaire retentit. Enoksen décrocha.

– Bonjour, Jimmy.

– Bonjour, Kuupik, répondit une voix marquée par l'âge.

– Dites-moi, c'est un sacré merdier que notre ami Harry nous a pondu là ?

Le ministre barbu jouait nerveusement avec le fil du téléphone. Il se sentait à deux doigts d'exploser. Mais laisser libre cours à sa colère ou à sa peur était peu recommandé avec un interlocuteur tel que Jimmy Sanford.

– Je ne vous le fais pas dire. Nos avocats sont comme des fous. J'ai leur cabinet au grand complet dans ma salle d'attente. On se croirait à la foire à la cravate rayée.

Malgré son langage cru, le président du groupe pétrolier paraissait à peine contrarié. Bien loin de la panique qu'on aurait pu imaginer, en tout cas. Bien loin de l'état de sidération de son interlocuteur.

– J'imagine que ce sont les meilleurs de Toronto.

– Vu leur tarif horaire, je pense même que ce sont les meilleurs du monde, répondit-il avec une note de suffisance dans la voix.

– Je n'en doute pas. Si je peux me permettre : ils en disent quoi ?

– Oh ! Vous connaissez ces types-là, tous des mormons ou des quakers. Du genre à demander encore à leur mère la permission d'aller pisser.

– Je vois… Et quelle est leur recommandation ?

– Eh bien, disons qu'il est urgent de ne pas se précipiter. Évidemment, on va se fendre d'une déclaration pour nier tout lien entre AP et cette malheureuse histoire, le bla-bla habituel. Avec juste ce qu'il faut de pathos au sujet de ce pauvre Pedersen et de sa « fragilité ». Nous reconnaîtrons que, au vu de ses écrasantes responsabilités, son pétage de plombs était prévisible. On trouvera bien une ordonnance d'antidépresseurs ou une visite chez le psy pour étayer tout ça. Mais surtout…

Jimmy Sandford suspendit sa phrase de façon exagérément longue.

– … On va attendre.

– Je… Excusez-moi, Jimmy, mais je ne suis pas sûr de bien saisir. Attendre quoi ?

– Attendre de voir la tournure que prend l'affaire chez vous, mon ami. Dans ce genre de jeu, ce n'est qu'à la fin de la partie qu'on sait qui sont les vivants et qui sont les morts.

La métaphore jeta un froid glacial sur la ligne. Enoksen déglutit bruyamment.

– Et notre accord sur la licence de Kangeq ? relança-t-il avec difficulté. Vous en êtes où avec Prospectin ?

– Quel accord ? Vous avez signé un accord, vous ?

Enoksen avait compris. Aucun document ne scellait leur arrangement, destiné à rester secret. Officiellement, il n'avait jamais existé. Et Jimmy Sandford jouait sur ce vide. Mieux valait pour lui renoncer provisoirement à la licence de Kangeq que de se laisser submerger par un scandale auquel son groupe risquait de ne pas survivre.

Rien à rétorquer. Rien en tout cas qui aurait pu changer la donne.

– Je vous apprécie beaucoup, enchaîna le P.-D.G. canadien. Sincèrement. Mais avec ce qui vient de se passer… Qu'est-ce qui me prouve que vous serez encore notre interlocuteur demain ?

Le cœur d'Enoksen menaçait d'exploser. Toutes les conséquences de cette désastreuse affaire lui apparaissaient clairement. Dire qu'il avait cru donner une leçon tactique à ses partenaires pétroliers. Il devait se ressaisir, et vite ! Ce vieux singe de Sandford lui en remontrait comme à un gosse.

– Moi ! Moi, je vous le garantis ! Le Siumut vient de m'investir pour les législatives. J'ai le soutien d'une large majorité parlementaire. Non seulement je serai là demain, mais j'aurai même grimpé d'un fauteuil. Vous verrez.

– Je ne connais rien à la politique groenlandaise, mais croyez-moi, je pratique les hommes de pouvoir depuis assez longtemps pour savoir deux, trois choses. Et notamment que ceux qui vous accordent leur confiance vous la retirent à la seconde où vous commencez à sentir le soufre. Et sans vous offenser, Kuupik, depuis une demi-heure… vous puez à plein nez.

– Il n'existe aucune preuve de ma rencontre avec Pedersen ! dit Enoksen, tentant de maîtriser sa colère.

Personne ne les avait aperçus ni entendus dans le salon privé d'Air Greenland, hormis Pavia et une hôtesse qu'il serait facile de museler. Et si Pedersen le balançait à Rikke, elle serait là pour contrôler les choses.

– Pour l'instant, en effet, il n'existe rien qui vous lie à Pedersen et à ses combines. *Pour l'instant.* Mais Harry n'en est qu'au début de ses confidences. Alors, comme le radotent mes amis mormons dans la pièce d'à côté, il est urgent d'attendre. Je pense que vous en serez d'accord.

D'accord ?!

Enoksen avait de plus en plus de mal à avaler.

À la place de Sandford, il n'aurait pas agi autrement. Mais qu'une telle déveine tombe sur lui au moment précis où tout se mettait si bien en place ! Sans accord du gouvernement groenlandais avec Arctic Petroleum, qu'allait-il advenir du référendum ? Et des sièges sur lesquels comptait le Siumut au printemps suivant ?

Et lui ? Qu'allait-il advenir de lui ?

***

Je ne sais pas si l'info est parvenue jusqu'à toi, mais Harry Pedersen vient de se rendre à la police - enfin, à Rikke. Il s'accuse d'avoir commandité les meurtres du Primus et téléguidé les crétins du NNK. Regarde les infos à la télé, et appelle si tu peux. K.

Les conditions météo dans le Nord étaient-elles aussi exécrables que le prétendaient les infos ? Qaanaaq n'avait pas accusé réception de son précédent message, celui avec les photos des amants du *Vandrehuset* dans des postures plus que compromettantes. Kris n'allait sans doute pas obtenir beaucoup plus de réponses pour celui-là. Il composa le numéro de Pavia Larsen.

Enfermé dans son labo, il captait les échos de l'agitation qui régnait au poste depuis une heure. Rikke se répandait en ordres, en tous sens. Les doigts pianotaient à toute allure sur les claviers. Personne ne savait encore de quoi allait accoucher ce coup de théâtre public, mais chacun paraissait prêt à y jouer son rôle.

La subite pression sur le Politigarden était telle qu'Engell avait fait boucler les portes d'entrée, pour éviter les intrusions de journalistes ou de curieux. Pour une fois, il n'y aurait pas de *kaffemik* improvisé dans l'*open space*.

Pourtant, cette ambiance n'était rien comparée à celle qui devait régner au Naalakkersuisut, le palais gouvernemental. Ce pauvre Enoksen devait être sur des charbons ardents. Et reporter une bonne partie de sa tension sur son chef de cabinet.

Après de longues sonneries, on décrocha enfin à l'autre bout :

– Pavia ? Pavia, c'est moi.

Kris inspira profondément.

Ce n'est vraiment pas le moment de craquer, pensa-t-il. *Vraiment pas.*

45

[IMG_2266 / 29 octobre / Un drap blanc sur les jambes d'un homme alité]

– Vous voulez dire que… c'est leur pisse qui a sauvé ma jambe ?!

Certains récits sont taillés pour la légende. Celui du sauvetage de Qaanaaq, tel qu'Appu le raconterait bientôt, ne tarderait pas à se propager de village en village. Chaque étape valait son pesant d'anecdotes. Comment Apputiku avait retrouvé la trace de l'attelage d'Ujjuk. Comment il avait failli réduire en miettes la jambe de son *boss*, inconscient, à coups de pioche. Comment, enfin, il avait incité les chiens à pisser tout ce qu'ils pouvaient, mêlant sa propre urine à celle des bêtes. Cela n'avait pas suffi à faire fondre toute la glace. Mais l'urine était parvenue à créer juste ce qu'il fallait de jeu entre le corps de Qaanaaq et la banquise pour décoincer la jambe captive. Le fait était unique : sauvé par l'urine des chiens groenlandais. On en rirait longtemps dans les *kaffemik* de la région.

Qaanaaq était sorti de son sommeil en sursaut.

Toujours sans connaissance quand Appu était revenu avec les chiens, dont l'attelage traînait non loin de l'*agloo*, il était demeuré ainsi tout le long du retour en traîneau. Puis, une fois hissé par Appu et Massaq dans son petit lit d'enfant, habillé de vêtements secs et recouvert de plusieurs épaisseurs de couvertures, il avait sombré directement dans une torpeur profonde.

La vision de ses deux jambes sous les draps le rassurait un peu. Au moins était-il « entier ». Mais aucune sensation ne lui parvenait plus de son membre gauche. Un frisson l'avait traversé. En récupérerait-il jamais l'usage ?

– Elle va marcher.

Massaq était entrée dans la chambre, solaire et ondulante, une pile de bandages et de pots divers dans les bras.

– Pardon ?

– Votre jambe gauche, vous allez la récupérer.

– Åh… Comment pouvez-vous en être sûre ?

Pour toute réponse, elle avait souri.

– Vous devez une fière chandelle à Apputiku.

C'est alors qu'elle lui avait raconté l'épisode de l'*agloo* et des chiens pissant sur lui. L'opération n'avait pas seulement permis de dégager la jambe. Elle avait aussi réchauffé le membre. Les bienfaits de l'urine sur les engelures sont connus des Inuits. Les connaissances d'Appu avaient fait toute la différence : une fois le membre libéré, il l'avait immédiatement bandé avec un linge imprégné du providentiel liquide – en l'occurrence, le sien.

– Vous voulez dire que… c'est leur pisse qui a sauvé ma jambe ?!

– Oui, sourit-elle encore. Enfin, c'était le soin d'urgence. L'infirmière de la Royal Greenland est passée vous ausculter quand vous dormiez. Elle m'a donné le baume à la camarine dont vous aviez besoin. C'est la seule au village à fournir ce genre de remèdes.

Puis, sans préavis, elle souleva le drap et entreprit de masser la jambe bleuie et boursouflée à l'aide de l'onguent. Celle-ci avait beau ne plus lui envoyer le moindre signal nerveux, Qaanaaq n'était pas insensible à l'attention que la jeune femme lui portait. Après plusieurs passes de ses mains fines, elle se livra à une technique autrement plus musclée, remontant ses deux poings pressés en étau vers le haut – le long du mollet puis de la cuisse.

– Qu'est-ce que vous faites ?

– J'essaie de stimuler votre circulation. Malheureusement pour vous, vous n'êtes pas un phoque.

– Pourquoi dites-vous ça ?

– Parce que les phoques groenlandais ont un métabolisme qui leur permet de résister aux très basses températures. Dès qu'il se met à faire vraiment trop froid, le sang contenu dans leurs membres reflue vers le tronc, et plonge leurs nageoires dans une sorte d'état d'hibernation. Comme ça, les fonctions vitales de leur corps sont préservées, et leurs membres tournent en quelque sorte « à l'économie ».

– Ingénieux, dites donc.

– Mieux préparés que nous pour les grands froids, en tout cas.

Elle se remit à masser plus doucement, pour faire pénétrer la camarine noire jusqu'aux vaisseaux sanguins du derme. Le ballet de ses mains était un spectacle en soi. La chaleur était telle, dans sa petite maison, qu'elle ne portait qu'une sorte de blouse soyeuse, légèrement échancrée sur une poitrine dont il devinait la généreuse promesse. Le regard de Qaanaaq ne pouvait s'empêcher de passer des seins aux yeux de chat de Massaq, puis aux mèches sombres qui retombaient sur la nuque si gracile.

Depuis combien de temps Qaanaaq n'avait-il pas été attiré à ce point par une femme ? Rien qu'à la contempler, il se réjouissait d'avoir trompé la mort. Certaines femmes qu'il avait connues donnaient des envies de suicide. Massaq était de celles qui réconcilient résolument avec la vie.

Comme elle se penchait sur lui pour atteindre le sommet de la cuisse bouffie, Qaanaaq sentit une force irrépressible le propulser vers l'avant. Il se redressa subitement et, sans un mot, pressa ses lèvres contre celles de la jeune femme. Le mouvement de recul de Massaq fut bref, aussitôt contredit par le baiser qu'elle lui rendit, farouche et fougueux à la fois. Leurs yeux, d'un vert si proche, se fondirent en une seule et même énergie vitale.

– *Boss ! Boss !* J'ai du neuf ! J'espère que t'es réveillé.

Quelle bonne idée Appu avait eue d'annoncer son arrivée depuis l'escalier. Il les trouva figés mais ne parut pas percevoir leur embarras. Qaanaaq, assis dans son lit, s'efforça de faire bonne figure.

– Du neuf sur notre affaire ?

– *Imaqa.*

Encore frémissante, la belle Inuite se retira sans bruit, abandonnant sur place ses potions.

Appu allait se lancer dans son rapport quand le portable de Qaanaaq se manifesta. Son adjoint avait pris le soin de le brancher et de le disposer sur l'étroite table de nuit à côté de lui. Un nouveau message de Kris Karlsen. Il contenait plusieurs clichés, certains rendus indéchiffrables par la zébrure des stores, mais on devinait dans l'ensemble assez clairement de quoi, et surtout *de qui*, il s'agissait : Engell et Enoksen, en pleine intimité. Les images étaient accablantes. En tout cas, elles donnaient au scénario échafaudé par le légiste une incontestable réalité. La flic en chef et le ministre étaient amants, l'hypothèse d'une machination servant leurs intérêts communs n'était plus si absurde. Ne manquaient décidément plus que quelques éléments matériels – mettons les mâchoires d'ours – pour achever d'établir les connexions entre tout ce joli petit monde : Rikke, Enoksen, Anuraaqtuq, Czernov... et Dieu sait qui ici, à Qaanaaq-ville.

Le réseau était mauvais, Qaanaaq se demandait comment ce message avait fini par passer.

– Excuse-moi, revint-il à son visiteur. Je t'écoute.

Mais plutôt qu'un long exposé, Apputiku plongea une main dans sa parka entrouverte et sortit un petit objet oblong et calciné. Une extrémité avait été débarrassée de sa couche de suie.

– Un *tupilak*, reconnut Qaanaaq.

– Un *tupilak*.

– Où as-tu trouvé ça ?

– Dans un abreuvoir en zinc, près de chez Juansé.

– Rien d'autre ?

– Il y avait aussi tout un tas de vêtements et de tissus cramés. Mais pas de « mâchoires », si c'est à ça que tu penses.

Massaq avait dit vrai, son père et son frère avaient brûlé tous les effets souillés de sang.

– Bon, c'est une piste. Mais qu'est-ce qui nous prouve qu'il provient de la même source que nos fétiches du Primus ?

– Rien. Si ce n'est que c'est un vrai produit d'artisanat local, comme ceux qu'on a trouvés à Nuuk, ajouta Appu en frottant la statuette pour mieux la nettoyer. Regarde, c'est de l'ivoire de morse, pas du bois ou du plastique. Alors ça ne le relie pas de manière formelle à nos quatre autres *tupilak*, mais on sait tous les deux que ce genre de bibelot est rare.

En effet, ils n'en avaient aperçu nulle part dans les habitations lors de leurs perquisitions. En revanche, cela n'expliquait toujours pas pourquoi le ou les meurtriers avaient jugé nécessaire de laisser ces objets sur les lieux des crimes. Quel message souhaitaient-ils faire passer ?

Au fil de ces conjectures, la gueule de l'ours revint hanter Qaanaaq. Il se revoyait luttant contre le monstre, dans la maison lugubre de Tikile. Ne devant son salut qu'à un tisonnier.

– Ah, mais... J'allais oublier... Appu, quand l'ours m'a attaqué, j'ai réussi à le blesser à la cuisse. La droite ou la gauche, je ne sais plus. En tout cas, ce n'est pas une simple égratignure. Le tueur porte forcément un sérieux bandage. Voilà qui pourrait nous fournir une sacrée preuve s'il traîne toujours dans les parages.

– Toi aussi, tu penses que c'est un gars du coin ? demanda Appu.

Leur fouille infructueuse n'avait pas entamé la conviction de Qaanaaq.

– Tu vois une autre solution ? Le bled le plus proche est au moins à deux ou trois heures de traîneau. Six heures aller-retour.

– Oui, bien sûr. Cela dit, les rivalités entre villages, même aussi paumés, ça existe.

L'un des villageois avec qui Appu avait discuté à la compétition chantée lui en avait parlé : un vieux différend opposait Qaanaaq à Siorapaluk, la localité la plus septentrionale de tout le Groenland, et aussi l'une des moins peuplées. Afin de grossir la population de Qaanaaq, Ujjuk prétendait englober Siorapaluk. Mais le petit résistait au plus gros, sourd aux promesses comme aux menaces.

– J'oubliais, poursuivit-il, j'ai fait ma petite enquête sur les attelages disponibles.

– C'est-à-dire ?

– Cette nuit, quand tu t'es lancé à la poursuite de ton agresseur, il n'y avait que trois traîneaux harnachés et prêts à partir dans tout le village.

– Tu en es certain ?

– Totalement. Avec la tempête et la fête, tout le monde avait dételé ses chiens. Il y avait donc le traîneau d'Ujjuk que tu as pris, celui de Kavajaq que j'ai pris pour aller te chercher...

– Laisse-moi deviner, le coupa Qaanaaq, le troisième, c'était celui d'Ole ?

– Tout juste. Ses voisins l'ont vu atteler les chiens avant la compétition chantée. Le problème, c'est que ce coup-ci encore, il a un alibi pour l'heure du crime.

– Inge ?

– Inge, oui, répondit Appu, un peu contrarié de se faire voler son effet de surprise.

– Tu es allé la voir ?

– Je reviens tout juste de l'école. Elle prétend qu'Ole ne l'a pas quittée de toute la nuit.

– Ben voyons...

Comme il l'avait déjà fait quelques heures auparavant sur la banquise, Qaanaaq passa en revue les suspects possibles. Décidément, cet Ole revenait toujours les asticoter, pour mieux leur échapper. Aussi glissant qu'un phoque tout juste sorti de l'eau.

– Par contre, elle a insisté pour qu'on garde ça pour nous, elle ne veut pas que ça s'ébruite.

– Åh... Et à qui craint-elle qu'on en parle ?

– Ujjuk.

– Et pourquoi ça ?

– Elle pense que s'il l'apprend, il bannira son fils de leur communauté.

– Vraiment ? À cause de son origine danoise ?

– Oui.

Certes farouchement attaché à la culture de son peuple et même un brin réactionnaire, le vieux policier ne lui avait pourtant pas semblé pousser le rejet de l'étranger à ce point. Appu aussi semblait surpris par cette précaution excessive.

– C'est d'autant plus bizarre que ce ne serait pas la première *allanertaq* qu'il accepterait dans la famille.

– Comment ça ?

Appu lui raconta sa découverte des photographies jaunies dans l'ancienne maison d'Ujjuk, celle de sa vie avant Naja. Le chef du village y posait aux côtés d'un couple mixte, un Inuit et une femme blonde comme les blés.

– Cette photo, tu l'as sur toi ?

– Non.

– Va la chercher.

– Maintenant ?

– Tout de suite !

Un peu plus tard, Appu était de retour avec le cliché en question. Qaanaaq en fit d'abord une capture avec son portable. Puis il l'examina, sondant chaque détail comme si le grain grisâtre de l'émulsion allait lui parler.

Sous les traits du jeune Inuit et de sa famille, on reconnaissait en effet sans peine Ujjuk, avec trente ou quarante années de moins. La femme qu'il tenait par la taille était-elle morte depuis ? C'était envisageable. Devant le couple se tenait un garçonnet d'environ cinq ans, l'air buté. Probablement Ole. Quant à la ravissante fillette qui devait avoir moins de deux ans, il supposa qu'il s'agissait de Massaq. Mais dans ce cas, qui était ce bébé que la femme tenait dans ses bras ? Disparu, lui aussi ?

Le couple qui les accompagnait constituait une autre énigme. Plus jeune qu'Ujjuk, l'homme présentait un physique inuit typique. Quant à cette beauté diaphane à ses côtés – sa compagne, manifestement ? –, Qaanaaq connaissait ce visage... Mais oui. Le mémorial des institutrices du village. La Danoise de la période 1970-1975. Quel était son nom, déjà ? Sandra quelque chose ?

Eux aussi étaient parents : deux enfants d'âges comparables à Ole et Massaq, petits sauvageons à la tenue débraillée et aux cheveux longs, se cachaient dans leurs jambes.

– Massaq ? se mit-il à crier en direction de l'escalier. Massaq, vous êtes là ?

Leur hôtesse ne tarda pas à apparaître. Son regard s'assombrit quand elle aperçut l'image entre les mains de Qaanaaq.

– Je peux vous poser quelques questions sur cette photo ?

– Oui, répondit-elle à contrecœur.

D'un doigt, il désigna Ujjuk et sa première épouse.

– Ce sont bien vos parents ?

– Ma mère, Ilik, est morte d'un cancer quand j'avais dix ans.

– Je suis désolé.

– Ne le soyez pas, dit-elle en haussant les épaules. Ça fait longtemps.

– Et ce couple, là ?

– Mon oncle et ma tante.

– Votre tante, c'était l'institutrice du village ?

– Oui.

– Elle est danoise ?

– Oui. Mais je n'en ai quasiment aucun souvenir.

– Elle est morte, elle aussi ?

– Oui. Je ne connais pas les détails. J'étais toute petite à l'époque. Mais ce que je sais, c'est qu'ils sont morts peu de temps après cette photo.

Ils sont morts, avait-elle dit ? Morts comment ? Qaanaaq remit cette question à plus tard et préféra se concentrer sur les protagonistes liés à son enquête.

– Votre père s'est remarié, n'est-ce pas ?

– Oui, bien après cette époque, avec Naja. Ils ont une fille ensemble. Elle a vingt ans de moins que moi.

– Et ce bébé ? dit-il en pointant le nourrisson emmailloté.

– C'est mon petit frère. Il n'habite plus ici, lui non plus.

– Ah, il est vivant alors… Et il se trouve où ?

– Il est parti à Nuuk, il y a des années.

– Il fait quoi à Nuuk, votre petit frère ?

– Il répare des motoneiges. Enfin, je crois. Je n'ai pas beaucoup de nouvelles. Les femmes ne comptent pas trop pour lui. Il appelle surtout Ole et mon père.

Les deux hommes échangèrent un regard chargé d'adrénaline. Affamés de vérité, ils sentaient arriver quelque chose, comme une récompense pour leur persévérance.

– Il s'appelle comment ?
– Anuraaqtuq.
– Anuraaqtuq... Nemenitsoq ?!
– Oui, c'est lui. Pourquoi ?
– Et votre demi-sœur, elle s'appelle bien Taqqiq ?
– Oui...

Taqqiq et elle n'étaient donc pas deux jolies Inuites parmi tant d'autres ; le même sang coulait dans leurs veines. À aucun moment depuis leur arrivée au village, Qaanaaq ne s'était préoccupé du nom de famille d'Ujjuk et de sa progéniture. Quelle raison aurait-il eue de le faire ? Le patronyme ne figurait ni sur le cabanon du poste de police, ni au *qaggiq*, ni même sur la porte d'Ultima Thulé, la boutique de Naja... On le lui avait bien expliqué : dans le Grand Nord inuit, seul l'*ateq* comptait. Le reste pouvait demeurer dans l'ombre.

– Mais pourquoi vous me demandez ça ? s'étonna Massaq. Vous les connaissez ?

46

[IMG_2269 / 29 octobre / Une chouette harfang miniature en peau de phoque]

L'image qui s'imposa à lui fut celle de la limaille de fer attirée par un aimant puissant. Comme dans ses souvenirs d'expériences de physique au collège, tout convergeait d'un coup vers la famille Nemenitsoq : père, fils et, qui sait, peut-être même les filles. Il avait déjà éprouvé cette sensation, lorsque les pièces éparses de la vérité s'agglutinent d'un coup sur un détail, un nom, une vision fugace. Cela constituait rarement un faisceau de preuves irréfutables, plutôt une forme générale, un début de solution.

Massaq retournée à ses occupations, Qaanaaq eut toutes les peines du monde à tempérer la fougue de son coéquipier. Appu se voyait déjà en héros de roman à la O.A. Dreyer : débarquant chez Ole et Ujjuk, menottes au ceinturon. Au diable la solidarité inuite.

Évidemment, tous les soupçons convergeaient de nouveau vers Ole, comme une aura malfaisante. Le contrebandier était lié d'une manière ou d'une autre à chacun des meurtres : frère d'Anuraaqtuq et bricoleur chevronné, il pouvait très bien avoir façonné ou participé à la confection des mâchoires meurtrières, utilisées à Nuuk comme ici. Il possédait un mobile évident s'agissant de la mort de Tikile, son concurrent économique, comme pour celle de Juansé, lequel s'était intéressé d'un peu trop près à Inge. Quant à l'alibi fourni par cette dernière pour l'agression de la nuit précédente, il ne tenait pas face aux éléments apportés par Appu sur les traîneaux du village.

Toutefois, comme à Nuuk, le manque de preuves matérielles invalidait ce fragile puzzle reconstitué. Sans la panoplie de l'ours, confondre Ole restait aussi hasardeux qu'un coup de bluff au poker.

– Bien, marmonna Qaanaaq. Imaginons une minute qu'Ole est notre homme.

– Mais c'est sûr !

– Tut, tut, pas si vite. Dans l'hypothèse où c'est lui notre ours, on a deux possibilités. Soit il a pris la fuite pour ne jamais revenir au village, et dans ce cas son départ sonne comme un aveu. Soit, après m'avoir laissé me dépêtrer dans mon *agloo*, il est rentré chez lui comme si de rien n'était, convaincu qu'on n'aurait jamais assez d'éléments pour le confondre. Ce qui, franchement, n'est pas faux.

– Et donc ?

– Et donc, étape un : on s'assure qu'il est dans les parages. Étape deux... On se débrouille pour l'éloigner de chez lui et fouiller sa maison mieux que je n'ai pu le faire la première fois. S'il est l'assassin, il y a forcément un détail qui m'a échappé. Ou quelque chose qu'il a escamoté quand son père l'a averti de ma visite. L'idéal serait de mettre la main sur son portable... Mais ça, ça va être compliqué.

– Son portable ?

– Je ne sais pas comment il s'y est pris. Mais si l'on s'en tient à notre hypothèse, alors il a forcément bidouillé son alibi Facebook correspondant à la nuit des meurtres. Son trophée de chasse pile à l'heure du crime, c'est trop beau pour être vrai.

– Tu as regardé son profil, pour vérifier ? Je veux dire, depuis ton compte à toi ?

– Oui, mais il a verrouillé la consultation de ses « posts » pour ceux qui ne sont pas ses amis. Et vu les circonstances, je me vois mal redemander à Massaq de me passer son portable.

Dans l'immédiat, mieux valait en effet impliquer le moins possible leur logeuse. La sœur de leur principal suspect.

Le téléphone de Qaanaaq se mit à tinter sur la table de nuit. L'éternel Kris Karlsen. Le nouveau message contenait un fichier vidéo, ce qui expliquait qu'il ait mis du temps à lui parvenir via le réseau erratique. Lorsque, enfin, la flèche de lecture apparut, il la pressa d'un doigt fébrile. La scène, pour le moins surréaliste, montrait Harry Pedersen menotté aux côtés de Rikke Engell. « Mesdames messieurs, je m'appelle Harry Pedersen. Jusqu'à ce jour, j'étais le directeur des activités du groupe Arctic Petroleum au Groenland. Et comme vous pouvez le constater, je viens de me constituer prisonnier auprès des forces de police de Nuuk... »

La confession du pétrolier se poursuivait ainsi, durant deux ou trois minutes. Elle avait été filmée par la télévision nationale groenlandaise, KNR1. Si c'était une plaisanterie, ses instigateurs avaient mis les moyens. Mais quand la vidéo s'acheva enfin, Qaanaaq dut se rendre à l'évidence : Harry Pedersen venait bel et bien de s'attribuer la responsabilité du quadruple assassinat de Nuuk.

Ça n'avait rien d'une fiction ; ça venait de se dérouler « dans la vraie vie », comme disaient ses enfants.

Certes, le déballage public de Pedersen incluait nommément Anuraaqtuq, le frère cadet d'Ole, ce qui ne faisait que confirmer leur scénario concernant le drame du Primus. Mais cela n'expliquait pas le rapport entre le premier massacre et les meurtres survenus à Qaanaaq. En quoi ces derniers, si loin de Kangeq, pouvaient-ils servir les intérêts de Pedersen ? Et pourquoi le patron d'Arctic Petroleum au Groenland s'était-il lui-même dénoncé ? Incompréhensible. Des remords ? Depuis quand les mafieux du pétrole éprouvaient-ils ce genre de sentiments ?

Ou alors, était-il convenu entre lui et le duo Engell-Enoksen qu'il joue le rôle de bouc émissaire si l'enquête devenait trop pressante ? À bien y réfléchir, c'était le plus plausible. Comme dans toute partie d'échecs, il fallait bien sacrifier quelques « pions » pour remporter la partie. Mais de là à se sacrifier soi-même... Se déclarer coupable d'assassinats aussi atroces et impardonnables ?

Quelque chose lui échappait dans ce véritable suicide social.

Comme un écho à ses propres pensées, les yeux d'Appu, ronds et incrédules, interrogeaient son supérieur : « Tu y comprends quelque chose, toi ? » Plutôt que de s'égarer dans de nouvelles conjectures, Qaanaaq lui expliqua en quoi consistait sa nouvelle mission pour l'heure à venir. Le flic danois cloué au lit, l'enquête reposait à présent sur les épaules de son collègue.

– Åh, Appu, dit-il alors que son adjoint décampait déjà, prends ça avec toi.

Il lui tendit son Blad cabossé.

– Tu es sûr ?

– Sûr que ça te servira plus qu'à moi, ça oui. Et si tu repères quoi que ce soit de louche, tu ne touches à rien : tu mitrailles, OK ?

– OK, *boss*, acquiesça Apputiku, touché par le geste.

Entre Inuits, prêter son bien le plus précieux allait au-delà de la simple marque de confiance. En remettant son fusil ou son harpon entre les mains d'un autre chasseur, on y déposait aussi sa vie. Cela faisait d'eux plus que de simples partenaires. Des amis – des frères.

Dès que la silhouette râblée eut disparu dans l'escalier, Qaanaaq saisit son téléphone. Appeler Rikke Engell était tentant, mais probablement inutile. Vouloir la confondre à une telle distance, sans appuis à Nuuk et surtout sans plus d'éléments tangibles, ne servirait qu'à lui permettre de préparer sa défense.

Il se rabattit sur Karl Brenner. Son comparse copenhaguois ne l'avait pas rappelé – sans doute était-il absorbé par ses propres dossiers.

– Alors, l'affreux, on oublie son vieux Q ?

– Pas mon genre. D'ailleurs, les gamins de l'informatique ont trouvé l'expéditeur de tes SMS fantômes. Enfin... Pas tout à fait. Ils ont repéré d'où ils partaient.

– D'où ça ?

– Du ministère groenlandais de l'Énergie.

Bingo, aurait dit Apputiku.

– Ils sont sûrs ?

– Formels. Les messages n'ont pas été envoyés d'un portable, mais d'un émulateur de SMS lancé depuis un ordinateur de bureau. C'est plus facile à localiser.

– Hum... et en danois, ça veut dire quoi ?

– Ça dit que chaque service du palais gouvernemental dispose de sa propre adresse IP. Celle qui a expédié les textos en question correspond à ce ministère.

– On ne peut pas savoir de quelle machine c'est parti ?

– Non, l'IP est partagée entre tous les postes du service. Et quand bien même, rien ne te garantirait que c'est l'utilisateur habituel du PC. Ça peut être aussi bien le chef de cabinet d'Enoksen, ton Larsen là, que n'importe qui.

– Mouais... Un point pour tes « gamins ».

Combien y avait-il de fonctionnaires et d'employés au ministère de l'Énergie ? Une dizaine, peut-être plus ? Seul Enoksen était exclu de fait – pour quelle raison aurait-il lui-même éclairé la lanterne des enquêteurs ?

La piste Pavia Larsen était plus évidente, mais pas la plus fondée pour autant. Excepté le dépit professionnel, pourquoi le jeune chef de cabinet lâcherait-il son patron en pleine ascension vers les sommets du pouvoir ?

Qaanaaq poursuivit ses réflexions de longues minutes après avoir raccroché. Il fallait une sacrée dose d'imagination et d'entêtement pour trouver de la cohérence dans ces éléments insaisissables.

Plus il avançait dans son enquête, plus il se sentait repris par cette nasse de glace qui avait failli lui coûter la vie.

Massaq possédait un ordinateur portable ; mais il semblait désormais exclu d'y recourir pour ses recherches. Il dut donc se contenter du navigateur web poussif de son Smartphone. Les occurrences « Kuupik Enoksen » se révélèrent nombreuses – plusieurs dizaines de milliers –, mais aucun des liens consultés ne lui en apprit plus que ce qu'il savait déjà. Les articles parus dans la presse ne faisaient que souligner son profil de pur produit de la méritocratie groenlandaise. Passé par la fac de droit de Copenhague, Enoksen s'était très tôt engagé dans la politique locale, à Nuuk, puis nationale, au sein du parti de gauche Siumut. Politicien de profession, il avait longtemps disputé le titre de leader de la majorité parlementaire à Kim Kielsen, l'actuel Premier ministre, à la fois rival et ami, côtoyé depuis les bancs de l'université. Hormis ses relations troubles et contestables avec les grands groupes énergétiques convoitant les ressources groenlandaises, son parcours professionnel apparaissait sans taches. L'enquête visant son ex-mentor politique et prédécesseur de Kielsen, Aleqa Hammond, à l'automne 2014, avait établi qu'il était parfaitement étranger aux malversations dont celle-ci était accusée. Sur le papier (virtuel), Kuupik Enoksen était irréprochable.

En revanche, les résultats obtenus pour « Pavia Larsen » le surprirent par leur indigence. À peine quelques centaines de références, et pour la plupart de simples mentions de son actuelle position dans l'organigramme gouvernemental. Le copain de fac de Kris Karlsen était à l'évidence un homme de l'ombre, un pur soutier de cabinet. Industrieux et discret. Pas le genre dont on entend parler dans les médias ou qui se hausse du col. Pourtant, au gré de liens perdus dans les limbes du web, très loin dans l'enfilade de pages Google, un autre portrait finit par se dessiner. De vieux articles, tous datés de la fin de la décennie 2000, présentaient Larsen comme un ultragauche, militant au sein du parti libertaire danois Libertære Socialister – un groupuscule anarchiste, partisan de l'action directe et de l'insurrection populaire. Grèves générales, blocages de routes ou d'usines, occupations, boycotts ou encore séquestrations de grands patrons figuraient entre autres dans leur panoplie contestataire. Le quotidien danois *Politken* alléguait même que Larsen aurait pu appartenir à la clique fondatrice (et clandestine) du LS, au cours des années 2008-2009. Ce qui était avéré, c'est que Pavia Larsen avait été arrêté à plusieurs reprises pour des actions coup de poing, notamment lors de l'attaque d'un convoi de déchets nucléaires en Allemagne, au printemps 2010.

Suivaient plusieurs années peu ou pas documentées, puis Larsen réapparaissait dans l'habit de chef de cabinet d'Enoksen, au Groenland, aux alentours de 2015. Drôle de tangente, qui l'avait fait passer en peu de temps d'activiste à fonctionnaire chic et propre sur lui. Enoksen connaissait-il le passé de son assistant ? Qaanaaq se voyait mal lui poser la question.

En attendant des nouvelles d'Appu, il revint au cœur de son investigation : le clan Nemenitsoq. En dépit des liens qui se précisaient entre ses membres, celui-ci demeurait une énigme. La probable radicalisation des fils, Anuraaqtuq et Ole, qui tous deux semblaient avoir versé dans l'action violente, posait question. Par qui ou par quoi leur flamme nationaliste avait-elle été allumée ? Comment la jonction s'était-elle faite entre eux et leurs possibles commanditaires – qu'il s'agisse de Pedersen ou du duo Engell-Enoksen ?

Fourrageant dans les poches de sa parka jetée sur une chaise d'enfant, Qaanaaq en sortit son portefeuille, dont il tira la carte de visite de l'historien. Il composa son numéro mais tomba directement sur la boîte vocale. À défaut, il tenta sa chance par SMS, même s'il doutait qu'un homme de cet âge réponde du tac au tac aux textos. À son message, courtois mais laconique, il joignit la capture de la photo familiale retrouvée par Appu.

Contre toute attente, le vieux monsieur répondit aussitôt.

Oui bien sûr que je reconnais l'homme sur la gauche, c'est Ujjuk Nemenitsoq.

Voilà qui confirmait leur impression. Mais comment un retraité de Nuuk pouvait-il identifier ainsi un quidam vivant à l'autre bout du pays, sur un cliché remontant à une bonne quarantaine d'années ?

Vous le connaissez ?

Pas personnellement, non. Mais c'est le fondateur présumé du NNK. Je parle du « vrai » NNK, le parti historique.

Qaanaaq déglutit douloureusement – parfois, la vérité était si énorme qu'elle en devenait difficile à avaler. Il décida de rappeler le vieil homme. Cette fois-ci, celui-ci décrocha aussitôt.

– Pardon de vous déranger, c'est Qaanaaq Adriensen. Merci pour vos réponses. Mais comme ça soulève pas mal d'autres questions, je me disais qu'il était plus simple de se parler en direct. Si je ne vous dérange pas, bien sûr ?

– Je vous en prie, au contraire, ça m'amuse de vous répondre.

– Merci. Pourquoi dites-vous « fondateur *présumé* » ?

– Comme je vous l'ai raconté l'autre jour, le NNK des origines était un parti clandestin. On n'a jamais su de manière certaine qui l'avait formé, ni qui y avait milité. Mais le nom qui revient le plus souvent, s'agissant de la création du parti, c'est celui d'Ujjuk.

– Vous saviez qu'Anuraaqtuq était son fils cadet ?

– Oui, bien sûr.

– Pourquoi ne me l'avez-vous pas dit, l'autre fois ?

– Désolé, je ne pensais pas que les événements et les gens de Qaanaaq pouvaient avoir un rapport avec votre enquête.

Il est vrai qu'au moment de leur rencontre aux Archives nationales de Nuuk, il ignorait lui-même tout des deux meurtres perpétrés dans le Grand Nord.

– Et le couple à côté d'Ujjuk et de sa femme, vous savez de qui il s'agit ?

– Aucune idée. Je ne les ai jamais vus. Mais je ne crois pas qu'ils aient fait partie du noyau fondateur du NNK.

– Pour quelle raison ?

– Depuis le temps, je les connaîtrais.

– Vous croyez qu'ils pourraient être liés à Ujjuk ?

– De la même famille, vous voulez dire ?

– Par exemple…

– Je ne sais pas. Vu le profil de la femme à droite, ça n'a rien d'évident.

Qaanaaq plongea son regard dans les yeux délavés de l'institutrice blonde.

« Mon oncle et ma tante », avait prétendu Massaq un peu plus tôt.

– Il n'y a aucun autre détail qui vous frappe ?

– De quel genre ?

– Je ne sais pas. N'importe quoi dans leur accoutrement, leur physique, leur attitude…

– Non, à part peut-être le jouet du gamin à droite. Typique de l'artisanat traditionnel dans l'Avannersuaq. Le genre de choses que les mères inuites fabriquaient autrefois pour leurs petits.

Dans cette version pixélisée, Qaanaaq zooma sur la fillette aux cheveux longs et sur le jouet en question. Flou, il était tout juste identifiable. Et pourtant Qaanaaq le reconnut aussitôt. Ce jouet, c'était *son* jouet. *Sa* peluche, l'unique souvenir de sa vie groenlandaise. Le fétiche dont personne, pas même Flora, n'avait jamais réussi à le séparer. Aujourd'hui encore, il trônait sur une étagère de sa chambre, et Jens et Else avaient interdiction d'y toucher.

La chouette harfang en peau de phoque.

Tout concordait.

Le lieu, l'époque, l'âge de l'enfant, et maintenant ce jouet. Sans doute n'était-il pas le seul enfant inuit à avoir possédé pareille babiole en ce temps-là. Mais il était probablement l'unique orphelin métis de Qaanaaq à s'y être accroché comme s'il en allait de sa survie.

Il en avait l'absolue certitude : cette chouette était la sienne.

– Capitaine, vous êtes toujours avec moi ?

Qaanaaq ne répondit pas. Il ne pouvait plus décoller ses yeux de cette petite fille qui n'en était pas une. Cet enfant, c'était un garçon. Cet enfant, c'était lui dans son milieu primitif. Pour la première fois, il voyait ses véritables parents. Sa famille.

Pour la première fois… il se sentit inuit.

47

[IMG_2273 / 29 octobre / Le fusil d'Ole et son canon couvert de poudre]

Tupilak, tupilak, tupilak. Depuis qu'elle avait découvert ce mot, Flora Adriensen n'avait plus que lui à la bouche. Ce coup-ci, Qaanaaq n'avait été retenu par aucune pudeur au moment d'appeler sa mère devant Appu. Flic à sa maman il était et il resterait ; il était temps de l'assumer. Flora avait un peu ronchonné en décrochant le combiné, « Tu es au courant que c'est la nuit, ici ? », mais elle avait écouté malgré tout le compte rendu des derniers événements avec attention. Pour conclure, péremptoire :

– Les *tupilak*. Puisque tu n'as pas mis la main sur les fameuses « mâchoires », c'est ton seul lien matériel entre tous les protagonistes. Il y en avait sur les scènes de crime à Nuuk. Il y en a à Qaanaaq.

À elle aussi, cela faisait drôle d'employer le prénom de son fils pour évoquer ce village, aux antipodes.

– Donc si tu me dis que toutes les statuettes en question ont été fabriquées dans le Grand Nord, elles sont probablement passées des mains des tueurs de Qaanaaq à celles des tueurs de Nuuk. Ce que tu dois découvrir, ce sont les mains de *qui*, *où* et pour finir à *quel moment*. Trouve ça, et tu pourras établir le réseau de complicités de tout ce joli petit monde.

Comme souvent, elle avait raison. Flora « le Computeur » n'avait pas tout perdu de sa superbe. Mais, une fois n'était pas coutume, Qaanaaq lui opposa une réserve.

– À moins qu'ils n'aient utilisé une sorte de boîte aux lettres où déposer les *tupilak*. Si c'est le cas, *ils* ont pu aussi bien ne jamais se rencontrer physiquement. Et ce sera beaucoup plus difficile d'établir le point de jonction entre les deux « équipes ».

– Ta remarque serait judicieuse si Nuuk et Qaanaaq n'étaient pas si éloignées. À plus de mille cinq cents kilomètres de distance, ça rend les « échanges passifs » beaucoup moins simples... Et surtout moins performants. Tu ne fais pas une telle trotte aller-retour juste pour récupérer un objet.

– Et pourquoi pas ?

– Parce que plus tu te déplaces sur de longues distances, plus tu laisses de traces derrière toi : billets de transport, dépenses diverses, rencontres en tout genre. Crois-moi, c'est le b.a.-ba du petit espion : plus le circuit de transmission est court, plus il restera discret.

Elle n'avait pas tort. Tobias, le contact d'Appu à Air Greenland, avait en effet démenti tout voyage des principaux suspects entre Nuuk et Qaanaaq au moment des meurtres. Mais *quid* des jours ou des semaines précédents ? Qaanaaq nota de vérifier ce détail.

Il hésitait à lui parler de la photo de famille des Nemenitsoq, celle sur laquelle *il* figurait avec sa chouette harfang. Il voulait la protéger. De toute façon, il doutait qu'elle en sache plus. Ses parents, qui s'étaient toujours montrés transparents sur le sujet, lui avaient bien répété que son dossier d'adoption ne comportait aucun détail sur sa vie « d'avant ».

Il préféra lui demander autre chose :

– Et l'essence frelatée, tu en penses quoi ? Piste ou pas piste ?

L'échantillon de carburant empestait la chambre. Une odeur d'hydrocarbure épaissi par le temps, sorte de caramel fossilisé qu'on aurait oublié sur le feu. Appu avait accompli sa mission avec diligence, selon le plan ingénieux de Qaanaaq.

Comme convenu, le flic inuit était d'abord allé trouver son nouvel ami Kavajaq, le prêteur de traîneau d'urgence. Le cadet de Tikile étant concerné au premier chef par l'identité du meurtrier, Appu avait dû lui exposer leurs soupçons concernant Ole.

– Øh... Tu ne penses pas qu'il va trouver ça bizarre ? avait objecté Kavajaq. Surtout à cette heure-ci ?

Que Kavajaq passe commande de carburant à l'homme dont la concurrence déloyale avait anéanti son frère, il y avait en effet de quoi surprendre.

– Peut-être, avait répondu Appu. Mais si tu veux comme moi qu'on le démasque, il va falloir que tu apprennes très vite à jouer la comédie.

– Je lui dis quoi, alors, à Ole ?

– Eh bien, je ne sais pas, prends-le par les sentiments. Dis-lui… Dis qu'avant sa mort, Tikile t'avait parlé de lui. Qu'au fond, il l'aimait bien. Qu'il l'admirait malgré leur rivalité. Qu'il voulait même lui proposer de s'associer pour écouler son mystérieux *uqsualuk*.

– Ça va pas lui paraître louche ?

– Crois-moi, insista Appu, le pire salaud de la terre tend l'oreille quand on lui dit qu'on a parlé à son sujet dans son dos. Surtout si c'est en bien.

Appu s'était surpris lui-même. Il ne se connaissait pas de telles ressources en matière psychologique. Il faut croire que ses cinq années d'expérience comme flic n'avaient pas seulement épaissi son cuir ; elles avaient aussi ouvert son esprit. Son rapide briefing achevé, Appu avait donné à Kavajaq les quelques billets nécessaires à l'achat du carburant. Celui-ci était parti ventre à terre chez Ole, partagé entre la peur et l'excitation d'avoir à jouer les auxiliaires d'un « grand policier » de la ville. « Dès qu'il arrive chez toi pour te livrer tes jerricans, préviens-moi par SMS, avait exigé Appu. Essaie de le retenir autant que tu peux. Offre-lui un coup à boire. Et essaie aussi de jeter un œil vers sa jambe gauche. Voir s'il ne boite pas un chouïa de ce côté-là. Tu n'oublies pas, hein ? C'est *très* important ! »

Moins d'une heure plus tard, le SMS convenu – un message vide – s'était affiché sur le Smartphone d'Apputiku. Celui-ci s'était précipité en direction du préfabriqué d'Ole. Comme attendu, la bicoque était vide. Il n'y avait là que le désordre décrit par Qaanaaq, un amoncellement de bidons et d'outils qui ne laissait qu'une place très limitée pour la vie courante. Un matelas posé à même le sol. Une cafetière. Un réchaud à gaz. Des boîtes de conserve éventrées. *Une tanière*, songea-t-il.

Pas facile de fouiller ce fatras sans savoir ce qu'il cherchait vraiment. Mais un premier indice intéressant jaillit de la poubelle de la salle de bains. Quand il pressa la pédale d'ouverture du bout de sa botte, plusieurs compresses ensanglantées apparurent. L'une d'elles tomba sur le carrelage crasseux. D'une main gantée, Appu saisit le pansement et le fourra dans sa poche.

Plus probant encore, le fusil d'Ole, dans la penderie de la chambre principale. Son propriétaire avait-il été pris par le temps ? Ou tout simplement négligent ? Les traces de poudre autour de la gueule du canon témoignaient d'un usage très récent. Or, Qaanaaq et lui étaient là depuis assez longtemps pour l'attester, aucun coup de feu n'avait été tiré ces derniers jours dans le village. Cette arme avait forcément été utilisée à l'extérieur, c'est-à-dire sur la banquise. Et à part eux, personne n'était sorti de la petite agglomération au cours des vingt-quatre dernières heures. Eux et Ole, donc. L'enchaînement des preuves matérielles devenait accablant pour le fils d'Ujjuk.

« Surtout, tu ne touches à rien, tu mitrailles », lui avait ordonné Qaanaaq. Le Blad brandi à bout de bras comme s'il s'agissait d'un flingue, Appu mitrailla donc, zoomant avec application sur tout détail qui lui paraissait signifiant, se glissant un instant dans la peau du *boss*.

Lorsqu'il revint chez Kavajaq, dans cette maisonnette identique aux autres – sinon son élégante couleur parme –, Ole venait tout juste de repartir.

– Vous avez failli vous croiser, dit le chasseur.

– Valait mieux pas. Tu crois qu'il s'est douté de quelque chose ?

– Impossible à savoir avec lui. Il a toujours plus ou moins l'air de se méfier.

– Ouais, vu son business, c'est pas étonnant. À ce propos, ça donnait quoi, sa jambe ?

– Avec son *wader*, difficile à dire. Mais il m'a bien semblé qu'il y avait un endroit un peu renflé sur sa cuisse gauche, en effet.

– Tu me montres le jerrican ?

Kavajaq l'attira d'un signe dans la remise attenante. Il y avait stocké la petite dizaine de jerricans en plastique livrée par Ole. Il avait fallu en acheter plusieurs pour que la commande inopinée paraisse moins louche. Débouchant l'un d'eux, il versa sur le sol quelques gouttes d'une sorte de pâte, aussi épaisse qu'un chocolat à pâtisser et grumeleuse.

– Oh là ! s'exclama Appu avec dégoût. T'as vu la densité du truc ? À mon avis, il ne date pas d'hier, son gazole. Je n'en mettrais pas dans mon moteur.

– Cette cochonnerie encrasse les carburateurs comme c'est pas permis. À ce niveau, c'en est presque criminel. C'est aussi pour ça que mon frère lui faisait la guerre. Pas juste pour défendre sa petite affaire. Ça le rendait furieux qu'Ole écoule sa came sans que personne ne dise rien.

– Surtout pas Ujjuk...

– Ben ouais, surtout pas Ujjuk.

Kavajaq transvasa une petite quantité d'essence dans un bocal. Appu insista.

– Mais si tout le monde sait que sa marchandise est dégueulasse, pourquoi ils continuent à lui en acheter ?

– Qu'est-ce que tu crois ? s'agaça Kavajaq. Parce qu'ils n'ont pas le choix ! Parce que, pour la moitié du prix ordinaire, y en a à qui ça permet de se maintenir une saison de plus ici. Voilà pourquoi !

La plupart des installations de chauffage fonctionnaient en effet au fuel, et les innombrables groupes électrogènes disséminés dans le village, au gazole.

– L'essence de mon frère était sans doute de bien meilleure qualité, reprit-il, mais entre le coût d'extraction du brent au milieu des icebergs, le raffinage et les taxes, c'est devenu quasi un produit de luxe pour les gens du coin. Alors le gazole d'Ole est peut-être une vraie saloperie, mais c'est une saloperie qui nous garde en vie.

48

[IMG_2291 / 30 octobre / Un campement de tentes sur la banquise]

Il fallait bien appeler ça *la nuit*, si l'on considérait l'horloge. Mais les heures qui suivirent furent en tout point semblables à celles du jour. Bleues et cruelles. Malgré l'épuisement et l'effet des antalgiques qu'il avait avalés pour sa jambe, Qaanaaq n'avait presque pas fermé l'œil.

Massaq. Très probablement sa cousine. Il ne pensait plus qu'à elle. Et, avec elle, à toute sa famille perdue. Massaq, dont les lèvres avaient laissé sur les siennes une empreinte tenace. Massaq, dont la voix chaude et les caresses le hantaient. C'était presque établi, désormais. Après Taqqiq, elle était la seconde parente qu'il embrassait en quelques jours. Les sœurs Nemenitsoq.

Et si les deux jeunes femmes étaient ses cousines, cela faisait d'Ujjuk son oncle. D'Ole et Anuraaqtuq, les meurtriers présumés… ses cousins. Une idée rien moins que troublante.

Ce qui restait plus mystérieux encore que cet incroyable maillage familial, c'était ce qu'il était advenu de ses parents biologiques après ce cliché. À intervalles réguliers, il jetait un œil sur la pâle Sandra Skovgaard et l'Inuit à ses côtés. Il était à peu près certain à présent qu'il s'agissait du frère cadet d'Ujjuk. L'institutrice – sa mère. Et le chasseur – son père ! Ils avaient dû mourir peu après qu'on avait pris cette photo. Il avait environ l'âge qu'il semblait avoir sur l'image lorsqu'il avait débarqué à l'orphelinat Josephine Schneiders Børnehjem. Plus ou moins dans sa troisième année.

Que s'était-il donc passé *avant* ? Sa mémoire des jours anciens n'était pas très différente de l'étendue givrée qui filait sous lui. Blanche et indéchiffrable.

Installé sur le traîneau de Kavajaq comme passager, alors qu'Appu, à la place du musher, haranguait la meute à grand renfort de *kaa kaa*, Qaanaaq laissait le froid engourdir ses pires pensées. « Je ne connais pas les détails », avait dit Massaq à propos de la mort du couple mixte. Ils dansaient pourtant tout autour de lui, ces détails, dans l'air coupant de la banquise – aussi lumineux et insaisissables que les copeaux de glace arrachés par la griffure des patins. Se pouvait-il que ce couple brutalement disparu, effacé de sa vie, comme anéanti, fût celui qu'évoquait le vieil historien des Archives ? « Une famille entière a été massacrée. » Massacrée où, pourquoi, et surtout… par *qui* ?

Peu après le départ de Flora de la Crim, les « huiles » de Niels Brocks Gade avaient voulu le placardiser au service des affaires classées – cela n'avait duré que quelques mois. De cette plongée dans les *cold cases*, rouverts au gré d'éléments nouveaux surgissant par hasard, lui était restée l'impression que même dans la plus brûlante des affaires gisait toujours une strate plus ancienne qui ne demandait qu'à être exhumée. La matière criminelle n'échappe pas aux lois de la nature : rien ne naît de manière spontanée. Les drames d'aujourd'hui ne sont jamais que les malheurs d'hier, que le temps a transformés.

Dans le petit matin aussi sombre que la nuit, les protestations de Massaq et d'Appu s'étaient révélées vaines. Malgré sa jambe gauche encore emmaillotée de gaze et de baume à la camarine, tremblante et probablement incapable de le soutenir, Qaanaaq avait exigé qu'on le conduise séance tenante au campement de Kunnunguaq, le chamane. Cette fois encore, Kavajaq n'avait fait aucune difficulté pour prêter son attelage. Et le traîneau les emportait dans l'immensité blanc et bleu, droit vers le nord. Repartir là où il avait failli mourir la veille ne laissait pas Qaanaaq insensible, malgré les apparences. Pour conjurer les vagues de panique qui l'assaillaient à chaque coup de vent, il consultait les nouvelles que son portable dispensait par à-coups, au gré des aléas du réseau. Un message de service du Politigarden de Nuuk annonçait qu'Anuraaqtuq Nemenitsoq avait été aperçu sur une motoneige au large d'Uummannaq, filant lui aussi vers le nord. Mine de rien, le fugitif avait déjà accompli près de la moitié du chemin entre Nuuk et Qaanaaq. Une course-poursuite s'était engagée, mais les policiers d'Uummannaq n'avaient pas été plus efficaces que le pauvre agent Peter quelques jours auparavant.

L'autre nouvelle provenait d'un blog dont Kris lui avait transmis le lien. Dieu sait comment – Pavia Larsen ? –, les photos volées de la rencontre entre Pedersen et Enoksen avaient fuité. Après de telles preuves d'une complicité avec le commanditaire des assassinats, l'avenir du vice-ministre paraissait à jamais compromis. Et la petite théorie de Thor Karlsen en prenait un sérieux coup.

À moins que Rikke ne fût elle-même à la manœuvre derrière ces révélations ahurissantes... Mais pourquoi, sachant qu'elle mettait par là même un terme à ses propres espérances ?

Bientôt, après un champ de hummocks entre lesquels Appu slaloma avec prudence, la nuit polaire se déchira suffisamment pour leur laisser entrevoir un petit campement de tentes en peau de renne. Les coordonnées GPS entrées par Kavajaq étaient les bonnes. Il n'y avait là que trois huttes disposées en triangle. Une mince colonne de fumée s'échappait de deux d'entre elles. L'installation paraissait rudimentaire, et en cela sans doute conforme au mode de vie ancestral des tribus inuites. Pas de groupe électrogène, pas de motoneige ni aucun autre appareillage électrique échappé du monde moderne. Pas même un bidon de gazole ou l'antenne d'une radio HF.

L'endroit était coupé du monde.

Cinq chiens, le strict minimum pour tirer un traîneau selon Appu, somnolaient à proximité de la tente la plus reculée. Devant l'abri le plus vaste, les deux flics secouèrent le pan de peau qui faisait office de porte, et un grognement leur enjoignit d'entrer. L'intérieur était aussi sommaire que l'extérieur : un vieux matelas, des couvertures rapiécées en pagaille, un peu de vaisselle éparse et un petit réchaud à huile posé au milieu. Le chamane les considéra d'un air plus las que surpris. Sans doute en lien avec la bouteille de vodka presque vide qui gisait au pied de sa couche.

Kunnunguaq devait avoir plus ou moins le même âge qu'Ujjuk, mais il en paraissait dix ou quinze de plus. Presque plus de cheveux ni de dents. Une peau si ravinée que chaque sillon traversait son visage de part en part. D'un geste, il les invita à prendre place dans son foutoir. Il haussa les sourcils, signifiant qu'il était disposé à essuyer le feu de leurs questions. Après une brève présentation, Qaanaaq s'y essaya le premier. Mais le vieux sorcier fit mine de ne pas comprendre le danois. Et Appu dut intervenir pour faire office de traducteur tout au long de leur échange.

– C'est votre femme qui fabrique les *tupilak* vendus par Naja, n'est-ce pas ?

– C'est bien elle.

– Serait-il possible de lui poser quelques questions ?

– Non, non, non, s'insurgea le vieux en secouant sa lourde tête avec vigueur. Impossible. Ma femme est très malade. Elle a beaucoup souffert, vous savez. Beaucoup. Elle ne peut voir personne. Ça la tuerait de recevoir des étrangers.

Qaanaaq repensa à la « vieille *pilli* » dépeinte par Naja. Pour sa part, il ne croyait pas à la folie – il ne croyait qu'aux malheurs et à leurs effets sur les âmes trop fragiles. Il se demandait quelles tragédies la fabricante de *tupilak* avait pu traverser pour se réfugier dans sa démence de recluse.

– Je comprends, dit-il. De toute manière, j'imagine que c'est vous qui jouez les intermédiaires avec Ultima Thulé ?

– Ah non, pas du tout. Je ne m'en occupe pas. Le travail de ma femme, c'est le travail de ma femme. Moi, j'ai déjà assez à faire avec les âmes de tous ces mécréants.

« Je traite avec Kunnunguaq », avait pourtant prétendu Naja.

– D'accord, reprit Qaanaaq, appuyant sa réponse d'un sourire bienveillant. Alors pouvez-vous lui poser une question pour moi ?

– Pourquoi pas ? répondit l'autre avec une réticence évidente. Vous voulez qu'elle vous dise quoi ?

– On aimerait savoir si elle a reçu une commande de *tupilak* semblables à celui-ci...

Appu sortit la statuette noircie de sous sa parka.

Le chamane haussa les épaules.

– Des comme ça, elle en fabrique tout le temps.

– Oui, bien sûr. Mais ce que l'on cherche à déterminer, c'est si on lui en a demandé plusieurs d'un coup. Quatre. Ou six. Une commande un peu inhabituelle, peut-être même en urgence.

– Hum..., grogna l'homme qui émergeait enfin de sous les épaisseurs de laine disparates. Et ça se serait passé quand, votre affaire ?

– Il y a environ une quinzaine de jours. Un mois tout au plus. Et surtout... on souhaiterait connaître l'identité de celui ou de ceux qui lui auraient acheté ce lot.

L'homme tituba et se rattrapa tant bien que mal aux pans de cuir tanné, déformant provisoirement la structure du petit édifice. Puis il disparut au-dehors, pieds nus sur la glace. *Décidément, l'alcool fait parfois des miracles*, songea Qaanaaq. Il ne fallut pas plus de cinq minutes à Kunnunguaq, vaguement dégrisé, pour revenir.

– La réponse est oui, marmonna-t-il entre ses chicots.

– Splendide. Mais oui... pour quatre ? Ou oui pour six ?

– Quatre d'abord, et deux autres juste après.

– Elle se souvient de la date ?

– Oui. Le 15 octobre. Ça l'a marquée parce que... Enfin, disons qu'elle avait une bonne raison de se rappeler ce jour-là.

– Très bien, éluda Qaanaaq. C'est Naja qui est venue les chercher en personne ?

– Je crois bien, oui.

– Et le nom des acquéreurs... Vous avez pu lui demander de qui il s'agissait ?

– Elle dit qu'elle n'en sait rien.

Pis ! Ces *tupilak* étaient de vraies savonnettes. Chaque fois qu'ils pensaient en tirer une information, elle leur échappait. Sous son paletot en peau de phoque, Kunnunguaq dégaina à son tour un *Nanook* en défense de morse. Manifestement l'une des créations de son épouse.

D'une main crasseuse, il le tendit à Qaanaaq qui retourna l'objet et l'observa en tous sens. Rien ne le distinguait en effet de l'exemplaire brûlé retrouvé par Appu, ni de ceux du Primus.

– Votre femme… Elle ne signe pas ses œuvres ?

– Signer ?

– Oui, elle n'y appose pas une sorte de marque, comme un poinçon…

– Non, répondit l'autre, laconique.

– Dans ce cas, comment puis-je être sûr que ces deux-là ont bien été taillés par elle, et pas par quelqu'un d'autre ?

Pour imager sa question, le flic chauve brandit ensemble les deux fétiches, un dans chaque poing dressé.

– Pas besoin de poinçon pour ça, se rengorgea l'homme. Ma femme est le dernier artisan de tout le pays à fabriquer encore des *tupilak* authentiques.

Malgré son reliquat d'ébriété, l'homme paraissait très sûr de son fait.

– Comment ça, authentiques ?

– En ivoire de morse. Tous ceux que vous trouverez dans les boutiques de souvenirs de Nuuk ou d'Ilulissat sont en plastoc, ou je ne sais quelle cochonnerie.

Son propos confirmait les informations recueillies par Apputiku.

– Lorsque ma femme rejoindra définitivement *Sila*, il n'y aura plus un seul tailleur de *tupilak* dans tout le monde inuit.

Il en parlait comme si cette unité culturelle et spirituelle des Inuits primait sur toute logique de frontière. Encore une tradition qui ne tarderait pas à s'éteindre, en tout cas, à l'écouter.

– Commissaire ?

– Capitaine, le corrigea Qaanaaq.

– Vos *tupilak*, là, ils ont un rapport avec les deux meurtres à Qaanaaq ?

Coupé du monde, le chamane ? Pas totalement.

– Ça se pourrait bien, oui. À ce propos, désolé si la question vous choque, mais… quel intérêt un meurtrier aurait à déposer un *tupilak* sur le lieu de son crime ? C'est comme un sort qu'il jetterait, c'est ça ?

– À peu près. J'imagine que vous avez déjà entendu parler des poupées vaudoues ?

– Oui, bien sûr.

– Eh bien, toute la différence, c'est que les *tupilak* ne servent pas à jeter des sorts à distance, comme vous dites. Ils sont plutôt comme des passeurs de mort. Ils servent à ouvrir le chemin de l'au-delà à celui qui les reçoit. Avoir un *tupilak* dans sa maison, ou en recevoir un, ce n'est pas juste un présage funeste. C'est un préparatif tout ce qu'il y a de plus concret pour le « grand départ ».

Voilà qui expliquait leur présence sur les scènes de crime. Voilà qui justifiait aussi qu'aucun habitant du village n'en garde un chez soi, comme on collectionne de vulgaires objets décoratifs. Une fois de plus, Qaanaaq songea que bien des errements lui auraient été épargnés si Appu ou d'autres lui avaient fourni ce type de détails en amont.

Mais ce que cela disait surtout, c'est que les tueurs ne prenaient pas ces croyances à la légère. Ils devaient être intimement convaincus du pouvoir des fétiches. Sinon, pourquoi avoir pris le risque de semer des traces matérielles aussi compromettantes ?

– Pourtant, des meurtres, il ne doit pas y en avoir très souvent par ici ? embraya Qaanaaq.

À défaut du contact physique qu'il tentait généralement d'établir dans ses interrogatoires, il avait emprunté son timbre de voix le plus enveloppant. Version *a minima* de ses stratégies habituelles. La question aurait dû déstabiliser son interlocuteur. Mais le chamane ne parut pas le moins du monde embarrassé. Car il répondit tout à trac :

– Souvent, non. Mais c'est arrivé.

– Mais encore ?

– Il y a une quarantaine d'années, toute une famille a été décimée dans les parages. Un campement tout près d'ici.

Ma famille ? Cette pensée traversa Qaanaaq malgré lui, sans qu'il n'ait le temps de la censurer – cette fois. L'épaisse glace du déni s'était fendue, comme la banquise devant son traîneau la veille. Comment avait-il pu repousser aussi longtemps ces informations, ce rapprochement inévitable entre cette histoire et sa propre origine ? Quelles forces lui avaient permis de rester sourd et aveugle à ce qui l'impliquait lui, personnellement, Qaanaaq Adriensen, sur la terre de ses origines ?

– Ces gens, vous les connaissiez ? demanda-t-il, la gorge nouée.

– Non, enfin, pas bien. À l'époque, je venais d'arriver à Qaanaaq, comme chamane. Franchement, je n'étais pas très bien accepté par les gens. Certains pensaient qu'ils avaient été chassés de Pittufik par les Américains parce que je n'avais pas su les protéger des mauvais esprits. Ce qui était plutôt injuste : moi, je ne suis venu ici qu'à la fin des années 1960, bien après leur installation au village.

– Vous disiez qu'une famille a été *décimée*... Vous savez s'il y a eu des rescapés parmi eux ?

– Oui, un garçon. Pas vieux, hein. Peut-être deux ou trois ans. Je m'en souviens parce que personne ici n'a voulu le prendre chez lui.

– Pourquoi ?

– *Nanook !* Ils avaient peur que *Nanook* ne vienne les frapper à leur tour s'ils recueillaient le môme.

– Ce gosse, c'était un peu comme un *tupilak*, quoi ? dit Qaanaaq avec un sourire amer.

Un enfant porteur de mort.

– On peut dire ça comme ça. Il y a eu un drôle de truc, d'ailleurs, à propos de ce gamin, ça me revient.

– Drôle ? s'étrangla Qaanaaq.

– Oui, les gens des services sociaux danois qui sont venus le prendre, ils ne parlaient pas kalaallisut. Et ici, à l'époque, on ne causait pas vraiment danois non plus. Bref, comme le gamin ne disait pas un mot et qu'il avait les cheveux très longs, ils ont cru que c'était une fille.

La main tremblante, Qaanaaq sortit son portable de sa poche pour afficher la photo de famille des Nemenitsoq. Il la montra à son interlocuteur.

– Cette petite fille qui était un garçon, c'est cet enfant-là, sur la droite ?

Le chamane soupira, exhalant un fort relent de vodka.

– Peut-être bien oui. Mais vous savez, à mon âge…

Et dans son état.

– Regardez bien. C'est très important pour notre enquête.

Pour moi, aurait-il dû dire.

Jusque-là silencieux, Appu émit un petit grognement approbateur. À sa manière si discrète, il avait suivi le cheminement de Qaanaaq vers sa propre vérité. Et il en semblait aussi ému que lui.

Le chamane plissa ses yeux déjà si peu ouverts pour mieux accommoder les pixels gris qui dansaient dans la pénombre. Le flic danois désigna cette fois du doigt ses parents biologiques.

– Ceux qui ont été tués, ce sont eux, n'est-ce pas ?

– Hum, opina l'autre. Très possible. Mais comme j'ai dit, c'est très vieux, tout ça, ça fait plus de…

La gifle partit sans préavis. Un seul coup mais sec. La violence du geste surprit jusqu'à son auteur. La paume de Qaanaaq le cuisait. Appu le dévisageait, effaré. Frapper un chamane… Il fallait être un Danois plus que danois pour oser un tel sacrilège.

Pourtant, l'instant de sidération passé, tout sembla s'aligner comme par magie dans l'esprit embué de Kunnunguaq. L'alcool évanoui. La mémoire revenue. Chez Qaanaaq aussi, ce coup avait déchiré un voile. Ouvert une brèche de lumière.

– Le frère d'Ujjuk et sa femme, c'est bien eux ?

– Oui.

– Sa femme, c'était l'institutrice du village ? Sandra Skovgaard. Une étrangère – surtout aux yeux de son beau-frère, non ?

– Oui, approuva de nouveau le chamane.

Cette fois, Qaanaaq spéculait à voix haute, tissant au jugé ce fil familial arraché depuis quatre décennies.

– J'imagine qu'elle a voulu autre chose pour ses enfants. Pas forcément le Danemark, peut-être juste un préfabriqué douillet à Qaanaaq ou ailleurs. Elle a poussé son mari à partir. À rompre avec la vie de chasseur, avec les hivers sur la banquise.

– Sans doute…

– Pour Ujjuk… Pour Ujjuk, c'était la pire des trahisons, hein ? Il ne supportait pas de voir son cadet abandonner *Nuna*. Il voulait à tout prix que son clan reste uni. Après tout, le NNK, c'était lui ! Lui, le garant de votre mode de vie. Lui, votre *isumataq.*

À mesure que le flic déroulait son scénario, Kunnunguaq piquait du nez sur son grabat. Il n'avait pas honte de ce qu'il était – un ivrogne pouilleux –, mais certainement de ce qu'il n'avait pas été : un rempart contre la folie meurtrière d'Ujjuk.

– Alors, il a préféré les sacrifier tous plutôt que de les voir renoncer. Il a préféré les renvoyer à *Sila* que de les céder à la modernité.

– *Imaqa.*

Comme un silence sourd gonflait sous la tente, plus glaçant que le froid lui-même, Kunnunguaq releva enfin les yeux sur l'homme qui lui faisait face.

– C'était toi ? Ce garçon avec le jouet, c'était bien toi ?

– Qu'est-ce qui vous fait dire ça ?

Le vieillard prit la question pour aveu. Il avait assez vécu pour savoir qu'on ne répond pas non avec un point d'interrogation.

– Leur tente n'était pas loin d'ici, tu sais. Cette nuit-là, quand... Cette nuit-là, quand tu as couru sur la banquise à moitié nu, tu as foncé droit sur ma tente. Tu ne savais pas où tu allais. Tu avais une chance sur des milliards de tomber sur moi plutôt que de te faire broyer par des *growlers* ou de te noyer dans un *agloo*. Tu as eu une chance incroyable. Pas parce que c'est moi qui t'ai recueilli, non. Juste de survivre à la nuit polaire.

Qaanaaq ne dit rien. Il avait mille questions à poser, mais pour une fois, aucune ne sortait. Une larme s'était figée sur sa joue. Quant à Appu, il était médusé. Il traduisait toujours, mais marquait de longues pauses.

– Oh, poursuivit Kunnunguaq, je ne t'ai pas gardé longtemps. Quand j'ai compris que personne ne t'adopterait ici, c'est moi qui ai contacté l'aide à l'enfance. Après ça, ces bonnes dames de Copenhague sont venues te chercher, presque tout de suite. À l'époque, au Groenland, ça n'arrivait jamais qu'un orphelin soit rejeté par sa propre communauté. Je crois même que dans ton genre, tu constituais une première.

– Et vous ?

– Moi ?

– Vous n'avez pas pensé à me garder avec vous ?

– À l'époque j'étais seul, tu sais, grimaça le vieux. Sans femme. Sans autres ressources que ce que les chasseurs du village voulaient bien me donner sur leurs prises. Je n'aurais jamais su m'occuper d'un enfant.

La voix désormais aussi tremblante que sa jambe, Qaanaaq parvint à reprendre :

– J'avais un prénom, j'imagine. Un *ateq*...

– Mina. Tu t'appelais Mina.

– Un prénom de fille, sourit-il à travers sa détresse.

Jens et Else auraient bien ri, eux, de savoir leur papa ainsi affublé.

– Pas forcément... Si le défunt était une femme, et que le nouveau-né à qui on réattribue son nom est un garçon... On ne se pose pas la question. Cela devient un prénom d'homme autant que c'était un prénom de femme auparavant. Masculin, féminin... Ici, ces frontières-là n'ont rien de très étanche, tu sais. Tant que l'âme peut circuler d'un corps à l'autre, on appartient tous à la même matière humaine.

Il commençait à l'entrevoir, oui. La « matière humaine ». L'expression n'était pas pour lui déplaire. Qu'étions-nous donc de plus ?

– Et mon père, il s'appelait comment ?

– Tukassaanngitsoq.

– Ça veut dire quoi ?

– Celui qui ne craint pas l'invisible.

– L'invisible ? Pourquoi ?

– L'invisible, murmura le chamane entre ses lèvres gercées par les hivers successifs, l'invisible, ce sont tous les esprits qui rôdent sur la banquise et n'ont pas trouvé la paix. L'invisible, c'est *Nanook* par exemple. C'est tout ce qui nous menace et défait les familles comme la tienne.

Le chamane paraissait sincèrement affecté par son récit. S'écroulant subitement sur sa paillasse, il attrapa la bouteille de vodka et en avala une longue rasade. Puis il se redressa à demi pour s'adresser de nouveau à Qaanaaq.

– L'ironie de l'histoire, c'est que c'est pourtant bien l'invisible qui l'a tué, ton père.

Si tant est qu'Ujjuk fût un esprit frappeur et non un banal criminel, songea Qaanaaq. Mais à quoi bon contredire les croyances du vieil homme ? Il s'apprêtait à l'abandonner à ses spéculations mystiques quand, dans une phrase qui tenait plus du râle, le chamane le retint.

– Connais-tu la légende d'Aunarjuaq, « braise ardente » ?

– Non.

– Aunarjuaq n'était encore qu'un fœtus dans le ventre de sa mère quand il est mort. Ne fais pas cette tête-là, c'est un conte qui finit bien. Après s'être réincarné dans divers animaux, en particulier un phoque, Aunarjuaq a été harponné par un chasseur. Mais quand ce dernier l'a rapporté chez lui, la femme du chasseur est tombée sous le charme du phoque capturé par son époux, si bien qu'elle a pris Aunarjuaq dans son utérus. L'enfant mort-né s'est trouvé un nouveau ventre. Neuf mois passent, et voilà qu'il naît enfin à sa vie d'homme. Aunarjuaq est cette fois un beau bébé humain bien vivant, grâce à cette généreuse inconnue qui l'a accueilli en elle. Tu vois, si on l'accepte, on a tous droit à une seconde mère. Tous.

49

[[IMG_2302 / 30 octobre / Le poste de police de Qaanaaq]]

Le retour au village fut très calme. Un silence à peine déchiré par les jappements des chiens de Kavajaq, bercé par le sifflement des patins métalliques sur la glace. Entre ses rênes, Appu jetait de temps à autre un œil sur le crâne glabre de son ami. La peau lisse s'était couverte d'un voile de givre luisant sous l'éclat lunaire. Rien ne le déciderait donc jamais à se couvrir la tête.

Qaanaaq n'avait plus prononcé un mot depuis qu'ils étaient sortis de la tente du chamane. Il se laissait ballotter par les cahots du véhicule. Appu aurait donné cher pour se frayer un chemin dans ses pensées sinueuses. Il n'était pas seulement impressionné par l'intelligence de Qaanaaq. Il n'enviait pas seulement ses facultés de raisonnement. Ce qu'il aimait surtout chez lui, c'étaient les routes de traverse que son esprit prenait sans crier gare, à l'autre extrémité de ses capacités logiques. Avec lui, la vie de flic était plus exaltante qu'une série américaine. Peu de chance de s'ennuyer. Sous une douceur apparente, contredite par ses éclats subits, il conférait à ce qui l'entourait un sens inédit. Peu de personnes avaient la capacité de donner à voir le réel. À son échelle, celle d'un flic, Qaanaaq Adriensen avait ce pouvoir-là. Et Appu se surprit à regretter par avance le jour – qui approchait, sans doute – où le capitaine de la Crim rentrerait à Copenhague.

Qaanaaq songea-t-il à confronter Ujjuk dès leur arrivée dans la bourgade ?

Oui, évidemment. Il n'était pas question de repousser cette échéance. Et qu'Ujjuk fût son oncle ne changeait rien à l'affaire – au contraire. L'homme était de toute évidence au centre de cette tragédie. Pire : au cœur même de la tragédie de Qaanaaq. Le flic ne s'expliquait toujours pas quelle folie s'était emparée d'Ujjuk pour massacrer ainsi les siens. Tant d'autres avaient dû partir aussi, avant ou après eux. Tuer ceux qui voulaient quitter le mode de vie ancestral n'aidait en rien à le préserver. Pas plus hier qu'aujourd'hui. Il devait avoir atteint les tréfonds du désespoir pour briser ainsi ce qui lui échappait. Pour faire couler son propre sang.

Quand enfin les chiens pilèrent devant le poste de police local, l'étroite porte en tôle était fermée. Elle arborait même un cadenas – aussi incongru qu'un antivol en plein désert. Descendant à bas du traîneau – sa jambe gauche le lançait toujours –, Qaanaaq secoua la poignée gelée avec vigueur. Il aboya.

– Ujjuk ? Ujjuk, si tu es là, ouvre-nous !

Mais il n'y avait rien que les chiens du village pour lui répondre, concert sinistre s'élevant par-dessus les toits enneigés.

– Tu crois qu'il a pris la fuite ? demanda Appu.

– Ça, mon ami… on va le savoir très vite.

Malgré la faible affluence touristique, la boutique Ultima Thulé, unique échoppe de souvenirs du village, aurait dû être ouverte à cette heure avancée de la matinée. Pourtant, là encore, ils trouvèrent porte close. Aucune note sur la vitrine ne justifiait cette fermeture imprévue.

Cette fois, Appu n'eut aucune peine à déchiffrer les conclusions muettes de son acolyte. Naja leur avait menti sur ses rapports avec la femme du chamane, celle qu'elle appelait la « vieille *pilli* ». Elle était la seule à savoir qui avait commandé les six *tupilak*. Elle était un témoin clé. En la secouant un peu, Qaanaaq espérait sans doute établir grâce à elle le schéma complexe des complicités qui liaient les suspects, de Nuuk à ici, d'hier à aujourd'hui.

– Sa vendeuse, pressa-t-il soudain son adjoint. Tu connais son nom ? Tu sais où elle habite ?

– Non, pourquoi je saurais ça ?

– Ça va, Appu. Pas à moi. J'ai bien vu comment tu la reluquais à la petite fête.

Le flic inuit, rosissant, se contenta de hausser les sourcils, indiquant par là qu'il n'avait pas poussé au-delà des œillades au *dansemik*.

– OK, pas grave, maugréa Qaanaaq. On fonce à la maison d'Ujjuk. Et s'il n'y a personne, on fait un tour chez Ole.

– Sans arme ?

– T'as raison. Prends le fusil de Kavajaq, on ne sait jamais.

De ce qu'Appu savait désormais de Qaanaaq, cette précaution visait plus à se rassurer qu'autre chose. Pour son capitaine, seuls les mots avaient le pouvoir de créer ou de détruire. À sa manière – et à son insu – Qaanaaq était bien plus inuit qu'il ne le croyait.

En arrivant chez Ujjuk, puis chez Ole, Qaanaaq ne manifesta aucune surprise devant les deux maisons désertes, abandonnées par leurs occupants comme par les chiens qui traînaient d'habitude devant. Il ne s'attendait certes pas à les trouver sur le perron de leur préfabriqué, un *kaffi* à la main et leurs aveux en bandoulière.

À l'intérieur des masures ouvertes aux vents, quelques détails témoignaient d'un départ précipité : placards à moitié vidés, cartons de victuailles éventrés, cintres absents des portants... Manifestement, le père et le fils avaient pris la poudre d'escampette.

Appu fit remarquer à Qaanaaq que toutes les armes – ainsi que toutes les munitions – avaient disparu, y compris les armes blanches – couteaux, serpes de découpe des phoques et autres harpons pour la chasse au narval. Un véritable arsenal.

Mais ce qui troublait davantage le Danois, c'était l'absence conjuguée chez Ole du traîneau *et* de la motoneige.

– C'est possible, ça, de conduire une motoneige d'une main tout en guidant un attelage sans musher de l'autre ?

– Tout est possible, répondit Appu. Mais franchement, ça me paraît dingue. En tout cas, moi, je n'ai jamais vu ça, pas même dans les compétitions de traîneaux.

Restait une hypothèse : Naja.

Mais alors, on ne parlait plus seulement de la cavale de deux hommes qui se savaient acculés. Si Naja était de la partie, on parlait d'un véritable et nouveau départ. D'un exode familial.

Se pouvait-il alors… que Massaq fût du voyage, elle aussi ?

En voyant son chef claudiquer vers la maison de leur logeuse, la jambe raide et le regard fixe, forçant l'allure malgré sa blessure, Appu sut avec certitude qu'il avait correctement interprété les pensées du capitaine. Certains sentiments sont si universels qu'ils ne sont pas bien difficiles à deviner. Le désir, la compassion, l'amour.

Qaanaaq courait, à présent. Il ne sentait plus la douleur. Mais lorsque, enfin, se profila la silhouette de la maison bleu ciel, chapeautée d'un nuage de fumée qui s'échappait de la petite cheminée, il ralentit le pas. La main tremblante, il ouvrit la porte. Massaq se tenait là, dans sa cuisine, souriante, une spatule en bois à la main, aussi innocente que la neige fondue de son prénom.

Si elle n'était pas partie, si elle était là à les attendre, surveillant d'un œil cette casserole déjà frémissante pour leur repas du midi, alors…

Alors, c'est qu'elle n'a rien à voir avec tout ça, voulait-il se convaincre.

Peut-être même n'avait-elle jamais rien su des actes terribles commis par les siens.

Massaq était sa cousine ; Massaq ne serait jamais sienne. Il l'acceptait – douloureusement, mais il l'acceptait. En revanche il eût pris comme une défaite, plus cuisante encore que le dépit amoureux, de la savoir mêlée à cette barbarie. Que les liens du sang qui les éloignaient l'un de l'autre fussent des liens sanglants. Ça, il n'aurait pu le supporter. Même inaccessible, il voulait préserver son innocence.

Interdit, il fit quelques pas à l'intérieur de la bicoque où flottait une alléchante odeur d'épices. Et d'une voix éteinte, presque plaintive, une voix qui attend qu'on la rassure, il lui demanda simplement :

– Ujjuk et Ole… Vous savez où ils sont allés ?

– Eh bien, à la chasse, non ? Enfin je crois.

La candeur qui irradiait de son visage ne pouvait pas le tromper. Aucune duplicité dans ces yeux verts qui le caressaient à chaque battement de cils.

– Pourquoi ? Vous avez besoin d'eux ?

Il bénit intérieurement les deux criminels d'avoir épargné la jeune femme. De l'avoir laissée vierge de leurs crimes.

Malgré les circonstances, Qaanaaq ne resta pas longtemps démuni. Sur ce point aussi, Apputiku commençait à le connaître. C'était fascinant de sentir les rouages s'activer sous la surface lisse du crâne de Qaanaaq. Pour un peu, il aurait presque pu entendre le cliquetis des déductions et des hypothèses qui s'entraînaient les unes les autres.

Repartir bille en tête sur la banquise était vain, le flic danois l'avait expérimenté à ses dépens. D'autre part, il savait que les fuyards finissaient toujours par se faire prendre. Ce n'était bien souvent qu'une question de temps et de moyens. L'urgence n'était donc pas tant de capturer Ole et Ujjuk que d'établir définitivement leur culpabilité. Ainsi que les liens les unissant à la petite mafia politicarde de Nuuk.

– Ton contact à Air Greenland, ce Tobias, appelle-le, s'il te plaît. Demande-lui la liste des passagers du vol Upernavik-Qaanaaq du 15 octobre dernier.

– Tu penses que certaines de nos connaissances sont venues chercher les *tupilak* en personne ?

– Eh bien… J'ai bon espoir que ton ami Tobias nous le dise.

Hélas ! la liste des enregistrements à bord du vol GL9112 qu'Appu reçut sur son mobile trois quarts d'heure plus tard ne comportait aucun nom suspect, ni même connu, sur la dizaine de voyageurs ce jour-là.

– Ils ont pu aussi arriver la veille, le 14, et dormir sur place le 14 au soir ? spécula Appu.

– Ça ne peut pas être le cas d'Igor Zerdeiev, en tout cas. Rappelle-toi. Le 14 octobre, il était occupé à voler la clé de Huan Liang.

Toute cette partie de l'affaire semblait déjà si lointaine, et Nuuk avec elle.

– OK pour Zerdeiev. Mais les autres...

– T'as gagné... Rappelle Tobias et demande-lui la même chose, mais cette fois pour les trois jours précédant la commande des *tupilak* : les 12, 13 et 14 octobre.

Près d'une heure s'écoula de nouveau avant que ne tombe le résultat – tout aussi stérile et décevant que le premier.

– Ce n'est pas possible ! pesta Qaanaaq, assis au bord de son lit, le regard enfiévré. Ils ont dû voyager sous de fausses identités.

– Ça doit être ça, Tobias m'a bien précisé que pour les transferts régionaux, ils ne faisaient pas de contrôle.

– Ton Tobias, il n'aurait pas un copain à Upernavik par hasard ?

Dix minutes et deux coups de fil plus tard, Apputiku fut mis en contact avec un certain Eminguaq, contrôleur aérien également chargé de la sécurité du minuscule aérodrome d'Upernavik. Jovial, et apparemment content de se voir offrir une distraction, l'homme se montra très coopératif.

– On peut dire que vous avez de la chance ! Jusqu'ici, il n'y avait aucune caméra de surveillance sur le site. J'en ai installé trois pas plus tard que le mois dernier. Une dans la salle des arrivées, une deuxième dans la salle d'embarquement, et la dernière dans l'entrée de l'aérogare.

– Quand ça ? demandèrent les deux flics de conserve.

– Quand je les ai installées ? Le 5 ou le 6 octobre, je sais plus exactement.

– C'est incroyable. Eminguaq, est-ce que vous pourriez nous envoyer les images des passagers embarquant pour Qaanaaq du 12 au 15 octobre ?

– Ça peut se faire... Mais ça va faire de sacrés gros fichiers. Avec le réseau que vous avez là-haut, ça peut mettre un bout de temps à s'afficher.

– Alors commencez par le 15. Et si on ne trouve rien, vous nous enverrez le 14, et ainsi de suite. OK ?

– *Roger !* approuva-t-il avec un mauvais accent yankee.

Les vidéos d'Eminguaq étaient en effet volumineuses. Il fallut près de vingt minutes au portable de Qaanaaq pour charger la totalité de la première séquence, pourtant brève. Une minute trente à peine, au cours de laquelle on pouvait apercevoir les silhouettes pixélisées des dix passagers du jour passant des portes battantes. Manifestement, si l'on en jugeait par le sens du flux humain, il ne s'agissait pas de l'embarquement pour Qaanaaq mais plutôt de l'arrivée depuis Ilulissat, l'étape aérienne précédente.

– Là ! Regarde ! rugit Qaanaaq.

Malgré sa casquette et son épaisse parka, il était impossible de ne pas reconnaître Sergueï Nesti Czernov, identifiable entre mille grâce à sa corpulence. Mais en découvrant le visage des deux hommes qui le suivaient de près, les flics faillirent tomber de leurs petits lits superposés.

– Oh non, souffla Appu, au bord des larmes. Pas lui ! Pas eux !

– Merde, merde, merde…

« Karl Brenner ». L'appel entrant se surimprima soudain sur l'écran.

– Brenner ? Qu'est-ce qu'il y a ? demanda sèchement Qaanaaq.

– Bonjour l'accueil, moi qui reviens comme un gentil toutou avec plein de belles infos toutes fraîches. Ça fait plaisir, dis-moi.

– Excuse-moi… Mais c'est pas vraiment le bon moment.

– Tu te souviens de Klösen ?

– Ton pote de la Sécurité intérieure ?

– Lui-même. J'ai eu la curiosité de lui demander ce qu'il avait sur ton Pavia Larsen…

– C'est gentil, mais je suis déjà au courant. Il a milité chez les anars de Libertære Socialister. Il a même failli faire de la tôle.

– Je ne te parle pas de ses petites activités de gaucho.

– Tu me parles de quoi, alors ?

– Ce que je peux te dire, c'est qu'il a des potes hacktivistes assez doués. Parce qu'il a bien fait le ménage derrière lui. Les *nerds* de Klösen ont dû fouiller le fin fond du Dark Web pour…

– Putain, Karl, accouche ! Qu'est-ce que tu as trouvé ?

– Eh bien, ça dépend… T'as des enfants autour de toi ?

Qaanaaq balaya la chambrette d'un regard triste. Non, d'enfant, il n'y en avait plus ici. Quand il aurait appréhendé les deux meurtriers – le père et le frère de Massaq –, lui pardonnerait-elle assez pour lui raconter l'histoire de son fils disparu ?

– Non, pourquoi ? lâcha-t-il enfin.

– Pour rien, pour rien. Je t'envoie ça tout de suite. Régale-toi !

Il ne s'agissait que d'une poignée de photos, de basse résolution, et ce faisant assez légères pour s'afficher de manière presque immédiate. Toutes avaient été prises dans la pénombre d'une sorte de club SM. L'obscurité y était striée de lasers et de flashes stroboscopiques. Les scènes qu'on devinait en arrière-plan étaient sans équivoque : corps nus et enlacés, pectoraux et organes génitaux gainés de chaînes ou de cuir, appareillages de domination divers, tels des *slings* ou des croix de Saint-André où des victimes consentantes se faisaient fouetter.

Ce qu'Appu et Qaanaaq ne comprirent qu'après quelques clichés, tous assez scabreux, c'est que cent pour cent des protagonistes étaient des hommes. Klösen avait poussé pour eux la porte d'un *backroom* gay dans une version hard. Sur les dernières images, les deux silhouettes accouplées tendaient leurs visages face caméra, les traits déformés par l'extase, partiellement gommés par le flash et néanmoins parfaitement reconnaissables.

Kris Karlsen et Pavia Larsen. Les deux hommes qu'ils venaient de découvrir aux côtés de Czernov sur les images de surveillance d'Upernavik.

Kris et Pavia.

Amants terribles de Nuuk ?

50

[IMG_2311 / 30 octobre / Capture de l'écran du mobile de Qaanaaq]

Bisexualité mal assumée ? Peur des cancans dans un milieu par essence machiste ? Passion éphémère et clandestine, qui ne méritait plus d'être mentionnée ? Si Kris Karlsen avait caché sa liaison avec Pavia Larsen, ses raisons pouvaient être aussi nombreuses que légitimes. Brenner s'était empressé de confirmer le caractère irréfutable des images dénichées par Klösen. En aucun cas un bidouillage numérique, même habile. Qu'ils le fussent encore ou non, Kris et Pavia avaient été ces amants, dans le secret de ces clubs.

Alors surgit une hypothèse que le flic danois ne parvenait pas à envisager sans un sentiment d'épouvante : et si la parade amoureuse du légiste autour de Rikke Engell n'avait été qu'un leurre ? Ce technicien du Politigarden dans lequel il avait placé sa confiance, partageant avec lui ses doutes et ses découvertes, ce Thor dont la rayonnante beauté et la rigueur professionnelle poussaient à la confidence… Et s'il était la taupe qui avait donné aux tueurs du Primus le temps d'avance nécessaire à la fuite d'Anuraaqtuq ?

Appu et lui restèrent de longues minutes sans parler. Que Kris leur ait dissimulé tout ce temps sa véritable personnalité pour prêter ses talents à une machination odieuse – un vrai massacre ! – était une insupportable trahison.

Sous le choc, ils n'avaient même pas prêté attention aux derniers envois d'Eminguaq, le contrôleur aérien d'Upernavik.

Les photos – plus légères et donc plus rapides à charger – continuaient à affluer sur le téléphone de Qaanaaq. Provenant de la troisième caméra, braquée non pas sur le petit hall des arrivées mais vers l'extérieur de la minuscule aérogare. Étonnamment, les trois compères – qui ne faisaient qu'une brève escale à Upernavik – ne s'étaient pas dirigés vers la salle d'embarquement pour Qaanaaq, mais vers l'extérieur. Ils avaient attendu un peu dans le froid, puis les ultimes vues les montraient en train d'observer l'arrivée d'une motoneige chevauchée par deux individus. Malgré le filtre de la porte vitrée de l'aéroport et de la brume, Qaanaaq les identifia sans peine : Ujjuk et Ole. Bien sûr.

Sur les dernières secondes de la vidéo on voyait le chef du village remettre à Kris un gros sac de sport de couleur sombre. Son contenu pouvait prêter à toutes les spéculations – la mâchoire mortelle élaborée par Ole ? Dans le même mouvement, le fils avait tendu un sac plastique à Czernov. Agrandissant l'image au maximum, Qaanaaq reconnut le logo bleu ciel et blanc d'Ultima Thulé, la boutique de Naja. On pouvait deviner la gueule de plusieurs *Nanook*. Six, hasarda-t-il.

– Les *tupilak*.

Si Flora avait été là, elle en aurait dansé de joie.

Cette fois, le lien entre Nord et Sud paraissait établi. La vraie scorie dans ce tableau pourtant limpide, c'était bien sûr l'identité des deux compagnons de voyage de Czernov. Ils s'étaient attendus au chignon sévère et à la barbe des amants du *Vandrehuset*, et voilà que surgissait un insoupçonnable couple de criminels. Certes, l'image constituerait une preuve bien faible aux yeux de la justice. Mais elle rebattait vigoureusement les cartes. Il composa d'un main le numéro de poste de Søren. De l'autre, attrapant un cahier d'écolier qui n'avait plus vu un crayon de couleur depuis longtemps, il tenta d'esquisser le complexe schéma d'influences à l'œuvre dans cette affaire surréaliste.

Il voulait comprendre, pas juste avec ses sens et ses intuitions. Il voulait voir le mal déployer ses ramifications et ses griffes, noir sur blanc.

***

– Tu veux passer le concours de légiste ?

Toi ?! se retint-il d'ajouter, par égard pour son interlocuteur.

La demande de Pitak avait déconcerté Kris Karlsen. Jamais il n'aurait imaginé son jeune confrère inuit, discret tâcheron passionné de foot et de chasse, nourrir un tel rêve.

– Je sais que je n'ai pas beaucoup de chances, mais…

– Non, non, je n'ai pas dit ça.

À intervalles réguliers, le regard du légiste s'échappait vers l'autre bout du couloir et de l'*open space*. Vers le bureau de Rikke qui, portes fermées, avait entrepris l'audition de Harry Pedersen.

– Tu dis tout le temps que t'es débordé, appuya Pitak. Et puis Rikke m'a dit qu'ils pensaient ouvrir un second poste de médecine scientifique à Ilulissat, d'ici deux ou trois ans. C'est pour ça, je me suis dit pourquoi pas moi ? Après tout…

– Si tu veux, j'ai gardé tous mes cours et tous mes TD. Et je peux aussi t'aider à bachoter un peu. Le soir, moi, je reste toujours assez tard, tu sais.

– Super, merci, dit le jeune homme en maillot des Spurs de Tottenham.

– Et øh… Tu voudrais t'y mettre quand ? Parce que les premiers écrits tombent en avril. Ça ne laisse pas beaucoup de temps.

Pitak jouait peut-être son rôle comme un cochon, mais au moins le jouait-il comme Søren l'avait exigé de lui : devant la machine à café du hall d'entrée, aussi loin que possible du bureau du légiste. « Retiens-le au moins dix minutes. Et quand il fera mine de revenir par ici, renverse ton café sur lui. Avec un peu de chance, je l'entendrai râler de l'autre bout du poste. »

Comme Pitak avait entrepris Kris dès la porte du labo, le légiste n'avait pas eu le réflexe de verrouiller derrière lui. Le stratagème imaginé à mille cinq cents kilomètres de là par Qaanaaq fonctionnait. Søren trouva le lieu plus sinistre encore qu'à l'accoutumée.

Il avait certes l'habitude d'assister aux autopsies, mais c'était la première fois qu'il se retrouvait seul, face à ce mur de tiroirs qu'occupaient parfois les morts. Il entreprit la fouille des blocs de rangement accessibles. Les porte-dossiers multicolores regorgeaient de formulaires vierges et de vieux fichiers d'archives – les rapports de médecine légale étaient informatisés depuis longtemps, même ici, à Nuuk. Mais rien de ce que cherchait le Danois ne s'y trouvait. Jusqu'à ce que la poignée d'un tiroir lui résiste…

– Merde, Pitak, fais gaffe !

Søren capta le signal par la porte entrouverte. Il ne lui restait plus que quelques secondes avant que Thor ne déboule, repeint de café tiède. Pour la première fois depuis son intégration au Politigarden, il se félicita de son passé de petit délinquant. Certes, il avait dû faire ses preuves deux fois plus et deux fois plus longtemps que ses confrères au moment d'intégrer la police locale, mais au moins, il savait crocheter une serrure. Le verrou céda presque instantanément sous la pointe de son couteau de poche. Tout ce que Qaanaaq avait décrit gisait là, au fond d'un caisson aux trois quarts vide : les deux combinaisons anti-ADN commandées par Rikke au milieu de ses imports de conserves et de cigarettes du Danemark ; le bon de commande correspondant, contresigné de sa main. Plus étonnant encore, la copie du PV de Sergueï Czernov, volatilisé depuis plus de six mois, et dont la disparition incriminait directement Rikke, qui avait auditionné le Russe.

D'un geste preste, il fourra le tout sous son maillot noir – il avait revêtu à dessein le plus ample de sa collection –, ses deux mains plaquées sur son ventre.

– Je peux savoir ce que tu fous ici ?

Kris le transperça de son regard bleu iceberg. Ils s'étaient retrouvés nez à nez sur le seuil, évitant de peu la collision. Par chance, Søren était meilleur comédien que Pitak. Comprimant son abdomen rembourré, il se courba vers l'avant et se mit à geindre :

– Je me demandais si t'avais pas un truc pour le ventre dans tes médocs…

– Le ventre ?

– J'ai une chiasse de tous les diables. Je crois que j'ai un peu trop forcé sur le *kiviaq* hier soir… J'ai campé toute la matinée aux toilettes et ça ne passe toujours pas.

Kriss se détendit.

– Tu sais, mes « malades », je cherche plutôt à les vider, justement. Désolé, non, je n'ai rien pour toi.

– OK, merci quand même.

Pour parfaire son numéro, il trottina jusqu'aux toilettes hommes voisines, plié en deux, sous l'œil goguenard du blond. L'endroit serait parfait pour expédier un SMS de confirmation à Qaanaaq.

Toutes les preuves matérielles escomptées étaient là, sous son jersey noir floqué de jaune.

***

En attendant des nouvelles de Søren, Qaanaaq rongeait son frein de la seule manière qui lui était familière : en passant en revue une énième fois les photos de son Blad. Toutes n'étaient pas bonnes, loin de là. Certaines, à peine déchiffrables. Et pourtant, toutes provoquaient en lui une émotion singulière. Il esquissa un sourire devant celui d'Appu. Rêva devant les aurores boréales de Kangeq. Frémit au spectacle des giclées de sang dans le bungalow d'Igor Zerdeiev. Sentit son âme au bord des yeux lorsqu'il revit le campement isolé de Kunnunguaq.

Il était au Groenland depuis si peu de temps, et il lui semblait avoir déjà ressenti ce qu'il faut parfois toute une vie pour ressentir. La palette était non seulement large, mais aussi éclatante.

Comme il passait plus vite sur une longue série de clichés sans intérêt, il revint sur ses photos prises en hélico. De nouveau, il contempla les cercles noirs qui poinçonnaient l'inlandsis telle une typographie géante, venue d'ailleurs. Il songea aux géoglyphes mystérieux de Nazca, dans le désert du Pérou, ces immenses dessins sans auteurs connus et seulement visibles du ciel. Ici aussi, une antique civilisation avait-elle laissé des traces absconses ?

Ni Appu ni ses voisins de sièges dans le Bell 212 n'avaient su élucider cette énigme. Mais désormais, il savait à qui poser la question.

Il transféra les trois ou quatre photos de son appareil sur son portable. Et envoya aussitôt le SMS. L'historien désœuvré l'appela immédiatement.

– Vous avez pris ça où ?

– Je ne sais plus exactement. C'était à mon arrivée au Groenland. Pendant mon transfert depuis Kangerlussuaq. Je dirais en gros à une heure de vol au nord-est de Nuuk.

– Oui, ça ne peut être que la station DYE-2.

– DYE-2 ? C'est quoi ?

– Pour faire court, dans les années 1950, le Pentagone considérait le Groenland comme une plateforme privilégiée dans son déploiement stratégique face à l'arsenal nucléaire soviétique.

– D'où la base de Thulé.

– Oui. Mais Thulé n'était qu'une démonstration de force un peu tapageuse, conçue pour attirer les regards. Le vrai travail de guerre froide se déroulait ailleurs.

– Ah bon ? Et c'était quoi ?

– Dans cette gigantesque partie d'échecs qu'Américains et Russes ont livrée à cette époque autour du pôle Nord – au passage, le point du globe où les deux pays sont le plus voisins –, la principale ligne de défense américaine était constituée par un vaste dispositif d'écoute : les stations de la DEW *line*. DEW pour *Distant Early Warning*. En clair, un maillage de paraboles destinées à détecter toute intrusion d'un missile ennemi dans l'espace aérien d'Amérique du Nord, et à permettre une contre-offensive immédiate en cas d'attaque.

– On se croirait en plein *James Bond*.

– Vous ne croyez pas si bien dire. Entre 1954 et 1958, les Américains ont construit cinquante-huit stations DEW de l'ouest de l'Alaska jusqu'à l'est du Grand Nord canadien. Et à partir de 1958, un accord entre Washington et le gouvernement danois a permis d'en implanter quatre de plus.

– Au Groenland.

– Tout juste. Les stations DYE-1 à DYE-4, du nom de leur numéro d'appel. Chaque station était une base américaine complète, avec ses ressources autonomes en énergie, ses magasins, son cinéma… Comme une petite ville yankee perdue au milieu de l'inlandsis. Pour être discret, c'était discret.

– J'imagine qu'avec la fin de la guerre froide, elles ont dû fermer, non ?

– Progressivement. Entre 1988 et 1991.

Qaanaaq laissa filer quelques instants pour digérer les informations. *A priori*, cela n'avait aucun rapport direct avec son enquête. Et pourtant, ce versant secret de l'histoire nationale le captivait.

– Quand vous dites que les stations étaient énergétiquement autonomes, vous parlez de quoi ? D'un réacteur nucléaire, comme dans les sous-marins ?

Il se souvenait avoir lu dans une revue de vulgarisation scientifique que le premier submersible nucléaire autonome, l'USS *Nautilus*, datait plus ou moins de cette époque, le milieu des années 1950.

– Oui, mais pas seulement. Les GI's sont également venus avec leurs propres réserves de carburant. Les États-Unis en produisaient beaucoup, en ce temps-là, et pour pas cher. Et il en fallait pour faire tourner les camions, les pelleteuses, les engins de forage, etc. On n'imagine pas les moyens colossaux qu'ils ont déployés pour s'installer dans un milieu aussi hostile. Charrier des milliers de barils jusqu'ici n'était pas le plus difficile.

– Et une station comme ça, une DYE, il y en avait une dans les environs de Qaanaaq ?

Une station désertée. Un campement où des centaines de barils d'essence des fifties avaient dû être abandonnées par les soldats américains. Une manne et un repaire tout trouvés pour un type aussi débrouillard qu'Ole Uqsualuk Nemenitsoq.

– Non, désolé.

L'espoir d'une piste, aussitôt envolé. L'homme lui envoya une carte indiquant les implantations de stations DYE au Groenland. En effet, les quatre points étaient répartis d'ouest en est, plus ou moins le long du 65e parallèle. Cela situait les stations dans la pointe méridionale de l'île-continent, à plus d'un millier de kilomètres au sud de Qaanaaq. Pas le genre d'endroit où Ole et Ujjuk auraient pu faire des allers-retours en traîneau ou en motoneige sans s'absenter des semaines, et donc éveiller les soupçons de leur entourage.

Qaanaaq remâchait sa déception.

– En revanche, si ça vous intéresse tant que ça, il y a un autre vestige américain de la guerre froide, dans votre coin.

– Thulé ?

– Non, Thulé est encore en service. Je parle d'un lieu abandonné. Plus important encore que les stations DYE dans le plan de dissuasion américain de l'époque.

– Plus important à quel titre ?

– Comme je vous l'ai dit, la ligne DEW répondait à un impératif défensif. Ce n'était jamais qu'un réseau de « grandes oreilles », comme on dit. Mais, très tôt, le département à la Défense américain a voulu également équiper le Groenland d'un arsenal offensif, ce dernier ayant rejoint après guerre le camp des Alliés avec le Danemark. C'est là qu'est intervenu le projet Iceworm.

– Jamais entendu parler, admit Qaanaaq.

– Camp Century, ça ne vous dit rien ?

– Non, qu'est-ce que c'est ?

– Censément, le premier jalon d'Iceworm, un projet absolument pharaonique. Une base souterraine creusée dans l'inlandsis, dotée de six cents missiles balistiques braqués sur Moscou, d'une surface comparable à un pays comme la Grèce. Vous imaginez un peu ?

– C'est dingue !

– Je ne vous le fais pas dire. Quand les travaux ont débuté, Washington a présenté ça à ses amis de Copenhague comme une sorte de camp scientifique destiné à expérimenter les conditions de vie militaires en milieu extrême. Mais la vérité, c'est qu'ils comptaient bien en faire la pierre angulaire du plus gigantesque pas de tir nucléaire de toute l'histoire. De quoi rayer toute l'URSS d'une seule pression de bouton. Un vrai délire à la *Docteur Folamour*.

– J'allais vous le dire.

– Des millions de dollars ont été engloutis. Le problème, c'est que, très vite, les GI's qui résidaient sur place n'ont plus supporté de vivre comme des rats, sous des dizaines de mètres de glace. L'ironie de l'aventure, c'est que, pour eux, ça a vraiment viré à l'expérience de laboratoire. Les architectes du lieu avaient beau avoir prévu tout le confort imaginable pour des Américains – cinéma, *diners*, bars, spectacles, danseuses, etc. –, les types devenaient fous après quelques mois sur place. Les plus chanceux plongeaient dans l'alcool ou dans la drogue – c'étaient les débuts du LSD. Beaucoup se suicidaient en cherchant à rentrer par leurs propres moyens à Thulé, à travers l'inlandsis. Des rapports alarmants sont parvenus jusqu'au Pentagone, qui a progressivement vidé Camp Century de son personnel. En 1967, ils ont fermé définitivement le site.

– En laissant tout sur place ?

– Une bonne partie des équipements et du matériel, oui.

– Et ce Camp Century ? C'est loin de Qaanaaq ?

– Je dirais deux cents kilomètres à l'est, plus ou moins.

Un camp qui abritait certainement aussi des centaines de bidons de gazole dans lesquels Ole avait puisé à l'envi, assurant ainsi sa prospérité sur le dos des administrés de son père. Leur refourguant l'essence frelatée d'hommes probablement morts depuis belle lurette. S'y rendre n'avait rien d'une promenade de santé, toutefois. Si, comme Qaanaaq le croyait désormais, ce qu'il restait du clan Nemenitsoq s'y était réfugié, Ujjuk, Naja et Ole étaient sans doute encore en chemin, luttant contre les éléments.

Il en était là de ses réflexions lorsque le SMS de Søren survint.

`J'ai tout ce que tu cherchais. C'est bien lui. C'est Kris.`

Il lui fallait résumer à Appu tout ce qu'il venait de mettre au jour. Et décider de la suite. Mais dès qu'il eut fini de tout raconter, il sut qu'il partirait. Qu'il irait braver l'imbravable. Que l'inlandsis, ce gigantesque aimant blanc qui fascinait les aventuriers et désespérait les climatologues, l'attirerait à lui. Comme il avait attiré autrefois les Peary, Cook, Amundsen, tous ces conquérants des pôles, ces accros à la glace et au Grand Nord.

Perdait-il la raison à son tour ? Ou risquait-il de la perdre ?

– Au fait, lança-t-il à Appu sur un ton presque léger, lissant son crâne. Tu n'aurais pas un bonnet pour moi ?

Le sourire d'Apputiku valait toutes les déclarations d'amitié. Évidemment qu'il avait un bonnet à lui prêter.

Mais avant, Qaanaaq devait passer cet appel qu'il avait tant et tant de fois repoussé. *Rikke Engell.*

51

Rikke Engell crispa ses doigts sur le clavier. Son œil brillait d'excitation, ses mains tremblaient de colère. Elle n'avait pas à proprement parler le profil d'une hackeuse. Lors de ses années de formation à l'école de police, elle était seulement sortie quelques mois avec un informaticien autodidacte, un Suédois du nom de Sven, lequel passait ses nuits à pirater tout ce qui lui tombait sous la ligne de code. Pas plus qu'elle, il n'aurait su pénétrer des systèmes aux défenses complexes, genre Pentagone, FBI ou centres de cartes bancaires. Ses forfaits relevaient tout au plus de vulgaires crackages de mots de passe ou d'intrusions sur des serveurs amateurs mal protégés. À le regarder faire, elle avait appris quelques notions. Hélas ! cela ne suffisait pas pour le tour de passe-passe technique qu'elle souhaitait réaliser à présent.

– Merde, Sven, dis-moi juste comment activer la webcam de mon ordinateur à partir d'un autre poste… C'est tout ce dont j'ai besoin.

– OK, princesse, OK. Pas la peine de t'énerver. Tu me diras juste à qui envoyer ma note d'honoraires à Niels Brocks Gade, hein ?

Recontacter son ancien amant après toutes ces années lui avait coûté – pas question que ce type se fasse des idées. Mais elle se voyait mal glaner l'information sur internet, au risque de laisser des traces de sa recherche, pas plus qu'elle ne voulait impliquer ses subordonnés. Certes, d'après ce que soutenait Qaanaaq, Søren se situait *a priori* dans le « bon camp ».

Mais dans le doute, et tant que toute cette affaire ne serait pas réglée, elle préférait jouer la double carte de la prudence et de la confidentialité.

Installée derrière le PC d'Apputiku, dans un angle de l'*open space* où personne ne pouvait apercevoir l'écran, elle gardait un œil braqué sur le store entrouvert de son bureau. Kris et Pedersen venaient de s'y enfermer. C'est elle-même qui leur avait cédé sa tanière, une proposition assez inhabituelle, dictée semblait-il par les circonstances.

Lors de son entretien préliminaire avec la directrice de la police, Harry Pedersen avait en effet refusé de répondre à l'ensemble de ses questions. Malgré son début de confession devant les caméras quelques minutes plus tôt, il n'avait pas lâché le moindre mot sur le fond. La seule chose qu'il avait fini par lui dire, c'était :

– Je suis au courant de vos fricotages avec Kuupik Enoksen. Je dispose même de preuves très explicites de votre relation.

– De quoi parlez-vous ?

– Vous savez comme moi qu'en vertu du Code de procédure pénale, s'il est établi qu'un témoin clé dans un dossier criminel est en lien avec un enquêteur, celui-ci est invalidé d'office. En l'occurrence vous, mademoiselle Engell.

– Alors, on fait quoi ? On se regarde en chiens de faïence jusqu'à ce que l'un de nous deux craque ? C'est ça que vous me proposez ?

– Deux solutions. Soit vous persistez à m'auditionner, et dans ce cas je n'hésiterai pas à propager les informations en ma possession sur la place publique – mon avocat n'attend qu'un appel de ma part. Soit vous acceptez de faire ça en douceur, je garde mes jolies photos pour moi et vous cédez votre siège à l'officier compétent qui vous suit dans l'ordre hiérarchique de la police groenlandaise.

En d'autres termes, et en l'absence d'Apputiku Kalakek : Kris Karlsen.

Sur le coup, Rikke n'avait eu d'autre choix que de capituler. Le légiste recevrait la déposition du commanditaire présumé des assassinats de Nuuk. Si ce que Qaanaaq lui avait exposé lors de son long coup de fil se révélait exact, cela revenait à laisser les coudées franches à deux des principaux complices de cette histoire. Kris pourrait concocter un PV aux petits oignons, selon des termes probablement convenus au préalable entre les deux hommes. Et peut-être même avec l'ensemble des suspects, Pavia Larsen, Sergueï Czernov et Anuraaqtuq Nemenitsoq compris.

Elle avait suggéré que l'audition se déroule dans le seul bureau fermé de tout le Politigarden – le sien. Apparemment bonne perdante. Elle seule le savait à ce stade, mais cette offre n'était pas tout à fait gratuite...

À travers les lamelles entrouvertes du store, Rikke devinait plus les silhouettes de Pedersen et de Karlsen qu'elle ne les voyait. Les deux hommes étaient réduits à des ombres striées. À partir de là, il lui faudrait plutôt se fier à ce qu'elle capterait à travers ses écouteurs. Il lui faudrait reconstituer la scène, et notamment leurs gestes, grâce à quelques détails sonores qu'elle saurait identifier.

Karlsen désigna l'un des deux sièges visiteurs à Pedersen. Il hésita lui-même un instant à s'asseoir derrière le bureau de sa cheffe, puis se ravisa, retenu par un ultime scrupule protocolaire. Il prit également place sur l'une des deux chaises. Aussi, quand le voyant de la webcam s'alluma sur l'écran du PC de Rikke, aucun des deux hommes ne le remarqua.

Rikke n'était pas très sûre, mais il lui sembla que Kris griffonnait le nom du prévenu sur un formulaire de PV « à l'ancienne ». Puis, délaissant son stylo, Thor sortit de sa poche un petit dictaphone numérique qu'il cala sur la fonction d'enregistrement. Le bref bip aigu, caractéristique, indiqua que la mémoire de l'appareil captait désormais tous leurs propos.

– Monsieur Pedersen, lors de votre reddition de ce jour, le 30 octobre 2017, vous avez déclaré que vous êtes, je cite, « l'unique commanditaire des quatre meurtres perpétrés ces derniers jours au campement ouvrier de la société Green Oil ».

– C'est exact, répondit l'inculpé sans hésitation.

– Vous avez également prétendu avoir recruté seul les exécutants de ces actes, en les personnes des dénommés Anuraaqtuq Nemenitsoq et Nupaki Nikallunganeq. Confirmez-vous ?

– Oui, je le confirme.

– Le nom de Sergueï Czernov vous est-il familier ?

– Oui, il l'est.

– Je vous pose donc la question, monsieur Pedersen : Sergueï Czernov, responsable d'exploitation, démissionnaire de la plateforme Green Oil de Kangeq, a-t-il joué un rôle dans la préparation ou la réalisation de ces actes criminels ?

– Oui, c'est vrai. Czernov m'a aidé.

Jouer le rôle du coupable qui passe à table ne semblait pas accabler Harry Pedersen. Il se pliait plutôt de bonne grâce au jeu des questions-réponses. Mais pourquoi ? Pourquoi acceptait-il de jouer le bouc émissaire ? Comment espérait-il donc s'en tirer ?

– De quelle façon ?

– À plusieurs niveaux… C'est notamment lui qui m'a présenté à Anuraaqtuq et Nupaki. Il fréquentait la petite sœur d'Anuraaqtuq, Taqqiq.

– Vous voulez dire que M. Czernov et cette Taqqiq entretenaient une relation amoureuse ?

– Non. La gamine était une pute… Enfin, une prostituée occasionnelle. Elle lui a parlé des activités politiques clandestines de son frère. Et Czernov a imaginé qu'Anuraaqtuq trouverait sans doute son propre intérêt à éliminer quelques ouvriers étrangers.

– Et ça a été le cas ?

– Oui. Anuraaqtuq est un ultranationaliste inuit. Il déteste les étrangers qui viennent faire leur beurre sur le dos des Groenlandais.

Contre toute logique, Kris ne releva pas le paradoxe qu'il y avait pour le militant xénophobe à faire le jeu d'un entrepreneur (Pedersen, en l'occurrence), une engeance bien pire que celle des travailleurs qu'il avait assassinés.

– Pouvez-vous me dire comment vous avez vous-même fait la connaissance de Sergueï Czernov ? Après tout, c'était l'employé de votre principal concurrent, Henrik Møller. Vous n'aviez *a priori* aucune raison d'entrer en relation. Je dirais même : « au contraire ».

– C'est une personne d'ici qui a « recruté » Czernov pour moi.

– D'ici. C'est-à-dire de Nuuk ?

– Non, d'ici, au Politigarden.

– Vous voulez dire que vous avez disposé d'une complicité au sein même de ce département ?

– Oui…

– Et puis-je vous demander le nom de cet intermédiaire ?

– Rikke Engell.

À l'énoncé de son nom, le visage de Rikke s'empourpra. Kris respecta ensuite une pause de quelques secondes qu'elle ne sut comment interpréter. Cherchait-il à créer une sorte d'effet dramatique ?

– Vous mesurez la gravité de vos propos, monsieur Pedersen ? demanda-t-il d'une voix assourdie.

– Je la mesure… Mais j'ai des preuves matérielles de ce que j'avance.

– Lesquelles ?

– L'an dernier, Sergueï Czernov a été interpellé après avoir passé à tabac un ouvrier bangladeshi. Zawad Je-ne-sais-plus-quoi.

– Quel rapport avec notre affaire ?

– Rikke Engell a couvert Czernov. Elle n'a relevé aucune charge contre lui et a fait disparaître la déposition, la version numérique comme le PV papier.

– C'est tout ?

– Non. C'est aussi elle qui a fourni aux deux exécutants, les militants du parti NNK, des combinaisons anti-ADN. Pour éviter qu'ils ne laissent leur empreinte génétique sur les scènes de crime. Vous travaillez ici, je suppose donc que je ne vous apprends rien en disant qu'aucun dépôt ADN n'a été relevé dans les bungalows du Primus… Autre que celui de leurs occupants, bien sûr.

– Soit. Mais qu'est-ce qui me prouve l'implication de Mlle Engell ?

– Je dispose de deux combinaisons du même lot, retrouvées ici même dans les affaires personnelles de Mlle Engell…

Rikke sursauta. Les combinaisons en question étaient dans *son* placard. Elle les y avait vues pas plus tard que… Elle ne savait plus bien quand, à dire vrai. Que faisaient-elles entre les mains de Pedersen ? Et qui les lui avait données ? Kris lui-même ?

Parcourue d'un frisson, quelques gouttes de sueur perlant à son front, elle augmenta le volume de ses écouteurs.

– … ainsi que du bon de commande des articles en question, signé de sa main, hors stock du département. Il est évident qu'elle a cherché à dissimuler la fourniture de ce matériel aux meurtriers.

Derrière son casque, Rikke fulminait. Elle retint de justesse son poing qui menaçait de frapper le petit bureau métallique.

Ces foutues combinaisons, elle les avait en effet achetées sur ses propres deniers. Mais pas pour les soustraire à un inventaire officiel ni pour les donner aux tueurs – juste à cause de ces conneries de coupes budgétaires que Copenhague avait imposées à son service. Pour permettre à Søren de faire correctement son travail. C'est animée par ce même souci du contribuable danois qu'elle avait refusé la traque en hélicoptère que réclamait Qaanaaq. Elle n'avait pas d'autre motif que de se conformer aux exigences de sa hiérarchie, qui lui enjoignait de faire toujours plus d'économies.

Elle s'était tenue à son rôle, ni plus ni moins, et voilà que son dévouement se retournait contre elle.

C'était à hurler d'injustice.

Dans son bureau, l'entretien se poursuivait :

– Et pouvez-vous m'expliquer quel profit la directrice Engell pouvait tirer de tout cela ? insista Kris d'un ton sec. On ne saborde pas une carrière comme la sienne sans une bonne raison.

– C'est très simple : Mlle Engell est depuis plusieurs mois la maîtresse du vice-ministre à l'Énergie, Kuupik Enoksen.

– Qu'est-ce qui vous permet d'affirmer cela ? Et en quoi cela est-il lié à votre affaire ?

– Tout d'abord, j'ai des photos qui l'attestent sans ambiguïté.

– S'il vous plaît, poursuivez.

– Ils avaient autant intérêt que moi à ce que la plateforme de Green Oil se plante et que la licence pétrolière de Kangeq soit réattribuée. En l'occurrence, à Arctic Petroleum.

– Un intérêt… financier ?

– Non, l'intérêt financier, c'était pour moi. Leur bénéfice à eux était plutôt… politique. Professionnel, si vous préférez. Grâce à la réattribution de la licence, Enoksen était à peu près certain de se faire investir par son parti, le Siumut, pour les prochaines législatives – un vœu exaucé il y a quelques jours. Cela devait aussi garantir le vote du Parlement en faveur du référendum et faire pencher le scrutin populaire en faveur de l'indépendance. Et qui dit Groenland indépendant dit Enoksen en bonne position pour en devenir le premier président élu.

– Cela ne répond pas à ma question : en quoi cela justifie-t-il la compromission de la directrice Engell ? Même corrompue, une policière n'accepterait pas de tremper dans une telle affaire de meurtres à la légère !

– C'est très simple : si Kuupik Enoksen devenait président du futur État indépendant du Groenland, alors il aurait nommé Rikke Engell au poste de ministre de l'Intérieur.

– J'imagine que vous en détenez la preuve ?

– Tout à fait, répondit Pedersen avec aplomb. Je dispose de l'organigramme du futur gouvernement Enoksen. La date de création du fichier l'authentifie sans aucun doute possible.

Un soupir puis un long silence succédèrent à sa révélation.

Sous son casque, les oreilles rougies de colère, Rikke n'en revenait pas d'avoir été aussi négligente. Jamais elle n'aurait dû accepter de son amant qu'il couche son vœu pieux noir sur blanc. Briguer un portefeuille était une chose ; en faire l'aveu dans un contexte si explosif était un faux pas magistral. En politique, elle le savait, il fallait être un loup. Mais afficher le visage d'un agneau jusqu'à la toute dernière seconde.

Ne jamais trahir son appétit trop tôt.

– Ces éléments, pouvez-vous les produire ? reprit Karlsen.

– Une partie est déjà ici, avec moi. Le reste est chez mon avocat, qui se fera un devoir de vous remettre les pièces en question sur simple demande.

Ça ne tient pas debout une minute, songea Rikke, toujours à l'affût. Une fois encore, Kris Karlsen s'était gardé de creuser là où tout flic digne de ce nom aurait fourragé. Il ne demanda même pas à Pedersen ce qui motivait son présent acte de pénitence. Des remords ? Mais pourquoi si tardifs ? Et surtout : pourquoi pile au moment où, lui et ses deux principaux complices, la flic et le vice-ministre, s'apprêtaient à empocher les « dividendes » de leurs méfaits communs ?

D'un bref raclement de gorge, le légiste signifia à son interlocuteur qu'il en avait fini pour le moment et, d'une pression du pouce sur le dictaphone – deux nouveaux bips successifs –, il interrompit l'enregistrement.

– Ça va ? demanda Pedersen. J'ai été bon ?

Rikke frémit. On y était. Peut-être allait-on enfin savoir pourquoi Pedersen avait endossé le rôle de la « balance ». Et Karlsen ? Avec un peu de chance, il dévoilerait sa complicité. Lui donnant à elle les preuves nécessaires pour se disculper.

– Vous avez été parfait. Comme vous le savez, je vais devoir vous garder en cellule jusqu'à demain matin. Simple formalité. Mais après ça, vous serez libre tout le temps de l'instruction. Il faudra juste éviter de faire des vagues ou des déclarations intempestives à la presse tant qu'Enoksen et Engell n'auront pas été mis en examen.

– *Timing* impeccable, se réjouit l'autre. Dès que votre ami Pavia me blanchit et m'attribue la licence, Polar Black peut officiellement entrer en scène à Kangeq. Et moi, ça me laisse tout le temps de préparer notre installation avec Czernov.

Mais Kris lâcha tout à coup, avec la sécheresse d'un couperet :

– Je crois que vous n'avez pas toutes les pièces en main, Harry, lança-t-il avec une soudaine familiarité. Pour votre gouverne : il n'y aura pas de Kangeq. Ni de Polar Black.

– Pardon ? s'étrangla l'autre.

– Vous avez besoin que je vous répète les choses ? Dès que Pavia Larsen remplacera Kuupik Enoksen à l'Énergie – ce qui ne devrait pas tarder, au vu de votre déposition –, toutes les exploitations pétrolières du pays seront gelées *sine die*. Heureusement pour nous, nous ne sommes ni le Qatar ni le Venezuela. Nous avons la chance d'avoir encore le choix. Et notre choix à nous, les *vrais* Groenlandais, est très clair : nous ne voulons *pas* d'un développement énergétique irresponsable pour notre pays.

– Si c'est de l'humour, je vous jure que ce n'est pas drôle...

– Mais nous sommes bien d'accord, Harry. Vos plateformes qui polluent nos côtes, vos forages qui défigurent le paysage, vos pétrodollars qui rendent fous les gens d'ici et vont faire de notre pays un enfer ultracapitaliste : tout cela n'a rien de drôle.

Un silence interminable s'installa. Et Rikke imagina assez facilement ce qui traversait l'esprit de Pedersen, comment il intégrait cette réalité nouvelle. Il avait coulé son concurrent, lâché son employeur, pris tous les risques en montant sa propre structure, pour se faire à la fin rouler comme un bleu. Il s'était compromis dans un jeu de billard à trois bandes, où son rôle lui apparaissait à présent clairement : celui de la bille. Il avait tout perdu.

Le traître s'attend toujours à être trahi. Mais sa parano suffit rarement à déterminer quand, et par qui. Le traître n'est qu'une boussole affolée par des magnétismes qui la dépassent.

Pavia et Kris lui avaient promis monts et merveilles – notamment des conditions d'exploitation si favorables qu'il aurait dû se méfier. Pedersen devait réaliser à présent ce qu'ils étaient vraiment : des écolos enragés, le genre d'excités politiques aussi dangereux que Greenpeace et consorts. La différence, c'est que ces deux-là étaient en passe de prendre les commandes du pays et de rouler tout leur monde dans leur farine bio-équitable. Ce n'était donc pas Green Oil en particulier qui était visé ; c'était la filière pétrolière groenlandaise dans son ensemble qu'ils avaient voulu détruire, déstabilisant les uns, discréditant les autres.

Comment Pedersen avait-il pu être aussi naïf ? Comment des gamins tout juste sortis de l'école avaient-ils fait pour s'engouffrer dans ses points faibles et monter un coup pareil ?

À travers les lames entrebâillées du store, Rikke vit clairement Pedersen se redresser d'un bond, puis attraper le légiste par le col.

– Je vais vous écraser comme une merde, Karlsen ! Et votre petit copain avec ! Vous n'allez pas vous débarrasser de moi comme ça ! Je vais tout déballer ! Les clébards de la presse qui campent dehors n'attendent que ça !

Il criait, tentant de resserrer son étreinte autour du cou de Kris. Mais déjà il avait perdu toute son énergie. L'autre n'eut aucun mal à se dégager.

– Je vous le déconseille fortement. Vous venez de faire des aveux complets.

Avait-il vraiment éteint son dictaphone ?

– Il ne tient qu'à moi de revenir sur la coutume locale qui consiste à vider les cellules tous les matins. Si je le décide, vous pouvez croupir ici jusqu'à votre procès… Et passer votre retraite à Vestre Faengsel.

L'argument fit mouche, Pedersen relâcha brusquement son emprise et recula, comme brûlé par cette perspective. Il tituba un instant, puis s'écroula sur sa chaise.

D'un geste prompt, Rikke interrompit la capture audio de la webcam puis sauvegarda le fichier obtenu sur le bureau du PC. Fouillant dans les tiroirs bordéliques d'Apputiku, elle dénicha une clé USB dont elle vida le contenu – compilation des plus beaux buts de Premier League – pour y transférer une copie de l'enregistrement. Elle verrait plus tard, chez elle, comment le sauvegarder aussi sur son téléphone.

À l'autre bout de l'*open space*, Karlsen et Pedersen ressortaient enfin de son bureau. Le prévenu tenait à peine debout, l'échine courbée et le regard fixé sur le lino. Son dictaphone en main, Kris le conduisit jusqu'au corps de bâtiment où il logerait jusqu'au jour suivant. Faute de résidents permanents, les trois cellules du Politigarden ne brillaient pas par leur confort. La direction, Rikke et ses prédécesseurs avant elles, ne s'étaient jamais souciés d'en améliorer l'état. Plus fréquentées par des alcoolos à dégriser que par des pensionnaires VIP, elles empestaient la vétusté et la pisse.

Ayant récupéré son bureau, Rikke hésitait sur la marche à suivre. Devait-elle envoyer le fichier audio tel quel à Qaanaaq ? Fallait-il prévenir Kuupik des menaces nouvelles qui convergeaient vers eux ? Ils s'étaient tous deux faits berner par leur subordonné – comme des débutants.

Elle en voulait au Danois d'être tombé si facilement dans le panneau tendu par Kris. Elle admettait que son attitude et certains de ses choix avaient pu semer le doute. Mais tout de même, comment Adriensen avait-il pu la croire complice de crimes de sang – même pour servir son ambition ?

La faute à mon chignon, songea-t-elle avec une pointe de dérision. Avec sa fermeté autoritaire, on lui prêtait aisément de noirs desseins. Et paradoxalement, sa beauté de déesse scandinave ne servait qu'à la rendre suspecte. Ce n'était pas la première fois – ni la dernière sans doute – qu'elle pâtissait de cette méprise.

Maintenant, elle voulait en remontrer à son collègue. Lui prouver qu'elle était aussi bonne flic que lui et, ne lui en déplaise, aussi intègre. Oui, elle avait cédé à Enoksen. Non, elle n'aurait jamais dû se fourvoyer dans une pareille liaison. Mais au fil des mois, elle s'était attachée à l'homme derrière le politique. Et tant mieux si cette histoire se révélait favorable à sa carrière. Pourquoi aurait-elle sacrifié ses sentiments ? Elle le pensait sincèrement : Kuupik Enoksen était l'avenir du Groenland. Elle ne l'en aimait que plus.

Et qu'il fût le dindon de la farce lui était aussi insupportable que sa propre disgrâce.

Mais pour sauver son amant et son honneur, il lui fallait plus que les faux aveux de Pedersen. Il lui fallait ceux de Kris, ce tartuffe qui depuis plus d'un an lui jouait la comédie de l'amoureux transi. Elle voulait l'entendre raconter sa rencontre et ses amours avec le révolutionnaire Pavia Larsen. La façon dont il avait convaincu son jeune amant politisé de sauver son pays d'origine, le Groenland, d'un désastre écologique annoncé. Comment, chacun de leur côté, ils avaient joué la carte de l'entrisme, Kris au Politigarden, Pavia au ministère de l'Énergie – une technique manipulatoire bien connue des terroristes : se rendre indispensable à ses ennemis. Pour mieux les détruire de l'intérieur.

Elle jeta à nouveau un œil au schéma que Qaanaaq lui avait envoyé, un graphique complexe qui établissait les responsabilités et les actions supposées de chaque conjuré. Elle compléta les manques et corrigea les approximations, à la lumière de ce qu'elle venait tout juste d'entendre.

Puis elle sut exactement ce qu'elle allait faire pour prendre sa revanche. Sur eux, tous.

52

[IMG_2319 / 30 octobre / Un gigantesque mât de télécommunication, en contre-plongée]

Qaanaaq se sentait grotesque. Comme un œuf à qui on aurait enfilé un préservatif. Et puis il y avait cette laine, filandreuse et rêche, qui irritait le cuir de son crâne à chaque mouvement. Mais Appu l'avait pris au mot et en avait presque fait une condition *sine qua non* : il ne suivrait son *boss* dans cette improbable équipée que si celui-ci couvrait enfin sa tête.

D'autant plus qu'il leur avait fallu renoncer à l'hélicoptère. Aucun engin, même privé, n'acceptait de s'aventurer sur l'inlandsis. Il n'y avait guère que les gros appareils de l'armée danoise pour s'y risquer. En mobiliser un en un délai aussi bref s'était révélé impossible. Cette fois, les contacts haut placés de Brenner n'avaient rien donné. Quant à la patrouille Sirius, un corps d'élite dévolu à la surveillance des immensités vierges du Groenland, elle se trouvait en exercice au même moment à l'autre bout du pays, sur la côte Est.

Ne restait donc plus, pour rallier Camp Century et ses vestiges, que le seul véhicule réellement fiable sous ces latitudes : un attelage.

– Non, mais tu te rends compte de ce que ça représente ? Deux cents kilomètres en traîneau sur la calotte glaciaire ?

Le moins qu'on puisse dire, c'est qu'Apputiku n'avait pas sauté de joie à cette perspective. De longues palabres avaient été nécessaires pour le convaincre. Jusqu'à ce que Qaanaaq touche du doigt le motif véritable de sa frilosité.

– De toute façon, on n'a aucune preuve qu'ils sont là-bas. Imagine un peu qu'on fasse tout ce chemin pour rien !

– Avoue quand même que tout concorde : le repaire éloigné de tout, le carburant, le matériel à disposition...

– Je ne sais pas, soupira Appu.

– Pourquoi ?

– Parce que... parce qu'un *vrai* Inuit n'irait pas là-bas. Depuis des millénaires que notre peuple habite cette île, aucun campement ne s'est jamais installé sur l'inlandsis. Tout le monde vit près de la mer.

– Et pourquoi ?

– Les *qivigtoq*.

Les humains devenus esprits, après leur mort.

– Il y en a trop à cet endroit, enchaîna-t-il. C'est leur domaine. Tout le monde sait qu'il ne faut pas les déranger.

Contre toute attente, Kavajaq n'avait exprimé aucune réserve de cet ordre au moment de prêter ses chiens et son traîneau. Il les avait juste mis en garde sur les difficultés propres à l'inlandsis : la gigantesque croûte de glace, vieille de quarante mille ans et en moyenne épaisse de mille six cents mètres, n'était pas la piste de curling qu'imaginaient les étrangers. Elle n'était ni lisse ni rectiligne. Entre les pics de glace sculptés par les vents, les crevasses et les autres reliefs, aussi mouvants que des vagues, les obstacles y étaient légion. Et avancer d'un kilomètre, sur sa carte ou son GPS, signifiait le plus souvent en accomplir trois sur le terrain, dans des conditions effroyables.

– Au mieux, avait prévenu le chasseur qui s'était invité d'autorité, on fera du dix kilomètres à l'heure. À raison de dix heures par jour – ce qui est vraiment le maximum qu'on peut envisager là-bas –, on avancera de cent vingt kilomètres par jour.

– Si je te comprends bien, calcula rapidement Qaanaaq, on ne devrait pas atteindre Camp Century avant demain soir ?

– C'est ça, oui. Et encore, si on n'a aucun pépin.

Le capitaine préféra ne pas demander en quoi pourraient consister les « pépins ». Mieux valait se concentrer sur l'échéance :

avec un peu de chance, ils achèveraient leur enquête le lendemain soir, à peu de choses près au moment où l'Inatsisartut, le Parlement, voterait ou non en faveur du référendum.

– *Le temps des miracles est court*, cita Qaanaaq de tête.

Sur cette bonne parole, ambivalente à souhait, ils étaient partis avec l'attelage de Kavajaq, celui-ci à la manœuvre, les deux autres pelotonnés à l'intérieur du traîneau. Les trois ou quatre premières heures de course ne furent pas très différentes de ce que Qaanaaq avait déjà connu sur la banquise. Les secousses irrégulières, le vent gelé qui scelle les cils, les cris des bêtes et par intermittence l'odeur des excréments qu'elles libèrent en route, sans jamais s'arrêter, éclaireurs infatigables.

Le relief, lui, était plus accidenté que la bande de glace du littoral. Les chiens peinaient d'ailleurs à gravir certaines pentes, et il fallait alors soulager l'embarcation de leur poids, puis pousser de conserve, à l'unisson des aboiements. Mais dans l'ensemble, ni le vent, ni le froid, ni la nuit bleue ne lui parurent d'une autre nature.

Tout changea cependant lorsqu'ils approchèrent le Thulé Radio Mast, la tour de transmission radio la plus septentrionale au monde. Plantée en bordure d'inlandsis, haute de trois cent soixante mètres, elle apparaissait comme une simple et interminable pointe métallique, juste assez large pour abriter la cabine d'un minuscule ascenseur. À intervalles réguliers, le long de cet horizon vertical, clignotait une loupiote rouge. L'édifice était beau et effrayant à la fois, incongru au milieu d'une telle désolation.

Qaanaaq revit passer devant lui les images du corps ballottant de Taqqiq, suspendu au réverbère de sa cité. Taqqiq, sa petite cousine, née bien après la photo de famille des frères Nemenitsoq.

– Elle est aussi haute que la tour Eiffel, s'exclama Kavajaq avec fierté, pouce levé.

C'était bien là tout le paradoxe de ce peuple : si jalousement attaché à ses valeurs traditionnelles ; et s'emballant comme un gamin au moindre signe de modernité. Le pire, c'était que cette tour avait été édifiée par les Américains à des fins purement militaires. Seuls les GI's l'utilisaient. Les gens du pays n'en bénéficiaient même pas. Par la faute de relais trop espacés, ils payaient à prix d'or pour un réseau mobile aussi lent que capricieux.

– On y est, leur annonça leur guide.

Ils abordaient enfin l'inlandsis. Le plus gros glaçon du monde. De la taille d'un continent. Des millions de mètres cubes de neige compactés en glace au fil des millénaires. Et par-dessus tout : le territoire le moins densément peuplé sur Terre. Pas un village, pas un campement nomade, pas une tente et pour finir pas un seul humain à des centaines de kilomètres à la ronde.

Le vide hostile et absolu.

Ils avaient beau être rompus – au moins certains d'entre eux – aux grands espaces, pas étonnant que les *boys* débarqués de leur Texas ou de leur Nevada soient devenus dingues dans un tel décor.

Et quel décor ! Qaanaaq n'avait rien de ces climatosceptiques qui récusent le réchauffement de la planète. Mais il faut bien admettre qu'à cet endroit du globe dont les médias parlaient tant et où personne ne posait jamais le pied (ou presque), le phénomène global était impossible à imaginer. En cette saison, le froid était si intense, si sec, et les rayons solaires si absents que la couche glacée ne s'humidifiait jamais. Rien ne semblait y atteindre un quelconque état liquide. Tout était figé. En conséquence, et dans un cercle infernal, les précipitations se faisaient rares. Pas le moindre flocon dans l'air ni sous les patins du traîneau. Juste ce gel dur, compact, par endroits aussi tranchant que des armes jaillissant du sol, et surtout omniprésent. Aucun arbre, aucune plante, aucun animal ni aucune vie apparente de quelque forme que ce soit sur ce monolithe blanc. Pénétrer l'inlandsis, c'était entrer dans un infini minéral dont tout organisme avait depuis longtemps été chassé.

Qaanaaq avait du mal à croire qu'Ole s'infligeât régulièrement un tel trajet. Et pourtant…

En prévision de la confrontation, Kavajaq avait insisté pour qu'ils renforcent leur arsenal. Son fusil de chasse ne suffirait pas, avait-il dit. Juste avant de partir, ils étaient donc passés dans l'unique supermarché Pilersuisoq du village où son aîné, Tikile, vendait autrefois son carburant. Le rayon des armes et des munitions y était dix fois plus fourni que celui des fruits et légumes – en tout et pour tout, deux filets de patates germées et autant d'oignons. Le chasseur avait jeté son dévolu sur deux carabines à verrou Browning X-Bolt SF Hunter, précises, légères et surtout peu onéreuses, ainsi que sur une dizaine de boîtes de cartouches calibre 308 Win, idéales pour le gros gibier. Qaanaaq avait apprécié ce souci d'économie, car c'était lui qui régalait.

– Eh ben, mon vieux, s'était écrié le caissier à l'attention de Kavajaq, ça a l'air d'être un bon jour pour s'acheter un *gun*.

Il l'avait prononcé à l'américaine.

– Pourquoi tu dis ça ?

– Ben parce que les Nemenitsoq, ils sont venus en chercher aussi tout à l'heure. En famille, un chacun, dis donc ! Je ne savais même pas que Naja était capable de tenir un fusil.

Au fil des kilomètres, une forme de routine s'établit entre les trois compagnons de voyage. Campé dans son rôle de musher et sur la pointe arrière des patins, Kavajaq dirigeait son attelage. Assis à l'avant, Qaanaaq veillait à la bonne disposition des traits, pour que ceux-ci ne s'emmêlent pas à chaque virement de bord. Quant à Appu, il ne reposait que d'une fesse sur le flanc arrière du traîneau, et sautait d'un bond à la moindre difficulté, prêt à pousser de toutes ses forces, d'un côté ou de l'autre, joignant souvent ses efforts à ceux du pilote.

Le rôle le plus facile lui avait été réservé, Qaanaaq en avait bien conscience. Mais ses deux compères refusaient d'un silence buté ses multiples propositions d'aide. L'issue de leur aventure reposait sur lui. C'était lui le flic de Copenhague, lui le traqueur de meurtriers. Il fallait qu'il conserve des forces et les idées claires ; surtout après ses récentes épreuves.

Car les températures – le GPS avait affiché jusqu'à -50 °C –, associées aux vents et à la nuit, comprimaient leurs têtes dans un étau puissant et invisible. Pour ne pas sombrer dans la torpeur, Qaanaaq se repassait les informations qu'il avait trouvées sur internet au sujet de Camp Century après son échange avec le vieil historien. Ce dernier avait dit vrai : à son apogée, la base américaine était une véritable cité subglaciaire. Une sorte d'Atlantide polaire, dotée de tous les équipements modernes et de toutes les technologies alors les plus avancées. Jusqu'à deux cents soldats américains y avaient vécu, si toutefois on pouvait appeler « vivre » l'existence recluse qui était la leur. Camp Century était une sorte de prison de luxe au bout du bout du monde. Qaanaaq s'étonnait d'ailleurs que le site n'ait pas, une fois déserté par l'armée, été transformé en super QHS pour les plus dangereux criminels de la planète. Avec l'inlandsis tout autour, les évasions auraient été impossibles. Ou toutes vouées à une mort certaine – ce qui revenait au même en termes de dissuasion – comme dans les goulags décrits par Alexandre Soljenitsyne.

Il songeait aussi à ces hectolitres d'essence abandonnés derrière eux par les GI's. À cette époque, le pétrole était abondant et bon marché. Il aurait sans doute coûté plus cher de rapatrier les barils « à la maison » que de les laisser sur place. S'agissant du business d'Ole, Qaanaaq avait lu sur le web que le gazole produit de nos jours ne se conservait pas plus d'une année. La faute aux nombreux additifs incorporés au carburant pour accroître les performances des moteurs et atténuer l'émission de gaz polluants. En revanche, le gazole des années 1960, plus brut, en un sens plus « pur », restait utilisable des décennies après son raffinage. Avec quelques conséquences toutefois sur les carburateurs des motoneiges…

N'en restait pas moins que cette manne, plus providentielle que l'hypothétique pétrole des plateformes offshore, constituait pour les Nemenitsoq une sacrée revanche sur les Yankees qui les avaient spoliés de leurs terres. À leur manière, et plus de soixante années après les faits, Ujjuk et Ole se « remboursaient » du mal infligé aux leurs.

Absorbé par ces sujets et par les chiens qu'ils surveillait d'un œil, Qaanaaq ne se rendit pas tout de suite compte qu'Appu était tombé, là, dans son dos. Une lente rétractation de la tête et du buste, puis cet affaissement au ralenti jusqu'à ce que le petit homme bascule tout entier hors du traîneau.

– *Tassa ! Tassa !* hurla Kavajaq à ses chiens.

L'attelage lancé à toute vitesse s'immobilisa après avoir parcouru encore quelques dizaines de mètres. Le corps recroquevillé d'Appu reposait derrière eux. Inerte. Déjà recouvert d'un mince film de givre déposé par les nappes de brume successives. Qaanaaq se précipita aussi vite que ses jambes engourdies le lui permettaient – surtout la gauche, qui gardait le douloureux souvenir de l'*agloo*.

– Appu ! Appu, réponds-moi !

Il le secouait sans ménagement. Le giflait. Frictionnait l'épaisse parka que l'Inuit s'était pour une fois résolu à endosser. Sans résultat. Kavajaq les rejoignit. Et quand il vit ce dernier défaire sa ceinture, Qaanaaq crut que le musher allait pisser sur le corps inerte de son ami. Mais l'homme fabriqua une boucle, qu'il passa autour des chevilles d'Appu pour lui relever les jambes le plus haut possible. Il tenait la sangle de cuir d'une main ferme. Ainsi, il n'avait pas besoin de se baisser pour effectuer cette manœuvre de secours, économisant ses propres forces.

– Il faut renvoyer du sang à sa tête, expliqua-t-il dans un nuage embué. Le plus possible, le plus vite possible.

– Ça va marcher ?

Imaqa, répondirent les yeux entrouverts et perlés de glace.

Pourtant, après quelques minutes, un sursaut traversa le gisant, si violent qu'il le secoua de la tête aux pieds. Appu ouvrit les yeux d'un coup, redressa son buste dans le même mouvement puis contempla ses compagnons comme s'il les découvrait. Vivant mais égaré. L'inlandsis avait failli le prendre, et l'inlandsis le leur rendait, aussi hagard qu'un nouveau-né.

Qaanaaq tenta de lui parler :

– Appu ? Tu es avec nous ? Tu nous entends ?

Pour toute réponse, l'Inuit se jeta sur lui, les traits défigurés par l'effroi et la haine, éructant un cri terrible.

Un hurlement de bête prête à tuer.

53

– Kris ! Je suis contente de te voir. Je t'en prie, entre !

Rikke se tenait dans l'entrebâillement de la porte, vêtue d'un peignoir en soie aux motifs japonisants. L'ampleur de l'échancrure semblait calculée au millimètre pour ne laisser entrevoir que la naissance du sillon.

Au Politigarden, la patronne était la seule à ne pas vivre dans une maisonnette traditionnelle en préfabriqué de couleur, ou dans l'une de ces luxueuses villas en bois qui donnaient sur la baie. Dans la précipitation de son installation à Nuuk, Rikke Engell s'était choisi un appartement au dernier étage d'une résidence occupée par de riches étrangers de passage. Le genre de meublé hors de prix, ménage et pressing inclus. La plupart de ses voisins ne restaient sur place que quelques semaines : elle n'en connaissait aucun et cet anonymat lui convenait très bien. De même que le confort standardisé de cette sorte de loft dominant le port.

Kris entra sans un mot – visiblement nerveux. À l'autre bout du salon, par la large baie vitrée, une nuit indécise s'était abattue sur les cargos et les grues de déchargement dont le ballet se poursuivait jour et nuit. À peine eut-elle refermé la porte sur lui qu'elle se jeta à son cou et plaqua sa haute stature sur la porte laquée. Kris se dégagea poliment, mais sans laisser de place au doute.

Il fit mine d'apprécier la sophistication et le design de la pièce principale, hochant la tête d'un air approbateur.

– Décidément, tu es un drôle de garçon, lui lança-t-elle, souriante. Tu me cours après pendant des mois. Et quand je te cède… C'est un peu vexant.

– C'est pas ça…, bredouilla l'autre.

– Laisse tomber, c'est pas grave. Et excuse-moi si j'ai été un peu trop directe. Buvons plutôt à notre avenir.

– Notre avenir ?

– Professionnel, bien sûr !

Son plan s'était affiné au cours des deux heures précédentes. Elle supposait que tant que Pavia et lui n'avaient pas fait exploser leur bombe à scandale, Kris continuerait de tenir son rôle d'amoureux transi, tel qu'il le lui servait depuis près d'un an. Un rôle ambigu à souhait où, par instants, elle avait vraiment cru percevoir un désir sincère. Elle était certaine de l'avoir troublé. Certains signes ne trompaient pas. Kris Karlsen aimait-il autant les femmes qu'il goûtait la compagnie des hommes ?

Elle l'avait abordé dans l'*open space*, quelques instants seulement après l'audition de Pedersen.

– Alors, ça a donné quoi ?

– J'ai obtenu des aveux complets. Y compris sur ses diverses complicités. Je te prépare mon PV finalisé dès ce soir.

Elle s'était sentie soulagée. Si elle décodait, cela signifiait que Pavia et lui réservaient leur grande offensive finale pour plus tard, sans doute le lendemain, et qu'il lui restait au moins la soirée pour avancer ses propres pions.

– Bravo. Je m'incline. Je suis moins indispensable que je ne veux bien le croire, lança-t-elle dans une œillade.

– Il aurait balancé la même chose avec toi, tu sais, dit-il, affichant un air modeste.

– En tout cas, je dois dire que je suis assez impressionnée. Un peu surprise, mais impressionnée.

Puis elle passa à l'offensive.

– Et si on fêtait ça ?

– Tu veux organiser un *kaffemik* ?

– Non, non… je pensais à plus personnel. Entre nous. Après tout, nous l'avons bien mérité, tu ne penses pas ?

– OK, si tu veux, dit-il, manifestement embarrassé par cet intérêt soudain.

– Vingt et une heures chez moi ?

Elle souffla ces derniers mots en désignant du menton le parterre d'agents assoupis pour justifier sa discrétion. Puis, pour être certaine qu'il ne se désisterait pas, elle ajouta, plus mordante :

– J'ai pas mal de choses à te raconter, tu sais.

– Hå...

– J'en ai appris de belles sur Enoksen et son petit dir cab.

– Pardon ?

– Ben, Pavia Larsen, c'est un pote à toi, non ? Ne me dis pas que tu n'étais pas au courant ?

– Non, je..., bredouilla-t-il.

L'allusion était gratuite, bien sûr. Mais assez fielleuse pour hameçonner l'orgueil et la jalousie de Kris Karlsen.

Il se tenait donc là, dans le living de sa patronne, sa parka encore sur le dos. Vulnérable. Et, espérait-elle, plus loquace que quelques heures plus tôt. Dans la poche de son peignoir, Rikke avait enclenché la fonction dictaphone de son portable. Mais elle avait été si préoccupée par la perspective de son petit guet-apens qu'elle en avait oublié de le mettre à recharger. Le transfert du fichier audio enregistré depuis sa webcam lui avait coûté quelques pourcentages de plus. Elle priait pour que la batterie tienne le temps nécessaire.

Sur la table basse en verre au look rétro-eighties, elle avait disposé un assortiment de graines et de petits-fours surgelés. Au milieu des assiettes trônait un seau à champagne rempli de glace et d'une bouteille millésimée. Vu le prix de ce genre d'imports dans le pays, elle avait fait les choses en grand.

D'une main engageante, elle l'attira vers le canapé. Sur le mur voisin, un insert dispensait la douce chaleur d'un feu de bois sous l'épaisse paroi de verre.

Kris ne résista pas à l'invitation et vint s'asseoir auprès d'elle. Pas plus quand, lui souriant doucement, elle lui retira son blouson. Pas plus quand elle l'embrassa de nouveau, fugacement, sur les lèvres. Mais comme elle se montrait plus entreprenante, il se dégagea d'un coup.

– C'est fini, Rikke.

– Qu'est-ce qui est fini ?

– Toi. *Tu* es finie. L'audition de Pedersen vous lie, Enoksen et toi, aux meurtres du Primus. De manière irréfutable. Et on a toutes les preuves matérielles voulues pour étayer ses déclarations.

Elle se figea sur place, singeant l'incrédulité.

– Tu peux me raconter les saloperies que tu veux sur Pavia, continua-t-il, ça ne changera rien. Vous avez perdu, tous les deux. Le camp des pétroliers a perdu. Mon PV est déjà parti à Niels Brocks Gade, directement sur le mail personnel de Jacobsen.

Elle avait été bien inspirée d'appeler la Fourmi une heure plus tôt.

Le patron de la Crim l'avait écoutée silencieusement, ainsi que l'extrait de la conversation entre Kris Karlsen et Harry Pedersen. Il l'avait exhortée à la prudence, puis avait exigé un nouveau rapport circonstancié dès le lendemain. Restait à faire parler Kris. À l'amener sur le terrain – qu'elle pressentait mouvant – de ses propres amours. Sa relation à Pavia. Leur stratagème insensé pour sauver le Groenland de ce qu'ils envisageaient comme une catastrophe.

Et, pour l'amener à se livrer, elle ne voyait qu'une solution.

Alors, comme indifférente aux menaces de son invité, elle se leva et défit la ceinture de son peignoir qu'elle laissa glisser sur le sol. Elle était aussi belle que le laissaient deviner ses tailleurs moulants. Les seins pleins et hauts. Les hanches un peu larges, mais si divinement proportionnées à sa taille étroite que l'œil glissait avec délice sur les courbes ainsi dessinées. Un ventre à peine rebondi. Des jambes longues et fermes. Une toison abondante qui parachevait sa féminité triomphante.

Sublime.

Kris ne parvenait plus à détacher ses yeux de ce corps parfait. Elle fit deux pas vers lui.

– Pourquoi faut-il que tu gâches ce qu'il pourrait y avoir de meilleur ?

– Non…

– Bien sûr que si ! Tu aimes les hommes, d'accord, je l'accepte…

Un frisson le parcourut : elle savait donc cela. Quoi d'autre ?

– Mais ose me dire que ce que tu vois là ne te tente pas un peu ?

– Je…

Saisissant une main du jeune homme, elle la plaqua sur sa poitrine, puis sur son sexe.

– Oui, tu aimes Pavia… Mais est-ce que Pavia peut t'offrir ça ? Et ça aussi ?

Elle jouait à quitte ou double. Mais le trouble évident de Kris lui prouva qu'elle ne s'était pas trompée. L'homme éprouvait à cet instant assez de désir pour se laisser tenter.

– Tu vois, lui dit-elle à l'oreille. Moi aussi, je connais tes secrets. Tes parties dans les clubs SM de Copenhague. Tes voyages à Upernavik avec Larsen et Czernov. Ton copinage avec les abrutis du NNK…

Tétanisé, incapable d'arracher cette main qu'elle pressait d'autant plus fort sur son sexe, il ne démentait pas. Il paraissait perdre pied. Comme sonné par ses propres contradictions. Un instant, il fit mine de battre en retraite vers le vestibule. Mais d'une poigne décidée, elle l'attira contre elle, l'embrassant à pleines lèvres, violant la bouche demeurée muette.

– Viens.

Il n'opposait plus aucune résistance quand elle l'entraîna, à travers la chambre voisine, jusqu'à la cabine de sauna. Un luxe inclus dans les prestations de la location. Il ne lui fit pas de remarque sur le fait qu'elle emporte son peignoir à l'intérieur de la cabane de bois blond, contre toute logique.

Là, après avoir poussé la chaleur depuis la commande extérieure, elle referma la double porte vitrée et entreprit de déshabiller son visiteur. Bientôt, il fut aussi nu qu'elle. Comme elle aspergeait le brasier artificiel à grandes louchées d'eau, la vapeur emplit l'étroite cabine. Les degrés montaient presque à vue d'œil. Il se laissa faire comme un enfant. Sa virilité révélée se dressait pourtant, et quand la bouche avide se referma sur lui, il s'abandonna complètement à la situation, les yeux clos, un gémissement léger s'échappant de sa gorge.

Avait-elle cru qu'il succomberait si facilement à ses sens ? Se pensait-elle si forte, agenouillée devant lui dans les volutes brumeuses, tout entière concentrée sur ce plaisir qu'elle sentait sourdre en lui ?

Elle ne vit rien venir.

Ni la brusque pression qu'il imprima à ses épaules et qui la fit basculer en arrière. Ni la fuite soudaine de l'homme que l'instant d'avant elle s'employait à satisfaire. Elle avait eu tout faux. Kris ne s'écroulerait pas pour une fellation bien dispensée.

Sitôt sorti, il attrapa le premier objet rigide et assez fin qui lui tomba sous la main, un solide parapluie de golf, et le passa entre les deux poignées en plastique blanc, condamnant de fait la cabine depuis l'extérieur. Il était probable qu'il eût prémédité son geste avant même de pénétrer dans l'habitacle, sacrifiant ses vêtements restés à l'intérieur. Car, sans un regard pour sa victime, il poussa le variateur à son maximum.

Le premier réflexe de Rikke fut de vider en partie le seau d'eau froide sur la plaque chauffante, pour limiter la hausse brutale de température. Le sauna devenait hammam. La chaleur était légèrement moins suffocante. Puis, nue et désemparée, elle se colla contre la paroi translucide.

– Kris ! l'appela-t-elle comme on reprend un gosse. Kris, ouvre cette porte.

Il lui renvoyait un silence pétrifié, le regard plein de colère, son sexe à nouveau flaccide.

– Tu ne peux pas me laisser comme ça… On va trouver une solution. On va négocier calmement. Tous les deux. J'ai assez d'influence auprès de Jacobsen pour t'éviter le pire.

– M'éviter le pire ? éclata-t-il enfin. C'est toi qui veux m'éviter le pire ? Toi qui étais prête à bazarder mon pays au plus offrant ?

La température ne cessait d'enfler dans le sauna. La peau blanche de Rikke se marbrait à présent de larges plaques rouges. Seconde après seconde, elle cuisait. Elle balança le reste d'eau sur la résistance incandescente.

– Kris, je t'en prie, fais-moi sortir d'ici !

Elle se souvenait encore du baratin de la fille de l'agence immobilière, une Inuite assez jolie, quand elle lui avait vanté les mérites du variateur extérieur : « Comme ça, si vous vous endormez à l'intérieur, votre mari pourra baisser l'intensité sans vous déranger. » Outre qu'il n'y avait pas de M. Engell dans sa vie – Kuupik n'était jamais venu ici –, l'argument était complètement idiot. D'ailleurs, la législation sur les modèles nouvellement installés au Danemark exigeait une double commande – extérieure *et* intérieure. Il faut croire que celui-ci datait un peu. On était à Nuuk, après tout...

– Kris ? l'implora-t-elle, secouant de toutes ses forces les poignées situées de son côté. Kris, s'il te plaît...

À mesure que la température grimpait, désormais intolérable, la buée gagnait la surface vitrée. Sous peu, la silhouette de Kris aurait totalement disparu.

– Putain ! hurla-t-elle. Tu vas m'ouvrir cette putain de porte ! MERDE ! C'est un ordre !

Quand elle comprit qu'il était décidé à la sacrifier, que rien de ce qu'elle pourrait dire n'y changerait rien, elle fouilla fébrilement la poche de son peignoir et en sortit son portable. *1 %*, annonçait la jauge de la batterie en haut à droite de l'écran. Un minuscule pour cent. Elle coupa le dictaphone, espérant gagner quelques précieuses secondes d'autonomie.

Alors, elle lança le fichier audio qu'elle avait piraté quelques heures auparavant. Malgré la cloison, Kris reconnaîtrait sans doute sa propre voix. « Notre choix à nous, les *vrais* Groenlandais, est très clair : nous ne voulons *pas* d'un développement énergétique irresponsable pour notre pays. » Il comprendrait de quel ultime atout elle disposait.

La réaction ne tarda pas. L'enregistrement n'était pas terminé qu'il se ruait déjà sur le parapluie pour déverrouiller la porte. Ce fichier, il le lui fallait à tout prix.

Rougie, affaiblie, titubante, Rikke eut tout juste le temps d'attraper la louche en bois, celle qui traîne dans tous les saunas du monde, et de la glisser à son tour entre les poignées, à l'intérieur, pour obstruer le passage. Certes, elle se condamnait.

Certes, elle prenait le risque de finir sa vie dans cette boîte infernale. Mais il n'aurait pas son portable, c'était hors de question. Il n'aurait pas cet enregistrement.

Kris y croyait encore, s'échinant sur les grosses poignées en arc de cercle, comme un dément.

– *Tøs !* siffla-t-il entre deux râles d'impuissance. Espèce de sale pute !

Mais l'interstice qu'il réussissait à créer, à chaque embardée, entre les deux vantaux vitrés, ne permettait pas d'y glisser plus d'une phalange. La louche tenait bon. Il s'empara alors de tout ce qui lui tombait de plus lourd sous la main : livres, vase, chaise, et même, ironie du sort, un *tupilak made in China* qu'elle s'était offert à son arrivée dans le pays, une jolie statuette de chouette harfang.

À chaque impact, Rikke poussait un cri. Mais tout rebondissait ou se brisait sur le vitrage renforcé. Une citadelle imprenable.

Pour Kris, la partie était perdue. Il ne serait pas le héros chassant du Groenland les charognards et autres mazouteurs. Mais il devait maintenant sauver sa peau. Il empoigna une nouvelle fois le parapluie et le remit dans son logement. Elle voulait crever en martyre ? Soit, elle crèverait.

La suite, bien qu'elle se jouât désormais derrière l'épaisse vapeur, il n'avait aucune peine à la deviner. Assise sur le banc en bois brûlant, à demi asphyxiée, trempée de sueur et étrangement aussi grelottante que si elle s'était trouvée nue sur la banquise, Rikke eut tout juste la force de créer un nouveau message avec le fichier audio. Au moment de choisir le nom du destinataire dans son répertoire, elle hésita une seconde, puis pressa d'un doigt tremblant le seul qui lui avait semblé faire sens, à cet instant : *Qaanaaq Adriensen*.

Si elle avait mis des bâtons dans les roues du Danois, si elle l'avait envoyé paître la glace éternelle du Grand Nord, ce n'était que par fière rivalité. Par jalousie. Elle espérait qu'il le comprendrait ; qu'il lui pardonnerait. Quand Qaanaaq lui avait été envoyé par Jacobsen, elle avait fait ce que n'importe qui aurait fait à sa place : elle avait simplement défendu son pré carré.

Son territoire.

Elle aussi, elle aurait aimé régner en maître sur les affaires criminelles de Copenhague. Pouvoir s'enorgueillir d'être une célébrité, comme sa mère. Et comme son père, l'auteur de romans policiers si populaires. Si elle avait jeté son dévolu sur le Groenland et sur Enoksen, elle l'admettait volontiers aujourd'hui, ce n'était que par dépit. Pour être enfin la souveraine d'un royaume qui n'appartiendrait qu'à elle, loin des cadors de Niels Brocks Gade – bien loin des Adriensen et des Brenner. Ici, au moins, elle avait pu s'imaginer un temps dans le seul rôle qui lui convînt : celui de reine des glaces.

La progression de l'envoi fut lente. À travers ses paupières gonflées et ses larmes, elle surveillait la petite barre verte, espérant la voir bientôt disparaître. Alors seulement, elle le savait, tout serait accompli.

Elle ne percevait plus aucun bruit ni aucun mouvement derrière la porte devenue opaque de sa prison. Kris l'avait-il abandonnée à son sort ? Peut-être prenait-il déjà la fuite. Avec ou sans Pavia Larsen, ce n'était plus son problème.

Lorsque le tout dernier pixel vert s'évanouit dans l'air vaporeux, validant l'expédition du message, l'écran s'assombrit d'un coup. Elle tenta bien de le rallumer plusieurs fois, mais sans succès.

Voilà.

Elle ne joindrait pas les secours.

Personne ne viendrait la sauver. Ni les pompiers ni même ses collègues du Politigarden. Elle mourrait seule dans cette fournaise, cuite à l'étouffée.

La jeune femme de l'agence le lui avait garanti : « Vous verrez, l'insonorisation est parfaite. Vous pourrez chanter de l'opéra comme une diva, si ça vous dit. »

Hurla-t-elle ? Appela-t-elle longtemps à l'aide ?

Aucun voisin ne sut le dire après coup. Ce soir-là, la télé diffusait un derby londonien Chelsea-Arsenal d'anthologie. Et grâce aux cloisons épaisses vantées par le bailleur, ils avaient tous pu pousser le son au maximum, sans crainte de déranger. C'était prévisible, dans un immeuble occupé pour l'essentiel par des hommes d'affaires en transit.

54

[IMG_2327 / 31 octobre / L'étendue sans fin de l'inlandsis, nord-est de Qaanaaq]

Après avoir assommé Appu de plusieurs rasades d'un tord-boyaux qui traînait depuis toujours dans le traîneau, Qaanaaq et Kavajaq s'étaient relayés pour surveiller l'évolution de son état.

Sur le coup, il se l'avouait à présent avec un peu de honte, le capitaine s'était dit que son collègue avait bien caché son jeu depuis le début. Qu'Apputiku Kalakek, *son* Appu, trempait dans le même infâme ragoût complotiste qu'Anuraaqtuq et consorts. C'est Kavajaq, maîtrisant de tout son poids le petit homme pris de rage, qui l'avait détrompé.

– C'est l'amok. La « folie polaire ».

Le nom lui disait vaguement quelque chose. Qaanaaq se souvenait d'un livre portant ce titre dans la bibliothèque paternelle. Le genre de livres interdits dont Knut Adriensen le détournait au profit des Jules Verne ou des Jack London.

– C'est quoi ? Un coup de sang dû au froid ?

– Ce serait plutôt l'inverse : c'est le froid extrême qui empêche l'irrigation du cerveau. Dans la plupart des cas, ça dure quelques minutes. Mais certains peuvent rester « bloqués » comme ça pendant des jours, parfois des semaines.

– Et qu'est-ce qu'on fait d'eux ?

– On n'a pas vraiment le choix : on les enferme. Au besoin, on les attache tant qu'ils n'ont pas recouvré leur calme.

Cette fois, il songea à un reportage sur les méthodes employées dans les hôpitaux psychiatriques danois jusque dans les années 1980. Tous ces égarés « soignés » à grand renfort de camisoles et d'électrochocs.

– Je ne sais pas si c'est vrai, mais on raconte qu'il y a longtemps, un chasseur revenu chez lui avec l'amok aurait mangé sa femme et ses trois enfants au lieu des phoques qu'il avait rapportés. Quand on l'a arrêté, il a juste dit qu'il s'était « trompé ».

– Ça n'a pourtant pas le même goût, plaisanta sans succès Qaanaaq.

Recroquevillé au fond du véhicule bringuebalant, Appu paraissait revenir lentement à la raison. Dans son regard, vide et fixe, ne se lisait plus qu'une extrême lassitude, comme si la crise avait pompé son restant d'énergie vitale. « *Qasinvunga... Qasinvunga...* », grommelait-il en boucle, sa grosse tête ronde dodelinant comme une boule de bilboquet qui hésite à entrer sur son axe.

– Il dit qu'il est très fatigué, traduisit leur guide.

Au cours des heures suivantes, ils ne firent halte que pour reposer et restaurer les chiens. Ces derniers se disputaient les abats de phoque qu'ils avaient emportés dans de grands sacs-poubelle comme si leur vie en dépendait – objectivement, c'était le cas. Eux-mêmes ne s'octroyaient qu'un biscuit ou deux, et quelques gorgées de *paarnaq* froid, cette tisane à la camarine noire que Qaanaaq avait goûtée au village.

Le chasseur et le flic danois s'étaient entendus pour ne pas dormir. Tant qu'ils tenaient le coup tous les deux, ils préféraient poursuivre leur course acharnée. L'avantage de cette nuit constante, c'était qu'elle gommait toute notion de temps. Sauf à regarder sa montre toutes les deux minutes – Qaanaaq n'en portait jamais –, il était impossible d'évaluer l'heure et les distances avalées. Un œil braqué sur son GPS fixé à la poignée gauche du traîneau, le musher s'en remettait seulement à ce petit point bleu qui clignotait sur l'écran uniformément blanc : eux.

Parmi les innombrables consignes données par Kavajaq, Qaanaaq avait bien retenu celle qui concernait son portable. Par de telles températures, éteindre l'engin était le seul moyen de sauvegarder un semblant de batterie. Et même ainsi, il était probable qu'elle ne tienne pas jusqu'à leur destination. De toute façon, les relais étaient si distants que seuls les téléphones satellitaires fonctionnaient dans cet univers vierge de toute technologie.

– Ça alors…

Au moment de rallumer son appareil, juste quelques secondes, il s'étonna d'obtenir un bâton sur la jauge de connexion. Un message provenant de Rikke Engell s'afficha sur l'écran d'accueil. Il pressa l'icône avec impatience, puis déchanta. Le débit était si pauvre que la pièce jointe n'avait aucune chance de se charger. En outre, le SMS ne comportait aucun commentaire. Ça sentait le texto envoyé dans l'urgence. La directrice de la police groenlandaise ne serait jamais son amie, voilà qui était établi ; mais il espérait malgré tout qu'elle n'avait pris aucun risque inutile. De toute façon, à cette heure-ci – quelle que fût cette heure – elle avait dû briefer la Fourmi à propos de leurs découvertes conjointes.

À Copenhague, la machine judiciaire devait déjà être en marche.

Ses tentatives pour appeler Rikke puis Arne Jacobsen échouèrent l'une après l'autre. Mais il parvint à échanger avec ce dernier, *via* quelques SMS qui se frayèrent une voie à travers la brume et les vents fous.

Vous avez reçu le fichier de l'audition de Pedersen par Kris Karlsen ?

Non. Engell m'a juste fait écouter un extrait au téléphone. Et vous ?

Non plus. Elle m'a juste dit qu'elle avait trouvé un moyen de les écouter à leur insu. Je pense qu'elle vient d'essayer de me le transmettre, mais là où je suis, ça ne passe pas.

Où êtes-vous ?

Loin.

`Loin comment ?`

`Deux cents kilomètres à l'intérieur de l'inlandsis.`

`Qu'est-ce que vous foutez là-bas ?`

`Mon boulot.`

`Faites gaffe à vous, Qaanaaq.`

C'était bien la première fois que la Fourmi exprimait envers lui la moindre compassion.

Quelques heures plus tard, ils se trouvèrent de nouveau dans une poche de connexion aussi limitée qu'éphémère. Cette fois, il put parler directement à Søren. Le policier scientifique, dans un dialogue haché et poncé par la violence des vents polaires, eut juste le temps de lui apprendre que Rikke n'avait pas reparu au Politigarden de Nuuk depuis la veille au soir. Kris non plus, d'ailleurs. Pedersen avait dormi en cellule, et lui, Søren, restait le seul officier encore présent sur place. Il ne savait plus quoi faire. Devait-il relâcher le prévenu ?

– Garde-le ! hurla Qaanaaq contre le hululement de la tourmente. Tu m'entends, Søren ? Surtout, garde-le au poste !

Mais le réseau avait déjà rendu son âme aux *qivitoq* qui déchaînaient leur colère tout autour d'eux. Qaanaaq fut pris d'un frisson intérieur, qu'il ne devait pas qu'au froid : une nuit complète était passée et il ne s'en était même pas rendu compte, luttant minute après minute contre le monstre glacé.

Depuis un moment, leur progression était plus lente. Aucun d'entre eux n'osait se l'avouer, mais il était évident que leurs forces déclinaient. Appu n'était sorti ni de sa léthargie ni de son mutisme, et Qaanaaq entrevit l'instant où Kavajaq et lui le rejoindraient dans cette lente glissade vers la fin.

– C'est ici..., souffla le chasseur à bout de forces.

Ici qu'on s'arrête ? Ici qu'on meurt ?

– D'après mon GPS, reprit-il, on est pile sur le site de Camp Century.

Tout autour d'eux, aucune construction ni aucune trace d'un quelconque passage de l'homme aux alentours. C'est à peine si les hummocks étaient plus élevés, sur cette portion de calotte, que les centaines qu'ils avaient croisés en chemin. Qaanaaq repensa aux grands cercles noirs et réguliers de la station DYE-2, tels qu'il les avait observés du ciel. Il se dit que de telles structures n'avaient pu disparaître totalement sous les couches de glace et de givre, surtout dans le contexte actuel de fonte généralisée. En dépit des apparences, il avait lu de source sûre que l'inlandsis perdait chaque année plusieurs mètres en épaisseur. Des bâtiments « en dur » devraient se révéler progressivement plutôt que d'être ensevelis.

Un bref dialogue muet s'engagea entre leurs regards désemparés :

« Qu'est-ce qu'on fait, alors ? » plissa des yeux Qaanaaq.

« Je ne sais pas... »

« On ne va pas rebrousser chemin, quand même ? »

« Attends... je réfléchis. »

Les yeux bleus du chien de tête se mêlèrent à la conversation.

« Nous, je vous le dis tout de suite, on n'ira pas plus loin. »

« Vous irez où on vous dira », cilla Kavajaq.

« J'aimerais bien voir ça, tiens ! »

Puis l'animal se statufia. Il dressa ses oreilles dans une direction tout aussi nue et désolée que les autres.

– Tu entends ça ? dit Kavajaq.

– Non.

Parlait-il du vent qui essorait leurs tympans comme de vieux linges ? Des aboiements déchirants de la meute ? Ou peut-être de ce martèlement qui cognait à leurs oreilles à chaque nouvel afflux de sang ?

– Il y a d'autres chiens, s'écria-t-il.

– Hein ?

– J'en suis sûr, il y a un autre attelage dans les parages. Regarde nos chiens !

Tous ou presque s'étaient figés, à l'image de leur chef, frémissant d'une peur qu'ils ne savaient pas encore nommer.

Le chasseur empoigna son Browning et se rua en direction du bruit qu'il était pour l'instant le seul humain à percevoir. Qaanaaq regarda Appu, hésitant à le laisser ainsi.

« C'est bon, vas-y, ça va aller », clignèrent les yeux de son ami.

Qaanaaq attrapa son arme à son tour et se jeta à la suite du chasseur. Il le retrouva à trois cents ou quatre cents mètres, derrière un gros rebond du relief, sorte de concrétion de plusieurs hummocks assemblés par les rafales.

CR7 !

Qaanaaq reconnut immédiatement le chien au milieu des autres. Aussi flegmatique qu'à l'accoutumée. Dès qu'il fut sur la bête, il l'enlaça avec ferveur. Le chien lui rendit sa joie à grands coups de langue.

Tout l'attelage d'Ujjuk était là, au grand complet. Les deux chiens qui avaient été blessés par l'ours sur la banquise, et qu'Appu avait été contraint d'abattre, avaient cédé leur place à deux autres groenlandais, visiblement encore très jeunes et agités. Aucune trace en revanche du second attelage, ni de la motoneige d'Ole. Peut-être avaient-ils été contraints de les abandonner en route.

Le traîneau était vide de tout matériel ou bagage. Mais, glissant un gant sur les flancs et les poignées, Kavajaq fit remarquer qu'aucune croûte de glace ni aucune stalactite ne couvrait l'engin. Conclusion :

– Ils ne sont pas là depuis longtemps…

Où les trois criminels avaient-ils pu se volatiliser, au milieu de ce désert ?

Accroupi face au chien, Qaanaaq le saisit par la tête et, ses yeux plongés dans les deux iris azurés, il lui demanda :

– Alors mon vieux… On ne se quitte plus tous les deux ?

CR7 jappa une approbation muette.

– Dis-moi un peu : il est où, ton maître ?

Le chien parut en proie à un débat intérieur, puis il s'élança d'un bond en direction d'un plateau qui dominait le reste de la calotte d'une hauteur d'homme. Quand le limier s'arrêta enfin, Qaanaaq en était presque sûr, une silhouette s'était dissoute dans le monticule de glace. L'ombre d'un humain en tenue de chasse traditionnelle. Évaporée en une fraction de seconde.

CR7 tournait sur lui-même, surexcité.

– *Pis !* C'est pas possible ! jura le flic. Il était là ! Juste devant nous !

Alors il se mit à gratter la surface gelée à tour de bras. Désespéré. Et bientôt, elle apparut : une porte métallique, rectangulaire, de toute évidence très lourde et partiellement mangée par la rouille. Une véritable croûte de glace la recouvrait, ce qui expliquait sa disparition dans le paysage.

Qaanaaq tira de toutes ses forces sur le bord de la porte entrouverte, dévoilant un puits sombre et abyssal desservi par une échelle. Du gouffre surgissaient les points lumineux de veilleuses qui le balisaient.

– C'est dingue… Après tout ce temps, il y a encore du jus ?

Le réacteur nucléaire implanté par l'US Army dispensait toujours son énergie. Mais le plus déconcertant, c'était que l'homme qui venait d'entrer là était invisible. Une fois encore, il s'était volatilisé.

À quelques pas d'eux, le chef de meute reculait, oreilles couchées et regard bas. CR7 n'envisageait pas de les accompagner dans cet enfer. Il avait peur.

Qaanaaq s'engagea le premier. Après une quinzaine de mètres à maudire sa jambe gauche qui ankylosait sa descente, il comprit par quel miracle l'individu avait disparu. Un couloir circulaire partait à l'horizontale, perpendiculaire à la première cavité.

– Ici ! murmura-t-il à l'intention de Kavajaq.

Quand son compagnon l'eut rejoint, ils empruntèrent le boyau sombre et puant. Qaanaaq reconnut l'odeur qui empestait l'atmosphère, un parfum d'hydrocarbure vieilli par le temps.

Cette scène, O.A. Dreyer ne l'eût pas reniée. Voilà qu'ils se trouvaient plongés dans l'une de ses lectures d'enfance, à sonder les entrailles de la Terre. Mais, dans la réalité de l'inlandsis, ils le savaient bien, aucun volcan ne les sauverait en les recrachant à la surface. La fiction restait la fiction ; Jules Verne resterait Jules Verne.

Après une cinquantaine de mètres, le corridor déboucha sur une sorte de carrefour en étoile d'où partaient plusieurs couloirs de gabarit supérieur. Dans ses recherches, Qaanaaq avait lu que Camp Century comprenait vingt et une galeries principales, reliées par des dizaines de kilomètres d'axes de circulation secondaires, comparables à ceux-ci.

Il devait être si facile de s'y perdre…

– Couche-toi ! intima soudain le musher.

Son cri sembla presque simultané au coup de feu. D'instinct, ils s'allongèrent dans l'eau sale et les traces d'huile d'une autre époque. Kavajaq riposta le premier, visant tour à tour la gueule noire de chacun des passages. Chaque tir, assourdissant, rebondissait sur les parois comme un tonnerre sans fin. Au quatrième couloir, deux déflagrations successives lui répondirent, accompagnées d'autant d'éclairs lumineux. Le fuyard était là, à quelques foulées seulement.

Tandis que Kavajaq rechargeait son Browning, Qaanaaq fit feu à son tour. Il n'était pas habitué aux armes de chasse. Le recul était puissant. La sensation… presque exaltante.

Déjà il pouvait entendre les pas de leur cible s'échappant à toutes jambes. Alors, sans avoir à se concerter, ils se mirent à décharger leurs munitions au même moment. Dans la même direction. L'écho des détonations était si fort que Qaanaaq douta de ce qu'il avait cru entendre : un homme avait-il crié ?

Un calme poisseux s'abattit sur le complexe souterrain. Une fois de plus, les deux poursuivants se consultèrent du regard. Ils décidèrent de suivre la piste d'où provenaient les tirs ennemis. Ils avançaient courbés. Sur la pointe des pieds. Retenant leur souffle. Après plusieurs virages, une lumière vaguement plus forte que celle des loupiotes rouges les accueillit. Quand ils parvinrent à accommoder leur regard, ils découvrirent sous l'éclairage de secours ce qui s'apparentait à un gigantesque poste de commandement. Des dizaines de bureaux rouillés avaient renoncé à tout alignement. Le sol était jonché de dossiers et de documents abandonnés. À l'autre bout de la pièce, un tableau de bord comparable à celui d'une centrale nucléaire s'étendait sur plusieurs dizaines de mètres, juste devant une immense baie vitrée. Ne manquait qu'un Nemo des glaces en grand uniforme pour piloter le vaisseau pétrifié.

Avançant avec prudence jusqu'à la console, ils purent bientôt apprécier la vue qu'offrait cet étrange cockpit : la salle dans son ensemble surplombait un immense hangar, lequel était plongé dans une obscurité presque totale.

– C'est l'une des galeries, dit Qaanaaq en sourdine à son acolyte.

– C'est immense.

– Imagines-en vingt autres pareilles. Et encore, Camp Century n'était que le premier « bungalow » d'un ensemble qui, à terme, aurait dû faire trente fois ça !

La lumière les aveugla d'un coup. Comme en plein jour. Tout le hangar s'était illuminé. Des centaines de néons grésillant d'une lueur blanchâtre.

– Tu as touché à quelque chose ?

– Non ! se défendit Kavajaq.

La reprise des hostilités ne se fit pas attendre. Plusieurs impacts vinrent presque aussitôt moucheter le vitrage. Cette fois, il y avait plusieurs tireurs, réfugiés en contrebas. Le bruit des détonations donnait le sentiment que toute la galerie allait s'effondrer sur eux.

Lorsqu'il s'accroupit derrière l'épais tableau de commande, Qaanaaq effleura au passage une substance chaude, et collante.

Il n'avait pas besoin d'éclairage : c'était du sang. Le sang de l'un des trois fugitifs.

55

[IMG_2352 / 31 octobre / Vue générale du hangar numéro 1 de Camp Century]

La mitraille ne faiblissait pas. Certains pans de la baie vitrée s'étoilaient de manière inquiétante. Sous peu, elle volerait en éclats, comme celle des Archives nationales s'était volatilisée quelques jours plus tôt sous les coups des manifestants. Mais cette fois, Qaanaaq le savait, rien ne permettrait de dissuader les agresseurs. Cette fois, on ne parlait plus d'intimidation, mais d'un combat à mort. À l'exercice comme dans les conditions réelles, il n'avait jamais ressenti que de l'effroi et de l'incompréhension face à ces petits jeux de guerre. Contrairement à son ami Brenner, il ne prenait aucun plaisir dans le danger. Il vivait juste avec. Et cherchait à chaque fois le moyen de s'en extraire au plus vite.

Toujours tapi sous la console, il désigna d'un geste à son compagnon une petite porte latérale, entrouverte sur ce qui ressemblait à un escalier en colimaçon. « Couvre-moi », lui demanda-t-il. Kavajaq hocha la tête. Rampant jusqu'à l'issue, le capitaine descendit les marches métalliques sur la pointe des pieds. La structure grinçait un peu, mais les déflagrations répétées couvraient largement ce bruit. Pourtant, lorsqu'il parvint en bas, tapi derrière la porte d'accès à la galerie, les coups de feu cessèrent brusquement.

L'avait-on repéré ?

Un silence de cathédrale tomba sur l'immense salle voûtée. On aurait pu stocker un zeppelin dans un hangar pareil. Il était impossible d'imaginer l'ampleur titanesque des travaux qui avaient été nécessaires pour creuser de telles cavités dans un sol aussi dur que du béton. Ramassant un gros boulon, il le jeta le plus loin possible à travers l'entrebâillement. C'était le signal destiné à Kavajaq, convenu l'instant d'avant en quelques gestes silencieux. L'Inuit se mit à tirer comme un dingue, abattant une première section du vitrage. Le canardage en règle reprit dans le camp adverse. Bizarre de penser la chose en ces termes, car après tout, il s'agissait de sa famille. Mais il musela bien vite ses regrets et fonça à travers les alignements de turbines gigantesques, bondissant au-dessus des débris divers. Il réalisa alors qu'il se trouvait dans une sorte de salle des machines. Peut-être une chaufferie générale pour l'ensemble du camp. Il courait, au jugé, vers l'endroit où devaient se tenir leurs assaillants, quand une balle vint ricocher sur une énorme pale en acier rouillé, à un mètre ou deux de sa tête.

– Arrête-toi ! cria-t-il.

Au bout de l'allée qui sinuait devant lui, une silhouette avait surgi, avant de disparaître aussitôt derrière l'un des ogres mécaniques. Il tira à son tour et dans le tas, un peu n'importe comment, pour montrer qu'il n'était pas qu'un pigeon de foire. Mais comme il passait dans la travée contiguë, l'ombre mouvante réapparut juste assez de temps pour qu'il puisse l'ajuster. Cela relevait plus du ball-trap que de l'exercice en stand, mais il bloqua son souffle comme on le lui avait appris quinze ans plus tôt, et pressa la détente.

L'individu s'écroula d'un coup, sans plus bouger. Brenner aurait dit qu'il venait de perdre son pucelage ; c'était son premier carton sur un être humain. Mais il n'avait pas vraiment la tête à célébrer ce genre de première. Jusqu'alors, et malgré les railleries de ses collègues, il s'était plutôt félicité d'avoir conservé sa virginité.

Avant même qu'il ne réagisse, un autre homme avait jailli d'entre les alternateurs géants et se penchait déjà sur le corps inerte. Qaanaaq reconnut l'ensemble en peau de phoque qu'il avait vu s'engouffrer dans le puits. Et aussi la sempiternelle casquette Royal Greenland. Cet homme qui secouait la dépouille

– une fleur écarlate grossissait à vue d'œil sur la parka vert d'eau –, c'était Ujjuk. Et la victime n'était autre que...

– Naja ?! Naja, *oqarluarit nalinginna*[1] *!* implorait le vieil homme.

Il avait posé sa carabine sur le sol. Au propre comme au figuré, il rendait les armes. Sans se soucier des coups de feu qui continuaient à éclater non loin de là. Ni de Qaanaaq qui le tenait désormais en joue.

Des larmes d'enfants se mirent à couler sur le visage tanné de l'Inuit.

– *Piutserpoq*[2]...

Agenouillé, il la berçait comme on berce un gamin malade. Il psalmodiait plus qu'il ne lui parlait. Qaanaaq ne comprenait rien à cette mélopée, mais il devinait l'intention : un adieu, probablement, et aussi la demande d'un pardon qui ne viendrait plus.

– *Ileratsagpunga*[3]...

Ujjuk n'était plus un combattant prêt à défendre à tout prix sa peau. Il n'était plus ni le flic, ni le postier, ni l'entraîneur, encore moins l'*isumataq* de sa petite communauté en voie d'extinction. Il était un homme qui pleure celle qu'il aime.

– Ujjuk, intervint enfin Qaanaaq. Éloigne-toi de ton fusil, s'il te plaît.

Mais le vieux chasseur ne paraissait plus l'entendre, aspiré par son chagrin comme on tombe dans une transe.

La balle qui piqua soudain le sol de béton brut surprit tellement Qaanaaq qu'il faillit en tomber à la renverse.

Ole ! Il en avait presque oublié le troisième tireur.

Revêtu de sa pelisse d'ours, celui-ci s'était juché sur un gros réservoir cylindrique au bout d'une allée voisine, perché à quatre ou cinq mètres au-dessus d'eux. Il était décidément un tireur médiocre, car à cette distance et avec cet angle plongeant, il n'aurait jamais dû manquer sa cible.

1. Dis quelque chose, n'importe quoi !
2. Je t'en prie.
3. Je suis tellement désolé.

À moins que le coup ne fût qu'un coup de semonce… À moins que, comme il avait différé l'agonie de Qaanaaq sur la banquise, il ne voulût pas l'achever tout de suite. Mais déjà Ole épaulait à nouveau. L'œil noir du canon fixait sa proie. Ce coup-ci, il paraissait disposé à en finir. À clore une fois pour toutes l'enquête qui avait conduit un certain Qaanaaq Adriensen à Qaanaaq-ville.

Le temps que celui-ci réagisse, le temps qu'il pivote et dégaine à son tour, la détonation avait retenti. Elle ricocha quelques instants puis se dissipa dans les cintres de l'édifice. Le bruit avait été si fracassant, au milieu de ce silence recueilli, qu'il fit sortir Ujjuk de son hébétude. Livide. Trempé de larmes. Une grosse éraflure sanglante à l'épaule.

Il contempla la silhouette qui s'effondrait au ralenti d'un œil incrédule. Il ne cria même pas, cette fois-ci. Il regardait juste son vieux monde s'écrouler, et son fils avec.

– Parfois, je me demande vraiment comment tu survivrais dans ce pays sans moi…

La voix assourdie provenait du bout de la galerie, du côté du poste de contrôle.

– Appu ?! s'écria Qaanaaq.

Non seulement l'Inuit les avait retrouvés dans le complexe, mais il avait abandonné Kavajaq à son rôle de sentinelle et s'était élancé à son tour dans le chaos qui avait gagné le hangar. Posté à quelques mètres dans le dos d'Ole, au pied du réservoir, il l'avait abattu juste à temps.

Sans états d'âme.

Encore chancelant, Appu ne tarda pas à rejoindre son *boss*, pour la deuxième fois son débiteur. Sans un mot, il se saisit du fusil d'Ujjuk, cassa le canon et en sortit les cartouches. « Je ne fais que mon boulot de putain de bon flic », semblaient dire ses petits sourires en coin.

Après un moment d'hébétude, Qaanaaq s'agenouilla aux côtés de son oncle, qui s'était laissé tomber sur le côté. Le meurtrier de ses parents. En un geste presque tendre, il le saisit par son épaule indemne – étape numéro deux de la méthode Qaanaaq, mais songeait-il encore à ça ? – et le questionna doucement.

– Dis-moi : on n'attend plus personne ?

Ujjuk releva la tête et infirma d'un clignement accablé. Si abattu qu'il ne semblait même pas souffrir de sa propre blessure.

– Anuraaqtuq… Il devait vous rejoindre ici, n'est-ce pas ? C'était bien ça, la fin du plan ?

– Oui, souffla le vieil homme qui abandonnait toute résistance. Mais on n'a plus de nouvelles de lui depuis avant-hier. Nupaki et lui devaient se rejoindre un peu plus au nord, et prendre un bateau ensemble à Sisimiut.

– Jusqu'où ?

– *A priori*, jusqu'à Upernavik. On a un ami là-bas qui devait leur fournir l'attelage et tout ce qu'il faut pour affronter l'inlandsis.

Manifestement, cette partie du programme avait échoué. Anuraaqtuq avait été aperçu pour la dernière fois aux commandes de sa motoneige, à la hauteur d'Ummannaq, soit quelque trois cents kilomètres plus haut que son point d'embarquement supposé.

Ujjuk le savait-il ?

– Peut-être qu'il est mort, lui aussi, reprit le vieil homme. Ou peut-être qu'il s'est planqué sur le chemin. Ce ne sont pas les maisons abandonnées qui manquent, dans nos villages.

Comme Ujjuk était secoué d'un nouveau et long sanglot, Qaanaaq songea qu'il faudrait en effet fouiller toutes les petites localités le long du littoral, plus ou moins à mi-chemin entre Nuuk et Upernavik. Si les policiers locaux se montraient aussi coopératifs que leur collègue du Grand Nord, cela pourrait prendre des semaines, voire des mois… Peut-être même qu'on ne retrouverait jamais Anuraaqtuq Nemenitsoq. Vivre sur une île quasi désertique et aux neuf dixièmes inhabitable avait ses petits avantages : celui qui voulait réellement disparaître aux yeux du monde y parvenait toujours.

Qaanaaq resserra son étreinte autour de son oncle. Ils restèrent ainsi un long moment, sans parler, sans même se regarder. Il songea que, à l'exclusion de ses baisers furtifs volés à Taqqiq et à Massaq, c'était la première fois qu'il tenait l'un des siens dans ses bras. Et il avait fallu que celui-ci fût un criminel. Celui qui avait tué ses parents. Quelle ironie… On ne choisit sans doute pas sa famille. Mais, quand on est flic, on ne choisit pas non plus ses coupables.

La blessure d'Ujjuk était superficielle, mais le vieil homme semblait épuisé. Il avait fermé les yeux. Manifestement, il déclinait. Tiendrait-il jusqu'aux secours ? Ou s'éteindrait-il comme tous ces vieillards, aussitôt leur mari ou leur femme disparus ?

Lorsqu'il jugea le moment venu, Qaanaaq reprit ses questions, délicatement. Malgré le gigantisme du lieu, une bulle intime s'était formée autour d'eux. Il n'employait pas le ton d'un interrogatoire, plutôt celui d'une discussion au coin du feu. L'un de ces échanges qu'ils auraient pu avoir tous les deux, il y a des années. Si seulement...

– Anuraaqtuq, c'est lui qui a établi le contact entre Czernov et Kris Karlsen ?

Qaanaaq s'en voulait un peu d'aborder d'emblée les sujets qui fâchent. Mais qui savait combien de temps il lui restait ? Et puis, d'expérience, plus les aveux étaient précoces, moins le suspect avait tendance à se rétracter après coup. La batterie de son portable était bel et bien morte, cette fois. Tant pis, il se conterait d'écouter.

– C'est lui, oui, soupira l'homme recroquevillé, une main rougie arrimée à celle de Naja.

– Ça fonctionnait comment, entre eux ?

– Karlsen leur donnait les infos sur ton enquête, *via* Czernov. Comme ça, ils avaient toujours un temps d'avance sur vous. Il le prévenait aussi de vos descentes dans la cité d'Anuraaqtuq.

C'est ainsi que le chefaillon du NNK avait eu le temps de faire disparaître tous les éléments matériels l'incriminant directement : la mâchoire et le déguisement d'ours ; les portables utilisés pour communiquer avec ses complices ; et bien sûr, les combinaisons anti-ADN volées par Kris dans le stock personnel de Rikke Engell.

Kris, Kris, Kris... Le prénom tournait en boucle dans sa tête.

Kris si beau qu'on lui aurait tout passé, Kris si prévenant, Kris toujours si prompt à l'aider.

Mais Kris qui le premier les avait aiguillés sur la fausse piste d'un ours dressé ; puis qui s'était ingénié à compromettre Rikke Engell, sa propre cheffe.

Kris le célibataire qui, chaque soir ou presque, était le dernier à quitter le Politigarden, ayant ainsi toute latitude pour fouiller dans les dossiers et les tiroirs de ses collègues.

Kris qui avait distillé ses conclusions au compte-gouttes – par exemple cette trouvaille concernant la langue lavée des victimes, ou ces photos de traces de pas qu'il ne lui avait remises qu'après coup –, reculant toujours pour Qaanaaq le moment de parvenir à une vraie synthèse.

Kris qui n'avait assommé Czernov que pour mieux brouiller les pistes de leur collusion.

Kris qui s'était débrouillé pour faire disparaître toute trace du PV d'audition de Czernov, faisant converger de fait les soupçons sur Rikke.

Kris qui n'avait pas hésité à sacrifier son complice russe, en révélant ses manigances boursières.

Kris, surtout, qui n'avait sans doute réalisé ce numéro de séducteur éconduit auprès de Rikke que pour mieux dissimuler son attachement véritable : Pavia Larsen.

Kris, enfin, qui s'était éclipsé depuis la veille au soir. Se terrerait-il lui aussi dans un bled quelconque des années durant, apprenant à vivre de la pêche et de la chasse au phoque ?

Qaanaaq en doutait.

Il revint au vieil homme et à sa famille. Ujjuk lui inspirait presque de la peine, à présent. L'Inuit avait sacrifié tout ce qui comptait le plus pour lui – son frère, ses fils, son âme même, et tout cela en vain. Un beau jour, soit son village disparaîtrait de la carte, soit les exploitations pétrolières le défigureraient. Et tous les Ujjuk de la Terre n'y pourraient rien.

À grand-peine, Qaanaaq installa l'homme sans force à ses côtés. Ils étaient assis comme deux Inuits à la veillée. De sa parka, le flic sortit la flasque trouvée dans le traîneau de Kavajak. Il avala une gorgée de cette eau-de-vie indéfinissable, brûlante et râpeuse, avant d'en offrir une rasade à son oncle.

À présent, Ujjuk contemplait les corps sans vie de sa femme et de son fils, résigné. Plus rien ne l'empêcherait de parler, puisqu'il n'avait plus personne à protéger. Qaanaaq s'engouffra dans la brèche.

– C'est vous qui avez pris tous les risques pour eux. C'est vous qui avez mis vos mains dans le sang…

– Anuraaqtuq… Anuraaqtuq est un chien fou. Un vrai *akhlut*…

– Un esprit de loup malfaisant, traduisit Appu.

– Ça ne justifie pas tous ces meurtres, dit Qaanaaq.

– Il a toujours voulu me prouver qu'il était à la hauteur. Qu'il n'abandonnait pas le combat pour notre peuple. Il voulait me montrer qu'il pourrait accomplir de plus grandes choses encore que ce nous avions fait avec le NNK il y a quarante ans.

– En virant les pétroliers hors du Groenland ?

– Oui. Et Karlsen et Larsen se sont présentés pour nous aider.

Tous partageaient le même objectif : éradiquer l'exploitation pétrolière intensive du Groenland. Empêcher que celui-ci ne devienne un nouvel « émirat sur glace ». Et dans le même temps, éliminer tous les politiciens véreux qui voulaient en profiter pour servir leur petite carrière, leurs intérêts personnels, Enoksen en tête.

– Comment ont-ils fait pour prendre contact avec vous ?

Il connaissait déjà une bonne part de ce récit, mais il voulait l'entendre de la bouche de son oncle. Il voulait l'histoire complète.

– Tout est parti de cette pourriture de Czernov. Engell a classé son histoire de passage à tabac – j'ignore pourquoi –, ensuite Karlsen l'a approché. Je ne sais pas exactement ce qu'il lui a dit, mais il l'a mené en bateau. Il lui a fait miroiter un job encore mieux payé, dès que l'exploitation de Green Oil se serait cassé la gueule… Mais ce n'était pas vraiment Czernov qui intéressait Karlsen, c'était surtout son réseau au campement de Green Oil. Il savait que le Russe fréquentait… des « filles ». Et que, parmi ces filles, il y avait la mienne, la sœur d'Anuraaqtuq. Karlsen et Larsen ne voulaient surtout pas avoir de contacts directs avec le NNK.

– Tu savais que Taqqiq « fréquentait » des hommes étrangers ?

– Non, admit-il, la voix éteinte. Pas avant toute cette histoire. Sinon, je serais intervenu. Anuraaqtuq était censé veiller sur sa sœur. Mais avec lui, tout va toujours de travers.

– Donc, si je comprends bien, Pavia Larsen donnait les ordres, Kris Karlsen fournissait les infos et la logistique, Czernov transmettait les ordres… et tes deux enfants à Nuuk exécutaient ?

De ce point de vue, la mécanique criminelle imaginée par Kris était imparable : commanditaires, donneurs d'ordres et exécutants évoluaient sur trois strates différentes, sans relations entre les deux extrémités du millefeuille.

Sauf cette unique fois, à l'aéroport d'Upernavik.

Le vieux approuva de la tête.

– Et Anuraaqtuq, ça ne l'a pas dérangé que l'intermédiaire soit justement un chef d'exploitation pétrolière ?

– Si ça n'avait tenu qu'à lui, il aurait buté Czernov. Mais le Russe le tenait.

– Comment ça ?

– Par le fric. Juste le fric.

Via Czernov, supposa Qaanaaq, Pavia Larsen arrosait le frère et la sœur Nemenitsoq. Se débarrasser du Ruskoff, c'était pour eux dire au revoir à l'argent.

Il restait bien quelques trous, quelques incohérences, quelques détails que Qaanaaq ne s'expliquait toujours pas. Mais, dans l'ensemble, le tableau devenait cohérent.

– Et vous, Ole et toi, comment êtes-vous entrés dans la danse ?

– Au début, juste à cause de cette histoire d'ours. C'était Anuraaqtuq qui avait eu l'idée : tuer des types comme si *Nanook* en personne les punissait. Il avait vu un reportage, à la télé, sur ces gars qui fabriquent des animaux mécaniques.

Massot et ses amis nantais, se dit Qaanaaq. L'ingénieur français aurait été ravi de savoir que ses créations avaient inspiré un mode opératoire si original…

– Alors il a pensé à son frère. Ole est… Ole était très bricoleur. Il pouvait absolument tout fabriquer avec ses deux mains. Tout le monde dans le village a dû te le dire : Ole avait des mains en or.

Et, disant cela, un regain de vitalité traversa la vieille carcasse affaiblie. Il paraissait si fier de son meurtrier de fils. À moins que ce ne fût un effet de l'alcool…

– Et donc ? le pressa Qaanaaq avec douceur.

– Anuraaqtuq lui a commandé un masque et des pattes munies de griffes.

– Que vous avez remis à Czernov à l'aéroport d'Upernavik, la veille des premiers meurtres à Nuuk.

– Oui, approuva l'autre sobrement.

– Ce que je ne m'explique pas, c'est ce que Kris Karlsen et Pavia Larsen foutaient avec Czernov ce jour-là ? Je croyais qu'ils ne voulaient surtout pas fricoter avec le NNK. Et le NNK, le vrai… c'est toi !

– Oui. Mais à ce moment-là, Karlsen et Larsen ne le savaient pas. Ça fait plusieurs décennies que je suis plutôt discret sur ce chapitre de ma vie. Contrairement à mon fils, je ne m'exhibe pas avec un tatouage publicitaire.

– Enfin, tout de même, on ne traverse pas un pays grand comme un continent juste pour prendre livraison d'un sac de sport ! Surtout quand on a un larbin pour faire le boulot à sa place.

– Je ne sais pas… J'imagine que Czernov a trouvé un prétexte bidon pour les attirer. Ou qu'ils ont voulu vérifier en personne qui fournissait l'arme du crime.

Ou alors, les deux complices se méfiaient de Czernov. Peut-être avaient-ils trouvé suspecte cette histoire de « masque » à aller chercher à mille six cents kilomètres de la capitale. Accompagner leur factotum, c'était s'assurer qu'il ne quitterait pas subitement le pays, et qu'il accomplirait sa mission jusqu'au bout.

– Peu importe, grogna Qaanaaq. Parle-moi plutôt des *tupilak*. D'où c'est venu, cette histoire-là ?

– Ça, c'est Taqqiq qui l'a exigé. Elle voulait bien aider à tuer des étrangers. D'une certaine manière, ça lui plaisait de faire payer certains des « porcs » qu'elle avait eus pour clients.

Son visage couturé de rides exprimait le même dégoût que celui qui avait habité sa fille. D'un geste, il réclama une nouvelle gorgée de tord-boyaux, qu'il siffla d'un coup.

C'était donc bien Taqqiq qui avait choisi les futures victimes de son frère ; elle aussi qui avait assouvi sa propre vengeance à l'intérieur d'un plan criminel plus vaste ; elle enfin qui avait ajouté Igor Zerdeiev à la liste morbide, blessant à dessein et pour le même prix Czernov.

« Demande-toi qui joue sa peau dans cette mascarade », lui avait soufflé Flora dans l'un de ses premiers débriefings. Seule Taqqiq ressentait un besoin viscéral de perpétrer ces meurtres comme des sacrifices. Elle n'était mue ni par l'argent, ni par la politique, ni même par de quelconques idéaux tels que l'amour. Elle avait agi sous l'emprise de la plus forte des motivations : le dégoût, et son corollaire naturel qu'était la haine. Haine du corps de Huan Liang, et haine d'elle-même.

Taqqiq avait-elle été rattrapée par de tardifs scrupules lorsqu'elle était venue récupérer le *tupilak* au bungalow de Huan ? Ou bien estimait-elle que, une fois son office accompli, la statuette rituelle ne devait pas tomber entre des mains profanes ? Il ne saurait sans doute jamais pourquoi elle avait pris un tel risque, qui avait provoqué leur singulière rencontre.

– Elle voulait que les types partent selon la tradition inuite, poursuivit Ujjuk. Et chez nous, on ne tue un autre humain que s'il est maudit. Le *tupilak*, c'est le meilleur moyen de faire porter le mauvais œil sur quelqu'un.

Le chamane avait bien parlé de « passeurs de mort », s'agissant des statuettes rituelles. Contrairement à ce que Qaanaaq avait longtemps cru, celles-ci n'avaient pas servi à désigner les cibles de l'ours au Primus. Juste à préparer leur damnation. C'est dans ce seul but que Taqqiq les avait déposées devant chaque bungalow.

Un instant, Qaanaaq se demanda si Ujjuk savait que sa fille était morte et, par-dessus tout, dans quelles circonstances. Mais, peut-être par pudeur, il contint cette question-là.

– OK. Mais Ole et toi, comment en êtes-vous venus à supprimer Juansé et Tikile dans votre propre village ? Ne me dis pas que c'était juste pour faire plaisir à Taqqiq…

– Le surlendemain de ton arrivée à Nuuk…

– Eh bien ?

– J'ai reçu un appel de Larsen.

La situation devait être grave pour que Pavia Larsen le contacte en personne.

– Pour te dire quoi ?

– On ne s'était pas raconté grand-chose à Upernavik. Mais c'est un malin. Il a vite compris que ce que je redoutais le plus, c'était la fermeture du village.

– Il t'a proposé un marché, c'est ça ? déduisit Qaanaaq.

– C'est ça : on se débarrassait, Ole et moi, d'une ou deux personnes un peu « encombrantes » pour nous. En échange, il nous donnait la garantie que, une fois qu'il serait aux affaires, Qaanaaq ne serait pas rasé, qu'on y gagnerait même de nouvelles subventions de l'État.

– Et tu l'as cru ?

– Je n'avais pas vraiment le choix. Avec les gars qui venaient me voir tous les jours pour m'annoncer qu'ils quittaient la région…

Des « gars » comme Juansé et Tikile.

Décidément, pour assurer le succès de leur entreprise, le duo Karlsen-Larsen avait servi à chacun le refrain qu'il voulait entendre : à Czernov et Pedersen, ils avaient fait miroiter des profits sans précédent ; à Anuraaqtuq et Taqqiq, une revanche sur ces puissances étrangères qui les asservissaient ; quant à Ujjuk et Ole, ils s'étaient vu promettre la survie de leur trou perdu.

– Il voulait créer une diversion, reprit Qaanaaq après un silence.

– J'imagine.

– Mais pourquoi à ce moment-là ? Pourquoi pas plus tôt ?

– Sans doute parce que c'est à ce moment-là qu'Anuraaqtuq a commencé à faire un peu n'importe quoi : l'histoire du foie envoyé à Enoksen, le meurtre imprévu du Russe, l'intimidation de ton collègue… Larsen le trouvait incontrôlable et il avait peur que tu ne finisses par remonter les traces que cet idiot laissait derrière lui.

Flatteur, et surtout assez juste. D'ailleurs, au moment de quitter Nuuk, il était à deux doigts de démasquer Anuraaqtuq, son cousin, le militant bravache.

Quant à Rikke, trop contente de se débarrasser de son encombrant collègue venu de Copenhague – qu'elle avait d'emblée perçu comme un concurrent –, elle avait contribué, à sa manière, et à son insu, à ouvrir ce deuxième front, détournant le Danois de sa mission première.

– Il n'a pas été trop compliqué de convaincre Ole d'en être, je suppose ?

– Non, c'est vrai… Depuis qu'il avait mis la main sur le gazole du camp, il était assez nerveux, lui aussi, à propos des projets d'exploitation pétrolière locale. Il avait peur que ça ne ruine son nouveau business. Et comme tu t'en es rendu compte, Ole est plutôt du genre à dégager ce qui se met en travers de sa route. Enfin, était…

Le regard d'Ujjuk se perdit.

– J'ai vu, en effet. Il y a juste un détail qui me travaille, quand même : la nuit où Juansé et Tikile sont morts, comment a-t-il fait pour être à la fois chez eux et sur la banquise à traquer le phoque ?

– Oh ça ! C'est un vieux truc d'Inughuit pour tromper nos bonnes femmes : on prend une ancienne photo de trophée qu'on n'a jamais montrée ; on passe son portable à un copain qui part chasser ; à l'heure convenue, il publie l'image sur Facebook, avec la bonne géolocalisation. De préférence à plusieurs heures de traîneau de la maison. D'ailleurs, si tu regardes bien celle que j'ai postée pour lui ce soir-là, tu verras que la lumière ne correspond pas vraiment à celle de la nuit polaire. Elle est trop blanche.

– Et si elles appellent leur mari pour vérifier ?

– Peu de risques. À cette heure-là, soit elles dorment, soit elles ont du monde à la maison.

Qaanaaq n'avait disposé que de quelques secondes pour observer ledit cliché sur le mobile de Massaq. L'anomalie relevée par Ujjuk ne l'avait pas frappé. Lui aussi, il s'était laissé duper, comme n'importe quel cocu.

Massaq. Il faudrait bien finir par parler d'elle. Jusqu'à quel point son envoûtante cousine avait-elle couvert leurs méfaits ?

– Et Massaq ? se contenta-t-il de demander, un nœud dans la gorge.

– Massaq n'a rien à voir avec tout ça. Elle n'est au courant de rien. Elle a juste nettoyé ce qu'on lui indiquait. C'est tout…

– Si tu le dis.

– Massaq est mon joyau. Elle ressemble tellement à sa mère.

Qaanaaq avait tellement envie de croire à cette version-là qu'il ne poussa pas plus loin ses interrogations sur le sujet.

Massaq : comme le lui avait murmuré son ultime intuition, elle avait été la clé de cette histoire. Celle qui avait décrypté pour lui la vieille photo jaunie.

Car la seule chose qu'aucun d'eux n'avait réellement prévu, ni Kris, ni Pavia, ni Ujjuk, Anuraaqtuq ou Ole, c'était que le flic dépêché par Copenhague serait lié par le sang aux meurtriers, par le sang qui coule, et non celui qu'on fait couler.

Et que de ce lien essentiel jaillirait la lumière.

– Vous avez fait quoi des mâchoires, des griffes, des peaux ?

Appu, qui avait gardé jusque-là une réserve louable, respectant leur intimité, intervint de la plus opportune des façons, ramenant l'interrogatoire sur un strict terrain procédural, celui des preuves matérielles.

– Tout ce qu'a utilisé Ole, il l'a rapporté ici. Ça doit traîner là-bas, près de la première turbine. C'est là qu'il avait installé son atelier.

Plus tard, avant de repartir, les deux policiers auraient le loisir d'observer le détail des mécanismes confectionnés par Ole. Comment, à partir de reliques d'ours comme en conservaient tous les chasseurs, il avait fabriqué de véritables outils de mort. De véritables armes.

– Et le matériel d'Anuraaqtuq, qu'est-ce qu'il est devenu ? Il l'a brûlé ?

– Non, en tout cas pas à ma connaissance. De ce que j'en sais, il l'a planqué.

– Planqué ? Mais où ? On a retourné son appart et ceux de ses copains…

– Chez un type de la cité, je crois. Mais pas un de ces demeurés. Un gars qu'il a forcé à prendre ses affaires. Quelqu'un que vous ne soupçonneriez pas, il m'a dit.

Le militant de Greenpeace ! faillirent crier ensemble Qaanaaq et Appu. Évidemment. Cela expliquait l'agression (en apparence gratuite) qu'avait subie le pauvre bougre, et la réticence qu'il avait manifestée à ouvrir la porte de son gourbi. L'arme du crime devait se nicher là, quelque part dans son foutoir innommable, au milieu des tracts et des prospectus. Durant quelques minutes, ils l'avaient eue presque sous le nez. Qaanaaq était même prêt à parier qu'il manquait une dent à cette mâchoire, la dent qu'on avait retrouvée plantée dans la vésicule biliaire de Niels Ullianson, la victime numéro trois du Primus.

D'un geste, le Danois fit comprendre à Apputiku qu'il souhaitait disposer d'une minute en tête à tête avec Ujjuk. Son collègue s'éloigna sans discuter. Le vieux chasseur, soulagé du poids de sa confession et prostré sur le corps sans vie de Naja, semblait s'abîmer une nouvelle fois dans sa détresse.

– Et mes parents, dans tout ça ? demanda Qaanaaq, maintenant qu'ils étaient seuls. Qu'est-ce qu'ils t'avaient fait ?

Un bref instant, Ujjuk leva son regard éperdu vers celui qui le questionnait. Avait-il déjà compris qui Qaanaaq Adriensen était pour lui, pour eux ? Venait-il seulement de le comprendre ? Nul ne le saurait jamais. Dans ses yeux baignés de larmes, il n'y avait ni surprise ni remords, pas même cet effarement que n'importe qui eût ressenti à sa place. On n'y lisait qu'une fatigue absolue. Une envie de fuir dans le froid et l'immensité blanche.

– Hein, dis-moi ? Qu'est-ce qui a pu justifier à tes propres yeux le meurtre de ton frère et de sa famille ? Parce que l'idée géniale d'Anuraaqtuq de réveiller l'esprit de *Nanook*, elle ne lui est pas venue toute seule. Je me trompe ?

Ujjuk se taisait.

– C'était *ton* idée ! En 1975, tu n'avais peut-être pas le même attirail qu'Ole. Mais c'est bien comme ça que tu as tué Sandra et...

Le prénom à rallonge de son père biologique lui échappait. Ne lui revenait que sa traduction symbolique : « Celui qui ne craint pas l'invisible ».

– Tukassaanngitsoq, dit enfin Ujjuk. Ton père – mon frère – s'appelait Tukassaanngitsoq. C'était un faible. Un chasseur épouvantable. C'est moi qui ai dû éventrer son premier phoque à sa place. Pendant des mois, j'ai fait passer mes prises pour les siennes, pour qu'on ne se moque pas de lui. Pour qu'il ne crève pas de faim avec sa jolie Danoise. J'ai passé des nuits entières à chasser pour deux, puis pour trois, pour quatre, pour cinq ! J'ai failli mourir plusieurs fois de froid pour sauver l'honneur de ton père.

– On ne tue pas son frère pour ça ! cria Qaanaaq à mi-voix.

La vérité, c'était que depuis Caïn et Abel, on s'entretuait confraternellement, et souvent pour beaucoup moins encore. Mais il ne se contenterait pas d'une parabole en guise d'explication.

– Tu ne sais pas tout. Ta mère l'avait convaincu de quitter Qaanaaq. D'abandonner notre mode de vie inuit. Elle parlait même d'aller s'installer aux États-Unis, où vivait une partie de sa famille maternelle. Tu m'entends, aux États-Unis ! C'était intolérable. Pas après ce que les Américains avaient infligé à nos parents…

L'exode inuit de 1953.

– Pas après tous les sacrifices qu'on avait faits pour lui.

– Que *tu* avais faits pour lui.

– Si tu veux, oui… Si tu veux.

56

« Bonsoir, nous sommes le mardi 31 octobre. Bienvenue dans l'édition de vingt heures de KNR1. »

Le générique bleuté s'estompa, laissant la place à un plan rapproché sur la présentatrice, une jolie Groenlandaise dont le physique inuit avait été estompé à grands renforts de brushing, de poudre et de gloss. Elle n'aurait pas déparé sur une chaîne danoise soucieuse de « diversité ». Ici, depuis près de cinq années, c'était la star de l'information dont on commentait la prestation lors de la partie de pêche du lendemain. Son kalaallisut chuintait moins que celui de l'homme de la rue. Il y avait quelque chose de presque distingué dans sa façon d'enchaîner les voyelles à une telle allure. Bref, elle faisait le job – elle n'avait pas fait ses études de journalisme à Copenhague pour rien.

« Au sommaire ce soir, il sera évidemment question du vote de l'Inatsisartut concernant l'organisation du référendum d'indépendance, vote dont nous ne connaissons pas encore l'issue à l'heure qu'il est. Mais nous parlerons surtout des incroyables rebondissements dans ce qui a été présenté ces derniers jours comme "le massacre du campement Green Oil", à Nuuk. En passe de devenir une véritable affaire d'État, aux ramifications dignes d'un thriller.

« Tout de suite, un résumé en images des événements des vingt-quatre dernières heures, particulièrement mouvementées, comme vous allez le voir. »

La rédaction de KNR1 n'avait disposé ni du schéma de Qaanaaq ni de l'enregistrement de Rikke pour préparer son édition du jour, et cela se voyait. La tentative de synthèse concoctée en hâte ajoutait plutôt à la confusion qu'elle n'aidait à comprendre cette affaire complexe. Mais l'essentiel était évidemment de frapper les esprits avec quelques images chocs. Ainsi put-on voir défiler successivement :

Séquence 1 : un Kris Karlsen menotté pénétrant dans le Politigarden de Nuuk encadré par deux de ses anciens collègues, suivi de près par Pavia Larsen, lui aussi entravé. Sans qu'aucun détail ne soit fourni sur leurs mobiles ni sur leur mode opératoire, ils étaient présentés comme le « couple d'amants maudits », les cerveaux des crimes ayant ensanglanté successivement Nuuk puis Qaanaaq. Selon la voix off, Pavia Larsen, issu de l'ultragauche anarchiste danoise, avait infiltré à dessein le gouvernement groenlandais pour tenter de saborder les projets de développement énergétique du pays. Les meurtres qu'ils avaient commandités et pilotés, Karlsen et lui, n'avaient pas eu d'autre objectif. À demi-mots, on laissait entendre que cette démarche délétère, si elle avait abouti, aurait pu faire obstacle au processus d'indépendance, et ce pour de longues années.

Karlsen, le légiste, était présenté comme le principal complice de Pavia Larsen, « retourné » et manipulé par son petit ami. Il s'était « contenté » de mettre à profit sa position dans la police groenlandaise pour favoriser les plans des meurtriers. Le génie criminel, c'était Pavia Larsen. Un plan en contre-plongée de son visage émacié tentait d'en exalter le machiavélisme.

Séquence 2 : les images qui suivaient mêlaient des plans d'ensemble de la cité de Samuel Kleinschmidtip Aqqutaa et des clichés d'archives de Camp Century. Karlsen et Larsen, pour exécuter leur plan criminel, avaient réactivé et mobilisé un ancien groupuscule ultranationaliste, le NNK, familier des actions violentes dans les années 1970. Les meneurs du NNK, à Nuuk comme à Qaanaaq, appartenaient semblait-il à une seule et même famille, les Nemenitsoq, radicalisés depuis leur exode forcé de Thulé, dans les années 1950.

À Nuuk, c'était le fils cadet, Anuraaqtuq Nemenitsoq, toujours en fuite, qui avait perpétré les quatre meurtres du campement ouvrier Green Oil – le Primus.

À Qaanaaq, tous les soupçons convergeaient vers son père, Ujjuk, et son frère, Ole Nemenitsoq. Ce dernier avait été abattu lors de l'opération de police menée dans l'ancienne base militaire américaine de Camp Century, en plein inlandsis.

Ni Apputiku Kalakek ni Qaanaaq Adriensen n'étaient mentionnés.

« Ujjuk Nemenitsoq, le fondateur du NNK, qui avait pourtant mis ses activités militantes et criminelles en sommeil depuis près de quarante ans, est en cours de transfert vers Nuuk, d'où il sera aussitôt envoyé à Copenhague pour y être jugé avec Kris Karlsen et Pavia Larsen. Les trois hommes encourent des peines de prison allant de quinze années de réclusion pour Ujjuk Nemenitsoq, à la perpétuité pour Larsen, le principal instigateur de ce complot. »

Harry Pedersen, qui s'était volontairement accusé à tort de complicité des meurtres des quatre ouvriers de son concurrent Green Oil, ne risquait de son côté qu'une peine maximale de quatre années d'emprisonnement, pour aveux mensongers. Le reporter ne cherchait même pas à expliquer, *a posteriori*, les raisons de cette confession trompeuse. Mais chacun se doutait qu'il était question de malversations quelconques et de gros sous.

Quant à Sergueï Czernov, ancien chef d'exploitation de la plateforme Green Oil de Kangeq, et lui aussi affilié au duo Larsen-Karlsen, il demeurait également introuvable. L'hypothèse d'une fuite sur un cargo mouillant à Nuuk, qui avait appareillé la veille pour Vladivostok, constituait la piste la plus sérieuse.

Vu la distance et la durée de la traversée, celle-ci ne serait pas confirmée par les autorités portuaires russes avant plusieurs jours.

Séquence 3 : un porte-parole de Greenpeace prononçait une déclaration officielle depuis le siège mondial de son organisation, au 5 Ottho Heldringstraat, à Amsterdam. L'homme, costume gris et cravate vert pomme, récusait toute implication de Greenpeace dans les « regrettables et tragiques événements survenus » ces deux dernières semaines au Groenland, réaffirmant « toute sa solidarité avec le gouvernement de Kim Kielsen », selon lui « parfaitement apte à mener un futur Groenland indépendant sur la voie d'un développement énergétique raisonné, maîtrisé et responsable ». La faute commise par le représentant de Greenpeace à Nuuk, qui avait recelé l'arme du crime dans ses locaux, n'engageait évidemment que celui-ci moralement et pénalement, et en aucun cas l'organisme écologiste, qui venait d'ailleurs de lui retirer son mandat.

Séquence 4 : on en venait enfin aux « choses sérieuses », à ce qui passionnait réellement le téléspectateur groenlandais, à savoir les conséquences de cette sombre affaire sur la politique nationale. Un autre commentateur, au ton cette fois plus tranchant, révélait qu'avant même le résultat du scrutin attendu lors de cette soirée d'Halloween, le Siumut avait prudemment encouragé Kuupik Enoksen à renoncer à son rôle de leader du parti majoritaire pour les prochaines législatives. Certes, Enoksen était en passe d'être blanchi dans l'affaire des ouvriers de Green Oil, mais ses tractations déloyales avec Harry Pedersen ainsi que sa liaison avec la cheffe de la police Rikke Engell avaient sérieusement entamé son crédit au sein de sa propre famille politique. Enoksen ne serait donc pas le prochain Premier ministre groenlandais. Le plus probable, à ce stade, était que Kim Kielsen se succéderait à lui-même. En laissant son ministre de l'Énergie tremper dans les négociations occultes et prendre les coups à sa place, il n'avait au fond pas si mal manœuvré.

Sur le front économique du scandale, le gouvernement avait décidé de suspendre jusqu'à nouvel ordre la licence d'exploitation pétrolière du site de Kangeq – cette information fut assortie d'une vue d'hélicoptère du PolarisOne –, jusque-là attribuée à la compagnie Green Oil. Un appel d'offres serait relancé au cours des prochaines semaines. De son côté, le P.-D.G. d'Arctic Petroleum, Jimmy Sandford, qui lui aussi niait tout lien de son groupe avec les malversations d'Harry Pedersen, se disait « très confiant sur les chances d'AP de reconquérir Kangeq », et au-delà de « faire du Groenland *le* nouveau fleuron pétrolifère mondial ».

Séquence 5 : « Enfin, ce matin, jour de la Toussaint, ont eu lieu, à près de mille six cents kilomètres de distance, des cérémonies funéraires toutes deux très émouvantes. À Qaanaaq ont été enterrés les deux chasseurs tués la semaine dernière, Juansé Carlsen et Tikile Amoqtoq. Et sur la piste de l'aéroport de Nuuk, le cercueil contenant le corps de Rikke Engell, la défunte directrice de la police groenlandaise, retrouvée morte chez elle, dans son sauna, a été embarqué pour Copenhague. Un accident survenu dans des conditions encore très mystérieuses, et que son futur remplaçant aura la charge d'élucider. »

Rien en revanche sur le rôle clé joué par Qaanaaq Adriensen dans la résolution de l'affaire. Et aucun mot non plus sur les victimes collatérales de cette histoire.

Il ne fut pas plus question de Taqqiq Nemenitsoq, qui s'était suicidée par pendaison cinq jours plus tôt, que des obsèques des quatre ouvriers étrangers (Huan Liang, Matthew Hawford, Niels Ullianson et Igor Zerdeiev) dont les dépouilles avaient été rapatriées dans leurs pays respectifs. Rien non plus sur Rong Deng, qui avait renoncé à travailler dans le secteur pétrolier et repris le premier avion pour la Chine. Ni même sur son patron, Henrik Møller, dont la direction générale de Green Oil s'était débarrassé sans états d'âme, le limogeant d'un simple mail dès que l'action du groupe avait dévissé à Toronto et que les rumeurs sur une réattribution de la licence de Kangeq avaient circulé.

Les anonymes resteraient anonymes.

Lorsque l'image revint enfin sur la présentatrice, le spectateur assis devant son poste, sa cuillère pleine de ragoût de phoque à la main, n'était guère plus avancé. Bien malins ceux qui auraient pu reconstituer cet improbable puzzle.

« Nous vous tiendrons évidemment informés des développements de cette affaire aux ramifications pour le moins inattendues », conclut la belle Inuite « normalisée » avant de passer à la page des sports. Comme tous les jours depuis des mois, il serait question des préparatifs des prochains Arctic Games. Puis l'édition s'achèverait sur quelques images du dernier concert de Nanook, le groupe de musique, dans le cadre du festival Akisuanerit.

Oui, tout ce que retiendrait le Groenlandais moyen de cette bouillie informative – mangeur de *mattaq* se bâfrant devant son écran –, c'était que le résultat du scrutin au Parlement n'était toujours pas connu et que l'avenir du pays demeurait pour le moins incertain.

Cela le souciait-il ? Certainement.

Cela l'empêcherait-il de se resservir en ragoût ? Probable que non. Probable qu'il pensait plutôt au nouvel emprunt qu'il devrait contracter pour financer les études de ses gosses – priant pour que ça leur ôte l'envie de se suicider – ou sa prochaine partie de chasse. La rumeur prétendait que les phoques annelés étaient particulièrement abondants sur la côte Ouest, cette année. Il lui faudrait voir ça de ses yeux. La météo annonçait -25 °C pour les jours à venir ; l'hiver n'était pas si rude.

Au fond, ce fameux réchauffement climatique dont on leur rebattait tant les oreilles avait aussi du bon.

57

[IMG_2352 / 1er novembre / Une main tendue vers l'ouverture d'une tente en peau]

Qu'on l'accepte ou non, résoudre une affaire criminelle revenait toujours à faire son deuil. Deuil de ce suspect devenu coupable, dont on avait fini par faire un acteur familier de sa vie. Deuil de toutes les pistes qu'on avait suivies avant de les abandonner. Deuil de ces détails qui, en dépit de l'image d'ensemble qui avait fini par se dessiner, resteraient inévitablement dans l'ombre.

Clore un dossier de ce type, cela forçait à privilégier *une* version des faits supposés, *une* histoire parmi tant d'autres possibles. Et, de ce point de vue, Qaanaaq voulait bien admettre que son métier n'était pas si différent de celui qu'avait exercé en son temps son auteur de père. Comme lui, il passait sa vie à faire des choix parmi la multitude des destins à sa portée.

On fuyait à tout prix l'image de son géniteur pour finir par s'y conformer à la fin, sans même s'en rendre compte. C'était ainsi.

Dans l'hélicoptère de l'armée danoise qui les rapatriait à Qaanaaq – Appu était parvenu à en mobiliser un, après une longue série de coups de fil, non sans difficulté –, le capitaine se demandait quels avaient été les rapports entre Ujjuk et ses fils. Les avait-il endoctrinés tout au long de leur enfance ? En avait-il fait sciemment ces machines à tuer ?

Ou peut-être que la furie destructrice d'Ole et Anuraaqtuq lui était destinée, à lui, leur père. Des morts comme des messages. Des morts pour dire qu'ils ne voulaient plus de morts, et que les combats d'antan n'étaient plus ceux d'aujourd'hui. En tout cas, songea Qaanaaq, l'historien sans nom aurait tout le matériau voulu pour écrire de nouvelles pages de son grand œuvre.

Dans un recoin de l'habitacle, dérobés aux regards par une grande bâche kaki, les deux sacs mortuaires contenant les corps de Naja et d'Ole avaient été empilés, tels des gravats. Hagard, Ujjuk avait laissé soigner son épaule, à sa montée dans l'appareil, par un médecin militaire taiseux à souhait. La blessure était légère. Dans l'immédiat, un peu de désinfectant, une piqûre d'antalgique et une suture à la colle suffiraient. Les autres blessures, ma foi, le toubib à galons n'y pouvait rien. Ce serait plutôt du ressort des psychologues pénitentiaires.

Les soins achevés, Qaanaaq obtint du vieux chef de village relié à lui par un canal privé dans l'hélicoptère quelques éclaircissements supplémentaires. Peut-être Ujjuk le reconnaissait-il enfin comme l'un des siens…

– Il y a un truc qui me chiffonne : pourquoi Anuraaqtuq a-t-il éprouvé le besoin de laver la bouche de ses victimes ?

– *Il* ne t'a pas expliqué ça ? s'étonna Ujjuk en désignant Appu.

– Pourquoi ? Il aurait dû ?

– Disons qu'il aurait pu. C'est un rituel typiquement inuit. Les chasseurs mettent de la glace dans la bouche des animaux qu'ils viennent d'abattre.

– Ça sert à quoi ? À mieux les conserver ?

– Pas du tout. Ça sert à étancher la soif de l'animal durant le long trajet que va ensuite accomplir son âme.

Ce n'était qu'un geste de respect envers la bête. Un acte d'humilité, aussi. Une manière de se rappeler que, un jour peut-être, lors de son grand voyage d'être en être, notre âme transiterait par un corps semblable au sien. Que de chasseur, chacun d'entre nous pouvait devenir chassé.

Dire que Qaanaaq s'était torturé avec ce détail durant des heures et des jours… Pourquoi Appu n'en avait-il rien dit ? Peut-être avait-il craint alors que cela ne le mette trop rapidement sur la piste des chasseurs de Nuuk. Ils n'étaient plus si nombreux, dans la capitale.

– Ujjuk ? J'ai une dernière question à te poser. Mais… je comprendrais que tu ne veuilles pas me répondre. Ou que tu ne te souviennes plus. C'est si vieux, maintenant.

– Je t'écoute.

– Qu'as-tu fait de leurs corps ?

Il était inutile de préciser de qui il parlait.

– Je les ai enterrés. Qu'est-ce que tu crois ?

– Rien… Je ne sais pas.

– C'était ma famille. Je leur devais ça.

– Ils sont où ?

Alors Ujjuk lui décrivit cet endroit isolé, sur les hauteurs du village, loin de l'église et des axes trop passants. Un petit terre-plein où personne ne venait jamais, et d'où la vue sur la baie était pourtant superbe.

Chez Massaq, Appu se chargea de raconter les divers événements récents à leur hôtesse. Celle-ci ne manifesta rien d'autre qu'un chagrin muet et sans larmes, pas très différent de sa réserve ordinaire. Elle ne paraissait même pas surprise par les révélations qui accablaient son père et ses frères. Comme souvent, elle noya son attitude indéchiffrable dans une débauche de petits gestes quotidiens. Elle bricola aux deux policiers un en-cas rapide, monta se coucher sans un bonsoir, et ne reparut pas le lendemain matin quand les deux hommes se levèrent. La cafetière était programmée pour sept heures ; pour une fois, ils se débrouilleraient sans elle. Cette absence, c'était sa manière à elle de dire sa peine.

Ce n'était pas le seul mystère qu'elle garderait pour elle, d'ailleurs. Depuis les spéculations d'Appu sur la mort de son enfant, ils n'en avaient guère appris davantage sur leur hôtesse. Pourquoi Massaq ne s'était-elle pas remariée ? Pourquoi la plus jolie Inuite de tout Qannaaq restait-elle obstinément seule ? Après tout, si quelqu'un pouvait comprendre ça, c'était bien Qaanaaq. Il n'agissait pas autrement. Et il en avait tant connu, amis ou relations, hommes ou femmes, qui en voulant tromper leur solitude, s'étaient trompés eux-mêmes.

La solitude n'est pas forcément une prison ; elle peut être aussi un refuge.

Il n'empêche. Il savait le mal qu'il aurait à faire ce deuil-là. Oublier Massaq serait une gageure de plus, une fois rentré chez lui. Retrouverait-il jamais ces yeux pleins d'orgueil et de défi, ce sourire contenu, cette douceur rêche ? Y avait-il d'autres femmes aussi farouchement belles que Massaq sur cette Terre ? D'autres citadelles qui lui donneraient l'envie de déposer les armes ? Des filles tout aussi renversantes, mais dont il ne serait pas le cousin, et dont il n'aurait pas arrêté le père ?

Répondre à ces questions en posait une autre, plus insoluble encore : était-il tombé sous le charme d'une femme, ou bien d'une culture et d'un pays ? *Les siens…*

Le minuscule cimetière sauvage correspondait à la description d'Ujjuk. Adossé au contrefort montagneux surplombant le village, il était composé de plusieurs amoncellements de pierres perpendiculaires, sans croix ni aucune décoration d'aucune sorte.

– C'est bizarre, souffla Qaanaaq.

– Quoi ?

– Il n'y a que deux tombes. Mon père, ma mère, ma grande sœur…

Il réalisa alors qu'il ne connaissait même pas l'*ateq* de cette dernière.

– Il devrait y en avoir trois, pas deux… Il en manque une !

– Oui, dit Appu. Celle de ta mère.

– Hein ?

– La tombe qui manque, c'est celle de ta mère.

– Comment tu sais ça, toi ?

Les sépultures ne portaient aucune marque distinctive.

– Parce que c'est la tradition. La tombe d'un enfant est toujours orientée à l'est. Tu vois celle-là ? D'ailleurs, elle est un peu plus petite que l'autre.

– D'accord, mais l'autre, comment tu peux être certain que c'est celle de mon père ?

– Parce qu'elle regarde l'ouest. Et c'est vers l'ouest qu'on enterre le membre le plus âgé d'une famille. S'il y avait eu une autre tombe d'adulte, un adulte plus jeune que lui, elle aurait probablement eu la tête tournée vers le nord.

– Mais… tu n'en sais rien ! Si ça se trouve, mon père était plus jeune que ma mère…

– *Imaqa*, admit Appu avec sagesse.

Depuis la colline, Qaanaaq demanda à Apputiku qu'il les conduise directement à la maison désaffectée, là où il avait trouvé la photo des Nemenitsoq. Tout y était encore en place : la boîte à biscuits rouillée et les photos qu'elle contenait.

Il les consulta avec une ferveur difficile à contenir. La plupart ne présentaient pourtant qu'un intérêt limité. Il s'agissait de banals clichés de chasse, ancêtres de ces instantanés que les hommes d'aujourd'hui publiaient si fièrement sur les réseaux sociaux. Puis soudain, elle apparut, seule sur la photo : sa mère. Sandra Skovgaard.

Mais là où on l'eût imaginée dans sa blouse d'institutrice, campée au milieu de ses élèves, on la découvrait au contraire dans un contexte domestique inattendu. Assise à même un seau retourné, installée à l'entrée d'une tente en peau de renne, elle ne regardait pas l'objectif – qui donc avait pu prendre ces images ? –, absorbée par son ouvrage. *Ulu* en main, le couteau traditionnel des femmes inuites, elle taillait l'ébauche d'une statuette dans l'ivoire jaunâtre d'une défense de morse.

De la matière dure, si résistante, elle arrachait l'esprit de ce qui serait bientôt…

– Un *tupilak*, murmurèrent-ils ensemble.

Kavajak avait dû abandonner son attelage à Camp Century, livrant ses bêtes à une fin certaine. La mort dans l'âme. Qaanaaq s'était engagé à faire couvrir le remboursement de ses animaux par la Crim de Copenhague, par égard au service rendu dans le cadre de l'enquête. Mais le chasseur semblait malgré tout inconsolable. Il disait à qui voulait l'entendre dans le village que venger la mort de son frère ne valait pas la perte d'une meute si laborieuse et si fidèle. Kavajak était un sentimental.

Heureusement le cadet du défunt Tikile n'était pas rancunier, et il les avait aidés à négocier le prêt d'un traîneau auprès d'autres propriétaires du village. Après tout, Qaanaaq était à présent l'un des leurs. Qaanaaq de Qaanaaq, en quelque sorte. La nouvelle avait fait le tour du village et, dans la chaleur des foyers surchauffés, plus d'un *kaffemik* se préparait en son honneur.

En attendant, juchés sur leur traîneau d'emprunt, Qaanaaq et Appu rejoignaient pour la deuxième fois le campement solitaire de Kunnunguaq.

La vie y semblait figée dans un hiver immuable. Comme à leur première visite, une colonne de fumée s'échappait du faîte de chacune des deux tentes. Le seul changement visible, c'était que le chamane paraissait cette fois aux trois quarts sobre.

Il écouta le récit complet de Qaanaaq – jusqu'à la visite du cimetière –, avec de brefs hochements entendus. Il lâcha dans un soupir :

– C'est bien elle.

S'il n'avait été déjà assis à même le sol couvert de peau tannée, Qaanaaq se fût écroulé. Il dévisagea son vis-à-vis de longues secondes avant de pouvoir reprendre la parole.

Comment avait-il pu passer à côté de « ça » ?

– Tu veux dire que la femme…

Il lui sembla que le regard épuisé de Kunnunguaq l'encourageait.

– Cette femme qui fabrique les *tupilak,* c'est… ?

Il lui semblait impossible de prononcer le mot lui-même. Il laissa ce soin, ô combien douloureux, à son interlocuteur.

– C'est ta mère, oui.

La vieille *pilli,* la vieille folle décrite en ces termes par Naja.

– Mais… Ils ne sont pas tous morts ?

C'est pourtant ce qu'il avait compris, à travers les récits de l'historien comme ceux d'Ujjuk.

– Ton père et ta sœur sont morts sur le coup, si. Pas ta mère. Elle était très mal en point, mais elle respirait encore.

Une flèche traversa l'estomac de Qaanaaq.

– C'est vous qui l'avez sauvée ?

– C'est vous qui l'avez sauvée ?

– Non. Un chasseur du village est passé par là le lendemain de… Le lendemain, quoi. C'est lui qui a découvert la scène. Sa femme a soigné la seule rescapée jusqu'à ce qu'elle tienne debout.

– Ce chasseur, qui était-ce ?

– Le père de Tikile et Kavajaq.

Décidément, ces gars-là étaient providentiels de père en fils.

– Et ensuite ?

– Ensuite, Sandra était très choquée. Et puis…

– Et puis quoi ?

– Elle avait un peu perdu la tête. Elle ne souvenait plus de rien. Même pas d'avoir eu des enfants. Personne ne voulait plus d'elle, au village. Plus comme institutrice, en tout cas.

Ujjuk a dû jouer de son influence sur ses ouailles pour la transformer en paria, supposa Qaanaaq.

– L'administration de tutelle voulait la placer dans un asile, poursuivit Kunnunguaq, quelque part au Danemark. Mais comme personne ne répondait à leurs courriers, ils ont fini par se lasser. Une nouvelle institutrice l'a remplacée à l'école, aussi blonde qu'elle, et plus personne ne s'est préoccupé de son sort.

– Sauf vous…

– Sauf moi, oui. Tu sais, c'est un peu aussi à ça que ça sert, un chamane. À recueillir ce dont *Nuna* ne veut plus et dont *Sila* ne veut pas encore.

Sans lui prêter de mauvaises intentions, le chamane avait dû aussi apprécier le talent de sculptrice de Sandra, qui lui avait permis de monter un joli business de statuettes pour les touristes.

– Qaanaaq ! Qaanaaq, attends !

Le flic était déjà dehors.

– Quoi ? aboya-t-il.

– Il y a plusieurs choses que tu dois savoir avant d'entrer sous cette tente… D'abord, elle a beaucoup changé depuis les photos que tu as retrouvées.

– Elle a vieilli, comme tout le monde.

– Non… Elle n'a pas *que* vieilli. Elle a été défigurée pendant l'attaque. Ce jour-là, elle vous a perdus, vous. Mais elle a aussi perdu tout ce qui faisait d'elle une femme que les hommes regardent. Tu aurais dû la voir avant, elle était si jolie, elle…

Kunnunguaq réalisa la cruauté de sa formule, car il s'interrompit de lui-même.

– Je suis son fils. Je n'aurai pas ce regard-là sur elle.

– Justement… Je veux t'en parler, c'est la deuxième chose.

– …

– Elle ne te reconnaîtra pas. Je ne parle pas que de l'âge… Je veux dire, même si tu te présentes comme Mina, elle ne saura pas de qui tu parles. Et si tu lui dis qu'elle t'a enfanté un jour d'octobre où il faisait encore doux, elle te dira que c'est toi, le fou. Elle te chassera comme on chasse un chien. Elle t'insultera. Il se peut même qu'elle te crache dessus ou qu'elle te batte.

– Quel jour d'octobre ? demanda-t-il d'une voix blanche.

– Le 15, je crois.

– Quelle année ?

– Hum… 1971, hésita-t-il. Ou peut-être 72. Non, c'est ça, 71. Le 15 octobre 1971.

Sur son dossier de l'orphelinat Josephine Schneiders Børnehjem n'était portée que cette mention : « date de naissance inconnue ». Qaanaaq inspira une grande goulée d'air. Il avait quarante-cinq ans, et voilà qu'il venait tout juste de naître.

– Donc… Elle n'a jamais su ce que j'étais devenu ?

– Tu n'écoutes pas ce que je te dis : elle ne voulait même plus croire en ton existence ! J'ai tenté des centaines de fois de lui parler de toi. Mais à chaque fois elle hurlait que je mentais, que j'étais un démon.

La douleur avait effacé jusqu'à sa maternité.

– Quand je l'ai prise ici, cela faisait déjà plusieurs semaines que les services sociaux t'avaient emmené avec eux à Copenhague. C'était trop tard. J'ai bien pensé faire une demande officielle en son nom, falsifier sa signature…

Ses remords ont été bien tardifs, en effet, songea Qaanaaq avec un pincement. Le chamane avait dû tomber assez amoureux de sa mère, même défigurée, pour envisager une telle démarche.

– Mais ils ne t'auraient jamais rendu à une femme comme elle, conclut le vieil ivrogne.

À une femme qui avait perdu la raison. Une femme sans mémoire ni visage. Une femme sans identité.

– On l'appelle toujours Sandra ?

– Non. Elle n'a plus jamais répondu à ce prénom-là. Ça fait quarante-deux ans maintenant qu'elle s'appelle Pipaluk.

– Pipaluk, répéta-t-il.

– C'est le nom d'un modèle de chapeau. C'est elle qui l'a choisi en feuilletant un catalogue de vente par correspondance.

Qaanaaq ne pouvait pas en vouloir au vieux sorcier alcoolique. Qu'aurait donc été sa vie, entre eux deux, dans ce campement perdu du bout du monde, prisonnier de leur souffrance et de leurs blessures ? Jamais il ne serait devenu Qaanaaq Adriensen, le criminologue de Copenhague, fils de la grande Flora Adriensen et du célèbre O.A. Dreyer.

Peut-être aurait-il sombré dans l'alcool, lui aussi, ou dans la folie – ou les deux.

– Il y a un seul détail qui me fait dire qu'une part d'elle, une part d'elle infime, se souvient de toi, reprit Kunnunguaq après un temps.

– Lequel ?

– Après tout ça, elle n'a plus jamais voulu fabriquer de figurine de chouette harfang. Je savais qu'elle en cousait de très belles, avant. Je savais qu'elle en avait fait une pour toi, puisque tu la tenais contre toi quand je t'ai recueilli. Mais elle n'a plus rien voulu entendre. La tienne a été la toute dernière qu'elle ait jamais produite de ses mains.

Qaanaaq sortit pour de bon dans le froid sépulcral, fit les quelques pas qui le séparaient de la seconde tente, et resta de longues minutes ainsi, son gant posé sur le pan de peau claqué par le vent. La nuit polaire l'enveloppait de toutes parts. Pour la première fois, ce spectacle ne lui inspirait aucune angoisse, mais plutôt une forme étrange d'apaisement. Comme s'il acceptait la banquise et qu'en retour la banquise l'acceptait.

Lui revint alors le récit que le chamane lui avait livré lors de leur première rencontre : la légende de « braise ardente », Aunarjuaq, le fœtus mort-né qui s'était trouvé une seconde mère. Pas seulement trouvé, choisi. Il le comprenait à présent, Aunarjuaq avait bel et bien élu sa nouvelle mère. Et son choix ne devait rien au hasard. Flora était plus qu'une mère, elle était une source d'inspiration, une amie, un modèle. Flora était celle que ni Sandra ni Pipaluk n'aurait jamais été pour lui.

Sa main demeura encore suspendue au-dessus du rabat de cuir – un temps qu'il n'aurait su évaluer. Le temps d'une vie ramassé en quelques minutes. C'était ça, se décider : cristalliser une éternité de possibles en une poignée de secondes. Un peu comme la photo, d'ailleurs, qui figeait l'infini en un seul plan, une seule expression. D'instinct, sans même y penser, il alluma son Blad bosselé et immortalisa ses doigts repliés sur la peau de renne.

Une idée le traversa. L'influence inuite sans doute ? Toute cette affaire, ces meurtres, cette conjuration n'auraient-ils existé que dans un but, le faire revenir ici, au Groenland, jusqu'à cette seconde précise, devant cette tente ? Comme un appel à travers l'espace et les âges, pour qu'il fasse enfin un choix d'adulte. Et qu'on ne choisisse plus à sa place. Pour qu'il vive à son tour, comme Aunarjuaq.

Alors il s'éloigna de quelques pas, fourragea dans la poche de sa parka et en sortit son portable. Retirant son gant malgré le froid de brute, il composa un numéro bien connu, celui d'un autre mobile, quelque part à Frederiksberg.

– Maman ?

– Ah, mon fils. Ça fait plaisir de t'entendre.

– À moi aussi.

– Je voulais surtout être la première à te féliciter. J'espère que tes petits camarades de Niels Brocks Gade ne m'ont pas grillée au poteau.

– Me féliciter ?

– Eh bien, je n'ai peut-être pas de tes nouvelles, mais heureusement il me reste les infos. Apparemment, on a eu bon sur toute la ligne, toi et moi. Une fois de plus, j'ai envie de dire.

Manifestement, les médias et elle en savaient plus que lui. Depuis la veille, il n'avait allumé ni la télé ni la radio. Il s'était borné à écouter le fichier audio si précieux de Rikke, enfin reçu, et un message vocal de la Fourmi qui lui demandait de le rappeler d'urgence. Ce qu'il s'était empressé de négliger, bien entendu.

– Au fait, tu ne sais pas ce que m'a raconté Mme Simonsen ?

– Mme Simonsen ?

– Enfin, Qaanaaq, Mme Simonsen, ma voisine – elle habite là depuis quinze ans !

– Hå oui, pardon…

– Eh bien, devine un peu sur qui sa fille est tombée dans l'avion, l'autre jour ?

– Aucune idée.

– Son vol pour le Groenland !

– Non, écoute, je ne…

– Sur toi, gros bêta ! Elle allait à Nuuk pour son travail, et toi aussi. Apparemment, vous étiez assis juste à côté l'un de l'autre. C'est pas incroyable, ça ? Voisins sur terre, et voisins dans les airs !

« Liese Simonsen, gadgets touristiques et publicitaires, gros et demi-gros », se souvint-il alors. Il devait encore avoir sa carte de visite quelque part au fond d'une poche.

– Liese, c'est ça ?

– Exactement, Liese ! Tu vois que tu te souviens ! Tu sais, je l'ai croisée, l'autre jour en allant au marché. Elle est charmante, cette jeune femme.

L'image de Liese Simonsen lui revint, cette grosse femme blonde, bavarde et gentiment insipide du vol aller. Mais déjà il n'écoutait plus sa mère.

– Et puis elle bosse dur. Elle se donne du mal pour vendre sa camelote. C'est pas du tout le genre princesse qui attend que ça lui tombe tout cuit dans le bec. Ça ne te dirait pas qu'on organise un petit truc tous ensemble quand tu seras rentré, je sais pas, comme une dînette, mais rien de trop formel, hein, sans pression, juste pour faire connaissance, j'ai encore vu un reportage l'autre jour à propos des rencontres, eh bien tu sais que, même avec leurs Tinder et compagnie, il y a encore 25 % des couples qui se forment dans le voisinage, 25 % c'est pas rien...

– Maman ? Maman, passe-moi les jumeaux, s'il te plaît. Passe-moi Else et Jens.

Else et Jense.

Mina et Qaanaaq.

Deux êtres indissociables et pourtant des individus bien distincts. Deux histoires singulières, deux pages blanches qui restaient à écrire.

Remerciements

Un roman, c'est toujours une alchimie subtile entre un univers, l'envie d'en rendre compte, et une ou plusieurs rencontres. Celui-ci n'échappe pas à cette règle.

C'est pourquoi je tiens à remercier ici (aussi chaleureusement que les pages qui précèdent sont glaciales), Marie Leroy et Françoise Samson, pour avoir été toutes deux présentes à mes côtés dès la genèse de ce projet. Leur énergie et leur accompagnement attentifs sont des biens précieux.

Mes pensées amicales vont aussi à toute l'équipe de La Martinière, qui a rendu possible l'éclosion de ce livre, en particulier à Annie-Laurie Clément et Carine Barth pour leur disponibilité et leur engagement sans faille.

Merci à Élise Fournier pour son regard unique de photographe sur le Groenland.

Merci enfin à ceux qui ont eu la patience de m'attendre pendant que j'étais parti loin, très loin sur la banquise et l'inlandsis, en compagnie de Qaanaaq, d'Appu et des autres.

Jusqu'à ce que j'y retourne, bien sûr…

RÉALISATION : NORD COMPO À VILLENEUVE-D'ASCQ
IMPRESSION : CPI FRANCE
DÉPÔT LÉGAL : MAI 2018. N°138516 (146731)
IMPRIMÉ EN FRANCE